En manos de las Furias

En manos de las Furias

Lauren Groff

Traducción de
Ana Mata Buil

Lumen

narrativa

Título original: *Fates and Furies*

Primera edición: mayo de 2016

© 2015, Lauren Groff
© 2016, de la presente edición en castellano para todo el mundo:
Penguin Random House Grupo Editorial, S. A. U.
Travessera de Gràcia, 47-49. 08021 Barcelona
© 2015, Ana Mata Buil, por la traducción

Printed in Spain – Impreso en España

ISBN: 978-84-264-0300-1
Depósito legal: B-3.681-2016

Compuesto en M. I. Maquetación, S. L.
Impreso en Egedsa
Sabadell (Barcelona)

H 4 0 3 0 0 1

Penguin
Random House
Grupo Editorial

Para Clay
[Por supuesto]

Las Parcas

1

Una fuerte llovizna cayó del cielo, como el barrido repentino de una cortina de agua. Las gaviotas dejaron de afinar la voz, el océano enmudeció. Las luces de la casa reflejadas en el agua perdieron el color y se volvieron grises.

Dos personas caminaban por la playa. Ella era rubia y delgada, con un biquini verde, aunque era mayo, estaban en Maine y hacía frío. Él era alto, vivaracho; en su interior brillaba una luz que captaba la atención y no la soltaba. Se llamaban Lotto y Mathilde.

Dedicaron un momento a contemplar un charquito dejado por la marea, lleno de criaturas con espinas que formaban remolinos de arena al escabullirse. Después Lotto le tomó la cara entre las manos, besó sus labios pálidos. Podía haberse muerto en ese preciso instante de felicidad. Imaginó que el mar se elevaba para succionarlos, lamía su carne hasta desprenderla del cuerpo y se pasaba los huesos por los molares de coral de las profundidades marinas. Si ella seguía a su lado, pensó el chico, no le importaba ser engullido por el mar, le habría encantado.

Bueno, él era joven, veintidós años, y se había casado con ella en secreto esa misma mañana. Dadas las circunstancias, podía perdonársele la dosis de exageración.

Los dedos de Mathilde metidos por la parte posterior del bañador de él le abrasaban la piel. Lo empujó hacia atrás, haciéndolo caminar de espaldas hacia una duna cubierta de tallos de guisantes de playa, de regreso al lugar en el que el muro de arena los protegía del viento, donde no hacía tanto frío. Bajo la parte superior del biquini de Mathilde, la piel de gallina había adquirido un tono azul lunar, y los pezones helados se le habían contraído. Ahora estaban de rodillas, pese a que la arena era gruesa y les hacía daño. No importaba. Se vieron reducidos a bocas y manos. Lancelot acercó las piernas de la chica a sus caderas, la apretó, la cubrió con su calor como un manto hasta que ella dejó de tiritar, convirtió su espalda en una duna. Las rodillas peladas de la chica se elevaron hacia el cielo.

Él ansiaba algo potente, inexpresable. ¿El qué? Meterse en su piel. Se imaginaba viviendo en su calor para siempre. Las personas de su vida habían ido cayendo una por una como fichas de dominó, alejándose de él; con cada movimiento la aferraba con más fuerza para que no lo abandonara. Se imaginó una vida entera de sexo en la playa, hasta convertirse en una de esas parejas de ancianos que dan caminatas a paso ligero por las mañanas, con la piel como una nuez esmaltada. Aun cuando fuesen viejos, la llevaría bailando hasta las dunas y se saciaría de ella con sus atractivos huesos frágiles, de pajarillo, con la prótesis de cadera y la rodilla ortopédica. Los zánganos guardacostas aparecerían de la nada, encenderían las linternas y gritarían: «¡Fornicadores! ¡Fornicadores!», para que se sintieran culpables y disuadirlos. Así por toda la eternidad. Cerró los ojos y pidió ese deseo. Con las pestañas de ella en su mejilla, las caderas contra su cintura, la primera consumación de ese acto terrorífico que habían perpetrado. El matrimonio era para siempre.

[A Lancelot le habría gustado hacerlo en una cama en condiciones, como una especie de ceremonia: le había robado la casa de la playa a Samuel, su compañero de habitación; desde los quince años había pasado casi todos los veranos allí con él y sabía que escondían la llave debajo del caparazón de la tortuga marina que tenían en el jardín. Una casa con tapizados de cuadros escoceses, cortinas de flores y platos de plástico, con una buena capa de polvo; la habitación de invitados con el parpadeo triple del faro por la noche, la playa escarpada debajo. Eso era lo que Lotto había imaginado para la primera vez que lo hiciera con esa chica despampanante que había convertido en su esposa por arte de magia. Pero Mathilde tenía razón al preferir consumarlo al aire libre. Siempre tenía razón. Lotto no tardaría en constatarlo.]

Se acabó en un abrir y cerrar de ojos. Cuando la chica chilló, las gaviotas escondidas en la duna salieron como perdigones y perforaron las nubes bajas. Más tarde, ella le mostraría la rozadura de una concha de mejillón en la octava vértebra, de cuando él la había empujado adelante y atrás. Se abrazaban tan fuerte que, cuando se reían, la risa de él surgía del estómago de la chica, y la de ella por la garganta del chico. Le besó las mejillas, la clavícula, la parte pálida de la muñeca con las venas azules como raíces. El hambre terrible que él pensaba que vería saciado no se sació. El final se asemejaba al principio.

—Mi esposa —le dijo—. Eres mía.

Quizá en lugar de meterse en su piel, podría engullirla, tragársela entera.

—¿Ah, sí? —preguntó ella—. Vale. Porque soy una esclava. O porque mi familia real me cambió por tres mulas y una barra de mantequilla.

—Me encanta tu barra de mantequilla —dijo él—. Ahora esa mantequilla es mía. Tan salada. Tan dulce.

—Para ya —dijo la chica. Había dejado de sonreír. Era una sonrisa tan tímida y constante que Lotto se sobresaltó al contemplarla tan de cerca sin ella—. Nadie pertenece a nadie. Hemos creado algo más importante. Algo nuevo.

La observó con detenimiento, le mordió con delicadeza la punta de la nariz. La había amado con toda su alma durante las últimas dos semanas, y al amarla así había creído que la muchacha era transparente, una lámina de cristal. Pero el cristal es frágil, tendría que ir con cuidado.

—Tienes razón —contestó él.

Pero pensó: no. Pensó con cuánta intensidad se pertenecían el uno al otro. Con cuánta seguridad.

Entre su piel y la de ella solo quedaba un espacio ínfimo, apenas suficiente para que pasase el aire, para que se le congelase el sudor resbaladizo. Sin embargo, aunque no se hubieran movido, una tercera persona, su matrimonio, acababa de colarse.

2

Treparon por las rocas de la playa hacia la casa que habían dejado al atardecer.

Una unidad, el matrimonio, hecha de partes discretas. Lotto era escandaloso y estaba lleno de luz; Mathilde era tranquila, expectante. Era fácil creer que la de él fuese la mejor parte, la que marcaba el tono. Cierto es que todo lo que había vivido hasta ese momento lo había llevado con paso firme hacia Mathilde. Que si su vida no lo hubiese preparado para el momento en el que ella irrumpió en la sala, no habrían construido un «nosotros».

La llovizna se convirtió en una tormenta de gotas gordas. Se apresuraron a cubrir la última porción de playa.

[Dejémoslos aquí suspendidos en el aire, en una imagen mental: delgados, jóvenes, atravesando la noche hacia el calor del hogar, volando por la arena y las piedras frías. Ya regresaremos a ellos. De momento, él es el único de quien no podemos apartar la mirada. Él es quien brilla.]

A Lotto le encantaba el relato. Como siempre decía, había nacido en el ojo tranquilo de un huracán.

[Desde el principio tuvo una percepción equivocada del don de la oportunidad.]

En esa época su madre era hermosa y su padre estaba vivo. Verano, finales de los años sesenta. Hamlin, Florida. La casa de la plantación era tan nueva que aún había etiquetas en algunos muebles. Las persianas no estaban bien atornilladas y armaron un estruendo tremebundo cuando arreció el viento antes de la tormenta.

Ahora unos rayos de sol. Las gotas de lluvia de los naranjos amargos empezaron a secarse. En esos momentos de calma, la planta embotelladora rugió a cinco acres de distancia de la casa familiar, a través de un terreno privado de monte bajo. En el pasillo, dos criadas, la cocinera, el jardinero y el encargado de la plantación aplastaron la oreja contra la puerta de madera. Dentro de la habitación, Antoinette nadaba en sábanas blancas y el enorme Gawain le aguantaba la cabeza caliente a su esposa. Sallie, la tía de Lotto, se acuclilló para atrapar al recién nacido.

Lotto entró en escena: con aspecto de duende y extremidades largas, manos y pies inmensos, los pulmones exageradamente fuertes. Gawain lo acercó a la luz de la ventana. El viento estaba recuperando fuerza, los robles dirigían la tormenta con sus brazos musgosos. Gawain sollozó. Había llegado a la cima.

—Gawain Junior —dijo.

Pero al fin y al cabo, Antoinette había hecho todo el trabajo, y el calor que había sentido hasta entonces hacia su marido ya se había dividido entre su hijo y él.

—No —dijo. Pensó en una cita con Gawain, el terciopelo marrón del cine y *Camelot* en la pantalla—. Lancelot —añadió.

Sus hombres tendrían nombres de caballero. A Antoinette no le faltaba sentido del humor.

Antes de que la tormenta volviera a azotar, llegó el médico para coserle la herida a Antoinette y recomponerla. Sallie cubrió la piel del bebé con aceite de oliva. Se sentía como si tuviera en las manos su propio corazón, que latía acelerado.

—Lancelot —susurró—. Menudo nombre. Seguro que se meten contigo en el colegio. Pero no te asustes. Me aseguraré de que te llamen siempre Lotto.

Y como Sallie era capaz de moverse por detrás del empapelado igual que el ratón al que se parecía, Lotto fue como lo llamaron.

El niño era exigente. Antoinette tenía el cuerpo destrozado, los pechos hinchados. No acababa de mamar bien. Pero en cuanto Lotto empezó a sonreír y su madre vio que era su imagen en miniatura, con sus hoyuelos y su encanto, lo perdonó. Era un alivio encontrar su propia belleza en él. La familia de su marido no era muy agraciada, descendientes de todo tipo de habitantes de Florida, desde los timucua originales hasta los españoles y escoceses, pasando por algún esclavo furtivo, algún indio seminola y otros oportunistas; en su mayoría tenían el aspecto de galleta quemada. Sallie tenía la cara afilada, huesuda. Gawain era peludo, gigantesco y silencioso; en Hamlin decían en broma que era solo medio humano, el engendro de un oso que había atacado a su madre cuando esta se dirigía al retrete exterior. A Antoinette siempre le habían gustado los hombres que habían medrado con elegancia y sutileza, los extremadamente ricos, pero tras un año de matrimonio, se sentía tan conmovida por su marido que cuando él llegaba por las noches lo seguía vestida a la ducha, como si estuviera en trance.

Antoinette se había criado en una casa modesta en la costa de New Hampshire: cinco hermanas menores, una corriente tan heladora en invierno que siempre pensaba que moriría antes de llegar a vestirse por la mañana. Cajones con botones de recambio y pilas gastadas. Patatas al horno seis veces por semana. Tenía el billete pagado hasta Smith pero no pudo bajarse del tren. En el asiento de al lado había una revista abierta con un reportaje de Florida, árboles cargados de fruta dorada, sol, lujo. Calor. Mujeres con cola de sirena que producían destellos verdes al ondularse. Estaba cantado. Siguió hasta el final del trayecto, hasta donde le llegó el dinero, luego hizo autoestop hasta Weeki Wachee. Cuando entró en la oficina del director, se soltó la melena rubia rojiza que le llegaba hasta la cintura, se contoneó y murmuró: «Sí».

La paradoja de ser una sirena: cuanto más vaga parece, más trabaja. Antoinette sonreía con ojos lánguidos y deslumbraba. Los manatíes le rozaban el cuerpo; las mojarras le mordisqueaban el pelo. Pero el agua estaba fría, a apenas veintitrés grados, la corriente era fuerte, había que calibrar a la perfección el aire de los pulmones para regular la flotabilidad y el hundimiento. El túnel por el que nadaban las sirenas para acceder al escenario era negro y largo; a veces les pillaba el pelo y las dejaba allí atrapadas, agarradas por la melena. No veía al público, pero notaba el peso de sus ojos a través del cristal. Encendía el fuego para sus espectadores invisibles; les hacía creer esa ilusión. Aunque algunas veces, mientras sonreía, pensaba en las sirenas tal como ella las conocía; no como la sensiblera Sirenita de la película a quien intentaba imitar, sino la que ofreció su lengua, su canción, su cola y su hogar a cambio de ser inmortal. La que podía hechizar con su canto a un barco lleno de hombres y hacer que naufragaran al chocar contra las rocas para observar, feroz, cómo se hundían en las profundidades.

Por supuesto, iba a los bungalows cuando se lo pedían. Durante los años en los que quiso ser estrella del cine, conoció a actores de televisión, cómicos, jugadores de béisbol e incluso una vez coincidió con ese cantante que contoneaba las caderas. Le hacían promesas, pero ninguna iba en serio. Nunca le mandaban un jet para que la sacara de allí. Jamás le proporcionaban entrevistas con los directores. No le montaron ninguna casita en Beverly Hills. Cumplió los treinta. Treinta y dos. Treinta y cinco. Nunca sería una actriz en ciernes que soplaba las velas, lo sabía. Lo único que tenía por delante era el agua fría, el baile lento.

Entonces Sallie entró en el escenario que había debajo del agua. Tenía diecisiete años, estaba achicharrada por el sol. Se había escapado de casa, ¡quería vivir! Quería hacer algo más que su silencioso hermano, que se pasaba dieciocho horas al día en la embotelladora y solo iba a casa para dormir. Pero el jefe de las sirenas se rio de ella. Tan flaca que parecía más una anguila que una sirena. Ella se cruzó de brazos y se sentó en el suelo del despacho. Le ofreció que llevara el puesto de perritos calientes para que se levantara. Sallie entró en el anfiteatro a oscuras y se quedó boquiabierta ante el centelleante cristal: Antoinette estaba en plena actuación con la parte de arriba de un biquini rojo y una cola de sirena. Captaba toda la luz.

La atención ferviente de Sallie se dilató hasta adoptar el tamaño de la mujer de la piscina de cristal y allí se quedó, fija, para siempre.

Se convirtió en una pieza indispensable. Les cosía las lentejuelas de las colas, aprendió a utilizar el aspirafondos para rascar las algas que se formaban en la parte del cristal donde daba el chorro de agua. Un día, al año siguiente, cuando Antoinette estaba desplomada en la habitación de la bañera, quitándose la cola de las piernas, Sallie se le acercó. Le entregó a Antoinette un papel de publicidad del nuevo parque de atracciones de Disney en Orlando.

—Eres Cenicienta —le susurró.

Antoinette nunca se había sentido tan comprendida en toda su vida.

—Sí —contestó.

Y lo era. Le sentaban como un guante el vestido de satén con vuelo fruncido, la tiara de circonitas. Ahora tenía un apartamento en una arboleda de naranjos y una nueva compañera de habitación, Sallie. Antoinette estaba tumbada al sol en el balcón con un biquini negro y un toque de carmín en los labios cuando Gawain subió la escalera con la mecedora de la familia a cuestas.

Llenó todo el vano de la puerta: seis pies con ocho pulgadas, tan peludo que la barba se extendía hasta el corte de pelo, tan triste y solo que las mujeres percibían la pena en la estela que dejaba al pasar. Al principio la gente pensaba que era retrasado, pero al morir sus padres en un accidente de coche cuando él tenía veinte años y dejarle con una hermana de siete años, él fue el único que comprendió el valor de los terrenos de la familia. Utilizó los ahorros de ambos como anticipo para pagar la construcción de una planta en la que embotellar el agua limpia y fresca del manantial familiar. Tal vez revender a los habitantes de Florida lo que les correspondía como propietarios por derecho de nacimiento fuera propio de un retrasado moral, pero era la forma de ganar dinero que se estilaba en Estados Unidos. Gawain acumulaba riqueza y no gastaba nada. Cuando sus ansias de tener esposa fueron demasiado intensas, construyó la casa de la plantación, rodeada de inmensas columnas corintias. Había oído que a las mujeres les encantaban las columnas grandes. Esperó. No llegó ninguna mujer.

Entonces su hermana lo llamó por teléfono para pedirle que le llevara los cachivaches y los enseres de la familia al nuevo apartamento, y allí estaba Gawain, que se olvidó de respirar en cuanto vio a Antoinette, voluptuosa y pálida. Podría perdonársele a la chica que al principio no comprendiera lo que veía. Pobre Gawain, con su mata de pelo, su mugrienta ropa de trabajo. Antoinette le sonrió y volvió a tumbarse para que el sol siguiera adorándola.

Sallie miró a su amiga y a su hermano; notó que las piezas encajaban.

—Gawain, esta es Antoinette —dijo—. Antoinette, este es mi hermano. Tiene unos cuantos millones en el banco.

Antoinette se puso de pie, flotó por la habitación, se colocó las gafas de sol en la cabeza. Gawain estaba lo bastante cerca para ver cómo la pupila de la sirena se tragaba el iris y luego se vio a sí mismo reflejado en el negro de sus ojos.

La boda fue rápida. Las sirenas de Antoinette se sentaron con sus colas centelleantes en los escalones de la iglesia y lanzaron puñados de comida para peces a los recién casados. Los yanquis de cara agria aguantaron el calor. Sallie había modelado una escultura de mazapán para coronar la tarta nupcial, en la que aparecía su hermano levantando con un solo brazo a Antoinette tendida sobre la espalda, el adagio, el final apoteósico del espectáculo de las sirenas. En menos de una semana, ya habían encargado muebles para la casa, habían buscado sirvientes y las palas estaban sacando tierra para construir la piscina. Una vez asegurada su comodidad, a Antoinette se le acabó la imaginación para saber en qué gastar el dinero; todo lo demás lo eligió por catálogo, cualquier cosa le iba bien.

Antoinette aceptó las comodidades como dote; no esperaba recibir también amor. Gawain la sorprendió con su franqueza y su caballerosidad. Ella lo aceptó. Después de afeitar a su marido todo ese pelo, Antoinette descubrió una cara sensible, una boca amable. Con las gafas de montura de pasta que le había comprado y un traje a medida se veía distinguido, aunque no apuesto. Él le sonrió transformado, desde la otra punta de la habitación. En ese momento, prendió la mecha que había en ella.

Diez meses más tarde llegó el huracán, el recién nacido.

Ese trío de adultos dio por hecho que Lotto era especial. De oro.

Gawain volcó en él todo el amor que se había tragado desde hacía tanto tiempo. Aquel recién nacido era una masa de carne moldeada a partir de la esperanza. Como lo habían llamado tonto toda su vida, Gawain cogió en brazos a su hijo y notó el peso de la genialidad.

Por su parte, Sallie se encargaba de llevar la casa. Contrataba a las niñeras y las despedía por no ser ella. Cuando el niño empezó a tomar alimentos sólidos, Sallie masticaba plátano y aguacate y se los metía en la boca como si fuera un polluelo.

Y en cuanto Antoinette recibió la sonrisa recíproca, dedicó todas sus energías a Lotto. Ponía música de Beethoven en el equipo de alta fidelidad a todo volumen, mientras gritaba términos musicales que le sonaban de algo. Se apuntó a cursos por correspondencia de muebles indígenas, mitología griega, lingüística, y le leía los artículos de cabo a rabo a su hijo. A lo mejor ese niño manchado de guisantes en la trona captaba apenas una décima parte de sus ideas, se decía Antoinette, pero nadie sabía cuántos datos cabían en las mentes infantiles. Si iba a acabar siendo un gran hombre, algo que sin duda sería, estaba convencida, empezaría ya a fomentar su grandeza.

La formidable memoria de Lotto se reveló cuando tenía dos años y Antoinette se sintió gratificada. [Don envenenado; haría que el muchacho lo captase todo con rapidez pero fuese un vago.] Una noche Sallie le leyó un poema infantil antes de ir a la cama y por la mañana Lotto bajó a la sala a desayunar, se subió a una silla y lo recitó de memoria. Gawain le aplaudió anonadado y Sallie se secó las lágrimas con una cortina. «Bravo», se limitó a decir Antoinette con frialdad, y levantó la taza de café intentando disimular que le temblaba la mano. Sallie le leía poemas cada vez más largos por la noche; el niño siempre los clavaba por la mañana. Dentro de él crecía una certeza con cada éxito, la sensación de escalar una escalera invisible. Cuando los gerentes del sector del agua embotellada iban con sus esposas algún día festivo a la casa de los Satterwhite para hablar de trabajo, Lotto se colaba en la planta baja y gateaba a oscuras para esconderse debajo de la mesa del comedor de invitados. Metido en esa caverna, veía los pies que salían de los mocasines masculinos y las conchas húmedas de color pastel de las braguitas femeninas. Entonces aparecía gritando el poema «Si...» de Kipling y era recibido con una ovación abrumadora. El placer del aplauso de esos desconocidos se contrarrestaba con la discreta sonrisa de Antoinette, su cariñoso «Vete a la cama, Lancelot», en lugar de una alabanza. Su madre se había dado cuenta de que el niño dejaba de esforzarse si lo alababa. Los puritanos comprenden el valor de la gratificación pospuesta.

En el ambiente húmedo y maloliente del centro de Florida, entre pájaros salvajes de patas largas y frutas que cogía de los árboles,

Lotto fue creciendo. Desde que aprendió a caminar, pasaba las mañanas con Antoinette y las tardes merodeando por el terreno arenoso de matorrales, mientras los fríos manantiales borboteaban desde el suelo y los caimanes lo observaban desde los juncos de los pantanos. Lotto era un adulto en miniatura, bien hablado, radiante. Su madre aguantó un año más sin llevarlo al colegio y hasta que empezó primaria no conoció a ningún otro niño, pues Antoinette consideraba que estaba por encima de los habitantes del pueblo donde vivían; las hijas del capataz eran escandalosas y asilvestradas, y ella sabía adónde conduciría eso, así que no, gracias. En la casa había personas que servían al pequeño en silencio: si tiraba una toalla al suelo, alguien la recogía; si quería comer a las dos de la madrugada, le llegaba algún tentempié como por arte de magia. Todo el mundo trabajaba para complacerlo y Lotto, que no tenía otros modelos, también procuraba complacer. Le cepillaba el pelo a Antoinette, dejaba que Sallie lo llevara a cuestas incluso cuando ya era casi de la misma estatura que ella, se pasaba la tarde sentado en silencio junto a Gawain en el despacho, calmado por la bondad tranquila de su padre, contento de ver que de vez en cuando el hombre dejaba que su sentido del humor refulgiera como un rayo de sol que los cegaba a todos. Su padre era feliz solo de recordar que Lotto existía.

Una noche, cuando tenía cuatro años, Antoinette lo sacó de la cama. En la cocina puso cacao en polvo en una taza, pero se olvidó de añadir la leche. El niño se comió los polvos con un tenedor, lamiéndolo y metiendo el dedo. Estaban a oscuras. Durante un año Antoinette prescindió de los cursos por correspondencia y dedicó sus energías a un predicador de la televisión que parecía hecho de poliestireno, como si un niño hubiera cincelado sus facciones en un arrebato y luego lo hubiese pintado con acuarelas. La mujer del predicador llevaba maquillaje permanente y el pelo en forma de elaboradas catedrales que Antoinette imitaba. Luego encargó unas cintas proselitistas y las escuchaba con unos auriculares inmensos y una pletina de ocho pistas que colocaba junto a la piscina. Más tarde pasó a extender cheques de cantidades astronómicas que Sallie quemaba en el lavabo.

«Cariño mío —le susurró una noche Antoinette a Lotto—. Estamos aquí para salvar tu alma. ¿Sabes lo que les ocurrirá a los infieles como tu padre y tu tía cuando llegue el día del Juicio Final?»

No esperó la respuesta del niño. Ay, había intentado mostrarle la luz a Gawain y a Sallie. Se desesperaba por poder compartir el cielo con ellos, pero se limitaban a sonreírle con timidez y se daban la vuelta. Su hijo y ella observarían afligidos desde sus asientos en las nubes a los otros dos, que arderían en los infiernos por toda la eternidad. Lotto era la persona que debía salvar a toda costa. Encendió una cerilla y empezó a leerle el libro del Apocalipsis con voz trémula y susurrante. Cuando se apagó la cerilla, encendió otra y siguió leyendo. Lotto observaba cómo el fuego devoraba los delgados palitos. Al aproximarse la llama a los dedos de su madre notaba el calor en los propios como si fuese él quien se quemase. [Oscuridad, trompetas, criaturas marinas, dragones, ángeles, jinetes, monstruos de muchos ojos; estas visiones se colarían en sus sueños durante décadas.] El niño observaba el movimiento de los preciosos labios de su madre, que tenía los ojos perdidos en las cuencas. A la mañana siguiente se despertó convencido de que lo vigilaban, de que lo juzgaban en todo momento. Se pasaba el día en la iglesia. Ponía cara de inocente cada vez que tenía malos pensamientos. Incluso cuando estaba solo, actuaba.

Lotto habría sido brillante, normal, si los años hubiesen continuado así. Uno más de tantos niños privilegiados con preocupaciones de niño normal.

Sin embargo, llegó el día en que Gawain tomó su descanso habitual de treinta minutos, dejó la embotelladora y recorrió el extenso jardín que daba a la casa. Su mujer dormía junto a la zona más profunda de la piscina, con la boca abierta y las palmas hacia el sol. Le cubrió el cuerpo con una tela para evitar que se quemara, le dio un beso en el pulso de la muñeca. En la cocina, Sallie estaba sacando unas galletas del horno. Gawain rodeó la casa, arrancó un níspero del árbol, se pasó el fruto aún amargo por la boca, se sentó junto a la bomba de agua que había al lado de las rosas silvestres y se quedó mirando el camino de tierra hasta que por fin apareció su hijo, un mosquito, una mosca, una mantis montada en bicicleta. Era el último día de clase de séptimo curso. El verano era un río ancho y lento que se extendía ante Lotto. Se hartaría de ver reposiciones, ya que se había perdido los primeros pases por culpa del colegio: *Dos chalados y muchas curvas*, *Días felices*. Buscaría ranas en los lagos por la noche. La felicidad del chico llenó el camino de luz. El solo hecho de tener un hijo ya conmovía a Gawain, pero el hijo real era un milagro, grande, divertido y guapo, mucho mejor que las personas que lo habían engendrado.

Pero de repente, el mundo se contrajo alrededor de su hijo. Asombroso. Gawain tuvo la impresión de que todo se veía imbuido de una claridad tan ardiente que podía ver incluso los átomos.

Lotto se bajó de la bici cuando vio a su padre junto a la vieja bomba de agua. Creyó que estaba dormitando. Qué raro. Gawain nunca dormía la siesta. El chico se detuvo. Un pájaro carpintero repicaba contra un magnolio. Una lagartija anolis se subió de repente al pie de su padre. Lotto tiró la bici y echó a correr, le sujetó la cara a Gawain y dijo el nombre de su padre tan alto que alzó la cabeza y vio a su madre corriendo, esa mujer que nunca corría, convertida en un dardo blanco que chillaba, como un pájaro que arremete contra el agua.

El mundo se reveló tal como era. Amenazado por la oscuridad desde las profundidades.

Lotto contempló cómo se abría un socavón repentino y se tragaba el antiguo retrete exterior de la familia. Por todas partes: socavones.

Se apresuraba entre los senderos arenosos que dividían las hileras de nogales y sentía terror al pensar que el suelo se abriría bajo sus pies y él caería dando tumbos en la oscuridad, y a la vez pensaba que no podía ser. Los placeres de antaño habían quedado desprovistos de color. El caimán de dieciséis pies para el que había robado pollos enteros congelados de la cocina ahora no era más que un lagarto. La planta embotelladora no era más que otra máquina grande.

La ciudad observó a la viuda adentrándose entre las azaleas, con su hermoso hijo dándole palmaditas en la espalda. Los mismos pómulos altos, el pelo rubio rojizo. La belleza es un buen complemento para el duelo, dispara y da en la diana del corazón. Hamlin lloró por la viuda y el niño, no por el inmenso Gawain, su hijo nativo.

De todos modos, no era solo el dolor por la muerte lo que la hacía vomitar. Antoinette estaba embarazada otra vez; le recomendaron reposo en la cama. Durante meses, la localidad vio pasar una retahíla de pretendientes que se acercaban con coches de lujo, trajes negros y maletines, y todo el mundo especulaba sobre a cuál elegiría. ¿Quién no querría casarse con una viuda tan rica y encantadora?

Lotto se hundía. Intentó boicotear los estudios, pero los profesores estaban tan acostumbrados a considerarlo un alumno sobresaliente que no le hacían caso. Intentó sentarse junto a su madre y escuchar sus programas religiosos, cogerla de la mano hinchada, pero dios había desaparecido para él. Solo conservó los rudimentos: las historias, la rigidez moral, la manía por la pureza.

Antoinette le besó la palma y le indicó que se marchara, plácida como una vaca marina en su cama. Sus emociones estaban bajo tierra. Observaba todo desde una distancia enorme. Engordó y engordó. Al final, igual que un fruto demasiado grande, se partió en dos. La pequeña Rachel, la semilla, salió.

Cuando Rachel se despertaba por la noche, era Lotto quien iba a verla, se acomodaba en la silla, le daba leche en polvo y la acunaba. La niña le ayudó a superar ese primer año, su hermana, que estaba hambrienta y a quien él podía alimentar.

Lotto tenía la cara cubierta de acné quístico, ardiente, que le palpitaba bajo la piel; ya no era un chico guapo. No importaba. A esas alturas, las chicas se morían de ganas de besarlo, por pena o porque era rico. Metido en la boca suave y limosa de las chicas, con sabor a chicle de uva y con la lengua caliente, se concentraba y era capaz de disolver el horror que se había instalado en su interior. Quedaban para liarse en los recreativos, o en los parques por la noche. Volvía a casa en bici sumido en la oscuridad de Florida, pedaleando a toda velocidad como si quisiera desplazar la tristeza de sus extremidades, pero la tristeza siempre era más rápida y no tardaba en volver a alcanzarlo.

Un año y un día después de que muriera Gawain, Lotto, de catorce años, bajó a la sala del desayuno al amanecer. Quería prepararse unos cuantos huevos duros para comérselos montado en la bici mientras bajaba a la ciudad, donde lo esperaba Trixie Dean, cuyos padres pasarían el fin de semana fuera. Llevaba aceite lubricante WD-40 en el bolsillo. Los chicos de la clase le habían contado que el lubricante era imprescindible.

Desde la oscuridad, la voz de su madre dijo:

—Cariño, tengo una noticia.

El chico se sobresaltó y encendió la luz para verla vestida con un traje negro en el extremo más alejado de la mesa, despeinada, como si de su cabeza salieran llamas.

Pobre vieja, pensó. Tan hecha polvo. Tan gorda. Ella creía que los analgésicos que no dejaba de tomar desde que había nacido Rachel eran un secreto. No lo eran.

Horas después, Lotto estaba en la playa, parpadeando incrédulo. Los hombres con maletines no eran pretendientes, sino abogados. No quedaba nada. Los sirvientes se habían desvanecido. ¿Quién haría las tareas? La casa de la plantación, su infancia, la embotelladora, la piscina, Hamlin, donde habían vivido sus antepasados desde siempre, todo volatilizado. El fantasma de su padre, esfumado. Cambiado por una cantidad astronómica de dinero. La zona, Crescent Beach, era agradable, pero la casa era diminuta, de color rosa, edificada sobre unos postes de madera sobre las dunas, como una caja de Lego de cemento encima de unos pilotes. Debajo solo había un embrollo de palmeras enanas y pelícanos que parloteaban al viento cálido y salado. Era una playa por la que uno pasaría de largo. Las furgonetas con música thrash metal a todo volumen quedaban ocultas por las dunas, aunque dentro de la casa aún se oía la estridente música.

—¿Esto? —preguntó Lotto—. Vieja, podrías haber comprado millas de playa. ¿Por qué estamos en esta birria de caja de zapatos? ¿Por qué aquí?

—Es barato. Me dieron la hipoteca. Ese dinero no es para mí, cariño —dijo su madre—. Es de tu hermana y tuyo. Está en fideicomiso para vosotros.

Una sonrisa de mártir.

Pero ¿qué le importaba a Lotto el dinero? Lo odiaba. [Durante toda su vida había evitado pensar en el dinero, dejaba esa preocupación para los demás, dando por hecho que nunca le faltaría.] El dinero no era su padre, no era la tierra de su padre.

—Traición —dijo Lotto, y sollozó de furia.

Su madre le arropó la cara entre las manos, intentando no tocarle los granos.

—No, cariño mío —contestó. Esbozó una sonrisa radiante—. Libertad.

Lotto estaba taciturno. Se sentaba solo en la arena. Golpeaba las medusas muertas con un palo. Bebía granizados en la puerta de la tienda que había al lado de la carretera.

Y después se compraba un taco en el puesto donde comían los gamberros, este miniyuppy con su polo, sus bermudas y sus náuticos, aunque era la clase de sitio en el que las chicas iban a comprar con la parte de arriba del biquini y los chicos se dejaban la camiseta en casa para que se les broncearan los músculos. Entonces Lotto ya medía seis pies y estaba a punto de cumplir quince años, a finales de julio. [De signo Leo, lo que explica por qué era como era.] No se le veían más que los codos y las rodillas peladas, llevaba el pelo repeinado hacia atrás. Pobre, con la piel llena de acné y costras. Desconcertado, incrédulo, medio huérfano; daban ganas de abrazarlo y acunarlo como a un niño para tranquilizarlo. Algunas chicas se sentían atraídas por él, le preguntaban cómo se llamaba, pero estaba tan abrumado que no resultaba interesante, y siempre lo dejaban por imposible.

Un día estaba comiendo solo en una mesa de pícnic. Se le había quedado un pedacito de cilantro en los labios y eso hizo reír al chico asiático bien arreglado que había por allí. Junto al chico asiático estaba sentada una chica de pelo alborotado con raya en los ojos, los labios pintados de un rojo intenso, un imperdible en la ceja y una esmeralda falsa reluciente en la nariz. Lo miraba con tanta intensidad que Lotto notó que los pies le empezaban a cosquillear. A esa chica se le daría bien el sexo, pensó Lotto, sin saber por qué. Junto a ella había un muchacho gordo con gafas y expresión pícara, su hermano gemelo. El chico asiático se llamaba Michael; la chica intensa era Gwennie. El muchacho gordo sería el más importante. Se llamaba Chollie.

Ese día había otro Lancelot en el puesto de tacos; a ese lo llamaban Lance. ¿Cómo iba a ser un chico con ese nombre? Lance era flacucho y pálido por falta de verduras, fingía ser medio cojo, llevaba el sombrero ladeado y una camiseta tan larga que le colgaba por detrás de las corvas de las rodillas. Fue al lavabo haciendo percusión con la boca y cuando volvió lo acompañaba un olor fétido. El chico que tenía detrás le dio una patada en la camiseta y cayó una bolita de caca.

—¡Lance se ha cagado en la camiseta! —gritó alguien.

Las burlas siguieron durante un rato, hasta que uno de los chicos se acordó de que había otro Lancelot presente, más vulnerable, nuevo, rarito, y en ese momento, alguien le preguntó a Lotto:

—Novato, ¿tú también te has cagado en los pantalones?

—¿Cómo te apellidas, Sir Pringao? —le pinchó otro.

Él se encogió de hombros, triste. Dejó la comida allí y se largó. Los gemelos y Michael lo alcanzaron cuando estaba debajo de una palmera de dátiles.

—¿Es un polo auténtico? —le preguntó Chollie mientras toqueteaba la manga de la camiseta de Lotto—. Pues cuestan ochenta pavos.

—Choll —dijo Gwennie—. Basta de consumismo.

Lotto se encogió de hombros.

—Creo que es una imitación —dijo, aunque saltaba a la vista que no lo era.

Se lo quedaron mirando un buen rato.

—Interesante —dijo Chollie.

—Es mono —terció Michael.

Desviaron la vista hacia Gwennie, que entrecerró los ojos fijándolos en Lotto, hasta que no fueron más que unas rendijas enmarcadas con rímel.

—Bueno, vale. —Suspiró—. Podemos quedarnos con él, supongo.

Le salieron hoyuelos en las mejillas cuando sonrió.

Eran un poco mayores que él, ya iban a undécimo grado. Sabían cosas que Lotto desconocía. Empezó a disfrutar de la playa, de la cerveza, de las drogas; le robaba los analgésicos a su madre para compartirlos con sus amigos. La pena de haber perdido a su padre se diluía durante el día, aunque por la noche Lotto seguía despertándose entre sollozos. Llegó el día de su cumpleaños, abrió una postal de felicitación y encontró una paga semanal que era una exageración para un quinceañero. El verano se extendió hasta llegar al siguiente curso, noveno grado, pan comido para su memoria prodigiosa. La playa era la constante después de las clases hasta que anochecía.

«Esnifa esto —le decían sus amigos—. Toma, fúmatelo.» Y él esnifaba, fumaba, se olvidaba de todo durante un rato.

Gwennie era la más interesante de los tres amigos nuevos. Era como si escondiera una fractura en su interior, si bien nadie supo decirle a Lotto qué le ocurría. Era capaz de echar a andar entre cuatro carriles de coches; se metía envases de nata en la mochila en el QuickieStop. A Lotto le parecía una fiera salvaje, aunque los gemelos vivían en un rancho, tenían padre y madre, y Gwennie estudiaba tres asignaturas de nivel avanzado en el instituto. Gwennie estaba loca por Michael, y Michael apoyaba las manos en las rodillas de Lotto cuando los demás no miraban, pero por la noche Lotto soñaba con desnudar a Gwennie y meterle mano; una vez, casi de madrugada, Lotto le cogió la mano fría y ella dejó que se la diera un rato antes de apretarle los dedos y soltarla. Algunas veces, Lotto se imaginaba que todos eran pájaros que revoloteaban en el cielo; daban vueltas y vueltas persiguiéndose uno a otro. Chollie era el único que volaba por libre y observaba a los demás dando círculos interminables, sin intentar integrarse casi nunca en la bandada.

—¿Sabes qué? —le preguntó un día Chollie a Lotto—. Creo que nunca había tenido un amigo de verdad hasta que te conocí.

Estaban en el centro comercial, jugando a videojuegos y filosofando. Chollie hablaba de lo que había aprendido en unas cuantas cintas que le habían dado en el Ejército de Salvación, Lotto reproducía lo que ponía en un libro de texto de noveno curso que citaba de memoria sin comprenderlo. Lotto levantó la mirada y vio un comecocos reflejado en la capa grasienta de la frente y las mejillas de Chollie. El otro chico se subió las gafas y apartó la mirada. Lotto se enterneció.

—A mí también me caes bien —dijo, y no supo que era verdad hasta que dijo esas palabras en voz alta: Chollie, con sus malos modales, su melancolía, su inocente avidez de dinero, le recordaba a su padre.

Lotto solo pudo mantener esa vida alocada hasta octubre. Unos meses tan escasos que podían contarse con los dedos de una mano, pero que cambiaron tantas cosas...

El detonante sería este: última hora de la tarde, un sábado. Llevaban en la playa desde por la mañana. Chollie, Gwennie y Michael se habían dormido encima de una toalla roja. Quemados por el sol, con sal del océano adherida y la boca pastosa de tanta cerveza. Zarapitos, pelícanos, un pescador con caña en la playa que intentaba echar el anzuelo a un pez dorado de dos palmos. Lotto lo observó durante un buen rato hasta que fue tomando forma poco a poco una imagen que había visto en un libro: un mar rojo con un camino de piedras que zigzagueaba como la lengua retorcida de un colibrí. Recogió una pala que algún niño se había dejado en la arena y empezó a cavar. Tenía la piel tirante, como si estuviera cubierta de pegamento; la piel quemada le abrasaba, pero debajo, a los músculos les encantaba el movimiento. Un cuerpo fuerte es la gloria. El mar siseaba y gorgoteaba. Poco a poco, se fueron despertando los otros tres. Gwennie se puso de pie, pop, pop, se alzó la carne en biquini. Dios mío, la lamería desde la punta del pie hasta la coronilla. La chica miró qué hacía Lotto. Lo comprendió. Una chica dura, con piercings, tatuajes de carcelaria hechos con sus propias agujas y tinta, pero cuyos ojos se salieron a borbotones del perfilador. Se arrodilló y empezó a sacar arena con los brazos. Chollie y Michael robaron unas palas grandes de la camioneta de los guardacostas. Michael sacudió un bote de anfetaminas que le había robado a su madre, volcó las pastillas en la mano y las engulló. Hicieron turnos para cavar con la mandíbula apretada. Cuatro chicos conflictivos a principios de octubre, desde el atardecer hasta la noche cerrada. La luna, desaliñada, fue ascendiendo, y dejó un rastro de orín blanco en el agua. Michael recogió maderos sueltos y encendió una hoguera. Los bocadillos llenos de arena ya habían pasado a la historia. Les salieron ampollas en las manos hasta sangrar. No les importó. Para crear el espacio interior, el inicio de la espiral, colocaron una silla de socorrista de lado y la enterraron y la cubrieron de arena bien compactada. Uno por uno, intentaron adivinar en voz alta qué pretendía transmitir Lotto con esa escultura: un nautilo, una hoja enroscada, una galaxia. Lana que se escapaba del ovillo. Las fuerzas de la naturaleza, perfectas en su belleza, de una perfección efímera, dijeron por probar. A Lotto le dio vergüenza decir «el tiempo». Se había despertado con la lengua seca y la urgencia de convertir en concreto lo abstracto, de construir su propia comprensión: quería plasmar que así era el tiempo, una espiral. Le encantaba la inutilidad de todo el esfuerzo, la fugacidad del trabajo. El océano los invadió. Les lamió los pies. Empujó la pared exterior de la espiral y se abrió camino por la arena, con los dedos como tentáculos. Cuando el agua barrió la arena que tapaba la silla del socorrista y reveló el interior blanco como un hueso, algo se partió y los fragmentos saltaron al futuro. [Ese día se replegaría y después lo iluminaría todo con su luz.]

Sin más, la noche siguiente había terminado todo. Chollie, embravecido por el colocón, volvió a subirse por la noche a la silla del socorrista, que ya habían recolocado en vertical. Por un momento su silueta se perfiló contra la luna llena, pero entonces se desplomó y se dio un golpe en la espinilla, el crujido fue estremecedor. Michael lo llevó a toda prisa al hospital, y dejó solos a Gwennie y a Lotto en la playa, azotados por el fresco viento otoñal, a oscuras. Gwennie lo cogió de la mano. Lotto notó el burbujeo en la piel, supo que era su momento, que iba a perder la virginidad. Ella se subió al manillar de la bici de Lotto y lo condujo a una fiesta que daban en una casa abandonada de la marisma. Bebieron cerveza mientras observaban a los chicos mayores pululando alrededor de una fogata inmensa en el jardín, hasta que por fin Gwennie tiró de Lotto para entrar en la casa. Cirios en el alféizar de las ventanas, colchones con extremidades, culos, manos resplandecientes. [¡Lujuria! La vieja historia de siempre renovada en carne joven.] Gwennie abrió la ventana del segundo piso y se colaron por allí para sentarse en el tejado del porche. ¿Estaba llorando? La sombra de ojos le formaba chorretones tan oscuros en las mejillas que daban miedo. Acercó la boca a la de Lotto y él, que no había besado a ninguna chica desde que se había mudado a la playa, notó el conocido líquido blanco y caliente que se movió por sus huesos. Era una fiesta loca. La chica lo empujó para que se tumbara boca arriba sobre la tela asfáltica granulada del tejadillo y él contempló su cara al brillo de la hoguera. Entonces Gwennie se levantó la falda y apartó las bragas hacia un lado, y Lotto, que siempre estaba a punto, que se ponía a cien en cuanto se imaginaba a una chica (las huellas del zarapito eran como una entrepierna, las botellas de leche parecían pechos), no estaba preparado para un principio tan abrupto. No importó. Gwennie se las apañó para que se la metiera aunque ella estaba seca. Lotto cerró los ojos y pensó en mangos, papayas partidas por la mitad, tartaletas de frutas de las que caía un jugo dulce, y en un abrir y cerrar de ojos se acabó el tema; él gimió y todo su cuerpo se volvió dulce, y Gwennie bajó la mirada hacia él con una sonrisa dibujada en los labios mordidos, y cerró los ojos y se apartó de Lotto, y cuanto más se apartaba la chica, más intentaba acercarse él, como si persiguiese a una ninfa en el bosque. Lotto se acordó de sus revistas porno furtivas, le dio la vuelta a Gwennie para que se pusiera a cuatro patas y ella se rio mirándolo por encima del hombro, y él cerró los ojos y empujó para metérsela y notó que ella arqueaba la espalda como una gata y enterró los dedos en su melena y entonces se dio cuenta de que las llamas salían como lenguas por la ventana. Pero no pudo parar. No pudo. Solo deseó que la casa aguantase en pie el tiempo suficiente para acabar de echar el polvo. Glorioso, había nacido para esto. Oyeron crujidos por todas partes y notaron un calor que abrasaba como el sol, y Gwennie se sacudía debajo de Lotto y, un, dos, tres, explotó dentro de ella.

Entonces Lotto le gritó al oído que tenían que largarse ya, ya, ya. Sin subirse la cremallera, corrió al borde del tejado y saltó a las palmeras que había debajo. Gwennie bajó flotando con él, la falda se le ahuecaba y parecía un tulipán abierto. A gatas, salieron de los arbustos que rodeaban la casa. El pene le asomaba por la cremallera. Y así fue como los recibieron los bomberos, que, burlones, empezaron a aplaudir.

—Bien hecho, Romeo —dijo uno.

—Lancelot —contestó él.

—Llámame Don Juan —dijo un poli mientras esposaba a Lotto y luego a Gwennie.

La aventura fue corta. Ella no quería mirarlo a la cara. Lotto no volvió a verla nunca más.

Luego tocó el turno de la celda con el váter mugriento en un rincón. Lotto buscó astillas que pudieran servirle de punzón; la bombilla que chisporroteaba al final acabó por estallar soltando una lluvia de cristales al amanecer.

Vuelta a casa. La cara sombría de Sallie, Rachel descansando sobre el regazo de Lotto, chupándose el dedo. Solo tenía un año y ya era presa de la ansiedad. Decidido: tenían que alejarlo de esos delincuentes. Antoinette cerró la puerta al entrar, hizo crujir los pulgares, llamó por teléfono. Cuando sobra el dinero, cualquier engranaje se engrasa. Por la tarde ya estaba todo arreglado. Por la noche Lotto se vio en la rampa de embarque a punto de montar en un avión. Miró atrás. Sallie tenía a Rachel en brazos y las dos bramaban. Antoinette aguantaba el tipo, con los brazos en jarras. Hizo una mueca. Rabia, pensó Lotto. [Se equivocaba.]

Se cerró la escotilla y Lotto desapareció. Desterrado por sus pecados.

No se acordaba del viaje rumbo al norte, solo de la conmoción del cambio. Se había despertado por la mañana bajo el sol de Florida, y se fue a dormir ese mismo día en el clima plomizo y frío de New Hampshire. Una residencia que olía a pies de adolescente. Una punzada de hambre en las entrañas.

Esa noche, en el comedor de la residencia, una porción de pastel de calabaza aterrizó sobre su frente. Levantó la mirada y se vio que los otros chicos se reían de él.

—Ay, pobre pastelón —gritó alguien.

—Pobre pijo de Florida —dijo otro.

—Pobre Don Culo del Mundo —añadió un tercero.

Y eso fue lo que más risas provocó, de modo que así lo apodaron. Él, que toda su vida había entrado en los sitios de su abrasadora tierra como si fuera el dueño del lugar [en realidad, era el dueño del lugar], notó que los hombros se le subían hasta las orejas mientras se escabullía de ese terreno frío e inhóspito. Don Culo del Mundo, un paleto para esos chicos de Boston y Nueva York. Con granos, sin rastro de su antigua belleza infantil, demasiado alto, demasiado flaco. Un sureño, inferior. Su riqueza, que en otra época lo había hecho destacar, resultaba imperceptible en medio de los niños ricos.

Se despertó antes del amanecer y se sentó, temblando, en el borde de la cama, observó cómo se iba iluminando la ventana. PUM, pum, PUM, pum, latía su corazón. La cafetería con las tortitas frías y los huevos medio hervidos, el paseo por el patio congelado hasta la capilla.

Llamaba por teléfono todos los domingos a las seis de la tarde, pero a Sallie no le gustaba hablar por hablar, ahora Antoinette no salía nunca de casa y tenía pocas noticias que contarle salvo lo que pasaba en los programas de televisión, y Rachel todavía no sabía decir frases completas. Por eso la llamada duraba cinco minutos escasos. Ante él, un oscuro mar en el que nadar hasta la siguiente llamada. En New Hampshire no había nada cálido. Incluso el cielo presentaba un frío anfibio. Lotto se metía en la bañera de agua caliente que había junto a la piscina en cuanto abría el gimnasio, a las cinco y media, para intentar derretir el hielo que se le metía en los huesos. Flotaba y se imaginaba a sus amigos fumando al sol. Si hubiera estado con Gwennie, ya habrían agotado todas las posturas para el coito que conocía, incluso las apócrifas. Chollie era el único que le escribía, aunque más que cartas eran chistes malos en postales pornográficas.

Lotto fantaseaba mirando las vigas de madera del techo del gimnasio, que estaban por lo menos a quince pies del suelo. Si se tiraba de cabeza en la parte de la piscina que no cubría, adiós a todo. No, se subiría a la parte más alta del observatorio, se ataría una soga al cuello y saltaría. No. Se colaría en la zona de mantenimiento y robaría esos polvos blancos que empleaban para limpiar los retretes y se los comería igual que si fueran un helado, hasta que le reventaran las entrañas. En su imaginación ya estaba el germen de la teatralidad. No le permitieron ir a casa para Acción de Gracias, tampoco para Navidad.

—¿Todavía sigo castigado? —preguntó.

Intentó poner voz masculina, pero le temblaba a causa de la emoción.

—Cariño… —dijo Sallie—. No es un castigo. Tu madre quiere que tengas una vida mejor.

¿Una vida mejor? Aquí era Don Culo del Mundo; nunca decía palabras malsonantes, así que ni siquiera podía quejarse del apodo que le habían puesto. Su soledad aullaba cada vez más fuerte. Todos los chicos practicaban algún deporte, así que lo obligaron a apuntarse en el equipo de remo de los novatos y le salieron ampollas en las manos, y después callos como caparazones.

El decano lo llamó a su despacho. Le habían llegado rumores de que Lancelot estaba atribulado. Tenía unas notas impecables; no era bobo. ¿Era infeliz? Las cejas del decano eran como orugas capaces de comerse un manzano entero en una noche. Sí, dijo Lotto, era infeliz. Ajá, dijo el decano. Lotto era alto, listo, rico. [Blanco.]

Se suponía que los chicos como él eran los líderes. Tal vez, se aventuró a decir el decano, si utilizara jabón facial, podría ascender un poco en la escalera del éxito… El decano tenía un amigo que podía hacerle una receta; alargó la mano y cogió el cuaderno para escribir su número de teléfono. En el cajón abierto, Lotto vio por casualidad el brillo oleoso de una pistola que le resultaba familiar. [En la mesita de noche de Gawain, dentro de la funda de piel.] Fue lo único que Lotto pudo visualizar durante el resto del día mientras avanzaba a trompicones, ese fugaz destello de la pistola, la sensación de sopesarla en la mano.

En febrero, se abrió la puerta de la clase de literatura y entró un sapo con una capa roja. Tenía cara de larva. Piel macilenta, poco pelo. Una oleada de risitas. El hombrecillo se quitó la capa de los hombros, escribió «Denton Thrasher» en la pizarra. Cerró los ojos y, cuando los abrió, tenía la cara surcada por el dolor, los brazos extendidos como si sujetara un cuerpo.

> *¡Aullad! ¡Aullad! Vosotros que sois hombres de piedra.*
> *Si tuviera vuestras lenguas y ojos los usaría de forma*
> *que haría estallar la bóveda del cielo. Se ha ido para siempre.*
> *Sé cuándo alguien ha muerto y cuándo vive;*
> *está ya muerta como la misma tierra. ¡Dadme un espejo!*
> *Si el aliento empaña o mancha su cristal,*
> *¡entonces, es que vive!*

Silencio. Ni una burla. Los chicos se quedaron petrificados.

Una sala desconocida se iluminó dentro de Lotto. Allí estaba la respuesta a todo. Podías desprenderte de ti mismo, transformarte en otra persona. Podías lograr que lo más aterrador del mundo (una clase llena de adolescentes) enmudeciera. Lotto estaba desorientado desde que murió su padre. En ese preciso instante recuperó la orientación, afilada como la punta de una brújula.

El hombre suspiró y volvió a ser él mismo.

—Vuestro profesor está enfermo y ha cogido la baja. Pleuresía. ¿Hidropesía? El caso es que voy a sustituirlo. Soy Denton Thrasher. Bueno —les dijo—, contadme, muchachos, ¿qué libro estáis leyendo en clase?

—*Matar un ruiseñor* —susurró Arnold Cabot.

—Dios nos ampare —contestó Denton Thrasher.

Agarró la papelera y fue paseándose por todas las filas de alumnos y tirando las ediciones de bolsillo.

—No hay que concentrarse en los meros mortales cuando uno apenas conoce al Bardo. Antes de que acabe con vosotros, sudaréis Shakespeare. ¡Y a esto lo llaman educación de calidad! Los japoneses serán nuestros amos imperialistas dentro de veinte años.

Se sentó en la esquina de la mesa y se apuntaló cruzando las manos delante de la entrepierna.

—Para empezar, decidme cuál es la diferencia entre la tragedia y la comedia.

—La solemnidad frente al humor —contestó Francisco Rodríguez—. La gravedad frente a la ligereza.

—Falso —dijo Denton Thrasher—. Es un truco. No hay diferencia. Es una cuestión de enfoque. Contar historias es como un paisaje, y la tragedia es la comedia y es el drama. Simplemente depende de cómo se encuadre lo que uno ve. Mirad —dijo, y formó una caja con las manos, que fue paseando por el aula hasta que se detuvo en Gelatina, el chico triste de cuello ancho, que le sobresalía por encima del cuello de la camisa.

Denton se tragó lo que estaba a punto de decir y movió la caja hecha con las manos hasta Samuel Harris, un chico de piel morena, listo y popular, el capitán del barco de Lotto.

—Tragedia —dijo.

Los chicos se echaron a reír, Samuel el primero. Tenía una confianza a prueba de bombas. Denton Thrasher movió el encuadre hasta que iluminó el rostro de Lotto, que notó esos ojos relucientes como cuentas de un collar fijos en él.

—Comedia —dijo el profesor.

Lotto se rio junto con sus compañeros, no porque fuera un chiste, sino porque se sentía agradecido hacia Denton Thrasher por haberle revelado el teatro. Lotto acababa de encontrar el único modo posible de sobrevivir en este mundo.

Hizo de Falstaff en la obra que representaron en primavera; pero al quitarse el maquillaje, su propio ser atormentado volvía a apoderarse de él. «¡Bravo!», exclamó Denton Thrasher en clase cuando Lotto pronunció un monólogo de *Otelo*, aunque Lotto se limitó a sonreír con timidez y volvió a su sitio. En remo, su equipo de novatos ganó al equipo universitario oficial en la práctica y lo ascendieron a primer remero, el que marcaba el ritmo. Aun así, todo siguió siendo una pesadilla, incluso cuando los árboles empezaron a echar brotes y regresaron las aves migratorias.

En abril, Sallie lo llamó hecha un mar de lágrimas. Lotto no podría volver a casa en verano. «Hay… peligros», le dijo, y el chico supo que se refería a que sus amigos seguían pululando por ahí. Se imaginó a Sallie observándolos mientras cruzaban la carretera, y girando las manos de forma impulsiva para dar un volantazo y atropellarlos. Ay, se moría de ganas de coger en brazos a su hermana; la niña crecía y pronto se olvidaría de él. Echaba de menos la comida de Sallie. El olor del perfume de su madre, dejar que le contara con voz soñadora las historias de Moisés y de Job, como si fueran personas que hubiera conocido de verdad. Por favor, por favor, rogó, ni siquiera saldría de casa, susurró, pero Sallie le dijo que, para compensarlo, los tres irían a visitarlo y pasarían las vacaciones todos juntos en Boston. Florida se había quemado por el sol en su recuerdo. Lotto tenía la impresión de que se quedaría ciego si volvía a mirarla directamente. Su infancia quedaba oscurecida por el brillo cegador, era imposible verla.

Colgó el auricular, impotente. Inadaptado. Abandonado. Histérico de tanta autocompasión.

Durante la cena urdió un plan infalible tras una guerra de comida con bizcochos de chocolate y menta.

Cuando anocheció y las flores de los árboles eran como polillas pálidas, Lotto salió.

El despacho del decano estaba en el edificio administrativo, y en ese despacho estaba el cajón donde guardaba la pistola. Se imaginó al decano abriendo la puerta por la mañana para encontrarse el estropicio, lo vio trastabillar hacia atrás, conmocionado.

Sallie y su madre estallarían de dolor. ¡Bien! Quería que llorasen el resto de su vida. Quería que al llegarles el momento de morir aún lloraran por lo que le habían hecho. Solo le daba pena pensar en su hermana. Pero, bah, era muy pequeña. Nunca sabría lo que había perdido.

El edificio era una mole sin iluminación. Avanzó a tientas hacia la puerta principal —no estaba cerrada con llave—, que se abrió en cuanto la empujó con la mano. Tenía la suerte de su parte. [Tenía a alguien de su parte.] No podía arriesgarse a encender la luz. Fue palpando la pared para buscar el despacho: tablón de anuncios, perchero, tablón de anuncios, puerta, pared, puerta, rincón. La esquina de un inmenso espacio negro que era el enorme vestíbulo. Lo visualizó como si estuviera iluminado por la luz del día: la doble escalinata curvada al fondo. El pasillo de la segunda planta repleto de óleos de rollizos hombres blancos. El barco antiguo que colgaba de las vigas del techo. Durante el día la luz avanzaba por las altas ventanas del triforio. Esa noche eran pozos de oscuridad.

Cerró los ojos. Caminaría con valentía hasta el final. Dio un paso, luego otro. Le encantaba el tacto sibilante de la moqueta, la vertiginosa negrura que había ante él, dio tres zancadas largas corriendo jubiloso.

Algo le golpeó en la cara.

Cayó de rodillas y la moqueta le arañó las mejillas. Volvieron a golpearle en la nariz. Levantó la mirada, pero no había nada; no, espera, ahí estaba otra vez, cayó de espaldas, notó que la cosa pasaba rozándolo. Sacudió los brazos, tocó una tela. La tela cubría una madera, no, madera no, un hierro recubierto de gomaespuma, no, no era gomaespuma, ¿un bizcocho con la corteza dura? Bajó las manos y siguió palpando. Notó algo de cuero. ¿Cordones? ¿Zapatos? Algo le dio un golpecito en los dientes.

Retrocedió de espaldas como un cangrejo mientras un frenético grito agudo salía de alguna parte de su ser, y corrió como loco pegado a las paredes, hasta que al cabo de una eternidad encontró el interruptor y en la horripilante luz repentina se encontró mirando el barco suspendido del techo, con uno de los laterales inclinado por el peso del peor ornamento navideño que podía imaginarse. Un chico. Un chico muerto. La cara azul. La lengua fuera. Las gafas torcidas. Tardó un segundo en reconocerlo: no, pobre Gelatina, colgado de la proa de un barco de remo. Había trepado por el barco y había atado la soga. Luego, un salto. Tenía bizcocho de menta y chocolate por toda la camisa. El grito se ahogó en el pecho de Lotto. Echó a correr.

Después de la policía y la ambulancia, llegó el decano. Le ofreció a Lotto rosquillas y una taza de leche con cacao. Las cejas bailaban por toda su cara, devorando ideas sobre abogados, suicidas poco imaginativos, filtraciones a la prensa. Dejó a Lotto en la residencia, pero cuando las luces traseras del coche palidecieron, Lotto volvió a salir. No podía estar cerca del resto de sus compañeros, que en esos momentos estarían inmersos en sus inocentes sueños ansiosos de morreos y prácticas para el verano.

Se encontró sentado en el escenario del auditorio cuando la campana de la capilla dio las tres de la madrugada.

Las largas hileras de asientos aún guardaban el recuerdo de los cuerpos que los habían ocupado. Sacó el porro que tenía intención de fumarse antes de que se le metiera en la cabeza la idea de ir a buscar la pistola.

Nada tenía sentido. Oyó un silbido etéreo debajo del escenario, a la derecha. Denton Thrasher, sin gafas y con un pijama a cuadros desgastado, cruzó por delante del escenario con un kit para liar porros en la mano.

—¿Denton? —dijo Lotto.

El hombre atisbó entre las sombras y apretó la bolsa con el material contra el pecho.

—«¿Quién va?» —preguntó este a su vez.

—«No, contesta tú. Detente y descúbrete» —dijo Lotto.

Denton subió lentamente al escenario.

—Ah, Lancelot. Me habías acojonado. —Tosió y le preguntó—: ¿Eso que huelo es el intenso aroma del cannabis?

Lotto colocó el porro en los dedos extendidos del profesor y Denton dio una calada.

—¿Qué hace aquí en pijama? —preguntó Lotto.

—La pregunta es, jovencito, qué haces tú aquí. —Se sentó junto a Lotto y luego añadió con una sonrisa maliciosa—: ¿O me buscabas a mí?

—No —contestó Lotto.

—Vaya —dijo Denton.

—Pero aquí estamos —dijo Lotto.

—Voy justo de pelas —comentó Denton cuando se les acabó el porro—. Duermo en el vestuario. Ya estoy mentalizado de que cuando sea viejo no tendré dónde caerme muerto. Pero no está mal. Por lo menos no hay chinches. Y me gusta oír las campanadas.

Justo entonces, sonó la campana que marcaba las tres y cuarto y los dos se echaron a reír.

—Esta noche he encontrado a un chico que se ha ahorcado —dijo Lotto—. Se ha colgado. Se ha ahorcado. Ya me entiende.

Denton se quedó de piedra.

—Pobre chico —comentó.

—No lo conocía mucho. Lo llamaban Gelatina.

—Harold —dijo Denton—. Ese chico. Intenté hablar con él para que se sincerase, pero estaba tan triste… Los chicos sois terribles. Unos salvajes. Eh, tú no, Lotto. No me refería a ti. Siento que fueras tú quien lo encontrase.

A Lotto se le llenó la garganta de algo y se vio a sí mismo colgando del barco de remos hasta que se abrió la puerta y la luz parpadeó. Cayó en la cuenta de que, aunque hubiera conseguido subir la escalera y hubiese encontrado abierto el despacho del decano, aunque hubiera abierto el cajón y notado el peso de la pistola en la mano, seguro que algo en él se habría resistido a usarla. Nunca habría terminado con su vida de ese modo. [Cierto. No le había llegado la hora.]

Denton Thrasher abrazó a Lotto y le secó las lágrimas con la chaqueta del pijama, dejando al descubierto una barriga blanca y peluda. Acunó a Lotto en el borde del escenario, y este percibió el olor a hamamelis, a Listerine y a un pijama al que le hacía falta un buen lavado.

Lancelot era como un niño sobre el regazo de Denton. Tan joven, sin parar de llorar después de sobrepasar el límite del dolor inmediato para soltar algo más profundo. Denton se asustó. Las cuatro de la madrugada. El dulce Lancelot, tan lleno de talento, aunque se estaba pasando con el dramón. A pesar de todo, Denton había visto en él la extraña chispa de la genialidad. Tenía unas facciones prometedoras y al mismo tiempo era como si alguna promesa esencial se hubiese roto y hubiese dejado los despojos de un naufragio a su paso, algo que resultaba curioso, dado que el chico debía de tener quince años como mucho. Bueno, a lo mejor la belleza reaparecía más adelante. En diez años podría estar radiante, habría crecido y llenaría ese cuerpo ahora desgarbado, sería un encanto; ya se notaba que poseía la grandeza de un auténtico actor en el escenario. De todas formas, Denton sabía que el mundo estaba lleno de auténticos actores. Dios mío, las campanadas de las cuatro y media, estaba a punto de salirse de sus casillas. Denton era incapaz de contener tanto dolor. Era demasiado débil. [El dolor es para los fuertes, que lo utilizan como combustible y lo queman.] Voy a pasarme toda la vida aquí pegado a este crío, pensó. Sabía que solo había una cosa que pudiese cerrar la compuerta del torrente de lágrimas y, hecho un manojo de nervios, apartó al chico y lo sentó más erguido, le dio la vuelta y le sacó el sorprendido gusano pálido de los vaqueros, que creció de forma impresionante cuando se lo metió en la boca, gracias a dios, y bastó con eso para que dejase de sollozar. ¡El arma de la juventud! Y rápida como la de todos los jóvenes. Ay, y notar ahora que esa carne tan, tan sólida se le derretía en la boca, menguaba, se deshacía en un denso rocío atrevido. Denton Thrasher se limpió la boca y levantó la cabeza. ¿Qué había hecho? Los ojos del chico se desvanecieron en la sombra.

—Me voy a la cama —susurró Lotto, y corrió por los pasillos, atravesó varias puertas, salió a la calle.

Qué lástima, pensó Denton. Qué dramático, verse obligado a huir en plena noche. Echaría de menos ese lugar. Lamentaría no ver crecer a Lancelot. Se levantó e hizo una reverencia para saludar al público. «Muchas gracias», dijo al enorme salón de actos vacío y se dirigió al vestuario para recoger sus cosas.

Samuel Harris, despierto antes que el resto del equipo, estaba mirando por la ventana cuando vio al pobre Don Culo del Mundo corriendo por el oscuro patio cuadrangular, llorando. Desde que había llegado en mitad del primer trimestre, ese chico había estado tan triste que su soledad casi resultaba iridiscente. Samuel era el capitán del barco en el que remaba Don Culo del Mundo, y se pasaba prácticamente todo el día acurrucado delante de él en la embarcación, y a pesar de que el otro chico era un paria, Samuel se preocupaba por él, con sus seis pies con tres y apenas ciento cincuenta libras de peso, el aspecto congelado, las mejillas como filetes de solomillo mordidos. Saltaba a la vista que quería castigarse. Al oír a Lotto subir a toda prisa la escalera, Samuel abrió la puerta y lo hizo entrar a la fuerza en su habitación, lo alimentó con galletas de avena que le había mandado su madre y así logró que el chico le contara toda la historia. ¡Dios mío, Gelatina! Lotto le dijo que después de que llegara la policía, se había quedado sentado en el escenario un buen rato para calmarse. Parecía que estaba a punto de contarle algo más, luego lo pensó mejor y se calló. Samuel se preguntó qué sería. Pensó qué haría su padre, el senador, en esas circunstancias y se puso una máscara de adulta seriedad encima de la cara. Alargó una mano hacia el hombro de Lotto y le dio palmaditas hasta que este se tranquilizó. Tuvo la impresión de que acababan de cruzar un puente justo antes de que se derrumbara.

Durante el siguiente mes, Samuel observó a Lotto, que se arrastraba de aquí para allá por el campus. Cuando terminaron las clases, Samuel se llevó al chico a su casa de veraneo en Maine. Allí, con el padre senador y la madre espigada de Samuel, una estrella en ciernes de la más alta sociedad negra de Atlanta, Lotto supo cómo eran los barcos de vela, los pícnics playeros, los amigos con jerséis de punto estampados de Lilly Pulitzer y Brooks Brothers, el champán, las tartas recién hechas que se enfrían en el alféizar de la ventana, los perros labradores retriever. La madre de Samuel le compró jabón facial y ropa buena, hizo que comiera bien y caminara erguido. Lotto se desarrolló. Tuvo éxito con una prima de cuarenta años de Samuel que lo acorraló en la caseta de las embarcaciones; la piel morena sabía igual que la rosada, tal como constató Lotto para su alegría. Cuando volvieron al internado para empezar el siguiente curso, Lotto lucía un bronceado tan dorado que resultaba fácil olvidarse de las marcas de acné que tenía en las mejillas. Estaba más rubio, más suelto. Sonreía, hacía bromas, aprendió a expandirse tanto dentro como fuera del escenario. Nunca soltaba tacos, y así demostraba lo guay que era. Aunque nunca había sido el alma de la fiesta, el amigo de Samuel se había vuelto más famoso que el propio Samuel, el de la confianza a prueba de bombas, el de los relucientes ojazos marrones, pero ya era tarde para que le importara. Cada vez que Samuel miraba a su amigo, durante todos los años que duró su amistad, lo que veía era que él había sido un obrador de milagros, porque había devuelto a Lotto a la vida.

Entonces, justo antes de la celebración del día de Acción de Gracias del segundo curso, cuando Lotto regresaba a su habitación después de estudiar matemáticas, se encontró con Chollie, grasiento y maloliente, desparramado en el pasillo junto a su puerta.

—Gwennie —dijo Chollie, gruñó y se replegó por el dolor.

Lotto lo arrastró para que entrase en la habitación. Obtuvo una historia confusa y fragmentaria; Gwennie había tenido una sobredosis. La peligrosa Gwennie no podía morir, vibraba de vida por todos los poros. Pero había muerto. Chollie la había encontrado. Había huido. No tenía ningún otro sitio al que ir salvo donde Lotto. El suelo de linóleo beige se convirtió en un océano que chocaba y chocaba sin cesar contra las espinillas de Lotto. Se sentó. Todo giraba a una velocidad vertiginosa. Dos minutos antes era un chaval que pensaba en su Nintendo, se preocupaba por las asíntotas y los senos y cosenos. Ahora se sentía pesado, adulto. Más tarde, cuando los chicos se tranquilizaron lo suficiente para ir a comer una pizza en el pueblo en el que estaba el internado, Lotto le dijo a Chollie lo que le habría gustado decirle a Gwennie desde la noche del incendio: «Yo cuidaré de ti». Se sintió valiente. Lotto dejó que Chollie durmiera en su cama el resto del trimestre; a él no le importaba dormir en el suelo. [Durante los cursos de instituto que le quedaban a Lotto y durante la universidad, Chollie aceptó encantado el dinero que le ofrecía su amigo, salía al mundo, acababa regresando. Asistía de oyente a todas las clases que podía; no obtuvo títulos, pero aprendió más que suficiente. Si nadie se chivó de lo que hacía era porque sus compañeros adoraban a Lotto, no porque les importara un rábano su amigo Chollie, que era una persona a quien solo Lotto podía soportar.]

El mundo era un lugar precario, Lotto había aprendido la lección. Las personas le podían ser sustraídas por culpa de algún cálculo matemático mal hecho. Si podías morir en cualquier momento, ¡había que vivir! Así empezó la era de las mujeres. Escapadas a la ciudad, polos sudados en los clubes nocturnos, rayas de cocaína en mesitas de mediados de siglo xx, padres que pasaban el fin de semana fuera. «No pasa nada, tío, no te emparanoyes. A la asistenta no le importa.» Un trío con dos chicas en el cuarto de baño de no sé quién.

—A lo mejor podrías venir a casa este verano —dijo Antoinette.

—Ja, ahora sí que me quieres, ¿eh? —contestó Lotto con sarcasmo, y rechazó la invitación.

La hija del director en el campo de lacrosse. Chupetones. Otra vez Maine, la prima de cuarenta y un años en un motel sórdido, la hija del vecino en una hamaca, una turista que había salido a nadar por la noche en un barco de vela. Samuel se moría de envidia. Una furgoneta Volvo que Lotto se compró con la paga desproporcionada que le mandaba su madre. Tres pulgadas más en septiembre, seis pies con seis. Papel protagonista en *Otelo*, y una Desdémona del pueblo, de diecisiete años, con la entrepierna depilada como una prepúber, según descubrió Lotto. Primavera, verano en Maine; otoño, regata Head of the Charles, el equipo de remo de ocho de Lotto clasificado. Acción de Gracias en casa de Samuel en Nueva York. En Navidad, Sallie los llevó a él y a Rachel a Montreal.

—¿La vieja no viene? —preguntó Lotto, intentando no mostrar que estaba herido.

Sallie se ruborizó.

—Le da vergüenza su aspecto —dijo con dulzura—. Ahora está gorda, parece un queso de bola. Nunca sale de casa.

Admisión inmediata en Vassar, la única universidad en la que se preinscribió, plena confianza en sí mismo; allí se montaban unas fiestas increíbles, unas fiestas que dejaban el resto a la altura del betún. Esa fue la única razón por la que eligió Vassar. Celebración con la hermana de Samuel, de quince años, que había ido a visitarlo el fin de semana, en un baño para minusválidos. Jamás podría decírselo a Samuel. Un brillo cegador. ¿Qué soy, idiota o qué? ¡Sorpresa! Samuel también iba a estudiar en Vassar; había entrado en todas partes, pero habría preferido morir a perderse la diversión garantizada de Lotto. Solo la esquelética Sallie y Rachel, ya de cuatro años, que únicamente quería que él la llevara en brazos, fueron a su graduación cuando terminó el bachillerato. Ni rastro de la vieja. Para paliar la tristeza, Lotto se imaginó a su madre como la sirena que había sido en otro tiempo, no como la mujer obesa que se había zampado a la sirena. Al llegar a Maine, la prima de cuarenta y tres años de Samuel se había ido a Suiza, mala suerte. La hermana de Samuel en biquini anaranjado y con un novio de pelo largo que zumbaba detrás de ella, gracias a dios. Una única chica en todo el verano, una bailarina con lengua viperina: ¡lo que era capaz de hacer con las piernas, madre mía! Partidos de cróquet. Fuegos artificiales. Barriles de cerveza en la playa. Regatas de vela.

Entonces llegó la última semana del verano. Los padres de Samuel se pusieron sentimentales y sacaron al nuevo cachorro de labrador de debajo de la mesa.

—Nuestros chicos —dijo la madre en la marisquería— se han hecho mayores.

¡Hacía cuatro años que los chicos se consideraban mayores! Pero fueron simpáticos con ella y mantuvieron la compostura.

Desde el espacio opresivo del internado masculino hasta el mundo maravilloso de la universidad. Los baños mixtos: pechos enjabonados. El comedor: chicas que lamían helados cremosos. Al cabo de dos meses, Lotto se había ganado el apodo de Rey de los Cerdos. Hoagmeister. No es verdad que no tuviera criterio, sencillamente sabía ver cualidades en todas las mujeres. Lotto imaginaba su vida como la de un antisacerdote, consagrada al sexo. Moriría convertido en un sátiro antiguo con la casa llena de elegantes ninfas que lo acompañarían a la tumba. ¿Y si resultaba que sus mayores dones eran los que desplegaba en la cama? [¡Iluso! Los hombres altos tienen extremidades tan largas que al corazón le cuesta bombear la sangre a las partes menores. Pero gracias a su encanto conseguía que los demás creyesen que era mejor de lo que era en realidad.]

Sus compañeros de habitación no daban crédito al desfile de chicas. Una alumna de estudios feministas decrépita con piercings, una chica del pueblo con un michelín que sobresalía de los vaqueros lavados al ácido, una remilgada estudiante de neurociencia con gafas de culo de vaso que era especialista en la postura de la vaquera invertida. Los compañeros de habitación veían a las chicas que iban desfilando por la sala común, y cuando Lotto y la muchacha en cuestión desaparecían en su dormitorio, cogían el cuaderno en el que apuntaban las taxonomías.

Australianopithecus: australiana de pelo lacio que en el futuro se hará famosa como violinista de jazz.

Virago stridentica: punky de género ambiguo que Lotto ha pillado en el centro.

Sirena ungulatica: empollona con piel de melocotón encima de un cuerpo de ballena.

Las chicas no sabían que se burlaban de ellas. Sus compañeros de habitación no pensaban que fuesen crueles. Pero cuando dos meses después le enseñaron el cuaderno a Lotto, se enfureció. Se puso hecho un basilisco y los llamó misóginos. Ellos se encogieron de hombros. Las chicas que follaban como locas merecían que se burlasen de ellas. Lotto hacía lo que hacen todos los hombres. Las reglas no las habían puesto ellos.

Lotto nunca llevaba a los hombres a la residencia. No quedaba constancia de ellos en ningún cuaderno. Permanecían invisibles, esos fantasmas hambrientos con los que se acostaba sin meterlos en su cama.

Era la última función de la representación universitaria en la que actuaba Lotto. *Hamlet*. Los espectadores que fueron al teatro después de las rondas de vodka con Red Bull llegaron borrachos como cubas; las nubes que habían oprimido el valle durante todo el día se dispersaron. Ofelia representaba el papel desnuda, con sus tremendas tetas como quesos stilton con venas azules. Hamlet era Lotto y viceversa. En todas las representaciones se había ganado una gran ovación y el público se había levantado del asiento, emocionado.

Entre bambalinas, torció el cuello y respiró profundamente desde el estómago. Alguien sollozaba, otra persona encendió un cigarrillo. Un ruido similar a alguien revolcándose en un pajar al anochecer. Susurros entre los actores. «Sí, me han dado el trabajo en el banco…» «El cielo está enladrillado. ¿Quién lo desenladrillará? El desenladrillador que lo desenladrille…» «Rómpete una pierna. ¡Rómpete las dos!»

Murmullos que reverberaban. Se abrió el telón. Los guardianes irrumpieron con ímpetu. «¿Quién va?» Dentro de Lotto se encendió el interruptor y su vida retrocedió. Alivio.

La carcasa de Lotto observó desde bambalinas mientras él, Hamlet, salía con paso tranquilo a escena.

Volvió a ser él mismo cuando su doble estaba empapado en sudor y se encontró haciendo reverencias al público; el murmullo de los espectadores fue ascendiendo hasta la apoteósica ovación final, todos de pie. El profesor Murgatroyd estaba en la primera fila, apoyado entre su amante y el amante de su amante, y gritaba con su afectada voz victoriana: «¡Bravo, bravo!». Ramos de flores. Chicas con las que se había acostado, una tras otra, que lo abrazaban, restos aceitosos de brillo de labios en la lengua. ¿Quién era esa? Bridget, la de la cara de perro spaniel, ay, se abalanzó sobre él. Habían follado. ¿Cuánto?, ¿dos minutos? [Ocho.] Había oído que decían por ahí que era su novia, pobrecilla.

—Nos vemos en la fiesta, Bridge —le dijo con amabilidad mientras se liberaba.

El público se perdió en medio de la lluvia. Ofelia le apretó el brazo. ¿Lo vería luego? Lotto se había divertido las dos veces que se habían enrollado en el lavabo para minusválidos durante los ensayos. Desde luego que él la vería luego, murmuró, y ella se alejó meneando su alocado cuerpo.

Lotto se encerró en un retrete. El edificio se vació, cerraron las puertas principales. Cuando salió, los vestuarios estaban desiertos. Todo estaba a oscuras. Se fue quitando el maquillaje poco a poco, se contempló a la luz mortecina. Volvió a ponerse base de maquillaje, suavizó las imperfecciones de la cara y se dejó el perfilador de ojos porque le gustaba cómo hacía destacar el azul de sus iris. Era ideal ser el último en ese lugar sagrado. En cualquier otro sitio aborrecía que lo dejaran solo. Pero esa noche, la última gloria de su juventud, lo embargó todo lo que había vivido hasta ese momento: su húmeda Florida perdida, el dolor que ocupaba el lugar de su padre, la ferviente fe de su madre en él, dios que lo vigilaba, los fabulosos cuerpos en cuyo interior se había olvidado temporalmente de sí mismo. Dejó que todo eso lo embargara y lo barriera en oleadas. Arrastró la marea de sentimiento por la lluvia oscura hasta la fiesta del reparto, que se oía a varias manzanas de distancia, y entró recibido por un aplauso. Alguien le puso una cerveza en la mano. Minutos o eones más tarde, se apoyó en la repisa de una ventana mientras el mundo centelleaba detrás de él, entre relámpagos.

Los árboles se convirtieron en neuronas encendidas de perfil. El campus era un cúmulo de ascuas veloces, seguidas de cenizas lentas.

A sus pies, en la fiesta destacaban los últimos modelitos de principios de los años noventa, barrigas, piercings y gorras para tapar las entradas, dientes de un tono púrpura en contraste con la luz oscura, pintalabios y perfiladores de ojos en color marrón y pendientes de pinza en el cartílago y botas de motero y calzoncillos a la vista y bailes locos y música de los Salt-N-Pepa y caspa en tono verde fosforito por las luces y marcas de desodorante y mejillas resaltadas para que brillaran.

Sin saber cómo, alguien le había pegado una jarra de agua vacía a la cabeza con una cinta elástica. Empezaron a gritar:

—¡Tres hurras por el Príncipe del Agua!

Uf, eso pintaba mal. Sus amigos se habían enterado de dónde salía su dinero. Lotto lo había ocultado; por el amor de dios, si conducía un Volvo destartalado. De pronto, se encontró sin camiseta, mejor alardear de músculos. Era consciente de lo mucho que debía de destacar desde cualquier ángulo de la sala, y aunque la jarra le restaba dignidad, le añadía garbo militar. Sacó pecho. Ahora tenía una botella de ginebra en la mano.

—¡Lotto, Lotto, Lotto! —gritaron sus amigos mientras él se la acercaba a los labios y daba un sorbo largo, que se convertiría en un líquido espeso que le embotaría el cerebro y haría que a la mañana siguiente sus pensamientos fuesen impenetrables, imposibles de separar.

—Se acaba el mundo —gritó—. ¿Por qué no follamos?

Los bailarines que había a sus pies lo vitorearon.

Levantó los brazos. [Esa arrogancia fatal.]

En el vano de la puerta, de repente, ella.

Alta, con la silueta recortada, el pelo mojado que creaba un halo con la luz del recibidor, un torrente de cuerpos en la escalera, detrás de ella. Miraba a Lotto, aunque él no pudiera verle la cara.

Movió la cabeza y lo deslumbró, fuerte y luminosa. Pómulos altos, labios carnosos. Orejas diminutas. Chorreaba agua porque había ido andando a pesar de la lluvia. Lotto se enamoró ante todo porque lo dejó aturdido en medio del ruido y el baile.

La había visto antes, sabía quién era. Mathilde no sé qué más. Las bellezas como ella provocan destellos en las paredes e incluso en el campus, era como si volviera fosforescentes las cosas que tocaba. Había estado tan por encima de Lotto —tan por encima de cualquiera de los estudiantes de la facultad— que se había convertido en un mito. Antipática. Gélida. Pasaba los fines de semana en la ciudad; era modelo, de ahí la ropa a la última. Nunca salía de fiesta. Diosa del Olimpo, elegante sobre su pedestal. Sí... Mathilde Yoder. Pero la victoria de Lotto lo había preparado para recibirla esa noche. Ahí estaba para él.

Detrás de Lotto, en la tormenta agitada, o quizá dentro de él, se oyó un chisporroteo. El joven se escabulló entre la mole de cuerpos, le dio un codazo en el ojo a Samuel, chocó con una pobre chica bajita y la tiró al suelo sin querer.

Lotto salió nadando del mar de gente y cruzó la pista de baile para acercarse a Mathilde. La chica medía seis pies en calcetines. Con tacones, los ojos le llegaban a la altura de los labios de Lotto. Lo miró con picardía. Lotto ya se había enamorado de la risa que escondía en su interior, que nadie más podía ver.

Lotto notó el dramatismo de la escena. Además, cuántas personas los observaban, qué buena pareja hacían Mathilde y él, qué guapos.

En un segundo, había vuelto a nacer. Su pasado se había esfumado. Se puso de rodillas y tomó a Mathilde de las manos para llevárselas al corazón.

—¡Cásate conmigo! —le gritó mirándola a la cara.

Ella echó la cabeza hacia atrás, dejando al descubierto su cuello blanco, largo como una serpiente. Se rio y dijo algo en voz baja. Lotto leyó esos labios de escándalo que decían: «Sí». Después llegaría a contar esa misma historia docenas de veces, invocando la luz negra, el flechazo del amor a primera vista. Todos los amigos, a lo largo de todos esos años, se lo tragaban, románticos no declarados, y sonreían. Mathilde lo miraba desde el otro lado de la mesa, inescrutable. Cada vez que contaba la historia, Lotto aseguraba que ella había dicho: «Claro».

Claro. Sí. Una puerta se cerró tras él. Otra puerta, mejor, se abrió de par en par.

3

Una cuestión de enfoque. Al fin y al cabo, vista desde el sol, la humanidad es una abstracción. La Tierra no es más que un punto de luz que da vueltas. Si uno se acerca, la ciudad se convierte en un nudo de luz entre otros nudos; y si se acerca todavía más, los edificios se iluminan, se separan poco a poco. Dentro de las ventanas se revelan los cuerpos, todos iguales. Únicamente cuando uno enfoca bien se convierten en personas concretas, una peca en la nariz, el diente que se inca en el labio inferior durante el sueño, la piel fina de una axila.

Lotto puso leche al café y despertó a su mujer. En el radiocasete sonaba una canción, los huevos estaban fritos, los platos fregados, el suelo barrido. La cerveza y los cubitos de hielo estaban listos, los aperitivos preparados. A media tarde todo resplandecía, a punto para la fiesta.

—Aún no ha llegado nadie. Podríamos… —le susurró a Mathilde al oído.

Le apartó la melena larga de la nuca, le besó la vértebra que sobresalía. Esa nuca era de él, porque pertenecía a la esposa que él poseía, resplandeciente, bajo sus manos.

El amor que había empezado con tanta fuerza en el cuerpo se

había extendido con exuberancia por todo su ser. Llevaban juntos cinco semanas. La primera no había habido sexo, Mathilde coqueteaba pero nada más. Luego llegó el fin de semana en que se fueron de acampada y lo hicieron por primera vez, embelesados. A la mañana siguiente, al ir a orinar, Lotto había descubierto un resto sanguinolento y había caído en la cuenta de que ella era virgen, por eso no había querido acostarse antes con él. Regresó al lado de Mathilde y la vio con ojos nuevos, como si le hubiera metido la cabeza en el arroyo gélido para que se lavara y hubiera salido con las mejillas enrojecidas y la cara perlada de agua, y Lotto supo que Mathilde era la persona más pura que había conocido en su vida, él, a quien de niño habían preparado para la pureza. En ese momento supo que la cosa prosperaría, se graduarían, irían a vivir a la ciudad y serían felices juntos. Y desde luego, eran felices, aunque apenas se conocían el uno al otro. El día anterior, por ejemplo, se había enterado de que Mathilde era alérgica al sushi. Esa mañana, cuando hablaba con su tía por teléfono, observó a Mathilde mientras se secaba después de la ducha y de pronto sintió una revelación: ella no tenía familia de ningún tipo. Las pocas cosas que contaba de su infancia estaban ensombrecidas por el abuso. Lotto se lo imaginó con viveza: pobreza, una caravana destartalada, un tío baboso —ella insinuaba algo peor—. Los recuerdos más nítidos de la infancia de Mathilde eran de la televisión siempre encendida. La salvación del colegio, el internado, hacer de modelo por cuatro chavos. Empezaron a compartir anécdotas de su vida. Por ejemplo, Mathilde le contó que, cuando era pequeña y estaba aislada en el campo, se sentía tan sola y triste que había dejado que una sanguijuela viviera en la parte interna de su muslo durante una semana. Que había empezado a trabajar de modelo porque la había descubierto un hombre feo como una gárgola en un tren. Mathilde tuvo que hacer acopio de una inmensa fuerza de voluntad para enterrar su pasado, tan triste y oscuro, y superarlo. Ahora solo lo tenía a él. A Lotto le conmovía saber que él lo era todo para ella. No le pediría más de lo que Mathilde quisiera darle por propia iniciativa.

Era un asfixiante día de junio en Nueva York. Pronto empezaría la fiesta: decenas de amigos de la universidad se acercarían a su casa para la inauguración y habría una cálida bienvenida, aunque la casa ya estaba más que caldeada por el sol del verano. De momento estaban a salvo, solos dentro de su hogar.

—Son las seis. Les dijimos que vinieran a las cinco y media. No podemos —contestó Mathilde.

Pero Lotto no la escuchaba, subió las manos bajo la falda de vuelo y las metió por dentro de la goma de las braguitas de algodón, sudadas por la parte de las ingles. Estaban casados. Tenía derecho. Mathilde inclinó hacia atrás las caderas, hacia él, y apoyó las palmas de las manos a ambos lados del espejo barato de cuerpo entero que era, junto con el cochón y unas cuantas maletas en las que guardaban la ropa, todo lo que había en la habitación. La luz de los montantes, dorada como un tigre, merodeaba por el desnudo suelo de pino.

Lotto le bajó la ropa interior hasta las rodillas.

—Iremos rápido —le dijo.

Punto: fin del debate. Lotto la miró en el espejo mientras Mathilde cerraba los ojos y el rubor le subía a las mejillas, los labios, la garganta. Tenía la parte posterior de las piernas húmeda y temblaba contra las rodillas de él.

Lotto se sintió embriagado. ¿De qué? De todo. El apartamento en West Village con su jardín perfecto, que cuidaba esa bruja inglesa del piso de arriba, cuyos muslos gordos, incluso ahora, estaban entre los lirios atigrados de la ventana. Un solo dormitorio pero enorme; un semisótano, pero con alquiler razonable. Desde la cocina y el cuarto de baño, se veían los pies de los peatones que pasaban, juanetes y tatuajes en los tobillos; pero allí abajo estaban a salvo, en un búnker que los protegía de la calamidad, aislados de los huracanes y las bombas gracias a la tierra y a las capas de la calzada. Después de haber pasado tantos años como un nómada, Lotto se sentía arraigado a ese lugar, arraigado a esa esposa, con sus facciones finas y los ojos tristes de gata, con pecas y el cuerpo alto y larguirucho, con su afición a lo prohibido. Menudas barbaridades le había dicho su madre cuando Lotto la llamó por teléfono para decirle que se había casado. Cosas horribles. Le entraban ganas de llorar solo de pensarlo. Pero hoy, incluso la ciudad se extendía ante él como un menú de degustación; los noventa acababan de empezar, resplandecientes; las chicas se ponían purpurina en las mejillas; la ropa llevaba vetas de hilo plateado; todo irradiaba la promesa del sexo, de la riqueza. Lotto lo devoraría todo, sin dejar ni los huesos. Todo era belleza, todo era abundancia. Era Lancelot Satterwhite. Llevaba un sol reluciente en su interior. Y ese «todo» era la chica que se estaba follando ahora mismo.

Su propia cara lo miró desde el espejo por detrás de la cara ruborizada y jadeante de Mathilde. Su esposa, un conejo cazado. Le notaba el pulso y los latidos. Los brazos de la chica cedieron, su cara palideció, cayó hacia delante contra el espejo, que crujió, y una raja torcida partió la cabeza de los dos en mitades desiguales.

Sonó el timbre, un toque largo y lento.

—¡Un momento! —gritó Lotto.

En el vestíbulo del entresuelo, Chollie no paraba de cambiar de posición un enorme Buda de cobre que había encontrado en un contenedor de camino a la fiesta.

—Te apuesto cien pavos a que están follando —dijo.

—Cerdo —contestó Danica.

Desde la graduación había perdido toneladas de peso. Era un saco de huesos envueltos en gasa para que no se cayeran. Estaba dispuesta a decirles a Lotto y a Mathilde en cuanto abrieran la puerta —si llegaban a abrirla de una vez, maldita sea— que Chollie y ella no habían ido juntos, que se habían encontrado en la puerta del edificio, que «literalmente» no la pillarían ni muerta en el mismo sitio que Chollie, ese trol baboso. Chollie llevaba las gafas pegadas con celo en el puente. Tenía una boca desagradable, como el pico de un cuervo, con su constante cantinela amarga. Ya caía mal cuando iba a visitar a Lotto en la facultad y sus visitas se prolongaban meses y meses, hasta que la gente daba por hecho que era estudiante de Vassar, aunque no lo era; apenas había terminado el instituto. Lotto lo conocía de cuando eran críos. Pero ahora le caía aún peor. Gordo pretencioso.

—Hueles a basura —le espetó.

—He estado pescando en el contenedor —dijo. Victorioso, mostró el Buda como trofeo—. Si yo fuera ellos, me pasaría el día mojando. Mathilde es un poco rara, pero me la cepillaría. Y a Lotto le encanta echar polvos… con quien sea. A estas alturas tiene que ser un experto.

—Desde luego. Es el más cabrón —dijo Danica—. Se sale con la suya solo por la forma en que te mira. Porque, no sé, si fuera guapo de verdad, no sería tan irresistible, aunque después de pasar cinco minutos en la misma habitación que él, lo único que te apetece es desnudarte. Y también porque es un tío, claro. Si una chica se pasa el día follando como Lotto, dicen que está, no sé, perturbada. Una intocable. Pero un tío puede meterla a diestro y siniestro y todo el mundo piensa que hace lo mismo que todos los hombres. —Danica volvió a llamar al timbre con insistencia, una y otra vez. Bajó la voz—. De todos modos, les doy un año como pareja. Vamos a ver, ¿a quién se le ocurre casarse a los veintidós? Igual que los mineros. Igual que los granjeros. Nosotros no. Lotto se tirará a la bruja de la planta de arriba en menos de ocho meses, ya verás. Y a alguna directora menopáusica con malas pulgas que le dará el papel de Lear. Y a cualquiera que le llame la atención. Y Mathilde pedirá un divorcio exprés y se casará con un príncipe de Transilvania o algo así.

Se echaron a reír. Danica llamó al timbre en código morse. SOS.

—Acepto la apuesta —dijo Chollie—. Lotto no le pondrá los cuernos. Lo conozco desde que tenía catorce años. Es arrogante pero fiel.

—Un millón de pavos —dijo Danica.

Chollie dejó el Buda en el suelo y se dieron la mano para cerrar el trato.

La puerta se abrió de par de par y allí estaba Lotto, con perlas de sudor en las sienes. A través del salón vacío, pudieron atisbar un fragmento de Mathilde justo cuando cerraba la puerta del baño, una forma azul que plegaba las alas. Danica tuvo que contenerse para no lamerle las mejillas a Lotto al darle dos besos. Salado, ¡qué delicia, dios mío!, como una galletita caliente y tierna. Siempre había sentido debilidad por él.

—«Cien mil bienvenidas: estoy a punto de llorar y de reír; estoy ligero y pesado. ¡Bienvenidos!» —dijo Lotto, citando a Shakespeare.

Por dios. Si casi no tenían nada. Estanterías de libros hechas con bloques y láminas de contrachapado, un sofá salido de la sala común de la universidad, una mesa que cojeaba y unas sillas de exterior. Aun así, se respiraba felicidad. Danica sintió un arrebato de envidia.

—Espartano —dijo Chollie, y subió el Buda gigante a la repisa de la chimenea, desde donde gobernaba toda la habitación blanca.

Chollie le frotó la barriga a la estatua, luego fue a la cocina y se hizo el lavado del gato con detergente y agua abundante para eliminar la peste a contenedor que emanaba su persona. Desde allí observó la avalancha de petulantes, engreídos y pijos modernillos a los que había tenido que aguantar desde que habían mandado a Lotto al internado y después a la universidad; su amigo lo había acogido cuando Chollie no tenía a nadie más. Ese espantoso Samuel que fingía ser el mejor amigo de Lotto. Falso. Por mucho que Chollie lo insultase, Samuel permanecía impertérrito; Chollie sabía que era demasiado pobre, demasiado rastrero a ojos del otro, para que a Samuel le importase lo que decía. Lotto era más alto que todos los demás, y lanzaba rayos de luz láser de alegría y afecto en todas direcciones. Todos los que entraban en la fiesta parpadeaban, cegados por el resplandor de su sonrisa. Les regalaron plantas trepadoras en macetas de terracota, packs de cerveza, libros, botellas de vino. Yuppies en potencia que imitaban los modales de sus padres. Veinte años más tarde tendrían casas en el campo e hijos con pretenciosos nombres literarios y clases de tenis y coches feos y amoríos con las jovencitas en prácticas que estuvieran buenas. Eran huracanes de privilegios, un cúmulo de espirales, ruido y destrucción, sin nada en el centro.

Veinte años después, Chollie se prometió en voz baja, seré el dueño de todos vosotros. Soltó un bufido. Echaba humo.

Mathilde estaba junto a la nevera. Frunció el entrecejo al ver el charco a los pies de Chollie, las manchas de agua en sus pantalones de color caqui. En la barbilla se le notaba la abrasión del roce de la barba de Lotto, a pesar del maquillaje.

—Eh, hola, Cara Larga —dijo Chollie.

—Hola, Lengua Larga —dijo ella.

—¿Has besado a mi amigo con esa boca guarrona que tienes? —le preguntó Chollie, pero ella se limitó a abrir la nevera y sacó un bol de humus y dos cervezas, y le ofreció una.

Chollie percibió su olor, el romero de su melena rubia y sedosa, el jabón de marfil, el inconfundible aroma del sexo. Ajá. Tenía razón.

—Habla con la gente —le dijo Mathilde, y se apartó—. Y no obligues a nadie a darte un puñetazo, Chollie.

—¿Temes que destruya esta perfección? —preguntó él con una mueca en la cara—. Jamás.

Igual que los peces en un acuario, los cuerpos se desplazaban por aquel ambiente caldeado. En el dormitorio se formó un corrillo de chicas. Observaban el parterre de iris que había en la ventana, por encima de la altura de la cabeza.

—¿Cómo se lo pueden permitir? —murmuró Natalie.

Estaba tan nerviosa por tener que ir a la fiesta —Lotto y Mathilde eran tan glamurosos— que se había metido unas rayas antes salir de casa. A esas horas ya iba bastante borracha.

—Pagan poco de alquiler —dijo una chica con minifalda de cuero, que miraba a su alrededor en busca de alguien que pudiese salvarla.

Las demás se habían volatilizado en cuanto se les había acercado Natalie; era una de esas personas con quienes estaba bien coincidir en una fiesta universitaria cuando ibas contentillo, pero ahora que estaban en el mundo real, lo único que hacía era quejarse del dinero. Era agotador. Todos eran pobres, se suponía que tenían que ser pobres al terminar los estudios. Venga ya, supéralo, Natalie. Doña Minifalda interceptó a una chica pecosa que pasaba por allí. Las tres se habían acostado con Lotto en algún momento. Cada una de ellas creía en secreto que él la prefería a las otras.

—Sí —dijo Natalie—. Pero Mathilde ni siquiera tiene trabajo. Entendería que pudieran pagarlo si ella aún hiciera de modelo, pero como ya ha cazado marido, ha dejado de currar, bla, bla, bla. En fin, yo no dejaría de trabajar de modelo si alguien me lo pidiera. Y Lotto es actor, ¡por favor!, y aunque nosotras creamos que es fabuloso, no es que vaya a ser la estrella de la próxima película de Tom Cruise o algo parecido. A ver, tiene una piel horrorosa. ¡No quiero criticar! Me refiero a que, o sea, sí, actúa de miedo, pero le costaría ganarse la vida aunque formara parte del sindicato de actores, y ni siquiera llega a eso.

Las otras dos miraron a Natalie como si la vieran desde una gran distancia. Vieron esos ojos saltones, el bigote sin depilar, y suspiraron.

—¿No lo sabes? —preguntó Doña Minifalda—. Lotto es el heredero de una fortuna, joder. Agua embotellada. ¿Te suena el agua del manantial de Hamlin? Pues son ellos. Su madre, eh, es la dueña de toda Florida, o casi. Es multimillonaria. Podrían comprar un piso de tres habitaciones con portero en el Upper East Side con la calderilla que llevan encima.

—En realidad, es como humilde que vivan así, ¿no? —dijo Pecosa—. Lotto es el mejor.

—Ella, por otra parte —dijo Natalie, y bajó la voz. Las otras se acercaron más a ella e inclinaron la cabeza para escuchar mejor. Una congregación de arpías—: Mathilde es un enigma envuelto en un misterio envuelto en beicon. Ni siquiera tenía amigos en la universidad. A ver, ¡todo el mundo tiene amigos en la universidad! ¿Y de dónde ha salido? Nadie tiene ni idea.

—Ya lo sé —dijo Doña Minifalda—. Es siempre tan tranquila y callada. Como una reina de hielo. Y Lotto es un escandaloso. Atractivo, cariñoso. Son opuestos.

—De verdad, no me cabe en la cabeza —dijo Pecosa.

—Eh, primer matrimonio —dijo Doña Minifalda.

—¡Y adivina quién montará una fiesta cuando todo se vaya al garete! —exclamó Pecosa.

Las tres se echaron a reír.

Bueno, pensó Natalie. Ahora ya estaba claro. El piso, cómo flotaban Lotto y Mathilde como si vivieran en otro mundo. Las agallas que hacían falta para proclamar que alguien quería tener una profesión creativa, el narcisismo. En otros tiempos, Natalie quería ser escultora y se le daba bastante bien, maldita sea. Había montado una estructura de la hélice de ADN en acero inoxidable de nueve pies de altura, que estaba expuesta en el ala de ciencias de su instituto. Soñaba con construir gigantescas estructuras en movimiento, como giroscopios y molinillos, que se accionaran con el viento. Pero sus padres tenían razón en lo de buscar trabajo. Ha-

bía estudiado económicas y español en Vassar, una opción bastante lógica, y aun así tenía que alquilar el armario con olor a polilla
de no sé quién en Queens hasta que terminara las prácticas y pudiera optar a otra cosa. Llevaba un agujero en los únicos zapatos
de tacón que tenía, y no le quedaba más remedio que pegarlos
todas las noches con pegamento rápido. Qué vida tan agotadora.
No era lo que le habían prometido. Estaba explícito en los folletos
de propaganda que había mirado con ojos ávidos como si fuera
porno en su cama de las afueras cuando hizo la solicitud: si vas a
Vassar, prometían todos esos estudiantes guapos que se reían en
las fotos, vivirás una vida dorada. En cambio, ese apartamento
pringoso con su cerveza mala era lo máximo a lo que podría aspirar en un futuro cercano.

Por la puerta que daba a la sala de estar vio a Lotto riéndose de
algún chiste que había contado Samuel Harris, el hijo del senador
más turbio del estado de Washington. El senador era el tipo de
persona que, después de haber invertido todo su capital empático
en casarse con alguien sorprendente, quería asegurarse de que nadie más tuviera la oportunidad de tomar sus propias decisiones.
Estaba en contra de la inmigración, en contra de las mujeres, de
los homosexuales, y eso solo para empezar. En honor de Samuel
había que decir que había montado el Partido Liberal del Campus,
pero tanto Lotto como Samuel habían adoptado el innato y aristo-
crático aire de condescendencia que poseía la arrogante madre de
Samuel. En una ocasión la señora había hecho quedar fatal a Natalie por sonarse con la servilleta en una cena familiar, durante el
breve lapso de tiempo en que Samuel y ella salieron juntos. Por lo
menos Lotto tenía encanto suficiente para hacer que te sintieras
interesante. Samuel solo conseguía que te sintieras inferior. A Na-

talie le entraron unas ganas locas de plantarles la Doc Martens a los dos en esa carita de niño rico malcriado que tenían. Suspiró.

—El agua embotellada es terrible para el medio ambiente —dijo, pero las otras se habían esfumado para consolar a Bridget, la pava que estaba llorando en un rincón porque seguía enamorada de Lotto.

Daba vergüenza ajena solo de verla al lado de la alta y rubia Mathilde. Natalie hizo una mueca para sí misma en el espejo rajado y lo único que vio fue una chica fracturada con la boca torcida.

Lotto flotaba. Alguien había puesto el CD de En Vogue, seguro que con un toque irónico, pero a él le encantaban las voces de esas chicas. En el piso hacía un calor de mil demonios, pues el sol de la tarde se colaba por las ventanas como un mirón. Daba igual; había vuelto a reunir a todos sus amigos de la facultad. Se detuvo un momento a contemplarlos, plantado en el vano de la puerta con una cerveza en la mano.

Natalie, borracha, hacía el pino con las manos apoyadas en un barril de cerveza; la sujetaban por los tobillos los chicos de la cafetería del final de la calle. La falda se le había subido hasta la barriga blanca como la manteca. Samuel, con ojeras, repetía a voz en grito que la semana anterior había trabajado noventa horas en su banco de inversiones. La hermosa Susannah había metido la cabeza en el congelador para refrescarse, radiante después de haber rodado un anuncio de champú. Lotto se tragó la envidia. La chica no sabía actuar, pero era ingenua como un cervatillo. Se habían enrollado una vez en primero. Entonces sabía a nata fresca. El cocapitán del equipo de remo, Arnie, que acababa de hacer un curso de cócteles, estaba mezclando Pink Squirrels; tenía la piel como un melocotón moteado por un exceso de loción de bronceado.

Detrás de él, una voz que Lotto no conocía preguntó:

—¿Qué palabra está prohibida en una adivinanza sobre el ajedrez?

Y otra persona lo pensó un segundo y luego se aventuró a decir:

—¿Ajedrez?

—¡Te acuerdas del seminario de Borges que dimos en primero! —exclamó el primero.

Lotto se rio a carcajadas con afecto hacia esos pretenciosos montones de esperma.

Decidió que darían esa fiesta todos los años. Sería como la fiesta anual de junio; se reunirían todos los amigos, un grupo cada vez más numeroso, hasta que tuviesen que alquilar un hangar en el que cupieran todos, y beberían, gritarían y bailarían hasta las tantas. Farolillos de papel, cóctel de gambas, la banda de folk del hijo de alguien. Cuando tu familia te desprecia, como había hecho la de Lotto, te creas tu propia familia. Ese puñado de gente hacinada y sudorosa era lo único que quería en la vida; eso era el súmmum. Dios, qué feliz era.

¿Qué es eso? Un chorro de agua se coló por las ventanas abiertas del jardín, la vieja les gritó blandiendo la manguera a modo de arma, su voz apenas se oía entre la música y el bullicio. Las chicas chillaron, tenían los vestidos de verano pegados a su hermosa piel. Tiernas. Húmedas. Se las comería a todas. Lotto tuvo una visión de sí mismo en una maraña de extremidades y pechos, una boca abierta con pintalabios rojo se abalanzaría sobre él... Pero, no, un momento, no podía. Estaba casado. Sonrió a su mujer, que se apresuró a cruzar el salón para dirigirse a la mujer gorda que les gritaba desde la ventana.

—¡Salvajes! ¡Controlaos! ¡Bajad la música! ¡Salvajes!

Mathilde intentó calmarla con buenas palabras, y luego volvieron los postigos y cerraron las ventanas que daban al jardín, pero abrieron de par en par las que daban a la calle, por donde además entraba aire más fresco, porque daba la sombra. Empezaron los morreos, los bailes, aunque todavía brillaba el sol. Subieron un poquito la música, el volumen de las voces también subió.

—… a punto de una revolución. Alemania del Este y Alemania del Oeste se van a reunificar, habrá una reacción tremenda contra el capitalismo.

—Hélène Cixous es atractiva. Simone de Beauvoir. Susan Sontag.

—Las feminazis, de por sí, no pueden ser atractivas.

—… o sea, la condición humana fundamental es sentirse solo.

—¡Qué cínico! Solo tú serías capaz de decir eso en medio de una orgía.

Lotto notó que el corazón le saltaba como una rana dentro del pecho; hacia él avanzaba Mathilde, con su vistosa falda azul. La exuberante leona azul de Lotto. La melena larga le caía en una trenza por encima del pecho izquierdo, a su esposa, que era el nexo de todas las bondades de este mundo. Lotto estaba alargando la mano hacia ella cuando Mathilde hizo que se diera la vuelta y mirara hacia la puerta principal. Estaba abierta. Había alguien muy bajito. ¡Sorpresa! Su hermanita Rachel con coletas y un peto, que observaba la escena de alcohol, desenfreno y tabaco con el horror de cualquier niño baptista; temblaba de nervios. Solo tenía ocho años. Llevaba una tarjeta de «menor no acompañado» alrededor del cuello. Detrás de ella había una pareja de mediana edad con botas de montaña a juego que miraban la escena con el ceño fruncido.

—¡Rachel! —gritó Lotto.

La agarró por el asa de la mochila y la hizo pasar.

Los amigos se apartaron. Se acabaron los besos, por lo menos en esa habitación; era imposible saber qué se cocía en el dormitorio. Mathilde le sacó la mochila a Rachel. Solo se habían visto otra vez, cuando la tía de Lotto había llevado a la niña para la graduación unas semanas antes. Rachel se tocó el collar de esmeraldas que Mathilde llevaba el día de la celebración y que le había dado a la niña de forma impulsiva durante la cena.

—¿Qué haces aquí? —preguntaron al unísono Lotto y Mathilde por encima del ruido.

Rachel se apartó un poco de Mathilde porque le pareció que atufaba. El desodorante provocaba Alzheimer, dijo Mathilde; y el perfume le daba urticaria. Los ojos de Rachel se llenaron de lágrimas cuando se dirigió a su hermano.

—¿Lotto? Me habías invitado…

No mencionó que lo había esperado tres horas en el aeropuerto ni nombró a la pareja amable pero seria que la había visto llorando y se había ofrecido a llevarla en coche. Y Lotto recordó por fin que se suponía que Rachel tenía que ir a verlo, y se le nubló el día porque se había olvidado de que su hermana pequeña iba a visitarlo ese fin de semana; de hecho, se le había olvidado en cuanto lo apalabró por teléfono con su tía Sallie, se le había esfumado de la cabeza antes de que tuviera tiempo de ir a la otra habitación a contárselo a Mathilde. Una oleada de vergüenza le subió por el pecho y se imaginó el miedo que habría sentido su hermana, la desesperación, mientras lo esperaba sola junto a la recogida de equipaje. Ostras. ¿Y si algún malvado la hubiera secuestrado? ¿Y si hubiera confiado en alguien terrible, y no en esas personas sencillas que estaban ahora junto al barril de cerveza, con sus bandanas y sus mosquetones, riéndose porque les recordaba a las fiestas locas de su juventud? ¿Y si hubiera confiado en un pervertido? Tuvo flashes de trata de blancas, de Rachel fregando el suelo de la cocina de rodillas, esclavizada, durmiendo en una caja debajo de la cama de algún desaprensivo. Tenía pinta de haber llorado mucho, los ojillos enrojecidos. Debía de haber sido aterrador para ella el trayecto desde el aeropuerto en compañía de desconocidos. Lotto confiaba en que no se lo contara a la vieja, para que su madre no se sintiera aún más decepcionada de él de lo que ya estaba. Era un cabeza hueca.

Sin embargo, Rachel se aferraba a Lotto con fuerza por la cintura. La tormenta con que amenazaba el rostro de Mathilde también había amainado. No se merecía a esas mujeres que lo rodeaban, que solucionaban las cosas. [Quizá no.] Intercambiaron unos murmullos y se zanjó el tema: la fiesta podía continuar sin su presencia, así que llevarían a Rachel a cenar al restaurante de la esquina. La meterían en la cama y cerrarían con llave la puerta de su dormitorio a las nueve, y entonces bajarían la música; se desvivirían por ella todo el fin de semana. Almuerzo fuera, una peli con palomitas, una visita a la juguetería FAO Schwarz para que pudiera jugar con el piano gigante.

Rachel metió sus cosas en el armario en el que guardaban el equipo de acampada y los chubasqueros. Cuando se dio la vuelta, se le acercó de inmediato un hombre bajito de tez morena (¿Samuel?) que parecía agotadísimo y que hablaba de su trabajo «extremadamente» importante en un banco o algo así. Como si fuera tan difícil extender cheques y dar cambio a la gente. La misma Rachel podía hacerlo, y eso que solo iba a tercero.

La niña se coló y metió un sobre con su regalo por la inauguración del piso en el bolsillo posterior del pantalón de su hermano. Saboreó el pensamiento de imaginarse la cara que pondría al abrirlo: seis meses de la paga de Rachel ahorrados, casi dos mil dólares. Era una paga astronómica para una niña de ocho años. ¿En qué se lo iba a gastar? Su vieja se volvería loca, pero Rachel estaba totalmente de parte de Lotto y Mathilde, era incapaz de entender que su madre les hubiera cortado el grifo cuando se casaron. Como si la falta de dinero fuera a impedirles hacerlo: Mathilde y Lotto habían nacido para arroparse el uno al otro, pegaditos como dos cucharas en un cajón de cubiertos. Además, les hacía falta el dinero. Bastaba con mirar ese tugurio oscuro sin muebles en el que vivían. Rachel nunca había visto un lugar tan desnudo. Ni siquiera tenían televisor, ni siquiera tenían un hervidor ni una triste alfombra. ¡Casi eran pobres! Volvió a colarse entre Mathilde y su hermano mayor, con la nariz pegada a Lotto, que olía a loción cálida y, bueno, Mathilde olía como el gimnasio del instituto en el que se reunía la tropa de scouts de la que Rachel formaba parte. Le costaba respirar. Por fin, el miedo que había embargado a Rachel en el aeropuerto desapareció, vencido por una oleada de amor. Los invitados de la fiesta eran tan atractivos, estaban tan borrachos… Se quedó pasmada ante todos los «joder» y «mierda» que salían de sus bocas; Antoinette había inculcado a sus hijos que los tacos eran para los imbéciles verbales. Lotto nunca decía ni una palabra malsonante; Mathilde y él eran adultos como es debido. Rachel sería como ellos, viviría con moralidad, limpieza, amor. Desvió la mirada hacia el torbellino de cuerpos al atardecer, dentro de ese piso asfixiante en junio, lleno de alcohol y de música. Lo único que quería de la vida era eso: belleza, amigos, felicidad.

El sol empezó a recogerse. Eran las ocho de la tarde.

Tranquilidad. Paz. Final de otoño. Fresco en el aire como una premonición.

Susannah cruzó la puerta que comunicaba el jardín con el edificio. El apartamento, con su nueva alfombra de yute, estaba en silencio. Se encontró a Mathilde sola en la cocina, echando vinagreta a una ensalada de lechuga.

—¿Te has enterado? —murmuró Susannah, pero se quedó muda cuando Mathilde volvió la cara hacia ella.

Un rato antes, Susannah había pensado que entrar en el apartamento con su capa de pintura amarilla brillante recién pintada había sido como caminar hacia el sol, igual de cegador. Pero ahora el color jugaba con las pecas de tono canela del rostro de Mathilde. Se había cortado el pelo de forma asimétrica, de modo que la melena le llegaba por la mandíbula derecha y casi a los hombros en el lado izquierdo, lo cual hacía destacar sus pómulos. Susannah notó un impulso de atracción. Qué raro. Durante todo ese tiempo, Mathilde le había parecido sosa, ensombrecida por la luz de su marido, pero ahora hacían buena pareja. De hecho, Mathilde estaba radiante.

—¿Si me he enterado de qué? —preguntó Mathilde.

—Ay, Mathilde. El corte de pelo —dijo Susannah—. Es fantástico.

Mathilde se llevó una mano a la melena.

—Gracias. ¿De qué debería haberme enterado?

—Bueno —dijo Susannah, y cogió las dos botellas de vino que Mathilde le señaló con la barbilla.

Siguió a Mathilde hacia la entrada del semisótano y subieron juntas los peldaños que daban al jardín.

—¿Te acuerdas de Kristina, la chica de nuestra clase? —preguntó Susannah mientras andaban—. ¿La que estaba en ese grupo a capela, los Zaftones? Pelo negro como el betún y bueno, mona pero regordeta. Creo que Lotto y ella...

Susannah se reprendió mentalmente: Pero qué tonta eres, y Mathilde se detuvo en mitad de la escalera. Luego sacudió la mano como si dijera: «Ah, ya, Lotto follaba como un bonobo con todas». Y Susannah tuvo que admitir que era verdad, y salieron al jardín. Se detuvieron, impresionadas por el otoño. Lotto y Mathilde habían extendido sábanas de una tienda de segunda mano en el césped y los amigos habían distribuido los platos del pícnic en el centro, pero todos estaban recostados en silencio, con los ojos cerrados, disfrutando de los últimos retazos del fresco sol otoñal. Bebían vino blanco bien frío y cerveza belga, y esperaban a que alguien se atreviera a romper el hielo y cogiera la comida el primero.

Mathilde dejó la ensaladera en la hierba.

—Comed, chicos —les dijo.

Lotto levantó la cabeza y le sonrió. Cogió un minihojaldre de espinacas de una bandeja de aperitivos calientes. El resto de los amigos, una docena más o menos, se abalanzaron sobre la comida y retomaron la conversación.

Susannah se puso de puntillas y le susurró algo a Mathilde al oído.

—Kristina se ha suicidado. Se ahorcó en el baño. Así, de repente, ocurrió ayer. Nadie sabía que estaba tan deprimida. Tenía novio y todo, y un trabajo en el Sierra Club, y un piso en la parte bonita de Harlem. No tiene sentido.

Mathilde se quedó petrificada y perdió su tímida sonrisilla

perpetua. Susannah se arrodilló y se sirvió una tajada de sandía, que fue cortando en porciones muy finas; ya no tomaba comida de verdad porque le habían dado un nuevo papel en televisión del que le daba vergüenza hablar delante de Lotto. Era porque no se trataba de *Hamlet*, la obra que él había representado con tanto arte en el último semestre de la carrera. No era más que un papel de adolescente en un culebrón, Susannah sabía que se estaba vendiendo. Y sin embargo, era más de lo que Lotto había conseguido desde que se habían graduado. Había sido el suplente en unas cuantas obritas alternativas del circuito off-Broadway; le habían dado un papel diminuto en el Actors Theatre de Louisville. Eso era todo en el último año y medio. Sin querer, volvió a ver a Lotto con el aspecto que tenía al terminar la función de *Hamlet*, haciendo reverencias, con el traje sudado. Ella había sentido admiración y había gritado «¡Bravo!» desde el público, pues le había quitado el papel de Ofelia una chica de tetas enormes que había salido en cueros en la escena del lago. Zorra oportunista. Susannah mordió la sandía y notó el sabor de la victoria. Ella quería más a Lotto, porque sentía compasión por él.

Por encima de la aglomeración, Mathilde sintió un escalofrío y se abrigó más con la chaqueta de punto. Una hoja de color bermellón cayó del arce japonés y aterrizó de pie en una salsa de espinacas y alcachofas. En la sombra que proyectaba el árbol hacía fresco. Pronto llegaría el largo invierno, frío y blanco. El jardín contrarrestaba la noche. Mathilde encendió la tira de luces navideñas que habían enroscado a las ramas superiores, y el árbol resplandeció, convertido en una dendrita. La joven se sentó detrás de su marido porque quería esconderse, y él tenía una espalda tan bonita, ancha y musculosa, que apoyó en ella la cara y se sintió reconfortada. Escuchó su voz amortiguada a través de su pecho, el leve deje sureño en el acento.

—… dos viejos sentados en un porche, disfrutando de la brisa del mar —decía Lotto. Vale, era un chiste—. Entonces aparece un perro viejo y se pone a correr en círculos por la arena y se sienta y empieza a lamerse sus partes. Lame, sorbe y disfruta con su palitroque rosado. Igual que una barra de labios en su máxima extensión. Entonces uno de los viejos le guiña un ojo al otro y dice: «Joder, tío, ojalá yo pudiera hacer lo mismo». Y el otro viejo le dice: «¡Bah! El perro te mordería».

Todos se echaron a reír, no tanto por el chiste sino por cómo lo había contado Lotto, era el rey de la fiesta. Mathilde sabía que era el favorito del padre de Lotto. Ese chiste conseguía que Gawain se riera a carcajadas y se pusiera rojo cada vez que Lotto lo contaba. El calor que desprendía su marido a través del polo de color esmeralda empezó a romper el bloque de terror que anidaba en Mathilde. Kristina había vivido en la misma planta que ella durante el primer curso. Mathilde se la había encontrado llorando una vez en las duchas mixtas, reconoció su hermosa voz de alto, y volvió a salir. Prefirió darle a la chica el beneficio de la privacidad en lugar de consuelo. En retrospectiva vio que fue la peor opción. Mathilde notó que una bola de rabia lenta pero creciente hacia Kristina le subía por las entrañas y respiró enterrando la cara en Lotto para calmarse.

Lotto alargó la mano hacia atrás y con la zarpa recostó a Mathilde en su regazo. A Lotto le rugía el estómago de hambre, pero era incapaz de comer más de un par de bocados: llevaba una semana esperando una llamada, y no quería salir del apartamento porque tenía miedo de perdérsela. Mathilde había propuesto hacer ese pícnic para quitárselo de la cabeza. Era para el papel de Claudio en *Medida por medida*, que representarían el verano siguiente en el festival «Shakespeare in the Park», que siempre se celebraba en Central Park. Ya se imaginaba a sí mismo con un jubón delante de miles de personas. Los murciélagos pasarían como torpedos. El atardecer crearía destellos rosados sobre las cabezas de los espectadores. Desde la graduación había trabajado de forma continuada, aunque siempre en papeles pequeños. Por fin lo habían admitido en el sindicato de actores. Este era el siguiente paso hacia el estrellato.

Miró por la ventana el interior del piso; el teléfono de la repisa se empeñaba en no sonar. Detrás estaba el cuadro que unos meses antes Mathilde se había llevado de la galería de arte en la que trabajaba desde hacía un año. Después de que el artista que lo había pintado saliera hecho una fiera de la galería, estampara el cuadro contra la pared y rompiera el bastidor, el dueño de la galería, Ariel, le dijo a Mathilde que lo tirase al contenedor. En lugar de eso, Mathilde había cogido el cuadro roto, le había cambiado el bastidor, lo había enmarcado y lo había colgado en el comedor, detrás del Buda de cobre. Era un cuadro abstracto en tonos azules que a Lotto le recordaba justo el instante matutino antes del amanecer, un mundo de tenue neblina entre dos mundos. ¿Cómo era? Sobrenatural. Igual que la propia Mathilde. Algunos días, Lotto volvía a casa después de las audiciones y se la encontraba sentada a oscuras, observando con detenimiento el cuadro con una copa de vino tinto acunada entre las manos, con cara de ensimismada.

—¿Debería preocuparme? —le había preguntado Lotto en una ocasión después de una audición para un espectáculo en el que ni siquiera quería participar, cuando había vuelto a casa y se la había encontrado allí sentada en la habitación en penumbra.

Le dio un beso detrás de la oreja.

—No. Soy feliz, nada más —había contestado ella.

No le dijo que había sido un día largo, que había tenido que esperar en la calle dos horas mientras chispeaba, que cuando por fin había entrado en el teatro, había recitado su papel y había salido por la puerta, había oído que el director decía: «Estelar. Lástima que sea un gigante». Que su agente no le devolvía las llamadas. Que le habría encantado disfrutar de una cena rica por una vez en la vida. No lo dijo porque, a decir verdad, no era importante. Si ella era feliz, significaba que no lo abandonaría; a lo largo de su brevísimo matrimonio había quedado más que patente que él no merecía siquiera la sal que ella sudaba. Esa mujer era una santa. Ahorraba, se ocupaba de todo, sin saber cómo, pagaba las facturas cuando él no llevaba nada a casa. Esa tarde, se había sentado junto a ella hasta que fue noche cerrada y de pronto Mathilde se había vuelto hacia él acompañada del susurro del vestido de seda y le había dado un beso, y Lotto la había llevado a la cama sin cenar.

En ese momento Mathilde cogió un pedacito de hamburguesa de salmón y se lo puso en los labios a Lotto, y aunque no le apetecía, ella lo miró y los destellos dorados de sus ojos relucieron, así que tomó el bocado del tenedor que le ofrecía. Le dio un beso en el pecoso puente de la nariz.

—Qué asco —dijo Arnie desde la sábana alejada en la que estaba sentado. Tenía el brazo encima del hombro de una piba tatuada que había conocido en su bar—. Lleváis casados un año. Ya se ha acabado la luna de miel.

—Nunca —dijeron Mathilde y Lotto al unísono.

Cruzaron los dedos y volvieron a besarse.

—¿Cómo es? —preguntó en voz baja Natalie—. Me refiero a estar casados.

—Un banquete interminable, en el que comes y comes y nunca te sacias —contestó Lotto.

—Kipling decía que era una larga conversación —respondió Mathilde.

Lotto miró a su mujer y le tocó la mejilla.

—Sí —añadió.

Chollie se inclinó hacia Danica, que se apartó de él.

—Me debes un millón de pavos —susurró.

—¿Qué? —soltó ella.

Se moría de ganas de comerse un muslo de pollo, pero tenía que comer una montaña de ensalada antes de permitirse comer algo graso.

—El año pasado, en la fiesta de inauguración del piso —dijo Chollie—. Nos apostamos un millón de pavos a que a estas alturas ya estarían divorciados. Has perdido.

Miraron a Lotto y Mathilde, tan guapos, el eje inmóvil del jardín, del mundo que giraba sin cesar.

—No lo sé. ¿Hasta qué punto estarán actuando? —dijo Danica—. Aquí se oculta algo oscuro. Lo más probable es que él finja ser fiel y ella finja que no le importa.

—Qué mala eres —dijo Chollie con un toque de admiración—. ¿Por qué le tienes tanta ojeriza a Lotto? ¿Fuiste una de sus millones de conquistas? Todas siguen enamoradas de él. El otro día me encontré con esa chica, Bridget, que en el instituto iba diciendo que era su novia, y se echó a llorar cuando me preguntó por él. Lotto fue el amor de su vida.

Danica tensó la boca y endureció la mirada. Chollie se echó a reír y dejó al descubierto unos restos de lasaña.

—¡Qué va! Es todo lo contrario —dijo el joven—. Nunca le gustaste.

—Si no te callas de una vez, te voy a meter la ensalada en el hocico —contestó ella.

Se quedaron en silencio unos minutos, comiendo o fingiendo comer.

—De acuerdo. Doble o nada —dijo entonces Danica—. Pero pido más plazo. Seis años. Hasta 1998. A esas alturas ya se habrán divorciado y tendrás que pagarme dos millones de dólares, con los que me compraré un piso en París. *Enfin*.

Chollie parpadeó sacando pecho.

—Das por hecho que podré pagarte.

—Claro que podrás. Eres el tipo de hombrecillo asqueroso capaz de haber ganado cien millones de dólares antes de pasar de los treinta —dijo Danica.

—Es el mayor cumplido que me han hecho jamás —dijo Chollie.

Cuando las sombras se espesaron lo suficiente para que el gesto pasara inadvertido, Susannah le dio un pellizco en el trasero a Natalie. Se echaron a reír con la boca metida en las tazas. Acababan de llegar a un acuerdo tácito: una noche u otra terminarían en casa de Susannah. Natalie era la única que sabía que a Susannah acababan de darle el papel de hija malcriada de la malvada de un culebrón; Natalie era la única que sabía que había una marea creciente de sentimientos que acababa de nacer entre ellas. «Echaría mi carrera por la borda antes de haberla empezado siquiera, si todo el mundo supiera que soy una lesbiana gorda», había dicho

Susannah. Había algo que no acababa de convencer a Natalie, pero se lo guardó, dejó que Susannah alumbrara su interior durante todo el día mientras ella seguía sentada en su despacho triste y gris vendiendo materias primas y viendo cómo su cuenta bancaria engordaba segundo a segundo.

Natalie tenía mejor aspecto, pensó Lotto, y la observó mientras rozaba con la mano el último arbusto de menta. Se había teñido el bigote, había adelgazado y se vestía con más gracia. Había encontrado la belleza que él sabía que estaba ahí desde el principio. Le sonrió y ella se ruborizó antes de devolverle la sonrisa.

Poco a poco, empezaron a comer más despacio. La conversación también se apagó. Repartieron *brownies* de caramelo. Algunos de los amigos observaron la estela cremosa de un avión que se desplegó por el cielo cada vez más oscuro, y había un punto de angustia en el modo en que fue desapareciendo, lo cual hizo que la mayoría de ellos pensara en la chica morena que había muerto; nunca volverían a notar sus brazos alrededor del cuello en un abrazo. Siempre olía a naranja.

—Encontré a un chico que se había colgado en el internado —dijo Lotto de pronto—. Se ahorcó.

Lo miraron a la cara con interés. Estaba pálido, taciturno. Esperaban la historia que seguiría, porque con Lotto siempre había una buena historia detrás, pero esta vez no añadió nada. Mathilde le tomó la mano.

—No me lo habías contado —susurró.

—Luego te lo cuento —contestó él.

El pobre Gelatina, lleno de pústulas, flotó como un fantasma en el jardín lo que dura un suspiro; luego Lotto se pasó la mano por la cara y el chico desapareció.

—¡Mirad! ¡La luna! —dijo alguien.

Y ahí estaba, como un barco en la parte azul marino del cielo. Todos sintieron nostalgia al contemplarla.

Rachel se sentó junto a su hermano y se perdió en su calidez. Tenía unos días de vacaciones, se había hecho piercings por toda la oreja y llevaba el pelo largo por delante y rapado por detrás. Radical para una chica de diez años, pero tenía que hacer «algo» para no parecer una cría de seis con las manos nerviosas, y por lo que había observado en sus compañeros, sabía que era mejor parecer rara que cursi. [Una chica lista, sí señor.] Acababa de entrar en el piso para meter el sobre con la paga de todo ese año en el cajón de la ropa interior de Mathilde, buceando con las manos entre las prendas de seda; Rachel se había dado cuenta de que los armarios de su hermano estaban vacíos, de que Mathilde había llamado a Sallie el mes anterior y Sallie le había mandado dinero. Entonces Rachel se puso a mirar la ventana de la primera planta, en la que había visto una esquina de la cortina en movimiento, medio puño, un ojo. Rachel se imaginó un interior con techos empapelados. Gatos con enfermedades, gatos cíclopes, gatos con colas cortadas y gatos con patas hinchadas, con gota. Hedor a colillas de porro. Un plato de sopa minestrone calentado en el microondas. Un carcamal triste dentro. Su vieja se acercaba a pasos de gigante a ese mismo futuro; la modesta casa rosada de la playa era una tumba de figuritas y cretona. A la vieja le encantaba el sonido del mar, eso le decía siempre a Rachel, pero ella no la había visto salir ni una sola vez a la playa. Se limitaba a quedarse en ese reducido acuario de color rosa que era la casa igual que un pez bobalicón, haciendo glu, glu contra el cristal. Pobre vieja.

Nunca seré vieja, se prometió Rachel. Nunca estaré triste. Antes me tomaré una cápsula de cianuro, me suicidaré como ese amigo de Lotto por el que todos lloran. La vida no vale la pena a menos que seas joven y estés rodeado de otras personas jóvenes en un hermoso jardín fresco con aroma de tierra, flores y hojas caídas, iluminado por una tira de vistosas luces navideñas, con el rumor de fondo de la ciudad tranquila en la última noche de buen tiempo del año.

Por detrás del arbusto moribundo del trompetero se asomaba la gata atigrada de la anciana. A sus ojos, era confuso ver a esas personas sentadas alrededor de la comida como gatos enormes saciados con una presa. Tenía ganas de acercarse a investigar, pero había demasiada gente, y los humanos eran tan bruscos, tan impredecibles. Lo ves: de repente se levantaron todos gritando, recogieron las cosas y se pusieron a chillar. La gata se sobresaltó al ver que ellos se sobresaltaban, porque había olido la lluvia mucho antes de oírla. De una fuente de tabulé una cuchara se cayó y aterrizó en la tierra sucia y allí la dejaron, salpicada por el barro que levantaron las primeras gotas de lluvia. Todos se marcharon. Una mano salió de la ventana del entresuelo y desenchufó las lucecitas del árbol. En la repentina oscuridad, el cable amarillo se deslizó hacia la ventana como una serpiente y la gata se apresuró a perseguirlo, pero desapareció en un santiamén y la ventana se cerró. La gata colocó la zarpa con delicadeza sobre un excremento grande que había en la punta de una hoja y después cruzó corriendo el patio y entró en casa.

Se abrió la puerta del apartamento; entró el duende. Eran las nueve de la noche y hacía mucho frío para esa época del año. Detrás del duende apareció Peggy, de los Teleñecos, luego un esqueleto, un fantasma. Albert Einstein haciendo el baile de Michael Jackson. Samuel entró con una pantalla de lámpara a modo de sombrero, una caja de cartón pintada para simular una mesita de noche, con una revista y dos envoltorios de condones pegados encima.

Lotto, con una toga y una corona de hojas de laurel doradas, dejó la cerveza en la mesa de Samuel.

—¡Hola! —le dijo—. Te has montado una mesita de noche. A ver cómo te lo montas esta noche. Ja, ja, ja.

Una novia cadáver pasó haciendo ruido con las telas y murmuró:

—Ya le gustaría pillar algo…

—Creo que era mi ex novia —dijo Samuel, y sonrió.

Fue a la nevera a buscar una cerveza.

—¿Desde cuándo nieva en Halloween? Calentamiento global, *salentamiento slobal* —dijo Luanne con zalamería, y luego sacudió las botas en el felpudo.

Era la amiga de Mathilde de la galería de arte en la que trabajaba, y se había maquillado con mucha gracia como si fuera Dora Maar, la de Picasso, la que tenía las mejillas como manzanas mordidas.

Le dio dos besos lentos a Lotto.

—Ay, salve, César —dijo mientras lo besaba.

Lotto se echó a reír a carcajada limpia y se apartó. Luanne era una lianta. Mathilde volvía a casa más de la mitad de los días con historias sobre cómo intentaba seducir al jefe, un hombre zafio de ojos saltones con cejas pobladas que se llamaba Ariel.

—¿Por qué? —le preguntó un día Lotto—. Es guapa. Es joven. Podría encontrar a alguien mejor.

Y Mathilde lo fulminó con la mirada.

—Cariño, él es rico —contestó.

Y por supuesto, eso lo explicaba todo. Lotto y Luanne fueron juntos hacia donde se hallaba Mathilde, radiante con su vestido de Cleopatra. Estaba comiendo una magdalena junto al enorme Buda de cobre, que seguía en la repisa de la chimenea, adornado con gafas de sol y guirnaldas hawaianas. Lotto le dio un beso con lengua a su mujer y lamió las migajas que le quedaban en los labios, mientras ella se reía.

—Puaj —dijo Luanne—. Vosotros dos no podéis ser de carne y hueso.

Se dirigió a la cocina, cogió un botellín de Zima de la nevera, dio un trago, aburrida, e hizo una mueca. Había captado lo mal que se sentía Lotto por el tamaño de su barriga y por lo abarrotado que estaba el piso de libros de segunda mano; cuando tenía un bajón, lo único que podía hacer Lotto era leer. Era curioso, parecía un osito de peluche gigante, pero luego abría la boca y se ponía a citar párrafos enteros de Wittgenstein o algo parecido. La irritaba ver la distancia que había entre quien Lotto aparentaba ser y la persona que se ocultaba en su interior.

Alguien puso un CD de Nirvana y las chicas se levantaron del sofá de cuero que Lotto había rescatado de la calle el día de la recogida de trastos. Intentaron bailar, pero se dieron por vencidas, y alguien volvió a poner *Thriller*.

Chollie, el duende verde, se acercó a Lotto y a Mathilde, borracho como una cuba.

—Nunca me había fijado en lo juntos que tienes los ojos, Mathilde, y en lo separados que los tienes tú, Lotto. —Señaló con dos dedos acusadores a Mathilde y dijo—: Depredadora. —Luego señaló a Lotto del mismo modo y añadió—: Presa.

—¿Yo soy la presa y Mathilde es la depredadora? —preguntó Lotto—. ¡Por favor! Yo soy su depredador. ¡Su depredador sexual! —exclamó, y todos gimieron.

Luanne seguía con la mirada a Arnie, que estaba en la otra punta de la sala. Hizo un gesto impaciente con la mano.

—Callaos ya, chicos —dijo—. Intento cazar con la mirada.

Mathilde suspiró y se dio la vuelta.

—Espera. ¿A quién? ¡No!, Arnie —dijo Chollie con rencor. ¿Decepcionado?—. Por favor, si es imbécil.

—Más tonto que un zapato —dijo Luanne—. Como a mí me gustan.

—¿Arnie? —preguntó Lotto—. Pero si Arnie estudió neurociencia. No es bobo. Solo porque no fuese a Harvard como tú no significa que sea tonto.

—No sé, a lo mejor se ha pulido las neuronas con el alcohol —dijo Luanne—. En vuestra última fiesta le oí decir que Sting era su animal protector.

Lotto silbó hacia la otra punta de la sala; Arnie, disfrazado del Increíble Hulk, levantó la mirada de la marea de chicas para las que estaba preparando martinis con chocolate. Se abrió paso para acercarse a Lotto y le dio una palmadita en el hombro. Tanto Chollie como Arnie iban maquillados de verde. Uno al lado del otro, Arnie era como el neumático bien hinchado y Chollie, la rueda pinchada.

—Luanne ha dicho que te saltará encima si eres capaz de definir la «hermenéutica» como es debido —le dijo Lotto a Arnie, y empujó a los dos hacia el dormitorio.

Luego cerró la puerta.

—Dios —dijo Chollie—. Me muero.

—No han salido aún de la habitación —dijo Lotto—. «El amor es un azar para quien ama: a unos mata con flechas; a otros, con trampas.»

—¿Otra vez Shakespeare? —dijo Chollie.

—Hasta la muerte —dijo Lotto.

Chollie se alejó ofendido. Lotto se quedó solo. Cuando alzó la mirada, solo se vio a sí mismo reflejado en las ventanas ennegrecidas por la noche, vio la barriga que le había salido durante aquel melancólico verano, el brillo en las sienes por donde empezaban las entradas. Hacía tres años y medio que había acabado los estudios y Mathilde seguía pagándole las facturas. Lotto frotó con tristeza la cabeza del Buda y pasó por delante de un grupo de brujas arracimadas alrededor de una Polaroid, sus caras juntas destacaban entre tanta oscuridad.

Mathilde estaba de espaldas, hablando en voz baja con Susannah. Lotto avanzó sigiloso hacia su mujer y supo que hablaba de él.

—… mejor. Un anuncio de café en septiembre. Un padre y su hijo pequeño que salen en un barco de pesca al amanecer. Por lo visto, el niño se caía y Lotto lo pescaba con un remo y le salvaba la vida. ¡Nuestro héroe!

Se rieron las dos a la vez.

—¡Ya lo sé! De la marca Folgers —dijo Susannah—. Lo he visto. Al amanecer, una cabaña en el bosque, el niño que se pone de pie en el bote de pesca. Lotto es tan impactante. Sobre todo con la barba.

—Díselo a todos los directores que conozcas y consíguele empleo —dijo Mathilde.

—¿De qué? —preguntó Susannah.

—De lo que sea —contestó Mathilde.

Susannah esbozó una sonrisa torcida.

—Veré lo que puedo hacer —dijo.

Lotto, herido, se alejó de ellas antes de que lo vieran.

Mathilde nunca era antipática, pero llevaba su actitud pasiva-agresiva hasta el extremo. Si no le gustaba la comida en un restaurante, no la tocaba, bajaba la mirada y no decía nada hasta que Lotto se veía obligado a decirle al camarero que la comida estaba demasiado salada o un poco cruda, que si podían servirle otra cosa, muchas gracias, colega. Una vez incluso manipuló a una pareja de novios para que la invitaran a una boda en la isla de Martha's Vineyard porque se quedó toda la noche plantada junto a la novia, una actriz de Broadway en auge, sonriéndole con amabilidad pero sin decir ni una palabra hasta que la novia los invitó a la ceremonia en un arrebato. Fueron a la boda, bailaron; Lotto se cameló a un productor y lo llamaron para las pruebas de reparto de una reposición del musical *My Fair Lady*, pero no tenía muy buena voz y no le dieron el papel. Mathilde y él le mandaron a la actriz un juego de cucharillas de plata antiguas decoradas con uvas que habían comprado en una tienda de segunda mano; las pulieron para que parecieran caras.

Lotto se formó una visión de sí mismo como si estuviera atado a cien cuerdas relucientes por los dedos, las pestañas, los pies, los músculos de la boca. Todas las cuerdas llevaban al dedo índice de Mathilde, que ella movía con gestos muy sutiles para hacerlo bailar al son que tocaba.

El duende Chollie se detuvo junto a Mathilde y juntos observaron a Lotto, que estaba en la otra punta de la sala con un corro de chicos a su alrededor: entre dos dedos aguantaba una botella de bourbon, llevaba la corona de laurel en la coronilla.

—¿Qué bicho te ha picado? —preguntó Chollie—. Te veo apagada.

Mathilde suspiró.

—Le ocurre algo malo —contestó ella.

—Yo creo que está bien —dijo Chollie—. Solo tenemos que preocuparnos cuando está de subidón total o de bajón total. Está saliendo del pozo de este verano. —Hizo una pausa y miró a Lotto—. Por lo menos ha empezado a perder la tripa cervecera.

—Gracias a dios —dijo ella—. Me he pasado el verano temiendo que se tirara a las vías… Necesita que le den un papel ya. Hay días en los que ni siquiera sale de casa. —Sacudió el cuerpo con determinación—. Bueno, es igual. ¿Qué tal te va el negocio de coches de segunda mano?

—Lo dejé —contestó Chollie—. Ahora me dedico al sector inmobiliario. En quince años, seré el dueño de medio Manhattan.

—Ya, claro —dijo Mathilde. De pronto añadió—: Voy a dejar la galería.

Los dos parecían igual de sorprendidos.

—De acuerdo —dijo Chollie—. ¿Y quién mantendrá al genio?

—Trabajaré en otro sitio. Me han cogido en una empresa por internet que acaba de abrir. Un portal de citas. Empiezo dentro de una semana. Todavía no se lo he dicho a nadie, ni a Luanne, ni a Ariel, ni a Lotto. No hay más que hablar. Necesitaba un cambio. Pensaba que mi futuro estaría en el arte. Pero no.

—¿Está en internet?

—El futuro de todos nosotros está en internet —dijo Mathilde.

Sonrieron mientras daban un sorbo a las bebidas.

—¿Por qué me lo cuentas a mí? —le preguntó Chollie al cabo

de un rato—. Me refiero a que es muy raro que me hayas elegido como confidente, ¿sabes?

—No sé por qué —reconoció Mathilde—. Soy incapaz de decir si eres bueno o malo. Pero creo que podría contarte todos mis secretos ahora mismo y te los guardarías para ti, esperando el mejor momento de sacarles provecho.

Chollie se quedó quieto, expectante.

—Cuéntame todos tus secretos —le dijo.

—Lo tienes crudo —contestó Mathilde.

Dejó solo a Chollie y cruzó la sala para reunirse con su marido. Le susurró algo al oído. Lotto abrió los ojos como platos y sonrió de repente. Desvió la mirada cuando su esposa se escabulló de la fiesta y salió por la puerta al rellano. Al pasar giró la rueda del interruptor para bajar la intensidad de la luz, de modo que la única iluminación que quedó en la sala fue el parpadeo de las calabazas con velitas.

Al cabo de un minuto, Lotto salió por la misma puerta fingiendo despreocupación.

Subió un tramo de escaleras, se encontró a Mathilde junto a la puerta del piso de la anciana. Se oía el atronar de la fiesta; desde dentro, Lotto no se había dado cuenta de que estuvieran montando tanto follón. Se preguntó por qué la abuela no habría llamado todavía a la poli, como solía hacer. Quizá aún no habían dado las diez. Les llegó una oleada de frío al abrirse la puerta de la calle; un puñado de payasos bajaron los peldaños que conducían a su apartamento, y los glúteos al descubierto de Lotto se erizaron, se le puso la piel de gallina. Al cabo de un momento, la puerta principal se cerró; entonces se abrió la puerta de su piso y engulló a los payasos. Lotto soltó el pecho izquierdo de Mathilde, todavía contenido en el sujetador, mientras le mordisqueaba el hueco de la garganta.

Le dio la vuelta a Mathilde para aplastarle la mejilla contra la puerta, pero ella se resistió, con un centelleo en los ojos, y él se conformó con el misionero de pie. Tal vez no fuera tan excitante, pero aun así era un regalo de los dioses del amor.

Dentro del piso de la primera planta, Bette comía un sándwich de huevo sola en la oscuridad; no podía dormir por culpa de la fiesta de la planta inferior. Entonces se oyó el inconfundible crujido de la escalera y Bette se emocionó al pensar que podía ser un ladrón. Guardaba una pistola diminuta en el macetero del helecho. Engulló el sándwich y aplastó la oreja contra la puerta. Oyó otro crujido, un murmullo. Unos cuantos golpes rítmicos que anunciaban lo inminente... ¡Desde luego! Estaba ocurriendo. Hacía tanto tiempo desde lo de su Hugh; pero todavía sentía fresco en su interior lo que había ocurrido entre ellos, un melocotón recién mordido. Le parecía que todo ese gozo del cuerpo había sucedido ayer. Empezaron tan jóvenes que ni siquiera sabían lo que hacían, y no podían parar, así que cuando tuvieron edad suficiente, se casaron. Ese jugo sabroso no era una razón tan mala para casarse, ya lo creo que no. Los primeros años habían sido un delirio; los últimos, sencillamente felices.

La chica del descansillo ahogó un gemido. El chico murmuraba algo, pero no vocalizaba mucho y Bette no logró entender las palabras; los gemidos de la chica subieron de volumen y luego se amortiguaron, como si mordiera algo... ¿El hombro de él? Los golpetazos en la puerta eran exagerados. Bette se desplomó contra la madera hinchada. [Hacía tanto tiempo que nadie la tocaba; ofrecía las monedas en la palma abierta cuando iba a la verdulería para que el tendero le rozara la mano con los dedos.] Menudos atletas. A Bette le recordó la jaula de los simios que vio un domingo en el zoo, los monos carablanca que copulaban con pasión.

Un grito a dúo amortiguado y Bette susurró a su gata atigrada que hacía ochos alrededor de sus tobillos:

—Truco o trato, señora. Ya lo creo.

En el descansillo se oían jadeos, roces y las voces de esas criaturas bobas. Ah, ya sabía quién era, ese gigante tan raro del entresuelo con su mujer alta y sosa, aunque Bette fingiría que no los había visto para ahorrarles el bochorno cuando se encontraran en el vestíbulo. Luego oyó los pasos que bajaban, se alejaban, la música intensificada, después amortiguada al cerrar la puerta, y volvió a quedarse sola. Vamos, ahora un lingotazo de whisky y directa a la cama haciendo eses, palomita, como la niña buena en la que te has convertido.

A las diez de la mañana Mathilde estaba de rodillas recogiendo los añicos de la millonésima copa de vino rota desde que se habían mudado a ese desastre de apartamento hacía cinco años. Después de todo ese tiempo, seguían con aquella bazofia de mala calidad. Algún día, cuando Lotto consiguiera un buen papel, podrían permitirse algo mejor. Uf, qué cansada estaba.

Oyó a Lotto, que hablaba desde el sofá.

—Un intento de provocar reacciones. Por lo menos, ya no es tan azucarado como un puñado de caramelos.

Rachel pasó la mano por la pared recién pintada.

—¿Qué color es este? —murmuró—. ¿«Suicidio al atardecer»? ¿«Iglesia en una tarde de invierno»? Es el color azul más oscuro que he visto en mi vida.

Parecía todavía más inquieta que de costumbre; un momento antes, un coche había dado marcha atrás con brusquedad y a ella se le había caído la copa al suelo.

—No, no, por favor. Deja que lo limpie yo —le dijo a Mathilde muy apurada—. Soy una patosa.

—Ya está. Y he oído lo que decías sobre la pintura, por cierto. A mí me encanta —comentó Mathilde, y tiró los añicos de la copa de cristal a la basura.

Una gota de sangre cayó sobre los desperdicios: se había cortado el dedo índice sin darse cuenta.

—Mierda —susurró.

—A mí también me encanta —dijo Luanne. El año anterior se había hinchado como la masa del pan antes del segundo puñetazo que permite seguir amasando—. No sé, por lo menos queda bien como fondo de ese cuadro robado.

—Deja de decir eso —le ordenó Mathilde—. Pitney lo rompió, Ariel me mandó que lo tirara. Y lo hice. No hay nada que reprocharme, si luego lo recogí del contenedor.

Luanne se encogió de hombros, pero tenía una sonrisa tensa en los labios.

—Con el debido respeto —dijo Chollie—. Esta es la peor fiesta de toda la historia de las fiestas. Por favor, estamos hablando del color de las paredes… Susannah y Natalie están dándose el lote y Danica se ha dormido en la alfombra. ¿A quién se le ocurrió la idea de organizar una cata de vinos? ¿Qué persona de veintitantos sabe un carajo sobre vino, eh? Las fiestas del instituto estaban mejor.

Lotto sonrió, y su gesto los iluminó como el amanecer. Los demás se despejaron.

—Éramos unos juerguistas —dijo Lotto. Miró al resto de los amigos y dijo—: Solo viví en Crescent Beach unos meses, hasta que Chollie me corrompió y mi madre me mandó a un internado. Pero fue la mejor etapa de mi vida. Salíamos de fiesta hasta las mil prácticamente todas las noches. Ni me acuerdo de cuántas drogas tomábamos. Choll, ¿te acuerdas de la fiesta esa en la casa abandonada que había cerca del pantano? Me estaba tirando a una tía en el tejadillo del porche cuando me di cuenta de que la casa se había incendiado y aceleré el tema, me levanté y salté al jardín desde una altura de dos pisos; aterricé en los arbustos y cuando me incorporé vi que la pinga se me había quedado fuera de la cremallera. Los bomberos me aplaudieron.

Los amigos se echaron a reír.

—Esa fue la última noche que pasé en Florida —añadió Lotto—. Mi madre me empaquetó al día siguiente. Le prometió un donativo impresionante al colegio, a la mierda los criterios de admisión. No he vuelto a casa desde entonces.

Chollie chasqueó la lengua irritado. Lo miraron.

—Mi hermana gemela —dijo cortante—. Era ella. La que te estabas tirando.

—Ostras —dijo Lotto—. Lo siento mucho, Choll. Qué capullo soy.

Chollie respiró hondo y soltó el aire poco a poco.

—Fue la noche en que me rompí la pierna; me hice una fractura en espiral en la playa cuando nos estábamos entonando para ir a la fiesta. Estaba en urgencias cuando pasó todo lo demás.

Un largo silencio.

—Qué vergüenza, por favor —dijo Lotto.

—No te preocupes —dijo Chollie—. A esas alturas mi hermana ya se había follado a todo el equipo de fútbol.

La chica con la que había ido Chollie suspiró sorprendida. Era una modelo muy fina de algún país de la antigua Unión Soviética, cuya belleza, Lotto tenía que admitirlo, hacía palidecer incluso a Mathilde. [En esa época no era tan difícil.] Lotto apartó la vista y miró a su mujer, de pie en la cocina. Qué dejada iba, con el pelo sucio, gafas y sudadera. Lotto no debería haber insistido en dar la fiesta. En realidad estaba preocupado por ella; llevaba varias semanas muy callada, distante. Algo le ocurría. Lotto no acertaba con nada de lo que decía, ninguno de sus chistes le hacía gracia. ¿Era por el trabajo?, le había preguntado por fin. Si tan descontenta estaba, debería dejar la empresa y podían fundar una familia. Si le daba un nieto a Antoinette, seguro que los acogería de nuevo. Entonces les saldría el dinero por las orejas, jolín, y Mathilde podría relajarse un poco, averiguar qué quería hacer de verdad con su vida. Lotto la veía como una artista que no había encontrado su medio de expresión, que probaba sin descanso esto y aquello pero era incapaz de encontrar el modo de articular sus ansias expresivas. A lo mejor si tenían hijos encontraba su vocación. Sin embargo, ella había susurrado: «Por dios, Lotto, basta. Déjalo, no hables más, olvídate ya de esa perorata, deja ya el tema de los hijos». Y era cierto que todavía eran muy jóvenes, muy pocos amigos suyos habían procreado, por lo menos de manera intencionada, así que él había aparcado el tema y la había distraído con vídeos y tragos. Se le ocurrió que una cata de vinos con amigos la alegraría, si bien saltaba a la vista que lo único que le apetecía a Mathilde era tumbarse en el colchón nuevo, en el dormitorio con las cortinas de bordados y los aguafuertes antiguos de nidos, y enterrarse allí. Lotto la había obligado a dar la fiesta cuando ella no quería.

El pánico se acrecentó. ¿Y si Mathilde se estaba preparando para abandonarlo, y si sus oscuras elucubraciones no tenían que ver con ella misma, sino con él? Sabía que la había decepcionado; ¿y si Mathilde era consciente de que podía aspirar a algo mejor? Lotto abrió los brazos para acogerla, o mejor dicho, buscando su propio consuelo, pero ella se limitó a acercarle una servilleta de papel para que Lotto pudiera taparle el dedo que sangraba.

—No sé. A mí me parece divertido —dijo Rachel.

Rachel, siempre fiel, con su carita afilada y sus ojos hambrientos. Había ido a la ciudad a pasar el fin de semana; iba a un colegio privado. Apenas tenía catorce años, pero parecía gastada. Tenía las uñas en carne viva de tanto mordérselas, se fijó Lotto. Tendría que preguntarle a Sallie si a Rachel le sucedía algo que él debiera saber.

—Estoy aprendiendo mucho. Desde luego, supera las fiestas de pijamas que montan en la residencia los viernes por la noche.

—Ya me lo imagino. Botella de licor de menta. La peli de *El club de los cinco*. Alguien que se pasa toda la noche llorando en el cuarto de baño. Carreras por el patio interior a medianoche. El juego de girar la botella solo con chicas. Mi querida Rachel leyendo un libro en un rincón, con su pijama de dibujos de langostas, juzgándolas a todas como una reina en miniatura —dijo Lotto—. Los comentarios de su diario deben de ser devastadores.

—Decepcionante, trillado y soso —dijo Rachel—. Los dos pulgares abajo.

Varios amigos chasquearon la lengua, el nudo de desesperación que se había formado en la sala se deshizo. Rachel tenía esa cualidad apaciguadora, no era un don deslumbrante, pero era un buen don.

—Por supuesto, la ética profesional debería haberte impedido recoger el lienzo, Mathilde —apostilló Luanne en el silencio que siguió al comentario de Rachel.

—Joder, Luanne, basta ya —dijo Mathilde—. ¿Te habría parecido bien que cualquier otra persona lo hubiera rescatado del contenedor? ¿Por ejemplo tú? ¿Qué te pasa, Luanne? ¿Tienes envidia?

Luanne hizo una mueca. Pues claro que tenía envidia. Debía de haber sido tan difícil para Luanne, pensó Lotto, cuando Mathilde había entrado a trabajar en la galería. Mathilde siempre era la segunda al mando. Lista, graciosa, competente. Seguro que Ariel había preferido a Mathilde. Todo el mundo prefería a Mathilde.

—Ja —contestó Luanne—. Eso sí que es gracioso. ¿Envidia de ti?

—Déjalo ya, por favor —dijo Chollie—. Si hubiera sido un Picasso, todos habríais alabado el buen ojo de Mathilde. Pareces una gata en celo.

—¿Me has llamado gata en celo? Si ni siquiera sé quién eres —contestó Luanne.

—Nos hemos visto un millón de veces. Y cada vez repites lo mismo —dijo Chollie.

Danica observaba la discusión como si fuese una partida de ping-pong. Había adelgazado todavía más; tenía los brazos y las mejillas cubiertas de un pelillo extraño. Se reía a carcajadas.

—Por favor, dejad de pelearos —dijo Rachel sin perder la calma.

—Además, no sé por qué vengo a vuestras absurdas fiestas Dan manía —dijo Luanne, y se levantó. Se puso a llorar de rabia—.

Mathilde, eres una falsa integral, y ya sabes por qué lo digo. —Se volvió hacia Lotto y dijo con lengua viperina—: Tú no, Lotto, tú no eres más que un Bambi asustado. Cualquiera salvo tú habría entendido a estas alturas que no tienes talento para el escenario. Pero nadie quiere hacerte daño diciéndotelo a la cara. Y mucho menos tu mujer, que se esfuerza por hacer que sigas siendo un crío para que no gobiernes tu vida. ¡Da grima!

Lotto se levantó de la silla con tanto ímpetu que por un momento le faltó el riego en la cabeza.

—Cierra ya ese hocico de cerda, Luanne. Mi esposa es el mejor ser humano que hay en el planeta, y lo sabes.

—¡Lotto! —exclamó Rachel.

—Déjalo, Lotto —le pidió Mathilde en voz baja.

—¡Eh! —exclamaron Natalie y Susannah.

Chollie fue el único que soltó unas carcajadas estridentes. Olga, de quien todos se habían olvidado, sacudió el brazo y le dio un golpetazo en el hombro a su acompañante, luego se incorporó y cruzó garbosa la sala con los zapatos de tacón. Abrió la puerta con rabia.

—¡Sois unos monstruos! —gritó.

Salió corriendo a la calle.

El viento gélido se coló por la escalera cuando Olga abrió la puerta de la calle y unos copos de nieve les motearon la ropa.

Durante un buen rato, no ocurrió nada. Después, Mathilde rompió el silencio.

—Ve a buscarla, Chollie.

—Bah —dijo él—. No irá muy lejos sin el abrigo.

—Estamos a menos diez grados, capullo —dijo Danica, y le lanzó el abrigo de piel sintética a Chollie a la cara.

Este se levantó a regañadientes y salió. Cerró de un portazo la puerta del piso y la del portal. Mathilde se levantó y descolgó el cuadro de la pared, lo pasó por encima de la coronilla reluciente del Buda de cobre y se lo entregó a Luanne.

Luanne miró el cuadro que de repente tenía en las manos.

—No puedo aceptarlo —dijo.

Los demás amigos percibieron la feroz batalla que se libraba en silencio entre las dos.

Mathilde se sentó, cruzó los brazos, cerró los ojos. Luanne apoyó el cuadro en las rodillas de Mathilde. Salió y la puerta se cerró tras ella para siempre. En su ausencia, la habitación parecía más luminosa, incluso las luces del techo se suavizaron.

Los amigos se marcharon uno por uno. Rachel se encerró en el cuarto de baño y oyeron el agua de la bañera.

Cuando se quedaron solos, Mathilde se arrodilló delante de Lotto y se sacó las gafas para enterrar la cara en su pecho. Él la abrazó con impotencia e intentó calmarla con sonidos tranquilizadores. Los conflictos le producían arcadas. No los soportaba. Notó que los delicados hombros de su esposa se sacudían. Sin embargo, cuando Mathilde levantó la cabeza por fin, Lotto se quedó de piedra; tenía la cara enrojecida e inflamada, pero se estaba riendo. ¿Riendo? Lotto besó las bolsas de color ciruela de debajo de sus ojos, las pecas de su piel pálida. Sintió un asombro vertiginoso.

—Le has dicho a Luanne que tenía un hocico de cerda —dijo Mathilde—. ¡Tú! ¡Don Genial! Dispuesto a enmendar el entuerto. ¡Ja!

Qué chica tan maravillosa. En un cálido arrebato, Lotto supo que Mathilde superaría ese período de tirantez y congoja tan terrible que no podía compartir con él. Regresaría a su lado. Lo amaría de nuevo. No lo abandonaría. Y en todos los lugares en los que vivieran en adelante, ese cuadro despejaría el ambiente. Sería un testimonio del amor. Su matrimonio se incorporó del suelo, se desperezó, los miró con las manos sobre las caderas. Mathilde emprendía el regreso hacia Lotto. ¡Aleluya!

—¡Aleluya! —exclamó Chollie, y se ventiló de un trago un ponche de huevo que tenía más brandy que otra cosa.

Eran las once.

—Ha nacido Jesucristo.

Lotto y él competían de manera tácita por ver cuál de los dos podía emborracharse más. Lotto disimulaba mejor la borrachera, parecía sobrio, pero la habitación le daba vueltas si no miraba a un único punto fijo.

Fuera se cernía la noche espesa. Las farolas eran como chupachups de nieve brillante.

La tía Sallie llevaba horas hablando sin parar.

—… claro, no sé nada, porque no soy tan sofisticada como todos vosotros —decía en ese momento—, pandilla de artistas en pañales, y por supuestísimo que no puedo decirte qué debes hacer, Lotto, mi niño, pero si yo fuera tú, cosa que no soy, lo sé, pero si lo fuera, diría que me he dejado la piel, estaría más que orgullosa de las tres o cuatro obras de teatro que habría hecho en estos últimos años y diría: oye, no todos podemos ser Richard Burton, y a lo mejor me dedicaría a otra cosa y haría algo con mi vida. Como no sé, relanzar el negocio familiar o algo. Volver a los brazos de Antoinette. Conseguir que no me desheredara. Ya sabes que lo está pasando fatal, con ese corazón enfermo que tiene. Rachel y tú recibiréis un buen pellizco cuando muera, dios quiera que no sea pronto.

Miró a Lotto con astucia por encima de su pico de canario.

El Buda se rio en silencio desde la repisa de la chimenea. A su alrededor, la exuberancia de unas flores de Pascua. Debajo, un fuego que Lotto se había atrevido a prender con palos y ramas que había recogido en el parque. Más tarde, la chimenea tendría buena lumbre y el viento ulularía con fuerza como un tren de mercancías apresurado, como los camiones que circulaban en plena noche.

—Estoy pasando por un bache, sí —dijo Lotto—. Puede ser. Pero vamos, nací rico, blanco y hombre. No tendría nada sobre lo que escribir si no pasara por algún que otro bache. Hago lo que me gusta. Y eso no es poca cosa.

Sonó como un disco rayado incluso para sus propios oídos. Qué mal has actuado, Lotto. [En el fondo había perdido un poco de práctica, ¿no?] Su corazón ya no latía con vigor.

—De todas formas, ¿qué es el éxito? —intervino Rachel—. En mi opinión, es ser capaz de trabajar tanto como quieras en lo que te apetezca y te ilusione. En ese sentido, Lotto ha tenido un trabajo fijo todos estos años.

—Te quiero —le dijo Lotto a su hermana.

Ya iba al instituto y era tan delgada como Sallie. Se parecía a la rama de los Satterwhite, morena, hirsuta y poco agraciada; sus amigos no podían creer que Lotto y ella estuvieran emparentados. Lotto era el único que la encontraba preciosa, sencilla. Su cara fina y delgada le recordaba una escultura de Giacometti. Rachel ya no sonreía nunca. La estrechó en sus brazos y le dio un beso, notó lo fibrosa que era por dentro.

—El éxito es el dinero —dijo Chollie—. Pasta.

—El éxito es encontrar la grandeza de cada uno, pipiolos —dijo Sallie—. Lotto, tú naciste con estrella. Lo vi en cuanto saliste llorando a pleno pulmón del cuerpo de Antoinette. En medio de un huracán. Lo que pasa es que no escuchas tu voz interior y no sabes cuál es tu grandeza. Gawain me dijo que siempre pensó que serías presidente de Estados Unidos o astronauta. Algo impactante, único. Está en los astros.

—Siento decepcionaros, Sallie —dijo Lotto—. A ti y a los astros.

—Bueno. Desde luego, has decepcionado a nuestro difunto padre —dijo Rachel entre risas.

—Por nuestro difunto padre decepcionado —dijo Lotto.

Levantó la copa para brindar con su hermana y se tragó la amargura. No era culpa suya, ella no había llegado a conocer a Gawain, no sabía qué dolor había llegado con su nacimiento.

Mathilde volvió a entrar en la sala con una bandeja. Estaba gloriosa con su vestido plateado, el pelo rubio platino, con un peinado a lo Hitchcock; desde que la habían ascendido, hacía seis meses, parecía cada vez más sofisticada. Lotto quería llevársela al dormitorio y combatir la frustración con impulsividad.

Sálvame, dijo con los labios, pero su mujer no le prestó atención.

—Estoy preocupada. —Mathilde dejó la bandeja en la encimera de la cocina y regresó al salón—. Le dejé esto a Bette esta mañana, y son las once y ni siquiera lo ha tocado. ¿La ha visto alguien estos últimos días?

Silencio, el tictac del reloj heredado, que Sallie había llevado en el equipaje de mano del avión. Todos miraron hacia el techo, como si pudieran ver a través de las capas de escayola, travesaños y moqueta, y adentrarse en el apartamento frío y oscuro [en silencio salvo por el murmullo de la nevera, un gran bulto frío encima de la cama; la gata hambrienta era lo único que respiraba, encaramada al alféizar de la ventana].

—M. —dijo Lotto—. Es Navidad. Lo más probable es que ayer se marchara a casa de algún familiar y se olvidara de decírnoslo. Nadie está solo en Navidad.

—La vieja sí —dijo Rachel—. La vieja está sola en su fría casita de la playa, observando a las ballenas con los prismáticos.

—Chorradas. Tu madre tuvo la posibilidad de elegir y prefirió alimentar su agorafobia a celebrar el nacimiento de Cristo con sus hijos. Créeme, sé que es una enfermedad. Convivo con ella todos los malditos días. No sé por qué año tras año le compro el billete. Este año incluso llegó a hacer la maleta. Se puso el abrigo, se echó perfume. Luego se sentó en el sofá, sin más. Dijo que prefería quedarse a ordenar las cajas de fotos de la habitación de invitados. Tomó una decisión y eligió quedarse, ya es mayorcita. No podemos sentirnos mal por ella —dijo la tía Sallie, pero los labios fruncidos delataron el trasfondo de sus palabras.

Lotto sintió una oleada de alivio. El hecho de que su tía la hubiera tomado con él esa noche, que le picara y lo provocara, provenía de su propio sentimiento de culpa.

—Yo no me siento mal —dijo Rachel, pero también tenía la cara triste.

—Pues yo sí —dijo Lotto en voz baja—. No he visto a mi madre desde hace mucho tiempo. Me siento muy mal.

Chollie exhaló un suspiro sarcástico. Sallie se lo quedó mirando.

—Bueno, también podríais ir a verla vosotros —dijo Sallie—. Sé que os ha cerrado el grifo, pero basta con que paséis cinco minutos con ella y os aceptará a los dos. Os lo prometo. Puedo conseguir que sea así.

Lotto abrió la boca, pero tenía tantas cosas que decir, y todas eran tan amargas y contenían tantos reproches hacia su madre, eran tan poco navideñas, que cerró el pico y se tragó de nuevo sus palabras.

Mathilde dejó una botella de vino tinto en la mesa con un golpe seco.

—Vamos a ver. Antoinette no ha venido ni una sola vez a este piso. Ni siquiera me conoce. Decidió enfadarse y seguir enfadada. No podemos sentir lástima de sus decisiones.

Lotto advirtió que le temblaban las manos; era rabia, lo supo al instante. Le encantaban las escasas ocasiones en las que Mathilde mostraba lo delgada que era su capa superficial de tranquilidad; cuando mostraba que hervía por dentro. Una parte perversa de Lotto, es cierto, tenía ganas de encerrar a Mathilde y a su madre en una habitación para dejar que se clavaran las uñas y se pelearan. Pero no le haría eso a Mathilde; era demasiado dulce para pasar un minuto siquiera en compañía de su madre sin salir malherida. Mathilde apagó la lámpara de araña del techo para que las luces del árbol de Navidad y las velitas invadieran todo el comedor. Lotto la sentó sobre su regazo.

—Respira —dijo Lotto con cariño enterrando la cara en el pelo de su mujer.

Rachel parpadeó ante el resplandor del árbol.

Lo que había dicho Sallie era la cruda verdad, Lotto lo sabía. A lo largo del año anterior había quedado patente que ya no podía confiar en su encanto, que había palidecido; lo ponía a prueba una y otra vez con las camareras de las cafeterías, en las audiciones y con la gente que iba leyendo en el metro, pero aparte de las libertades ofrecidas a cualquier joven moderadamente atractivo, Lotto ya no provocaba ninguna respuesta especial. Desde hacía un tiempo, la gente era capaz de despegar los ojos de él. Durante tantos años había pensado que era como un interruptor que podía encender a su voluntad... Pero había perdido su chispa, su amuleto, su resplandor. Se acabó la facilidad de palabra. No recordaba ni una sola noche en la que no se hubiera acostado borracho.

Por eso abrió la boca y empezó a cantar. «Navidad, dulce Navidad», un villancico que aborrecía, y además, nunca había tenido la mejor voz de tenor del mundo. Pero ¿qué otra cosa podía hacer salvo cantar ante la desesperación, ante la imagen de su madre gorda sentada a solas junto a una majestuosa palmera decorada con bombillas de colores? Entonces, como un milagro, se le unieron los demás, todos salvo Mathilde, que seguía tensa de rabia, aunque se iba tranquilizando, una sonrisa esbozada en los labios. Al final, hasta ella se puso a cantar.

Sallie observó a Lotto con ilusión. Su niño. El que le había robado el corazón. No estaba cegada, sabía que Rachel, que era de una pasta moral más fina, más amable, más humilde, merecía su afecto más que Lotto. Pero era por Lotto por quien Sallie rezaba al despertarse. Todos esos años de distancia habían hecho mella en la mujer. [«... la alegría de este día hay que celebrar...»] Entonces le vino el recuerdo, la Navidad del último curso universitario de Lotto, antes de que conociera a Mathilde, cuando se había reunido con Sallie y Rachel en Boston, donde se alojaron en un hotel antiguo formidable y donde quedaron sepultados bajo tres pies de nieve en polvo, como ocurre en los sueños. Lotto se las apañó para quedar a cenar con una chica en otra mesa del mismo restaurante, tenía una gracia similar a la de su madre cuando era joven y guapa, tanto atractivo que dejaba a Sallie sin habla. Antoinette, contoneándose, se había superpuesto por un momento a su hijo. Después Sallie esperó para tenderle una emboscada hasta medianoche, de pie junto a la ventana con forma de rombo que había al final del pasillo en el que estaban sus habitaciones, mientras la nieve incesante seguía cayendo a su espalda. [«… Navidad, Navidad, dulce Navidad…»] En el otro extremo del pasillo, de un tamaño minúsculo, tres señoras de la limpieza con sus carritos se reían y cuchicheaban. Por fin, la puerta de su niño se abrió y Lotto emergió, desnudo salvo por unos pantalones cortos de correr. Qué espalda tan esbelta y hermosa tenía, igual que su madre, por lo menos cuando estaba delgada. Llevaba una toalla alrededor del cuello; iba a la piscina. El pecado que él tenía intención de cometer saltaba tanto a la vista que a Sallie le ardieron las mejillas al imaginarse el trasero de la chica marcado por los baldosines de la piscina y a Lotto con las rodillas raspadas a la mañana siguiente. ¿De dónde había sacado tanta confianza en sí mismo?, pensó Sallie mientras lo veía disminuir de tamaño por el pasillo, en dirección a las señoras de la limpieza. El chico dijo algo y las tres mujeres se apartaron. Una de ellas le dio un golpecito con un trapo y otra le arrojó algo brillante al pecho, chocolatinas. [«… la alegría de este día hay que celebrar…»] Las había cautivado. La risa de Lotto retumbó hasta llegar a Sallie. Pensó que se estaba volviendo muy vulgar. Se estaba volviendo banal. Si no se andaba con cuidado, alguna chica dulce se le pegaría como una lapa, Sallie estaba segura, y arrastraría a Lotto al matrimonio, tendría un trabajo cualquiera, aunque bien pagado, una familia, postales navideñas, una casa en la playa, michelines en la mediana edad, nietos, demasiado dinero, aburrimiento, muerte. Sería fiel y conservador de anciano, ciego a los privilegios que podría haber tenido. Cuando Sallie dejó de llorar, se encontró sola, con la fría corriente de la ventana en la nuca y, a ambos lados, las hileras interminables de puertas, que disminuían de tamaño hasta volverse imperceptibles. [«Navidad, Navidad, dulce Navidad...»] Pero ¡sorpresa! Había aparecido Mathilde, y aunque al principio Sallie temió que fuese la misma chica dulce que había imaginado aquella noche, resultó que no lo era. Sallie supo de qué pasta estaba hecha. Mathilde podía salvar a Lotto de su propia vagancia, pensó Sallie, pero allí estaban, años después, y él seguía siendo un hombre normal y corriente, vulgar. El estribillo se le atascó en la garganta.

Un desconocido que caminaba tan rápido como le permitían las aceras heladas, miró hacia el piso. Vio un corro de personas cantando, bañadas por la luz blanca y limpia de un árbol de Navidad. El corazón le dio un vuelco y la imagen se le quedó grabada; la estampa volvió a surgir incluso cuando llegó a casa y vio a sus propios hijos, que ya dormían en la cama, y a su mujer, que intentaba montar el triciclo con expresión seria sin el destornillador que él había salido a buscar corriendo. Esa imagen permaneció grabada en su mente mucho después de que sus hijos abrieran los regalos al día siguiente y abandonaran los juguetes en charcos de papel y después de que se hicieran mayores para esos juguetes, y se marcharan de casa, dejando atrás a sus padres y su infancia, cuando su esposa y él se miraban a la cara, anonadados, porque no sabían cómo había podido pasar el tiempo tan deprisa. Durante todos esos años, la familia que cantaba a la luz tenue de un apartamento en el semisótano cristalizó en su mente, se convirtió en el epítome de lo que debería ser la felicidad.

Ya era casi medianoche y Rachel seguía sin poder despegar los ojos del techo. ¡Qué arrebato habría llevado a Mathilde a pintarlo de dorado! Sus cuerpos hacían eco, como pegotes en el resplandor que tenía sobre la cabeza. Desde luego, el techo transformaba la habitación y su brillo elegante contrastaba con las paredes oscuras. En ese glacial último día del año, parecía que una mano misteriosa hubiese abierto el techo, como se abre una lata de sardinas, y ellos estuvieran bañados por el sol de agosto.

Le parecía increíble que fuese el mismo espacio blanco y vacío en el que había entrado el día que inauguraron el piso, hacía más de siete años, con los cuerpos desenfrenados y el hedor a cerveza, el calor abrasador que hacía sudar y el jardín radiante a la luz de principios de verano visto desde las ventanas. Ahora había orquídeas alrededor del Buda, plantas del dinero desmesuradas en los rincones, sillas de estilo Luis XIV con tapizado en color crema. Era elegante, recargado, demasiado hermoso. Una jaula dorada, pensó Rachel. Mathilde se había mostrado arisca con Lotto durante toda la velada. Ya no sonreía cuando lo miraba. Bueno, en realidad, apenas lo miraba. Rachel temía que Mathilde, a quien Rachel quería como la que más, estuviera a punto de alzar el vuelo y huir con un aleteo agitado. Pobre Lotto. Pobres de todos ellos si Mathilde lo abandonaba.

La nueva novia de Rachel, Elizabeth, una chica con el pelo y la piel tan claros que parecían de papel, notó que a Rachel se le tensaban los nervios en las cervicales y le apretó el hombro. Rachel liberó la tensión. Respiró sin muchas ganas y le dio un tímido beso a Elizabeth en el cuello.

La silueta fugaz de un gato pasó por la acera. No podía ser la gatita de la anciana del piso de arriba. Esa gata ya era un carcamal cuando Lotto y Mathilde se habían mudado al piso; las navidades anteriores se había pasado tres días sin comer, hasta que Lotto y Mathilde se enteraron de que el casero estaba de vacaciones en las islas Vírgenes Británicas e investigaron un poco. Pobre Bette, muerta y podrida. Lotto tuvo que llevar a Mathilde, histérica, al apartamento de Samuel, donde se quedó una semana para que se tranquilizase mientras los fumigadores actuaban. Era raro observar a Mathilde, que siempre mantenía la compostura, perdiendo los estribos; hizo que Rachel la viera como debía de haber sido de pequeña, una niña delgada de ojos grandes, y consiguió que Rachel la quisiera todavía más. Ahora en ese piso vivía una pareja con un recién nacido, por eso la fiesta de Nochevieja de ese año había sido tan poco concurrida en casa de los vecinos. Al parecer, a los recién nacidos les molesta el ruido.

—Crían como conejos —dijo Mathilde sin que viniera a cuento. Mathilde, que era capaz de leer la mente de otras personas.

Se rio al ver la cara de estupefacción de Rachel, y luego volvió a la cocina, sirvió el champán en las copas y las puso en la bandeja de plata. Lotto pensó en el niño del piso de arriba y luego en el aspecto que tendría Mathilde embarazada, esbelta como una jovencita por detrás, pero como si se hubiera tragado una calabaza entera de perfil. Le entró la risa al pensarlo. Se bajaría el tirante, sacaría el pecho, lo bastante voluminoso incluso para su boca insaciable. Los días se expandirían gracias a una cosita de piel limpia y cálida ávida de leche; eso era lo que él deseaba, exactamente eso.

Chollie, Danica, Susannah y Samuel estaban sentados en silencio, pálidos, con el semblante serio. Habían ido solos a la fiesta, porque ese año había habido una mala racha de rupturas.

Samuel estaba esquelético, se le arrugaba la piel alrededor de la boca. Era la primera vez que salía desde que lo habían operado de cáncer de testículos. Por primera vez en su vida, parecía empequeñecido.

—Hablando de los que crían como conejos, la semana pasada vi a esa chica con la que saliste en la facultad, Lotto. ¿Cómo se llamaba? Bridget —dijo Susannah—. Se dedica a la oncología pediátrica. Estaba embarazadísima. A punto de estallar. Parecía feliz.

—Yo no salí con nadie en la facultad —dijo Lotto—. Salvo con Mathilde. Durante dos semanas. Luego nos fugamos.

—Claro, no saliste con nadie. Solo te follaste a todas las chicas del valle del Hudson —dijo Samuel entre risas. Con la quimioterapia se le había caído el pelo; sin sus rizos se parecía aún más a un hurón—. Perdona, Rachel, pero tu hermano era un cabrón.

—Sí, sí, ya me lo han dicho —contestó Rachel—. Creo que esa tal Bridget venía a vuestras fiestas al principio de mudaros aquí. Era un tostón. Siempre embutíais a un millón de personas en esta habitación. Echo de menos aquella época.

Y así se despertaron los fantasmas de las fiestas, de ellos mismos cuando eran más jóvenes, demasiado bobos para comprender que estaban en éxtasis.

¿Qué habrá sido de todos esos amigos que teníamos?, pensó Lotto. Los que parecían tan imprescindibles se habían desvanecido. Los mayores ratones de biblioteca con sus gemelos en el carrito, su casita en Park Slope y sus cervezas artesanas. Arnie, que era dueño de un emporio de bares, todavía se ligaba a chicas con decenas de piercings y tatuajes carcelarios. Natalie era jefa de contabilidad en una empresa nueva de San Francisco que ofrecía servicios por internet y que había aguantado cuando cientos de iniciativas se habían hundido. Las amistades se habían ido reduciendo. Los amigos que quedaban ahora eran el núcleo, el tuétano.

—No sé —dijo Susannah en voz baja—. Supongo que me gusta vivir sola.

Seguía haciendo de adolescente en el culebrón. Sería adolescente hasta que la liquidaran, y entonces pasaría a encarnar a madres y esposas. Las mujeres de las series siempre quedaban definidas por sus relaciones personales.

—Pues yo duermo fatal sola —dijo Danica—. Quiero comprarme una muñeca hinchable solo para despertarme al lado de alguien por la mañana.

—Pues sal con una modelo. Es lo mismo —dijo Chollie.

—Me sacas de quicio, Chollie —dijo Danica, intentando contener la risa.

—Bla, bla, bla —contestó Chollie—. Tú sigue con la misma cantinela. Los dos sabemos la verdad.

—Queda menos de un minuto antes de que caiga la bola —dijo Mathilde, que entró en el comedor con una bandeja de copas de champán.

Todos miraron a Samuel, que se encogió de hombros. Ni siquiera el cáncer podía hacer mella en él.

—Pobre Samuel, el Una Bola —dijo Lotto.

Se había pasado al bourbon después de la cena y todavía no había recuperado la compostura.

—¿Colgajo Solitario? —apuntó Chollie, y por una vez no lo hizo con malicia.

—Sam, el Medio Saco —dijo Mathilde, y le dio una patadita a Lotto, que acababa de tumbarse en el sofá.

Este se incorporó y bostezó. Se había desabrochado los pantalones. Treinta años, el final de su juventud. Sintió que la oscuridad volvía a cernirse sobre él.

—Se acabó, colegas —dijo Lotto—. El último año de la humanidad. La próxima vez que suenen las campanadas, será el año 2000, y todos los aviones se caerán del cielo y los ordenadores explotarán y las plantas de energía nuclear se quedarán sin suministro y todos veremos un destello y luego la inmensa blancura del vacío se cernirá sobre todos nosotros. Se acabó. *Finito*, adiós al experimento humano. Así que ¡a vivir a tope! ¡Es el último año que nos queda!

Hablaba en broma, pero creía en lo que decía. Pensaba que el mundo sin seres humanos sería más brillante, más verde, se llenaría de vida extraña, de ratas capaces de hacer la pinza con los dedos, monos con gafas, peces mutantes que construirían palacios bajo el mar. Pensaba que, en el gran esquema de las cosas, todo iría mejor sin tener a los humanos por testigos. Pensó en el rostro joven de su madre parpadeando a la luz de las velas, como una revelación, el apocalipsis.

—«Y vi a la mujer embriagada de la sangre de los santos, y de la sangre de los mártires de Jesús; y cuando la vi, quedé maravillado con gran asombro» —susurró Lotto, citando la Biblia, y sus amigos lo miraron, vieron algo terrible en su rostro y desviaron la mirada.

Joder, a Rachel le rompía el corazón. Joder, toda la familia le rompía el corazón. Su vieja enterrándose en vida en la soledad, en la infelicidad. Sallie, como un perrito faldero, trabajando como una esclava para ella. Lotto, cuyo orgullo no conseguía entender; solo un niño seguiría enfadado tanto tiempo, solo un niño sería incapaz de perdonar para solucionar las cosas. Mathilde vio que los ojos de Rachel se llenaban de lástima y negó con la cabeza levemente: no, al final él lo verá.

—Treinta segundos —dijo Mathilde.

En el ordenador sonaba la música de Prince, la canción «1999», por supuesto.

Chollie se inclinó hacia Danica, esperando recibir un beso de medianoche. Qué asco de hombrecillo. Había sido un error dejar que le metiera mano en el taxi una noche cuando volvían de los Hamptons el verano anterior. ¿En qué estaría pensando Danica? En ese momento no tenía novio, pero aun así.

—Ni lo sueñes, capullo —le dijo, pero él no la oyó, porque habló al mismo tiempo.

—… me debes dos millones de dólares —dijo Chollie.

—¿Qué? —preguntó Danica.

Él sonrió.

—Veintipico segundos para mil novecientos noventa y nueve. Apostaste a que en mil novecientos noventa y ocho ya estarían divorciados.

—Vete a la mierda —dijo Danica.

—Vete tú, morosa —replicó Chollie.

—Veinte segundos —anunció Mathilde—. Adiós, mil novecientos noventa y ocho, año lento y embarrado.

—No hay nada bueno o malo, todo depende del pensamiento —dijo Lotto, en plena borrachera.

—No dices más que tonterías —le recriminó Mathilde.

Lotto se quedó perplejo, abrió la boca, la cerró.

—¿Lo ves? —murmuró Danica—. Se están peleando. Si uno de los dos se marcha echando humo, lo consideraré una victoria.

Mathilde agarró una copa de la bandeja.

—Diez.

Lamió el champán que le había salpicado en la mano.

—Te perdono la deuda si sales una noche conmigo —dijo Chollie.

Danica notó su aliento caliente en la oreja.

—¿Qué? —preguntó Danica.

—Soy rico. Tú eres una tacaña —dijo Chollie—. ¿Por qué no, coño?

—Ocho —dijo Mathilde.

—Porque te odio.

—Seis. Cinco. Cuatro —contaron los demás.

Chollie enarcó una ceja.

—Vale, de acuerdo —dijo Danica en un suspiro.

—¡Uno! ¡Feliz Año Nuevo! —gritaron todos, y alguien dio tres patadas en el techo desde el apartamento de arriba, y el bebé berreó, y entonces oyeron a lo lejos las voces amortiguadas de gente que gritaba sin parar en la noche cristalina desde Times Square, luego un estallido de fuegos artificiales en la calle.

—Feliz mil novecientos noventa y nueve, amor mío —le dijo Lotto a Mathilde.

Y cuánto tiempo hacía que no se besaban de esa manera. Por lo menos un mes. Lotto se había olvidado de las pecas en esa naricilla tan bonita. ¿Cómo había podido olvidarse de algo así? No hay nada como tener una mujer que se deja la piel en el trabajo para reprimir los deseos amorosos. Nada como los sueños que agonizan, pensó, y la decepción.

Los iris de Mathilde menguaron cuando echó hacia atrás la cabeza.

—Este será el año en que cambiará tu suerte —le dijo—. Serás Hamlet en Broadway. Encontrarás tu elemento.

—Me encanta tu optimismo —dijo Lotto, pero le entraron náuseas.

Elizabeth y Rachel besaron a la vez a Susannah en las mejillas porque parecía muy triste. Samuel también la besó y se ruborizó, pero ella lo apartó entre risas.

—Estoy hecha polvo —dijo Danica separándose de Chollie, con quien acababa de darse un beso.

Parecía aturdida.

Se fueron marchando de dos en dos, y Mathilde apagó las luces, bostezó, apiló los platos y las copas en la encimera para fregarlos por la mañana. Lotto la observó mientras se quitaba el vestido con un contoneo, ya en el dormitorio, y se metía debajo del edredón nórdico solo con el tanga.

—¿Te acuerdas de cuando nos enrollábamos antes incluso de meternos en la cama en Nochevieja? Un deseo carnal para el año nuevo —dijo Lotto desde la puerta.

Se planteó decir algo más; que ese año, quizá, podrían tener un hijo. Lotto podía ser el padre que se quedara en casa para cuidarlo. Por supuesto, si él hubiera sido quien tuviese la anatomía necesaria, ya habría habido algún despiste con los anticonceptivos y a esas alturas un Lotto en miniatura le estaría clavando los tobillos en las entrañas. Era injusto que las mujeres pudieran experimentar un gozo tan primario y los hombres no.

—Cariño, también nos enrollábamos el día de la recogida de trastos viejos y el día de la compra semanal —contestó ella.

—¿Qué ha cambiado? —le preguntó Lotto.

—Somos viejos. Aun así, lo hacemos más a menudo que la

mayoría de nuestros amigos casados. Dos veces a la semana no está mal.

—No es bastante —murmuró él.

—Te he oído —dijo Mathilde—. Como si alguna vez me mostrase esquiva o te evitase.

Él soltó un suspiro, dispuesto a saltar.

—De acuerdo. Si te metes ya en la cama, te dejo que me lo hagas. Pero no te enfades si me quedo dormida.

—Genial. Qué tentador —dijo Lotto, y se sentó con la botella en la oscuridad.

Escuchó la respiración de su mujer hasta que se apaciguó y se convirtió en un leve ronquido. Se preguntó cómo había llegado a ese extremo. Borracho, solo, recreándose en su fracaso. Le habían asegurado el triunfo. Sin saber cómo, había fulminado su potencial. Un pecado. Treinta años y seguía sin nada. El fracaso te mata poco a poco. Como habría dicho Sallie, se iría desangrando hasta morir.

[A lo mejor nos gusta más así; humillado.]

Esa noche comprendió a su madre, enterrándose en vida en su casa de la playa. Sin querer correr el riesgo que provocaba el contacto con los demás. Escuchó el oscuro latido que había bajo sus pensamientos, algo que había percibido desde la muerte de su padre. Liberación. Podía caerle el fuselaje de un avión del cielo y clavarlo en la tierra. Un cortocircuito en uno de los interruptores de su cerebro podía dejarlo tieso en el sitio. En el fondo, así sentiría por fin el bendito alivio. En la familia abundaban los aneurismas. El de su padre había sido tan repentino, a los cuarenta y seis, demasiado joven; lo único que quería Lotto era cerrar los ojos y encontrarse con Gawain, poner la cabeza en el pecho de su padre y olerlo, y oír las cálidas punzadas de su corazón. ¿Era demasiado pedir? Había tenido un padre que lo había amado. Mathilde le había dado suficiente amor, pero él la había defraudado. La cálida fe que Mathilde tenía en él se había enfriado. Había apartado la cara. La había decepcionado. Dios mío, la estaba perdiendo, y si la perdía, si lo abandonaba (la maleta de piel en la mano, su delgada espalda hacia él, sin darse la vuelta) sería como estar muerto.

Lotto se había puesto a llorar; lo sabía por el frío que sentía en la cara. Intentó no hacer ruido. Mathilde necesitaba dormir. Desde hacía un tiempo trabajaba jornadas de dieciséis horas, seis días a la semana, proporcionaba alimento y cobijo para ambos. Él no aportaba nada al matrimonio, salvo decepción y ropa sucia. Pescó el portátil que había guardado debajo del sofá cuando Mathilde le había mandado que recogiera todo antes de que llegaran los invitados esa noche. Solo quería entrar en internet, ver qué hacían las demás almas solitarias del mundo, pero en lugar de eso, abrió un documento en blanco, cerró los ojos, pensó en lo que había perdido. La casa familiar, a su madre, esa luz con la que en otro tiempo había iluminado a los desconocidos, a su esposa. Había perdido a su padre. Todo el mundo subestimaba a Gawain porque era callado y analfabeto, pero él fue el único que había sabido entender el valor del agua que corría bajo los terrenos familiares, la había recogido y la había vendido. Lotto pensó en las fotos de su madre cuando era joven, cuando era una sirena, con la cola enrollada como una media sobre las piernas, ondulándose en los fríos manantiales de agua. Recordó su propia manita inmersa en el chorro del agua, los huesos que se le congelaban hasta quedar entumecidos, cuánto le gustaba ese dolor.

¡Dolor! Los destellos de la luz matutina brillaron en sus ojos.

Mathilde estaba rodeada por un halo cegador de estalactitas, sentada en la repisa de la ventana. Iba con la ajada bata de estar en casa. Tenía los nudillos de los dedos de los pies enrojecidos por el frío. Y su cara… ¿Qué transmitía? Algo iba mal. Tenía los ojos hinchados y rojos. ¿Qué habría hecho Lotto? Seguro que algo terrible. A lo mejor se había dejado una página porno abierta en el portátil y ella lo había descubierto al despertarse. A lo mejor era un tipo de porno abominable, el peor, a lo mejor había entrado con curiosidad salvaje, clicando y saltando de una página a otra de forma tan progresiva que había ido visitando webs cada vez más fuertes, hasta terminar en lo imperdonable. Lo abandonaría. Estaría acabado. Gordo, solo y fracasado, ni siquiera merecía el aire que respiraba.

—No me dejes —dijo Lotto—. Mejoraré.

Mathilde levantó la cabeza, luego se incorporó y cruzó la alfombra para dirigirse al sofá. Dejó el ordenador en la mesita de centro. Cogió las mejillas de Lotto entre las manos.

Se le abrió la bata y dejó al descubierto los muslos, como una dulce masilla rosada. Parecía que tuviese alas.

—Ay, Lotto —dijo Mathilde, y su aliento con olor a café se mezcló con el aliento de él, a rata muerta. Lotto notó el aleteo de sus pestañas en la sien—. Cariño, lo has logrado.

—¿El qué?

—Es buenísimo. No sé por qué me ha sorprendido tanto, porque sé que eres un genio. Lo que pasa es que ha tardado tanto tiempo en aflorar…

—Gracias —dijo Lotto—. Lo siento. ¿Qué ocurre?

—¡No lo sé! Una obra de teatro, creo. Se titula *Los manantiales*. La empezaste anoche a la una y cuarenta y siete. No puedo creerme que hayas escrito todo esto en cinco horas. Le hace falta un tercer acto. Algunas correcciones. Ya he empezado. La ortografía no es tu fuerte, pero eso ya lo sabíamos.

Entonces cayó en la cuenta de repente: lo que había escrito la noche anterior. Un reducto de emoción bien enterrado, algo sobre su padre. Ay.

—Siempre ha estado escondido ahí, a la vista —dijo Mathilde—. Tu verdadero talento.

Se había montado a horcajadas sobre Lotto. Empezó a bajarle los vaqueros por las caderas.

—Mi verdadero talento —repitió él despacio—. Estaba oculto.

—Tu genio. Tu nueva vida. Estaba escrito que serías dramaturgo, amor mío. Joder, gracias a dios que lo hemos descubierto.

—Lo hemos descubierto —repitió Lotto.

Como si emergiera de la niebla: antes un niño, ahora un hombre adulto. Personajes que eran él pero al mismo tiempo no lo eran, Lotto transformado por el punto de vista omnisciente. Un chute de energía al contemplarlos por la mañana. Esos personajes tenían vida. De repente, sintió unas ansias locas de regresar a ese mundo, de vivir en él un tiempo más.

Pero entonces oyó a su mujer.

—Mis saludos, Sir Lancelot, valiente caballero. Venid al torneo.

Y qué forma tan hermosa de acabar de despertarse, con su mujer sentada sobre él, susurrándole a su pene recién investido caballero, calentándolo con su respiración, diciéndole que era... ¿qué? Un genio. Por dentro, Lotto lo sabía desde hacía mucho. Desde que era un niño pequeño que recitaba poemas subido a una silla y conseguía que los adultos se emocionasen y llorasen. Pero qué alegría obtener semejante confirmación, y además, en semejante formato. Bajo el techo dorado, bajo una esposa dorada. Pues muy bien. Sería dramaturgo.

Observó al Lotto que creía haber sido mientras se levantaba con el maquillaje de teatro y el jubón, con la camisola sudada, jadeante, exteriorizando el rugido de su interior cuando el público se levantaba en una ovación. Salió como un fantasma de su cuerpo, hizo una reverencia marcada y se marchó para siempre atravesando la puerta cerrada del piso.

No debería haber quedado nada. Y sin embargo, otra clase de Lotto permaneció allí. Alguien escindido de sí mismo, alguien nuevo, por debajo de su mujer, que entonces deslizaba la cara por su estómago, se apartaba la tira del tanga hacia un lado, lo envolvía. Las manos de Lotto le abrieron la bata para dejar al descubierto sus pechos como polluelos, la barbilla de Mathilde inclinada hacia arriba, hacia sus cuerpos vagamente reflejados.

—Sí, sí —decía Mathilde. Apretó los puños sobre el pecho de Lotto—. Ahora sí que eres mi Lancelot. Nada de Lotto. Lotto es un nombre infantil, y ya no eres un niño. Eres un genio, el puto amo de los dramaturgos, Lancelot Satterwhite. Conseguiremos que se haga realidad.

Si con eso lograba que su mujer volviera a sonreírle bajo sus pestañas rubias, que su mujer volviera a montarlo como una dama ecuestre de primera, cambiaría. Se convertiría en lo que ella quisiera. Dejaría de ser un actor fracasado. Sería un dramaturgo en potencia. Notó que nacía en él un sentimiento nuevo, como si hubiese descubierto una ventana en un cubículo sin luz en el que estaba encerrado. Y, al mismo tiempo, una especie de dolor, una pérdida. Cerró los ojos a esa pérdida y se desplazó en la oscuridad hacia lo que, de momento, solo Mathilde sabía ver con tanta nitidez.

4

Los manantiales
(1999)

Seguía borracho.

—La mejor noche de mi vida —dijo—. Un millón de saludos finales entre aplausos eufóricos del público. Todos mis amigos. Y mírate, estás espectacular. Ovaciones. Off-Broadway. ¡Barra libre! Y de camino a casa, ¡estrellas en el cielo!

—Te faltan las palabras, amor mío —dijo Mathilde.

[Error. Esa noche no le faltaban las palabras. Invisibles en los rincones de los teatros, las fuerzas sobrenaturales que debían juzgarlo se habían reunido. Lo observaron, recapacitaron, dieron el visto bueno.]

—Ahora le toca a mi cuerpo tomar el mando —dijo Lotto, y Mathilde estaba dispuesta para lo que él tenía en mente.

Sin embargo, cuando regresó del cuarto de baño, lo encontró dormido, desnudo encima del edredón, y lo tapó, le besó los párpados, saboreó la gloria que desprendían. La paladeó. Se durmió.

El rey tuerto
(2000)

—Cariño, esta obra trata de Erasmo. No puedes titularla *Los Oneiroi*.

—¿Por qué? —le preguntó Lotto—. Es un buen título.

—Nadie se va a acordar. Nadie sabe qué significa. Yo no sé qué significa.

—Los Oneiroi u Oneiros eran los hijos de Nix, la Noche. Son sueños. Hermanos de Hipnos, Tánatos, Geras: el Sueño, la Muerte, la Ancianidad. Cariño, es una obra de teatro sobre los sueños de Erasmo. ¡El príncipe de los humanistas! El hijo bastardo de un cura católico, huérfano por culpa de la plaga de 1483. Locamente enamorado de otro hombre…

—He leído la obra, ya sé de qué trata…

—Y la palabra Oneiros me hace gracia. Erasmo fue el hombre que dijo: «En el país de los ciegos, el tuerto es el rey». Un rey tuerto es un rey que solo tiene un ojo, ¿no? En francés: *Roi d'un oeil*. Si pones el número en inglés y le das la vuelta: *Oneiroi*.

—Ah —dijo Mathilde.

Había fruncido el entrecejo al oírlo hablar en francés; ella había estudiado francés, historia del arte y clásicas como asignaturas troncales en la universidad. Una dalia de color morado oscuro en la ventana que daba al jardín, el brillo de la luz otoñal por detrás. Se acercó a él, apoyó la barbilla en su hombro, le metió las manos por dentro de los pantalones.

—Bueno, es una obra muy sexy —dijo Mathilde entonces.

—Sí —contestó Lotto—. Tienes unas manos muy finas, esposa mía.

—Estoy saludando a tu rey tuerto.

—Ay, amor mío —dijo Lotto—. Eres genial. Ese título es mucho mejor.

—Ya lo sé —contestó Mathilde—. Te lo doy.

—Qué generosa.

—Lo que pasa es que no me gusta cómo me mira tu rey. Me está echando mal de ojo.

—Que le corten la cabeza —dijo Lotto, y la llevó en brazos al dormitorio.

Islas
(2001)

—No es que esté de acuerdo con ellos —dijo Mathilde—. Pero es verdad, fue un poco arriesgado por tu parte escribir una obra sobre tres camareras de hotel caribeñas atrapadas en una tormenta de nieve en Boston.

Lotto no levantó la cabeza, que tenía enterrada en el hueco del codo. Había periódicos desperdigados por la salita del apartamento que acababan de comprar, en la primera planta de un edificio. Aún iban demasiado justos de dinero para permitirse una alfombra. La austeridad con la que brillaban los suelos de roble le recordaba a Mathilde.

—Que lo diga Phoebe Delmar, vale —dijo Lotto—. Aborrece cualquier cosa que yo haya hecho o que pueda hacer en mi vida. Apropiación cultural, o como lo diga ella, estrafalario, exagerado. Pero ¿por qué el periodista del *Times* tuvo que sacar a colación el dinero de mi madre? ¿Qué tiene eso que ver con lo demás? Les juro a esos chupatintas que ahora no puedo ni permitirme poner la calefacción. ¿Qué más les da, eh? ¿Y por qué no puedo escribir sobre gente pobre solo porque me crie con dinero? ¿Es que no entienden lo que es la «ficción»?

—Sí que podemos permitirnos la calefacción —dijo Mathilde—. El cable, a lo mejor no. Pero aparte de eso, es una buena reseña.

—Es un popurrí —gruñó Lotto—. Me quiero morir.

[Al cabo de una semana, dos aviones se estrellarían a una milla de allí, y Mathilde, que estaría en el trabajo, tiraría al suelo la taza de té, que se rompería en añicos; Lotto, en casa, se pondría las zapatillas de deporte y correría cuarenta y tres manzanas hacia el norte para llegar al despacho de su mujer y pasaría por la puerta giratoria, para verla saliendo por el compartimento de cristal paralelo. Se mirarían el uno al otro con cara pálida a través del cristal, pues ahora ella estaría fuera y él dentro, y Lotto sentiría una confusa vergüenza mezclada con pánico, aunque el origen de ese terror —este preciso momento con la intensidad de su diminuto desespero— ya se le habría olvidado.]

—No seas dramático, por favor —dijo Mathilde—. Phoebe Delmar saldría ganando si murieras. Escribe otra obra y punto.

—¿Sobre qué? Estoy seco. Sin ideas. Acabado a los treinta y tres.

—Pues vuelve a lo que conoces —le propuso su mujer.

—No conozco nada —dijo él.

—Me conoces a mí.

La miró, con la cara manchada de tinta de periódico, y esbozó una sonrisa.

—Es verdad —contestó.

La casa de la arboleda
(2003)

ACTO II, ESCENA I

[*El porche de la casa de la plantación, Olivia con zapatillas blancas de tenis, esperando a que salga Joseph. La madre de Joseph en una mecedora, con una copa de vino blanco con soda en la mano.*]

LADYBIRD: Ven y ponte cómoda. Me alegro de que podamos hablar un momento a solas. Es raro que Joseph traiga a una novia a casa, ¿sabes? Normalmente, para Acción de Gracias estamos solo nosotros. La familia. Pero ¿por qué no me hablas un poco de ti, bonita? ¿De dónde eres? ¿A qué se dedican tus padres?

OLIVIA: De ninguna parte. Y a nada. No tengo padres, señora Dutton.

LADYBIRD: Qué tontería. Todo el mundo tiene padres. ¿Acaso saliste de la cabeza de alguien? Lo siento, pero no eres Minerva. A ver, es posible que no te gusten tus padres, el Buen Dios sabe que a mí no me gustan los míos, pero tenerlos, los tienes, eso seguro.

OLIVIA: Soy huérfana.

LADYBIRD: Huérfana. ¿Nadie quería adoptarte? ¿A una belleza como tú? No me lo creo. Aunque debías de ser una niña taciturna. Sí, sí. Estoy segura de que eras una niña taciturna. Difícil. Tan lista que la inteligencia se volvió en tu contra.

OLIVIA [*tras una pausa larga*]: Joseph está tardando mucho.

LADYBIRD: Ese chico es un vanidoso. Estará mirándose en el espejo y haciendo muecas, admirando su bonito peinado. [*Las dos se echan a reír.*] En cualquier caso, está claro que no quieres hablar del tema, y no te culpo. La herida debe de ser profunda, estoy segura, querida. La familia es lo más importante del mundo. Lo más importante. ¿Por qué? Porque es tu familia quien te dice quién eres. Sin familia, no eres nadie.

[*Olivia, aturdida, abre mucho los ojos. Ladybird la mira a la cara con una sonrisa de oreja a oreja.*]

OLIVIA: No soy nadie.

LADYBIRD: Cariño, no me gustaría ofenderte, pero empezaba a pensarlo. Eres guapa, desde luego, pero no tienes mucho que ofrecerle a un chico como Joey. Y sí, está enamorado, pero también es un amante nato. No debes preocuparte por romperle el corazón. Encontrará a otra mujer en cuestión de minutos. Desaparece y ya está. Así nos ahorrarás a todos tener que perder el tiempo. Deja que encuentre a alguien más afín a él.

OLIVIA [*despacio*]: Afín. ¿Se refiere a una chica de familia rica? Es gracioso, señora Dutton, porque sí tengo familia. Y son tan ricos como la realeza.

LADYBIRD: ¿Eres una mentirosa? Porque o me mientes ahora o me has mentido antes, cuando has dicho que eras huérfana. En cualquier caso, no he creído ni una sola de las palabras que han salido de tu boca desde que has llegado.

JOSEPH [*sale, con sonrisa ancha, silbando*]: Hola, bellezas.

OLIVIA: Yo nunca miento, señora Dutton. Soy una sincera

compulsiva. Y ahora, si me disculpa, voy a jugar al tenis con mi maridito. [*Sonríe con ironía.*]

JOSEPH: ¡Olivia!

LADYBIRD [*se incorpora*]: Tu... ¿Tu qué? ¿Tu maridito? ¿Maridito? ¡Tu marido! ¡Joseph!

—Se parece demasiado a la realidad —dijo Mathilde, y levantó la mirada.

Había tristeza en la comisura de sus labios.

—Algún día conocerás a mi madre —apuntó Lotto—. Solo quiero que estés preparada. Todavía me pregunta cuándo voy a sentar cabeza con una buena chica.

—Ay, eso duele —dijo Mathilde. Miró a Lotto por encima de la mesa, del café y la rosquilla a medio comer—. ¿Sincera compulsiva?

La miró a la cara. Aguardó.

—De acuerdo —reconoció.

Gacy
(2003)

—«¿Qué puede haberle sucedido al joven dramaturgo Lancelot Satterwhite, cuyo único verdadero talento, de momento, ha resultado ser una especie de recreación salvaje de la experiencia sureña, para que se le ocurriera escribir una obra de teatro en alabanza de John Wayne Gacy, un payaso pedófilo y asesino en serie? Como si el diálogo acartonado, las horribles canciones a capela que interpreta Gacy y las escenas gráficas de asesinato y matanza no fuesen lo bastante malas, el público sale del teatro después de tres horas de representación con una pregunta abrumadora: ¿por qué? Esta obra no solo es increíblemente mala, sino también de un mal gusto increíble. Quizá sea un reconocimiento a los ídolos de Satterwhite, o una especie de homenaje al barbero Sweeney Todd, pero lamento decir que Lancelot Satterwhite no es Stephen Sondheim y nunca lo será» —leyó Mathilde.

Dejó el periódico en la mesa.

—Sí, lo has adivinado. La puñetera Phoebe Delmar —corroboró.

—A todos los demás les ha encantado —dijo Lotto—. Normalmente, las malas críticas me provocan cierta vergüenza. Pero esta tía desbarra tanto que ni siquiera me importa.

—Yo creo que la obra es divertida —dijo Mathilde.

—Claro que es divertida —replicó Lotto—. Todo el público se partía de risa.

—Phoebe Delmar. Cinco obras, cinco patadas. Esa mujer no sabe nada —dijo Mathilde.

Se miraron el uno al otro y esbozaron una sonrisa.

—Escribe otra —dijo Lotto—. Ya lo sé.

Grimorio
(2005)

—Eres un genio —dijo Mathilde, después de leer el manuscrito.

—Yo también —dijo Lotto.

—Me alegro —contestó ella.

Hamlin en invierno
(2006)

Sallie, Rachel y el nuevo marido de Rachel asistieron al estreno. ¿Marido? ¿Un hombre? ¿Qué había pasado con Elizabeth? Mathilde y Lotto se dieron la mano en el taxi cuando se dirigían al aperitivo, se comunicaban sin hablar.

El marido de Rachel parloteaba sin parar como una ardilla.

—Un afable zoquete —fue el veredicto posterior de Mathilde.

—Una víbora iletrada —fue el de Lotto—. Pero ¿qué hace Rachel? Pensaba que era lesbiana. Me encantaba Elizabeth. Elizabeth tenía unas tetas fabulosas. ¿De dónde ha sacado a este idiota?

—Que lleve un tatuaje en el cuello no significa que sea idiota —dijo Mathilde. Recapacitó un momento—. Bueno, supongo.

Se enteraron de toda la historia mientras comían unos huevos Benedict. Rachel había pasado un mal año al terminar la universidad. Tenía tanta energía que sus manos saltaban como colibríes nerviosos del plato a los cubiertos al vaso al pelo al regazo, sin cesar.

—Vamos, no te casas a los veintitrés porque hayas tenido un mal año —dijo Lotto.

—¿Ah, no? ¿Y por qué te casas a los veintitrés, eh, Lotto? —preguntó Rachel—. Ilústrame, por favor.

—*Touché* —murmuró Mathilde. Lotto la miró—. En realidad, teníamos veintidós —añadió.

Daba igual, como iba diciendo, había tenido un mal año. Elizabeth la dejó por culpa de algo que había hecho Rachel. Fuera lo que fuese, bastó para que Rachel se sonrojara aún más y adquiriera un tono rojo más vivo; su marido le apretó la rodilla por debajo de la mesa. El caso es que regresó a la casa de la playa para que Sallie pudiera cuidar de ella. Pete trabajaba en Marineland.

—¿Eres científico, Pete? —preguntó Mathilde.

—No, pero doy de comer a los delfines —contestó.

Pete apareció en el momento justo en el lugar adecuado, dijo Rachel. Ah, y Rachel se había matriculado en la facultad de derecho y, si a Lotto no le importaba, se haría cargo del fideicomiso cuando terminase de estudiar.

—¿La vieja también te ha cerrado el grifo? —le preguntó Lotto—. Pobre mujer. Privada de la inmensa y trivial celebración de la boda que tanto anhelaba. No habría sabido a quién invitar y la gente al final no habría ido, pero le habría encantado encargarse de los preparativos. Un vestido con mangas ablusadas para ti, Rachel. Una tarta con la forma de Chichén Itzá. Chicas con miriñaques que arrojasen flores. Toda su familia yanqui abrasada por el sol y ardiendo por dentro de envidia. No me sorprendería que hubiese cambiado el beneficiario del fideicomiso a favor de algún pitbull esquizofrénico que hubiese rescatado o algo así.

Se hizo el silencio. Sallie hizo una mueca de dolor y se entretuvo con la servilleta.

—No me ha cerrado el grifo —dijo Rachel en voz baja.

Un silencio prolongado. Lotto parpadeó para sacudirse la punzada.

—Pero tuve que firmar un acuerdo prematrimonial. Solo me tocan dos millones —dijo Pete, y puso una cara triste en broma.

Todos bajaron la mirada hacia los bloody marys, y él se ruborizó.

—Me refiero a si pasa algo malo —puntualizó—. Pero no pasará nada, cariño.

Y Rachel asintió discretamente.

Al final, Pete resultó ser un bochorno temporal; al cabo de seis meses, Elizabeth, la de las tetas inmensas y finas, la de las gafas de ojo de gato, la del pelo y la piel pálidos, volvería para quedarse.

En el teatro, Lotto observó a su tía y a su hermana. A los diez minutos de función, cuando empezaron a llorar y las lágrimas les estropearon el maquillaje, suspiró, se relajó y se pasó la mano por la cara.

Después de los saludos finales, las ovaciones, las felicitaciones, los abrazos y el discurso a los actores, que lo amaban, ¡lo adoraban! —se notaba por el modo en que lo miraban—, Mathilde rescató por fin a Lotto y lo sacó por la puerta trasera para llevarlo al bar en el que había pedido a la ayudante que reuniera a su familia.

Sallie se incorporó, se deshizo en un mar de lágrimas y se le colgó del cuello. Rachel lo abrazó con furia por la cintura. Pete intentaba hacerse un hueco para darle unas palmaditas a Lotto en los brazos.

—Cariño mío, no tenía ni idea de lo mucho que te gustaría tener hijos —le dijo Sallie al oído.

La miró sorprendido.

—¿Eso es lo que te ha transmitido la obra? ¿Que quiero hijos?

—Bueno, sí —dijo Rachel—. Toda la obra trata de la familia, de cómo se transmiten las cosas de una generación a otra, de cómo al nacer pertenecemos a una parcela concreta de terreno familiar. Saltaba a la vista. Además, Dorothy está embarazada. Y Julie tiene un niño en la planta de arriba. Incluso Hoover lleva a su hijo a cuestas en la obra. ¿No era eso lo que querías plasmar?

—Pues no —dijo Mathilde entre risas.

Lotto se encogió de hombros.

—Tal vez —contestó.

Leonor de Aquitania
(2006)

Un hombrecillo entró a toda prisa en el teatro experimental durante la recepción para los VIP. Tenía poco pelo y era canoso. Llevaba una gabardina verde descolorida, que, al abrirse y aletear, le daba el aspecto de una mariposa actias luna.

—Oh, mi querido muchacho, mi queridísimo Lotto, lo has logrado, has hecho lo que siempre supe que harías. Llevas el teatro en la sangre. Esta noche la musa Talía te ha besado las mejillas.

Lancelot sonrió al hombrecillo que imitaba a Talía y le besaba las mejillas. Cogió al vuelo una copa de champán de una bandeja que pululaba por ahí.

—Se lo agradezco mucho, caballero. Tengo predilección por Leonor de Aquitania. Era un genio, la madre de la poesía moderna. Disculpe, sé que nos conocemos de algo. Pero ¿puede decirme de qué exactamente?

Lotto sonrió sin quitar los ojos de encima al hombrecillo, que inclinó la cabeza hacia atrás a toda prisa y parpadeó.

—Ay, muchacho. Mis disculpas. He seguido toda tu carrera, ¿sabes? Lo he hecho con tanto afán y te conozco tan bien a través de tus obras de teatro que, claro, pensé que tú también me reconocerías. La vieja falacia de la autoría. Me siento fatal. Soy tu antiguo profesor del instituto. Denton Thrasher. ¿Te suena? —Respiró hondo y soltó el aire con afectación teatral—. ¿Te suena de algo?

—Lo siento, señor Thrasher —dijo Lancelot—. No me acuerdo. Empiezo a perder la memoria. Pero muchísimas gracias por haber venido a saludarme.

Bajó la cabeza hacia el hombrecillo y le sonrió.

—No te acuerdas... —dijo el hombre, le fallaba la voz.

Entonces se ruborizó y dio la impresión de que se difuminaba.

Mathilde, que había acompañado a su marido durante toda la conversación, se quedó perpleja. Lotto tenía una memoria tan precisa como un tallador de diamantes. Nunca se le olvidaba una cara. Era capaz de reproducir una obra de teatro palabra por palabra después de verla solo dos veces. Vio que Lotto se volvía para saludar a una legendaria estrella de musical con un beso en la mejilla y, más allá del encanto y la risa fácil, vio una energía irritada. Denton Thrasher se alejó. Mathilde apoyó la mano en el brazo de su marido. Cuando la estrella de musical se apartó, Lotto se volvió hacia ella y cobijó la cabeza en el hombro de Mathilde durante un par de segundos. Una vez recuperado, se dirigió a los demás invitados.

Paredes, techo, suelo
(2008)

—¿*Paredes, techo, suelo*? —preguntó el productor.

Era un hombre amable con ojos adormilados que escondía un corazón feroz bajo la carne de su pecho.

—Es la primera parte de una trilogía de los despojados —dijo Lotto—. La misma familia, distintos protagonistas. Pierden la casa familiar. Allí era donde lo almacenaban todo. La historia, los muebles, los fantasmas. Una tragedia. Confiamos en que las tres obras puedan estrenarse simultáneamente.

—Simultáneamente. Ostras. Ambicioso —dijo el productor—. ¿Qué parte de la trilogía es esta?

—La parte de salud mental —dijo Lotto.

Último trago
(2008)

—*Último trago*, deja que lo adivine —dijo el productor—. Alcoholismo.

—Juicio hipotecario —contestó Lotto—. Y la última, *Gracia*, es la historia de un veterano de Afganistán que vuelve a casa.

Gracia
(2008)

—¿Una historia bélica titulada *Gracia*? —preguntó el productor.

—Me uní a las fuerzas del Cuerpo de Marines en Afganistán —dijo Lotto—. Solo dos semanas, pero a cada momento pensaba que estaba a punto de morir. Y cada momento que constataba que no había muerto sentía que era una bendición. Aunque me aparté de la religión de niño. Lo creas o no, el título encaja.

—Me matas. —El productor cerró los ojos. Cuando volvió a abrirlos, dijo—: De acuerdo. Si cuando las lea, me encantan, las montaremos. *Los manantiales* me vuelve loco. Y *Grimorio*. Creo que tienes algo interesante ahí dentro.

—Trato hecho —dijo Mathilde desde la cocina, mientras colocaba unas galletas recién horneadas en una bandeja.

—Pero solo en el circuito más alternativo de off-Broadway —dijo el productor—. A lo mejor en New Jersey o algo así.

—Eso para la primera función —dijo Mathilde.

Dejó la bandeja con las galletas y el té encima de la mesa. El productor se echó a reír, pero nadie más lo secundó.

—Hablas en serio —dijo entonces.

—Léalas. Ya lo verá —dijo Mathilde.

Una semana más tarde, el productor los llamó. Mathilde contestó la llamada.

—Ya lo veo —dijo el productor.

—Suponía que lo haría —dijo Mathilde—. Tarde o temprano, casi todos se dan cuenta.

—¿A ti te pasó? —le preguntó el productor—. Parece tan payaso por fuera. Un cúmulo de bromas y resplandor. ¿Cómo te diste cuenta tú, si puede saberse?

—Pues lo hice. En cuanto lo conocí —dijo Mathilde—. Una puta supernova. Y no he dejado de pensarlo ni un día desde entonces.

Pensó en añadir «o casi», pero no lo hizo.

Después de colgar el teléfono, se acercó a donde estaba Lotto, en el porche de su casa nueva en el campo [todavía era un desastre de tabiques y paneles de yeso, pero Mathilde había sabido ver que se escondía algo hermoso —muros de piedra, travesaños antiguos— bajo todo ese despropósito]. Delante tenía un jardín de cerezos y, detrás, un espacio totalmente llano, ideal para una piscina. Hacía unos meses que había dejado el trabajo para encargarse de la parte empresarial de la carrera de su marido. Habían conservado el piso de una habitación que tenían en la ciudad como segunda vivienda; Mathilde lograría que esta casa fuese perfecta para ellos. La vida poseía un sinfín de ricas posibilidades. O posiblemente la vida le ofreciera un sinfín de riquezas; tal vez pronto pudiera dejar de preocuparse de las facturas del teléfono y utilizar a discreción la tarjeta de crédito de él, sin importarle el saldo. Se sentía incandescente gracias a las últimas novedades.

El sol frío, las arisemas que asomaban la nariz entre el barro todavía congelado. Lotto observaba el despertar progresivo del mundo. Llevaban diecisiete años casados; ella habitaba en la sala más profunda de su corazón. Y algunas veces eso implicaba que la palabra «esposa» se le ocurría antes que «Mathilde», la imagen de la ayudante antes que la de ella misma. Una abstracción de la mujer antes que el ser humano físico. Pero ahora no. Cuando salió al porche, de repente vio a Mathilde con nitidez. El látigo oscuro que contenía en el centro de su cuerpo. El modo en que, con suavidad, lo sacudía y hacía que él girase sin parar.

Mathilde apoyó la mano fría en el estómago de Lotto, que tenía expuesto al sol con intención de eliminar la blancura invernal.

—Vanidoso —dijo ella.

—Un actor disfrazado de dramaturgo —contestó él con tristeza—. Nunca podré dejar de ser vanidoso.

—Bueno, es tu forma de ser —comentó Mathilde—. Te desvives por conseguir el aprecio de los desconocidos. Quieres que te vean.

—Tú me ves —dijo Lotto, y oyó el eco de lo que había pensado un momento antes y se sintió bien.

—Claro.

—Ahora, por favor, cuéntame —dijo Lotto.

Mathilde estiró los brazos largos por encima de la cabeza y dejó al descubierto los niditos de vello invernal en las axilas. Madre mía, podía incubar petirrojos ahí dentro. Lo miró, saboreando la información que ella sabía y él no.

—¿De verdad quieres oírlo? —le preguntó.

—Por dios, M., me muero de ganas.

—Van a montarlas. Las tres —informó Mathilde.

Lotto se echó a reír y la cogió de la mano, encallecida por la reforma de la casa, y la besó, desde las uñas mordidas hasta los dedos mordidos, desde ahí hasta el brazo, el cuello. Se la cargó al hombro y la llevó como un fardo hasta la tierra excavada y entonces, como el aire era puro y los pájaros los observaban, besó su torso hasta llegar al estómago y continuó bajando, para hacérselo allí mismo.

5

Después de la incomprensión y el pescado crudo vino el vuelo largo y luego el corto. Por fin, de vuelta a casa. Se quedó sentado mirando por la ventanilla mientras la escalera se aproximaba al avión por el asfalto abrasado por el sol. Durante el aterrizaje había caído una llovizna primaveral y había desaparecido con la misma rapidez. Lotto deseaba enterrar la cara en el cuello de Mathilde, ansiaba el alivio de su pelo. Dos semanas en Osaka como dramaturgo residente había sido el período más largo que había pasado lejos de su mujer. Excesivo. Se había despertado y había notado la ausencia de Mathilde en la cama y había sentido pena al palpar el frío donde debería haber estado su calor.

La escalera móvil zigzagueó y erró el tiro tres veces al intentar dar con la puerta, hasta que por fin encajó en la abertura. Ávida como una virgen. Qué maravilla, estirar su cuerpo largo por fin, erguirse y respirar unos segundos en lo alto de la escalera, saborear el combustible, el estiércol y el ozono del pequeño aeropuerto de Albany, el sol en las mejillas, su esposa dentro del edificio esperando para llevarlo a su preciosa casa en el campo, la cena temprana. La exuberante fatiga de sus huesos perseguida por el vino espumoso frío, luego una ducha caliente, luego la suave piel de Mathilde y luego a dormir.

La felicidad extendió las alas y dio unos cuantos aleteos.

No contaba con la impaciencia de los demás pasajeros. Hasta que estuvo en mitad de la caída no notó la mano dura en el centro de la espalda.

Qué humillante, pensó. Un empujón.

Y entonces el pavimento se abalanzó a toda prisa hacia él como un mantel sacudido, una distante manga catavientos mecida por el viento del este, el tejado almenado del edificio del aeropuerto, el brillo de los peldaños rugosos iluminados por el sol, el morro del avión que entró en su campo de visión y el piloto que extendió los brazos desde la ventanilla; Lancelot quedó hecho un ovillo y se dio la vuelta antes de que su hombro derecho golpeara la esquina de la escalera; miró a su osado atacante, que asomaba por la oscura boca cavernosa del avión, un hombre con el pelo de color tomate y la cara a juego, con arrugas que le surcaban la frente, ataviado con unas bermudas a cuadros, más feas imposible. La cabeza de Lancelot se golpeó contra el escalón al mismo tiempo que su espalda y sus piernas, aunque un poco más abajo, y empezó a verlo todo como en pleno oleaje. Detrás del hombre rojo como un tomate estaba la auxiliar de vuelo que le había dado de extranjis a Lancelot dos botellitas de bourbon después de que él dedicara unos minutos a ejercitar sus antiguos encantos de actor con ella —una breve fantasía de la azafata con la falda levantada, las piernas alrededor de la cintura de él, metidos en el baño de plástico, antes de borrar la imagen: ¡estaba casado!, ¡y era fiel!—; estaba en pleno proceso de llevarse las manos a la boca a cámara lenta cuando el cuerpo de Lotto emitió un rítmico pampampam,

pampampam al ir rodando escaleras abajo. Instintivamente, Lotto pataleó hacia los escalones con el fin de detener la caída, pero notó un curioso crujido agudo en la zona de la espinilla izquierda y toda ese lado del cuerpo se le quedó entumecida. Con una lentitud deliciosa, acabó descansando en un charco poco profundo, con el hombro y el oído empapados de agua templada por el sol, las piernas todavía extendidas sobre los peldaños, aunque el pie, al parecer, apuntaba hacia fuera en un ángulo poco acorde con la dignidad de su dueño.

El hombre con la cara como un tomate empezó a descender. Una señal de stop que se movía. Con cada paso que daba, Lancelot notaba como si le diera golpecitos en algún punto de dolor. Cuando el hombre estuvo cerca, Lancelot alargó la mano que no se le había entumecido, pero el hombre pasó de largo. Lancelot vio desde abajo la pernera de las bermudas; un muslo blanco y peludo, un triángulo genital oscuro. Entonces el hombre echó a correr por el asfalto reluciente, se lo tragó la plancha de la puerta corredera de la terminal. ¿Empujarlo? ¿Huir? ¿Quién haría algo semejante? ¿Y por qué? ¿Por qué a él? ¿Qué había hecho?

[Se quedaría sin respuestas. El hombre se esfumó.]

La cara de la auxiliar de vuelo entró entonces en su campo de visión; tenía las mejillas suaves y los orificios nasales de caballo, muy abiertos. Lotto cerró los ojos cuando le tocó el cuello y alguien, en alguna parte, empezó a gritar.

Vista en retrospectiva, la caída fue tectónica, pues las distintas capas de su ser se superpusieron. Le pusieron dos escayolas, un cabestrillo, una corona de vendas, le dieron pastillas que hicieron que sintiera su cuerpo encastrado en tres dedos de goma. Es decir, si hubiera estado bajo los efectos de esos mismos fármacos cuando se cayó, habría golpeado el asfalto y habría rebotado tan arriba que habría sorprendido a las palomas en pleno vuelo y aterrizado en el tejado del aeropuerto.

Cantó en falsetto acompañando al grupo Earth, Wind & Fire durante todo el trayecto a la ciudad. Mathilde le permitió comer dos donuts, y a Lotto los ojos se le llenaron de lágrimas porque eran los donuts más deliciosos de toda la historia de los donuts glaseados, alimento de los dioses. Estaba lleno de gozo.

Tendrían que pasar el verano en la casa del campo. ¡Qué mala pata! Estaban con los ensayos de su *Hielo en los huesos* y convenía que estuviera presente, pero en realidad había muy poco que Lotto pudiera hacer. Para empezar, no podía subir las escaleras del local de ensayo, y sería un abuso de poder pedirle al director del montaje que cargase con él; ni siquiera podía subir la escalera de su diminuto apartamento. Se sentó en los peldaños de la entrada al edificio y contempló los preciosos baldosines blancos y negros. Mathilde entró y salió varias veces, recogió la comida, la ropa, todo lo que podían necesitar del piso, y lo fue metiendo en el coche aparcado en doble fila.

La hija del presidente de la comunidad asomó su tímida cabeza morena por la puerta y lo miró.

—¡Qué pasa, sardineta! —le dijo Lotto a la niña.

Esta se metió el dedo en la boca y lo sacó mojado.

—¿Qué hace ese loco pijo bohemio en la escalera? —preguntó la niña sin salir, el diminuto eco de un adulto.

Lancelot se rio a carcajadas, el presidente del edificio se acercó a husmear, un poco más colorado que de costumbre, y echó un vistazo a las escayolas, el cabestrillo, las vendas. Saludó con la cabeza a Lancelot, luego metió a su hija dentro de casa y cerró la puerta a toda prisa.

En el coche, Lancelot se maravilló al contemplar a Mathilde: qué cara tan fina tenía, pedía a gritos que la lamiera, como un cucurucho de helado de vainilla. Si no acabaran de enterrarle en cemento la parte izquierda del cuerpo, pondría el freno de mano y la trataría igual que una vaca trataría un bloque de sal.

—Los críos son un caso —dijo Lotto—. No lo pueden evitar. Podríamos tener un hijo, M. A lo mejor ahora que serás mi enfermera durante el resto del verano, puedes tomarte todas las libertades que quieras con mi cuerpo, y con toda la lujuria y el frenesí a lo mejor engendramos una cosita…

No utilizaban métodos anticonceptivos y, desde luego, ninguno de los dos podía estar defectuoso. Tenía que ser cuestión de suerte y de tiempo, nada más. Cuando no estaba de subidón, Lotto era más cuidadoso, iba con pies de plomo, sensible al estoico anhelo que había notado en ella cada vez que él sacaba el tema.

—Esos fármacos que te han dado son espectaculares, ¿no? —dijo Mathilde—. Me parecen espectaculares, sí señor.

—Ha llegado el momento de tener hijos —dijo Lotto—. Ya lo creo que ha llegado. Ahora tenemos dinero, una casa, todavía estás a tiempo. Puede que tus óvulos empiecen a estar un poco pachuchos, no sé. Los cuarenta. Nos arriesgamos a que el niño tenga alguna tuerca un poco suelta. Aunque no estaría mal del todo tener un hijo tonto. Los listos se largan en cuanto tienen ocasión. Los tontos se quedan más tiempo con sus padres. Por otra parte, si esperamos mucho, a los noventa y tres años todavía estaremos cortándole la pizza. No, tenemos que hacerlo cuanto antes. En cuanto lleguemos a casa voy a inseminarte, ya verás.

—Es lo más romántico que me has dicho en mi vida —contestó Mathilde.

Recorrieron el camino de tierra, luego la entrada de grava. Los brazos de los cerezos henchidos de frutos; oh, dios mío, vivían en *El jardín de los cerezos* de Chéjov. Lotto se quedó de pie junto a la puerta trasera, contemplando a Mathilde, que abrió la puerta acristalada del porche, bajó al césped y se acercó a la piscina nueva y reluciente. Dos hombres bronceados y musculosos iluminados por los últimos rayos del sol desenrollaban una tira de césped preplantado. Mathilde con su vestido blanco, el pelo rubio platino corto, el cuerpo esbelto, el cielo con un estallido de sol, los resplandecientes hombres musculosos. Era insoportable. *Tableau vivant.*

Se sentó a plomo. Una humedad cálida le empañó los ojos: toda esa belleza, la estupefacción por su suerte. También el dolor que acababa de salir a flote, como un submarino nuclear que emergía de las profundidades.

Se despertó a la hora habitual, las 5.26, recién salido de un sueño en el que estaba en una bañera un poco más grande que su cuerpo llena de crema de tapioca. Por mucho que se esforzaba y forcejeaba, no conseguía salir de la bañera. El dolor le provocó náuseas y sus gemidos despertaron a Mathilde. Se inclinó sobre él con su apestoso aliento. El pelo cosquilleó la mejilla de Lotto.

Cuando Mathilde regresó a la habitación con una bandeja en la que había huevos revueltos, un panecillo de queso fresco y cebollitas y un café, además de una rosa en un jarrón rebosante de rocío, Lotto vio emoción en su rostro.

—Prefieres que sea un inválido —dijo Lotto.

—Es la primera vez en nuestra vida en común —dijo Mathilde— que no estás sumido en un pozo negro de depresión o en una espiral de energía maníaca. No está mal. A lo mejor incluso podemos ver una película entera juntos ahora que tienes que quedarte a mi lado por obligación. A lo mejor —dijo sin resuello, y se sonrojó [¡pobre Mathilde!]— podríamos colaborar en una novela o algo así.

Lotto intentó sonreír, pero el mundo se había puesto patas arriba de la noche a la mañana, y aquel día la translucidez de Mathilde le parecía anémica, ya no le remitía al azúcar y la mantequilla clarificada. Los huevos estaban demasiado aceitosos, el café muy fuerte, e incluso la rosa del jardín de su mujer emitía un olor desagradable que lo asfixiaba y le quitaba las ganas.

—O no —añadió Mathilde—. Era solo una idea.

—Lo siento, amor mío. Creo que he perdido el apetito.

Mathilde le dio un beso en la frente y después apoyó en ella la mejilla fresca.

—Estás ardiendo. Iré a buscar una de tus pastillas mágicas —le dijo, y Lotto tuvo que contener la impaciencia mientras Mathilde iba a buscar el agua, abría el frasco, quitaba el algodón y le daba la pastilla, que se disolvió en su lengua y lo dejó en la gloria.

Mathilde se acercó a la hamaca en la que Lotto contemplaba lo que le rodeaba con la mirada turbia, aunque el sol resplandecía y jugaba con las hojas brillantes, y la piscina succionaba el agua por los sumideros. Le faltaban tres vasos para acabarse la botella de bourbon. Apenas pasaban de las cuatro de la tarde, ¿a quién le importaba? No tenía ningún sitio adonde ir; no tenía nada que hacer; estaba tremendamente deprimido, tan deprimido que sentía pánico, se hallaba en un pozo negro como el betún. Había puesto el *Stabat Mater* de Pergolesi, que atronaba en los altavoces especiales desde el comedor y llegaba hasta la hamaca del jardín.

Quería llamar por teléfono a su madre, dejar que su voz dulce lo meciera, pero en lugar de eso vio un documental sobre Krakatoa en el portátil. Se imaginó cómo sería el mundo si quedara enterrado por las cenizas de un volcán. Como si un niño alocado hubiese pintarrajeado el paisaje de negro y gris: los arroyos quedarían grasientos, los árboles se convertirían en polvo y cenizas, el césped sería como una capa de aceite reluciente. Una imagen del Hades. Campos de castigo, gritos en plena noche, los Campos de Asfódelos. El crujir de huesos de los muertos.

Se estaba recreando en el horror. En la desdicha de estar roto. Del regodeo nacía una especie de júbilo.

—Cariño —le dijo con ternura su mujer—. Te he traído té con hielo.

—No quiero té con hielo —contestó él.

Y se sorprendió al notar que su lengua no funcionaba tan bien como debería. La tenía pastosa. Intentó mirársela cruzando la vista.

—Haga frío o calor, estaremos juntos queramos o no —dijo Lotto entonces.

—Es cierto —dijo Mathilde.

A continuación Lotto se fijó en que se había puesto la antigua falda azul, ese atuendo hippy de hacía un millón de años, cuando eran una novedad el uno para el otro y Lotto la asaltaba cuatro veces al día. Su mujercita seguía estando radiante. Mathilde se subió a la hamaca con cuidado, pero aun así el movimiento provocó un millón de punzadas en los huesos rotos de Lotto, que gimió pero se mordió la lengua para no gritar, y entrecerró los ojos, de modo que apenas vio que ella se subía la falda hasta la cintura y se quitaba la camiseta. Un estímulo de interés en su siempre interesado miembro. Sin embargo, el dolor hizo que se le bajara de nuevo. Ella intentó camelárselo, pero fue en vano.

Al final se rindió.

—Debes de haberte roto también el hueso del pene —bromeó.

A Lotto le hizo falta dios y ayuda para no tirarla de la hamaca de un zarpazo.

Un especial fascinante de la PBS sobre los agujeros negros: la succión y el impulso eran tan fuertes que podían tragarse la luz. ¡La luz! Lotto bebía sin parar mientras veía la tele; no tenía ganas de hablar. Había problemas con el ensayo. Le habían dicho que lo necesitaban; había una representación complicada de *Los manantiales* en Boston y una secuencia que, según decían, era fabulosa, de *Paredes, techo, suelo* en Saint Louis. Solía ir a todos los actos a los que lo invitaban, pero ahora no podía moverse de esa casa campestre en medio de campos de trigo y vacas. El mundo precisaba de Lancelot Satterwhite. Y Lancelot Satterwhite no estaba allí. Era la primera vez que faltaba a un acto. A efectos prácticos, era como estar muerto.

Un cotoclón, cotoclón en la biblioteca. ¿Acaso había un caballo dentro de la casa? No, qué va, era Mathilde que entraba con las zapatillas de tacos de ciclista, con sus ridículas mallas acolchadas. Resplandecía de salud y sudor. Apestaba a axilas sudadas y a ajo.

—Cariño —dijo Mathilde y le apartó el vaso. Apagó el programa—. Llevas dos semanas así y ya te has bebido cuatro botellas de Blanton's. Se acabaron los documentales sobre desastres. Necesitas tener algo en que ocupar el tiempo.

Lotto suspiró, se frotó la cara con la mano buena.

—Escribe algo —le ordenó Mathilde.

—No estoy inspirado —dijo Lotto.

—Escribe un ensayo —insistió.

—Los ensayos son para tontos.

—Escribe una obra que trate de lo mucho que odias al mundo —le propuso Mathilde.

—No odio al mundo. El mundo me odia a mí —dijo Lotto.

—Baaaah.

Mathilde se echó a reír.

Lotto pensó que era imposible que ella lo supiera. No la castigues. Las obras de teatro no salen de la nada como setas. Hay que sentirse embargado por una especie de urgencia candente para que salgan bien. Dedicó una sonrisa dolorida a su esposa y bebió un trago de la botella.

—¿Bebes porque estás triste o bebes para demostrarme lo triste que estás? —preguntó Mathilde.

Golpe directo. Lotto se rio.

—Víbora —dijo él.

—Falstaff —contraatacó Mathilde—. Si hasta estás engordando. Tanto correr para nada. Y yo que pensaba que habíamos desterrado esa barriga para siempre. Vamos, muchacho, anímate, deja de beber, aclara las ideas.

—Es muy fácil decirlo. Tú estás robusta y sana como una manzana. ¡Haces ejercicio dos horas al día! Yo me agoto solo de ir a la hamaca. Así pues, hasta que mis ignorantes huesos se suelden y adopten cierto aire de solidez, tendré que ejercitar mi derecho a emborracharme, a cabrearme y a dejar la mente en blanco.

—¿Qué te parece si damos una fiesta para celebrar el Cuatro de Julio? —propuso Mathilde.

—No.

—No era una pregunta —dijo ella.

Y, como por arte de magia, allí estaba Lotto, tres días después, entre *shish kebabs* y cohetes multicolores que salían de las fabulosas manos infantiles que son como zarpas mientras los niños corrían por los acres de césped que Mathilde había cortado con la atronadora cortacésped. No había nada que esa mujer milagrosa no consiguiera hacer, pensó Lotto, y luego se le ocurrió que ese olor a césped recién cortado era el grito olfativo de las plantas.

Había un barril lleno de cerveza y mazorcas de maíz y salchichas vegetarianas y sandía. Y Mathilde, con su vestido de talle bajo en tonos pastel, espectacular, cobijó la cabeza bajo la barbilla de él y lo besó por el cuello, de modo que durante toda la noche Lotto lució una marca de carmín en la garganta que parecía una herida.

Todos sus amigos pulularon por allí hasta el atardecer, y luego hasta bien entrada la noche. Chollie con Danica. Susannah igual que una vela romana con un vestido rojo, y Zora, su nueva novia, joven, negra y con un peinado afro increíblemente hermoso, besándose bajo el sauce llorón. Samuel con su esposa y sus trillizos, que andaban a trompicones con cortezas de sandía en la mano, y Arnie con su última adquisición, Xanthippe, una adolescente del bar, casi tan despampanante como lo había sido Mathilde en su momento álgido, una melenita corta morena y un vestido amarillo tan escueto que sin duda los niños podían verle el tanga y la entrepierna bañada de rocío. Lotto se imaginó tumbado en el césped para alegrarse la vista él también, pero agacharse implicaba un dolor tremendo y permaneció de pie.

Fuegos artificiales que estallan en el cielo con estrépito, los ruidos de la fiesta. [Qué personas tan nefastas las que celebran la paz con bombas y cohetes.] Lotto se vio a sí mismo desde lejos, representando su repetitivo papel de payaso jocoso. Tenía un dolor de cabeza espantoso.

Fue al baño, y las luces estridentes, la estampa de sus mejillas sonrojadas y de las férulas hinchables que le protegían las extremidades lo dejaron atontado. Borró la sonrisa del rostro y miró la máscara decaída que tomó su lugar. Mitad del camino en el viaje de la vida.

—«Nel mezzo del cammin di nostra vita, mi ritrovai per una selva oscura, ché la diritta via era smarrita» —dijo en voz baja.

Era ridículo. Lúgubre y pretencioso al mismo tiempo. *Lugucioso. Pretengubre.* Le sobresalía tanto la barriga que parecía que tuviese un bebé de seis meses adherido al abdomen con pegamento.

—¿Estás bien, colega? Te veo bastante gordo —le había dicho Chollie al verlo.

—Hola, Barrigudo. Te veo embutido —había contestado Lotto.

Y era cierto. El contorno de la cintura de Chollie ponía a prueba la resistencia de la camisa de cuatrocientos dólares que lucía. Pero en fin, Chollie nunca había sido un hombre guapo; Lancelot había tenido que caer más bajo para acabar a su altura. Danica, sofisticada con su vestido de diseñador con un solo tirante que había comprado el dinero de Chollie, intervino.

—Déjalo en paz, Choll —le dijo a su marido—. El pobre está hecho un cromo: roto de la cabeza a los pies. Si hay algún momento en la vida de un hombre en la que puede permitirse engordar, es este.

Lancelot decidió que no soportaba volver a la fiesta, ver a esas personas que en ocasiones estaba convencido de que odiaba. Fue directo al dormitorio, se desvistió como pudo y se metió en la cama.

Estaba en la turbia antesala del sueño cuando se abrió la puerta y la luz del pasillo lo despertó como un fogonazo. Luego se cerró y Lotto notó que había un cuerpo en la habitación que no era el suyo. Esperó en estado de shock. ¡Apenas podía moverse! ¡Si alguien se deslizaba en la cama para aprovecharse de él, no podría huir! Pero quien había entrado no era uno sino dos, y no tenían el menor interés en meterse en la cama, porque oyó unas risitas en voz baja, susurros y el roce de las telas; la pareja empezó a dar golpes rítmicos contra la puerta del cuarto de baño. Una especie de palmada, un pisotón sincopado con algunos sorprendentes gemidos de percusión.

La puerta estaba a punto de desmontarse, pensó Lancelot. Tendría que atornillar mejor el pomo al día siguiente.

Y entonces le vino un pensamiento, un navajazo de dolor en el corazón, porque en otros tiempos habría sido él quien habría metido a una chica en el dormitorio para cepillársela, y lo habría hecho muchísimo mejor que el tío que se la estaba beneficiando, pobrecilla, aunque parecía que la chica se lo pasaba bien. Aun así, sus gemidos sonaban un poco falsos. En otros tiempos, incluso se habría animado y habría montado una orgía en esa situación, se les habría unido con tanto sigilo que habría sido como si lo hubiesen invitado. Ahora yacía escondido en su caparazón de huesos rotos y se dedicaba a criticar cómo lo hacían, tan pocho como un cangrejo ermitaño. Sintiéndose seguro en la oscuridad, hizo una mueca imitando la cara bigotuda de un cangrejo con el entrecejo fruncido y cerró la pinza de la mano sana.

—¡Aaaaah! —gritó la chica.

—¡Uuuuurg! —gruñó el tío.

Y luego más risas y susurros.

—Por dios, lo necesitaba —susurró el tío—. Estas fiestas son un muermo cuando la gente trae a sus hijos.

—Ya lo sé. El pobre Lotto mirando a todos esos niños con esa cara de pena. Y Mathilde, tan delgada últimamente que casi está fea. Si sigue adelgazando así, al final parecerá una bruja vieja y pellejosa. A ver, no sé, para algo inventaron el bótox, ¿no?

—Siempre me ha asombrado que a la gente le pareciera tan atractiva. Es alta, rubia y flaca, pero nunca ha sido guapa —dijo él—. Soy un experto.

Lotto oyó un cachetazo. ¿En el trasero?, pensó. [El muslo.]

—Pero tiene una cara interesante. ¿Te acuerdas de que a principios de los noventa era lo que se llevaba? Todos nos moríamos de envidia. ¿Te acuerdas de cuando Lotto y Mathilde protagonizaron la mayor historia de amor de todos los tiempos? ¡Y menudas fiestas daban! ¡Joder! En parte ahora me dan pena.

Se abrió la puerta. Un cabeza de color calabaza, medio calva. Ajá, Arnie. Salió seguido de un hombro desnudo, un amasijo de huesos. Danica. El *revival* de la vieja aventura. Pobre Chollie. A Lotto le dio asco que para algunas personas el matrimonio significase tan poco.

Hastiado, molido, mareado a más no poder, Lancelot se levantó y volvió a vestirse. Esos tipos podían follar como conejos hasta que murieran de agotamiento, pero no dejaría que fuesen hipócritas con Mathilde ni con él. Era increíble que semejantes paletos sintieran lástima por él. Paletos adúlteros. Aún peor.

Volvió a bajar y se quedó con su mujer junto a la puerta mientras se despedían de los amigos. Los niños se habían quedado roques en brazos de sus padres, a los adultos borrachos los llevaron a casa otros invitados, los que solo iban achispados pudieron marcharse conduciendo. Lotto hizo un despliegue de efusividad tan exagerado al despedirse de Arnie y Danica que ambos se ruborizaron y coquetearon tímidamente. Danica metió los dedos por las trabillas del cinturón de él cuando le dio un beso de buenas noches.

—Otra vez solos —dijo Mathilde, y observó las últimas luces traseras de los coches que se alejaban parpadeando—. Durante un rato, he pensado que te habíamos perdido. De haber sido así, habría sabido que teníamos un problema gordo. Lotto Satterwhite perdiéndose a propósito una fiesta es equivalente a Lotto Satterwhite aguando la fiesta.

—En realidad, me he limitado a sonreír a la gente —contestó—. He aguantado el tipo.

Mathilde se volvió hacia él con los ojos entrecerrados. Dejó que el vestido se deslizara por sus hombros y formara un charco en el suelo. No llevaba nada debajo.

—Yo me he aguantado las ganas —comentó Mathilde.

—Menudo aguante —dijo Lotto.

—Cariño, a ver cuánto aguantas tú. Hasta el fondo, sin piedad.

—Como un oso salvaje —dijo él.

Pero para desesperación de Mathilde, pareció más bien un lechón cansado que dormitaba mientras mamaba.

Y después la caída en picado. Todas las cosas habían perdido su sabor. Le quitaron las escayolas, pero la parte izquierda de su cuerpo seguía entumecida y de un rosa tierno, y tenía la textura de un espagueti de huevo demasiado cocido. Mathilde lo miró mientras Lotto se exponía ante ella desnudo; cerró un ojo.

—Semidiós —comentó. Cerró el otro ojo—. Bobo.

Lotto se rio, pero notó el puñetazo que dio de lleno en su vanidad. Estaba tan débil que todavía no podía regresar al piso de la ciudad. Echaba de menos la contaminación, el ruido, la luz.

Las cosas que había descubierto en internet habían perdido interés. Al fin y al cabo, parecía que todo tenía un límite, incluso la cantidad de vídeos de niños haciendo monerías o de gatos que se tiraban desde las alturas. ¡El propio brillo del sol había palidecido! Y la belleza de su esposa, que siempre había sido tan impoluta, tan irritable, se había debilitado. Esos muslos que tenía, igual que jamones serranos, salados y firmes. A la luz matutina, las arrugas de su cara parecían cinceladas por una mano demasiado fuerte. Sus labios se estrechaban, el colmillo le sobresalía de un modo sorprendente y chocaba contra los bordes de las tazas y las cucharas, lo que le provocaba dentera a Lotto. ¡Y siempre pululando por ahí! ¡Lo agobiaba con su respiración impaciente! Lotto adoptó la costumbre de quedarse en la cama hasta tarde, con la esperanza de que Mathilde se fuera a correr o a la clase de yoga, que saliera de excursión al campo en bicicleta, para que él pudiera seguir durmiendo.

Era casi mediodía. Intentó no mover el cuerpo al oír a Mathilde colándose por la puerta del dormitorio. Entonces el edredón se levantó y algo blandito y peludo se encaramó a su cuerpo y lo lamió, desde la barbilla hasta la napia.

Lotto se echó a reír al ver esa carita tan dulce, como una orejera mullida con ojos y unas orejas triangulares de fieltro.

—Vaya, qué sorpresa —le dijo al cachorro. Luego miró a Mathilde y no pudo evitarlo, se le humedecieron los ojos con unas lágrimas calientes—. Gracias.

—Es una hembra de shiba inu —dijo Mathilde, y se acurrucó junto a Lotto—. ¿Cómo vas a llamarla?

Perra, le entraron ganas de decir. Siempre había querido llamar Perro a un perro. Era metalingüístico. Y era divertido.

Sin embargo, por extraño que parezca, al final cambió de opinión y dijo Dios.

—Dios. Encantada de conocerte, Dios —dijo Mathilde. Cogió en brazos al cachorro y lo miró a la cara—. La epistemología más sensata que he oído en mi vida.

Hay pocas cosas que un cachorro no sea capaz de solucionar, aunque la solución sea a corto plazo. Durante una semana, Lotto prácticamente volvió a ser feliz. Le encantaba ver a Dios calmando el hambre con ruidos nasales, el modo en que sacaba cada bolita de pienso del bol y se lo comía sobre la punta del pie de Lotto. La dolorosa forma en que doblaba las patas traseras hacia delante y levantaba la cola como una bandera para dejar al descubierto su pequeño orificio anal, que se abría y se cerraba, y cómo bizqueaba igual que un filósofo cuando por fin evacuaba. Le emocionaba que se sentara en silencio junto a él y masticara los bajos de su pantalón, mientras Lotto se tumbaba boca arriba y soñaba con una manta extendida en el césped. Y saber que siempre tenía algo blandito debajo de la palma en cuanto gritaba «¡Dios!», una exclamación que sonaba como la primera blasfemia que había dicho en toda su vida, pero no lo era, era el nombre propio de la perrita. Le encantaba verse recompensado con júbilo, con unos dientecitos finos como agujas que se le clavaban en la yema del pulgar y en el pulpejo. Incluso su grito estridente cuando se enredaba con la correa o la obligaban a pasar la noche dentro de la caseta lo hacía reír.

No es que se le pasara el enamoramiento de la perra, *per se*. Sencillamente, el encanto y la alegría palidecieron, aplastados por la cotidianidad. Dios no podía suplir la distancia que había entre su vida de ermitaño destrozado y la vida que anhelaba volver a vivir en la ciudad, todas las entrevistas, las cenas fuera y la gente que lo reconocía en el metro. Dios no podía lograr que los huesos se le soldaran más deprisa. Su lengüecilla rápida no podía curar todas las heridas. Los perros, al no tener palabras, solo pueden ser espejos de sus dueños humanos. No es culpa suya si esos humanos tienen taras irremediables.

Al cabo de una semana, Lotto notó que volvía a hundirse en el lodo. No lo pensaba en serio cuando se le ocurría que podía hacer un pastel con los polvos matarratas que Mathilde guardaba en la caseta del jardín o que podía arrancarle el volante a Mathilde de las manos cuando le permitía acompañarla a la verdulería y dar un volantazo hacia el precipicio, para estamparse en un bosque de arces. No lo pensaba en serio, pero esos pensamientos salían a la superficie cada vez con más frecuencia, hasta que Lotto se veía saturado de ideas funestas. Volvía a estar en el pozo.

Y sin más, llegó su cumpleaños, los míticos cuarenta, y a Lotto le habría encantado poder pasar el día durmiendo, pero se despertó cuando Dios se revolcó sobre su pecho, donde solía dormir, y bajó con estrépito la escalera para ir en busca de Mathilde, que se había levantado antes del amanecer y trajinaba en la cocina intentando no hacer ruido. Se abrió la puerta de atrás, se cerró. Al cabo de un momento, Mathilde entró en la habitación y sacó del armario el traje de verano más elegante de Lotto.

—Dúchate —le indicó Mathilde—. Ponte esto. No te quejes. Tengo una sorpresa.

Aunque a regañadientes, lo hizo. La cintura le apretaba tanto que parecía un corsé. Mathilde lo montó como un fardo en el coche y se pusieron en marcha por los campos aún bañados de rocío, iluminados por el amanecer. Le ofreció una magdalena de huevo recién hecha con un queso de cabra excelente y tomates con orégano del huerto que ella cuidaba.

—¿Dónde está Dios? —preguntó Lotto.

—Por todas partes —contestó ella con mirada beatífica y abriendo los brazos.

—Jua, jua, jua —contestó él.

—Tu cachorro está con la hija de los vecinos, que nos lo devolverá bañado, peinado y con unos lacitos de color rosa en las orejas. Relájate.

Lotto se acomodó y dejó que el paisaje lo inundara. Esa zona campestre, moteada de humanos como gotas de sangre, era perfecta para su estado de ánimo. Dormitó y se despertó cuando llegaron a un aparcamiento. Hacía una buena mañana y estaban ante un lago tranquilo, había algo que parecía un granero marrón de tamaño descomunal a lo lejos. Su mujer llevó la cesta del pícnic a la orilla del lago, bajo un sauce llorón tan viejo que ya no lloraba, sino que se limitaba a soportar su destino con una complicada ecuanimidad. Huevos rellenos y champán, pastel de verduras y *focaccia* casera que había hecho Mathilde, queso manchego y unas cerezas de un rojo brillante recogidas en su propio huerto. Dos magdalenas pequeñitas con la base negra, de chocolate y queso cremoso. Mathilde puso una vela en la de él y la encendió.

Lotto sopló la vela y pidió un deseo inexpresable. Deseaba algo más elegante, algo digno de él.

Alguien rodeó el edificio con un cencerro en la mano y Mathilde recogió las cosas poco a poco. Lotto empleó a su mujer de muleta para cruzar el prado, lleno de rastrojos y ratones de campo, y se dirigieron a la ópera.

Dentro hacía fresco, y a su alrededor había un mar de cabezas canosas.

—Ten cuidado —le susurró Mathilde al oído—. La ancianidad es contagiosa. Mortal. No respires demasiado fuerte.

Lotto se rio como no lo había hecho desde hacía semanas, o esa fue la sensación que tuvo.

Los largos y tiernos «no acordes» de las cuerdas afinando. Pensó que sería capaz de escuchar esa «no música» anticipatoria durante horas y marcharse de la ópera con la sensación de haberse recargado de energía.

Los laterales del edificio de la ópera empezaron a cerrarse para protegerse de la luz del día, los murmullos cesaron y la directora de la orquesta salió y levantó los brazos. Los bajó para que comenzara un arrebato ¿de qué? No era música exactamente. Sonido. Astringente, extraño, salvaje, y sin embargo, poco a poco la cacofonía se fue transformando en una especie de melodía. Lotto se inclinó hacia delante y cerró los ojos, y notó que el moho que había crecido por todo su ser a lo largo de las últimas semanas era eliminado por el sonido de forma paulatina.

La ópera se titulaba *Nerón*. Era la historia del incendio de Roma, pero el fuego ocurría fuera del escenario y el protagonista no era el emperador Nerón, sino un Nerón *doppelgänger*, Nerón el cuidador de las bodegas de vino, que podría haber sido el hermano gemelo del emperador y que vivía en palacio, debajo de las dependencias del rey. No era tanto una historia como una gran criatura que emergía de las profundidades; era más una onda auditiva repentina que una narración. A Lancelot empezó a darle vueltas la cabeza. La verdadera admiración provoca esas cosas. Marea.

En el entreacto, se volvió hacia su mujer y ella le sonrió, como si intentara verlo desde las alturas. Lo vigilaba, expectante.

—Ay, M., me cuesta respirar —susurró Lotto.

Salieron al patio, abrumados por la luz del sol, el viento suave y fresco entre los álamos. Mathilde fue a buscar agua con gas. Mientras estaba solo junto a una mesa de la cafetería, una mujer lo reconoció; cada vez le ocurría con más frecuencia. Lotto poseía una taxonomía general de caras en la cabeza y solía ser capaz de ubicar a las personas en cuestión de segundos, pero a esa mujer no. Ella se echó a reír y le aseguró que no lo conocía; había leído la semblanza que publicó el *Esquire*.

—Qué bien —dijo Mathilde cuando la mujer fue al lavabo—. El imán de la fama.

Por supuesto, esa era su gente, la gente del teatro. Era de esperar que alguno de ellos lo conociera de algo, pero aun así el rubor emocionado de la mujer al verse ante una estrella había alimentado un apetito en el interior de Lotto.

Estelas en el cielo azul. Algo empezó a romperse dentro de él. Una fractura buena; esta vez no eran los huesos.

En el segundo acto la historia era todavía más anecdótica, era más bien un poema tónico; varios bailarines salían a escena con cuerdas para personificar las llamas. Por el regusto a acero caliente en la lengua, Lotto supo que se había mordido el labio.

Telón. Fin.

Mathilde le puso las manos frías en la cara.

—Ay, estás llorando —le dijo.

Lotto mantuvo los ojos cerrados durante la mayor parte del trayecto de vuelta, no porque no quisiera ver a su mujer o la luz dorada, verde y azulada del día, sino porque no podía soportar olvidarse de la ópera.

Cuando los abrió, Mathilde tenía el semblante serio. Lotto no recordaba la última vez que la había visto sin su característica sonrisa. La forma en que la luz le daba en la cara permitía que Lotto apreciara la trama de la piel de Mathilde alrededor de los ojos y la nariz, unos pelillos canosos como una aureola electrizada alrededor de su cabeza.

—Una *madonna* medieval —dijo Lotto—. Pintada al gouache. Con un halo en una lámina de oro. Gracias.

—Feliz cumpleaños, amigo de mi corazón.

—Muy feliz, sí. Esa ópera me ha transformado.

—Suponía que lo haría —dijo Mathilde—. Me alegro de que haya sido así. Empezabas a ser un tostón.

Hubo un espectacular estallido de color pomelo cuando el sol se puso incandescente y luego desapareció. Lo contemplaron desde el porche con otra botella de champán. Lotto cogió a Dios y le dio un beso en la coronilla. Le entraron ganas de bailar, así que fue a poner un CD de Radiohead y levantó en volandas a Mathilde del asiento con su lado fuerte y la estrechó contra su cuerpo.

—Deja que lo adivine —comentó Mathilde, con la mejilla apoyada en el hombro de Lotto—. Ahora quieres escribir una ópera.

—Sí —dijo él mientras aspiraba su aroma.

—Nunca te ha faltado ambición —respondió ella, y se echó a reír.

Pero su risa sonó triste, un eco que rebotó contra los adoquines y contra los murciélagos que revoloteaban por el techo.

A partir de entonces, las horas que Lotto habría pasado deprimiéndose, viendo programas doblados sobre destrucción o personas desnudas de piel rosácea haciendo ejercicio como locas, las dedicó a investigar con frenesí. Dedicó una noche entera a leer todo lo que encontró sobre el compositor.

Un tal Leo Sen. Sen, un apellido surasiático que derivaba del término sánscrito equivalente a «ejército», otorgado a aquellos que realizaban un acto honorable. Vivía en Nueva Escocia. Era un artista bastante novel, con composiciones representadas desde hacía solo seis años, probablemente joven. Era difícil asegurarlo, porque no había imágenes de Leo Sen en internet, solo un currículum de dos años antes y unas cuantas críticas sobre su obra. *The New York Times* lo categorizaba como prometedor compositor extranjero; *Opera News* había publicado una descripción de dos párrafos de una obra titulada *Paracelso*. Encontró unos cuantos cortes de audio de una obra en proceso en el sitio web de alguien con pinta amateur, pero era de 2004, así que había transcurrido tanto tiempo que bien podía ser un trabajo de la carrera. En la medida en que alguien puede ser un fantasma en internet, Leo Sen se había convertido en uno.

Un genio ermitaño, se imaginó Lancelot. Monomaníaco, con fuego en los ojos, enloquecido por su propia grandeza, o al contrario, medio autista. Barba descuidada. Taparrabos. Un incompetente social. Un corazón salvaje.

Lancelot escribió correos electrónicos a casi todas las personas que conocía para averiguar si alguien sabía de él. Ni un alma.

Mandó un correo a la directora del festival que se había celebrado en la ópera que había entre los pastos de vacas para ver si ella podía proporcionarle sus datos de contacto.

Resumen de su respuesta: ¿Qué sacamos nosotros a cambio?

Resumen de la respuesta de Lotto: ¿Primer pase de una posible colaboración?

Resumen de su siguiente respuesta: Trato hecho. Aquí tienes.

¿Septiembre? ¿Ya? Las hojas caían de los árboles como copos de nieve. A Dios le salió una capa mullida de pelo extra para protegerse del frío. Lancelot todavía cojeaba un poco al andar porque tenía una pierna debilitada. Su narcisismo era tan inmenso que parecía que el propio mundo hubiera empezado a titubear y a tambalearse para imitar a su cuerpo.

Pasarían la semana laboral en la ciudad y volverían a confinarse en el campo el fin de semana. Por la noche, todas las noches, Lotto escribía un correo electrónico a Leo Sen. Sin respuesta de momento.

Mathilde estaba recelosa, expectante. Cuando Lotto por fin se metía en la cama, su mujer se volvía hacia él en sueños y lo abrazaba fuerte; ella, que nunca había querido que la tocara mientras dormía. Lotto se despertaba con la melena de Mathilde metida en la boca, con un brazo muerto que no volvía a la vida hasta que se sentaba erguido y notaba que la sangre fluía de nuevo con un doloroso cosquilleo.

Por fin, un día a principios de octubre, con el aire fresco y renovado, localizó a Leo Sen por teléfono. La voz no era como se la esperaba. Era dulce y dubitativa, con acento británico, algo que al principio le sorprendió; pero al pensarlo dos veces se dijo: bueno, India había sido una colonia, era lógico que la clase con estudios tuviera las delicadas inflexiones de voz de la BBC. ¿Un comentario racista? No estaba seguro.

—¿Ha dicho que es Lancelot Satterwhite? —le preguntó Leo Sen—. Qué emocionante.

—Para mí sí que es emocionante —dijo Lancelot en voz demasiado alta, para su incomodidad.

Se había imaginado tantas veces la conversación que ahora le resultaba extraño oír esa voz suave, recibir en primer lugar la admiración del otro. Pensaba que Leo Sen estaba aislado en su genialidad, que le irritaba el contacto humano. Leo Sen se lo aclaró: no había internet en la isla donde vivía y el teléfono solo funcionaba cuando había alguien cerca para contestar la llamada. Era una comunidad muy concienciada. Se dedicaban al humilde trabajo cotidiano y a la contemplación.

—Parece un monasterio —comentó Lancelot.

—O un convento —añadió Leo—. Algunas veces también tengo esa sensación.

Lancelot se echó a reír. ¡Uau! Leo tenía sentido del humor, qué alivio. En su euforia, Lancelot se animó a describir su reacción ante la ópera de Leo que habían visto en verano, le confesó que había despertado algo dentro de él. Utilizó la palabra «fabuloso», empleó expresiones como «cambio radical» y «sui géneris».

—Cuánto me alegro —dijo Leo Sen.

—Haría casi cualquier cosa para colaborar en una ópera contigo —dijo Lancelot, que ya le había tomado confianza.

El silencio que siguió fue tan largo que Lancelot estuvo a punto de colgar, abatido. En fin, buen intento, Lancelot, no estaba escrito en los astros. Algunas veces las cosas no salen bien, pero hay que subir otra vez a la montura, mirar adelante y cabalgar hacia el viento, avanzar, muchacho.

—Claro —contestó por fin Leo Sen—. Sí, por supuesto.

Antes de despedirse, acordaron realizar juntos una estancia de tres semanas en una colonia para artistas en noviembre. A Lancelot le debían un favor y creía que conseguirían que les hicieran un hueco. Leo le dijo que los primeros días tendría que terminar un encargo para un cuarteto de cuerdas, pero que podrían empezar a pensar, hacer una tormenta de ideas. Después tendrían trabajo de sobra, sin descanso, durante las siguientes semanas, hasta conseguir que las ideas cuajaran; tal vez incluso pudieran empezar a ponerlo por escrito.

—¿Qué te parece? —dijo Leo desde el otro lado de la línea—. La parte conceptual es la que más me cuesta.

Lancelot miró el corcho de su despacho, donde había clavado con chinchetas por lo menos cien ideas, tal vez mil.

—Creo que la parte conceptual no nos supondrá un problema —contestó.

Por la mañana, Mathilde salió zumbando, dispuesta a recorrer ochenta millas en bicicleta. Lancelot se desvistió y se miró en el espejo. Uf, la mediana edad, qué horror. Estaba acostumbrado a tener que buscar la belleza perdida en su rostro, pero no en su cuerpo, que durante toda su vida había sido alto, fuerte y esbelto. Sin embargo, ahora veía las arrugas en la piel del escroto, el remolino canoso en el pelo del pecho, la papada de niño regordete. Basta una rendija en la armadura para que se cuele la muerte. Se volvió hacia un lado y hacia otro hasta que por fin encontró el ángulo que remitía a la persona que había sido antes de salir propulsado por los aires desde la escalera del avión en primavera.

Por encima del hombro vio a Dios en la cama, observándolo, con la barbilla sobre las patas.

Lotto parpadeó. Sonrió radiante al Lancelot que veía en el espejo, guiñó un ojo, asintió y silbó entre dientes mientras volvía a vestirse. Incluso se limpió el polvo imaginario de los hombros del jersey, recogió las pastillas, gruñó satisfecho antes de salir apresurado, como si acabase de recordar una tarea urgente.

Y, sin saber cómo, llegó noviembre y se encontraron en el coche, dejando atrás a toda velocidad los desbaratados campos grisáceos, cruzaron el Hudson, se adentraron en Vermont, New Hampshire. Un susurro en el ambiente, la acumulación de energía.

Durante los febriles preparativos, Lancelot había adelgazado bastante. Había pasado horas y horas en la bicicleta estática, porque el movimiento era lo único que le hacía pensar. Ahora sus rodillas se movían al compás de una música inaudible a oídos de Mathilde, que iba al volante.

—He reducido mis ideas a cinco, M. —le dijo—. Te las cuento. Una reinterpretación de «El collar» de Maupassant. O una Sirenita que sea todo lo contrario de la de Disney. Como la de Andersen, pero exagerada y con una rareza más extrema aún. O la historia de los juicios de Job pero más excéntrica, con humor negro. O varias historias entrelazadas de soldados de Afganistán que entre todos cuentan, una especie de historia más larga, como *Crónica de una muerte anunciada*. O *El ruido y la furia* aunque en formato operístico.

Mathilde se mordió el labio inferior con sus largos incisivos y se limitó a mirar a la carretera.

—¿Excéntrica? ¿Con humor negro? —repitió mientras conducía—. La gente no relaciona la ópera con el humor. Uno piensa en damas gordas, solemnidad, ninfas del agua, mujeres que se suicidan por el amor de un caballero honrado.

—La ópera tiene una larga tradición humorística. Ópera bufa. Solía ser el entretenimiento principal de las masas. Estaría bien volver a democratizar la ópera, ¿no? Convertirla en un entretenimiento popular. Lograr que el cartero vaya cantando ópera mientras reparte las cartas. Seguro que esconde una buena voz debajo del uniforme azul.

—Sí —dijo Mathilde—. Pero eres famoso por tu lirismo. Eres un artista serio, Lotto. Exuberante, sí, algunas veces, pero nunca divertido.

—¿No te parezco divertido?

—A mí sí. Para mí eres la monda. Aunque creo que tus obras no son muy divertidas.

—¿Ni siquiera *Gacy*? —preguntó Lotto.

—*Gacy* era oscura. Sarcástica. Con cierto humor ácido y sombrío. Pero no divertida.

—¿Crees que no soy capaz de ser divertido?

—Creo que eres capaz de ser sarcástico, ácido y sombrío —contestó Mathilde—. Eso desde luego.

—Fantástico. Pues te demostraré que te equivocas. Bueno, ¿qué opinas de mis ideas?

Mathilde hizo una mueca y se encogió de hombros.

—Vaya, no te gusta ninguna —dijo Lotto.

—Demasiadas versiones —contestó Mathilde.

—Bueno, la de Afganistán no es una versión.

—No —dijo Mathilde—. Es cierto. Es la única idea buena. Aunque a lo mejor es un poco directa. Demasiado obvia. Hazla más alegórica.

—Muérdete la lengua, brujilla —dijo Lotto.

Mathilde se echó a reír.

—De todas formas, los dos tendréis que poneros de acuerdo en el tema. Me refiero a ese Leo Sen del que tanto hablas y tú.

—Leo. Me siento como un adolescente de punta en blanco y con pajarita que se dirige al baile de invierno —comentó Lotto.

—Bueno, amor mío, así se siente a veces la gente cuando te conoce —dijo Mathilde con mucho tacto.

La cabaña de Lotto era pequeña, de piedra, con una chimenea en el centro, y quedaba cerca de la casa principal donde se servía la cena y el desayuno. Por primera vez, Lotto se preocupó por el hielo, le entró miedo ante la posibilidad de resbalarse con la pierna torpe. Había un escritorio, una silla y una cama de tamaño normal, lo cual significaba que las piernas le colgarían por fuera hasta la altura de las espinillas.

Mathilde se sentó en el borde y se puso a dar botes. El jergón gimió como un ratoncillo. Lancelot se sentó a su lado y empezó a rebotar con un ritmo alterno. Le puso la mano encima de la pierna y la fue subiendo un poco con cada rebote, subió por el muslo de Mathilde hasta que con el dedo le presionó la entrepierna, y entonces lo dobló para meterlo por debajo de la goma y notó la humedad de la anticipación. Mathilde se levantó y Lotto dejó de rebotar; sin correr las cortinas, ella se apartó la braga hacia un lado y se montó a horcajadas sobre él. Lotto apoyó la cabeza en la camisa de Mathilde, le encantaba el consuelo de la oscuridad que le proporcionaba ese rincón.

—Hola, soldado —dijo Mathilde, y jugueteó con la punta—. ¡Atención!

—Tres semanas —dijo Lotto mientras Mathilde lo ayudaba a entrar. Movía las caderas como una experta en rodeos—. Tres semanas sin descargar.

—Yo no. Me he comprado un vibrador —dijo ella sin resuello—. Lo he llamado Lancelito.

Puede que no fuera el comentario más acertado, porque Lotto se sintió presionado y tuvo que darle la vuelta a su mujer y ponerla a cuatro patas para completar la faena, y la puntilla fue un pálido y tímido orgasmo que lo dejó insatisfecho.

Mathilde habló desde el cuarto de baño, adonde había ido para asearse en el lavabo.

—Me da un poco de apuro dejarte aquí solo. La última vez que permití que te alejaras de mí una temporada volviste hecho añicos.

Mathilde se acercó a Lotto, le aplastó las mejillas con las manos.

—Mi excéntrico hombrecillo, pensaste que podías volar.

—Esta vez solo volarán mis palabras —dijo Lotto con solemnidad.

Ambos se echaron a reír. Llevaban casi veinte años juntos y, si bien el calor abrasador se había convertido en una templada calidez, el humor era menos salvaje, pero había sido más fácil de conservar.

—Seguro que aquí también hay mujeres fabulosas, Lotto —dijo Mathilde para ponerlo a prueba—. Y sé lo mucho que te gustan las mujeres. O que te gustaban. En el pasado. Me refiero a antes de conocerme.

Lotto frunció el entrecejo. Desde que vivían juntos, Mathilde no había estado celosa jamás. Era indigno de ella. De él. De su matrimonio. Se apartó un poco.

—Vamos, por favor —contestó.

Ella se quitó el pensamiento de la cabeza y lo besó intensamente.

—Si me necesitas, vendré —dijo entonces—. Estoy a cuatro horas de distancia, pero llegaré en tres.

Y a continuación salió por la puerta; se fue.

¡La soledad! El bosque crepuscular lo observaba desde las ventanas. Hizo unas flexiones para desahogarse, porque aún faltaba un rato para la hora de cenar. Sacó los cuadernos y los bolígrafos de la maleta. Salió al camino circular que rodeaba su cabaña, arrancó un helecho con raíces y lo plantó en una taza azul con puntitos blancos que colocó sobre la repisa de la chimenea, pero las hojas empezaron a rizarse enseguida por los bordes a causa del inesperado calor del interior. Cuando sonó el timbre que anunciaba la cena, Lotto recorrió cojeando el sombrío camino de tierra dejando atrás el prado con la estatua de un ciervo. O no, era un ciervo auténtico y saltarín. Pasó por el almiar convertido en gallinero que había junto a las matas de frambuesas, pasó por el huerto repleto de calabazas que relucían en la penumbra del anochecer, dejó atrás los tallos de coles de Bruselas excesivamente crecidos y se dirigió a la antigua granja de la que emanaban los deliciosos aromas de la comida.

Ya había dos mesas llenas, así que se quedó plantado en el vano de la puerta acristalada hasta que alguien le indicó con la mano que se acercara y le señaló un asiento vacío. Lotto se sentó y toda la mesa se volvió para mirarlo, parpadeando, como si acabara de encenderse una potente luz repentina.

¡Qué gente tan encantadora! No sabía por qué se había puesto tan nervioso. Estaba la famosa poeta de pelo canoso y alborotado que no paraba de enseñarle a todo el mundo la carcasa perfecta de una cigarra que tenía en la mano. Una pareja alemana que podrían ser gemelos, con sus gafas sin monturas idénticas y el mismo pelo, que parecía cortado con una esquiladora mientras dormían. Un chico pelirrojo que apenas habría terminado la universidad, con la repentina capa rosada de la debilitante timidez: poeta, seguro. Una novelista, rubia, atlética, que no estaba mal a pesar del abdomen flácido de quien ha dado a luz y las bolsas moradas debajo de los ojos. No le llegaba a Mathilde ni a la suela de los zapatos, pero era lo bastante joven para ser el tipo de persona que podría darle un descanso a Mathilde. Tenía unos antebrazos blancos preciosos, como si los hubieran tallado en madera de pícea pulida. En otros tiempos, cuando todas las mujeres brillaban con una belleza particular para Lotto, esos antebrazos habrían bastado para él; el joven Lotto regresó a la vida por un momento, un perro sediento, inmerso en una orgía con la barriga hinchada de la novelista llena de estrías. Un encanto. Lotto le tendió la jarra de agua y borró esa imagen de su mente.

Una joven directora de cine afroamericana escudriñó a Lancelot.

—¿Satterwhite? —le preguntó—. Acabo de graduarme en Vassar. Tienen un Pabellón Satterwhite —comentó.

Y Lancelot entrecerró los ojos y suspiró. Había tenido una sorpresa muy desagradable cuando, la primavera anterior, había vuelto a su alma máter para una conferencia y el decano se había levantado y, entre otros elogios en su presentación, había mencionado que la familia de Lancelot había donado a la universidad los fondos para esa residencia. Lotto hizo los cálculos y recordó que, el fin de semana de su graduación, había visto a Sallie plantada delante de un inmenso hoyo en el suelo en el que trabajaban varios bulldozers, con la cara seria y la falda ondeando alrededor de sus piernas esqueléticas. Había agarrado del brazo a Lotto y lo había apartado de allí. Era cierto que este solo había solicitado la admisión en una universidad y que al parecer habían enviado la carta de aceptación a su casa de Florida; Lotto no había llegado a verla nunca. Si la perfidia existía, tenía el sello de Antoinette por todas partes.

—Ah, qué casualidad —le contestó a la directora de cine, que lo miraba con cara rara. Seguro que el semblante de Lancelot lo había traicionado—. Nada que ver conmigo.

Se encendieron unas luces del porche: un mapache había activado el sensor de movimiento. Cuando se apagaron, el cielo había duplicado el tono de terciopelo azul marino. Se fueron pasando de unos a otros el reluciente salmón entero sobre el lecho de kale y limones, y la ensalada de quinoa.

Lancelot no podía parar de hablar. Se sentía emocionadísimo de verse allí. Alguien le había servido una copa de vino tras otra. Algunos artistas desaparecieron antes del postre, pero la mayoría de ellos cogió la silla y se acercó a su mesa. Les contó la historia de su vuelo fallido por la escalerilla del avión; contó la historia de aquella desastrosa audición de la época en que quería ser actor, cuando le pidieron que se dejara el torso al descubierto y se le había olvidado que esa mañana Mathilde le había afeitado una cara sonriente en el pelo del pecho mientras se duchaban.

—Ya me habían dicho que eras todo un personaje —dijo la poeta del pelo alborotado mientras tomaba las natillas, y apoyó la mano en el brazo de Lancelot. Se rio con tantas ganas que se le humedecieron los ojos—. Pero no sabía qué tipo de personaje.

En la otra mesa había una mujer de aspecto levemente indio vestida con una túnica y Lancelot notó un cosquilleo en las entrañas: ¿acaso Leo sería un diminutivo de Leona? Había mujeres con voces masculinas. Tenía un mechón blanco en el pelo negro que parecía el toque excéntrico característico del creador de la ópera que había visto ese verano. También tenía unas manos fabulosas, como mochuelos. Sin embargo, la mujer se levantó de forma abrupta, llevó el plato y los cubiertos a la cocina y se marchó. Y Lotto tragó un bocado amargo. Se notaba que no quería conocerlo.

Luego fueron a la sala de recreo, con el billar y las mesas de ping-pong, y Lancelot se puso a jugar. Pese al alcohol, su capacidad de reacción era rápida; conservaba sus dotes atléticas, tal como comprobó con alegría, incluso después de haberse pasado el verano enclaustrado en escayola. Alguien sacó el whisky. Cuando Lotto dejó de jugar, entre jadeos, con el blandengue brazo izquierdo un poco dolorido, un corrillo de artistas se arracimó a su alrededor. Lancelot activó su encanto automático. «¿Cómo te llamas? ¿A qué te dedicas?», les fue preguntando uno por uno.

¡Artistas! ¡Narcisistas! Algunos sabían disimularlo mejor que otros, pero todos eran como niños que se quedan en un rincón del patio, con el dedo metido en la boca, observando a los demás con los ojos como platos mientras uno por uno los invitan a jugar. Cuando Lancelot lo invitaba a hablar, cada uno de ellos se sentía aliviado en secreto al ver que alguien apreciaba lo importante que era. Que la persona más importante de la sala había reconocido que él o ella también era la persona más importante de la sala. Aunque solo fuese en potencia. Aunque solo fuese en el futuro.

Porque Lancelot sabía, mientras se interesaba con amabilidad por la carrera de todos los demás, que él era el único artista de verdad que había allí.

Cuando le tocó el turno, el chico pelirrojo de piel clara y sonrojada dijo su nombre en voz tan baja que Lancelot tuvo que inclinarse hacia delante y pedirle que lo repitiera. El chico lo miró con un atisbo de algo (tozudez, diversión) antes de volver a decir:

—Leo.

Lancelot movió los labios en silencio hasta que por fin logró que le salieran las palabras.

—¿Eres Leo? ¿Leo Sen? ¿Leo Sen el compositor?

—En carne y hueso —dijo Leo—. Encantado de conocerte.

Y como Lancelot seguía sin poder hablar, el chico pelirrojo tomó la palabra.

—Esperabas que fuese indio, ¿a que sí? Suele pasarme. Mi padre es medio indio y se le nota. Sus genes quedaron neutralizados por los de mi madre. Por otra parte, mi hermana parece salida de una película de Bollywood y nadie acaba de creerse que estemos emparentados.

—Llevamos aquí todo este rato y tú… ¿estabas ahí plantado sin más? —le preguntó Lancelot—. ¿Para dejar que me pusiera en evidencia?

Leo se encogió de hombros.

—Me divertía. Quería saber cómo sería en persona mi libretista.

—Pero perdona, es imposible que seas compositor. Si aún debes de ir a la guardería —dijo Lancelot.

—Veintiséis —dijo Leo—. Ya no llevo pañales.

Para ser tan tímido, hablaba con cierto aplomo.

—No eres en absoluto como esperaba —dijo Lancelot.

Leo parpadeó de forma exagerada. Su piel había subido de tono y ahora parecía una langosta enfadada.

—Y eso, diría yo, es algo maravilloso. ¿Quién quiere ser como se espera de él?

—Yo no —dijo Lancelot.

—Yo tampoco —dijo Leo.

Leo observó a Lancelot lo que dura una cesura y por fin se relajó y esbozó una sonrisa torcida.

Leo Sen tenía las manos del tamaño de una pelota de baloncesto, aunque era de constitución estrecha y apenas llegaba a los seis pies de altura. Mantuvieron su primera conversación embriagadora en el sofá. Los demás se habían esfumado para retomar las partidas de ping-pong o de billar, o bien se habían marchado a las cabañas por el camino oscuro para trabajar un rato más, iluminando el sendero con tenues linternas.

La ópera del verano había surgido a partir de los esfuerzos de Leo por combatir una especie de tristeza que lo había hundido, la sensación de pánico al ver que el mundo exterior entraba en él con estrépito.

—Suelo evadirme trabajando —dijo Leo—. Me peleo con la música hasta que los dos acabamos tan exhaustos que no podemos sentir casi nada.

—Sé muy bien a qué te refieres. Es como Jacob luchando contra Dios —dijo Lancelot—. O Jesucristo contra el demonio.

—Soy ateo. Pero me parecen unos mitos interesantes —dijo Leo, y soltó una carcajada.

Le contó que su casa, en la comuna de la isla de Nueva Escocia, estaba construida con balas de heno y barro, y que su labor allí era enseñar música a todo el que quisiera aprender. Tenía pocas posesiones: diez camisas blancas con botones de arriba abajo, tres vaqueros, calcetines, ropa interior, unas botas, un par de mocasines, una cazadora, algunos instrumentos musicales, y a grandes rasgos eso era todo. Los objetos nunca le habían llamado la atención, salvo por la música que podía crear con ellos. Los libros eran necesarios, pero los tomaba prestados. Su único capricho era el fútbol, palabra que pronunciaba con acento británico, por supuesto; era fan del Tottenham. Resulta que su madre era judía y le encantaba ver cómo el Tottenham machacaba a los mentecatos antisemitas; el equipo se hacía llamar «Yid Army». El Ejército Judío. Los Yiddos. Para Leo, parte del atractivo estaba en el propio nombre, tan plástico, tan rítmico. Tottenham Hostpur, como una cancioncilla. En la casa común de la isla había un televisor, una antena parabólica que parecía una oreja clavada en el tejado. La usaban sobre todo en casos de emergencia, pero hacían una excepción con el apasionado amor de Leo Sen por el fútbol.

—De niño aborrecía el violín —comentó—, hasta que mi padre me obligó a componer la instrumentación para un partido que daban en la tele. Tottenham contra Manchester, los nuestros perdían. Y de repente, mientras tocaba, todo lo que había sentido con tanta intensidad sin música se agudizó todavía más. El terror, el júbilo. Y ese fue el punto de inflexión: lo único que quería hacer era recrear ese momento. Titulé la composición *Audere Est Facere*.

Se echó a reír.

—¿Atreverse es actuar? —tanteó Lotto.

—Es el lema del Tottenham. De hecho, no es mala filosofía para un artista.

—Tu vida parece sencilla —dijo Lancelot.

—Mi vida es hermosa —contestó Leo Sen.

Lancelot supo que tenía razón. Era lo bastante amante de las formas para comprender la fascinación de una vida tan estricta, para advertir cuánta impulsividad interna podía liberar. Leo se despertaría al amanecer mirando el frío océano de gaviotas, tomaría frambuesas recién recogidas y yogur de leche de cabra para desayunar, se iría a dormir con los vientos agitados y el ritmo de las olas contra las rocas duras. En las ventanas en las que diera el sol cultivaría lechugas. El celibato, la vida contenida y moderada que debía de vivir Leo, por lo menos por fuera, en su estado de frío constante. Y la febril vida musical que seguro que vibraba por dentro.

—Sabía que serías un asceta —dijo Lancelot—. Pero pensaba que llevarías la barba larga y descuidada, que pescarías con arpón y te cubrirías con un taparrabos. Creía que llevarías un turbante de color azafrán.

Sonrió.

—Por el contrario —intervino Leo—, tú siempre has sido disoluto. Se nota en tu obra. Los privilegios son los que te permiten arriesgarte. Una vida de ostras y champán y casas en la playa. Forrado. Mimado y protegido. Como el precioso huevo que eres.

Lancelot se sintió atacado.

—Cierto —dijo de todos modos—. Si ejerciera mis privilegios, tendrías delante a un buen montón de carne rebosante de jovialidad y diversión. Pero mi esposa me ata corto. Me obliga a hacer ejercicio a diario. Me impide que beba alcohol por las mañanas.

—Ah —dijo Leo, mirándose las enormes manazas—. Vaya, así que hay una esposa.

El modo en que lo dijo hizo que las ideas que Lancelot tenía sobre Leo se reavivaran una vez en su interior.

—Sí, hay una esposa —dijo Lancelot—. Mathilde. Es una santa. Una de las personas más puras que he conocido jamás. Tiene una moralidad intachable, nunca miente, no soporta a los ineptos. Nunca había conocido a nadie que fuera virgen hasta justo antes de casarse, pero Mathilde sí. Cree que es injusto que otras personas limpien lo que uno ensucia, así que se encarga ella de limpiar la casa, aunque podríamos permitirnos ayuda doméstica. Lo hace todo. Absolutamente todo. Y siempre que escribo algo, lo hago en primer lugar para ella.

—Ya veo, una gran historia de amor —dijo Leo medio en broma—. Pero debe de ser agotador vivir con una santa.

Lancelot pensó en su mujer, alta y con la melena de un rubio platino.

—Desde luego.

—Uy, vaya horas —dijo entonces Leo—. Tengo que ir a trabajar. Me temo que soy un animal nocturno. ¿Nos vemos por la tarde?

En ese momento, Lancelot se dio cuenta de que estaban solos. Casi todas las luces se habían apagado y pasaban tres horas del momento en que él solía irse a la cama. Además, estaba borracho. No logró encontrar las palabras con las que expresarle a Leo que sentía una afinidad increíble hacia él. Quería decirle que él también había tenido un buen padre que lo comprendía, que él también anhelaba una vida limpia y sencilla y que él también hallaba el mayor gozo en el trabajo. Pero para llegar al estudio de Leo había que cruzar el campo y el bosque, y cuando llegaron a la casa principal el chico se despidió a toda prisa y se hizo invisible, aunque su respiración formaba nubes blancas en la oscuridad. Lancelot avanzó cojeando por la oscura boca del lobo y tuvo que contentarse con la esperanza de verlo al día siguiente. Las revelaciones iban cayendo capa por capa, como las pieles separadas de una cebolla. Cuando llegase al interior encontraría a un verdadero amigo.

Se durmió contemplando las llamas del hogaril, se sumergió de forma lenta y prolongada hasta sentir una satisfacción neblinosa que se transformó en un sueño cuya profundidad no recordaba haber alcanzado desde hacía años.

Un mundo de leche caliente, con la capa de niebla matutina en la ventana. Comió en el porche en una cesta trenzada, una sopa de verduras, *focaccia* con un buen cheddar, apio y palitos de zanahoria, una manzana y una galleta. Un día azul grisáceo glorioso que le impedía quedarse dentro de casa. Lancelot quería ponerse a trabajar. A última hora de la tarde, se subió las botas, se abrigó con la chaqueta Barbour y salió a pasear por el bosque. El fresco inicial en la cara se invirtió y poco a poco Lancelot entró en calor. El calor se transformó en excitación y esa excitación lo llevó hasta una roca cubierta de musgo, un frío profundo bajo la cálida cubierta aterciopelada de color verde. Con los pantalones por las rodillas, empezó a masturbarse con ganas. Las imágenes y fantasías de Mathilde perdieron su magnetismo y rebotaron para alejarse de ella, se expandieron y terminaron entremezcladas, sin que pudiera evitarlo, con las imágenes de una ninfa asiática que coqueteaba con él con una falda plisada de colegiala, como solía ocurrir en las fantasías sexuales. Tres capas de ramas por encima de su cabeza, varios cuervos como puntos moteaban el cielo. Movimientos frenéticos en la zona genital hasta el inevitable escalofrío que subió por su cuerpo, la descarga y el calor viscoso en la palma de la mano.

El lago a sus pies estaba en calma. Picado de viruela por la lluvia dispersa.

Cuando Lancelot se levantó de la piedra, la ansiedad de su pecho había aumentado; aborrecía tener que posponer el trabajo cuando se sentía inspirado. Era como si las musas cantaran [o mejor dicho, murmuraran] y él se hubiera puesto tapones en los oídos. Caminó en la dirección aproximada que le llevaría a la cabaña de Leo y el silencio del bosque era tan espeluznante que los antiguos poemas de su infancia regresaron a su mente. Los cantó para sus adentros como si fuesen cancioncillas. Al llegar al estudio de Leo (estuco rosado, estilo pseudo-Tudor, flanqueado por hiedra que relucía con la tenue luz gris de la tarde) se dio cuenta de que tenía la esperanza de encontrarse a su colaborador merodeando por el porche. Pero no se veía movimiento por ninguna parte y las cortinas estaban corridas. Lancelot se sentó debajo de un abedul y se preguntó qué podía hacer. Cuando oscureció lo suficiente, se acercó sigiloso y miró por la ventana. Las luces seguían apagadas, pero se habían abierto las cortinas y alguien se movía por la habitación.

Era Leo y estaba de pie, con su esquelético pecho blanco desnudo, y tenía los ojos cerrados, la joven cara pecosa casi de adolescente y la cabeza cubierta por despeinados mechones de tono entre pelirrojo y arena. Sacudía los brazos. De vez en cuando, se acercaba a las páginas que había colocado sobre el piano y apuntaba algo antes de apresurarse al punto inicial en medio de la habitación y cerrar los ojos de nuevo. Sus pies descalzos eran tan enormes como sus manos e, igual que las manos, tenían los nudillos rojos por el frío.

A Lancelot le resultó extrañísimo ver a otra persona en pleno rapto de creatividad.

Pensó en las horas y horas que él mismo había pasado dejándose llevar por la inspiración, y en lo ridículo que le habría parecido a cualquiera que se hubiese asomado para espiarlo. Al principio, Lancelot se metía en la habitación ropera sin ventanas que habían convertido en su estudio en la ciudad, y luego, en la casa de campo, se cobijaba en su sofisticado estudio en la buhardilla, con las obras completas de Shakespeare en el púlpito, igual que si fueran los Evangelios, y los jardines que se veían por la ventana, con Mathilde trajinando en ellos. Durante muchos meses había contemplado el paisaje desde allí y había comparado las fases de la vida de un girasol con las fases de la vida de un hombre: una promesa esperanzada, hermosa, que despuntaba con brío de la tierra; un ser ancho y fuerte, con el rostro radiante vuelto devotamente, como corresponde, hacia el sol; la cabeza tan pesada de pensamientos maduros que se doblaba hacia el suelo, adoptaba un tono marrón, perdía el pelo reluciente y el tallo se debilitaba; la poda antes del largo invierno. En ese refugio había hablado con voces distintas, se había pavoneado y arrastrado, había caminado arriba y abajo con paso militar y con paso sigiloso. Once obras de teatro importantes, dos más que probablemente no eran tan buenas, vistas en retrospectiva, y las había ido representando todas conforme las escribía, ante unas paredes vacías, después ante el público de girasoles y ante la espalda esbelta de Mathilde que se inclinaba hacia las malas hierbas que los rodeaban.

Salió de su ensimismamiento al ver a Leo abrochándose los botones de una de las camisas iguales. Lo vio ponerse el jersey, luego la cazadora, deslizar los pies dentro de los mocasines. Lancelot se acercó al camino de entrada y se dirigió a la puerta de la cabaña. Justo cuando Leo salía de la habitación y se peleaba con la cerradura lo llamó.

—Eh, hola —dijo Leo—. ¿Has venido a buscarme? Cuánto me alegro. Me siento un poco culpable por cómo me he portado contigo. Mi intención era levantarme temprano para hablar de nuestro proyecto, pero la composición que tenía entre manos se empeñó como una mula en que me quedara con ella hasta el final. Vamos a cenar, ¿no? A lo mejor podemos hablar mientras caminamos.

—Vamos —dijo Lancelot—. Tengo un millón de ideas. Me borbotean por dentro. He tenido que ir a dar un paseo para apaciguarlas un poco, pero el problema de las ideas es que, cuanto más caminas, más te surgen. Crían dentro del cráneo.

—Fantástico —contestó Leo—. Me alegra saberlo. Vamos, dispara.

Cuando se sentaron a cenar, Lancelot ya había expuesto sus cinco mejores ideas. Leo no paraba de arrugar la frente, rosada por el frío. Le ofreció el pastel de verduras al horno.

—No, ninguna de esas sirve, creo yo —le dijo—. Estoy esperando la chispa, ¿sabes? Y me temo que ninguna de esas ideas tiene chispa.

—De acuerdo —dijo Lancelot, dispuesto a lanzarse con las siguientes cinco.

En ese momento, notó una mano en el hombro y una voz cálida en el oído, que exclamó:

—¡Lotto!

Se volvió, al principio sin comprender qué ocurría, y vio a Natalie. ¡Natalie! Con la de gente que hay en el mundo, ¡tenía que ser ella! Natalie, la de la nariz de patata y el bigote negro y fino. Le había ido muy bien durante el boom de internet, pero al parecer ya había tocado techo y ahora era tan rica que había podido regresar a lo que la apasionaba de verdad. Que era —vaya, qué inesperado— la escultura. ¡Menuda ocurrencia! Iba manchada de polvo de escayola blanco y estaba más gorda; bueno, todos estaban más gordos. Unas finas arruguillas alrededor de los ojos, que seguían transmitiendo ese extraño resentimiento. Se dieron muchos abrazos, hicieron muchos aspavientos, y Natalie se sentó junto a Lancelot y empezó a ponerlo al corriente de su vida. Sin embargo, cuando Lancelot se volvió para presentar a Natalie y Leo, este ya había recogido el plato y los cubiertos y había desaparecido, dejando una nota de disculpa en el buzón de Lancelot: se sentía presionado por acabar el encargo, podría concentrarse y volcarse en la ópera cuando terminara con lo que tenía entre manos. Lo sentía muchísimo, de verdad. Tenía la letra tan pequeña y precisa como si escribiera a máquina.

Y después las interminables disculpas. Cuatro días seguidos: «Ya lo sé, ya lo sé, es terrible, Lancelot. No sabes cuánto lo siento, de verdad, pero es que tengo que terminar este encargo como sea. Me tiene harto, te lo aseguro». El rostro de Leo en llamas en cuanto veía a Lancelot, un nerviosismo nuevo surgido de la vergüenza. Cada vez que Lancelot lo vigilaba, cada vez que lo controlaba desde el bosque mirando por la ventana, el muchacho estaba trabajando, escribiendo, con aspecto febril; como no estaba zanganeando ni durmiendo la siesta ni rascándose las narices, Lancelot no podía echárselo en cara, de modo que la espera era todavía más dura.

En el cubículo del cuarto de la colada del sótano de la casa principal de la colonia de artistas, desde donde tenía que telefonear a Mathilde —no había cobertura para el móvil, estaban realmente apartados del resto del mundo—, compartió con ella su frustración para desahogarse en un susurro. Ella intentaba calmarlo con sonidos suaves, ruiditos repetitivos para sosegarlo, pero eran las cinco de la mañana y Mathilde no estaba en su mejor momento.

—¿Te apetece una sesión de sexo telefónico? —le propuso Mathilde al fin—. ¿Un meneíto desde las ondas? Así te tranquilizarás un poco.

—No, gracias —contestó Lancelot—. Estoy demasiado angustiado.

Una pausa larguísima, la respiración de ella al otro lado de la línea.

—Esto pinta mal, ¿verdad? —comentó Mathilde—. Esta nueva crisis… Hasta ahora, nunca te habías resistido al sexo por teléfono.

Parecía triste.

Lancelot echaba de menos a su mujer. Se le hacía raro despertarse sin tener que llevarle un café con leche todas las mañanas. Notaba que le faltaban los cuidados y atenciones que Mathilde volcaba en él, la forma en que le lavaba la ropa, la forma en que le depilaba las cejas. En realidad, le faltaba una parte de sí mismo.

—Quiero estar en casa contigo —dijo Lancelot.

—Yo también, amor mío. Pues vuelve a casa —dijo Mathilde.

—Le daré un par de días más. Y luego te llamaré para ponerte cachonda en plena noche.

—Estaré pegada al teléfono —dijo Mathilde—. Jadeando impaciente. Dejaré las llaves puestas en el contacto.

Esa noche, después de cenar, Lancelot fue con un grupillo de artistas por el bosque, cortando la negrura con varias linternas, hasta el estudio de los escultores alemanes. Era un edificio de tres plantas con una parte extraíble y un ascensor hidráulico para las piezas de arte más pesadas. Había vodka, enfriado en el arroyo que discurría detrás de la casa, y una especie de música furiosa, llena de descargas eléctricas. Habían apagado las luces. En la habitación que daba a la fachada delantera, una vibración subía hasta la segunda planta, notas de amor del primer matrimonio de la frau alemana atadas con hilo a una estructura móvil que iba meciéndose con al viento, con imágenes de un corto casero proyectado en cada una de las páginas. Una escultura del matrimonio, el matrimonio dotado de vida.

Lancelot notó que se le llenaban los ojos de lágrimas. La escultura era tan acertada… Los alemanes vieron el brillo en sus ojos, los dos —como periquitos en su percha— se percataron, avanzaron sin hacer ruido y abrazaron a Lancelot por la cintura.

El quinto día de impedimentos artísticos, Lancelot se levantó al amanecer, un triste amanecer de llovizna, agarró una bicicleta y bajó por la colina hasta la piscina del gimnasio del pueblo.

El agua lo mejoró todo. No se le daba bien nadar, pero el palizón le sentó bien, y a cada brazada que daba intentaba permanecer más tiempo sumergido en la piscina. El agua lo cubría, lo tranquilizaba, lo devolvía al momento que había vivido en el coche, de camino a la estancia en la colonia de artistas. Tal vez fuera la expulsión de todo el oxígeno. Tal vez su cuerpo larguirucho por fin hubiera obtenido el ejercicio que necesitaba, sobre todo a la luz de su celibato forzoso. O tal vez simplemente se hubiera agotado hasta un punto en el que todos sus agobios se habían diluido. [Falso. Debería haber sido capaz de reconocer un don cuando lo tenía delante.] El caso es que cuando llegó al final de la piscina, tocó la pared y se dio impulso para salir, supo cómo sería la ópera. Se alzó ante él, esplendorosa, más real que el agua sobre la cual se elevaba.

Permaneció tanto tiempo sentado en el bordillo, olvidándose de su cuerpo, que ya tenía la piel seca cuando levantó la mirada y vio a Leo de pie junto a él, todavía en vaqueros, con una de sus camisas abotonadas de arriba abajo y los mocasines.

—Me dijeron que habías bajado a darte un chapuzón. He venido a buscarte en un coche que me han prestado. Siento mucho haberte hecho esperar tanto, pero ya sabes que yo también estoy impaciente por empezar. Si te va bien, estoy preparado —dijo Leo.

Se movió y por fin su rostro, que hasta entonces era solo una silueta marcada por el sol que entraba directo por la ventana, se hizo visible.

—Antígona —dijo Lancelot, y levantó la cabeza sonriendo.

—¿Perdona? —preguntó Leo.

—Antígona —repitió Lancelot—. La chispa.

—¿Antígona? —insistió Leo.

—Antígona, bajo tierra. Nuestra ópera. Antígona, que no se había ahorcado, o que lo había intentado, pero que antes de lograrlo había recibido la maldición de los dioses, que le otorgaron la inmortalidad. Primero se la ofrecieron como un don, por haberse doblegado a sus leyes en contra de las de los humanos. Y luego, cuando se rebeló contra los dioses, se convirtió en objeto de escarnio. Sigue metida en la cueva, hasta nuestros días. Primero he pensado en la Sibila de Cumas, que vivió mil años, tanto tiempo que fue encogiendo hasta que la metieron en una urna. Eliot lo utilizó de epígrafe de *La tierra baldía* citando el *Satiricón* de Petronio: «Y es cierto que yo, con mis propios ojos, vi en Cumas una Sibila que colgaba en una jaula y cuando los niños le decían: "Sibila, ¿qué quieres?", ella contestaba: "Quiero morir"».

Un largo silencio, el agua de la piscina lamía los sumideros. Una mujer murmuraba para sí misma mientras nadaba de espaldas dándose impulso con las piernas al estilo rana.

—Dios mío —dijo Leo.

—Sí —contestó Lancelot—. Además, en origen, Antígona estaba de parte de los dioses y contra los hombres, me refiero contra las leyes de los hombres, como cuando Creonte dicta sentencia contra su hermano para que no sea honrado con el entierro, pero creo que podríamos extender el sentido a…

—La misandria.

—No, no la misandria, pero quizá sí la misantropía. Antígona se burla de los dioses por haberla abandonado y a los humanos por culpa de sus faltas. Encoge hasta quedar tan reducida que se halla por debajo de los humanos, literalmente bajo sus pies, y al mismo tiempo está por encima de ellos. El tiempo la ha purificado. Se ha convertido en el espíritu de la humanidad. Deberíamos cambiarle el título. *Anti-huida*. Para jugar con el hecho de que sigue allí… ¿O no?

Había indicado a Leo que lo siguiera hasta los vestuarios y estaba secándose con la toalla con mucho aspaviento. Se quitó el bañador. Cuando levantó la mirada, Leo tenía los ojos como platos y estaba sentado en el banco con las manos cruzadas sobre el regazo, mientras contemplaba a Lancelot desnudo. Se había ruborizado.

—*Antigonista* —se le ocurrió a Leo, que bajó la mirada.

—Espera. *La Antigónada* —dijo Lancelot, primero en broma porque, bueno, en fin, justo se estaba subiendo los calzoncillos.

De acuerdo, era cierto, había permanecido unos segundos luciendo el cuerpo; notó una oleada de calor interno provocada por la vanidad y la gratitud al saberse admirado. Hacía tanto tiempo que un desconocido no lo veía desnudo. Bueno, había actuado en esa representación de *Equus* a mediados de los noventa, pero solo hubo doce funciones y en el teatro únicamente cabían doscientas personas. Sin embargo, en cuanto dijo la broma, descubrió que le gustaba.

—*La Antigónada* —repitió—. Podría ser una historia de amor. Una historia de amor con ella encerrada en la cueva. Los amantes no pueden tocarse.

—De momento —dijo Leo—. Siempre podemos cambiarlo si preferimos que sea «progónada», supongo.

¿Era una indirecta? Con ese chico costaba adivinarlo.

—Leo, Leo —dijo Lancelot—. Eres tan seco como un vermut.

Y entonces empezó el período productivo, en el que no dejaron de hablar. Primero cuatro días, luego cinco, luego siete. En realidad, todavía no habían escrito nada. Trabajaban en un extraño limbo crepuscular. Lancelot siempre había sido madrugador y Leo se pasaba la noche trabajando y luego dormía hasta las dos del mediodía, así que llegaron a un acuerdo: se verían en la cabaña de Lancelot cuando Leo se despertara. Trabajaban hasta que Lancelot se quedaba dormido, aún vestido de calle, y apenas se despertaba un momento cuando oía el portazo y notaba el frío que entraba en la cabaña al marcharse Leo.

Lancelot le leyó a Leo en voz alta la obra original de Sófocles, mientras este se recostaba junto al hogaril, delante del fuego rojizo, y soñaba. Y después, para meterse todavía más en contexto, Lancelot leyó en voz alta las otras dos partes del triunvirato, *Edipo Rey* y *Edipo en Colono*. Leyó en voz alta los fragmentos de Eurípides. Leyó en voz alta la adaptación de Seamus Heaney; leyeron a la par la *Antigonick* de Anne Carson, juntando las cabezas. Escucharon en silencio la ópera de Orff, la ópera de Honegger-Cocteau, la ópera de Theodorakis, la ópera de Traetta. A la hora de cenar, se sentaron codo con codo, enfrascados en sus elucubraciones, y siguieron hablando de su Antígona, a quien llamaban Go, como si fuera una amiga de toda la vida.

Leo todavía no había compuesto ni una nota, pero había hecho algunos esbozos en papel de estraza que habían sustraído de la

cocina. Los dibujos colgados por las paredes, intrincados garaba-
tos que eran extensiones del propio cuerpo enjuto y fibroso del
chico, se rizaban. La forma de la mandíbula de Leo vista de perfil
era devastadora; el modo en que se roía las uñas hasta los repelos,
los finos pelillos relucientes que le nacían en el centro de la nuca.
Su olor, percibido de cerca, era puro y limpio, desinfectado. [Las
personas hechas para la música son las más queridas y admiradas.
Su cuerpo es el recipiente del espíritu que anida en su interior;
lo mejor que tienen es la música, el resto no es más que un instrumento de carne y hueso.]

El clima se confabuló con ellos. La nieve caía con suavidad por las
ventanas. Hacía tanto frío que no apetecía estar mucho tiempo en
el exterior. El mundo había perdido el color, era un paisaje oníri-
co, una página en blanco. El regusto del humo de madera quemada en la parte posterior de la lengua.

Los dos colaboradores estaban tan enfrascados en su labor que
cuando Natalie intentó sentarse a su lado para cenar, Lancelot
apenas le sonrió un momento para darse la vuelta enseguida y
ponerse a hacer un croquis de lo que le estaba contando a Leo.
Natalie se recostó en la silla, destrozada —su amistad era en gran
parte cosa del pasado, pero ¡mira por dónde!, Lancelot todavía
tenía la capacidad de herirla con su desprecio—, hasta que recompuso la sonrisa. Observó a Lotto. Aguzó el oído para ver de qué
hablaban. Notó que había electricidad entre ellos; ambos se habían ruborizado, sus hombros se rozaban. Si Lotto hubiera prestado atención a Natalie, se habría dado cuenta de que después
habría chismorreos sobre ellos, el viejo círculo de amistades se
animaría al escuchar lo que ella diría haber visto entre los dos

hombres. Al final, Natalie cedió, recogió la bandeja y se marchó; y como esa era la última noche que la mujer pasaba en la colonia de artistas, Lancelot no volvería a verla. [Tendría una muerte temprana y repentina. Un accidente de esquí; una embolia.]

Los dos escultores habían regresado a Nuremberg sin que Lancelot se percatase de ello, y una joven pálida había ocupado su lugar. Pintaba óleos que llegaban hasta el techo, en los que plasmaba las sombras de los objetos, no los objetos en sí. La novelista se marchó a su casa llena de niños. La colonia se contrajo en invierno; ahora ya solo había una mesa de artistas a la hora de cenar. La vibrante poeta ponía cara de decepción cada vez que iba al comedor, noche tras noche, y se encontraba a los dos colaboradores juntos.

—Lancelot, cariño. ¿Es que no quieres hablar con nadie que no sea ese crío? —le dijo en una ocasión acercándose mucho a él, cuando Leo fue a buscar la bandeja del postre para todo el grupo.

—Lo siento —contestó Lancelot—. Pronto te haré caso, Emmylinn. Es solo la etapa inicial. La fase de frenesí.

La mujer apoyó su mejilla translúcida en el brazo de Lancelot.

—Lo comprendo. Pero guapo, no es sano estar tan inmerso en algo durante tanto tiempo. Necesitas sacar la cabeza y airearte un poco.

Entonces llegó a la oficina una nota de su mujer, concisa y herida, y Lancelot notó una punzada y se apresuró a bajar al cuarto de la colada para telefonear a Mathilde.

—M. —le dijo en cuanto descolgó el auricular—. Lo siento mucho. He perdido la noción de todo salvo de este proyecto. Me consume por completo.

—Amor mío, hace una semana que no sé de ti —contestó Mathilde—. No me has llamado. Te has olvidado de mí.

—No. Claro que no. Es solo que estoy metido hasta el fondo.

—Hasta el fondo —repitió ella despacio—. Estás metido hasta el fondo en algo. La pregunta es: ¿en qué?

—Lo siento —dijo Lancelot.

Mathilde suspiró.

—Mañana es el día de Acción de Gracias.

—Vaya —contestó Lancelot.

—Habíamos quedado en que volverías mañana como muy tarde para que pudiéramos recibir a los invitados por la noche. Nuestra primera celebración en el campo. Pensaba ir a buscarte a las ocho de la mañana. Rachel y Elizabeth vendrán con la parejita de gemelos. Sallie también vuela mañana. Estarán Chollie y Danica. Samuel con los trillizos, pero sin Fiona. ¿Sabías que le ha pedido el divorcio? Así, sin más, sin que haya pasado nada... Deberías llamarlo. Te echa de menos. En fin, he preparado tartaletas caseras.

El silencio pasó de ser interrogativo a ser acusador.

—Creo que por una vez mis seres queridos podrían celebrar Acción de Gracias sin mí —dijo Lancelot por fin—. Yo daré las gracias por ti trabajando. Así seré capaz de comprar muchas más décadas de tofu relleno Tofurky que podréis meteros en el gaznate en vez del típico pavo.

—Qué mezquino. Y qué triste —dijo Mathilde.

—No quería ser mezquino. Y a mí no me parece triste —dijo él—. Después del verano que he pasado, M., me alegro un montón de estar trabajando, jolines.

—Jolines —repitió Mathilde—. No sabía que utilizaran esa palabra en New Hampshire.

—Leo —dijo Lancelot.

—Leo —repitió ella—. Leo. Leo. Leo. Leo. Escúchame: puedo llamarles para cancelar la cena; iré a buscarte y alquilaré una habitación en algún hostal. Podemos atiborrarnos de tartaletas. Y ver películas malas. Y follar.

A eso siguió un largo silencio.

—Supongo que no —dijo Mathilde.

Lancelot suspiró.

—Mathilde, no puedes echarme en cara que te diga que no. Es mi trabajo.

Mathilde no dijo nada, lo que resultó elocuente.

—Probablemente no sea el mejor momento para sacar el tema —dijo Lancelot.

—Probablemente.

—Pero Leo y yo hemos podido ampliar la estancia dos semanas más. Regresaré antes de las navidades. Te lo prometo.

—Genial —dijo Mathilde, y colgó.

Y cuando Lancelot intentó llamarla otra vez, y otra vez más, no le cogió el teléfono.

No es que se olvidara del rifirrafe con Mathilde, lo que ocurrió fue que en cuanto emergió de la casa principal, vio que había salido el sol y el brillo en la nieve y el hielo hizo que el mundo pareciera esculpido en piedra, mármol y mica, y la cruda cualidad mineral de lo que había sido tan suave y fresco lo devolvió a la cueva de Go, y todo lo que vio, oyó y notó entonces parecía entrelazado a toda prisa con el mundo de Go. Dos noches antes, después de cenar, cuando llegó el momento de compartir con los demás el trabajo de cada artista, el documental de un vídeoartista grabado a mano por fases sobre cómo se construía un pueblo, cómo lo arrasaba el fuego, cómo lo reconstruían, le pareció idóneo para su proyecto, imprescindible. También el marionetista que estaba trabajando con un fragmento de tela, que era capaz de convertir un retal de seda de un rojo incandescente en algo con movimientos humanos, tuvo un profundo impacto en *La Antigónada*.

Lotto no podía olvidarse de su mujer, pero esta existía en un plano constante, invariable, los ritmos de ella estaban grabados en los huesos de él. En todo momento, podía prever dónde estaría. [Ahora batiendo huevos para una tortilla; ahora caminando con brío por los campos endurecidos hasta el lago para fumar a escondidas como hacía siempre cuando se enfadaba.] Y ahora mismo Lancelot existía en un plano en el que todo lo que sabía y era se había puesto patas arriba, y como era de esperar, había estallado.

Echó una cabezadita y cuando se despertó vio a Leo sentado junto a su cama. Las últimas luces del día se colaban por la ventana e iluminaban su piel translúcida, sus pestañas rubias. Notó el calor de la enorme mano del chico sobre el hombro, y Lancelot parpadeó aún medio dormido, sonrió, y sintió la urgencia de su fiel corazón de perrillo por apretar la mejilla contra esa mano. Así que lo hizo.

Leo se ruborizó y sacudió un poco la mano antes de retirarla. Lancelot se desperezó estirando las extremidades, con los brazos contra la pared, los pies colgando de la cama, y luego se sentó. Percibió una leve energía estática en la habitación.

—Estoy preparado —dijo Leo—. Quiero escribir en primer lugar el aria de Go. El aria de amor. De momento, solo la música.

Eso determinará el resto de la composición. Si no te importa, voy a desaparecer unos cuantos días.

—No desaparezcas —dijo Lancelot. Notó un peso en su interior—. ¿No puedo quedarme sentado en silencio en un rincón mientras trabajas? Le daré unas cuantas vueltas al borrador del libreto. E inventaré una gramática y un diccionario para la lengua de Go. No te molestaré ni un segundo. Ni siquiera sabrás que estoy a tu lado.

—Por favor. Si no eres capaz de estar callado ni una hora... —contestó Leo.

Se puso de pie y se acercó a la ventana, de espaldas a Lancelot, que ya estaba despierto del todo.

—Nos irá bien estar separados un tiempo —dijo Leo—. Por lo menos, a mí. Saber que estás aquí y no ser capaz de verte acabaría reflejándose en la música.

Lancelot lo miró maravillado. Se veía tan delgado en la ventana, enmarcado sobre el bosque de acero.

—Pero Leo, sin ti me pondré triste.

Leo se volvió y miró un segundo a Lancelot antes de salir por la puerta sin decir ni una palabra más. Se adentró en el bosque, subió el camino. Lancelot se abrigó los hombros con la manta y salió al porche para contemplarlo mientras desaparecía.

Más tarde, se obligó a cruzar los árboles oscuros para ir a cenar a la casa principal de la colonia. Sin embargo, en la cocina solo había una luz solitaria encendida, y casi los ocho artistas que todavía estaban alojados allí se habían marchado ese día a lugares más cálidos, para que los mimaran, los alimentaran, y sus familiares y amigos les acariciaran los hombros y las mejillas. Para que los amaran. Y Lancelot había elegido escindirse. Habría actuado de otro modo de haber sabido que Leo tendría un arrebato ermitaño. Lo atormentó la vieja incomodidad de saberse a solas consigo mismo.

Lancelot calentó el plato de tofu con salsa, puré de patatas y judías. En mitad de la cena, se le unió un compositor maloliente y medio sordo con una barba al estilo Walt Whitman, que se sorbía la saliva. Tenía los ojos rosados de tantas venillas reventadas y se limitaba a gruñir y a mirar a Lancelot como una cabra enfurecida. Lancelot se entretuvo manteniendo una conversación asimétrica con él.

—¿Quiere salsa de arándanos? —le preguntó Lancelot mientras se servía un poco.

Le respondió un gruñido.

—¿Cómo dice? ¿Su mejor día de Acción de Gracias lo pasó en el Ritz en 1932?

Un gruñido.

—¿Con quién?

Gruñido.

—¿De verdad? Magnífico. ¿Ha dicho la realeza?

Gruñido.

—¿Cómo? ¿Ha dicho que hizo qué con la princesa Margarita, durante la guerra? Ostras, no tenía ni idea de que en esa época hubieran inventado ya eso.

Un gruñido seguido de otro gruñido.

De postre había pastel de calabaza. El pastel de calabaza le remitió a Don Culo del Mundo. Compartieron uno entero entre los dos; Lancelot tomó unas cucharadas extra de dulce para ahogar su tristeza mientras el compositor lo imitaba bocado tras bocado, como si cumpliera un feroz sentido de la justicia. Lancelot tomó una cucharada especialmente colmada para ver si el compositor lo imitaba. El hombre parecía una serpiente con una rata en la boca. Lancelot acabó de tragar.

—Me cae bien, Walt Whitman —le dijo.

Y el compositor, que por lo menos había oído esa frase, espetó:

—Bah, se cree muy gracioso, ¿eh?

Se levantó y dejó los platos y el suelo lleno de migas para que lo recogiera Lancelot.

—Contiene multitudes —dijo Lancelot a su espalda de cucaracha.

El compositor se dio la vuelta, encendido.

—Feliz día de Acción de Gracias —dijo Lancelot con solemnidad.

Ay, qué soledad. Mathilde no contestaba ni en el teléfono de casa, ni en el del apartamento ni en el móvil, pero era normal que no lo hiciera; estaría atendiendo a los invitados. La familia y los amigos de Lancelot. Seguro que todos hablaban de él. [Desde luego.] Se cepilló los dientes a cámara lenta y se fue a la cama con una novela larguísima. No seas paranoico, Lotto, se dijo, no te pasará nada. Y si estuvieran hablando de ti, seguro que dirían cosas buenas. A pesar de todo, se los imaginaba riéndose de él, con la cara contraída imitando grotescas formas animales: Rachel, una rata; Elizabeth, un elefante con su narizota larga y articulada; Mathilde, un halcón albino. Estafador, ignorante, colgado, dirían de él. Ex chapero. ¡Narcisista!

Seguro que estaban pasándolo en grande sin él, bebiendo a lo loco. Echarían la cabeza hacia atrás, con los dientes puntiagudos y las encías manchadas de vino, riéndose a carcajada limpia. Tiró el libro a la otra punta de la habitación con tanta rabia que el lomo se rompió al aterrizar.

Siguió taciturno toda la noche y se despertó igual de taciturno. A mediodía, se moría de ganas de volver a casa. Echaba mucho de menos a Dios con su hocico caliente, echaba de menos su almohada, a su dulce Mathilde.

La tarde del cuarto día del encierro solitario de Leo, Lancelot no lo pudo evitar: eligió el camino más largo del bosque para tener una excusa plausible, recogió una rama de abedul blanquecina durante el paseo y terminó otra vez junto a la puerta de la cabaña de Leo.

Tardó unos segundos en localizar a Leo en la penumbra del interior. El chico se había permitido el lujo de encender el fuego, porque esos días hacía demasiado frío incluso para él. Iluminado por el débil resplandor, tenía la cabeza aplastada contra el piano; podría haber estado durmiendo de no haber sido por la mano que se levantaba del regazo de vez en cuando para tocar una nota o un acorde. El sonido después de un período largo de silencio sobresaltaba, incluso fuera de la cabaña, en el escondite de Lancelot, detrás de un árbol.

Al mismo tiempo, esa forma lenta de crear sonidos resultaba tranquilizadora. Lancelot entraba en un minúsculo trance cada vez que esperaba la siguiente nota. Cuando llegaba, quedaba amortiguada por las paredes, las ventanas y las bolsas de aire, y llegaba a oídos de Lancelot de forma inesperada. Era como creerse a solas en una habitación, empezar a quedarse dormido y oír de repente un estornudo contenido en el rincón más oscuro de la estancia.

Se marchó cuando sus temblores pasaron a ser incontrolables. Había una nueva oscuridad de mal agüero que anunciaba tormenta y que descendía a toda prisa por la parte occidental del cielo. Lancelot se saltó la cena y solo tomó unos fideos precocinados y un vaso de chocolate caliente. Además, se pulió media botella de bourbon. Bailó desnudo delante de la chimenea que chisporroteaba y abrasaba hasta el punto de crear el ambiente asfixiante de Florida a mediados de agosto. Abrió la ventana y contempló la nieve que caía inclinada hacia la casa y salpicaba los tablones del suelo convertida en agua, para rebotar luego en forma de vapor.

Se sintió mucho mejor y se quedó dormido encima de la cama, sudando y borracho. Le parecía que su cuerpo se elevaba, como si lo hubieran atado a una cometa y lo hubiesen echado a volar a treinta pies del suelo para observar a los pobres mortales moviéndose con sus medios lentos y limitados en la superficie.

Se despertó a la hora habitual, temblando, y cuando fue a preparar el café se dio cuenta de que no había electricidad ni calefacción. Detrás de las cortinas, el bosque era como de cristal, resplandeciente a la última luz de la luna. Durante la noche cerrada la helada había descendido, cubriendo los campos y los árboles como si fuera poliepóxido. Estaba tan borracho que no se había despertado con el temporal, aunque algunas ramas voluminosas se habían partido y habían caído alrededor de la casa, y allí se habían quedado, derrumbadas en la oscuridad, como soldados aturdidos después de una emboscada. A Lancelot le costó abrir la puerta mosquitera de la cabaña. Dio un paso seguro para pisar el hielo, y resbaló a cámara lenta, con mucho estilo, el pie débil se extendió hacia atrás en un arabesco, pero aunque los dedos del pie derecho toparon con una piedra e impidieron que ese pie siguiese deslizándose hacia delante, el cuerpo continuó avanzando y acabó cayendo al suelo. Se golpeó en la rabadilla con tanta fuerza que tuvo que colocarse de lado y apretar los dientes. Gimió de dolor durante un buen rato. Cuando quiso levantarse, la piel de la mejilla se le quedó pegada al hielo, arrancó la capa superficial y notó un poco de sangre en las yemas de los dedos al tocarse la cara.

Igual que un montañero, regresó aferrándose con las manos hasta el porche, entró en la casa y se tumbó exhausto en el suelo. Le costaba respirar.

Pensó en el bueno de Robert Frost. Los que decían que el mundo terminaría a manos del hielo tenían razón. [Falso. El fuego.]

Se moriría de hambre allí metido. En la estantería tenía una manzana que le había sobrado de una comida, un paquete de barritas de cereales dietéticas que Mathilde le había puesto en el equipaje y una última ración de fideos chinos precocinados. Moriría desangrado por el corte de la mejilla. La fractura de la rabadilla se le infectaría y le produciría una septicemia. No había electricidad y él había quemado toda la leña en su glotón frenesí de la noche anterior; se congelaría. Tampoco tenía café; la falta de cafeína era la verdadera gran tragedia, pensó. Se abrigó con todas las prendas que encontró y se hizo una capa con la manta del sofá. Se puso la funda del portátil encima del otro gorro. Tan voluminoso como un jugador de rugby, subió las piernas a la cama y se zampó todo el paquete de barritas de cereales. Cuando terminó, se dio cuenta de que había sido un error, porque sabían como pelotas de tenis que llevaran tres temporadas perdidas entre los arbustos. Además, cada una de las barritas contenía el ochenta y tres por ciento de la cantidad diaria recomendada de fibra, de modo que acababa de ingerir el cuatrocientos noventa y ocho por ciento de esa cantidad y moriría de una afección intestinal antes de desangrarse o de que el frío acabara con él.

Para colmo, había agotado la batería del ordenador portátil la noche anterior y no se había molestado en enchufarlo para recargarlo porque contaba con que habría electricidad por la mañana; y hacía siglos que había perdido la costumbre de escribir a mano. ¿Por qué no escribía nada a mano? ¿Por qué se había alejado de ese arte, el más esencial de todos?

Estaba componiendo mentalmente, igual que Milton, cuando oyó un motor y descorrió las cortinas. Allí estaba el bendito Blaine. Llevaba la furgoneta con cadenas. Aparcó junto a la puerta de la cabaña sin apagar el motor y se puso a apartar la nieve de la ventanilla. Luego salió y caminó hasta la casa con botas de montaña con suelas de clavos, especiales para el hielo. Llamó al timbre.

—Mi salvador —dijo Lancelot mientras abría la puerta, olvidándose de su atuendo.

Blaine lo miró de la cabeza a los pies y en su dulce cara se dibujó una sonrisa de oreja a oreja.

Habían montado camas plegables en la casa de la colonia, y tenían generadores. Las estufas eran de gas y había comida en abundancia. El teléfono volvería a funcionar en cuestión de un par de días, según le habían dicho. Lancelot se sintió muy a gusto. Los artistas mostraban la camaradería risueña típica de los supervivientes de un desastre, y cuando el compositor Walt Whitman sirvió chupitos de slivovitz para todo bicho viviente, Lancelot brindó con él y asintió con la cabeza, y ambos se sonrieron, olvidando viejas rencillas. Un amable compañerismo se adueñó de ellos. Lancelot fue a buscar más galletas de jengibre a la nevera para Walt

Whitman, y el compositor le prestó a Lancelot unos gruesos calcetines de cachemir.

Lancelot se pasó toda la tarde esperando, pero Leo no apareció. Al final, arrinconó a Blaine, que acababa de llevar leña suficiente para pasar un mes allí metidos, y se disponía a volver a casa para limpiar de hielo su propio hogar.

—Ay —dijo Blaine—. Leo me dijo que no, gracias, que tenía suficiente leña. Señaló la manteca de cacahuete, una barra de pan y una jarra de agua y me dijo que prefería seguir trabajando allí. No pensé que ocurriera nada malo. Ay, dios. ¿Me he equivocado?

No, no, no, qué va, le aseguró Lancelot. Pero pensó: sí, es terrible, nunca hay que dejar a un hombre solo con ese frío, ¿es que no has leído la historia de Shackleton y el buque HMS *Endurance*? Glaciares y canibalismo. O los cuentos donde los duendes del hielo salen de los bosques y llaman a tu puerta. En la espesura de la noche, mientras trabajaba, Leo oiría a alguien trajinando junto a su puerta e iría descalzo a ver quién era, y oiría una suave cancioncilla procedente del círculo de árboles, e intrigado, Leo saldría un momento al frío y la puerta se cerraría tras él. Se quedaría encerrado fuera mientras los duendes del frío le robaban su casa, y por mucho que lo intentase, no podría regresar al infernal fuego ardiente de la cabaña, donde vería danzar a las bestias, mientras él, como una pequeña vendedora de fósforos, se ovillaría contra la puerta y empezaría a tener visiones de una felicidad distante al tiempo que su respiración se volvería cada vez más lenta. Congelado. ¡Muerto! Pobre Leo, un cadáver tieso, azul por la congelación. Lancelot empezó a temblar a pesar de que en la casa principal de la colonia el clima era tropical, pues al calor de las chimeneas se sumaba el resplandor del alivio de los artistas.

Aun después de apagar las lámparas de queroseno y de que el novelista hubiera apartado la guitarra y de que el slivovitz les hubiera calentado la barriga a todos y se hubieran quedado dormidos en la zona común, con sensación de estar a salvo y resguardados, Lancelot siguió preocupado por el pobre chico solo en el bosque, rodeado de hielo y nieve por todas partes. Procuró no moverse mucho ni dar vueltas en la cama plegable por temor a que el crujido de los muelles y el ruido de la gruesa manta impidieran dormir a los demás artistas, pero ya entrada la madrugada se dio por vencido y dejó de intentar dormir. En lugar de eso, bajó a la frígida cabina telefónica para ver si ya había línea y podía llamar a Mathilde. Sin embargo, el teléfono seguía muerto, y en el sótano hacía un frío espantoso. Regresó a la biblioteca y se sentó junto a la ventana que daba a los campos de la parte posterior y contempló cómo se desvanecía la noche.

Allí sentado, pensando en el cálido rubor repentino de Leo, en el vello erizado, Lotto entró en un sueño agitado en el mismo sofá, aunque soñó que estaba despierto.

Volvió en sí y vio una figurita que avanzaba lenta y a trompicones para salir del bosque. Con el brillo que desprendía el hielo y en la oscuridad iluminada por la luna, podría haber sido un mensajero de una historia de miedo. Siguió observando mientras la cara blanca que había debajo de la capa se hizo reconocible, y notó que un lento sol empezaba a amanecer en su interior cuando estuvo seguro de que era Leo.

Se encontró con el muchacho en la puerta de la cocina, se la abrió en silencio, y aunque había una prohibición tácita que les impedía tocarse, Lancelot no pudo contenerse; tomó los delgados pero fuertes hombros de Leo en sus brazos y lo abrazó con furia, aspirando el olor a caqui que desprendía la piel de detrás de la oreja, con el fino pelo de bebé en la cara.

—Estaba muy preocupado por ti —dijo en voz baja para que los demás no se despertaran.

Lo soltó a regañadientes.

Leo tenía los ojos cerrados, y cuando los abrió, lo hizo con esfuerzo. Parecía a punto de morir de agotamiento.

—He terminado el aria de Go —dijo—. Por supuesto, llevo tres noches sin dormir. Estoy muerto. Me pesan hasta las pestañas. Me voy a casa a dormir. Pero bueno, si Blaine puede acercarte a mi cabaña con algo de comida preparada esta noche antes de marcharse, tocaré lo que he compuesto para ti.

—Sí —dijo Lancelot—. Pues claro. Prepararé provisiones y podemos hablar hasta la madrugada. Pero ahora quédate y desayuna conmigo.

Leo negó con la cabeza.

—Si no vuelvo a casa ahora mismo, me romperé en pedazos. Solo quería invitarte a mi estudio. Y después, uf, caer en el bendito olvido del sueño hasta que ya no pueda dormir más. —Sonrió—. O hasta que vengas a despertarme.

Se dirigió a la puerta, pero Lancelot buscó el modo de retenerlo a toda costa.

—¿Cómo sabías que estaría despierto? —le preguntó.

Lancelot percibió el calor del rubor de Leo a pesar de la distancia que había entre ambos.

—Te conozco —contestó Leo. Y añadió con temeridad—: No puedes imaginarte cuántas mañanas he bajado a la carretera y me he quedado contemplando la luz de tu cabaña, que se encendía a las cinco y veintiséis, antes de meterme en la cama.

A continuación se abrió la puerta y se cerró, y Leo se convirtió en un garabato que desaparecía por el camino oscuro. Luego solo quedó la página en blanco de la nieve.

Lancelot se puso desodorante dos veces y se afeitó tres. Había rascado todas las partes de su cuerpo bajo el agua caliente. Se escudriñó en el espejo sin sonreír. No era nada, solo su colaborador que quería tocar para él la primera partitura que había compuesto para su proyecto; era trabajo, rutina; tenía tantos nervios que las náuseas le habían impedido comer en todo el día; las extremidades no le respondían, como si los huesos se hubieran derretido y luego hubiesen vuelto a solidificarse con formas aleatorias. La última vez que se había sentido así era tan joven que parecía otra persona, y fue a causa de una chica con la cara redonda y un piercing en la nariz que se había hecho ella misma; había sido una noche en la playa, en una casa que ardió en llamas. El primer acto de amor completo. Tan nervioso que por un instante se olvidó del nombre de la chica. [Gwennie.] Ay, sí, Gwennie, empezaba a fallarle la memoria, a diferencia de su antiguo yo, que era un hacha con los nombres y las caras. Aunque lo que el fantasma de la chica podía querer decirle no sería muy pertinente en esos momentos.

Dentro de su ser ocurría algo. Como si en su interior hubiera una caldera a punto de explotar que lo abrasaría si se abría. Algún secreto tan oculto que ni siquiera Mathilde lo conocía.

No había querido contarle a Blaine que iba a hacerle una visita a Leo porque no sabía en qué términos exponerlo, así que se encargó él de preparar la sopa y los bocadillos y los metió en la cesta. Echó a andar con paso inseguro por el hielo medio derretido sin decir a nadie adónde se dirigía. A la luz del crepúsculo, el hielo se había contraído en las orillas del camino y parecía unas encías con las raíces de los dientes a la vista. Los árboles eran cuerpos esqueléticos desnudados al viento. Caminar resultaba mucho más difícil de lo que Lancelot había supuesto; tenía que andar de lado como los cangrejos, con los brazos extendidos y la cesta colgando. Cuando llegó a la modesta casita de estilo Tudor de Leo, le costaba respirar. La luz del fuego enrojecía las ventanas.

Entró en ella por primera vez y se sorprendió al ver las escasas pruebas de que estaba habitada. Lo había limpiado todo, y las únicas cosas que delataban a Leo eran sus zapatos negros, relucientes como dos cucarachas y ordenados debajo de la cama, y las partituras que descansaban sobre el piano.

Entonces oyó el sonido del agua de uno de los grifos del cuarto de baño y de pronto apareció Leo secándose las manos con una toalla.

—Has venido —dijo este.

—¿Lo dudabas? —preguntó Lancelot.

Leo se dirigió hacia Lancelot y se detuvo en medio de la habitación. Se tocó la garganta, luego las piernas, después juntó las palmas de las manos. Carraspeó.

—Había pensado que comiéramos antes, pero no creo que pueda —dijo Leo—. Tengo muchas ganas de tocar para ti y al mismo tiempo estoy tan nervioso que no puedo tocar para ti. Es absurdo.

Lancelot sacó de la cesta una botella de vino malbec de rosca que había rapiñado del comedor común.

—Pues bebamos —propuso—. Obtuvo una puntuación de noventa y tres en el *Wine Advocate*. Complejo, afrutado, con toques de valentía e ingenio. Cuando te sientas preparado, nos tocaremos.

Quería decir «tocarás», refiriéndose al piano, y tosió para encubrir el lapsus.

Lancelot sirvió el vino en unas tazas azules con topos como las que había en su cabaña, donde había plantado un helecho muerto. Leo dio un sorbo y se atragantó entre risas. Se dio unos golpecitos en la cara con un pañuelo. Y entonces le devolvió la taza a Lancelot, rozándole la mano. Cruzó la estancia y se acercó al piano. A Lancelot le parecía que sentarse en un lateral de la cama de Leo era un atrevimiento, pero aun así lo hizo con cautela, consciente de la frialdad del colchón, de las sábanas blancas, de la firmeza que tenía debajo.

Leo flexionó las monstruosas manos y Lancelot admiró su increíble belleza como si fuese por primera vez. Esas manos eran capaces de alcanzar una treceava, tenía manos de Rajmáninov. Leo dejó que flotaran por encima de las teclas, primero sin tocarlas. Cuando descendieron, el aria de Go ya había empezado.

Después de un compás, Lancelot cerró los ojos. De ese modo era más sencillo sustraer la corporeidad a la música. Así escuchaba el sonido que se iba convirtiendo en una canción melodiosa. Agobiante y armoniosa a la vez. Tan dulce que le hacían daño los dientes. El calor que empezó a sentir en el estómago irradió hacia fuera, arriba y abajo, se le metió en la garganta, en los huesos de la cadera, una emoción tan extraña que a Lancelot le costó dios y ayuda identificarla, pero cuando Leo llevaba un minuto tocando, Lancelot acertó a ponerle nombre. Terror. Sentía terror, pálido y denso. Esa música estaba mal, era rotunda y absolutamente inadecuada para su proyecto. Lancelot sintió que algo le asfixiaba. Él quería lo etéreo, lo extraño. Algo un poco grotesco, incluso. Música con toques de humor, ¡mentecato! ¡Una música mordaz! Una música penetrante y cada vez más profunda, una música que se superpusiera al mito original de Antígona, que siempre había sido una historia feroz y extraña. Ojalá Leo hubiese replicado la música de la ópera que había presentado el verano anterior. Pero esto… No. Esto era sensiblería; no tenía ni pizca de humor. Era lastimera, temblorosa. Era tan inadecuada que lo cambió todo.

Todo había cambiado.

Lancelot tuvo que asegurarse de que su rostro, dirigido con tanta atención a Leo, que también tenía los ojos cerrados, se transformara en una máscara.

Le entraron ganas de esconderse en el cuarto de baño para llorar. Le entraron ganas de darle un puñetazo a Leo en la nariz para que dejase de tocar. No hizo ninguna de las dos cosas. Se quedó allí sentado, con una sonrisa a lo Mathilde en la cara, y escuchó. En su puerto interior, un enorme barco en el que había querido montarse para zarpar a tierras desconocidas dio una pequeña sacudida. Recogieron los cabos. El barco se desplazó en silencio y se adentró en la bahía, y Lancelot se quedó solo en el puerto, observando cómo el barco flotaba en el horizonte, cómo se desvanecía.

La música terminó. Lancelot abrió los ojos sonriendo. Sin embargo, Leo había visto algo en su rostro y ahora lo escudriñaba, surcado por el terror.

Cuando Lancelot abrió la boca pero no fue capaz de pronunciar ni una palabra, Leo se levantó, abrió la puerta del estudio, salió descalzo, ni siquiera se puso la chaqueta, y desapareció en el oscuro bosque.

—¿Leo? —tanteó Lancelot. Corrió a la puerta y gritó—: ¡¿Leo?! ¡¿Leo?!

Pero Leo no contestó. Se había ido.

No habían prestado atención a la luz. Con el sigilo de un gato, la tarde invernal había dado paso al crepúsculo.

Lancelot se puso a elucubrar dentro de la cabaña. Podía salir a buscar a Leo, a pesar de tener el lado izquierdo del cuerpo debilitado... ¿Y qué ocurriría si lo encontraba? ¿Qué ocurriría si no lo encontraba? También podía quedarse dentro y esperar a que Leo regresara. Pero había herido en lo más profundo el orgullo del joven y pronto su cuerpo también se vería herido físicamente por el frío, se le congelarían los pies, se le entumecerían las extremidades antes de que consintiera regresar a la cabaña en la que estaba Lancelot. Lo único adecuado, lo único humano que podía hacer Lancelot era marcharse. Dejar que el chico volviera a colarse con discreción en el estudio, que se lamiera las heridas en privado. Él regresaría al día siguiente y solucionaría las cosas cuando ambos hubieran tenido tiempo de calmarse.

Garabateó una nota. No prestó atención a lo que había escrito y estaba tan consternado que ni comprendió ni recordó sus propias palabras más allá del momento en el que el lápiz se despegó del papel. Podría haber sido un poema; podría haber sido la lista de la compra. Salió al solitario frío y avanzó con dificultad por el camino de tierra cubierto de hielo, notando el peso de cada uno de los días de sus cuarenta años, en dirección a la casa principal de la colonia. Cuando llegó estaba empapado en sudor. Entró y vio que los demás habían empezado a cenar sin esperarlo.

Mucho antes del amanecer, con el cielo de color té poco cargado sobre los campos blanquecinos como la nata montada, Lancelot empezó a deambular por la biblioteca de la casa principal. El mundo estaba patas arriba, todo se tambaleaba. Se apresuró. Le resultó más fácil desplazarse que la noche anterior porque el hielo había retrocedido todavía más, de modo que había un caminillo de barro y charcos que llegaba hasta el estudio de Leo. Lancelot llamó con ímpetu a la puerta, pero estaba cerrada con llave. Fue repasando todas las ventanas, aunque las cortinas estaban tan bien corridas que no quedaba ni una sola rendija por la que meter el ojo. Durante toda la noche, había notado un terrible eco mental de aquella ocasión en el internado, cuando había descubierto al chico ahorcado. La cara azul, el olor nauseabundo. El roce del vaquero en su cara en medio de la oscuridad, sus manos que se alargaron para tocar la fría pierna muerta.

Encontró una ventana que no estaba cerrada y pasó los hombros por ella, su cuerpo se coló detrás y cayó con tanta fuerza sobre la clavícula malherida que empezó a ver estrellitas en el techo.

—Leo —lo llamó con la voz ahogada.

No obstante, antes de incorporarse ya supo que Leo no estaba en la cabaña. Los zapatos habían desaparecido de debajo de la cama y el armario estaba vacío. La estancia todavía olía a Leo. Buscó en vano una nota, cualquier cosa, y solo encontró una copia pasada a limpio del aria de Go en la banqueta del piano con la precisa caligrafía de Leo a lápiz. Podía enmarcarse, una obra de arte incluso sin la música. La palabra *acciaccato* era lo único escrito con tinta negra.

Lancelot corrió tanto como le permitió su cuerpo hacia la casa principal y pilló a Blaine justo cuando llegaba con el coche. Sacudió la mano para que frenase.

—Ah —dijo Blaine—. Ah, sí. Leo recibió una terrible noticia de su familia y tuvo que coger un vuelo en plena noche. Justo ahora vuelvo de Hartford. Parecía abatido. Con lo encantador que es, ¿no crees? Pobre muchacho.

Lotto sonrió. Se le llenaron los ojos de lágrimas. Se sintió absurdo.

Blaine parecía incómodo. Le puso una mano en el hombro a Lotto.

—¿Te encuentras bien? —le preguntó.

Lancelot asintió.

—Me temo que yo también tendré que marcharme hoy. Por favor, avisa en la oficina cuando lleguen. Pediré un taxi, no te preocupes por mí.

—De acuerdo, hijo —dijo en voz baja Blaine—. No lo haré.

Lancelot se quedó plantado en el vano de la puerta de la cocina de la casa de campo, mientras la limusina se alejaba con un siseo por el camino de nieve medio derretida. El hogar.

Dios bajó a toda prisa las escaleras, Mathilde estaba sentada junto a la mesa iluminada por un rayo de sol, con los ojos cerrados y una taza de té humeante delante. En el ambiente fresco de la casa había un leve tufo a basura. A Lancelot le dio un vuelco el corazón: su contribución a la familia era sacar la basura. En su ausencia, Mathilde había dejado que se acumulase.

Lancelot no sabía si ella lo miraría. Nunca la había visto tan enfadada para no querer mirarlo. La cara de Mathilde era totalmente hermética. Parecía más vieja. Triste. Escuálida. Tenía el pelo grasiento. Tenía la piel oscurecida, como si la hubiesen adobado con su propia tristeza. Algo dentro de él empezó a romperse.

Y entonces Dios se puso a dar saltos alrededor de sus rodillas, se meo de felicidad al verlo y ladró con su especie de grito de timbre agudo. Mathilde abrió los ojos. Lancelot observó que las grandes pupilas se contraían en los iris de sus ojos, observó cómo lo miraba, y por el aspecto de su cara comprendió que hasta ese momento no se había dado cuenta de que estaba allí. Y supo que su mujer se alegraba muchísimo de verlo. Ahí la tenía. Su único amor.

Mathilde se incorporó tan deprisa que la silla se volcó hacia atrás y se acercó a él con los brazos abiertos, la cara resplandeciente, y Lancelot enterró la cara en su pelo para olerlo. La Tierra se le atascó en la garganta, sin dejar de girar. Y entonces sintió el cuerpo fuerte y huesudo de Mathilde contra el suyo, su olor metido en la nariz, el sabor del lóbulo de la oreja en la boca. Ella se apartó un instante y lo contempló con ferocidad y luego cerró la puerta de la cocina con el pie. Cuando Lancelot intentó hablar, Mathilde le tapó la boca con la mano, haciendo fuerza, para que no pudiera, lo condujo a la planta de arriba en silencio absoluto y lo montó con tanta brusquedad que cuando Lancelot se despertó al día siguiente tenía cardenales muy vivos en los huesos de las caderas y arañazos en los laterales del cuerpo. Se los apretó en el cuarto de baño, ávido de dolor.

Y llegó la Navidad. Muérdago colgado de la lámpara de araña del vestíbulo, pícea azulada alrededor del pasamanos, olor a canela, manzanas al horno. Lancelot se detuvo al pie de la escalera, sonrió ante su cara fatigada en el espejo, se arregló la corbata. Al contemplarse, pensó, nadie diría que ese año lo había pasado tan mal.

Había sufrido y había salido a flote fortalecido. Es más, posiblemente incluso con mayor atractivo. Los hombres tienen esa capacidad, pueden estar más guapos conforme pasan los años. Las mujeres solo envejecen. Pobre Mathilde, con toda la frente arrugada. Al cabo de veinte años tendría el pelo de un canoso plateado y la cara plagada de arrugas. Pero bueno, seguiría siendo guapa, pensó, fiel hasta la médula.

El sonido de un motor se inmiscuyó en sus pensamientos y Lancelot se asomó para ver el Jaguar verde oscuro que dejaba atrás la carretera y entraba en el camino de grava entre los cerezos desnudos.

—Ya han llegado —dijo a Mathilde proyectando la voz hacia las escaleras.

Sonrió: hacía meses que no veía a su hermana y a Elizabeth con la parejita de gemelos adoptados, y sabía que les encantaría la tortuga balancín y el búho balancín que Lancelot había encargado tallar a un excéntrico carpintero ermitaño que vivía en medio del bosque, hacia el norte. El búho tenía una mirada de estudioso sobresaltado y la tortuga parecía masticar una raíz amarga. ¡Ay! Cuántas ganas tenía de estrechar en sus brazos los cuerpos de duendecillos de sus sobrinos. Notar la calma que transmitía su hermana. Estaba tan emocionado que se puso de puntillas.

Sin embargo, vio que debajo del cuenco de caramelos que había sobre el mueble de cerezo del recibidor sobresalía la esquina de un periódico. Qué raro. Mathilde solía ser muy pulcra. Todos los objetos de la casa estaban siempre en su sitio. Apartó el cuenco para verlo. Le fallaron las piernas.

Una foto granulada de Leo Sen, con su tímida sonrisa. Un artículo breve debajo de su cara.

Prometedor compositor británico ahogado en una isla en Nueva Escocia. Tragedia. Tenía tanto potencial. Eton y Oxford. Niño prodigio del violín. Conocido por sus composiciones no armónicas y muy emotivas. Sin pareja. Sus familiares y su comunidad lamentan su pérdida. Citas de compositores famosos: Leo era más conocido de lo que Lancelot creía.

Lo que quedaba implícito era tan fuerte que no podía asimilarlo. Otro agujero negro. Alguien que estaba y que de repente ya no estaba. Leo nadando en un agua tan fría. Diciembre, corrientes violentas, las salpicaduras de las olas salvajes que se convertían al instante en perdigones de hielo. Se imaginó el impacto del agua fría y negra en su cuerpo y se estremeció. Todo había salido al revés.

Tuvo que respirar hondo para mantenerse en pie. Se agarró a la mesa y abrió los ojos para mirar en el espejo su propia cara blanca como el papel.

Y por encima del hombro izquierdo vio a Mathilde en la parte superior de la escalera. Lo vigilaba. No sonreía, estaba absorta, como el filo de un cuchillo, con su vestido rojo. La débil luz del día de diciembre entraba por la ventana que había por encima de donde estaba Mathilde y le rozaba los hombros.

Se abrió la puerta de la cocina y las voces de los niños llenaron la parte posterior de la casa. Llamaban a gritos al tío Lotto, Rachel también dijo en voz alta: «¿Hola?», la perra ladró contentísima, Elizabeth soltó una carcajada repentina, Rachel y Elizabeth empezaron a discutir en voz baja y aun así, Lancelot y su esposa seguían mirándose el uno al otro en el espejo. Entonces Mathilde bajó un escalón y luego otro, y su sonrisilla de siempre volvió a su rostro.

—¡Feliz Navidad! —exclamó con alegría con su voz profunda y limpia.

Lancelot se estremeció como si hubiera puesto la mano en un fogón encendido y ella lo miró sin despegar los ojos del espejo mientras descendía despacio, muy despacio.

6

—¿Puedo leer por lo menos lo que escribiste con Leo? —le preguntó Mathilde una noche, ya en la cama.

—Tal vez —dijo Lancelot, y rodó para colocarse encima de ella.

Le puso las manos sobre la chaqueta del pijama.

Más tarde, después de hacer submarinismo por debajo de las sábanas, Mathilde asomó la cabeza, sofocada por el calor que desprendía su marido.

—¿«Tal vez» significa que puedo leerlo?

—M. —contestó él en voz baja—. Odio mis propios fracasos.

—¿Eso es un no? —preguntó Mathilde.

—Eso es un no.

—Vale.

Sin embargo, al día siguiente Lancelot tenía que ir a la ciudad a reunirse con su agente, así que Mathilde fue a su guarida en la buhardilla de la casa, abarrotada de papeles desperdigados y de tazas de café criando pelo, y se sentó a leer lo que tenía guardado en el archivo.

Se levantó y se acercó a la ventana. Pensó en el chico que se había ahogado en las heladas aguas negras, en una sirena, en sí misma.

—Qué lástima —dijo mirando a la perra—. Habría podido ser genial.

La Antigónada

[Primer borrador, con apuntes para la música]

PERSONAJES

GO: contralto, fuera del escenario; en el escenario, una marioneta inmersa en agua o un holograma que permanece toda la ópera en un tanque de cristal lleno de agua.

ROS: tenor, amante de Go.

CORO DE LOS DOCE: dioses, excavadores del túnel y trabajadores del centro de la ciudad.

CUATRO BAILARINES.

ACTO I: SOLIPSISMO

Sin telón. El escenario negro. En el centro, un tanque cilíndrico de agua iluminado o compuesto para que parezca una cueva. Go: dentro. Después de tantos siglos, cuesta saber si es humana. Ha quedado reducida a la mínima expresión.

[Leo: La música empieza tan leve que se confunde con los ruidos ambientales. Gotas y temblores a lo lejos. Siseos, un silbido similar al viento. Movimientos. Latidos. Alas que parecen de cuero. Fragmentos de música tan filtrada que ha dejado de ser música. Ondas sonoras procedentes de voces, como si se oyeran a través de la roca. Es de esperar que el público hable, que los sonidos de la gente se mezclen con la partitura. Los sonidos van ganando ritmo, crean una armonía, conforme suben de volumen.]

Con incrementos imperceptibles, las luces aumentan de intensidad sobre la cueva y se oscurece la platea. El público acaba callando.

Go se despierta, se sienta. Empieza a cantar en primer lugar su aria, un lamento, mientras se desplaza por la cueva.

Subtítulos en inglés proyectados sobre el arco del proscenio. Go habla en un idioma propio. Griego antiguo desprovisto de todo, sin tiempos verbales, sin casos, sin géneros. Deformado por milenios de soledad, modificado por los fragmentos de palabras que se han filtrado por la piedra y han llegado hasta ella desde el mundo superior, retazos de alemán, francés e inglés. Está loca en los dos sentidos: demente y loca de rabia.

Go narra cómo es su vida mientras camina: tiene que cuidar de un jardín de musgo y hongos, amamanta a los gusanos, teje prendas de pelo y seda de telaraña a diario, cada vez más rápido. Se ducha a cámara lenta con el agua que cae gota a gota de las estalactitas. Una soledad terrible. Los murciélagos con cara infantil a los que había criado son incapaces de decir más de diez palabras, conversar con ellos es frustrante. Go no se resigna a su destino. Habla contra los dioses que la maldijeron con la inmortalidad; había intentado ahorcarse pero no había podido. Se despertó entre harapos con una cuerda quemada en el cuello y Hemón muerto junto a ella. Convirtió sus huesos en cucharas y platos con los que ahora come. Sujeta el cuenco que hizo con el cráneo y se enfurece de nuevo, grita imprecaciones contra los dioses.

Los focos se alejan de la cueva de Go y se dirigen al coro, ataviado con túnicas de dioses, unas lucecitas introducidas en sus prendas hacen que desprendan un brillo casi molesto. Primero parecen ser seis pilares en semicírculo alrededor del tanque de Go, hasta que vemos los símbolos que los convierten en lo que son: alas en los tobillos de Hermes, el arma de Marte, el búho de Minerva, etcétera.

El coro canta en inglés. Querían darle la inmortalidad a Go, un regalo, pero la metieron en la cueva hasta que expresara su gratitud. Todavía tiene que darles las gracias. Furiosa Go. Arrogante Go.

Flashback: la historia de Antígona en un baile. Los bailarines están detrás del tanque, de modo que el agua amplía sus cuerpos y los convierte en figuras extrañas y desenfrenadas. Representan con mímica en pocos minutos que los hermanos de Antígona, Polinices y Etéocles, luchan en bandos contrarios, que ambos mueren, que Antígona entierra dos veces a Polinices, contra el dictado de Creonte, porque Creonte contradice a los dioses, Antígona huye y se ahorca. Hemón se suicida, Eurídice se suicida, Creonte muere. Un baño de sangre.

Sin embargo, una de las diosas, Minerva, corta la soga de Antígona y la revive. La encierra en la cueva.

Los dioses cantan la intención que tenían de permitir que Antígona, última raíz de una casa podrida, hija del incesto, sobreviviera. Lo único que tenía que hacer era mostrar humildad ante ellos. Pero milenio tras milenio, se ha negado a hacerlo. Doblégate, Go, y te dejarán libre. Porque si algo son los dioses es benévolos.

Go: ¡JA!

Las luces vuelven a iluminar a Go, que canta un aria nueva, más rápida, en su idioma: los dioses le han dado la espalda a Go. A Go le entran ganas de matarlos con sus propias manos. El Caos sería mejor que ellos. Malditos dioses; Go los maldice. Go sabe que los humanos se están caldeando, igual que un volcán; al final explotarán y quedarán reducidos a la nada. El fin se cierne sobre ellos y aún tienen ganas de celebrar. ¿Quién es peor: los dioses o los hombres? A Go no le importa. No lo sabe.

[Entreacto: vídeo de diez minutos superpuesto al escenario. Un campo marrón pelado con un único olivo, el tiempo pasa a una velocidad vertiginosa. El árbol crece, se mustia, muere, el campo queda cubierto por árboles nuevos que crecen, se mustian, mueren. Construyen una casa. Hay un terremoto y la casa se derrumba, y la cueva de Go se queda sin ubicación, empieza a viajar bajo tierra. Entonces la cámara se aleja. Se construyen ciudades, los ejércitos atacan y las arrasan hasta no dejar nada. Imágenes del fondo del Mediterráneo durante unos segundos, pasan tiburones. La cueva de Go viaja por debajo de Italia mientras vemos que la tierra va cambiando, desde el Imperio romano, con acueductos y agricultura, la reconstrucción de Roma, bajo los Alpes, lobos, pasa a Francia en la Edad Media —un salto en el tiempo considerable— y después vemos a Leonor de Aquitania, París; la cueva viaja por debajo del canal de la Mancha, hasta llegar a Londres, durante el incendio de 1666, ahí termina la trayectoria de la cueva. Vemos el crecimiento de la ciudad como si fuese un órgano corporal hasta 1979.]

ACTO II: MANIFESTACIÓN
[*El vídeo se va contrayendo hasta convertirse en una banda estrecha por encima de la cueva de Go, debajo de los subtítulos. Una*

flor de la pasión que florece en tiempo real. Cuarenta y cinco minutos, desde el capullo hasta que se abre por completo.]

Go hace abdominales en la cueva. Flexiones. Corre en una cinta de gimnasio hecha de tela de araña y estalactitas al ritmo de una música atonal, fantasmal, que retumba como el eco. Aplausos de los murciélagos con cara infantil, colgados boca abajo.

Se desnuda poco a poco y se coloca bajo una lenta ducha de gotas que caen de una estalactita.

Oye algo. Fuera del escenario, voces cada vez más fuertes. Go pega la oreja al lateral de la cueva y los focos iluminan a un coro de cantantes con chistera que han emergido en el escenario. Sus voces proporcionan el ritmo, mientras que el ruido de los hombres que excavan y de una sierra cantarina proporcionan la melodía. De entre la masa de trabajadores se levanta uno, Ros, para tomar un descanso: es joven, muy guapo, vestido con ropa más elegante que el resto, estilo de finales de los años setenta. Es increíblemente alto y luce una barba poblada. Los hombres cantan en honor de la línea Jubilee del metro de Londres y expresan que la gloria de los hombres ha matado a los dioses.

Los dioses han muerto, cantan en inglés. Los hemos matado. Los seres humanos los han suplantado.

Go se ríe emocionada al oír unas voces tan próximas, tan nítidas.

De pronto Ros irrumpe con una canción que se contrapone a la otra. Nosotros somos topos. Ciegos y autómatas. Encerrados en la oscuridad. Es imposible ser bueno si no puedes ver el sol. Y qué significa ser humano si no puedes terminar la vida mejor que la empezaste.

Go presiona todo su cuerpo contra el muro. Hay algo erótico en su forma de moverse.

Descanso: una soprano situada fuera del escenario canta como si fuese la sirena que indica la hora de comer. La canción de los trabajadores termina. Se arremolinan y comen, todos excepto Ros, que se sienta con un libro y un bocadillo, apartado de los demás, al otro lado de la piedra en la que está apoyada Go.

Ella intenta cantar en voz baja la canción que acaba de cantar él. Ros la oye y entusiasmado pega la oreja a la roca. Está estupefacto, después asustado. Lentamente, se pone a cantar para contestar a Go. Ella modifica la canción para que se convierta en la suya, y uno y otra cantan en voz baja como en un diálogo, con una extraña falta de sincronía. Go va transliterando las palabras en su propio idioma perfeccionado, otorgando significados nuevos a esas palabras. [Los subtítulos se dividen en dos, la traducción de lo que ella dice a un lado y las palabras textuales de él al otro.] Sus rostros presionan la roca a la misma altura, Go consumida, Ros de rodillas. Él se presenta; ella dice en voz baja que se llama Go.

Los otros hombres se incorporan y trabajan en silencio mientras Go y Ros cantan cada vez más alto, con más fuerza, la soprano canta imitando la sirena del final de la jornada, rompiendo el dueto, y aunque Ros trata de quedarse, el capataz no le deja. Mientras se alejan los trabajadores, modifican la canción que cantaban al principio para burlarse de Ros: Ros es un soñador, cantan. Tan tonto como las piedras que nos rodean. Inútil devoralibros. Ros no es un hombre de verdad.

Go canta una canción de amor, un aria, casi hermosa, y la

música de la cueva ya no es tan cacofónica, y casi parece cantar a dúo con ella.

Ros regresa e intenta frenéticamente excavar el muro, no entiende que esa roca está maldita y no puede romperse. Pasan los días, simbolizados por los obreros que avanzan por el túnel, por la soprano que canta el final de la jornada, y Ros no se rinde. El erotismo de sus movimientos se ha convertido en una fornicación explícita con los muros. [Leo: la música expresa un supremo anhelo.] Ros canta mientras pasan los días, cada vez con más frenesí, no te dejaré, Go. Te sacaré de aquí. Deja de ocultar lo que está haciendo y empieza a hacerlo a la vista de todos, y los demás lo rodean y le ponen una camisa de fuerza para arrastrarlo y apartarlo de la cueva. Intenta que lo comprendan, pero ellos se ponen violentos. Canta su canción de amor a Go mientras lo arrastran hasta el manicomio, y ella le contesta con su canción. Parece que hay otra persona que tal vez haya oído a Go —hay un atisbo de reconocimiento—, pero se encoge de hombros y ayuda a llevar a rastras a Go.

Go canta sola su canción de amor. Empieza a tejer muy despacio su vestido de novia. Rojo.

En el exterior, ya han terminado la estación de metro, la gente empieza a entrar y salir. Son los dioses, vestidos de calle. Se sabe que son dioses por el resplandor que emiten en comparación con los demás pasajeros. Los han ninguneado, cantan. Ahora los dioses no son más que leyenda. Siguen siendo inmortales, pero carecen de poder.

Entran y salen del metro mientras cantan.

Ros regresa vestido con harapos, con aspecto nervioso, el pelo desaliñado, sin hogar. Presiona la cara contra el muro de

Go y canta su canción de amor. Aliviados, cantan una parte de su dueto, pero la versión de Go ha vuelto a cambiar. Ahora su canto es más oscuro, se vuelve cada vez más frenético y ferviente, lucha contra el muro, lo aporrea y le da patadas mientras Ros construye una chabola de cartones, la refuerza con papel de periódico, desenrolla un saco de dormir y se acomoda.

No te abandonaré, canta Ros. Nunca volverás a estar sola.

[Entreacto: un vídeo de cinco minutos superpuesto al escenario como antes. Londres se hincha y crece por encima de ellos, el Gherkin, la Zona Olímpica, de ahí se pasa a una masificación abrumadora, asfixiante, hay revueltas, incendios, oscuridad, desastre.]

ACTO III: ESCATOLÓGICO

Empieza con Ros tumbado en el mismo sitio que al final del acto anterior, pero es viejísimo, la estación de metro está mugrienta, plagada de pintadas, casi una pesadilla. El apocalipsis se cierne sobre ellos. Go está exactamente igual, aunque todavía más guapa con su precioso vestido de novia rojo, que flota dentro de la cueva; los murciélagos son todavía más sorprendentes: bebés rosados y calvos con alas, que cuelgan del revés. Música ambiente, la música más anodina del planeta. [Lo siento, Leo.] Interrumpida por la electricidad estática y por unos extraños temblores distantes que se van acercando.

Ros le canta a Go lo que hace la gente al pasar, ha aprendido su idioma, pero empezamos a darnos cuenta de que ha convertido la fealdad del mundo en belleza.

Hay una pelea en el andén y el público se percata lentamente de que uno de los que discute es un dios cuya luz ha palidecido, parece tan viejo y desaliñado como Ros; es Hermes, se le reconoce por las alas de luz sucia que le salen de las zapatillas de deporte. Ros suspira.

Háblame del sol, le pide Go. Tú eres mis ojos, mi piel, mi lengua.

Sin embargo, Ros está aturdido por culpa de lo que acaba de presenciar. Los dioses se han olvidado de que lo son, canta Ros, como si lo hiciera para sí mismo. Se lleva ambas manos al corazón, siente una repentina punzada de dolor. Algo va mal, Go. Algo falla dentro de mí.

Ella dice que no. Le dice que él es su joven y guapo esposo. Ros ha conseguido que vuelva a amar a la humanidad. En su interior solo hay bondad.

Soy viejo, Go. Estoy enfermo. Lo siento, canta Ros.

Los dioses se reúnen, cantan, se quejan de su aflicción y de la aflicción del mundo. Donde en un principio había grandeza, luz brillante, grandiosa seriedad, ahora hay un ninguneo impronunciable, casi cómico. Go se está sobrecogida, se tapa los oídos con las manos.

Ros se derrumba. El mundo no es lo que tú... empieza, pero es incapaz de terminar la frase.

Go le canta una canción de amor. Un vídeo proyecta el cuerpo de Ros, su alma que se eleva, joven, con monedas en los ojos; el alma sale del escenario con un rayo de luz. En el cuerpo inerte del cantante, se proyecta un vídeo de la descomposición, un esqueleto.

¿Ros?, canta Go. Esa única palabra, una y otra vez, una y otra vez, sin música. Gritos.

Por fin, Go pide a gritos a los dioses que la ayuden. Ahora canta en inglés, Ayudadme, dioses. Ayudadme.

Pero los dioses tienen otras preocupaciones, los estallidos se oyen muy fuerte y muy próximos ya, sus columnas de luz se vacían y empiezan a luchar, todos ellos vagabundos, una pelea sucia y bufonesca; aun así, resulta letal. Minerva ejecuta a Afrodita con un cargador de portátil; Saturno, un gigante viejo, desnudo y mugriento, alarga la mano a ciegas hacia su hijo Júpiter, pero devora una rata digna de la serie negra de Goya; Hefesto entra en escena con unos inmensos robots de acero; Prometeo le lanza un cóctel molotov. Todo es terrible, sangriento, hasta que Júpiter saca un inmenso botón rojo con ruedas.

El Hades agrupa sus sombras, que sacan otro botón rojo al escenario.

Una canción tensa, durante la cual ambos fingen derrotar al otro.

[Go ha empezado a dar vueltas por la cueva, primero despacio y después a una velocidad creciente.]

En el silencio se oye a Go gimiendo, Ros, Ros, Ros.

De repente, ambos dioses aprietan el botón. Un gran fogonazo de luz, cacofonía. Y después el silencio, la oscuridad.

Poco a poco, Go comienza a brillar. [Todas las demás luces del teatro —las luces de los pasillos, las de salida— están apagadas. Una oscuridad que debe inspirar pánico.]

Por favor, grita una sola vez en inglés.

Nadie contesta.

Silencio.

[Leo, mantén el silencio hasta que resulte insoportable; un minuto por lo menos.]

Go está sola, canta. La inmortal Go en un mundo muerto. No hay peor destino que este. Go está sola. Viva, sola. La única. Mantiene la última nota hasta que se le quiebra la voz, y después más tiempo.

Se repliega sobre sí misma hasta que queda en la posición en la que la hemos encontrado al principio.

Los únicos sonidos son el viento, el agua. Un latido lento y antiguo aumenta hasta que se impone sobre los sonidos del viento y el agua, y se convierte en lo único cosa que podemos oír. No puede haber aplausos ante la intensidad de ese sonido. No baja el telón. Go continúa ovillada en esa posición hasta que el público se marcha.

FIN

7

Había cuatro dramaturgos en el simposio sobre el futuro del teatro; la universidad era tan rica que había podido invitarlos a todos a la vez: la chica prodigio de veintitantos, el aguerrido afroamericano en la treintena, la antigua voz del teatro cuya mejor obra se adentraba cuarenta años en el siglo pasado, y Lotto, de cuarenta y cuatro, representante de la mediana edad, o eso imaginó. Y como hacía una mañana gloriosa, inundada de viento fresco y luz de las buganvillas como un neón rosado, y como todos admiraban la obra de los demás hasta cierto punto, los cuatro dramaturgos y el moderador compartieron entusiasmados el bourbon y los cotilleos en la habitación verde mientras esperaban a que empezase el acto y cuando subieron al estrado iban ya bastante tostados... El auditorio tenía cinco mil asientos y todos estaban ocupados, también la sala con la pantalla de LED estaba abarrotada de espectadores y había gente sentada en los pasillos. No obstante, los focos que iluminaban a los tertulianos eran tan potentes que apenas les permitían ver más allá de la primera fila, donde estaban sentadas juntas las esposas de todos ellos. Mathilde se encontraba en la esquina exterior, una elegante cabeza de color platino con el pelo recogido, sonriéndole.

Lancelot se creció al oír el sonoro aplauso y las extensas presentaciones, complementadas con breves escenas de una obra de cada uno de los dramaturgos representadas por estudiantes de teatro. Le costaba seguir todo lo que se decía. Debía de haber bebido más bourbon del que pensaba. Por lo menos fue capaz de comprender su propia obra de teatro; la interpretación de Miriam de *Los manantiales* fue perfecta, sexo puro dentro de un vestido, todo gemidos de pecho, caderas y reluciente pelo cobrizo. Tendría futuro en el cine, Lancelot estaba seguro. [Sí, papeles pequeños, su chispa era discreta.]

Llegó el turno del debate. ¡El futuro del teatro! ¿Primeras impresiones? El vejete empezó su perorata con un acento pseudobritánico. Bueno, la radio no logró aniquilar el teatro, luego el cine no logró aniquilar el teatro, luego la televisión no logró aniquilar el teatro, así que era un poco absurdo pensar que internet, por muy seductora que fuese, pudiera aniquilar el teatro, ¿no? A continuación habló el guerrero: las voces marginadas, las voces de color, las voces tradicionalmente reprimidas se oirán con tanta fuerza como todas las demás, ahogarán las voces de los aburridos y viejos hombres blancos del patriarcado. Bueno, respondió Lancelot con cautela, incluso los aburridos hombres blancos del patriarcado tenían historias que contar, y el futuro del teatro era como el pasado del teatro: crear innovación en las técnicas estilísticas, invertir las expectativas narrativas. Sonrió; de momento, solo él había conseguido aplausos. Todos miraron a la chica, que se encogió de hombros y se mordió las uñas.

—No lo sé. No soy pitonisa —dijo.

¿El impacto de la era tecnológica? Al fin y al cabo, estamos en Silicon Valley. El público se echó a reír. El guerrero metió baza, espoleando a su caballo muerto: con YouTube y los cursos MOOC, y con todas las demás innovaciones, el conocimiento se ha democratizado. Miró a la chica en busca de una aliada. Ahora que el feminismo ha equilibrado las tareas del hogar, las mujeres tienen libertad para elegir y pueden prescindir de tener hijos o de realizar un trabajo soporífero. La esposa de un granjero de Kansas, que en otro tiempo no tenía más remedio que ser ama de casa, que tenía que recoger la fruta y limpiar culos y batir la mantequilla, etcétera, ahora podía compartir la mitad de su carga de trabajo y pasar de ser una esposa hacendosa a ser una creadora. Podía escuchar las innovaciones más punteras en el ordenador; podía ver obras de teatro de vanguardia desde la comodidad de su hogar; podía aprender a componer música por sí misma; podía ser la creadora de un nuevo espectáculo de Broadway sin tener que soportar siquiera la vida en el impersonal tercer círculo del infierno que es la ciudad de Nueva York.

La irritación creció en Lancelot. ¿Quién era ese vacilón que solo había escrito una obra, y qué le daba derecho a escupir ante el modo en que otras personas elegían vivir su vida? ¡A Lancelot le encantaba su círculo del infierno!

—Bueno, no seamos condescendientes con las esposas del mundo, ¿eh? —intervino Lancelot. Risas—. Algunas veces, los creadores somos tan narcisistas que damos por hecho que nuestra forma de vivir es la joya de la corona de la humanidad. Pero la mayor parte de los dramaturgos que conozco son unos necios huevones. —Gruñido de aquiescencia por parte del vejete—. Y sus mujeres son mucho mejores como personas. Son más amables, más generosas, valen más en todos los sentidos. Hay cierta nobleza en hacer que la vida sea fácil, limpia y cómoda. Es una elección por lo menos tan válida como la de mirarse el ombligo para ganarse la vida. La esposa es la directora de escena del matrimonio, aquella cuyo trabajo es esencial para lo que se produce, aunque sus contribuciones nunca reciban un reconocimiento directo. Ese papel es glorioso. Mi mujer, Mathilde, por ejemplo, renunció a su carrera profesional hace años para permitir que la mía fluyera mejor. Le encanta cocinar, limpiar y corregir mi trabajo. Realizar esas labores la hace feliz. ¿Y qué besugo congelado sería capaz de decir que es inferior por no ser la creadora de la familia?

Se quedó satisfecho con la facilidad con que las palabras parecían salir de su boca. Dio gracias a las fuerzas sobrenaturales por su desparpajo. [No tenía nada que ver con eso.]

Con brusquedad, de parte de la dramaturga joven:

—Yo tengo esposa y soy esposa. Y no me gusta la simplificación de género que acabo de oír.

—A ver, por supuesto, me refería a «esposa» en el sentido agenérico de «ayudante», «acompañante» —dijo Lancelot—. Hay hombres que son esposas. Cuando yo era actor, tenía tan poco trabajo que, en resumidas cuentas, hacía todas las tareas del hogar mientras Mathilde ganaba el pan. [Lotto fregaba los platos; eso sí que era cierto.] De todos modos, sí existe una diferencia esencial entre los géneros que en la actualidad no es políticamente correcto mencionar. Las mujeres son las que dan a luz a los hijos, al fin y al cabo; ellas son las que los amamantan, ellas son las que, por tradición, cuidan de los niños pequeños. Y eso consume una inmensa cantidad de tiempo.

Sonrió esperando el aplauso, pero algo se había torcido. Le recibió un frío silencio del público. Alguien soltó un grito desde la parte posterior del auditorio. ¿Qué había hecho mal? Miró aterrorizado a Mathilde, que a su vez se miraba los zapatos.

La joven dramaturga hizo un mohín dirigido a Lancelot y dijo, con una brusca enunciación:

—¿Acaba de decir que las mujeres no son genios creativos porque tienen hijos?

—No —contestó Lancelot—. Santo dios, no. No «por eso». Nunca diría algo así. Me encantan las mujeres. Y no todas las mujeres tienen hijos. Mi esposa, por ejemplo. Por lo menos, de momento. Pero miren, a cada uno se nos otorga una cantidad finita de creatividad, igual que se nos otorga una cantidad finita de vida, y si una mujer decide invertir la suya en crear vida real y no vida imaginaria, es una elección fascinante. Cuando una mujer tiene un hijo, ¡está creando mucho más que un mero mundo inventado en la página! En ese caso, la mujer crea vida en sí, no un simple simulacro. Da igual lo que hizo Shakespeare, siempre será menos que lo que hizo cualquier mujer analfabeta de su época al tener hijos. Esos niños fueron nuestros antepasados, necesarios para que hoy podamos estar aquí todos los que estamos. Y nadie podría defender en serio que una obra de teatro vale más que una sola vida humana. A ver, la historia del teatro me avala. Si las mujeres han demostrado históricamente tener menos genio creativo que los hombres, es porque hacen unas creaciones internas, dedican las energías a la vida en sí. Es una especie de genialidad corporal. No me dirán que eso no vale por lo menos tanto como el genio de la imaginación. Creo que todos estaremos de acuerdo en que las mujeres son tan buenas como los hombres (mejores, en muchos sentidos), pero la razón de la disparidad en la creación se debe a que las mujeres han dirigido sus energías creadoras hacia dentro, en lugar de hacia fuera.

Los murmullos se notaban cada vez más airados. Lancelot escuchó, anonadado, y oyó apenas un tímido aplauso.

—¿Qué? —preguntó.

El vejete se apresuró a darle la razón, y aportó una anécdota larguísima, enrevesada y egoísta que salpicó con los nombres de Liam Neeson y Paul Newman y mencionó la isla de Wight. Al escucharlo, el sudor frío de Lancelot se secó y el pulso que le latía en las entrañas se calmó. Volvió a mirar a Mathilde, con la esperanza de que lo mirase a los ojos y le diera apoyo y consuelo, pero el asiento en el que estaba sentada hacía un momento se había quedado vacío.

Se produjo una enorme fractura en el mundo. Lancelot titubeó. Mathilde se había marchado. Mathilde se había levantado y había abandonado el auditorio en público. Mathilde estaba tan enfadada que había dicho basta. ¿Basta de qué? ¿Basta para siempre jamás? Tal vez, cuando saliera a la luz astringente de Palo Alto y notara el sol en la cara reconociese la verdad: que en realidad estaría mucho mejor sin él, que ella, una santa, solo se veía arrastrada al lodo por el excremento de perro que era su esposo. A Lancelot le picaban las manos; se moría de ganas de llamarla. Durante el resto del debate, los dos participantes más jóvenes y el moderador optaron por no mirar a Lancelot, en realidad fue lo mejor, porque necesitó toda su concentración para permanecer sentado en la silla. Aguantó el tipo con aflicción hasta el final y cuando se reunieron para saludarse y felicitarse después del debate, le dijo al moderador:

—Creo que voy a saltarme el queso y las galletitas. No quiero que me sirvan mi propia cabeza en una bandeja.

El moderador hizo un gesto de dolor.

—Buena decisión.

Lancelot fue corriendo a la habitación verde en busca de Mathilde, pero no la encontró. Había semejante torbellino de gente saliendo al recibidor en ese momento que se metió como una flecha en un cuarto de baño para discapacitados con intención de llamarla. Sin embargo, aunque el teléfono sonó y sonó, Mathilde no contestó la llamada. Lancelot oyó que el ruido de la multitud se intensificaba y después disminuía de manera paulatina.

Dedicó un buen rato a mirarse en el espejo: la frente tan enorme que parecía que llevase su propio cartel anunciador, la extraña nariz que daba la sensación de que le crecía con la edad, los pelillos en los lóbulos de las orejas que medían un dedo si los estiraba. Durante toda su vida había lucido su fealdad con la misma confianza que si fuera belleza. Qué extraño. Jugó una partida al solitario en el móvil. Luego, unas quince partidas más de solitario, intercalando cada una de ellas con una llamada a Mathilde. El teléfono produjo un ignominioso pitido y murió. Empezó a hablarle el estómago y Lancelot se acordó de que no había comido nada desde el desayuno en el hotel, en San Francisco, y que se suponía que iban a invitarlos a comer, y pensó en el típico granizado de cítricos y en la tarta de chocolate de postre, pero su corazón se estremeció. Además, teniendo en cuenta que ya eran casi las tres, la comida ya habría terminado. Asomó la cabeza por el pasillo, poblado por la muchedumbre cuando se había metido en el cuarto de baño. Ya estaba vacío. Se deslizó pegado a la pared y asomó la cabeza por la esquina para mirar; el camino hasta la puerta principal también estaba despejado.

Salió y se quedó mirando la plaza en la que varios estudiantes con mochilas gigantescas avanzaban como cucarachas rumbo al dominio del mundo. Se sintió bien al notar el viento en la cara.

—Qué vergüenza —dijo una voz a su derecha, y él miró de reojo a la mujer: una cabeza disecada cubierta por una capa escasa de pelo negro teñido—. Y pensar que siempre me había encantado su obra. No habría comprado ni una sola entrada de haber sabido que era semejante misógino.

—¡No soy misógino! Me encantan las mujeres —dijo Lotto.

La mujer soltó un bufido.

—Ja. Eso es lo que dicen todos los misóginos. Solo le encanta tirarse a las mujeres.

Era inútil. Desde luego que le gustaba tirarse a las mujeres, aunque solo se había tirado a una desde que se había casado. Se alejó a toda prisa pegado a la pared de estuco y se perdió como una flecha entre las sombras y la arboleda de eucaliptos, haciendo crujir los frutos al pisarlos. Confundido, acabó desembocando en una calle llamada El Camino Real. Se sentía de todo menos real. Tomó la calle en la difusa dirección de San Francisco. Sudaba tanto que se le empapó la camisa, hacía mucho más calor de lo que suponía. Era una calle interminable y Lancelot estaba medio mareado. Deambuló por un barrio con extrañas particiones en las plantas por detrás de puertas palaciegas, adelfas rosadas, jardines de cactus. Llegó a otra calle principal y cruzó para dirigirse a un restaurante mexicano que parecía una cafetería, donde, sin duda, podría pedir algo de sustento y recuperar la lucidez. Comió la mitad del burrito relleno de chile mientras hacía cola para pagar. Todavía masticaba un bocado cuando metió la mano en el bolsillo para sacar la cartera. Con un miedo repentino, recordó que la había dejado en la habitación del hotel. Nunca tenía que pagar nada cuando iba a esos actos; si era preciso, Mathilde siempre estaba ahí con el monedero y, la verdad, Lancelot aborrecía el bulto que le hacía la cartera en el bolsillo posterior del pantalón, como si tuviera una inmensa gangrena. Prefería el perfil liso de un trasero sin cartera.

Se encogió de hombros mirando a la cajera, que entrecerró los ojos y dijo algo amenazador en español. Lancelot dejó el plato en el mostrador.

—Lo siento, lo siento —dijo él también en español.

Y retrocedió de espaldas hasta la puerta.

Por fin se encontró en un centro comercial con forma de herradura, donde, con el rabillo del ojo, vio algo que le provocó una oleada de asombro en el pecho: una cabina telefónica, la primera que veía desde hacía cuánto, ¿décadas? Se puso a llamar a cobro revertido al único número de teléfono que todavía se sabía de memoria en esa era de teléfonos móviles. Qué alivio, notar el peso del auricular en la mano, el rastro del aliento y la grasa de otros. La voz de su madre contestó al otro lado. ¿Cobro revertido? Ay dios, ay dios, sí, aceptaba la llamada.

—¿Lancelot? ¿Cariño? —le preguntó a continuación—. ¿Qué ocurre? ¿Es esa mujer tuya? Cosita mía, ¿te ha dejado?

Tragó saliva. Sintió el extraño eco de haber vivido antes ese momento. ¿Cuándo? En la facultad, justo después de la ceremonia nupcial del sábado, cuando había corrido hasta la residencia, qué pequeña le había parecido de repente, distorsionada por los ojos de la infancia. Después de meter todas sus cosas en un petate para la luna de miel furtiva en la costa de Maine, agarró el teléfono con alegría contenida y llamó a su madre para contarle que se había casado.

—No puede ser —había dicho ella.

—Sí puede ser. Ya está —había contestado él.

—Anúlalo. Divorcio exprés.

—No.

—¿Qué clase de chica se casaría contigo, Lancelot? Piénsalo. ¿Una inmigrante? ¿Una cazafortunas? —le había preguntado su madre.

—Ninguna de las dos cosas. Se llama Mathilde Yoder. La mejor persona del planeta. Te encantará.

—No —había dicho ella——. No la conoceré jamás. O anulas la boda o te desheredo. Se acabaron las pagas. ¿Y cómo vas a sobrevivir en la gran ciudad, con todos sus peligros, sin dinero? ¿Cómo vas a ganarte la vida de actor, eh?

A Lotto le había dolido la ofensa. Pensó en una vida privada de Mathilde.

—Prefiero morir —había dicho entonces.

—Cariño mío, te tragarás tus palabras.

Lotto había suspirado.

—Confío en que tu corazoncito y tú tengáis una gran vida juntos, vieja —había dicho Lotto antes de colgar.

Le había dado tan fuerte al auricular que el soporte se había hundido hasta el tope.

Ahora, con la luz del sol de California, lo percibió con la misma nitidez. Sintió repugnancia.

—¿Qué has dicho? —preguntó.

—Lo siento muchísimo —dijo su madre—. De verdad. Durante todos estos años me he mordido la lengua, cariño. Todo el dolor entre los dos, toda la distancia, todo era innecesario. Esa horrible criatura. Sabía que al final te haría daño. Vuelve a casa y ya está. Rachel y Elizabeth y los niños están de visita. Sallie removería cielo y tierra para poder volver a cuidar de ti como cuando eras pequeño. Vuelve a casa y tus mujeres te cuidarán.

—Eh, gracias. Pero no.

—¿Cómo? —dijo su madre.

—He llamado porque he perdido el móvil —dijo Lancelot—. Quería decírselo a Sallie por si acaso Mathilde llamaba histérica a todo mi círculo para buscarme. Si llama, decidle que volveré enseguida con el champán y el queso para la fiesta.

—Escucha, cariño… —empezó a decir Antoinette.

Sin embargo, Lancelot no la dejó terminar.

—Adiós —dijo.

—Te quiero —dijo ella a la línea cortada.

Antoinette colgó el auricular. No, pensó. Era imposible que hubiese elegido otra vez a esa mujer en lugar de a su madre. No cuando Antoinette se lo había dado todo. Sin ella, Lancelot ni siquiera se habría convertido en lo que era ahora; nunca la habría inmortalizado en sus obras de teatro del modo en que ella lo había preparado para hacerlo. Los chicos pertenecen a sus madres. El cordón umbilical se había roto hacía décadas, pero siempre compartirían el baño cálido y oscuro.

El océano que se veía por la ventana arrojaba su red de olas a la arena blanca, la retiraba, pero no pescaba nada. Antoinette sabía que la casita rosada de las dunas la escuchaba, su cuñada untaba galletas con manteca de cacahuete en la cocina, su hija y sus nietos acababan de volver de la playa, la ducha exterior escupía agua justo por debajo de donde se encontraba Antoinette. Que Dios le diese fuerza, pero estaba cansada de esa gente oscura, pequeña y miedosa. Por supuesto, era natural que las quisiera menos de lo que quería a su hijo, que era grande y dorado como ella. Los ratones son simpáticos, pero los leones rugen.

En la cocina, Sallie hizo rollitos de masa con las palmas engrasadas, preocupada. Había sonado el teléfono y la voz de Antoinette había gritado desde su dormitorio con aspereza: «¿Es esa mujer tuya?». Sallie pensó en su cuñada; aunque parecía hecha de azúcar y aire, tenía una amarga nuez negra en el centro. Sallie se preocupó por Lancelot, pobre muchacho, cuya dulzura sí llegaba hasta el tuétano. Se planteó llamar por teléfono a Mathilde para ver qué ocurría, pero se contuvo. No se gana nada con la impulsividad inmediata; su tarea era lenta y a distancia.

Al cabo de un rato, Antoinette se incorporó y al hacerlo, vio su propio rostro en el espejo del neceser. Arrugado en las comisuras de los labios, exhausto, inflamado. Bueno, no era sorprendente. Le costaba verdaderos esfuerzos mantener a salvo a su hijo. El mundo se volvía más peligroso por momentos, capaz de desintegrarse si ella no vigilaba continuamente. ¡La de cosas que había hecho por Lancelot, los sacrificios por los que había pasado! Pensó en la gran revelación cuando ella muriese, en los hilos que él nunca supo que ella había ido moviendo hasta el día de su muerte, en los horrores que había soportado por el bien de su retoño. ¿Acaso eligió ella plantarse en esa destartalada casa de color rosa? Pues no. Con el dinero que Gawain le había dejado, habría podido bañarse en lujos. Planta superior del Mandarin Oriental de Miami, con servicio de habitaciones y bandas de percusión siempre que se le antojara. Cuartos de baño de mármol del tamaño de esa choza. Los rayos de sol como relucientes diamantes en el agua a sus pies. Sin embargo, no pensaba tocar más dinero de Gawain que el imprescindible para sobrevivir. Era todo para sus hijos, la cara de sorpresa que pondrían cuando supieran hasta qué punto llegaba lo que Antoinette había hecho por ellos. Volvió a evocar la reconfortante imagen, tan vívida que era como una escena que hubiese visto repetidas veces en televisión: su hijo de traje negro (no lo había visto desde hacía décadas; en su mente, todavía era el niño espigado y lleno de acné al que ella había permitido que engullera el Norte), la camisa raída, su mujer chabacana con un vestido negro barato y maquillaje de buscona. Sombra de ojos azul, perfilador de labios marrón, un tocado de plumas en el pelo, se imaginó. Sallie le entregaría a Lancelot el sobre con la carta en la que Antoinette lo exponía todo, todo lo que había hecho por él. Lancelot se daría la vuelta, atragantado, la abriría para leerla. «¡No!», gritaría. Y cuando su esposa le tocara el hombro con timidez, la apartaría de una sacudida, enterraría la cara en las manos, lloraría por todos los años en que se había negado a darle las gracias a su madre.

Rachel bajó al recibidor y vio a Antoinette de pie en su dormitorio. Cuando esta alzó la mirada hacia el espejo del tocador, vio a su hija y deslizó la cara sonriente sobre la cara seria, como una máscara. Seguía teniendo unos dientes bonitos.

—Creo que Sallie ha hecho galletas para los pequeños, Rachel —dijo Antoinette.

Movió su inmenso cuerpo para salir por la puerta y bajar al recibidor con una lentitud dolorosa. Luego se hundió en su silla de siempre.

—No creo que me haga daño probar una o dos —dijo entonces con una sonrisa coqueta.

Rachel se encontró haciendo una reverencia con una bandeja de galletas en la misma posición de sirvienta de antaño. Solo su hermano era capaz de alterar tanto a su madre. ¡Por dios, Lotto! Ahora Rachel tendría que pasarse el resto del descanso calmando a la vieja fiera; el antiguo resentimiento contra su hermano surgió a toda prisa de las profundidades. [Los nobles experimentan los mismos sentimientos intensos que el resto de nosotros; la diferencia está en cómo eligen actuar.] La urgencia por pronunciar unas cuantas palabras destructivas que hubieran provocado un caos en el mundo de Lotto se apaciguó, volvió a quedar cerrada con llave. Oyó a sus hijos, que subían las escaleras armando escándalo, respiró hondo y se inclinó aún más.

—Toma unas pocas más, vieja —dijo Rachel.

—Bueno, gracias, cariño. Ya que lo dices, las cogeré.

Para tranquilizarse después de haber hablado con su madre, Lancelot necesitó quedarse veinte minutos a la sombra de la parada de autobús escuchando a los jóvenes nerviosos que parloteaban a su alrededor. Solo cuando el autobús suspiró y se arrodilló como un elefante de carnaval para que los pasajeros se montaran en su grupa recordó que, sin dinero, ni siquiera podía coger el bus urbano. Se imaginó a Mathilde, con el estómago revuelto. Las palabras que había pronunciado en el debate repicaban en su mente, ahora le parecían casi malvadas. Si había dicho que el genio creativo de una mujer se plasmaba en los hijos que tenía, ¿qué implicaba eso para Mathilde, una mujer que no tenía descendencia? ¿Que era inferior? ¿Inferior a otras mujeres que sí tenían hijos? ¿Inferior a él, que era un creador? Pero Lancelot no pensaba eso, ¡en absoluto! Sabía que Mathilde era mejor que cualquiera. No se la merecía. Seguro que había regresado al hotel Nob Hill, había hecho la maleta, se había metido en un taxi amarillo y estaría a punto de montarse en un avión para alejarse volando de él. Por fin había llegado el temido día. Iba a abandonarlo y él se quedaría sin nada, desposeído.

¿Cómo podría vivir sin ella? Sí solía cocinar, pero nunca había limpiado un retrete; nunca había pagado una factura. ¿Cómo escribiría sin ella? [La certeza soterrada de hasta qué punto las manos de ella modificaban su obra; no mires, Lotto. Sería como mirar directamente al sol.]

El sudor de la camisa se le había secado. Tenía que hacer algo; tenía que invertir su energía de algún modo. Como mucho habría treinta millas hasta la ciudad. Solo había un modo de llegar: siempre en dirección norte. Hacía un día precioso. Tenía piernas largas y mucha resistencia: podía caminar rápido y recorrer cinco millas por hora. Llegaría al hotel alrededor de medianoche. Quizá todavía la encontraría allí. A lo mejor ya no estaba tan enfadada; a lo mejor se había ido al spa a darse un masaje y un tratamiento facial, luego había pedido comida del servicio de habitaciones y estaba viendo una película guarra para vengarse de ese modo. Pasivo-agresivo. El estilo de Mathilde.

Se puso en marcha, con el sol siempre a su izquierda, y bebió agua en sucesivos parques para perros. No era bastante. Estaba sediento. Al anochecer, dejó atrás el aeropuerto y percibió el olor de los estanques de sal en el aire. Había muchísimo tráfico y estuvieron a punto de atropellarlo un pelotón de ciclistas, tres tráilers y un hombre que conducía un Segway sin luces ya caída la noche.

Mientras caminaba, Lancelot le daba vueltas y vueltas a lo que había ocurrido durante el debate. Lo rememoraba una y otra vez. Al cabo de unas cuantas horas, se convirtió en un relato, como si lo estuviera contando en un bar ante un grupo de amigos. Después de repetirlo varias veces más, los amigos imaginarios del bar estaban achispados y se reían de la historia. Con la repetición, lo que había ocurrido perdió la capacidad de hacerle daño. Se convirtió en algo cómico, dejó de ser vergonzoso. No era un misógino. Podía congregar a cientos de mujeres de la época anterior a Mathilde para confirmar su falta de misoginia. ¡Era un incomprendido! Eso era lo que ocurría. Sus miedos de que Mathilde lo abandonara se mitigaron bajo la fricción de la historia. Una reacción exagerada de la que luego su esposa se arrepentiría. Ella sería la que le pidiera perdón. Mathilde había dejado claro su punto de vista; eso tenía que reconocérselo. No la culpaba. Lo amaba. Por dentro, Lancelot era un optimista. Todo acabaría bien.

Entró en la ciudad y estuvo a punto de llorar de gratitud al ver los edificios más altos, las aceras, la cadena de farolas que lo conducía con delicadeza de una a la siguiente.

Le sangraban los pies, lo notaba. Se había quemado por el sol, tenía la boca seca, el estómago hecho un nudo de tanta hambre. Apestaba como si se hubiese zambullido en un charco de sudor. A trompicones emprendió el ascenso de la colina que conducía al hotel y entró. El recepcionista, que gracias a dios era quien los había registrado la noche anterior, exclamó:

—¡Uau! Señor Satterwhite, ¿qué le ha ocurrido?

—Me han robado —contestó con voz ronca Lotto.

Porque en cierto sentido, así había sido: el público le había robado su dignidad. El recepcionista llamó a un botones que trajo la silla de ruedas del hotel y escoltaron a Lotto hasta su habitación en el ascensor, la abrieron con otra llave y lo metieron dentro; Mathilde estaba sentada en la cama, desnuda debajo de la sábana, y le sonrió.

—Ay, por fin has llegado, amor mío —dijo.

Qué autocontrol tan magnífico. De verdad, su mujer era una de las maravillas del mundo.

El botones hizo una reverencia y se marchó murmurando algo acerca de un servicio de habitaciones cortesía de la casa que les llegaría al cabo de un momento.

—Agua —pidió en un susurro Lotto—. Por favor.

Mathilde se levantó, se puso la bata, fue al cuarto de baño y llenó un vaso de agua, que le llevó con una lentitud extrema. Lotto se lo bebió de un solo trago.

—Gracias. Más, por favor —dijo Lotto.

—Encantada de servirle, señor —dijo ella, con una sonrisa de oreja a oreja. No se movió.

—M. —dijo Lotto.

—¿Sí, mi genio creador?

—No me castigues más. Soy un imbécil indigno de la sociedad humana. Luzco mis privilegios como una capa invisible e imagino que me da superpoderes. Merezco por lo menos un día en la pocilga y tal vez unos huevos podridos por la cabeza. Lo siento.

Mathilde se sentó en el borde de la cama y lo miró con tranquilidad.

—Habría sido un gesto bonito si hubiese sido sincero. Eres un arrogante.

—Lo sé —dijo Lotto.

—Tus palabras tienen más peso que las de la mayoría de la gente. Las blandes a diestro y siniestro como si nada, pero puedes herir a mucha gente —dijo Mathilde.

—Solo me importa haberte herido a ti.

—Das por hecho muchas cosas sobre mí. No hables en mi nombre. No te pertenezco.

—Dejaré de hacer todo lo que te desagrade. Por favor, ¿puedes traerme más agua? Por favor.

Mathilde suspiró y le llevó otro vaso. Entonces llamaron a la puerta y ella abrió, era el botones con un carrito de comida en el que había un cubo con champán, una bandeja de salmón y espárragos, una cesta de bollitos recién hechos y tarta de chocolate de postre, gentileza del hotel, con sus disculpas por el robo. San Francisco solía ser una ciudad genial y casi nunca ocurrían esas cosas. Si necesitaba asistencia médica, tenían un médico de guardia, etcétera. Por favor, díganos si hay algo más que podamos hacer por usted.

Lotto se puso a comer mientras su esposa lo observaba. Solo dio unos cuantos bocados y le entraron náuseas. Entonces se levantó y, aunque los pies le dolían como si se los hubieran cortado con un hacha, se dirigió a trompicones al cuarto de baño y tiró la ropa y los zapatos directos a la papelera. Se dio un largo baño de agua caliente y contempló los zarcillos de sangre que emanaban de sus heridas. Había perdido o estaba en proceso de perder todas las uñas de los pies. Se mojó la cara y los brazos con agua fría, los tenía llenos de ampollas a causa del sol. Se levantó, sintiéndose como nuevo, y con las pinzas de su mujer se quitó los largos pelillos de los lóbulos de las orejas y se masajeó la piel de la frente con la cara crema de Mathilde, para alisarse las arrugas.

Cuando salió del baño, Mathilde todavía estaba despierta, con la mirada fija en el libro que tenía en las manos. Lo dejó a un lado, se colocó las gafas encima de la cabeza, frunció el entrecejo al verlo.

—Si te sirve de algo, mañana seré incapaz de dar un paso —dijo Lancelot.

—Entonces tendrás que pasarte el día en la cama conmigo —contestó ella—. Así que saldrás ganando. Pase lo que pase, siempre sales ganando. Al final, todo te sonríe. Siempre. Hay algo o alguien que vela por ti. Es una locura.

—¿Tenías la esperanza de que saliera mal parado? ¿Querías que me atropellara un camión? —le preguntó Lotto, y se metió debajo de las sábanas para apoyar la cabeza en el estómago de Mathilde.

Ella suspiró.

—No, idiota. Solo quería asustarte durante unas horas. El moderador se quedó en la oficina hasta las tantas porque estábamos seguros de que alguien te llevaría allí. Eso es lo que habría hecho cualquier persona en sus cabales, Lotto. No ir caminando todo el trecho hasta San Francisco, loco maníaco. Acabo de llamarlo por teléfono para avisarle de que has aparecido. Seguía allí. Se había cagado en los pantalones, te lo prometo. Pensaba que te habría abducido una banda de feministas salvajes que querrían darte un escarmiento y grabarlo en vídeo. Se le habían ocurrido un montón de escenas de castración.

Lancelot se imaginó un machete balanceándose ante él y se estremeció.

—Eh, además las cosas se calmaron en cuanto empezaron a sacar bandejas de comida. Al parecer, hoy se ha descubierto que el galardonado con el Nobel el año pasado había plagiado la mitad de su discurso y había noticias de sobra en los medios de comunicación. Levanté la mirada y vi mesas enteras de gente suspirando escandalizada al mirar el móvil. Tú, amor mío, has sido una anécdota más.

Se sintió traicionado; debería haber sido todavía más mordaz. [¡Insaciable!]

Lotto continuó inquieto hasta que se durmió y Mathilde lo observó durante un rato, mientras le daba vueltas a las cosas. Al final, se quedó dormida sin apagar la luz.

8

Hielo en los huesos
(2013)

Despacho del decano en un internado masculino. En la pared hay un póster de una cascada al atardecer con la palabra RESISTEN-CIA, en letra de palo seco, debajo.

DECANO: hombre con unas cejas tan pobladas que le ocupan la mitad de la cara.

OLLIE: chico escuálido, recién huérfano de padre, exiliado de su hogar por delincuente juvenil. Acento sureño que intenta ocultar; cara llena de pústulas. Ojos vivos y directos, se fija en todo.

FRAGMENTO DEL ACTO I

DECANO: Me han informado de que tú, Oliver, no pareces muy integrado. No tienes amigos. Tu apodo [*mira de reojo una cartulina, parpadea*] es ¿Don Culo del Mundo?

OLLIE: Eso parece, señor.

DECANO: Oliver, la transición te está resultando difícil.

OLLIE: Sí, señor.

DECANO: Tienes unas notas impecables, pero no abres la boca en clase. No me llames señor. Nuestros chicos tienen curiosidad intelectual, son vitales ciudadanos del mundo. ¿Tienes curiosidad intelectual? ¿Eres un vital ciudadano del mundo?

OLLIE: Eh, no.

DECANO: ¿Por qué no?

OLLIE: Soy infeliz.

DECANO: ¿Cómo vas a ser infeliz aquí? Menuda bobada.

OLLIE: Tengo frío.

DECANO: ¿Físico o espiritual?

OLLIE: Los dos, señor.

DECANO: ¿Por qué lloras?

OLLIE [*Se encoge de hombros. No dice nada.*]

[*El decano abre el cajón. Debajo de una pila de papeles desperdigados hay algo que Ollie ve, y se yergue en la silla, como si le hubieran dado un cachete en el trasero. El decano cierra el cajón, saca una goma elástica y la tensa con el pulgar. Apunta a la nariz de Ollie y suelta la goma. Ollie parpadea. El decano se reclina en el asiento.*]

DECANO: Una persona sin depresión habría evitado el ataque.

OLLIE: Supongo.

DECANO: Amigo mío, eres un quejica.

OLLIE: [...]

DECANO: ¡Ja! Y te pareces a Rodolfo el Reno. Ja, ja, ja. Era Rodolfo un reno que tenía la nariz roja como la grana, la, la, la.

OLLIE: [...]

DECANO: Ja, ja, ja.

OLLIE: Decano, ¿puedo hacerle una pregunta? ¿Por qué tiene una pistola en el cajón del escritorio?

DECANO: ¿Una pistola? No hay ninguna pistola. Qué locura. No sabes lo que dices. [*Se reclina de nuevo y coloca los brazos por detrás de la cabeza.*] Bueno, es igual. Escúchame, Oliver.

Llevo haciendo esto hace un millón de años. Yo también fui alumno de esta escuela, igual que tú. Incluso de mí se reían, lo creas o no. Y no entiendo por qué se meten contigo. Parece que lo tengas todo. Riqueza, altura, serías guapo si te lavaras la cara de vez en cuando, por el amor de dios. Un poco de crema contra el acné y estarías radiante. Pareces simpático. Inteligente. No apestas, no te pareces a esos inútiles chicos perdedores. ¿Conoces a Gelatina? Es incorregible. Huele mal y se pasa el día llorando. Da pena mirarlo. Incluso sus amiguitos, todos los críos de Dragones y Mazmorras, incluso ellos solo toleran a Gelatina porque les organiza las partidas de bridge o algo así. Pero ¿tú? Tú podrías ser el rey de este colegio. Pero no lo eres porque, razón número uno, eres nuevo, pero eso se curará con el tiempo. Y razón *number two*, tienes miedo, algo que tienes que cambiar tú. ¡Y rápido! Porque los chicos que van a colegios como este son tiburones, amigo mío. Son crías de tiburón procedentes de grandes linajes de tiburones, todos y cada uno de ellos. Y los tiburones huelen la sangre en el agua a millas de distancia, y ¿cuál es la sangre más apetitosa para estos tiburones en concreto? El miedo. Huelen esa sangre en el agua, y van a cazar al que se está desangrando. No tienen la culpa. ¡No pueden evitarlo! ¿Qué clase de tiburón es un tiburón que no ataca? Un delfín. ¿Quién necesita delfines? Los delfines son deliciosos. Un bocado sabroso. Así que escucha con atención lo que voy a decirte. Tienes que aprender a ser un tiburón. Pega un puñetazo a alguien en la napia, pero no se la rompas, ¿eh? No querrás que te denuncien los papaítos de esos críos. Hazles una broma pesada. Coloca celofán en el retrete para que cuando meen el pis les rebote en los vaqueros. ¡Ja! Si alguien te tira un huevo duro a la cara, tírale un pedazo de bistec en revancha. Porque esto es como la cárcel. Solo los fuertes sobreviven. Tienes que ganarte el respeto. Tienes que hacer lo que tienes que hacer, colega. ¿Me oyes? *Capisce?*

OLLIE: *Capisco.*

DECANO: Muy bien, Oliver. Y por cierto, ¿de dónde ha salido ese nombre, Oliver? Si quieres que te dé mi opinión, es el típico nombre de delfín. Nombre de nenaza. ¿Eres una nenaza?

OLLIE: No. Pero me gustan las nenas.

DECANO: ¡Ja! Veo que lo has pillado. ¿Cómo te llamaban en tu casa?

OLLIE: Ollie.

DECANO: Ollie. ¿Lo ves? A eso me refiero. Ollie es nombre de tiburón. Del rey de los tiburones. La próxima vez que alguien te llame Don Culo del Mundo, te levantas y le das en toda la *faccia*, haces que te llame Ollie. ¿Me oyes?

OLLIE: Alto y claro.

DECANO: ¿Notas que se te afilan los colmillos? ¿Hueles la sangre en el agua? ¿Te sientes como un tiburón?

OLLIE: Tal vez. O como un delfín con una cuchilla de afeitar en la aleta.

DECANO: Es un buen comienzo. Mátalos a cuchillazos.

OLLIE: A cuchillazos. Entendido.

DECANO: No en sentido literal, por supuesto. Dios mío, ¿te lo imaginas? «¡El decano me dijo que los matara a todos!» Lo digo en sentido figurado. No mates a nadie. Eso nunca ha salido de mis labios.

OLLIE: Por supuesto que no. Adiós, señor. [*Sale.*]

[El decano, a solas, saca el arma a toda prisa del cajón y la esconde debajo del sillón.]

Telegonía
(2013)

—Máscaras. Magia. Circe, Penélope y Odiseo, y parricidio e incesto. Música, cine y baile. Estás como una cabra —le dijo Mathilde.

—*Gesamtkunstwerk* —dijo Lotto—. Mezclar todas las clases de arte para formar una obra de teatro. Ahora solo hace falta que encontremos a alguien lo bastante loco para llevarlo a escena.

—No te preocupes —contestó Mathilde—. Todos nuestros conocidos están locos.

Barco de locos
(2014)

ACTO I, ESCENA I
Tierra devastada tras un ataque nuclear, una ballena panza arriba en la corriente roja, dos mujeres entre los despojos.

PETE: huesuda, menuda, escuálida, cubierta de pelo, casi una hembra de chimpancé.

MIRANDA: increíblemente gorda, con una melena pelirroja peinada hacia arriba, de tres pies de altura, con un nido de azulejo destrozado encima, a lo madame du Barry. Se mece en una hamaca entre dos palmeras ennegrecidas y esqueléticas.

PETE [*arrastrando un caimán muerto al campamento*]: Esta noche hay cola de caimán para cenar, Miranda.

MIRANDA [*desilusionada*]: Genial. Solo hay eso. Bueno. Tenía la esperanza… No sé, ¿y esos filetes de ballena? Ay, ojalá pudiéramos conseguir filetes de ballena. A ver, no te preocupes, no pasa nada, pero es la única cosa del mundo que sería capaz de digerir esta noche, aunque no te apures, tendré que conformarme con un pequeño caimán. Si no queda otro remedio.

PETE [*agarra una sierra de arco, se va, regresa mojada y con un pedazo de carne en los brazos*]: Cola de caimán y filetes de ballena para cenar, Miranda.

MIRANDA: ¡Qué sorpresa! ¡Pete! ¡Eres capaz de cualquier cosa! Y por cierto, ya que estás de pie, ¿te importa servirme otro cóctel? En algún sitio deben de ser las cinco.

PETE: Me temo que no. Ya no existe el concepto del tiempo. [*Vierte queroseno de un barril, lo remueve con una rama de menta guardada con ese fin y se lo tiende a Miranda.*]

MIRANDA: ¡Magnífico! Bueno, me parece que ha llegado el momento de mi culebrón. ¿*La estrella de tus ojos*?

PETE: Miranda mía, el tiempo ha muerto. La televisión ha muerto. La electricidad ha muerto. Los actores también han muerto, te lo aseguro. Seguro que por esa bomba-H que estalló en Los Ángeles. O por la plaga de lengua negra que llegó después. O en el terremoto. El experimento humano se ha ido al garete.

MIRANDA: Pues entonces mátame, Petey. Mátame y déjame bien muerta. No vale la pena vivir. Coge esa sierra y rebáname el pescuezo. [*Llora enterrando la cara en sus manazas pálidas.*]

PETE [*suspira. Coge unas algas marinas y se las coloca encima de la cabeza. Succiona las mejillas como Silvia Estrella, la heroína del culebrón epónimo* La estrella de tus ojos. *Habla con voz grave*]: Ay, ¿qué vamos a hacer ahora con ese *daldito dastardo*, Burton Bailey...?

[*Miranda se hunde en el asiento y suspira. Ambas están tan absortas que no oyen el chirrido mecánico que va aumentando de volumen hasta que, por la derecha del escenario, el casco destrozado de un barco aparece ante ellas y los supervivientes contemplan a las mujeres desde la cubierta.*]

Rachel recorría agitada el teatro experimental, vacío salvo por su hermano, mientras la recepción posterior al estreno atronaba al otro lado de la puerta.

—¡Ostras, Lotto! No sabía ni cómo ponerme durante la función. Vaya obra —dijo Rachel, y se aplastó los ojos con las palmas de las manos.

Lancelot se quedó inmóvil.

—Lo siento —dijo.

—No me malinterpretes, hay una parte de mí que en cierto modo ha disfrutado a lo salvaje al ver a la vieja y a Sallie peleándose como fieras cuando llega el fin del mundo. Sallie arañando y doblándose hasta que al final se rompe, ¿sabes? —Rachel se echó a reír y se inclinó hacia él—. Se te da de muerte ridiculizarnos, ¿eh? Eres tan encantador que nos olvidamos de que hay que llevar un asesino en serie dentro para hacernos lo que nos haces. Nos metes en todas tus obras, con defectos y verrugas, nos exhibes ante el mundo como si fuéramos una especie de circo de monstruos. Y el público lo acoge con entusiasmo.

Lancelot se quedó de piedra. De entre todas las personas posibles, precisamente Rachel estaba dándole la espalda. Pero no. No iba a hacer eso. No lo haría nunca. Rachel se puso de puntillas para rozarle la mejilla. Con aquella luz, los ojos de su hermanita se veían enmarcados en unas arrugas finas. Ay, por el amor de dios, ¿adónde iba el tiempo? [El tiempo giraba en el sentido de las agujas del reloj, pero no iba a ninguna parte.]

—Por lo menos, has retratado una versión mejorada de Antoinette. Por lo menos, al final se coloca delante de la bestia para defender a sus hijos. Alabado sea el señor —dijo Rachel, imitando la voz de Sallie y moviendo los dedos hacia arriba.

Se rieron.

[Sin embargo, en un cajón de Florida había una nota a medio escribir. «Cariño, nunca he visto en directo ninguna de tus obras, como bien sabes. La gran pena de mi vida. Pero las he leído todas, he visto las que están en DVD y las que están colgadas en internet. No hace falta que te diga lo orgullosa que estoy de ti. Por supuesto, no me sorprende. ¡Me esforcé tanto desde el día en que naciste para moldearte y hacer de ti el artista que eres! Pero Lancelot, cómo te atreves a»]

Los murciélagos
(2014)

—Es genial —dijo Mathilde.

No obstante, Lotto detectó algo en su voz para lo que no estaba preparado.

—Me hirió los sentimientos cuando en ese simposio todos insinuaron que era un misógino. Ya sabes que me encantan las mujeres.

—Lo sé —dijo Mathilde—. Te encantan casi demasiado.

Aun así, su voz seguía denotando frialdad, evitaba mirarlo a la cara. Algo no iba bien.

—Creo que Livvie ha quedado muy bien. Confío en que no te importe que te utilizara como modelo para su personaje.

—Bueno, Livvie es una asesina —dijo Mathilde en tono neutro.

—M., me refería a que he empleado tu personalidad, nada más.

—La personalidad de una asesina —dijo ella—. Mi marido, con quien llevo casada más de veinte años, dice que tengo la personalidad de una asesina. ¡Fantástico!

—Amor mío, no te pongas histérica.

—Histérica. Lotto, por favor. ¿Conoces la raíz de esa palabra? *Hystera*. Útero. En pocas palabras, acabas de llamarme blandengue, como si llorara por culpa de mis partes íntimas.

—¿Qué te ocurre, Mathilde? Estás perdiendo los estribos.

Mathilde habló con la perra.

—Le ha puesto mi personalidad a una asesina y ahora me pregunta por qué estoy perdiendo los estribos.

—Eh, mírame. No seas ridícula, y no lo digo porque tengas partes femeninas. Livvie se encontró acorralada por dos tipos malvados y mató a uno. Si un perro grandote y malvado de un mordisco partiera a Dios por la mitad, le reventarías los sesos. ¿Quién te conoce mejor que yo? Eres una santa, pero incluso los santos tienen su límite de aguante. ¿Acaso pienso que serías capaz de matar a alguien? No. Pero si hipotéticamente tuviéramos un hijo y a algún hombre hipotético se le ocurriera acercar su miembro a nuestro hipotético hijo con malas intenciones, seguro que, sin dudarlo, le harías trizas la garganta con las uñas. Yo también lo haría. Eso no significa que seas peor persona.

—Por dios. Estábamos discutiendo sobre por qué me has convertido en una asesina en la obra y, sin que venga a cuento, aquí estás otra vez con la chorrada del hijo.

—¿Chorrada?

—…

—¿Mathilde? ¿Por qué respiras así?

—…

—¿Mathilde? ¿Adónde vas? Vale, de acuerdo. Enciérrate en el baño. Siento haberte hecho daño. ¿Quieres hablar conmigo, por favor? Voy a quedarme aquí sentado. Voy a agotarte con mi devoción. Siento que hayamos cambiado de tema. ¿Podemos volver a hablar de la obra? ¿Aparte del hecho de que le haya puesto tu personalidad a una asesina, qué te ha parecido? El cuarto acto parece un poco flojo, ¿no? Como una mesa con una pata medio coja. Tendría que retocarlo. A lo mejor podrías meterle mano tú… Ah, ¿un baño? ¿En mitad del día? Vale. Haz lo que haga falta. Seguro que te relaja. Agua calentita. Lavanda. Uau, lo estás preparando a conciencia. ¿Podemos hablar a través de la puerta? En conjunto, la obra de teatro es bastante sólida, ¿no crees? ¿Sí? Mathilde, no te comportes así. Esto es importante para mí, de verdad. Bueno, vale. Pues compórtate así. Voy a bajar a ver una película. Si quieres apuntarte, eres más que bienvenida.

Escatología
(2014)

Hasta que el coche se detuvo en el camino de entrada y los invitados achispados por el bourbon empezaron a descender del vehículo, hasta que Lotto se fijó en el patinete roto apoyado en un tronco y en los grupitos de bañadores infantiles mojados en el césped, en Dios tan agotada que no podía ni levantar la cabeza, hasta entonces no se percató de que a lo mejor no había sido muy buena idea. Ay, madre. Había dejado a Mathilde sola al cargo de los tres hijos de Rachel desde antes del desayuno, cuando Lotto había ido a buscar leche a la tienda, pero entonces lo llamaron de improviso porque tenía que ir a la ciudad de inmediato para una entrevista de una hora programada en el último momento para un programa de radio: el broche de oro para la victoria de su *Escatología*, una obra que incluso Phoebe Delmar había dejado bien, aunque Lotto le dijo a Mathilde: «Eh, los elogios de una arpía son peores que los insultos». Era importante, así que fue a toda prisa a la ciudad, sin quitarse siquiera los pantalones del pijama, porque la entrevista era para la radio y estaba presentable para las ondas, y después se disponía a volver a casa en coche con la mañana todavía iluminada en sus ojos, pero se encontró por casualidad con Samuel y Arnie, que se reían mientras charlaban en la acera y, madre mía, ¡hacía tanto tiempo que no se veían! Por supuesto, habían ido a comer juntos. Y por supuesto, la comida se prolongó con unos tragos, y Samuel vio a un tipo de su club en el bar, que se les unió, un radiólogo u oncólogo o algo así, y cuando les entró hambre y ya era hora de cenar, Lotto propuso que fueran juntos a su casa porque, como todo el mundo sabía, Mathilde cocinaba como una diosa y él estaba borracho, aunque no tan borracho para no poder conducir.

Olfateó la leche que había estado rodando por el suelo del coche desde por la mañana. A lo mejor todavía se podía beber. Al entrar, vio a Samuel dándole millones de besos en los brazos a Mathilde, a Arnie husmeando en el armario de los licores para ver si encontraba el Armagnac que les había regalado por Navidad y al médico haciendo el avión con la cuchara para meterle guisantes en la boca a la sobrina menor de Lotto, que no acababa de fiarse de ese avión. Le dio un beso a Mathilde y la rescató. Ella sonrió con tirantez.

—¿Dónde están los gemelos? —le preguntó Lotto.

—Se han quedado fritos en el único lugar de la casa en el que han accedido a dormir. Tu estudio.

Le pareció ver cierta maldad en la sonrisa de Mathilde.

—¡Mathilde! Nadie puede subir a mi estudio salvo yo. ¡Es mi lugar de trabajo!

Y ella lo fulminó con la mirada de tal modo que Lotto asintió, cohibido, cogió en brazos a la niña, la ayudó en los rituales previos a meterse en la cama tardando el doble de tiempo que el habitual y regresó a la planta baja.

Los invitados estaban sentados en la terraza poniéndose hasta arriba de alcohol. La luna había ascendido y destacaba contra el azul aterciopelado. Mathilde estaba picando hierbas aromáticas mientras hervía pasta.

—Lo siento —le dijo Lotto al oído.

Luego cogió el lóbulo entre los dientes, hum, delicioso, a lo mejor les daba tiempo, a lo mejor a Mathilde le apetecía... Pero ella lo apartó de un caderazo y Lotto salió a la terraza. De repente los cuatro hombres se quedaron en ropa interior y se metieron en la piscina, flotaban boca arriba riéndose, y Mathilde se acercó a la mesa exterior con una fuente blanca inmensa y humeante.

—No me había divertido tanto desde que me divorcié —dijo Samuel con la boca llena de pasta, que salpicó las baldosas.

Estaba lustroso, un poco gordo por la cintura, como una nutria. Arnie también, ya puestos, pero por supuesto, era normal que engordara ahora que era un restaurador de postín. Tenía la espalda quemada por el sol y llena de manchas oscuras; Lotto quería advertirle contra el cáncer de piel, pero Arnie tenía tantas novias que seguro que alguna ya se lo había dicho.

—Pobre Alicia. ¿Qué es, tu tercer divorcio? —le preguntó Mathilde—. El Triple Golpe de Sam. Fuera.

Los otros hombres se rieron.

—Mejor ese apodo que el que tenía a los veintipocos, ¿os acordáis? Sam, el Una Bola.

Samuel se encogió de hombros, imperturbable. La confianza en sí mismo que había tenido siempre no lo había abandonado. El médico lo miró con interés.

—¿Sam, el Una Bola? —preguntó.

—Cáncer de testículos —dijo Samuel—. Al final no fue tan grave. Con una sola bola hice cuatro hijos.

—Yo tengo dos bolas preciosas —dijo Lotto—, y cero hijos.

Mathilde se sentó en silencio mientras los demás cotorreaban, luego recogió su plato y entró en la casa. Lotto contó la historia de la sobredosis de una actriz muy famosa, sin dejar de aspirar una especie de tartaleta de moras, y esperó y esperó, pero Mathilde no volvió a salir. Por fin, entró a ver si su esposa estaba bien.

La encontró en la cocina, con la espalda hacia la puerta del porche, sin fregar, escuchando. Ay, esa orejilla diminuta, ese pelo rubio platino que le rozaba el hombro. La radio estaba encendida, pero tan baja, que no molestaba. Lotto se puso a escuchar también y con una breve palpitación en las entrañas, oyó una voz familiar, un deje en las vocales arrastradas típicas de un narrador, y la palpitación se convirtió en una oleada de desaliento al comprender que esa voz era la suya. Era el programa de radio de esa mañana. ¿Qué parte? Apenas se acordaba. Ah, sí, la historia de su infancia solitaria en Florida. Su propia voz retransmitida le resultó tan íntima que se sintió incómodo. Había una ciénaga a la que solía ir, en medio de un socavón. Un día, una sanguijuela se le pegó a la pierna. Y era un niño tan increíblemente ávido de compañía que había dejado que le chupara la sangre. Fue a casa, cenó y durante todo el rato sintió el consuelo de su acompañante contra la piel. Cuando se dio la vuelta mientras dormía y aplastó al bicho, salió tanta sangre que se sintió tan culpable como si hubiese matado a una persona.

La presentadora se echó a reír, pero era una risa medio ahogada. Mathilde alargó una mano y apagó la radio de un golpetazo.

—¿M.? —preguntó Lotto.

Ella tomó aire y Lotto vio cómo se le comprimía la caja torácica al expulsarlo.

—Esa historia no era tuya —dijo Mathilde.

Se dio la vuelta. No sonreía.

—Claro que sí —dijo él—. La recuerdo perfectamente.

Era cierto. Notaba el barro caliente en las piernas, la repugnancia que se convirtió en una especie de ternura al encontrar la pequeña sanguijuela negra sobre su piel.

—No —insistió Mathilde.

Sacó el helado del congelador, el pastel de hojaldre del horno, los platos y las cucharas, que llevó a la terraza.

Mientras comía, un lento sentimiento negativo se extendió por las entrañas de Lotto. Llamó a un taxi para que recogiera a los demás hombres. Cuando se marcharon ya había caído en la cuenta de que Mathilde tenía razón.

Entró en el cuarto de baño en medio de las abluciones de Mathilde y se sentó en el borde de la bañera.

—Lo siento —le dijo.

Ella se encogió de hombros y salpicó el lavabo de espuma.

—En rigor, no era ni tuya ni mía. Era de una sanguijuela —dijo Lotto—. La historia de una sanguijuela.

Mathilde se puso crema en las manos, primero una, luego la otra, mientras miraba a Lotto en el espejo.

—Mi soledad. No la tuya. Tú siempre has tenido amigos. No es que me robases la historia, es que me robaste a mi «amiga».

Y se rio para sus adentros. Pero cuando Lotto se metió en la cama, ella ya había apagado la luz de su mesilla y estaba tumbada de lado; aunque él le puso la mano encima de la cadera, y entre las piernas, y le besó el cuello y susurró: «Lo tuyo es mío y lo mío es tuyo», Mathilde ya estaba dormida o, peor, fingía estar dormida.

Las sirenas
(inacabado)

Demasiado dolor. Se moriría si lo leía.

Mathilde metió el manuscrito en la caja de la mudanza sin leerlo y los empleados se la llevaron con el resto.

9

Escenario: una galería de arte. Cavernosa, sombría, con abedules dorados que pueblan las paredes. *Tristán e Isolda* en el equipo de música. Una numerosa banda de piratas bebe en distintas barras que hay en las cuatro esquinas de la sala, hambrientos de sangre y comida. Esculturas en pedestales iluminadas desde abajo con luz azul: formas enormes, amorfas, de metal oxidado, que terminan en caras aterradas, tituladas *El fin*. La galería, las obras de arte, recuerdan a los grabados del apocalipsis de Durero. La artista era Natalie. Había tenido éxito póstumo; había proyectada una foto suya, pálida, con el pelo rapado, triunfante sobre el escenario.

Dos camareros en un momento de calma. Uno joven, el otro de mediana edad, ambos guapos.

HOMBRE DE MEDIANA EDAD: … te decía, desde hace un tiempo me decanto por el zumo. Kale, zanahoria y jengibre…

JOVEN: ¿Quién es ese? Un hombre alto que acaba de entrar, con bufanda. ¿Sabes quién es?

HOMBRE DE MEDIANA EDAD [*sonriendo*]: ¿Aquel? Lancelot Satterwhite. No me lo puedo creer.

JOVEN: ¿El dramaturgo? Por dios. Tengo que ir a hablar con él. A lo mejor me da un papel. Nunca se sabe. Ostras, tío. Es como si se tragara toda la luz de la habitación, ¿no?

HOMBRE DE MEDIANA EDAD: Tendrías que haberlo visto cuando era joven. Un semidiós. Por lo menos, eso se creía él.

JOVEN: ¿Lo conoces? Deja que te toque el brazo.

HOMBRE DE MEDIANA EDAD: Fue mi suplente un verano. Hace siglos. «Shakespeare in the Park». Éramos Fernando. «¡Mi idioma! ¡Dios mío! Sería el primero de todos los hablantes», etcétera, etcétera. Aunque siempre le vi más parecido con Falstaff que con cualquier otro personaje. Tan charlatán. Arrogante como pocos. De todos modos, nunca llegó a nada como actor. Tenía algo, no sé, poco convincente. Además, era exageradamente alto, y luego se puso gordo y después adelgazó otra vez, o eso me dijeron. Daba pena, la verdad. Aunque, a ver, al final sí que le fueron bien las cosas. A veces me pregunto si yo también debería haber cambiado de rumbo, ¿sabes? Cuando me atascaba, mi éxito moderado me propulsaba de forma moderada y me conformaba, ya me entiendes. Mejor quemarse y probar algo nuevo. No sé. ¿Es que no me escuchas?

JOVEN: Ay, perdona, es que… Mira a su mujer. Es despampanante.

HOMBRE DE MEDIANA EDAD: ¿Ella? Si no tiene ni sangre en las venas, es todo huesos. Me parece horrorosa. Pero si quieres conocer a Lotto, tendrás que camelártela a ella.

JOVEN: Ajá. Creo que es increíblemente guapa. ¿Su marido le es… fiel?

HOMBRE DE MEDIANA EDAD: El agua no está clara. Es difícil

saberlo. Satterwhite es capaz de flirtear hasta que te derrites y te enamoras y luego pone cara de ofendido si te le echas encima. Nos ha pasado a todos.

JOVEN: ¿A ti también?

HOMBRE DE MEDIANA EDAD: Pues claro.

[*Miran al hombre con aspecto de sapo que se ha sentado en un rincón de la barra y que ahora los escucha. Hace tintinear el hielo del vaso.*]

CHOLLIE: Eh, chaval. Necesito que me hagas un trabajito. Dinero fácil, cien pavos. ¿Qué me dices?

JOVEN: Depende de lo que sea, caballero.

CHOLLIE: Tienes que ir y tirarle sin querer una copa de vino tinto a la mujer de Satterwhite. Que le manche todo el vestido blanco, que quede hecho un cromo. La ventaja para ti es que, mientras se lo tiras, estarás tan cerca de Satterwhite que podrás meterle una nota en el bolsillo. A ver qué sacas de eso. A lo mejor te llama para una audición o algo. ¿Aceptas?

JOVEN: Quinientos.

CHOLLIE: Doscientos. Hay otros siete camareros en la barra.

JOVEN: Trato hecho. ¿Me deja la pluma? [*Coge la pluma estilográfica de Chollie, garabatea algo en una servilleta, se lo mete en el bolsillo. Mira la pluma y se la guarda también.*] Menuda broma pesada. [*Se echa a reír, apoya la copa de vino en una bandeja, sale corriendo.*]

HOMBRE DE MEDIANA EDAD: ¿Qué probabilidades tiene el chaval de que Lancelot pique el anzuelo?, me pregunto yo.

CHOLLIE: Menos de cero. Lotto es tan hetero como un toro y tan monógamo que da grima. Pero es divertido ver el espectáculo.

[*Se ríe.*]

HOMBRE DE MEDIANA EDAD: ¿Qué te traes entre manos, Chollie?

CHOLLIE: ¿Por qué habla conmigo? No me conoce.

HOMBRE DE MEDIANA EDAD: En realidad, sí. En los noventa solía ir a las fiestas de los Satterwhite. En aquella época mantuvimos más de una conversación.

CHOLLIE: Ah, bueno. Todo el mundo iba a esas fiestas.

[*Se oye ruido de cristales rotos y el murmullo de la muchedumbre se apacigua un instante.*]

HOMBRE DE MEDIANA EDAD: Mathilde se lo ha tomado bien. Era de suponer. La reina de hielo. Se ha ido al cuarto de baño a ponerse sal y soda. Y tienes razón, todo el mundo iba a esas fiestas. Y todo el mundo se preguntaba por qué eras el mejor amigo de Lancelot. En realidad, no aportabas nada. Qué desagradable eras.

CHOLLIE: Bueno, soy el que conoce a Lotto desde hace más tiempo, ¿sabes? Ya nos conocíamos cuando él era un crío escuchimizado de Florida con un problema serio de acné. ¿Quién lo habría dicho? Ahora él es famoso y yo el dueño de un helicóptero. Pero veo que tú has sabido hacerte un hueco en el mundillo con tu búsqueda del cóctel perfecto. Así que, me alegro. Felicidades.

HOMBRE DE MEDIANA EDAD: Eh…

CHOLLIE: Déjalo. Me alegro de que todos hayamos salido adelante, bla, bla, bla. Perdona, tengo cosas que hacer. [*Se desplaza hasta el centro de la sala, donde Joven está dando toquecitos a los pantalones de Lancelot con una servilleta de papel.*]

LANCELOT: No, colega, hablo en serio. Creo que no me has manchado de vino los pantalones. Pero gracias. No. Por favor, basta. Por favor. Basta ya. Basta.

JOVEN: Dígale a su esposa cuánto lo siento, señor Satterwhite. Por favor, mándeme la factura de la tintorería.

ARIEL: Bobadas, bobadas. Le compraré otro vestido. Vuelve a la barra. [*Joven sale de escena.*]

LANCELOT: Gracias, Ariel. No te preocupes por Mathilde. Creo que el vestido era viejo. Por cierto, esto es espectacular; el sitio, todo. Como si hubieras hecho una réplica perfecta del interior de mi cerebro. Es más, vi que era Natalie y arrastré a Mathilde, aunque no se encontraba muy bien. Natalie era una amiga de la universidad, teníamos que venir. Qué accidente tan trágico. Me alegro de que le hagas un homenaje. A decir verdad, creo que a Mathilde todavía le da un poco de apuro haber dejado la galería tan de repente cuando encontró trabajo en esa web de citas hace un siglo.

ARIEL: Ya tenía asumido que un día u otro se marcharía. Todas mis mejores chicas lo hacen.

LANCELOT: Aunque me parece que echa de menos el arte. Me obliga a ir a museos siempre que viajamos, sea en la parte del mundo que sea. Estaría bien que retomarais el contacto.

ARIEL: Los viejos amigos nunca sobran. A propósito, me han llegado rumores sobre ti. Alguien me contó que has heredado una barbaridad. ¿Es cierto?

LANCELOT [*tragándose el aliento, impactado*]: Mi madre murió hace cuatro meses. No, cinco. Eso.

ARIEL: Cuánto lo siento. No quería ser un bocazas, Lotto. Sabía que no tenías mucha relación con ella y no he pensado lo que decía. Por favor, perdóname.

LANCELOT: Sí, no teníamos mucha relación. No la había visto en décadas. Perdona. En realidad, no sé por qué me estoy poniendo tan triste. Han pasado cinco meses. Tiempo suficiente para superar el duelo de una madre que nunca me quiso.

CHOLLIE [*acercándose*]: Si tu madre nunca te quiso era porque tu madre era una zorra incapaz de amar.

LANCELOT: ¡Hola, Chollie! «Es feo, deforme, brutal, rancio y viejo; por doquier horrible, de cara y de cuerpo; es cruel y vicioso, tonto, brusco, impío; torvo de aspecto, de espíritu maligno.» Mi mejor amigo.

CHOLLIE: Por mí, puedes meterte a Shakespeare por el culo, Lotto. Joder, estoy harto de oírlo.

LANCELOT: «Carlos, te agradezco tu estima, a la que corresponderé como es debido».

ARIEL: Ahí no serviría de mucho. Shakespeare en la oscuridad.

CHOLLIE: De verdad, Ariel. Buen intento, tío. Siempre has sido casi gracioso.

ARIEL: Lo gracioso es que digas eso, Charles, cuando apenas nos conocemos. Me has comprado unos cuantos cuadros este último año, pero eso no basta para que me vengas a decir cómo soy o cómo he sido siempre.

CHOLLIE: ¿Tú y yo? Qué va. Si somos amigos de toda la vida. No te acordarás, pero nos conocimos en la ciudad hace mucho tiempo. En aquella época en la que Mathilde y tú teníais una historia.

LANCELOT [*pausa larga*]: ¿Una historia? ¿Mathilde y Ariel? ¿Qué?

CHOLLIE: Ay, perdón, ¿he metido la pata? Lo siento. Bueno, es igual, ya es agua pasada. Lleváis casados un millón de años, no importa. Estos canapés superan mi fuerza de voluntad. Disculpadme. [*Sale corriendo detrás de un camarero con una bandeja de canapés.*]

LANCELOT: ¿Una historia?

ARIEL: Bueno, sí. Pensaba que sabías que Mathilde y yo... tuvimos un asunto.

LANCELOT: ¿Un asunto?

ARIEL: Si te sirve de consuelo, era puro negocio. Por lo menos, para ella.

LANCELOT: ¿Negocio? Tú eras, espera, ¿su patrón? ¡Ah, ya lo entiendo! Te refieres a cuando estaba en la galería. Cuando yo intentaba actuar. Un fracaso tras otro. Sí, es verdad. Nos financiaste los gastos durante años, gracias a dios. ¿Te he dado las gracias alguna vez? [*Se ríe aliviado.*]

ARIEL: No, bueno, es que yo era su, ejem, amante. Su novio. Habíamos llegado a un trato. Lo siento mucho. Esto es muy incómodo. Pensaba que Mathilde y tú no teníais secretos. De lo contrario, no habría dicho ni una palabra.

LANCELOT: No tenemos... secretos.

ARIEL: Claro, claro. Ay, madre. Si te sirve de consuelo, no ha pasado nada más desde entonces. Y me rompió el corazón. Pero ya lo he superado, hace un millón de años. No importa.

LANCELOT: Espera. Espera, espera, espera, espera, espera.

ARIEL [*se toma una pausa muy larga, cada vez está más agitado*]: Debería volver a...

LANCELOT [*explota*]: No te muevas de ahí. ¿Has visto desnuda a Mathilde? ¿Te has acostado con mi mujer? ¿Hubo sexo? ¿Sexo? Dime si hubo sexo, ¿eh?

ARIEL: Hace mucho tiempo. No tiene importancia.

LANCELOT: Contéstame.

ARIEL: Sí, estuvimos liados cuatro años. Oye, Lotto, siento mucho que te haya pillado por sorpresa. Pero ahora es algo entre Mathilde y tú. Tú ganaste, te quedaste con ella, y yo perdí. Ahora tengo que volver con los invitados. Ni te imaginas lo poco que importan estas cosas a largo plazo. Ya sabes dónde encontrarme si tienes ganas de hablar. [*Sale de escena.*]

[*Lancelot se queda solo rodeado de admiradores. La multitud lo rodea con respeto, pero no se atreve a acercarse a él. Los focos le iluminan la cara de color azul.*]

MATHILDE [*sin resuello, con un círculo transparente en el vestido en la zona donde se había manchado de vino*]: Ah, por fin te encuentro. ¿Aún no estás listo? No puedo creerme que hayas conseguido manipularme para que volviese a pisar esta galería de arte. Por dios, esto sí que es una señal de que no deberíamos haber venido. Menos mal que es de seda y el vino no ha calado… ¿Lotto? Lotto Satterwhite. ¡Lotto! ¿Estás bien? ¿Hola? ¿Amor mío? [*Le toca la cara.*]

[*Él la mira como si la viera desde una gran altura.*]

MATHILDE [*con voz temblorosa*]: ¿Amor mío?

10

Atardecer. La casa de las dunas como una caracola arrastrada por la marea. Pelícanos aguijoneados por el viento. Una tortuga de Florida bajo la palmera enana.

Lotto estaba de pie junto a la ventana.

Estaba en Florida. ¿Florida? En casa de su madre. No tenía ni idea de cómo había ido a parar allí.

—¿Vieja? —gritó.

Pero su madre llevaba seis meses muerta.

El lugar olía a ella, a talco y a rosas. El polvo era como una suave piel gris que cubría el tapizado y las figuritas de Lladró. También había moho, el pestilente olor a sobaco del mar.

Piensa, Lotto. La última cosa que recuerdas. El hogar, la luz de la luna planeando sobre la superficie del escritorio, los dedos huesudos de los árboles invernales que recogen estrellas del cielo. Papeles desperdigados. La perra resoplando a sus pies. En la planta inferior, su mujer durmiendo, el pelo como una pluma dorada blanquecina sobre la almohada. Lotto le había tocado el hombro y había subido al estudio, el residuo de su calor aún presente en la palma de la mano.

Una lenta burbuja oscura se elevó y regresó a él, la maldad

entre ambos, su gran amor agriado. Qué furioso se había puesto. Esa rabia había amortajado todo lo que veía.

Desde hacía un mes, caminaba sobre una delgada cuerda floja que unía los dos extremos: quedarse con ella o dejarla. Resultaba agotador aferrarse a la cuerda con los pies, preguntarse dónde caería.

Lotto había dedicado su vida a la literatura; sabía que una palabra azarosa podía hacer que todo el edificio se derrumbara. [¡Una mujer buena! ¡Una mujer justa! ¡Una mujer dulce!] Durante veintitrés años, había estado convencido de conocer a una chica que era tan pura como la nieve, una chica triste y solitaria. Ella lo había salvado. Dos semanas después de conocerse se habían casado. Pero, igual que un calamar de las profundidades, la historia se había dado la vuelta y había dejado a la vista las entrañas. Su mujer no era tan pura. Había sido la amante de otro hombre. Una mantenida. De Ariel. No tenía sentido. O ella había sido una puta o Lancelot un cornudo; él, que había sido fiel desde el primer día.

[Tragedia, comedia. Es una cuestión de enfoque.]

Notó el frío de diciembre a través del cristal. ¿Cuánto duraría ese atardecer? El tiempo no se comportaba de la manera que cabía esperar. En la playa no había ni un alma. ¿Dónde estaban los ancianos correcaminos, las personas que paseaban al perro, los grupos de adolescentes borrachos, dónde estaban los amantes del atardecer, los lotófagos? Ni rastro. La arena tenía una suavidad tan inexplicable que parecía una capa de piel. Lotto notó cómo el miedo se agolpaba dentro de él. Entró en la casa y pulsó el interruptor de la luz.

Las luces también estaban muertas. Tan muertas como su madre.

Ni electricidad, ni teléfono. Bajó la mirada. Llevaba puesta la chaqueta del pijama. No obstante, no llevaba pantalones. Eso encendió la chispa. Oyó el crepitar. El pánico que sentía remitió.

Se vio corriendo por toda la casita como si se contemplara desde arriba. Husmeó en los armarios de la cocina. Entró en la habitación de Sallie, vacía tras la muerte de Antoinette.

Mientras tanto, fuera, el sol seguía poniéndose y las sombras salían reptando del mar con unos rápidos pies anfibios y avanzaban hacia el golfo, por encima del Canal Intercostal, el río Saint Johns, los manantiales fríos y los pantanos llenos de caimanes, las fuentes teñidas de turquesa en las urbanizaciones baratas y tristes, con hipotecas a medio pagar. Por encima de los manglares, por encima de los manatíes, por encima de los bivalvos en sus lechos, que cerraban uno por uno sus pequeños labios duros como un coro al terminar de cantar. En esa zona las sombras se zambullían a más profundidad dentro del golfo, enroscadas en su doble oscuridad submarina rumbo a Texas.

—¿Qué coño está pasando? —dijo a la casa en penumbra.

La primera vez en su vida que Lotto había pronunciado una verdadera palabra malsonante; creía que se merecía usar ese término. La casa no le respondió.

Se quedó plantado delante de la puerta del dormitorio de su madre, blandiendo una linterna. Imposible saber lo que iba a encontrar. Sallie y Rachel le habían dicho que era una almacenadora compulsiva. De madrugada, cuando no podía dormir, Antoinette se había aficionado a comprar todo lo que le llamaba la atención por internet. La antigua habitación de Lotto estaba abarrotada de baños de burbujas para pies todavía embalados, relojes con correas intercambiables. «Si abres la puerta de tu antigua habitación, morirás por una avalancha de consumismo al más puro estilo americano», le había dicho Rachel. El escaso dinero que Antoinette se permitía gastar lo dilapidaba en comprar trastos inservibles.

—¿Queréis que vayamos a limpiar la casa? —había preguntado Lotto por teléfono la mañana que murió su madre.

Habían terminado hablando de eso después de los sollozos y el relato de lo ocurrido: Sallie se había levantado a beber agua por la noche y se había encontrado a la inmensa Antoinette tirada en el suelo.

—No, no os molestéis. Al final la casa caerá hecha pedazos —había dicho con voz sombría la tía Sallie.

Mencionó que tenía intención de viajar por el mundo. Su hermano le había dejado dinero. No tenía motivos para quedarse allí.

—Por lo menos la vieja era alérgica a los animales —dijo Lotto—. La casa podría haber estado llena de gatos. Una insoportable peste a gato que llegase hasta la playa.

—Gatos aplastados por las cajas —dijo Sallie.

—¡Ja! Un herbario de gatos aplastados. Un ramo. Los montas en un marco y los cuelgas en la pared. *Memento miauri* —bromeó Lotto.

Respiró hondo y abrió la puerta de su madre.

La habitación estaba limpia. Una colcha de flores, alguna pequeña fuga de la cama de agua que había dejado una marca marrón en el suelo. Por encima del cabecero había un Cristo en la cruz de tonos verdes. Ay, qué vida tan triste. Ay, su pobre madre. Como salida de una obra de Beckett. Una mujer que había ido creciendo como un pez de colores hasta alcanzar el tamaño de su pecera, la única escapatoria había sido el último salto mortal.

Una mano fría atravesó el pecho de Lotto. Desde la mesita de noche se levantó la mitad de la cabeza de su madre: un ojo inmenso detrás de las gafas, una mejilla, media boca.

Lotto chilló y tiró la linterna; el artilugio dio dos vueltas y se oyeron cristales rotos, el haz de luz acabó cruzado encima de la cama y relumbró en los ojos del Lotto. Encontró un diario con las tapas blancas. Monedas desperdigadas. Las gafas de su madre. Un vaso de cristal. Debían de estar colocados de tal forma que habían causado la ilusión óptica. Pero había sido tan nítida, tan puramente Antoinette, tan inconfundible, incluso con un solo ojo. Lotto tembló, registró los cajones en busca de dinero con el que pudiera irse a casa [solo había frascos vacíos de pastillas, cientos] y escapó otra vez a la cocina.

Se quedó petrificado junto a la ventana. Era incapaz de moverse.

Algo se desplazó por la habitación a su espalda. El espectro llegó, rápido y seguro. Él permaneció inmóvil. Notó una cara que le apretaba el cogote. La cara respiraba un aliento frío. En la espiral del tiempo, permaneció así durante décadas. Por fin, la cara se apartó.

—¿Quién anda ahí? —preguntó Lotto hacia la nada.

Forcejeó para abrir la puerta de cristal y la casa se llenó con el viento frío que azotaba como un látigo. El sonido se avivó. Salió al balcón, se inclinó sobre la barandilla y asomó la cabeza a la ráfaga de aire. Cuando levantó la cabeza, comprendió por qué el mundo parecía tan apagado.

El cielo convertido en un extraño caldo en ebullición, de un color negro amoratado. Los diseñadores de moda apuñalarían a sus competidores para hincar las zarpas en semejante tono. Quien vistiera de ese color, podría subir al escenario ya impregnado de autoridad, Lear u Otelo antes de pronunciar la primera sílaba.

Sin embargo, era el mar lo que estaba más enrarecido.

Estaba congelado. Las olas se formaban con tanta lentitud que era difícil advertir cuándo rompían.

Esa Florida no era Florida. Tan extraña que no parecía auténtica.

Pensó, y a esas alturas con bastante convencimiento, que estaba en una pesadilla de la que no podía despertarse.

Qué rápida era la transición de mantener juntas las piezas a perder la unión. Se encontró caminando sin querer por la pasarela de tablones, descalzo, con el terror abalanzándose sobre sus hombros. Se adentró en la oscuridad, por entre las ranas diminutas que parecían suspendidas a dos dedos del suelo en mitad de un salto, por encima de las dunas salpicadas de vides, palmeras enanas y guaridas de serpientes. La arena que se deslizaba entre sus pies lo reconfortó. Aminoró el paso, se detuvo. Respiró hondo. Como si la hubiera convocado, la luna apareció ante él, resplandeciente. Caprichosos, inconstantes, los cambios mensuales en su órbita circular.

Las hileras de casas pareadas y chalés que deberían haber estado iluminadas no lo estaban. Miró con más atención. No, habían desaparecido, como barridas de la costa por una mano gigantesca.

—¡Socorro! —gritó al viento fuerte—. ¡Mathilde!

La Mathilde a la que llamaba era la joven de los primeros días del amor, del final de la carrera, de la primera semana sin sexo en la cama de ella en Hooker Avenue, encima de la tienda de antigüedades. Las piernas mal depiladas que raspaban, los pies fríos, el sabor a cobre de su piel. A la luz del día, caminaba por la casa solo con las bragas y dejaba que los hombres la miraran con ojos ávidos como bestias que siguieran su rastro. La soledad de la chica era una isla en la que él había recalado. La segunda noche que Lotto durmió en su cama, se despertó y vio una habitación que se alargaba en algunos puntos y se contraía en otros, extraños estallidos de titilante luz gris en las paredes y una desconocida a su lado. El pánico se apoderó de él. Un puñado de veces más a lo largo de los años siguientes, se despertaría en un dormitorio que también era suyo pero a la vez era profundamente ajeno a él, con una mujer de quien no sabía nada dormida a su lado. Esa primera noche de terror se levantó y fue a correr como si el miedo lo persiguiera, al amanecer volvió trotando al apartamento de Mathilde encima de la tienda de antigüedades, con un café recién hecho en las manos. La despertó el aroma. Solo cuando Mathilde le sonrió fue capaz de relajarse por fin. Mathilde estaba ahí al alba, esa chica perfecta que parecía hecha para cumplir todos los requisitos de Lotto. [Una vida distinta, si Lotto hubiese escuchado el mensaje del terror: sin gloria, sin obras de teatro; con paz, tranquilidad y dinero. Sin glamour; con hijos. ¿Qué vida era mejor? No somos quién para juzgarlo.]

Llevaba siglos sentado en la duna. Qué viento tan frío. Qué mar tan extraño. A lo lejos, había icebergs de basura que parecían moles. Un remolino de botellas, chancletas y bridas de plástico y bolsas de cacahuetes y boas y cabezas de muñeca y pestañas falsas y taxidermia hinchable, y ruedas de bicicleta y llaves y felpudos y libros de saldo, y jeringuillas de insulina y bolsas con restos de comida y mochilas y frascos de antibióticos y pelucas e hilo de pescar y cinta policial y peces muertos y tortugas muertas y delfines muertos y gaviotas muertas y ballenas muertas y osos polares muertos y un auténtico nudo de muerte en espiral.

Los pies cortados por las conchas. Perdió la chaqueta del pijama. Llevaba solo la ropa interior para protegerse de los elementos.

Daría toda su fortuna por apaciguar a ese dios furioso que lo había llevado hasta allí. [¡Menuda broma! El dinero es para los tontos.] Pues entonces daría toda su obra, pensó. La fama. Las obras de teatro, bueno, *Las sirenas* no. Sí, incluso la última, la más nueva, su favorita, una historia de almas de mujeres enterradas, la mejor hasta el momento, lo percibía. Incluso *Las sirenas*. Que le arrebataran las obras de teatro y él llevaría una vida humilde, una vida normal. Que se lo llevaran todo y le dejaran volver a casa con Mathilde.

La luz parpadeó en el extremo de su campo de visión, algo que normalmente auguraba una migraña. Los centelleos se acercaron, se convirtieron en luz solar, luego en el árbol de quinoto que había en el patio trasero de Hamlin. El sol que daba de soslayo en el liquen; donde terminaba el césped, un matorral de enredadera de Virginia, y debajo del matorral, la casa de sus antepasados que regresaba al polvo de Florida, amenazada por las bocas hambrientas de millones de termitas o por las grandes fauces de un huracán. Entre las sombras de las vides relucían las últimas ventanas.

Detrás de Lotto se encontraba la casa de la plantación que había construido su padre y que su madre había vendido un año y un día después de la muerte de Gawain, obligándolos a todos a irse a vivir a la triste casita de la playa. En su confuso mundo infantil, su padre estaba al otro lado de la piscina. Miraba a Lotto con ternura.

—Papá —susurró Lotto.

—Hijo —dijo Gawain.

Oh, el amor de su padre. El más afectuoso que Lotto había conocido.

—Ayúdame —dijo Lotto.

—No puedo —respondió Gawain—. Lo siento, hijo. A lo mejor tu mamá sí puede. Ella era la más inteligente de los dos.

—Mi madre era muchas cosas, pero no inteligente.

—Cuidado con lo que dices —le reprendió Gawain—. No tienes ni idea de las cosas que hizo por ti.

—No hizo nada. Solo se quería a sí misma. No la he visto desde los años ochenta.

—Hijo, ves las cosas distorsionadas. Te quería mucho.

Se produjo un oleaje en la piscina; Lotto miró hacia abajo. El agua tenía un lúgubre color pardo verdoso, varias hojas de roble cubrían la superficie. Una blancura como un huevo emergió, la frente de su madre. La mujer le sonrió. Era joven, hermosa. Su melena pelirroja lamió la superficie, las hojas doradas se le enredaron en los mechones. Expulsó agua sucia por la boca.

—Vieja —dijo Lotto.

Cuando volvió a levantar la vista, su padre se había ido. Regresó el viejo dolor en el centro de su cuerpo.

—Cariño —dijo su madre—. ¿Qué haces aquí?

—Dímelo tú —contestó Lotto—. Lo único que quiero es volver a casa.

—Con esa mujer tuya —dijo ella—. Mathilde. Nunca me cayó

bien. Me equivoqué. Esas cosas nunca se comprenden hasta que te mueres.

—No. Tenías razón —dijo Lotto—. Es una mentirosa.

—Qué más da. Te amaba. Era una buena esposa. Hizo que tu vida fuera bonita, tranquila. Se encargaba de las facturas. Nunca tuviste que preocuparte por nada.

—Estuvimos casados veintitrés años y nunca me contó que había sido puta. O adúltera. O las dos cosas. Cuesta saberlo. Es un pecado de omisión impresionante.

—Lo que es impresionante es tu ego. Es horrible que no fueses el único hombre para ella, sí. Sin embargo, la chica te limpia el retrete durante veintitrés años y tú le recriminas la vida que llevaba antes de que aparecieses en escena.

—Pero me mintió —dijo Lotto.

—Por favor. El matrimonio está lleno de mentiras. En su mayor parte, mentiras piadosas. Omisiones. Si dieras voz a las cosas que piensas a diario sobre tu pareja, la harías picadillo. Nunca te mintió. Simplemente, no te lo contó.

Un retumbar; truenos sobre Hamlin. El sol palideció, el cielo como fieltro gris. Su madre se hundió y la barbilla le quedó oscurecida por el limo.

—No te vayas —le suplicó Lotto.

—Ya es hora —dijo ella.

—¿Cómo puedo volver a casa?

Su madre le tocó la cara.

—Pobrecillo mío —dijo, y se hundió.

Intentó regresar con su mujer imaginándosela con mucha intensidad. A esas horas, Mathilde estaría sola en la casa con Dios. Tendría el pelo oscurecido por la grasa, la cara seria. Habría empezado a oler mal. Bourbon para cenar. Se habría quedado dormida en su sillón favorito junto a la chimenea, con las cenizas frías, la puerta del porche abierta hacia la noche, para que Lotto pudiera regresar. Mientras dormía, sus párpados eran tan translúcidos que Lotto siempre pensaba que, si se esforzaba, podría ver los sueños de Mathilde meciéndose como medusas por su mente.

Le habría gustado adentrarse más en ella, sentarse en la cavidad de su hueso lagrimal y montarlo tomando la forma de un humanoide diminuto, igual que un vaquero en un rodeo, comprender qué pensaba Mathilde. Uf, pero sería redundante. La tranquila intimidad diaria ya se lo había enseñado. La paradoja del matrimonio: nunca puedes conocer por completo a alguien; aunque conoces por completo a alguien. Percibió las palabras que componían los chistes que Mathilde estaba a punto de contar, notó la piel de gallina en sus antebrazos cuando le entraba frío.

Pronto se despertaría sobresaltada. Su esposa, que nunca lloraba, lloraría. Tapándose la cara con los dedos, esperaría en la oscuridad, confiando en que Lotto regresara.

La luna era un ombligo, la luz en el agua un rastro de pelo fino que conducía directo a Lotto.

De repente, fueron acercándose a él todas las chicas con las que se había acostado antes de Mathilde. Tantas. Desnudas. Relucientes. La hermana de Chollie, Gwennie, la primera chica a los quince años, despeinada. Glamurosas chicas de colegio privado, la hija del decano, chicas del pueblo, chicas de la facultad; pechos como panecillos y puños y pelotas de squash con calcetines de deporte y dianas y castañas y tazas de té y hocicos de ratón y mordiscos y cosquilleos y barrigas y traseros; gloriosas, todas guapas a ojos de Lotto. Unos cuantos chicos delgados, su profesor de teatro. [Aparta la mirada.] ¡Cuántos cuerpos! ¡Cientos! Se enterraría en ellos. Veintitrés años fiel a Mathilde. Sin remordimientos, dejaría que su cuerpo se revolcara en ese mar de cuerpos igual que un perro se revuelca en la hierba recién salida.

Le estaría bien empleado a su mujer. Así estarían en paz. Después regresaría con ella, una vez cumplida la revancha.

Pero no podía. Cerró los ojos y se tapó los oídos con los dedos. La arena le presionaba contra la rabadilla. Notó que sus amantes desfilaban ante él y sus dedos le hacían cosquillas en la piel como si fueran plumas. Contó hasta mil, despacio, después de que pasara el último y alzó la mirada para ver la estela de la luna extendida en el agua mansa, la arena dividida por una larga grieta.

Llegó a la conclusión de que el agua era el único medio de regresar con Mathilde. Nadaría para retroceder en el tiempo.

Se quitó los calzoncillos y se adentró en el océano. Al tocar el agua, sus pies desprendieron destellos de electricidad, como relámpagos. Observó emocionado que la luz se ramificaba en las profundidades y poco a poco palidecía. La conductividad del agua salada. Cada vez que desaparecía el rayo de luz, movía el pie para provocar otro. Respiró hondo y se zambulló en el agua y empezó a nadar, encantado por la fosforescencia de sus brazos cada vez que cortaban la superficie. La luna lo acompañaba. No costaba esfuerzo nadar en el agua en calma, aunque tuvo que escalar las crestas de las olas como si fuesen montículos de tierra. Corrientes cálidas, corrientes frías, el resplandor continuo. Se alejó dando brazadas y notó que un cansancio agradable se apoderaba de él. Nadó hasta que le quemaron los brazos y la sal se le metió en los pulmones, y aun entonces siguió nadando un poco más.

Se imaginó bancos de peces inmóviles que pasaban en bloque. Pensó en los galeones que habría en el fondo, cubiertos de barro salpicado de lingotes de oro. Macizos de rocas tan grandes como el Gran Cañón, sobre las que planeó como si fuese un águila en un cielo de agua. Al fondo de esos cañones había ríos de barro y limo, criaturas viscosas y dientes que relucían de repente. Se imaginó una inmensa criatura marina en el fondo, desplegando los brazos para atraparlo, pero él era fuerte y resbaladizo, y logró escapar.

Llevaba horas nadando, o incluso días. O incluso semanas.

Ya no podía más. Se detuvo. Se tumbó de espaldas y empezó a descender. Vio el suave algodón del amanecer que limpiaba la cara de la noche. Abrió la boca como si quisiera comerse el día. Se hundía, y al hundirse tuvo una visión gloriosa, vívida.

Era diminuto, un pólipo de su madre, todavía unido a ella a través de la leche y el calor. Vacaciones en la playa. Había una ventana abierta, las olas siseaban al otro lado. [Antoinette, eternamente conectada al océano, atrapando lo que arrastraban las olas, succionándolo, escupiendo las conchas y los huesos.] Su madre murmuró. Las persianas de tablillas estaban cerradas, pero se colaban rendijas de luz sobre el cuerpo de su madre. La melena gloriosa hasta la cadera. Hacía poco que había dejado de ser una sirena, todavía se apreciaba la esencia de sirena en su piel suave, pálida y húmeda. Se bajó poco a poco uno de los tirantes de esa segunda piel. Le pasó por encima del hombro, del brazo. Luego el otro tirante. Después siguió bajando y sus pechos, ¡pop!, salieron, rosados y finos como muslos de pollo, tiró de la segunda piel para bajarla por el estómago pálido con sus incrustaciones de arena. Por el pubis con sus lujuriosos rizos, por las columnas blancas de sus piernas. Qué delgada estaba. Tan guapa. Desde su nido de toallas, Lotto, diminuto, observaba a su madre bañada de oro y tuvo una premonición. Ella estaba allí; él estaba aquí. En realidad, no estaban unidos. Eran dos personas, lo que significaba que no eran una sola. Hasta ese momento solo había existido un largo sueño cálido, primero en la oscuridad y después a la luz gradual. Ahora se había despertado. Esa terrible separación salió de él con un berrido. Su madre se sobresaltó y despertó del sueño diurno. «Chist, mi pequeñín», le dijo acercándose a él y abrazándolo contra su piel fría.

En un momento dado, creyó que su madre había dejado de quererlo. [Era imposible que Lotto lo supiera.] Había sido el mayor sufrimiento de su vida. Aunque quizá en el fondo sí lo quería.

Lotto siguió sumergiéndose hasta quedar como un barco hundido en el fondo del océano. Remolinos de arena. Abrió los ojos. Tenía la nariz medio enterrada en la superficie del lecho marino, donde los últimos rayos de la luna cabalgaban sobre la cresta de una ola detenida. Bajó los pies y empujó. Su cuerpo salió propulsado del agua hasta los muslos.

Igual que un perro que lo hubiese seguido, la costa se hallaba diez pies por detrás de él.

El día amaneció en primer lugar sobre las nubes. Un rebaño dorado de sol. Por lo menos, Lotto tendría ese consuelo. La playa era una extensión perfecta, las dunas cubiertas de arbustos negros. Sin la mano del hombre. Durante la noche, la historia se había despojado de capas hasta llegar al comienzo.

Una vez había leído que el sueño repercute en el cerebelo como las olas en el océano. El sueño enciende una serie de pulsaciones que se transmiten por las redes de neuronas, pulsaciones que son como olas; arrastra y se lleva lo que es innecesario y deja solo lo que es importante.

[Ahora ya no tenía duda de qué estaba ocurriendo. La herencia familiar. La última traca cegadora en el cerebro.]

Anhelaba volver a casa. Con Mathilde. Quería decirle que se lo perdonaría todo. ¿A quién le importaba lo que hubiera hecho y con quién? Pero todo eso había desaparecido ya. Él también desaparecería en breve.

Deseó haber podido conocerla de anciana. Pensó en lo magnífica que sería Mathilde entonces.

No había sol, sino un oro tenue. La marea acariciaba la costa. La casa rosada de su madre. Tres pájaros negros posados en el tejado. Siempre le había gustado el olor a sexo fresco que desprendía el mar. Salió del agua y avanzó desnudo por la playa, por el camino de tablones, entró en la casa de su madre, salió al balcón.

Durante lo que parecieron años contempló el amanecer.

[El hilo de la canción está medido y ya se ha cortado el ovillo, Lotto. Cantaremos el final en tu nombre.]

Ahora mira. En la distancia, una persona.

Se acercan, son dos personas, de la mano, metidas en la espuma hasta los tobillos. El sol les brilla en el pelo. Rubia, con biquini verde; alto, resplandeciente. Se besan, las manos toquetean debajo del bañador de él, debajo de la parte de arriba del biquini de ella. Quién no envidiaría semejante juventud, quién no lloraría por lo que ha perdido al contemplarlos. Se aproximan a la duna, ella lo empuja de espaldas para que suba. Analízalos desde el balcón, contén la respiración, mientras la pareja se detiene en una suave cavidad de arena, protegida por las dunas. Ella le baja el bañador; él le quita el biquini, la parte de arriba y la de abajo. Sí, serías capaz de regresar a tu vida arrastrándote y a cuatro patas, reptarías para cubrir la distancia hasta el litoral este para notar los dedos de la chica una vez más en el pelo. No te la mereces. [Sí. [No.]] Aunque pienses en la huida, estás paralizado por los amantes, no te atreverías a moverte por miedo a asustarlos y a que echasen a volar como dos pájaros en el cielo herido. Se adentran el uno en el otro y cuesta saber dónde empieza uno y dónde termina el otro: las manos en el pelo y calor sobre calor, en la arena, las rodillas enrojecidas de ella levantadas, el cuerpo de él que se mueve. Es la hora. Ocurre algo extraño, aunque no estás preparado para eso; hay un solapamiento; ya lo has visto antes, has notado el aliento de ella en la nuca, su calor debajo de ti y la humedad fría del día en la espalda, la opresión irremediable, una sensación de traspaso, el sexo que alcanza su culminación [¡córrete!]. El labio mordido hasta sangrar y el rugido final que hace que los pájaros salgan disparados y reverbera en los pliegues rosados de una oreja. Moneda de sol dentada sobre el agua. La cara dirigida al cielo: ¿está lloviznando? [Sí.] El sonido de unas tijeras que se cierran. Apenas te queda tiempo para captar la abrumadora belleza y por fin llega. La separación.

Las Furias

1

Un día, mientras Mathilde paseaba por el pueblo en el que había sido tan feliz, oyó un coche lleno de adolescentes que circulaba detrás de ella. Eran un puñado de energúmenos gritones. Le propusieron que chupara cierta parte de su anatomía. Le dijeron lo que les apetecería hacerle a su trasero.

El sobresalto inicial se convirtió en una repentina oleada de calor, como si se hubiera bebido un vaso de whisky de un solo trago.

Es verdad, se dijo. Todavía tengo un culo perfecto.

Pero cuando el coche se puso a la altura de Mathilde, los jóvenes se quedaron mudos. Los vio, pálidos, mientras la adelantaban. Pisaron el acelerador y desaparecieron.

Ese momento regresó a ella un mes después, cuando cruzó una calle de Boston y oyó que alguien la llamaba por su nombre. Una mujer menuda se acercó a ella como un dardo. Mathilde no la ubicaba. Tenía los ojos humedecidos y una melenita medio pelirroja que le tapaba las orejas. Con las caderas y la cintura anchas, una procreadora. A juzgar por su aspecto, seguro que en casa la esperaban cuatro niñas con vestiditos de flores a juego a quienes estaba cuidando la *au pair*.

La mujer se detuvo a dos pasos de Mathilde y emitió un grito ahogado. Mathilde se llevó las manos a las mejillas.

—Ya lo sé —dijo—. Parezco tan vieja desde que mi marido… No pudo terminar la frase.

—No —contestó la mujer—. Sigues igual de elegante. Es solo que… Pareces enfadada, Mathilde.

Más adelante, Mathilde logró recordar quién era esa mujer: Bridget, una compañera de la universidad. De repente, sintió el recuerdo de una leve punzada de culpabilidad. No obstante, el tiempo había borrado el motivo.

Respiró hondo mientras observaba el vals que bailaban los pájaros carboneros en la acera y el sol que se colaba por las hojas mecidas por el viento. Cuando levantó de nuevo la mirada, la otra mujer retrocedió un paso. Y luego otro.

—Enfadada. Ya lo creo —contestó Mathilde, despacio—. Bueno, ¿qué sentido tiene seguir ocultándolo?, ¿eh?

Y entonces bajó la cabeza y apretó el paso.

Décadas más tarde, cuando ya era anciana, mientras sumergía el cuerpo con compasión en una bañera de porcelana sostenida por cuatro garras de león, se le ocurrió que su vida podía dibujarse con la forma de una X. Sus pies planos mirando hacia fuera reflejados en el agua.

Desde una aterradora extensión de tiempo en la infancia, la vida se había concentrado en un único punto al rojo vivo en la mediana edad. A partir de ahí, había vuelto a expandirse hacia fuera.

Separó los tobillos para que dejaran de tocarse. El reflejo se movió con ellos.

Ahora su vida demostraba tener una forma distinta, equivalente y opuesta a la primera. [Qué compleja es nuestra Mathilde; capaz de contener contradicciones.]

Ahora la forma de su vida parecía ser: mayor que, espacio en blanco, menor que.

Cuando los dos tenían cuarenta y seis años, el marido de Mathilde, el famoso dramaturgo Lancelot Satterwhite, la abandonó.

Se marchó en una ambulancia sin sirenas. Bueno, él no. El fiambre de su cuerpo.

Mathilde llamó a la hermana de Lancelot. Rachel gritó y gritó, y cuando dejó de gritar, dijo con tono feroz:

—Mathilde, vamos ahora mismo. Aguanta, vamos ahora mismo.

La tía Sallie estaba de viaje y no había dejado ningún número de contacto, así que llamó a su abogado. Apenas un minuto después de que Mathilde hubiese colgado, Sallie la llamó desde Birmania.

—Mathilde —le dijo—. Espera, cariño, ahora voy.

Llamó por teléfono al mejor amigo de su marido.

—Cojo el helicóptero ahora mismo —dijo Chollie—. Enseguida voy.

No tardarían en descender sobre ella. De momento, estaba sola. Se quedó de pie sobre una roca del prado, vestida con una de las camisas de su marido, y observó el amanecer que incidía sobre la escarcha, como un prisma. Le dolían los pies a causa de la piedra fría. Durante un mes más o menos, había habido algo que reconcomía a su marido. Deambulaba por la casa como un alma en pena y apenas la miraba. Era como si la marea que tenía en su interior hubiese retrocedido con la bajamar, alejándose de ella, pero Mathilde sabía que, como ocurría con todas las mareas, el tiempo volvería a acercarla a sus pies. Se oyó un ruido rítmico y se levantó aire, pero Mathilde no se dio la vuelta para ver aterrizar al helicóptero, sino que aguantó contra la fuerza heladora del viento. Cuando las aspas redujeron la velocidad, oyó la voz de Chollie junto a su codo.

Bajó la mirada hacia él. Qué grotesco era Chollie, envilecido por el dinero, tan exageradamente rico que se había podrido como una pera demasiado madura. Llevaba una sudadera y pantalones de deporte. Supo que lo había despertado. Chollie se colocó la mano a modo de visera para poder mirarla.

—Qué locura —dijo Chollie—. Hacía ejercicio a diario. Lo lógico habría sido que un culo gordo como yo se marchara antes.

—Sí —contestó Mathilde.

Él se desplazó como si quisiera abrazarla. Mathilde pensó en el último abrazo cálido de su marido que se había quedado impregnado en su piel.

—No lo hagas —le ordenó.

—No lo haré —contestó Chollie.

El prado ganó nitidez.

—Cuando hemos aterrizado, te he visto aquí de pie —comentó él—. Parecía que tuvieras la misma edad que cuando te conocí. Te veías tan frágil. Tan llena de luz en aquella época.

—Ahora me siento como una momia —dijo Mathilde.

Solo tenía cuarenta y seis años.

—Ya lo sé —dijo Chollie.

—Es imposible que lo sepas. Tú también lo querías. Pero no eras su mujer.

—Es verdad. Pero tuve una hermana gemela que murió. Gwennie. —Apartó la mirada y luego añadió con voz heladora—: Se suicidó cuando tenía diecisiete años.

Chollie empezó a hacer muecas con la boca, emocionado. Mathilde le tocó el hombro.

—Tú no —dijo él a toda prisa, y Mathilde entendió que quería decirle que el duelo reciente de ella superaba el propio, que ella debería ser la que recibiera consuelo en esos momentos.

Notaba cómo la pena del duelo la embargaba a toda prisa, sacudía el suelo como un tren traqueteante, pero aún no la había golpeado con toda su fuerza. Todavía le quedaba un poco de tiempo. Podía mantener la calma; al fin y al cabo, era lo que mejor se le daba. Ser esposa.

—Lo siento —dijo Mathilde—. Lotto nunca me dijo que Gwennie se hubiera suicidado.

—No llegó a saberlo. Él pensaba que había sido un accidente —contestó Chollie, y a Mathilde el comentario no le resultó extraño en aquel prado lleno de luz invernal.

Tardó meses en darse cuenta de que sí era extraño, porque en ese momento el horror acababa de presentarse, se colaba por todos sus poros, y durante una temporada muy larga no pudo sentir nada más que su fuerza salvaje y ululante.

«Poco a poco, asumimos que ya nunca más volveremos a oír aquella risa, que, para siempre, tenemos prohibida la entrada en aquel jardín, y entonces empieza nuestro verdadero duelo.»

Fue Antoine de Saint-Exupéry quien dijo eso. Él también se había encontrado perdido en el desierto tras un accidente de aviación, cuando todo lo que le rodeaba momentos antes era el abierto cielo azul.

«¿Dónde están los hombres? —preguntó el Principito de Saint-Exupéry—. Se está un poco solo en el desierto.»

«Con los hombres también se está solo», le respondió la serpiente.

Igual que las carpas, sus seres queridos salían a la superficie, abrían la boca para coger aire alrededor de su cara y después volvían a hundirse en las profundidades.

La sentaron en una silla, la taparon con una manta. Dios, la perra, se sentó debajo, temblorosa.

Esos seres queridos se pasaban el día bajando la cabeza para quedar a su altura, luego se alejaban. Las sobrinas y el sobrino de Lotto se encaramaban para colocar las mejillas sobre sus rodillas. Le ponían comida en el regazo, se la llevaban. Los niños se quedaron allí sentados toda la tarde. Lo entendían en el plano animal, todavía tan nuevos en este mundo que no estaban familiarizados con el lenguaje de la muerte. La noche repentina en la ventana. Siguió sentada. Intentó adivinar qué podía haber pensado su marido en el momento en que murió. Tal vez vio un destello de luz. El océano. Siempre le había encantado el océano. Mathilde confiaba en que Lotto hubiese visto la cara joven de su esposa acercándose a él. Samuel colocó el hombro por debajo de un brazo de Mathilde y la hermana de Lotto pasó el suyo por debajo del otro. Entre los dos la depositaron en la cama, que continuaba oliendo a él. Apoyó la cabeza en la almohada de Lotto. Se quedó tumbada.

No podía hacer nada. Todo su cuerpo se había contraído. Mathilde se había convertido en un puño.

2

Mathilde estaba familiarizada con el duelo. Ese viejo lobo ya se había acercado antes a husmear alrededor de su casa.

Vio una imagen de sí misma cuando era un renacuajo.

Entonces se llamaba Aurélie. Carrillos regordetes, pelo dorado. Hija única en una amplia familia bretona. El flequillo apartado de la cara con un pasador, bufanda al cuello, calcetines de encaje hasta los tobillos. Sus abuelos le daban *galettes*, sidra, caramelos con sal marina. La cocina tenía varios quesos camembert curándose en la alacena. El olor era capaz de tumbarte de espaldas si abrías la puerta sin saberlo.

Su madre era pescadera en el mercado de Nantes. Se levantaba en plena noche y conducía hasta la ciudad; luego regresaba a casa a media mañana con las manos agrietadas y relucientes por las escamas adheridas, congelada hasta el tuétano a causa del contacto con el hielo. Poseía facciones finas, pero no tenía estudios. Su marido la había cautivado con su cazadora de cuero, su tupé, su motocicleta. Minucias por las que cambiar una vida, pero en aquella época le habían parecido muy poderosas. El padre de Aurélie trabajaba en la cantera y su familia había vivido en la misma casa de Notre-Dame-des-Landes desde hacía doce generaciones. Aurélie fue concebida durante la revolución de mayo de 1968; aunque sus padres distaban de ser radicales, había tanta exaltación en el ambiente que no supieron cómo expresarse salvo de un modo animal. Cuando a la madre de la niña le resultó imposible seguir ocultando su estado, se casaron; la novia se adornó el pelo con flores de azahar. En la nevera tenían una porción de tarta de coco.

El padre de Aurélie era un hombre callado que amaba pocas cosas. Colocar una piedra sobre otra; el vino que producía en el garaje; su perro cazador, al que llamaba Bibiche; su madre, que había sobrevivido a la Segunda Guerra Mundial gracias al contrabando de morcillas, y su hija. Era una niña mimada, feliz y cantarina.

Pero cuando Aurélie tenía tres años, llegó el recién nacido. Era una criatura irritable y gritona. Aun así, todos le hacían carantoñas a ese nabo agostado envuelto en mantas. Aurélie lo observaba desde debajo de una silla. Ardía por dentro.

El bebé empezó a tener cólicos y la casa quedó salpicada de vómitos. La madre de Aurélie daba vueltas por la habitación, desesperada. Cuatro tías con olor a mantequilla fueron a ayudarla. Cotilleaban como brujas y su hermano les enseñó con orgullo sus viñas; las tías persiguieron a Bibiche para sacarlo a escobazos de la casa.

Cuando el niño por fin empezó a andar, lo tocaba todo y el padre tuvo que construir una valla para ponerla en la parte superior de la escalera. La madre de Aurélie lloraba durante el día metida en la cama mientras se suponía que los niños estaban durmiendo. Estaba agotada. Olía a pescado.

Lo que más le gustaba al niño era gatear hasta la cama de Aurélie y meterse dentro. Se chupaba el dedo y le tiraba del pelo;

tenía tantos mocos que cuando respiraba parecía que ronroneara. Por la noche, Aurélie iba desplazando poco a poco su cuerpo y el de su hermano hacia el borde de la cama, para que cuando el niño por fin se quedara dormido y se pusiera boca arriba, se cayera al suelo y se despertara gritando desesperado. Entonces Aurélie abría los ojos a tiempo de ver correr a su madre para recoger al niño con sus manos rojas e hinchadas y volver a meterlo en su cuna mientras los regañaba en un susurro.

Cuando la niña tenía cuatro años y su hermanito uno, la familia fue a cenar un día a casa de la abuela. La casa había pertenecido desde hacía siglos a los antepasados de su abuela, que la había aportado al matrimonio cuando se casó con el hijo del vecino. Los campos, todavía unidos, eran todos suyos. La casa era mucho más elegante que la de la familia de la niña, los dormitorios eran más grandes, y todavía había una lechería de piedra anexa al edificio principal. Habían echado estiércol aquella mañana y se notaba en el sabor de la leche. La abuela era como su hijo, robusta, de facciones marcadas, más alta que muchos hombres. Tenía las comisuras de la boca tan inclinadas hacia abajo que sus labios formaban una exagerada «n». Tenía un regazo de granito y la manía de poner la puntilla a los chistes de los demás suspirando en voz muy alta cuando llegaba la parte graciosa.

Metieron al niño en la cama de la abuela para que hiciera la siesta y todos los demás salieron al jardín para comer bajo el roble. Aurélie estaba en el orinal de la planta baja, intentando ir de vientre. Oía a su hermano en la planta superior, dando porrazos en la habitación de su abuela, pavoneándose él solo. Se subió la braguita y ascendió despacio la escalera. Se le formó una capa de pelusilla gris en los dedos por el polvo que había entre los barrotes. Se detuvo en el distribuidor de tono miel brillante y espió a su hermano a través de la puerta: cantaba para sí mismo y daba patadas en el cabecero de la cama. Al pensar en su hermano metido en la habitación, sonrió. Le abrió la puerta y el niño se bajó de la cama y caminó a trompicones hasta el rellano superior de la casa de la abuela. Se agarró a Aurélie, pero ella se apartó para alejarse de sus manos pegajosas.

La niña se chupó un dedo y vio que su hermano seguía avanzando hacia el primer escalón. El niño la miró, alegre, titubeante. Alargó la manita extendida, igual que una margarita, y Aurélie se quedó mirando a su hermano mientras caía escaleras abajo.

Al regresar del hospital, los padres estaban callados, con el rostro gris. El niño se había roto el cuello. No habían podido hacer nada.

Su madre quería llevarse a Aurélie a casa. Era tarde y la niña tenía la cara hinchada de tanto llorar, pero su padre dijo que no. No tenía ánimos para mirarla, aunque la niña se aferró a sus rodillas y olisqueó sus vaqueros, tiesos por el sudor y el polvo de la piedra. Después de la caída del niño, alguien había arrastrado a Aurélie por las escaleras y tenía un cardenal grande en el brazo. Se lo enseñó a sus padres, pero no la miraron.

Sus padres sujetaban algo invisible pero espantosamente pesado entre los dos. No les quedaban fuerzas para levantar nada más, y desde luego, mucho menos a su hija.

—La dejaremos aquí esta noche —dijo la madre.

La cara triste de mejillas rellenas y preciosas cejas se acercó a la niña y le dio un beso. Luego se alejó. Su padre dio tres portazos airados al portón trasero. Se marcharon en el coche; Bibiche se asomaba por la ventanilla trasera. Los faros posteriores le guiñaron el ojo en la oscuridad y desaparecieron.

Por la mañana, Aurélie se despertó en casa de sus abuelos. Su abuela estaba abajo, haciendo tortitas, y la niña se aseó y se arregló antes de bajar. Transcurrió toda la mañana y sus padres no fueron a buscarla. No fueron a buscarla entonces ni nunca.

Cuando le había dado el beso en la frente había sido la última vez que Aurélie había captado el olor de su madre. [Aroma de Arpège de Lanvin, con un leve olor a bacalao.] El roce de los vaqueros rígidos de su padre en la mano cuando se aferró a ellos para tocarlo mientras él se alejaba era el último tacto que le quedaba de él.

Después de la quinta vez que Aurélie les suplicó a sus abuelos que le dejaran ver a su padre y a su madre, su abuela dejó de responderle.

Una noche, cuando esperaba junto a la puerta y vio que seguían sin llegar, una rabia tremenda se despertó en la niña. Para sacudírsela, pataleó y gritó, rompió el espejo del cuarto de baño y los cristales de la cocina, uno por uno; dio un puñetazo al gato en la garganta; se escapó de noche y arrancó de cuajo con las manos las tomateras de su abuela. La anciana intentó abrazarla durante horas para tranquilizarla, pero al final perdió la paciencia y tuvo que atarla a la cama con las borlas de las cortinas que, como eran muy antiguas, se rasgaron.

Tres arañazos con sangre en la mejilla de su abuela.

—*Quelle conne. Diablesse* —susurró.

Cuesta saber cuánto tiempo duró esta situación. Para alguien de cuatro años, el tiempo es una riada o un remolino. Meses, quizá. Años, no sería descabellado. La oscuridad dio vueltas a su alrededor y al final se detuvo. En su ojo interior, los rostros de sus padres se convirtieron en dos borrones gemelos. ¿Llevaba bigote su padre? ¿Su madre era rubia platino o castaña clara? Se olvidó del olor de la granja en la que había nacido, del crujido de la gravilla bajo sus zapatos, de la penumbra perpetua en la cocina incluso cuando las luces estaban encendidas. El lobo se enroscó, se ovilló en su pecho y allí se durmió entre ronquidos.

3

Miles de personas fueron al funeral de Lotto. Mathilde sabía que la gente lo quería mucho, incluso los desconocidos. Pero no hasta este extremo. Todas esas personas que ella no conocía colocadas en fila en el camino de entrada, ansiosas. ¡Ay, qué gran hombre! ¡Ay, ese dramaturgo tan marchoso! Condujo el coche hasta alcanzar la cabeza de una hilera reluciente de limusinas negras, como si fuera el cuervo jefe en una reunión de mirlos. Su marido había conmovido a la gente y, al hacerlo, se había convertido también en cierto modo en su Lancelot Satterwhite particular. Una parte de él vivía en ellos. No era de Mathilde. Ahora les pertenecía a ellos.

Todo ese torrente de mocos y lágrimas le pareció poco higiénico. Demasiado aliento a café en su cara. Todos esos perfumes asfixiantes. Mathilde odiaba el perfume. Le parecía una forma de encubrir la falta de higiene o la vergüenza corporal. Las personas limpias nunca aspiraban a oler a flores.

Después del entierro, volvió sola en coche a la casa de campo. Quizá habían organizado una recepción, no lo sabía. O si lo sabía, bloqueó el dato; no pensaba ir. Ya había tenido ración suficiente de compañía ajena.

La casa estaba caliente. En la piscina parpadeaba la luz del sol. Su ropa negra en el suelo de la cocina. La perra se ovilló en su cojín, con los ojos atentos que salían de una de sus esquinas, salvajes.

[Dios le había lamido los pies desnudos y amoratados a Lotto por debajo del escritorio; lamía y lamía como si así pudiera lamer la vida para que volviese a entrar en él, qué tontorrona.]

Entonces se produjo la extraña separación del ser y el cuerpo, de modo que Mathilde observó su propia desnudez desde muy lejos.

La luz se coló de soslayo en la habitación y se extinguió, y la noche se introdujo en la estancia. Ese ser impasible vio a los amigos que se acercaban a la ventana posterior, retrocedían al ver su cuerpo desnudo junto a la mesa de la cocina, apartaban la mirada y le hablaban desde el otro lado del cristal.

—Déjanos entrar, Mathilde. Déjanos entrar.

El cuerpo desnudo hizo oídos sordos hasta que los demás se marcharon a casa a regañadientes.

Desnuda en la cama, escribió «Gracias, muchas gracias» como respuesta a todos los correos electrónicos, hasta que recordó la secuencia control C, control V, y entonces copió y pegó «Gracias». Se encontró con una taza de té caliente en la mano y dio las gracias a la desnuda Mathilde por haber pensado en todo y se encontró en la piscina bajo la luz de la luna y se preocupó por el estado mental de la desnuda Mathilde. La desnuda Mathilde se negó a contestar cuando llamaron a la puerta, se despertó en el lado equivocado de la cama buscando un calor que ya no estaba allí, dejó que la comida ofrecida por los vecinos se pudriera en el porche, dejó que las flores también se pudrieran en el porche, vio que la perra se meaba en medio de la cocina pero no hizo nada, le preparó unos huevos revueltos cuando se quedó sin pienso, le dio los restos del chile de verduras que había cocinado Lotto y observó a la perra mientras se lamía sus partes, irritadas por las especias, hasta que el ano se le puso rojo. La desnuda Mathilde cerró las puertas con llave y desoyó los gritos de sus seres queridos que se asomaban, la llamaban: «¡Vamos, Mathilde! Mathilde, déjanos entrar», «Mathilde, no pienso irme a ninguna parte. Acamparé en el jardín». La última en llegar fue la tía de su marido, Sallie, que acampó de verdad en el jardín hasta que la desnuda Mathilde dejó abierta la puerta para que pudiera entrar. La tía Sallie había perdido a dos de los amores de su vida en cuestión de meses, pero eligió ocultar su dolor poniéndose vestidos de seda de estilo tailandés en colores vistosos y tiñéndose el pelo de negro azulado. La desnuda Mathilde se tapó la cabeza con la colcha cuando una bandeja de comida apareció sobre el colchón y tembló hasta que logró volver a conciliar el sueño. Bandeja, sueño, baño, bandeja, sueño, malos pensamientos, recuerdos terribles, Dios lloriqueando, bandeja, sueño; una y otra vez se repitió la secuencia, eternamente.

«Me dejas viuda en el palacio.» Andrómaca, la esposa perfecta, clamaba mientras sujetaba la cabeza inerte de Héctor en sus manos blancas. «¡Oh, Héctor! ... A mí me aguardan las penas más graves. Ni siquiera pudiste, antes de morir, tenderme los brazos desde el lecho, ni hacerme saludables advertencias que hubiera recordado siempre, de noche y de día, con lágrimas en los ojos.»

«Andromaque, je pense à vous!», como diría más adelante Baudelaire.

Una y otra vez se repitió la secuencia, eternamente, salvo porque durante la primera semana de su viudedad, en algún lugar dentro de la tienda de campaña que formaba la colcha, en la cama que albergaba su cuerpo desnudo, se despertó una lujuria tan potente que Mathilde estuvo a punto de atragantarse con ella. Lo que necesitaba era un buen polvo. Una sucesión de polvos. Vio un desfile de hombres empujando, todos en silencio y en blanco y negro, como en las primeras películas habladas. Y cubriendo toda la acción, la música del órgano. La música del órgano. ¡Ja, ja, ja!

Algunas veces en el pasado la lujuria había sido igual de potente. El primer año con Lotto. También durante su primer año de sexo, mucho antes de la llegada de Lotto. Este siempre había creído que la había desvirgado, pero lo que había ocurrido era que ese día tenía la regla, nada más. Mathilde no lo sacó de su error. No era virgen cuando lo conoció, pero solo había habido un hombre antes que él. Era un secreto que Lotto no sabría nunca. No lo habría comprendido jamás; su egocentrismo no admitiría un precursor. Se estremeció al pensar en sí misma con diecisiete años, todavía en el instituto, en cómo, después del primer fin de semana iluminador, todo le hablaba de sexo. La forma en que la luz vibraba en las hojas de la ambrosía en las zanjas, la forma en que la ropa le acariciaba la piel cuando se movía. Las palabras que salían de la boca de una persona, cómo pasaban por la lengua, se enroscaban, pasaban por los labios antes de emerger. Era como si ese hombre de repente se hubiera metido dentro de ella y hubiese provocado un terremoto y lo hubiese desatado en su piel. Durante las últimas semanas del instituto, Mathilde se paseaba por ahí con ganas de comerse a todos y cada uno de esos muchachos deliciosos. Si se lo hubieran permitido, los habría devorado enteros.

Les sonreía de oreja a oreja; ellos se escabullían. Ella se echaba a reír, pero pensaba que era una pena.

Nada de todo eso tenía importancia. Desde que se habían casado, solo había estado con Lotto. Había sido fiel. Y estaba casi segura de que él también lo había sido.

En su casita del jardín de cerezos, la casa de la viudedad más sombría, Mathilde recordó lo ocurrido y se levantó de su cama sucia para ducharse. Se vistió en la habitación a oscuras y pasó de puntillas por delante del dormitorio en el que la tía Sallie dormía entre silbidos próximos al ronquido. Pasó por delante de la siguiente habitación, con la puerta abierta, en la que la hermana de su marido, Rachel, la vio pasar desde la almohada. En la oscuridad, su cara era como la de un hurón: triangular, alerta, temblorosa. Mathilde se montó en el Mercedes.

Llevaba el pelo recogido de cualquier manera y todavía mojado, no se había maquillado, pero daba igual. Tres pueblos al norte había un bar de yuppies, y en ese bar de yuppies había un hombre con cara triste que llevaba una gorra de los Red Sox, y a una milla de distancia, en una pequeña arboleda en la que se bifurcaba la carretera, donde podrían haberlos atravesado como polillas en una tabla con el filo de los faros si hubiera pasado cualquier coche, Mathilde se aguantó de pie sobre la pierna derecha, mientras con la izquierda rodeaba las caderas amorfas del hombre de cara triste de los Red Sox, y gritó: «¡Más fuerte!». Y el hombre, cuya cara al principio mostraba concentración, empezó a mirarla con alarma, y continuó montándola con arrojo un rato más mientras ella le gritaba: «¡Más fuerte! ¡Más rápido, cabrón!». Hasta que saltó a la vista que a él le daba grima y fingió un orgasmo y sacó el miembro y murmuró que tenía que ir a mear, y Mathilde oyó sus pasos entre las hojas, que crujieron cuando el hombre salió huyendo.

La cara de Rachel seguía mirando a Mathilde desde la oscuridad cuando esta volvió a subir a la planta superior de su casa. La habitación de matrimonio, la cama obscena en su vacía enormidad. En su ausencia, alguien había cambiado las sábanas. Cuando volvió a meterse en la cama, estaban frescas y olían a lavanda, le rozaron la piel repetidas veces igual que un cúmulo de acusaciones.

En una ocasión, Mathilde se había sentado junto a Lotto en la oscuridad del teatro durante el estreno de una de sus primeras obras, las más salvajes, y se había sentido tan sobrecogida por lo que había creado su marido, la grandeza de su visión transmutada ante sus propios ojos, que se había inclinado para salvar el espacio que los separaba y le había lamido la cara, desde la oreja hasta el labio. No había podido evitarlo.

De forma análoga, al tener en brazos a la hija recién nacida de Rachel y Elizabeth, había anhelado hasta tal punto apropiarse de la inocencia de la niñita que se había metido el diminuto puño cerrado en la boca y lo había mantenido ahí hasta que la niña se había puesto a gritar.

La lujuria que acompañaba su viudedad era todo lo contrario.

«Viuda. Palabra que se autoconsume», dijo Sylvia Plath, que también se consumió.

4

La había asolado el miedo mientras tomaba el crujiente de manzana en el comedor de la universidad; había huido al cuarto de baño y se había quedado sentada, congelada, sobre la protección de la funda de papel para el inodoro durante un buen rato. Fue al final de su época de estudiante. Durante el mes anterior, la había asustado el abismo que el futuro abría ante ella. Ella, que había estado encerrada en una jaula o en otra desde su nacimiento, pronto sería libre para echar a volar, pero se sentía petrificada al pensar en semejante cantidad de aire.

Se abrió la puerta y dos chicas entraron en los lavabos. Hablaban de lo rico que era Lancelot Satterwhite.

—¿Conoces el agua embotellada Princeling? —preguntó una—. Su madre es, no sé, multimillonaria.

—¿Lotto? ¿De verdad? —comentó la otra—. ¡Mierda! Y yo me enrollé con él en primero. ¡Si lo hubiera sabido!

Las chicas se rieron.

—Sí, bueno —dijo entonces la que había hablado primero—. Es un cabronazo. Creo que debo de ser la única chica del valle del Hudson que no le ha visto la minga. Dicen que nunca se acuesta dos veces con la misma chica.

—Salvo con Bridget. Y no lo entiendo, la verdad. Es una plasta. El otro día le oí decir que estaban saliendo y pensé, ¿en serioooo? A ver, me refiero a que parece una empleada de la biblioteca infantil. O la típica persona a la que siempre le pilla el chaparrón o qué sé yo.

—Sí, claro, Bridget está saliendo con Lotto igual que una rémora sale con un tiburón.

Las chicas volvieron a reírse y se marcharon.

Ajá, pensó Mathilde. Tiró de la cadena, salió, se lavó las manos. Se miró con ojos críticos en el espejo. Sonrió.

—Aleluya —dijo en voz alta dirigiéndose a la Mathilde del espejo, y la Mathilde del espejo lo repitió con sus labios encantadores en su rostro pálido y anguloso.

Alegó que tenía exámenes finales y se escaqueó de ir el fin de semana a la ciudad. Se vistió a conciencia. Vio a su presa en el escenario esa noche y se quedó impresionada: era muy bueno, un Hamlet maníaco, con una energía propia de un cachorro, aunque era altísimo. Desde lejos, no se le apreciaban las marcas de las mejillas y emanaba una especie de luz dorada que envolvía incluso al público en su resplandor. Sabía hacer atractivo el manido monólogo de la obra y ofrecérselo a los espectadores como si fuese algo nuevo. «Ven, consumación, yo te deseo. Morir, dormir, dormir...», recitó, con una sonrisa de pirata, y Mathilde se imaginó que en las filas de asientos de todo el teatro se iba fraguando un cálido cosquilleo. Prometedor. Con ayuda de la luz del pasillo, leyó el nombre completo en el programa, Lancelot «Lotto» Satterwhite. Frunció el entrecejo. Lancelot. Bien. Mathilde era capaz de lograr que el plan funcionara.

La fiesta del reparto era en una residencia de hormigón de estilo brutalista en la que Mathilde no había estado nunca. Durante los cuatro años de la carrera, no se había permitido ir a fiestas ni tener amigos. No podía arriesgarse. Esa noche fue con tiempo y se quedó plantada bajo la lluvia, a resguardo de un pórtico, fumando. Buscaba a Bridget. Cuando la chica y tres de sus ariscas amigas llegaron trotando con varios paraguas, Mathilde las siguió y entró detrás de ellas.

Fue fácil separar a Bridget de sus amigas. Bastó con que Mathilde le hiciese una pregunta sobre los inhibidores de la recaptación de serotonina, un tema que entraba en el examen final de neurobiología que tenían unos días más tarde, para que las demás chicas se esfumaran mientras Bridget le daba las explicaciones con toda seriedad. Entonces Mathilde le volvió a llenar el vaso a Brigdet, con una buena dosis de vodka y un chorrito escaso de refresco Kool-Aid.

Bridget se sintió halagada de poder hablar con Mathilde.

—Ostras, ¡dios mío! —exclamó—. ¡Pero si no sales nunca jamás! Todo el mundo ha oído hablar de ti, pero nadie habla nunca contigo. Eres como la ballena blanca de Vassar. —Luego se ruborizó y dijo—: Ejem, como la ballena blanca más delgada y más guapa que ha habido en la historia. —Y luego añadió—: ¡Aaaag! Ya sabes a qué me refiero.

Bebió con nerviosismo. Mathilde le llenó el vaso y Bridget siguió bebiendo; Mathilde se lo llenó una vez más y Bridget volvió a beber; al cabo de un rato, Bridget vomitó en la escalera principal y la gente al pasar decía: «¡Qué asco!», y: «Por dios, Bridget». Y: «Qué porquería, por lo menos sal a la calle». Alguien llamó a las amigas de Bridget, que fueron a buscarla. Por entre los barrotes de la barandilla en el descansillo de la planta superior Mathilde observó cómo se la llevaban a casa.

Bridget bajó los peldaños de la entrada justo cuando Lotto subía, y se cruzaron.

—¡Puaj! —exclamó, y le dio una palmadita en el hombro.

El joven subió los últimos peldaños y se metió en la fiesta.

Desde su atalaya, Mathilde lo contempló todo.

Primer problema resuelto. Qué alivio.

Se quedó un rato fuera, bajo la lluvia fresca, fumó dos cigarrillos más, escuchó el jaleo de la fiesta. Le dio diez canciones de margen. Cuando empezó a sonar Salt-N-Pepa, volvió a entrar, subió la escalera. Paseó la mirada por la sala.

Ahí estaba, subido a la repisa de la ventana, borracho, bramando, y la pilló por sorpresa ver lo musculoso que era su cuerpo. Llevaba un antifaz para dormir de alguna chica a modo de taparrabos. Y tenía una jarra de agua vacía pegada a la cabeza con cinta de embalar. Ni pizca de dignidad, pero, santo Dios, menuda belleza. Tenía una cara peculiar, como si en otra época hubiese sido guapo y todavía conservara cierta hermosura, pero lejana; sin embargo, hasta ese momento Mathilde solo lo había visto vestido y nunca habría adivinado lo perfecto que era su cuerpo. Había hecho muchos cálculos, aunque ninguno de ellos contemplaba que se le derritieran las piernas por el deseo inmediato de cepillárselo.

Quería que Lotto levantase la cabeza, que la viera.

Él levantó la cabeza. La vio. Su rostro se quedó petrificado. Dejó de bailar. Mathilde notó que se le erizaba el pelo de la nuca. Lotto se abrió paso entre la multitud y empujó a una pobre chica diminuta que acabó en el suelo, y zigzagueó entre la marea de gente hasta llegar a Mathilde. Era más alto que ella. Ella medía seis pies, seis con tres pulgadas con aquellos zapatos; no había muchos hombres más altos que ella. Le gustó la sensación inesperada de ser más pequeña, más delicada. Él le tocó la mano. Hincó la rodilla en el suelo y gritó:

—¡Cásate conmigo!

Y ella no supo qué hacer; se echó a reír y bajó la mirada hacia él.

—¡No! —contestó.

Cuando Lotto contaba esa historia —repetida entre risas en tantas fiestas, en tantas cenas con amigos, Mathilde lo escuchaba con su eterna sonrisa, inclinando la cabeza y riendo con discreción—, aseguraba que Mathilde había dicho: «¡Claro!». Ella no le corrigió nunca, ni una sola vez. ¿Por qué no dejar que viviera con su ilusión? Lo hacía feliz. A Mathilde le encantaba hacerlo feliz. ¡Claro! El comentario no era cierto, no lo fue durante dos semanas más, hasta que se casaron, pero no hacía daño a nadie.

Lotto había convertido la historia de su primer encuentro en un *coup de foudre*, pero había nacido para cuentista. Reconvertía la realidad en otra clase distinta de verdad. En opinión de Mathilde, había sido otra cosa: un *coup de foutre*. Su matrimonio siempre había girado en torno al sexo. Por supuesto, tanto al principio como tiempo después también había girado en torno a otras cosas, pero durante varios días, se había reducido solo a sexo. Mathilde se había contenido hasta solucionar los compromisos que había adquirido, y la espera los había encendido a los dos, hasta hacerlos arder por dentro. Durante una etapa muy larga después de esas dos semanas, la parte genital había primado por encima de otras preocupaciones.

Incluso entonces, Mathilde ya sabía que no había nada que pudiera darse por sentado, nada que fuese «claro» e indiscutible.

La certeza absoluta no existe en ningún campo. A los dioses les encanta jodernos.

No obstante, durante un breve lapso sí hubo una felicidad que era absoluta, «clara» e indiscutible, que engulló a Mathilde por completo. Día nublado, playa rocosa. Sintió júbilo a pesar de las diminutas irritaciones, de los mosquitos que le picaban, del frío que le calaba los huesos y de las piedras afiladas de la playa de Maine que le abrieron el dedo gordo del pie como una uva partida por la mitad y la obligaron a volver cojeando a la casa que les habían prestado para su luna de miel. Tenían veintidós años. El mundo estaba henchido de potencial. Nunca serían tan felices. Se calentó las manos apoyándolas en la espalda de su marido y notó los músculos que se movían bajo su piel. Una concha se le clavó en la columna. Notó que su cuerpo se tragaba el de él. La primera consumación del acto conyugal. Pensó en una boa que engullía a un cervatillo.

Si él tenía algún defecto en aquella época, Mathilde no supo verlo; quizá fuese cierto, quizá había encontrado a la única persona sin tacha del mundo. Ni en sueños habría podido imaginarse a un chico como él. Inocente, encantador, divertido, fiel. Rico. Lancelot Satterwhite; Lotto. Se habían casado esa misma mañana. Mathilde sintió gratitud hacia la arena que se abría paso por los entresijos de su cuerpo y le escocía; no confiaba en el placer en su forma más pura.

Sin embargo, la primera consumación de su amor matrimonial terminó rápido. Lotto se rio con la boca en la oreja de Mathilde y ella en la garganta de él. No importaba. El ser escindido de cada uno había quedado suprimido. Ya no estaba sola. No cabía en sí de tanta gratitud. Lotto la ayudó a levantarse y se agacharon para recoger la ropa; el océano que había por detrás de la duna les aplaudió. Mathilde se pasó todo el fin de semana cantando de alegría.

Un fin de semana debería haber bastado. Le había ofrecido mucho más de lo que merecía. Pero ella era avariciosa.

El sol de mayo relucía durante el trayecto de vuelta de su luna de miel furtiva. Lotto, que siempre era tan voluble como un preadolescente, iba al volante y, al oír una canción romántica, se echó a llorar. Mathilde hizo lo único que se le ocurrió en ese momento, apoyó la cabeza en su regazo y desenterró al Pequeño Lotto para que el Gran Lotto dejase de llorar. Un camión que los adelantó justo entonces tocó el claxon para darles su aprobación.

Cuando llegaron a Poughkeepsie, delante de su apartamento, Mathilde se dirigió a Lotto.

—Quiero saberlo todo sobre ti. Quiero conocer a tu madre, a tu tía y a tu hermana ahora mismo. ¿Por qué no volamos a Florida después de la graduación? Quiero «comerme» tu vida.

Mathilde se rio un poco ante la seriedad de su propio comentario. ¡Ay, tener una madre, una familia! Llevaba tanto tiempo sola… Se había permitido fantasear con la idea de una suegra que la llevara a pasar el día en el balneario, que bromeara con ella, que le mandara regalitos con notas del tipo: «He visto esto y he pensado en ti».

Pero algo no iba bien. Al cabo de un momento, Lotto se llevó los nudillos a la boca.

—M., amor mío. Tenemos toda la vida por delante para esas cosas.

Un latigazo de frío la azotó por dentro. ¿Qué era eso? ¿La duda? A lo mejor ya había empezado a avergonzarse de ella. Ante Mathilde se desplegó el díptico de Lucas Cranach, Adán y Eva con esos muslos largos, esas cabezas pequeñas, pies enormes con los nudillos rojos de frío. Era cierto que incluso en el Edén había serpientes.

—Tengo que escribir el trabajo final de sociología —dijo él con tono de disculpa—. Me quedan seis horas para que se acabe el plazo, pero esta noche llevaré cena para los dos, en cuanto lo haya entregado. Te amo más allá del amor.

—Yo también —contestó Mathilde.

Cerró la portezuela del coche e intentó reprimir el pánico.

Entró en el apartamento, que se había contraído, pues estaba abarrotado de objetos de su insignificante y gris vida anterior. Se dio un baño de agua caliente y se cobijó debajo del edredón de plumas para echar una cabezada. Estaba soñando profundamente cuando sonó el teléfono. Tenía que ser malo. Nada salvo la maldad llamaría con tanta insistencia.

Se armó de valor.

—¿Sí? —preguntó Mathilde.

—Ah, hola —dijo una voz dulce y suave—. Acabo de enterarme de que eres mi hija política y ni siquiera te conozco.

Mathilde tardó un momento en reaccionar.

—Señora Satterwhite —dijo al fin—. Qué alegría poder hablar por fin con usted.

Sin embargo, la voz no cesó.

—Debo confesar que he hecho lo que haría cualquier madre que adorase a su hijo. He hecho averiguaciones para saber quién eres y de dónde vienes. Mis pesquisas han terminado en lugares muy extraños. Eres preciosa, tal como me habían dicho. Te he visto en varias fotografías, sobre todo en las que te hicieron para ese catálogo de sujetadores, aunque parece que tienes el pecho un poco pequeño y me pregunto en qué pensaba la persona que te contrató para que lo enseñaras. Si me permites ser sincera, no me ha hecho ni pizca de gracia el desplegable de la revista para quinceañeros en el que parecías un rat terrier medio ahogado, bendita seas. Es curioso que la gente pagase por verte así en público. Pero algunas de las fotos están muy bien. Eres una chica guapa. Haces buena pareja con mi Lancelot, por lo menos en el físico.

—Gracias —dijo Mathilde, precavida.

—Sin embargo, no sueles ir a la iglesia y, con toda sinceridad, eso me preocupa. Una pagana en la familia —continuó—. No sé si acaba de gustarme. Y mucho peor es lo que he averiguado sobre tu tío, la gentuza con la que se mezcla. Turbio a más no poder. Solo es posible conocer a una persona si conoces a su parentela. Debo decir que no me gusta lo que he descubierto. A eso hay que sumar mi miedo ante el tipo de persona que seduce a un muchacho con tan buen corazón como el mío y se casa con él después de un noviazgo tan corto. Solo una persona muy peligrosa o muy calculadora sería capaz de algo así. La unión de todas esas cosas me hace creer que tú y yo no nos llevaríamos bien si nos viésemos cara a cara. Por lo menos, no en esta vida.

—Bueno —dijo Mathilde—. Parece que nuestra relación será la típica entre suegra y nuera, Antoinette.

Las dos se rieron.

—Por favor, llámame señora Satterwhite —dijo la madre de Lotto.

—Puede que lo haga. O puede que no —dijo Mathilde—. ¿Qué tal le suena «madre»?

—Eres dura de pelar, ¿eh? —dijo Antoinette—. Bueno, mi Lancelot tiene un corazón tan tierno que conviene que la mujer que se case con él sea un poco firme. De todos modos, me temo que esa mujer no serás tú.

—Ya lo soy —contestó Mathilde—. ¿En qué puedo ayudarla? ¿Qué quiere?

—La pregunta, bonita, es qué quieres tú. Doy por hecho que sabes que Lancelot procede de una familia con dinero. ¡Bah, claro que lo sabes! Por eso te has casado con él. Después de salir juntos solo dos semanas, es imposible que ames de verdad a mi querido muchacho, por muy encantador que sea. Y conociendo a mi hijo como lo conozco, todavía no te ha dicho que no vais a ver ni un solo penique de mi dinero mientras me quede aliento y esté casado contigo. Ya lo discutí con él ayer por la mañana, después de que hubierais cometido el acto, cuando me llamó para regodearse. Sois un par de impetuosos. Os habéis comportado como los críos que todavía sois. Y ahora estáis sin blanca. Me pregunto cómo te sientes en este momento. Lamento que tus planes se vayan al traste.

A su pesar, Mathilde contuvo la respiración.

—Por supuesto, eso significa que te iría mucho mejor si decidieras anularlo todo —continuó Antoinette—. Toma cien mil dólares y olvídate de la anécdota.

—¡Ja! —exclamó Mathilde.

—Querida, di tú qué cantidad quieres, no me importa. Supongo que no es el momento de racanear. Di una cifra y te la concederé. Pide lo que quieras para empezar a montarte la vida cuando te gradúes y lo tendrás preparado esta misma tarde. Bastará con que firmes unos papeles y desaparezcas de la escena. Deja a mi pobre niño en paz, deja que se desfogue por ahí y al final encuentre una chica buena y dulce, y regrese a Florida, a casa, conmigo.

—Qué interesante —dijo Mathilde—. Es usted muy posesiva para ser una mujer que no se ha molestado en ir a visitar a su hijo en todo un año.

—Bueno, querida, llevas a un bebé en el vientre durante casi un año, ves a tu marido y a ti misma en su cara, pues claro que te vuelves posesiva. Es sangre de mi sangre. Yo lo engendré. Algún día lo verás.

—No lo veré —dijo Mathilde.

—¿Quinientos mil? ¿No? ¿Te bastaría con un millón? —insistió Antoinette—. Lo único que tienes que hacer es abandonar el barco. Agarra el dinero y corre. Podrías hacer lo que quisieras con un millón de dólares. Viajar, conocer otras culturas. Montar tu propio negocio. Perseguir a hombres aún más ricos. El mundo es una ostra que se abre ante ti, Mathilde Yoder. Considera este dinero como el primer grano de arena que creará tu perla.

—Desde luego, se le dan bien las metáforas cruzadas —dijo Mathilde—. En cierto modo, lo admiro.

—Por tu comentario interpreto que hemos llegado a un acuerdo. Una decisión excelente. No eres tonta. Llamaré a mi abogado y el mensajero te llevará los papeles en cuestión de horas.

—Vaya, vaya —dijo Mathilde en voz baja—. Esto va a ser magnífico, ya lo creo.

—Sí, querida. Aceptar el trato es lo más sensato por tu parte. No es una minucia precisamente, ¿eh?

—No —dijo Mathilde—. Me refería a que va a ser magnífico pensar en todas las formas posibles de mantener a su hijo alejado de usted. Será nuestro jueguecito secreto. Ya lo verá. Todas las vacaciones, todos los cumpleaños, todas las veces en las que esté enferma, surgirá algo urgente y su hijo tendrá que quedarse conmigo. Estará conmigo, no con usted. Me elegirá a mí, ¡no a usted! Vieja, Lotto la llama vieja, así que yo la llamaré igual, hasta que me pida disculpas, hasta que se obligue a ser amable conmigo, no volverá a ver a su hijo.

Colgó muy despacio y desconectó el teléfono. Luego fue a darse un segundo baño, pues la camiseta se había vuelto transparente por el sudor. Unos días después, recibió la primera de las numerosas notas que Antoinette le enviaría a lo largo de los años, punteada con infinitos signos de admiración. A cambio, Mathilde le enviaba fotos de Lotto y ella, sonriendo juntos; Lotto y Mathilde al lado de la piscina; Lotto y Mathilde en San Francisco; Mathilde en brazos de Lotto, cruzando el umbral de cada uno de los sitios nuevos en los que vivirían. Esa noche, cuando Lotto regresó a su piso, Mathilde no dijo nada. Vieron una serie de la tele. Se ducharon juntos. Después, desnudos, comieron *calzone*.

5

Después de la muerte de Lotto, el tiempo se fagocitó.

Sallie se dio cuenta de que era inútil intentar acceder a ella; Mathilde todavía estaba bloqueada. Un campo de fuerza furiosa tan grueso que nadie podía penetrar en él. Sallie volvió a Asia, esta vez a Japón. Regresaría un año más tarde, dijo, cuando Mathilde no estuviera tan enfadada.

—Siempre estaré enfadada —contestó Mathilde.

Sallie apoyó la mano seca y morena en el rostro de Mathilde y sonrió levemente.

La hermana de Lotto fue la única que siguió insistiendo e insistiendo. La querida y dulce Rachel, de corazón puro. «Te ha traído tarta de manzana», le decía. «Toma, una barra de pan. Un ramo de crisantemos. Vamos, coge a mi hija un rato, alivia un poco tu dolor.» Todos los demás le dieron «espacio». Le dieron «tiempo».

—Por dios, ¿os imaginabais que Mathilde pudiera ser semejante bruja? —decían sus amigos, heridos, cuando volvían a casa—. ¿Habríais dicho que acabaría así cuando Lotto estaba vivo? ¿Os podéis creer que nos haya dicho eso?

—La ha poseído algún demonio —decían.

—El duelo —repetían todos con conocimiento de causa, sintiéndose profundos.

Fue un acuerdo tácito: regresarían cuando Mathilde recuperase su talante educado, elegante y sonriente. En lugar de hacerle visitas, empezaron a mandarle regalos. Samuel le envió un tiesto con una bromelia. Chollie le mandó toneladas de bombones belgas. Danica le envió a su masajista personal, a quien Mathilde despidió sin hacerle el menor caso. Arnie le mandó una caja de botellas de vino. Ariel le mandó un vestido negro largo de cachemir, en el que Mathilde se ovilló durante días. Era curioso que ese regalo romántico de un antiguo jefe fuese el único obsequio perfecto.

Una noche, ya tarde, Mathilde se encontró sin saber cómo en una recta de la carretera. El coche era un Mercedes de gama alta que Lotto había comprado justo antes de palmarla. La madre había muerto medio año antes que su hijo, y Mathilde y él habían recibido una herencia tan cuantiosa que era ridículo seguir conduciendo el Honda Civic que ya tenía quince años, con los airbags flojos. Lotto solo se preocupaba del dinero cuando tenía que ver con su propia comodidad; para lo demás, dejaba que se preocuparan otros.

Mathilde pisó a fondo el pedal del acelerador. Respondía de narices. El coche tomó velocidad y pasó a ochenta, a noventa y cinco, a ciento diez millas por hora.

Luna menguante. El automóvil se deslizaba como un pez rozando las paredes de una cueva. Al cabo de lo que le pareció una vida entera, se quedó inmóvil, suspendida en la oscuridad. Calma.

El coche se salió a la cuneta, pasó rozando el terraplén, saltó una verja de alambre de espino, dio una vuelta de campana. Aterrizó en medio de un rebaño de vacas de Jersey que dormían.

A Mathilde le salía sangre por la boca. Se había mordido la lengua y casi se la había partido. Daba igual. Últimamente no hablaba con nadie. Por lo demás, estaba ilesa.

Salió como pudo del coche, tragó las emanaciones de calor cobrizo. Las vaquillas se habían apartado, la observaban desde el parapeto de tilos que las protegía del viento. Salvo una, que seguía arrodillada junto al coche. Cuando Mathilde rodeó el vehículo para acercarse al animal, había un muro de sangre donde debería haber estado el cuello.

Observó durante un buen rato cómo la vaca se desangraba en la hierba. No se podía hacer nada.

No se podía hacer nada, ¿y ahora qué? Mathilde tenía cuarenta y seis años. Era demasiado joven para haberse despedido definitivamente del amor. Aún estaba en la flor de la vida. Guapa. Deseable. Y ahora sin pareja para siempre.

La historia que nos cuentan sobre las mujeres no es esta.

La historia de las mujeres es la historia del amor, de supeditarse a otro. Una ligera desviación: el anhelo de supeditarse y la incapacidad de hacerlo. Quedarse sola en medio del naufragio, y tener que tomar las riendas de su propia vida: veneno para ratas, las ruedas de un tren ruso. Incluso la historia más romántica y suavizada no deja de ser una versión modificada de eso. En lo demótico, en la clave burguesa más baja, es la promesa del amor en la ancianidad para todas las niñas buenas del mundo. Hilarantes cuerpos viejos a la hora del baño, las manos paralizadas del marido enjabonando las cavidades ajadas de la esposa, la erección que sale entre las burbujas como un periscopio rosado. ¡Te he visto!

Habría paseos largos dados con paso vacilante bajo los plátanos, historias transmitidas con una única mirada de soslayo, con una sola palabra. «Hormiguero», diría él; «¡Martini!», diría ella, y la densa marea de la broma compartida volvería a ellos. La risa, las bellas reverberaciones. Luego se tambalearían adormilados hasta la mesa para cenar temprano, cabecearían cogidos de la mano mientras veían una película. Sus cuerpos como palos nudosos envueltos en vitela. Uno acompañaría al otro en el lecho de muerte, le daría la sobredosis con la que ayudarlo a morir, moriría al día siguiente, tras ver que todo aliciente había desaparecido del mundo con el último aliento del amado. Ay, la compañía. Ay, el romanticismo. Ay, la plenitud. Había que perdonarle a Mathilde que creyera que las cosas serían así. Había sido conducida hasta esa conclusión por fuerzas más imponentes que ella.

¡Lo conquista todo! ¡Es lo único que necesitas! ¡Es una caja de sorpresas! ¡Ríndete ante él!

Como la mazorca de maíz que engullen los pavos y se tragan casi entera, las mujeres se habían tragado esa porquería desde que apenas tenían edad suficiente para vestirse de tul.

Según cuenta la historia, la mujer necesita a otra persona para completar sus circuitos, para brillar con toda su luz.

[La refutación de todo esto acabaría por llegar. Durante la oscura década de sus ochenta años, en la lejanía que hay más allá del horizonte, se sentaría en solitario con una taza de té en la salita de su casa de Londres a la hora del desayuno y dirigiría la mirada hacia su propia mano, como un mapa antiguo, y después miraría por la ventana, donde se asomaba un periquito, ciudadano naturalizado de ese mundo subtropical artificial. De pronto, con total nitidez, en la pequeña silueta azul vería que su vida, en el fondo de los fondos, no había estado regida solo por el amor. Era cierto que había habido un amor tremendo en ella. Calor y magia. Lotto, su marido. Dios mío, lo había tenido a él. Sí, ¡sí!... Pero la suma de su vida, lo veía, era mucho mayor que la suma del amor que contenía.]

No obstante, en la inmediatez del momento, con la punzante luz de la luna sobre el metal magullado, la carne de la vaca y el cristal, lo único que había era su lengua mordida y toda esa sangre. El manantial de sangre caliente con sabor a óxido. Y el gran interrogante, «¿Ahora qué?», que se extendía sin fin.

6

Un día, la niñita que había sido, la pequeña Aurélie, se encontró con una maleta azul en la mano y el pelo apartado de la cara. Debía de tener cinco o seis años.

—Irás a vivir con tu abuela de París —dijo su alta abuela bretona.

Siempre había pasado algo raro con la abuela de París, algo vergonzoso; su propia madre nunca hablaba de ella; casi nunca se llamaban por teléfono. Aurélie no la conocía siquiera. Nunca le llegaban paquetes con envoltorios bonitos de parte de su abuela el día de su santo.

Estaban en el pasillo de un tren. La abuela había fruncido tanto la boca que las arrugas de las comisuras le llegaban a la segunda papada.

—La madre de tu madre es el único pariente que quiere acogerte —le dijo.

—No me importa —contestó Aurélie.

—Pues claro que no te importa —dijo su abuela.

Le dio un paquete con unos cuantos bocadillos y varios huevos duros, una jarrita de leche tibia y dos *chaussons aux pommes*, y le prendió una nota en el abrigo con un alfiler.

—No te atrevas a moverte del asiento —le advirtió.

Le dio a la niña un beso esquivo en la mejilla y se secó los ojos enrojecidos con un pañuelo almidonado antes de marcharse.

El tren silbó. Todo lo que Aurélie conocía en este mundo se desvaneció bajo sus pies. El pueblo, las vacas blancas y negras, las gallinas, la inmensa iglesia gótica, la panadería. Vio lo que estaba buscando cuando el tren ganó velocidad. Allí. Un fogonazo. Un coche de cinco puertas blanco aparcado bajo un tejo. Ay, su madre de pie con los brazos cruzados, pálida, con un vestido marinero, el pelo [sí, rubio platino] cubierto por un pañuelo, observando cómo se alejaba el tren. Su boca era una pincelada roja en la cara pálida. El vestido, el pelo empezaron a difuminarse con el traqueteo del tren. Costaba adivinar qué le pasaba en la cara. Al cabo de un instante, su madre desapareció.

Enfrente de Aurélie había un hombre que la miraba. Tenía la piel pálida y brillante, y unas voluminosas bolsas bajo los ojos. Aurélie se tapó los suyos con las manos para evitar la mirada del hombre, pero cada vez que los abría lo veía mirándola fijamente. Una terrible certeza se apoderó de ella. Intentó bloquearla, cruzó las piernas, pero no sirvió de nada. Se apretó la entrepierna con las manos para contener la orina.

El hombre se inclinó hacia delante.

—Pequeña —le dijo—, yo te acompaño al lavabo.

—No —contestó Aurélie.

El hombre se inclinó aún más para tocarla y ella soltó un grito, así que la mujer gorda que tenía un perro en el regazo, sentada en el otro extremo del grupo de asientos, abrió los ojos y la miró.

—Silencio —espetó.

—Ven conmigo al lavabo —dijo el hombre.

Sus dientes eran numerosos y diminutos.

—No —dijo Aurélie, y se meó encima.

El calor delicioso de la orina le mojó los muslos.

—¡Puaj! —exclamó el hombre, y salió del vagón.

Poco a poco, el pis se fue enfriando. Durante horas, conforme el tren avanzaba hacia el este con un movimiento oscilante, la mujer gorda del otro extremo se bamboleó como un flan mientras dormía y su perrillo faldero olisqueó el aire con exageración, como si lo paladeara.

De repente, llegaron a la estación.

La abuela apareció ante ella. Era una mujer tan guapa como la madre de Aurélie, con mejillas sonrosadas y cejas gruesas, aunque en esta versión tenía arrugas alrededor de los ojos. Era sorprendente. Su ropa era ampulosa y ajada al mismo tiempo. El perfume que llevaba, las manos elegantes como lápices dentro de un suave estuche de ante. La abuela se inclinó hacia delante, cogió el paquete de la niña y miró qué contenía.

—¡Ah! ¡Rica comida de pueblo! —exclamó.

Le faltaba un incisivo inferior, lo que daba un toque siniestro a su sonrisa.

—Esta noche cenaremos bien —añadió.

Cuando Aurélie se puso de pie, dejó a la vista la humedad de las piernas. En la cara de su abuela, como una persiana enrollada con rapidez, se dibujó el rechazo a ver.

—Ven conmigo —dijo como si tal cosa, y Aurélie cogió la maleta y la acompañó.

El pis se secó a medida que caminaba y los muslos empezaron a escocerle.

De camino a casa, compraron una única salchicha a un carnicero que parecía hervir de rabia en silencio. La abuela agarró la maleta y le pidió a la niña que sujetara el envoltorio de papel blanco. Al llegar a la pesada puerta azul del edificio, Aurélie tenía las manos manchadas de pegajosa grasa roja.

El piso de su abuela era austero, pero estaba limpio. Los suelos eran de madera desnuda, barridos hasta relucir. En otros tiempos debía de haber habido cuadros en las paredes, pues habían dejado marcas en el empapelado, que por lo demás tenía un estampado de pálidas flores de la pasión. Dentro no hacía más calor que fuera, pero por lo menos no había viento. La abuela vio que la niña tiritaba.

—Cuesta dinero —le dijo.

Le mandó que saltara cincuenta veces para entrar en calor.

—¡Saltar es gratis! —exclamó.

Un palo de escoba de la planta inferior hizo ratatatata en el suelo.

Comieron. La abuela le enseñó su habitación a Aurélie: un armario ropero con una manta gruesa doblada a modo de cama en el suelo, con un dosel de ropa de su abuela que colgaba hasta abajo y desprendía un fuerte olor a su piel.

—Hasta que te meta en el ropero para pasar la noche, dormirás en mi cama —dijo la abuela.

Aurélie rezó sus oraciones mientras la abuela la miraba.

Luego fingió dormir mientras la abuela se aseaba a conciencia, se lavaba los dientes con soda de cocinar, se maquillaba más y se echaba perfume otra vez. Se marchó. Aurélie observó las curvas de la bombilla en el techo. Cuando se despertó, su abuela la estaba llevando en brazos al armario ropero. La puerta se cerró. En el dormitorio, una voz de hombre, después la de su abuela, los chirridos de la cama. Al día siguiente, su abuela decidió que sería mejor que se quedara todo el rato dentro del ropero y le dio los viejos cómics de Tintín de su madre y una linterna. Con el tiempo, Aurélie aprendió a reconocer la voz de tres hombres: uno rico, que parecía embadurnado de grasa como un paté; otro con risa de helio; otro con piedras en la voz.

La abuela guardaba algunos víveres en el alféizar de la ventana, donde a veces se los comían las palomas o las ratas. Los hombres iban y venían. Aurélie soñaba con aventuras en extraños países de cómic, hacía oídos sordos a los ruidos, al final aprendió a dormirse con ellos como ruido de fondo. Empezó a ir al colegio y se emocionó con la pulcritud, las plumas con sus cartuchos, el papel cuadriculado, la limpieza de la ortografía. Le encantaban las *goûters* que ofrecía la escuela, magdalenas rellenas de chocolate y leche en una especie de petaca. Le encantaba el bullicio de los otros niños, los observaba con embeleso. Y eso se prolongó durante unos seis años.

En la primavera posterior a su undécimo cumpleaños, Aurélie llegó a casa y se encontró a su abuela en la cama en camisón. Estaba rígida, con la piel gélida. La lengua le sobresalía. Puede que tuviera marcas de dedos en el cuello, o puede que fuesen besos. [No.] Tenía dos uñas arrancadas y los dedos terminaban en sangre.

Aurélie bajó despacio la escalera. La portera no estaba en su piso. Aurélie salió a la calle y se quedó temblando en la verdulería de la esquina hasta que el dueño terminó de pesar unos espárragos para una señora con un sombrero de pieles. El verdulero fue amable con Aurélie, le dio naranjas de invierno. Tras quedarse a solas, el hombre se inclinó hacia delante sonriendo y la niña le susurró lo que había visto. El rostro del hombre se ensombreció. Echó a correr.

Más adelante, sin saber cómo Aurélie se encontró en un avión que sobrevolaba el Atlántico. Debajo, las nubes flotaban como plumas. El agua se plisaba y se alisaba sola. La desconocida del asiento contiguo tenía unos bíceps mullidos y una mano amable, que pasó por encima del pelo de Aurélie una y otra vez, hasta que la niña se durmió por fin. Cuando se despertó, estaba en su nuevo país.

Sus profesores de francés de Vassar se maravillaban.

—No tienes nada de acento —le decían.

—Ah, bueno —decía ella, despreocupada—. A lo mejor fui una francesita en otra vida.

En su vida actual era estadounidense y hablaba como una estadounidense. Su lengua materna permanecía oculta bajo la superficie. Pero al igual que las raíces se abren camino y revientan el adoquinado de las calles desde abajo, su francés se abría camino en su nuevo idioma adquirido. Por ejemplo, utilizaba la palabra *forte* en frases como: «Lotto, hacer que tu vida vaya sobre ruedas. Ese es mi *forte*», y en su boca se convertía en algo más aguerrido, femenino. Lotto la miraba con curiosidad.

—¿Has dicho *forte*, de *forteleza*? —preguntaba él, burlón, exagerando su acento.

Forteleza, una palabra sin sentido.

—Sí, claro —decía Mathilde.

Ay, y los falsos amigos. «Arrestar» y «parar». «Tropezar» y «equivocarse». «No puedo respirar», dijo una vez Mathilde en el vestíbulo durante la noche de un estreno, cuando la muchedumbre aplastaba a Lotto, «con tanta abundancia». Quería decir «acumulación de gente», pero bueno, se le ocurrió mientras miraba el opulento teatro, bien pensado, que la otra palabra también funcionaba.

A pesar de dominar el idioma, algunas veces interpretaba mal lo que le decían. Durante toda su vida adulta creyó que la gente guardaba los documentos importantes (las facturas, los certificados de nacimiento, los pasaportes, una única foto de una niña) en un lugar del banco llamado «caja puente», porque servía de puente entre las personas y la hipotética seguridad del banco.

7

Aún no se le había curado del todo la lengua después de salirse de la carretera con el coche. Mathilde hablaba muy poco. La lengua le dolía, es cierto, pero el silencio le convenía. Cuando hablaba, expresaba su desprecio.

Salía por las noches y se ligaba a cualquier hombre. El médico que todavía iba con la bata del hospital, con olor a yodo y a cigarrillos de clavo. El alcalde del pueblecito en el que Mathilde y Lotto habían vivido tan felices; el dueño de la bolera; un divorciado tímido con un gusto sorprendente por las flores en la ropa de cama. Un vaquero con botas de cuatrocientos dólares, según le había informado con orgullo. Un saxofonista de jazz negro que había ido a la ciudad para una boda.

A esas alturas, ya se había forjado una reputación sin decir nada en absoluto. El director del colegio; el propietario de un campamento de caza; un entrenador de CrossFit con deltoides como granadas de mano; un poeta semifamoso que su marido y ella conocían de la ciudad, y que había ido a visitarla en una impulsiva peregrinación para darle el pésame por la muerte de Lotto. Le había metido tres dedos y Mathilde había notado el frío de su alianza matrimonial.

Se ligó a un hombre gordo y medio calvo que era conductor del autobús escolar. Lo único que quería era abrazarla y llorar.

—Qué asco —espetó ella.

Estaba en medio de la habitación del motel, todavía en sujetador. Se había cortado el pelo al dos ese mismo día en la piscina de casa. Los rizos habían caído en la superficie lisa como serpientes ahogadas.

—Deja de llorar —le ordenó.

—No puedo, lo siento. Me da tanta pena.

—Tú sí que das pena —dijo Mathilde.

—Eres tan guapa —dijo él—. Y yo me siento tan solo.

Mathilde se sentó a plomo en la esquina de la cama. La colcha tenía estampada una escena de la selva.

—¿Puedo apoyar la cabeza en tu regazo? —preguntó el conductor de autobús.

—Si es imprescindible —dijo ella.

El hombre bajó las mejillas hasta los muslos de Mathilde. Ella reforzó la postura para soportar el peso de su cabeza. Tenía el pelo suave y olía a jabón sin perfume; desde su punto de observación, advirtió que tenía una piel muy dulce, rosada y lisa como la de un cochinillo.

—Mi mujer murió —dijo el hombre. Su boca le hacía cosquillas a Mathilde en la pierna—. Hace seis meses. Cáncer de mama.

—Mi marido murió hace cuatro meses —dijo ella—. Aneurisma. —Una pausa—. Te gano —añadió.

Las pestañas del hombre le rozaron la piel repetidas veces mientras pensaba en lo que acababa de oír.

—Entonces, ¿ya sabes lo que es? —dijo él.

—Sí que lo sé.

El parpadeo de la luz del tráfico de la calle que había junto al motel llenó la habitación de rojo y de oscuridad, de rojo y de oscuridad.

—¿Cómo sales adelante? —le preguntó Mathilde.

—Las vecinas me traen guisos. Mis hijos me llaman cada día. He empezado un curso para hacer cometas. Nada tiene sentido —dijo el hombre.

—Yo no tengo hijos —dijo Mathilde.

—Lo siento.

—Yo no. La mejor decisión de mi vida.

—¿Y tú cómo sales adelante? —le preguntó el hombre.

—Pues follándome a tipos desagradables.

—¡Eh! —exclamó él, y luego se echó a reír—. ¿Y te funciona?

—Fatal.

—Entonces, ¿por qué lo haces?

—Mi marido fue el segundo hombre con el que me acosté —dijo Mathilde pronunciando despacio las palabras—. Fui fiel durante veinticuatro años. Quiero saber qué me he perdido.

—¿Y qué te has perdido? —le preguntó él.

—Nada. Los hombres son un auténtico desastre con el sexo. Salvo mi marido.

Pensó: Bueno, me he llevado un par de sorpresas, pero en conjunto es cierto.

El hombre levantó su cara de pan del regazo de Mathilde. A ella le quedó una marca rosada en el muslo, humedad. La miró esperanzado.

—La gente dice que soy un amante excelente —dijo.

Ella se puso el vestido por la cabeza y se subió la cremallera de las botas hasta las rodillas.

—Colega, esta ventana se ha cerrado —le contestó.

—Venga, vamos —insistió él—. Seré rápido.

—Alabado sea el señor —dijo Mathilde, y apoyó la mano en el pomo de la puerta.

—Pásatelo bien haciendo de puta —respondió el hombre con amargura en la voz.

—Eres un pobre hombre, patético —dijo Mathilde, y salió sin volver a mirar atrás.

Mathilde no podía hacer nada para evitarlo. Imágenes intermitentes le taladraban la cabeza; los libros la dejaban vacía. Estaba tan cansada de la forma habitual de contar historias, de todos esos senderos narrativos tan manidos, de los típicos embrollos de la trama, de las gruesas novelas sociales. Necesitaba algo más intrincado, algo más punzante, algo similar a una bomba de relojería.

Bebió una buena dosis de vino y se quedó dormida. Se despertó en mitad de la noche, en una cama fría y vacía sin su marido. Entonces supo, con amargura existencial, que su esposo no la había comprendido ni un ápice.

Sin saber cómo, a pesar de sus convicciones y de su inteligencia, se había convertido en una esposa, y las esposas, como todo el mundo sabe, son invisibles. Los duendes de medianoche del matrimonio. La casa en el campo, el apartamento en la ciudad, los impuestos, el perro, todo era responsabilidad de Mathilde: Lotto no tenía ni idea de en qué invertía ella el tiempo. Su día a día se habría complicado mucho de haber tenido hijos; daba gracias por no haberlos tenido. Y había otra cosa: cuando Lancelot escribía algunas de sus obras, por lo menos en la mitad de los casos, Mathilde se levantaba a hurtadillas en plena noche y retocaba lo que él había escrito. [No lo reescribía; lo corregía, lo pulía, lo hacía brillar.] Además, se encargaba de los aspectos empresariales de su carrera profesional; Mathilde aún tenía visiones terroríficas de todo el dinero que Lotto habría dilapidado con su buena voluntad y su indolencia.

Una vez, durante los pases previos de *La casa de la arboleda*, cuando daba la impresión de que estaban a punto de irse a pique, Mathilde había estado en la oficina del teatro. Hasta bien entrada la tarde, con lluvia y café. Le había echado un rapapolvo al supervisor del guion con una habilidad tan despiadada y delicada a la vez que el pobre chico notó que le fallaban las rodillas y tuvo que sentarse en una otomana de color carmesí hasta que recuperó la compostura.

—Estás despedido —le dijo Mathilde cuando terminó de sermonearle.

El chico se incorporó y salió huyendo.

Mathilde no había visto a Lotto entre las sombras del pasillo, escondido.

—Vaya —comentó este—. Cuando el director le pide a algún miembro del reparto que vaya a verte, imagino que no es para que lo motives. Siempre había pensado que te los mandaba para que los motivases. Unas barritas de chocolate mágicas y un café con leche, unas lagrimillas apoyados en tu pecho…

—Es solo que algunas personas necesitan un tipo de motivación diferente —dijo ella.

Se levantó y estiró el cuello, primero hacia un lado, luego hacia otro.

—Si no lo hubiera visto, no lo habría creído.

—¿Preferirías que dejara de hacerlo? —le preguntó Mathilde.

No lo haría. De ser así, estarían mendigando. Sin embargo, lo que sí podía hacer era ser más discreta, asegurarse de que él no se enterase.

Lotto entró en la oficina y cerró la puerta con llave.

—En realidad, me ha puesto cachondo —comentó. Se acercó más a ella y dijo—: Desde luego, se me presenta como la imagen de la doncella valkiria, entrando en el círculo a lomos de su corcel, entre truenos y relámpagos, y volviendo a salir, cargando con el cuerpo de algún héroe muerto en la montura.

Agarró a Mathilde y pasó las piernas de ella alrededor de sus caderas, para que lo abrazara por la cintura. Luego se dio la vuelta y la aprisionó contra la puerta.

¿Lo que acababa de decir era una cita? A Mathilde le daba igual. Su voz rebosaba de admiración. Cerró los ojos.

—Relincha, corcel —dijo.

Lotto relinchó junto a su oído.

Mathilde poseía una parte que no le entregaba a su marido. Porque escribía, y no solo con mano invisible en los manuscritos de Lotto, que él debía de imaginar que se transformaban por arte de magia durante la noche. Escribía sus propias creaciones, que no compartía con nadie: frutos agudos y subrepticios que eran mitad relato, mitad poesía. Los publicaba con seudónimo. Había empezado a hacerlo por desesperación cuando tenía casi cuarenta años y Lotto se había roto la mitad de los huesos en la caída, y por esa fractura, Mathilde notó que él se alejaba de ella.

Había otra cosa, algo que era mucho peor. Durante la misma época en la que había empezado a escribir, Mathilde lo abandonó. Él estaba absorto en su trabajo. Luego regresó y Lotto nunca supo que se había ido.

Había visto cómo era la colonia para artistas cuando había llevado a Lotto en coche: te preparaban la comida en cestas de mimbre y te ofrecían tu propia cabaña de piedra, con esas largas conversaciones nocturnas entre risas a la luz de las velas. Parecía una versión del cielo. Mathilde le había sujetado la cara entre las manos mientras retozaba sobre él en la cama pequeña que no paraba de gemir, pero él le había dado la vuelta y cuando Lotto suspiró y jadeó y apoyó la cabeza en la espalda de Mathilde para recuperar el resuello, ella notó un escalofrío. Soltó una carcajada para ahuyentar la premonición y se marchó. Durante unas semanas, se había sentido sola en la reducida casa de campo con Dios.

Al principio se mostró optimista. Su marido había tenido un verano tan malo... Lo habían empujado en la escalerilla del avión, se había roto la mitad del cuerpo. Se había pasado varios meses bebiendo demasiado y trabajando poco en su nueva obra; se había disgustado muchísimo al verse fuera de circulación durante tantos meses, con todos los talleres, producciones y negocios que tenía entre manos. Y aunque Mathilde se había alegrado de tenerlo en casa para cuidarlo, para amarlo con sus magdalenas, su té con hielo, sus baños y sus pequeñas atenciones, también se había alegrado de poder llevarlo para su cumpleaños a la pequeña ópera del festival de Podunk, ubicado entre pastos de ganado, y deleitarse contemplándolo mientras él se inclinaba hacia delante en el asiento y absorbía toda la música. Las lágrimas rebosaban de sus ojos. Observó su estela en el entreacto cuando una mujer se les acercó con timidez para saludarlo, sofocada por el calor de la fama del dramaturgo. Lotto, con el cuerpo fracturado, la expresión tan ligera, tan extática. Hacía tanto tiempo que no estaba en plenas facultades...

Por eso no le había importado llevarlo en coche a la colonia ese día gris de noviembre, y de paso poder tomarse un respiro en la tarea constante de cuidarlo. Él trabajaría con un joven compositor para crear una ópera. Leo Sen.

Sin embargo, ya en la primera semana sin Lotto, su vida, su casa, le había resultado tan vacía… Se olvidó de comer, cenaba latas de atún sin sacarlo siquiera del envase, pasaba demasiadas horas viendo películas por internet desde la cama. El tiempo iba transcurriendo. Los días se volvieron más fríos, más oscuros. Había jornadas en las que no llegaba a encender la luz, se despertaba a las ocho cuando el sol salía tímidamente y se iba a dormir a las cuatro y media de la tarde, cuando se ponía desangrándose. Se sentía como un oso. Noruega. Las llamadas de su marido se fueron espaciando, pasaron de ser diarias a darse cada par de días. Cuando dormía, tenía pesadillas horrorosas en las que Lotto le decía que ya no la necesitaba, que la dejaba, que amaba a otra mujer. En su estado febril, se imaginaba a alguna poeta, frágil y joven, con las caderas anchas modeladas por el parto, una chica respetada como artista por derecho propio, algo que Mathilde nunca conseguiría. Lotto se divorciaría de ella y entre arrumacos se iría con su nuevo amorcito a vivir en el apartamento de la ciudad, en una saturación de sexo, fiestas y niños, niños interminables, todos con la cara de Lotto en miniatura. Se imaginó con tanta viveza a la poeta que casi la dotó de existencia. Se sentía tan sola que casi se asfixia con la emoción. Lo telefoneaba una y otra vez, pero él nunca respondía. Sus llamadas se espaciaron todavía más; la había llamado solo una vez durante la última semana. No le apetecía hablar de guarradas por teléfono con ella, algo tan extraño viniendo de Lotto que bien podrían haberlo castrado.

Se saltó la celebración de Acción de Gracias, aunque habían planeado invitar a familiares y amigos a la casa del campo; Mathilde había tenido que cancelar la cena, se comió la crema de la tarta de calabaza que había hecho el día anterior y tiró la corteza por la ventana para que la engulleran los mapaches. Cuando hablaron por teléfono ese día, a Mathilde le temblaba la voz. La de Lotto sonaba distante. Le anunció que había ampliado la estancia hasta mediados de diciembre. Ella contestó algo despectivo y colgó. Lotto la llamó tres veces, pero no contestó. La cuarta vez lo cogería, decidió Mathilde. Sin embargo, aunque esperó junto al teléfono, él no volvió a llamar una cuarta vez.

Cada vez que Lotto hablaba de Leo, se notaba una vibración por debajo de sus palabras, una emoción. Y de repente, Mathilde percibió su deseo. Le dejó un sabor amargo en la parte posterior de la lengua.

Mathilde soñó con Leo Sen. Sabía que era un hombre joven por las biografías que había encontrado en internet. Y aunque Lotto era plenamente heterosexual —la avariciosa necesidad diaria de sus manos se lo confirmaba—, el deseo de su marido siempre había ido dirigido hacia la persecución y la captura del resplandor de la persona que había dentro del cuerpo más que hacia el cuerpo en sí. Y además, había una parte de su esposo que siempre había estado ávida de belleza. No se le pasaba por la cabeza que el cuerpo de Leo Sen pudiera robarle a su marido; pero sí se le pasaba por la cabeza que, con su genialidad, Leo pudiese ocupar su lugar en el afecto de Lotto. Eso era peor. En el sueño, Mathilde y Leo estaban sentados a una mesa, había una tarta gigante de color rosa, y aunque Mathilde tenía hambre, Leo se comía toda la tarta, dando delicados mordiscos uno detrás de otro, y ella tenía que mirarlo mientras comía, sonriendo con timidez hasta que no quedaba ni una migaja.

Mathilde se sentó durante mucho, mucho tiempo junto a la mesa de la cocina, y su enfado fue aumentando por momentos y adoptó forma, luego oscuridad, luego escamas de dragón.

—Se va a enterar —dijo en voz alta mirando a Dios.

Dios meneó la cola con tristeza. La perra también echaba de menos a Lotto.

Tardó diez minutos en reservarlo todo, otros veinte minutos en preparar las maletas y a la perra. Condujo entre los cerezos, decidida a no mirar ni una sola vez la casita blanca por el espejo retrovisor. Dios había temblado cuando la había entregado al cuidador de la perrera. Mathilde había temblado de camino al aeropuerto y al subir al avión. Se había tomado dos relajantes y había parado de tiritar para pasarse durmiendo todo el vuelo hasta Tailandia. Se despertó con la cabeza embotada y una incipiente infección en la vejiga por haber contenido tanto tiempo la orina mientras dormía.

Cuando salió del aeropuerto y se topó con la humedad, la agitación humana, el hedor y el viento tropical, le fallaron las piernas.

Bangkok era un cúmulo de destellos, de color rosa y dorado, enjambres de cuerpos debajo de las farolas. Tiras de lucecitas de decoración colgaban de los árboles, un detalle dirigido a los turistas. Mathilde notaba la piel sedienta del viento húmedo, que en un momento soplaba con olor a podrido de los juncos de las marismas y el barro, y en otro momento le transmitía el olor a eucalipto. Estaba demasiado agitada para dormir y el hotel era demasiado aséptico, así que volvió a salir con intención de dar un paseo nocturno. Una mujer encorvada barría una acera con un hatillo de palos, vio una rata subida en lo alto de un muro. Mathilde quería notar el sabor amargo de un gin-tonic en la lengua y siguió la música como un autómata hasta unos porches en los que había un local de baile, vacío a esa hora tan temprana de la noche. La sala tenía gradas y palcos, estaban preparando el escenario para una banda de música. La camarera le dio unas palmaditas en la mano cuando le sirvió el cóctel, una oleada de calor en la piel y después el frío del vaso, y Mathilde sintió ganas de tocar la opulencia de las pestañas negras de la mujer. Alguien se sentó junto a ella, un estadounidense con la camiseta a punto de reventar y la cabeza igual que un melocotón maduro. A su lado el hombre tenía a una tailandesa rolliza que no paraba de reírse. La voz de él denotaba intimidad; ya había tomado posesión de su presa. Mathilde quería agarrar las palabras de aquel hombre, estrujarlas con el puño y hacérselas tragar a su dueño. En cambio, salió del local, volvió al hotel y permaneció insomne en la cama hasta el amanecer.

Por la mañana, se encontró en un barco a las islas Phi Phi; el viento le salpicaba de sal los labios. Alquiló un bungalow para ella sola. Había pagado la estancia para un mes imaginándose que Lotto regresaría a casa para encontrársela vacía, sin la perra, buscaría a Mathilde por todas las habitaciones, no encontraría nada, el terror se apoderaría de su corazón. ¿La habrían secuestrado? ¿Habría huido con el circo? Mathilde era tan flexible cuando imaginaba los pensamientos de Lotto que, en su opinión, bien podría haber pensado que se había hecho contorsionista. La habitación del hotel era de color blanco y estaba llena de muebles de madera labrada; habían puesto unas extrañas frutas abrillantadas en un

frutero rojo encima de la mesa y habían dejado una toalla, doblada para imitar la forma de un elefante, encima de la cama.

Abrió la puerta acristalada que daba al mar siseante, a los gritos infantiles en la playa, y le quitó el edredón a la cama porque
no quería que su piel entrara en contacto con los gérmenes de
otras personas. Se tumbó, cerró los ojos y notó que la devastación
de antaño se erosionaba hasta desaparecer.

Cuando se despertó ya era la hora de cenar y la devastación
había regresado, con dientes afilados, y había roído un agujero en
su interior.

Lloró mirándose al espejo mientras se ponía el vestido y se
maquillaba; lloró tanto que no pudo ponerse sombra de ojos.
Se sentó a una mesa sola, entre las flores y los cubiertos relucientes; unas personas gentiles le sirvieron con amabilidad y la colocaron de cara al mar para que pudiese llorar en paz. Tomó un bocado escaso del plato y bebió una botella entera de vino, después
volvió al bungalow descalza por la arena.

El único día que tomó el sol se puso el biquini blanco que le
quedaba holgado porque había adelgazado muchísimo. Los camareros vieron las lágrimas que se escapaban por debajo de las gafas
de sol y le ofrecieron zumos naturales de fruta sin que los pidiera.
Se quemó con el sol, pero siguió tumbada hasta que le salieron
ampollas en los hombros.

A la mañana siguiente, al despertarse, vio un elefante junto a
su ventana que transportaba lentamente a una niña por la playa.
Lo llevaba de la correa una esbelta joven con un sarong. Por la
noche, la rabia había azotado a la tristeza y la había ahuyentado.
A Mathilde le dolía todo el cuerpo por el exceso de sol del día
anterior. Se sentó en la cama con la espalda erguida y se miró en

el espejo que había enfrente, roja y decidida, con la mente aguda y rápida como el rayo.

Ahí estaba la Mathilde a la que se había acostumbrado, la que nunca había dejado de luchar. Su guerra era callada, sutil, pero siempre había sido una luchadora. La poeta era imaginaria, tenía que repetirse; ese músico esquelético llamado Leo no tenía nada con que derrotarla, porque era un chico y era inofensivo. Por supuesto que ella prevalecería. ¡Cómo se había atrevido a huir!

Dos días después de su llegada, el avión despegó de nuevo y Mathilde se encontró otra vez en el aire. Se había pasado seis días derretida por dentro. Fue a buscar a Dios a la perrera, y la perrilla estaba tan contenta de verla que intentó meter el hocico en el torso de Mathilde. Volvió al hogar y se encontró la casa helada, apestaba a basura, porque no se había molestado de sacar las bolsas antes de irse. Metió la maleta en el armario de la planta de arriba con la intención de deshacerla más tarde y se sentó junto a la mesa de la cocina con una taza de té, dispuesta a pensar la estrategia. El problema no era qué haría para recuperar a Lotto. Era qué no haría. Había muchas opciones, un mundo de posibilidades.

Al cabo de unos minutos, oyó un coche en el camino de entrada. En la gravilla distinguió los pasos de alguien que andaba cojo.

Su marido apareció por la puerta. Mathilde dejó que esperase.

Después lo miró desde una distancia enorme. Estaba más delgado, más fino que cuando se había marchado. Como si hubiera menguado. En su cara percibió algo que no quiso ver, así que apartó la mirada para obviarlo.

Lotto olfateó la cocina y, para impedir que mencionase el olor a basura y lo fría que estaba la casa, porque eso hubiese roto algo, hubiera hecho que resultase imposible regresar con él, Mathilde cruzó la cocina y le tapó la boca con la suya. El sabor, después de tanto tiempo, era extraño, la textura gomosa. El sobresalto de la falta de familiaridad. Notó que Lotto cambiaba levemente de postura, percibió que iba a inclinarse. Estaba a punto de hablar, pero Mathilde apretó la mano con fuerza en su boca. Habría sido capaz de meterle la mano entera si con eso hubiese impedido que las palabras salieran de sus labios. Lotto lo entendió. Sonrió, dejó la bolsa en el suelo, la condujo de espaldas hasta la pared. El cuerpo inmenso de Lotto sobre ella. La perra gimoteaba a sus pies. Mathilde tomó a su marido con ferocidad por las caderas y tiró de él para llevarlo al vestíbulo y luego a las escaleras.

Lo empujó con todas sus fuerzas al llegar al dormitorio y él aterrizó con un golpe sordo encima de la cama, se quejó ligeramente por el dolor residual del lado izquierdo, aún magullado. Lotto alzó la vista hacia ella, su rostro reflejaba perplejidad e intentó hablar una vez más, pero Mathilde le tapó la boca y negó con la cabeza y se quitó los zapatos y los pantalones, le desabrochó a él la camisa, los pantalones. Ay, esos calzoncillos bóxer con el agujero en la goma, le rompían el corazón. A Lotto se le marcaban las costillas en el pálido pecho. Se notaba que su cuerpo había soportado una presión tremenda. Mathilde sacó cuatro corbatas del armario, restos de su infancia en el colegio privado, que ahora casi nunca se ponía. Lotto se rio cuando su esposa le ató las muñecas al cabecero, aunque por dentro ella se sentía poseída. Mortífera. Le vendó los ojos con otra de las corbatas. Lotto emitió un ruido extraño, pero aun así su esposa le ató la cuarta corbata a modo de mordaza, y la apretó más de la cuenta; la seda azul se le hincó en las mejillas.

Mathilde se pasó un buen rato cabalgando sobre él, se sentía poderosa. Se dejó la camisa puesta para ocultar las quemaduras solares, la piel pelada; para explicar el color de la cara le diría que había hecho una excursión larga en bicicleta. Le rozó la punta con la pelvis, suavemente, y sin un ritmo marcado. Él se encendía con cada caricia. Había quedado reducido a su cuerpo largo, tan expectante, privado de los ojos, privado de la lengua. Cuando empezó a jadear por debajo de la mordaza, Mathilde cayó sobre él con fuerza, sin importarle si le hacía daño. Pensó en... ¿en qué? Unas tijeras sobre la tela. Hacía tanto tiempo. Le resultaba tan poco familiar. El estómago tenso debajo de ella como la parte crujiente de unas natillas quemadas. Lotto tenía el rostro enrojecido por las ataduras; intentaba abrir la boca de pez con la esperanza de liberarla y Mathilde le clavó las uñas en la cintura, hasta provocarle medias lunas de sangre. Lotto arqueó la espalda y la separó del colchón. Se le marcaron las venas del cuello, azuladas.

Lotto llegó al orgasmo antes que Mathilde, así que ella se quedaría a medias. No importaba. Tanteando en la oscuridad había cogido algo y había conseguido acercarlo a su cuerpo. Pensó en las palabras que le había impedido pronunciar a Lotto, las palabras que se acumularían, crecerían dentro de él hasta que la presión fuera insoportable. Y aunque le quitó la venda de los ojos, dejó la mordaza, le besó las muñecas amoratadas. Él la miró de un modo enigmático, con la seda oscurecida y apelmazada por la saliva. Mathilde se inclinó hacia delante y le dio un beso entre las cejas. Él la abrazó fuerte por la cintura y ella esperó hasta que estuvo segura de que no iba a decir ni una palabra sobre lo que había ocurrido en la colonia de artistas y entonces le desató la última corbata, la que le tapaba la boca. Lotto se sentó en la cama y le besó la vena que palpitaba por debajo de la barbilla. Mathilde había echado tanto de menos su calor... La variedad de malos olores de su cuerpo. Lotto respetó el silencio. Se levantó y se dirigió al cuarto de baño para darse una ducha, mientras Mathilde bajaba a la cocina para preparar un plato de pasta. A la *puttanesca*. No pudo evitar las ganas de meter el dedo en la llaga.

Cuando Lotto bajó, le mostró a Mathilde los cortes que le había hecho en los costados.

—Gata salvaje —le dijo.

La miró con un punto de tristeza.

Ese tendría que haber sido el fin, pero no lo fue. Mathilde buscó información de Leo Sen en Google. Cuando la semana anterior a Navidad apareció en la pantalla la terrible noticia de la muerte del joven, ahogado en el frío océano, se sobresaltó. Y después una sensación de victoria, caliente y terrible, anidó en su pecho. Apartó la mirada del reflejo de su propio rostro en la pantalla del ordenador.

Mientras Lotto estaba en la buhardilla, enterrado con su nueva obra de teatro, Mathilde bajó a Stewart's y compró el periódico. Lo guardó hasta la mañana del día de Nochebuena y lo dejó junto al espejo del recibidor, donde, estaba segura, Lotto esperaría a Rachel, a su mujer y a los niños. A Lotto le encantaban las vacaciones navideñas, porque encajaban con el centro cálido y jubiloso de su ser; se pasaría un rato mirando por la ventana con impaciencia para controlar la carretera rural y sin duda vería el periódico. Entonces sabría qué era lo que ella sabía. Lo oyó silbar y salió del dormitorio para colocarse en lo alto de la escalera y observarlo. Lotto dedicó una sonrisa al espejo, se arregló el atuendo y sin querer apoyó la mano en el periódico. Lo miró con más atención y empezó a leer. Se quedó pálido, se aferró a la mesa que tenía detrás como si temiera desmayarse. Rachel y Elizabeth estaban discutiendo cuando se abrió la puerta de atrás y entraron en la cocina, los niños chillaron de la emoción, y la perra ladró y gritó de felicidad al verlos. Mathilde había reservado el periódico para ese preciso momento, porque al estar en compañía Lotto no podría discutir, no podría empeorar las cosas diciéndolas en voz alta, y si no las decía de inmediato, ya no las diría nunca. Lotto miró la parte superior del espejo y vio a Mathilde en la escalera, detrás de él.

Ella lo miró mientras él la miraba. La cara de Lotto reflejó que había captado algo, pero enseguida se desvaneció el gesto; él mismo se asustó al atisbar lo que Mathilde tenía dentro y no estaba dispuesto a ver cómo se desplegaba.

Mathilde bajó un escalón.

—¡Feliz Navidad! —exclamó.

Estaba aseada. Olía a pino. Siguió bajando. Era una niña; se sentía tan ligera como el aire.

«Welch Dunkel hier!», canta Florestán en el *Fidelio* de Beethoven, una ópera que trata sobre el matrimonio.

Es cierto, la mayor parte de las óperas tratan sobre el matrimonio. Pocos matrimonios podrían considerarse operísticos.

«¡Qué oscuridad se oculta aquí!», es lo que canta Florestán.

El día de Año Nuevo era el único día de su vida en el que Mathilde creía en un dios. [Ja.] Rachel, Elizabeth y los niños seguían dormidos en la habitación de invitados de la planta superior. Mathilde hizo unos bollitos, una *frittata*. Su vida era una larga e interminable ronda de entretenimiento.

Encendió el televisor. Agitación en negro y dorado, un incendio nocturno. Un manto de cuerpos cubiertos por sábanas, ordenados como un campamento en la llanura; un edificio con las ventanas abovedadas, ennegrecido y sin tejado. El vídeo que alguien había grabado con el móvil justo antes del gran incendio; una banda de música en un escenario gritando la cuenta atrás para recibir al año nuevo, bengalas y petardos que escupen fuego, caras sonrientes. Ahora el exterior, y personas a las que meten en ambulancias, otras tumbadas en el suelo. Piel destrozada, achicharrada y de color rosa. Es inevitable pensar en carne asada. Mathilde notó unas náuseas lentas que se apoderaban de ella. Reconocía ese lugar, había estado allí apenas unas noches antes. La presión de los cuerpos contra las puertas cerradas, el humo asfixiante, los gritos. Esa chica rolliza junto al estadounidense gordo en la barra del club. La camarera con las pestañas despampanantes, la sorpresa de su mano cálida sobre la piel de Mathilde. Cuando oyó que Rachel pisaba el primer escalón de la escalera, apagó el televisor, salió a toda prisa al patio de atrás con Dios para recuperar la compostura gracias al frío.

Esa noche mientras cenaban, Rachel y Elizabeth anunciaron que Elizabeth estaba embarazada.

Una vez en la cama, cuando Mathilde lloró sin parar, de gratitud y culpa y terror ante todas las cosas de las que se había librado, Lotto pensó que lloraba porque su hermana era tan rica en hijos y ellos eran tan terrible e injustamente pobres. Después, también él lloró enterrado en el pelo de su esposa. La distancia que había entre ambos se salvó y volvieron a reunirse.

8

El aeropuerto era ensordecedor. Aurélie, de once años, sola, no entendía ni una palabra. Por fin vio al hombre que sujetaba el cartel con su nombre escrito y, con una oleada de alivio, supo que debía de ser su tío, el hermano de su madre, mucho mayor que ella. El hijo de su juventud endiablada, decía siempre su abuela; aunque su vejez también había sido endiablada. El hombre era afable, rollizo, de cara roja, rebosante de simpatía. Le cayó bien en cuanto lo vio.

—No, *mamzelle* —dijo el hombre—. *Non oncle*. El chófer.

La niña no lo entendió, así que hizo el gesto de conducir un volante. Aurélie se tragó la decepción.

—No *parlez français* —dijo el chófer—. Salvo *voulez-vous coucher avec moi*.

Aurélie parpadeó varias veces, incrédula.

—No, no, no, no, no —contestó enseguida el chófer—. No *vous*. *Excusez-moi*. No *voulez coucher avec vous*.

El hombre se sonrojó todavía más y fue chasqueando la lengua hasta que llegaron al coche.

Salió un momento de la autopista para comprarle un batido de fresa; era empalagoso y le provocó dolor de estómago, pero Aurélie se lo bebió todo porque era un detalle por su parte. Tenía miedo de manchar los asientos de cuero, así que sujetó el vaso con mucho cuidado durante todo el trayecto hasta casa de su tío.

Se detuvieron en el camino de grava. La casa era un lugar modesto para un hombre que tenía chófer. Una severa granja holandesa de Pensilvania, de piedra impenetrable y ventanas antiguas tan combadas que jugaban a imitar el paisaje ondulado que había detrás. El chófer subió la maleta de Aurélie a su habitación, que en sí ya era el doble de grande que el apartamento entero de su abuela de París. A un lado estaba su propio cuarto de baño de mármol, con una alfombrilla de ducha verde tan gruesa que era como el césped del parque en primavera. Le entraron ganas de tumbarse en la alfombrilla de inmediato y dormir durante días.

En la cocina, el chófer sacó de la nevera una bandeja con una pechuga de pollo, ensalada de patata, judías y una nota que su tío había escrito en francés, en la que le decía que la vería cuando volviera a casa. Le aconsejó que viera la televisión, la mejor forma de aprender inglés. No debía salir de la casa. Podía hacer una lista de todas las cosas que necesitara y el chófer se encargaría de que las tuviera al día siguiente.

A Aurélie le costó pasar por alto cuántas faltas de ortografía había cometido su tío.

El chófer le enseñó a cerrar con llave la puerta y a encender la alarma. En su cara fofa se dibujó una expresión preocupada, pero le dijo que tenía que irse.

Aurélie comió casi pegada al televisor para calentarse con la pantalla que desprendía energía estática, y vio un programa incomprensible sobre leopardos. Lo fregó todo y volvió a ponerlo donde creía que tenía que ir. Subió de puntillas a la planta superior. Intentó abrir las puertas una por una, pero todas excepto la suya estaban cerradas con llave o con un cerrojo. Luego se lavó las manos, la cara y los pies, se cepilló los dientes y se subió a la cama, pero era demasiado grande, y la habitación estaba plagada de sombras. Sacó el edredón y la almohada y los metió en el ropero vacío. Se quedó dormida en la moqueta, que olía a polvo.

En mitad de la noche, se despertó de repente y vio que un hombre delgado la espiaba desde la puerta. Algo en sus ojos grandes y las mejillas rellenas le recordó a su abuela. Tenía las orejas como pequeñas alas pálidas de murciélago. La cara le devolvió el rostro de su madre, nublado por el humo de tantos años de separación.

—Bueno —dijo el hombre en francés—. La diablesa.

Parecía divertido, aunque no sonreía.

Aurélie notó que se le paraba la respiración. Desde el principio, comprendió que era muy peligroso, a pesar de su aspecto afable. Tendría que andarse con cuidado. Tendría que ser muy reservada.

—Estoy poco en casa —dijo el tío—. El chófer te llevará a comprar la comida y lo que necesites. Te llevará en coche hasta la parada del autobús con el que irás al colegio y de ahí a casa. Apenas me verás.

La niña le dio las gracias en voz baja, porque el silencio habría sido peor.

Él la miró durante un buen rato antes de decir:

—Mi madre también me obligaba a dormir en el armario. Deberías intentar dormir en la cama.

—Lo haré —susurró Aurélie.

Su tío cerró la puerta y la niña aguzó el oído para escuchar mientras él andaba, giraba la llave, abría una puerta, la cerraba, volvía a girar la llave para cerrarla, y así sucesivamente con distintas puertas. Aurélie siguió escuchando la casa enmudecida hasta que el silencio la embargó y consiguió dormirse de nuevo.

Cuando no llevaba ni una hora de clase en el colegio estadounidense, el chico que estaba sentado delante de Aurélie se dio la vuelta.

—¿Cuál es el animal que tiene entre tres y cuatro ojos? —susurró—. El *pi-ojo*.

La niña no lo pilló.

—Eres tonta —dijo su compañero.

La comida se redujo a una enigmática rebanada de pan con queso. La leche olía a podrido. Aurélie se sentó en el patio intentando encogerse para destacar lo mínimo, aunque era muy alta para su edad. El chico del chiste se le acercó con otros tres amigos.

—¡Oral y oral y oral…! —le gritaron, para burlarse de su nombre.

Luego apretaron la lengua contra una mejilla e imitaron con las manos un pene que entraba y salía de la boca.

Eso sí que lo pilló. Fue a ver a la profesora, un gusano con aspecto infantil y escaso pelo canoso, que se había pasado toda la mañana hablando con Aurélie muy orgullosa en su francés *patois* que había aprendido en el instituto.

Aurélie le dijo tan despacio como pudo que, aunque Aurélie era su nombre de pila, nadie la llamaba así en París.

La mención de la ciudad hizo que a la profesora se le iluminase la cara.

—*Non?* —preguntó—. *Et qu'est-ce que c'est le nom que vous préférez?*

Aurélie lo pensó. Había una chica de un curso superior al suyo en el colegio de París, una chica baja, fuerte e irónica con una ondulante melena morena. Era misteriosa, moderna, la chica a quien todas las demás agasajaban con *berlingots* y *bandes dessinées.* Cada vez que se enfadaba, las palabras salían de sus labios igual que latigazos. Pocas veces utilizaba su fuerza. Se llamaba Mathilde.

—Mathilde —dijo Aurélie.

—Mathilde —dijo la profesora—. *Bon.*

Y así, sin más y de repente, Mathilde creció hasta cubrir la piel de Aurélie. Notó que el autocontrol de la otra chica la poseía, su ojo clínico, su agudeza mental. Cuando el chico de la fila de delante se dio la vuelta para imitar una mamada, ella sacó la mano como un dardo y le pellizcó la mejilla con fuerza pillándole la lengua. El chico chilló y los ojos se le llenaron de lágrimas, y cuando la profesora se volvió hacia ellos, encontró a Mathilde sentada tan tranquila. Castigaron al chico por hacer ruido. Mathilde observó cómo a lo largo de la hora de clase a él le salían unas manchas gemelas de color uva morada en el carrillo. Le entraron ganas de succionarlas.

Una vez, en una fiesta, durante los felices años alocados de Greenwich Village, cuando Lotto y ella eran tan desesperadamente pobres [Mathilde tenía agujeros en los calcetines, comían rayos de sol y agua], cuando las luces navideñas proyectaban una cadena de limones en las paredes y mezclaban vodka barato con zumo, Mathilde estaba echando un vistazo a los CD cuando oyó que alguien gritaba: «Aurélie!». De repente, volvió a tener once años, estaba desesperada, sola, confundida. Se volvió como un resorte.

Pero era su marido, como un taladro: «No sabía que era un supositorio, así que se lo tomó por vía *oral y...*, ja, ja, ja». Los amigos se reían a carcajadas; las chicas bailaban con tazas en vez de vasos en la mano. Mathilde entró en el dormitorio, se sentía como un robot, pasó por delante de los tres cuerpos abstraídos que había en la cama sin mirarlos. Confiaba en que antes de marcharse cambiaran la funda del nórdico. Se metió en el armario ropero que apestaba a madera de cedro y al polvo de su propia piel. Se cobijó entre los zapatos. Se quedó dormida. Lotto la despertó horas más tarde cuando abrió la puerta, se echó a reír y la cogió en brazos con ternura para llevarla a la cama. Mathilde agradeció que el colchón estuviera desprovisto de sábanas, y su marido y ella estuvieran por fin a solas, con la mano ávida y caliente de Lotto en el cuello, en la parte superior del muslo.

—Sí —dijo Mathilde.

En realidad no quería, pero no importaba. El peso del cuerpo de él la obligaba a volver al presente. Mathilde fue regresando poco a poco. [Y Aurélie, esa niña triste y perdida, volvió a desvanecerse.]

Aurélie era tímida y sumisa; Mathilde hervía bajo una piel plácida.

Una vez, estaba jugando al tetherball y un chico de su clase iba ganando, así que Mathilde le dio a propósito un golpe tan fuerte a la pelota que le golpeó en la cara y lo tumbó en el suelo; la cabeza del chico rebotó en el asfalto y tuvo una contusión. Otra vez, oyó que un grupito de niñas mencionaba su nombre y luego se reía. Esperó. Durante la comida, una semana más tarde, se sentó junto a la más popular de esas niñas y aguardó hasta que la chica dio un mordisco grande al bocadillo y, por debajo de la mesa, le clavó el tenedor en el muslo. La chica escupió el bocado antes de gritar, y Mathilde tuvo tiempo suficiente de esconder el tenedor debajo de uno de los soportes de la mesa. Parpadeó con esos enormes ojos inocentes y la profesora la creyó.

A partir de entonces, los demás alumnos la miraban con miedo en el semblante. Mathilde flotó entre sus días escolares como si nada, como si estuviera en las nubes y desde allí contemplase la ciudad con indiferencia. La casa de su tío en Pensilvania no era más que un lugar donde dormir, fresco y sombrío, no era un hogar. Se imaginaba una vida alternativa, un torbellino caótico con seis hermanas, música pop en la radio a todo volumen, olor a esmalte de uñas y muchos pasadores en el tocador. Veladas de juegos con palomitas y peleas a grito pelado. Una voz desde la cama de al lado por la noche. La única bienvenida en casa de su tío era el cálido zumbido del televisor. Se mofaba de un culebrón de la tele, *La estrella de tus ojos*, imitaba las voces de los personajes, hasta que consiguió quitarse el acento francés. Su tío no estaba nunca en casa. ¿Se moría de ganas de saber qué había detrás de las puertas cerradas? Claro. Pero no tocó ni un cerrojo. [A esa edad, era un milagro del autocontrol.] Los domingos, el chófer la llevaba a la tienda de comestibles y, si compraba rápido y todavía les quedaba tiempo, la llevaba después a un parquecito que había junto a un río, para que la chica diera pedacitos de pan blanco a los patos.

Sentía una soledad tan inmensa que se materializó en el pasillo de la planta superior, oscuro y delimitado por numerosas puertas cerradas.

En una ocasión, incluso, mientras nadaba en un río, una sanguijuela se le pegó a la parte interna del muslo, tan cerca de las partes pudendas que le pareció emocionante y la dejó ahí; durante varios días pensó en la sanguijuela como si fuese su amiga invisible. Cuando se le desprendió mientras se duchaba y la pisó sin querer, se echó a llorar.

Para pasar más tiempo fuera de casa se apuntó a todos los clubes de entrenamiento intensivo del colegio en los que no era necesario hablar. Hacía natación, se apuntó al club de ajedrez y también aprendió a tocar la flauta para participar en la banda, un instrumento absolutamente humillante, pensaba Mathilde, pero fácil de tocar.

En el punto álgido de su felicidad, muchos años después, pensaba en esa niña solitaria, con la cara vuelta hacia el suelo como una tímida y maldita flor de campanilla, mientras por dentro escondía un torbellino. Le entraban ganas de darle un buen bofetón a esa cría. O cogerla en brazos y taparle los ojos y correr a algún lugar seguro con ella.

Su tío la adoptó cuando tenía doce años. Mathilde no fue consciente de que iba a hacerlo hasta la víspera de la vista judicial. El chófer se lo contó.

El hombre había engordado tanto a lo largo de ese año que en el estómago le había salido un pequeño estómago. Cuando levantaba la compra para meterla en el maletero, Mathilde sentía unas ganas imperiosas de enterrar la cara en los numerosos almohadones de su cuerpo.

—¡Adoptada! ¿A que es bonito? —le comentó el chófer—. Ahora ya no tendrá que preocuparse, *mamzelle*, por tener que ir a otro sitio. Ahora esta es su casa.

Cuando vio la expresión de Mathilde, la acarició (¿era la primera vez que la tocaba?) en la coronilla.

—Vamos, muchachita. No se lo tome así.

De camino a casa, el silencio de la niña era como los campos por los que pasaban. Destruido por el hielo, atestado de mirlos.

—Supongo que ahora tendré que llamarla señorita Yoder, ¿verdad? —le preguntó todavía en el coche.

—¿Yoder? —repitió la niña—. Pero mi abuela no se apellidaba así.

Los ojos del chófer reflejados en el espejo retrovisor se alegraron.

—Dicen que su tío se cambió el apellido por lo primero que vio cuando llegó a Filadelfia. Estaba en el mercado de Reading Terminal y vio un cartel de «tartas de Yoder».

De inmediato, una señal de alarma se dibujó en su rostro.

—No le diga a nadie que se lo he contado, por favor —dijo.

—¿A quién voy a decírselo? Es la única persona con la que hablo —contestó Mathilde.

—Ay, bonita —dijo el chófer—. Me rompe el corazón. En serio.

El día que Mathilde cumplió trece años, se encontró con una de las puertas de la planta baja sin cerrojo y entreabierta. Su tío debía de haberla dejado así a propósito para ella. Durante unos instantes, las ansias que sentía se apoderaron de ella y fue incapaz de contener la curiosidad. Entró. Era una biblioteca, con sofás de cuero y lámparas de Tiffany, y salvo por una vitrina de cristal en la que, tal como averiguó más adelante, se guardaban novelas eróticas japonesas antiguas, Mathilde llegaba a todos los demás libros de la sala sin tener que estirarse. Había cosas raras, libros de tapa dura antiquísimos que, a pesar de sus lomos destacados y sus encuadernaciones en tela, parecían recopilados al azar. Tiempo después, en sus años de sofisticación, comprendió que se trataba de libros vendidos a peso, en su mayor parte con fines decorativos. Pero en esos malos tiempos, en la preadolescencia, eran puertas a un mundo victoriano más amable. Los leyó todos. Se familiarizó tanto con Ian Maclaren y Anthony Hope, Booth Tarkington y Winston Churchill [el novelista estadounidense], Mary Augusta Ward y Frances Hodgson Burnett, que las frases de sus redacciones de inglés se volvieron cada vez más complicadas y ornamentadas. Teniendo en cuenta cómo es la educación en Estados Unidos, sus profesores tomaron sus frases rococós como muestra de una facilidad prodigiosa para la lengua, una facilidad que en realidad no poseía. Ganó todos los premios escolares de literatura en su último curso de secundaria. También los ganaría más adelante, en el bachillerato. El día que cumplió trece años, mientras cerraba la puerta de la biblioteca, pensó que a ese ritmo llegaría a conocer qué escondían todas las habitaciones cuando cumpliera treinta años.

Sin embargo, un mes más tarde, su tío se dejó abierta otra puerta sin querer.

Mathilde llegó a casa antes de lo previsto. Había vuelto andando del colegio porque habían cancelado las clases de la tarde (en el horizonte se anunciaba una brutal tormenta de nieve) y le fue imposible localizar al chófer desde el teléfono del despacho, y para colmo, perdió el autobús. Anduvo a pesar del frío helador, y las rodillas desnudas se le entumecieron al cabo de cinco minutos. Logró cubrir las últimas dos millas contra un viento racheado, protegiéndose los ojos con los dedos para evitar que le entrara nieve.

Cuando llegó a la casa de piedra, tuvo que acurrucarse en el peldaño de la entrada y meter las manos por debajo del sujetador para calentárselas lo suficiente y poder girar la llave. Oyó voces dentro, al final del pasillo en el que estaba la biblioteca. Se quitó los zapatos, tenía los pies como bloques de hielo, y reptó hasta la cocina, donde vio unos cuantos bocadillos a medio comer en la encimera. Una bolsa de patatas que desparramaba sus entrañas de barbacoa. Un cigarrillo consumido en una taza, con un dedo de ceniza. En las ventanas, la tormenta había oscurecido tanto el cielo que estaba casi negro.

Intentó acercarse a la escalera sin hacer ruido, pero se quedó petrificada a medio camino; debajo del hueco de la escalera había una pequeña habitación, y hasta ese momento nunca había visto la puerta abierta. Oyó pasos y se metió dentro. Cerró la puerta con sigilo. La luz del techo estaba encendida. La apagó. Se acurrucó detrás de una extraña estatua de una cabeza de caballo y respiró tapándose la nariz y la boca con la mano. Los pasos se alejaron. Oyó varias voces masculinas contundentes y más pasos. En la oscuridad, al ir entrando en calor, notó que un ejército de hormigas le mordía la piel.

La enorme puerta principal se cerró de portazo, y Mathilde esperó y esperó. Por suerte, percibió que la casa estaba vacía y se hallaba sola.

Encendió la luz y vio lo que apenas había atisbado antes. A lo largo de toda la pared había lienzos con la tela pintada al revés y pequeñas estatuillas. Cogió una tabla pintada al óleo. Era pesada, sólida. Le dio la vuelta y estuvo a punto de soltarla de la impresión. Jamás en su vida había visto algo tan perfecto. En la parte inferior, en el primer plano, había un voluptuoso caballo blanco con un hombre con túnica azul montado encima, el tejido del ropaje era tan suntuoso que lo tocó para asegurarse de que no era real. Detrás de ese jinete había otros hombres, otros caballos, una roca escarpada. Contra el cielo azul se recortaba una ciudad tan suave y pálida, tan perfecta, que parecía hecha de huesos.

Lo memorizó. Al cabo de un rato volvió a dejar el cuadro en el suelo y se quitó el jersey para secar la nieve derretida del pelo y la ropa que había goteado en el suelo. Cerró la puerta al salir y notó una ansiosa pérdida cuando oyó que el pestillo volvía a entrar en su lugar.

Subió la escalera y se tumbó en la oscuridad con los ojos cerrados para volver a visualizar el cuadro. Cuando el chófer entró en la casa llamándola con preocupación, Mathilde se acercó a la ventana de su cuarto, recogió dos puñados de nieve del alféizar, se los plantó en el pelo y corrió a la cocina.

—¡Ay, niña! —exclamó el chófer, y se sentó a plomo—. Creía que la habíamos perdido en la tormenta.

A Mathilde no le importó que la preocupación fuera por ambos, porque si, en efecto, la hubiera perdido, él mismo habría corrido peligro.

—He llegado hace unos minutos —contestó la chica, todavía temblando.

El chófer la tomó de la mano y notó lo fría que estaba. Le dijo que se sentara, le preparó una taza de chocolate caliente y le dio unas galletas también de chocolate.

Para su decimocuarto cumpleaños, el tío de Mathilde la llevó a cenar fuera. En tres años, nunca habían compartido una comida. Al abrir la puerta de su dormitorio, Mathilde había visto el vestido rojo que él había colocado encima de la cama, como si fuera una niña esquelética arrojada de espaldas. Al lado vio su primer par de zapatos de tacón, eran altos y de color negro. Se vistió despacio.

El restaurante era un sitio cálido, una granja reformada que no difería mucho de la de su tío, pero con el fuego encendido en la chimenea. A la luz dorada de la lumbre su tío parecía enfermo, la piel era como de sebo de vela, medio derretida. Mathilde se reprimió para no mirarlo mientras él pedía por los dos. Ensalada César. *Steak tartare* con un huevo de codorniz encima, seguido de *filet mignon*. De acompañamiento, patatas al horno y espárragos. Côtes du Rhône. Mathilde había sido vegetariana desde que vio un reportaje en televisión sobre la ganadería industrial, con vacas colgadas de ganchos y despellejadas vivas, pollos hacinados en jaulas tan pequeñas que se les rompían las patas y obligados a vivir entre sus propios excrementos.

Cuando llegaron las ensaladas, su tío enroscó una anchoa marrón en el tenedor y la felicitó en francés por ser tan bien educada y tan autosuficiente. Tragó sin masticar, igual que los tiburones, Mathilde lo sabía por la televisión.

—No tengo otro remedio. Me han dejado totalmente sola —dijo Mathilde.

Se aborreció a sí misma por dejar que su boca temblara y la traicionara.

Su tío bajó el tenedor y la miró.

—Vamos, por favor, Aurélie. Nadie te ha pegado. No has pasado hambre. Vas al colegio, al dentista y al médico. Yo no tuve nada de todo eso. No te pongas melodramática. No estamos en *Oliver Twist*, y tú no eres uno de esos niños que trabajan en las minas de carbón. He sido amable contigo.

—Una fábrica de betún. Dickens trabajó en una fábrica de betún —le corrigió Mathilde. Pasó al inglés—: No, nunca me atrevería a decir que no hayas sido amable conmigo.

Su tío captó la ofensa aun sin acabar de comprenderla.

—Da igual. Yo soy todo lo que te queda. *Diablesse*, te llamaban. Aunque debo reconocer que nunca he visto muestras de tus diabluras, para mi decepción. O no tienes tanta maldad o has aprendido a disimularla como hacen todos los buenos diablos.

—A lo mejor vivir con miedo puede expulsar toda la maldad de una persona —dijo ella—. Exorcismo por el terror.

Mathilde se terminó el agua y se sirvió vino hasta que la copa casi rebosó. Lo apuró de un trago.

—No has presenciado nada que debas temer —dijo él. Se inclinó hacia delante y sonrió—. Pero podría cambiar si lo prefieres.

Por un momento, Mathilde dejó de respirar. A lo mejor era el vino lo que le nublaba la vista.

—No, gracias —contestó.

—De nada —dijo su tío. Se terminó la ensalada, se limpió la boca y añadió—: Nadie te ha contado que tus padres tienen hijos nuevos. Bueno, nuevos. Relativamente. Uno de ellos tiene tres años y el otro, cinco. Dos chicos. Tus hermanos, supongo. Te enseñaría la foto que me envió mi hermana, pero creo que la he perdido.

[Es curioso el modo en que cada cosa se relaciona con un dolor particular: desde entonces, la ensalada César siempre le provocó una tristeza asfixiante.]

Mathilde sonrió mirando a un punto por encima de la cabeza de su tío, donde la luz de la chimenea se reflejaba en un barómetro antiguo. El objeto también brillaba a través de las orejas puntiagudas del hombre. La niña no dijo nada.

Cuando llegó el *filet mignon*, su tío volvió a hablar.

—Eres muy alta. Delgaducha. De rasgos raros, aunque parece

que está de moda. A lo mejor podrías ser modelo. Incluso buscarte la vida para pagarte la universidad.

Mathilde bebió agua con sorbos lentos y rítmicos.

—Ah —dijo él—. Pensabas que yo iba a mandarte a la universidad, ¿eh? Lo siento, mis obligaciones terminan a los dieciocho.

—Pero podrías permitírtelo —dijo Mathilde.

—Sí que podría —contestó él—. Pero siento curiosidad por saber qué harás. Superar escollos curte el carácter. Si no hay escollos, no hay carácter. Nadie me ha regalado nada en la vida. Ni una sola cosa. Me lo he ganado todo.

—Y mírate ahora —dijo Mathilde.

Él le sonrió y el parecido con su abuela, con su lejanísima madre, carente de aprecio, le puso la piel de gallina.

—Ten cuidado —le advirtió su tío.

La carne intacta del plato de la chica se le emborronó y poco a poco volvió a enfocarse.

—¿Por qué me odias? —le preguntó Mathilde.

—Vamos, niña. No siento nada por ti, ni un sentido ni en otro —respondió; eso fue lo más afectuoso que le dijo jamás.

Su tío sorbió la *panna cotta*. Se le quedó nata en los pliegues de la boca.

Les llevaron la cuenta, un hombre se acercó a su tío y negó con la cabeza murmurándole algo al oído, y Mathilde apartó la mirada encantada porque, con el rabillo del ojo, vio un ligero movimiento junto a la puerta. Un gato blanco había introducido la cabeza en el salón y estiraba el cuerpo tenso apoyándose en las patas delanteras, con la mirada fija en la chimenea encendida. Un tigre en miniatura, listo para la caza. Mathilde se quedó encandilada un rato por la inmovilidad del gato; el único signo de vida era el diminuto movimiento de la punta de la cola; entonces, sin previo aviso, el gato saltó. Cuando reapareció, llegaba colgando de la boca una cosita gris, suave y sin huesos. Un ratón de campo, pensó Mathilde. El gato se alejó trotando, con la cola bien tiesa de orgullo. Al volverse hacia su tío y el amigo de este, ambos la miraban divertidos.

—Dmitri acaba de decir que tú eres el gato. El gato eres tú —dijo el tío.

No. Siempre había aborrecido los gatos. Parecían rebosantes de ira. Dejó la servilleta en la mesa y sonrió de oreja a oreja enseñando los dientes.

9

La única que regresó y regresó y regresó sin darse por vencida fue Rachel.

Rachel preparaba sopa y *focaccia*, que Mathilde le daba a la perra.

Rachel volvía sola, y con Elizabeth, y con los niños, que corrían por los campos con Dios hasta que la perra caía muerta de agotamiento, y después le cepillaban el pelaje para quitarle todas las zarzas y las briznas, y la dejaban floja y jadeante durante horas.

—¡No quiero verte! —le gritó Mathilde a Rachel una mañana en la que se presentó sola con unos brioches de queso y un zumo recién exprimido—. Vete.

—Me da igual que me trates con desdén —dijo Rachel.

Dejó los brioches en la alfombrilla de la entrada y volvió a incorporarse, una figura feroz ante la tenue luz matutina. Ese horrendo tatuaje que le subía por el brazo, una tela de araña con una sirena y un nabo pequeño, alguna especie de fantasía erótica o, por lo menos, una metáfora cruzada. Esa familia tenía talento para las florituras figurativas.

—No pienso marcharme —añadió Rachel—. Volveré una y otra vez, una y otra vez, hasta que te recuperes.

—Te lo advierto —dijo Mathilde a través de la puerta acristalada—. Soy la peor persona que hayas conocido.

—Eso no es cierto —contestó Rachel—. Eres una de las personas más amables y generosas que he conocido en mi vida. Eres mi hermana y te quiero.

—Ja. No me conoces —insistió Mathilde.

—Sí que te conozco —dijo Rachel.

Se echó a reír, y aunque durante toda su vida Mathilde había lamentado en cierto modo que Rachel no se pareciese en nada a su hermano, tan fabuloso y resplandeciente, ahora vio a Lotto en el rostro de su hermana pequeña, el mismo hoyuelo discreto en la mejilla, los dientes fuertes. Mathilde cerró los ojos y luego cerró la puerta con llave. A pesar de todo, con su inagotable energía nerviosa, Rachel regresó y regresó y regresó.

Se había quedado dormida en la pérgola de la piscina. Habían transcurrido seis meses desde la muerte de Lotto, el nefasto calor de agosto. Su viejo amigo Samuel había ido a verla esa mañana y estaba hecho una furia porque no le dejaba entrar, abría mucho los orificios nasales y gritaba su nombre a pleno pulmón mientras daba vueltas a la casa, pero Mathilde había esperado hasta que había desistido.

¡Ay, pobre Samuel!, pensaba al escucharlo. El hijo bueno de un senador corrupto. Su vida se había convertido en una broma, increíble, los juicios de Samuel, los arrestos por conducir ebrio, los divorcios, el cáncer, la casa que había quemado a los treinta y tantos. El racista que un año antes se había topado con Sam, que volvía andando a casa al salir del cine, y le había dado una paliza morrocotuda. No era el más inteligente ni el más valiente, pero había nacido con una insólita confianza en sí mismo. El santo Job era un quejica a su lado.

Samuel se había marchado ya cuando Mathilde se despertó. Tenía la piel perlada de sudor. Notaba la boca áspera como la lija y pensó en las moras que la aguardaban en la encimera de la cocina, la tarta que ya podría probar. Mantequilla, ralladura de limón, esencia de verano, sal. Oyó otro coche que entraba en el camino de grava. Dios ladraba en la cocina. Mathilde atravesó el césped resplandeciente y entró en la casa; subió la escalera para ver desde su dormitorio quién había llegado. Incluso los lirios atigrados que había cortado en un ramo parecían sudorosos.

Un joven salió de un coche modesto, barato: un modelo de Hyundai o Kia. De alquiler. Chico de ciudad. Bueno, chico. Debía de rondar la treintena. Mathilde llevaba tanto tiempo sola que había empezado a considerarse marchita, anciana. Verse en el espejo era ver la sorpresa de la juventud inesperada.

Había algo en los andares desgarbados de aquel chico al recorrer el camino de entrada que inquietaron a Mathilde. Era de estatura media, moreno de pelo, guapo, con pestañas largas y una mandíbula bien definida. Algo se removió en su pecho con incomodidad, algo que en los últimos meses había aprendido a reconocer como una mezcla de extraña quimera de rabia y lujuria. ¡Bueno! ¡Solo había un modo de exorcizarlo! Se olió las axilas. Pasables.

Se quedó de piedra cuando vio que el chico miraba hacia arriba, hacia la ventana donde estaba ella, mientras se dirigía a la puerta: se había acostumbrado a vestir las camisetas blancas de Lotto y la que llevaba estaba tan sudada que casi se había quedado transparente y los pezones saludaban a dúo. Se puso una bata fina y bajó a abrirle la puerta al joven. Dios le olfateó los zapatos y él se arrodilló para acariciarlo. Cuando se incorporó para darle la mano a Mathilde, tenía la palma cubierta con una fina capa de pelillos de la perra y la piel húmeda y sudada. En cuanto la tocó, el joven se echó a llorar.

—Vaya, otro de los que lamentan la muerte de mi marido, por lo que parece.

Su marido, el santo patrón de los actores fallidos. Porque a esas alturas había quedado claro que el chico era actor. Tenía esa pose arrogante, la agilidad mental y el don de la observación. Cuántos se habían presentado para tocar el dobladillo de la ropa del gran hombre, pero ya no quedaban dobladillos, ni ropa, porque Mathilde lo había regalado o quemado casi todo, salvo los libros y los manuscritos. Lo único que quedaba era la propia Mathilde, su humilde cáscara. La vieja mujercita hacendosa.

—No lo conocía en persona. Pero podemos decir que lamento su muerte, supongo —dijo el chico, que apartó la cara para secarse las lágrimas. Cuando volvió a mirarla, se había sonrojado, estaba avergonzado—. Lo siento mucho.

—He preparado té con hielo —salió de la boca de Mathilde casi sin querer—. Espera en la mecedora y te lo llevo.

Cuando regresó, el chico ya se había tranquilizado. El sudor le rizaba el pelo de las sienes. Mathilde encendió el ventilador del techo del porche y dejó la bandeja en la mesita. Sacó un pastelito de limón para ella. Desde hacía meses sobrevivía a base de vino y azúcar porque, mierda, nunca había tenido una infancia de verdad, ¿y qué era el duelo sino una pataleta ampliada que solo se calmaba con sexo y dulces?

El chico hombre tomó el vaso de té frío y tocó la bandeja, que

Mathilde había comprado en alguna tienda de segunda mano de Londres. Tocó la placa y leyó en voz alta:

—«Non sanz droict». —Dio un respingo en la silla y se tiró el té en el regazo. Luego dijo—: Dios mío, es el escudo de armas de la familia de Shakespeare...

—Tranquilo —dijo Mathilde—. Es de estilo victoriano, y falso. Lotto reaccionó del mismo modo que tú. Pensó que teníamos un objeto que había pasado por las manos del viejo Willie y estuvo a punto de mearse encima.

—Hace tantos años que soñaba con venir aquí —dijo el chico—. Solo para saludar. Soñaba con que él me invitara y cenáramos juntos y charláramos sin parar. Siempre supe que nos llevaríamos de fábula, él y yo. Lancelot y yo.

—Sus amigos lo llamaban Lotto —dijo ella—. Yo soy Mathilde.

—Ya lo sé. La Esposa Dragón —dijo el chico—. Soy Land.

—¿Acabas de llamarme la Esposa Dragón? —preguntó Mathilde con extrema lentitud.

—Ay, disculpe. Así es como la llamaban todos los actores de la compañía cuando participé en *Grimorio* y *El rey tuerto*. La reposición, no el primer pase. Pero seguro que ya lo sabía. Porque lo protegía. Se aseguraba de que le pagaran a tiempo y mantenía a la gente a raya, lo hacía sin perder la compostura, con amabilidad. Yo pensaba que era un cargo honorífico. Una especie de broma de la que estaba al tanto.

—No —dijo Mathilde—. No estaba al tanto de esta broma en concreto.

—Ups —dijo el chico.

—Es cierto —comentó Mathilde al cabo de un rato—. Yo podría echar fuego por la boca.

Pensó en que, años después, Lotto recibió el apodo de León. Cuando entraba en cólera, era capaz de rugir. Además, tenía aspecto leonino: la corona de color dorado con toques blancos. Los pómulos finos y afilados. Cuando se enfadaba, saltaba al escenario, ofendido si algún actor estropeaba sus preciosas líneas, y se ponía a deambular por allí, elegante y ágil con su cuerpo alto y hermoso, entre gruñidos. Podía ser mortífero. Feroz. El apodo no era inapropiado. Pero, por favor, Mathilde conocía a los leones. El macho se dedicaba a retozar y a lucir su hermosura, holgazaneando al sol. La hembra, mucho menos llamativa, desde luego, era la que volvía a casa con la presa.

El chico estaba sudando. Llevaba la camisa azul de estilo Oxford manchada de sudor en las axilas. Emitía un olor que no era del todo desagradable. Era un mal olor limpio. Qué gracioso, pensó Mathilde, mientras contemplaba el río, por encima de los matorrales de boca de dragón. Su madre olía a frío y escamas de pescado, su padre a polvo de piedra y a perro. Se imaginó a la madre de su marido, a quien nunca había conocido; seguro que apestaba a manzanas medio podridas, aunque las cartas que le mandaba olían a polvos de talco infantiles y a perfume de rosas. Sallie olía a almidón, a cedro. Su abuela muerta, a sándalo. Su tío, a queso suizo. La gente le decía que ella olía a ajo, a tiza y a nada. Lotto, limpio como el alcanfor en el cuello y la barriga, olía a cobre como los peniques electrificados en las axilas, a cloro en la entrepierna.

Tragó saliva. Esas cosas, detalles que solo se percibían en los límites del pensamiento, no volverían nunca.

—Land —dijo Mathilde—. Qué nombre tan raro para un chico como tú.

—Es la abreviatura de Roland —dijo él.

Allí donde hacía un rato el sol de agosto achicharraba el río, en ese momento se formó una nube verde. Todavía hacía un calor tremendo, pero los pájaros habían dejado de cantar. Un gato montés correteó por la carretera con zarpas veloces. No tardaría en llover.

—De acuerdo, Roland —dijo Mathilde, y contuvo un suspiro—. Canta… ¿a qué has venido?

Land le contó lo que ya sabía: era actor. Tenía un papel periódico en un culebrón de la tele, una serie menor, pero le servía para pagar las facturas.

—*La estrella de tus ojos* —comentó—. ¿Le suena?

La miró esperanzado y luego hizo una mueca.

—Ya veo. Los culebrones no son lo suyo. A mí tampoco me gustan. Es trabajo de machaca. Pero me dieron el papel en cuanto llegué a la ciudad. Hace quince años, literalmente la primera audición a la que iba. Y pagan bien. Además, me permite hacer obras de teatro en verano, cuando no rodamos. —Se encogió de hombros—. No soy una superestrella, pero siempre tengo trabajo. En cierto modo también es un éxito, supongo.

—No hace falta que te justifiques por tener unos ingresos fijos —dijo Mathilde. Se sintió insensata, desleal—. Lotto nunca consiguió un papel así cuando era actor. Y habría sido un gran alivio tener algún tipo de ingresos aquellos años. Yo me deslomaba trabajando y él ganaba, como mucho, siete mil dólares al año hasta que empezó a escribir.

—Gracias a dios que empezó a escribir —dijo Land.

Le contó que todos los años, el día de su cumpleaños, se tomaba el día libre para ir a la playa a leer *Los manantiales*. En su opinión, Lancelot nunca recibió el reconocimiento que merecía por ser un genio.

—Él te habría dado la razón —dijo Mathilde sin ironía.

—Eso me encantaba de él. Esa arrogancia —dijo Land.

—A mí también —reconoció Mathilde.

Las nubes como mermelada de arándanos en el cielo, un débil trueno como un cacerolazo lejano en la parte norte. La infinidad de cosas que podría hacer, en lugar de estar allí sentada, se acumulaban en las frías sombras de la casa a su espalda, la observaban desde la ventana. Se sentía clavada a la silla.

Le gustaba ese chico, le gustaba una barbaridad, más que ningún otro hombre de los que había conocido desde la muerte de Lotto. Sería capaz de abrir la boca y zampárselo, de lo dulce que era; había algo afable en él, una delicadeza que siempre había apreciado en los hombres masculinos.

—A decir verdad, tenía tantas ganas de conocerla a usted como a él —reconoció Land.

—¿Por qué?

Mathilde se ruborizó. ¿Flirteaba con ella? Era imposible.

—Es la historia no narrada —dijo el chico—. El misterio.

—¿Qué misterio? —preguntó ella.

—La mujer con la que Lancelot Satterwhite eligió compartir la vida —dijo Land—. Es fácil conocerlo a él. Hay cientos de miles de entrevistas, sus obras salen de él y son como una pequeña ventana que se abre a su vida. Pero usted está retirada, en las sombras, escondida. Usted es la interesante.

Mathilde tardó un buen rato en contestar al chico. Hasta ese momento habían estado sentados en el porche, sudando en silencio.

—Yo no soy la interesante.

Sabía que sí era la interesante.

—No sabe mentir —contestó el chico.

Lo miró y se lo imaginó en la cama, esos preciosos dedos con el pulido blanco de las uñas, la garganta con las cuerdas vocales marcadas, la mandíbula fuerte, el cuerpo atlético despejado bajo la ropa, la cara sensible, y entonces supo que tendría un buen polvo.

—Entremos —propuso, y se levantó.

Él parpadeó, perplejo. Luego se levantó también y le abrió la puerta. Entró detrás de Mathilde.

Era atento, suave cuando había que serlo, fuerte bajo los brazos de Mathilde. Pero había algo que no acababa de encajar. No era que fuese mucho mayor que él; calculó unos diez años. Quince, como mucho. Y no era porque no lo conociese, en realidad. En el fondo, no había conocido a ninguno de los hombres que se había llevado a la cama en los últimos seis meses. La ausencia de historia era lo que le atraía de él. Pero estaban en el cuarto de baño y Mathilde observó el rostro de huesos marcados detrás de ella, la mano que le agarraba el pelo corto, la otra mano puesta sobre el hombro, y aunque le pareció maravilloso, no consiguió concentrarse.

—No podré aguantar más —dijo el chico mientras empujaba. Brillaba de sudor.

—No lo hagas —contestó ella.

Y fue un caballero y se apartó antes de gemir, y Mathilde notó un calor que le mojó la espalda, justo por encima del coxis.

—Genial —dijo Mathilde—. Un movimiento porno supersexy.

El chico se echó a reír y le dio un golpe en broma con la toalla caliente. En la ventana, los arbustos de la ribera del río se habían aplastado por el viento y la lluvia fuerte y espaciada que había empezado a caer.

—Lo siento —dijo él—. No sabía qué hacer. No quería, ya sabe... Meterla en líos con temas de familia.

Ella se levantó y estiró los brazos por encima de la cabeza.

—No te preocupes. Soy vieja.

—No es verdad.

—Bueno, pues soy estéril —dijo Mathilde. No añadió «por elección».

El chico asintió y se quedó un poco cohibido.

—¿Por eso no tuvieron hijos? —preguntó de improviso. Luego se sonrojó y cruzó los brazos sobre el pecho—. Lo siento —añadió—. He sido un maleducado. Solo me preguntaba por qué Lancelot y usted nunca tuvieron. Niños, me refiero.

—Pues ya lo sabes —contestó ella.

—¿Problemas médicos? —insistió—. Soy un entrometido. No me conteste si le incomoda.

—Me esterilizaron cuando era más joven. —El silencio de él estaba cargado de intención. Mathilde añadió—: Él nunca lo supo. Pensaba que era estéril de nacimiento. Sufrir en silencio hacía que él se sintiera noble.

¿Por qué le contaba todo eso a aquel joven? Porque ya no tenía nada que perder. Lotto ya no estaba. El secreto no podía hacer daño a nadie. Además, le gustaba ese chico, quería darle algo; los anteriores peregrinos ya se habían llevado casi todo lo demás. Sospechaba que el joven tenía motivos adicionales. Un artículo, un libro, una presentación en algún momento. Si escribía sobre el sexo, la tormenta, seguro que la retrataría como una mujer desesperada o triste o desesperadamente triste. Le pareció muy acertado. Que así fuera.

—Pero ¿por qué no se lo contó? —le preguntó el chico.

Ay, cachorrito, parecía herido en nombre de su esposo.

—Porque nadie necesita mis genes en este mundo.

—Pero ¿y los genes de él? Me refiero a que el crío habría podido ser también un genio.

Mathilde se tapó con el albornoz y se pasó la mano por el pelo corto. Miró su reflejo en el espejo y admiró el rubor sonrosado. La lluvia golpeteaba con más fuerza en el tejado; le gustaba el sonido, la sensación de cobijo ante el día gris y lluvioso del exterior.

—Lotto habría sido un padre fantástico —reconoció Mathilde—. Pero los hijos de los genios nunca son genios.

—Cierto —dijo Land.

Mathilde le tocó la cara y él se retiró, luego se inclinó hacia delante para apoyar la mejilla en la mano de la mujer. Como un cachorrillo, pensó.

—Quiero prepararte la cena —dijo Mathilde.

—Me encantaría cenar.

—Y luego quiero que vuelvas a follarme.

—Me encantaría volver a follarte —dijo él entre risas.

Al amanecer, cuando Mathilde se despertó, la casa se había quedado en silencio y supo que Land se había marchado.

Qué lástima. Podría haberlo tenido por allí una temporadita, pensó. Contratarlo de encargado de la piscina. O de máquina de cardio humana. Dios gruñó junto a la puerta porque se había olvidado de ella. Cuando Mathilde salió de la habitación, la perra entró y se revolcó en la cama.

En la cocina había una macedonia de frutas macerándose en su jugo. El chico había preparado una cafetera, que a esa hora ya estaba tibia. En el cuenco azul con tomates verdes del huerto que maduraban poco a poco, el dulce chico había dejado una nota en un sobre. Mathilde la dejaría allí varias semanas antes de abrirla. Verla allí, el blanco, el rojo y el azul, hacía que sintiera, por primera vez desde que su marido la había abandonado, como si tuviera una compañía amable y gentil en la casa, junto a ella. Algo caliente en su interior empezó a perder temperatura, y al hacerlo, se templó.

«Hazme feliz», le suplicó el monstruo de Frankenstein a su creador, «y volveré a ser virtuoso.»

10

Mathilde tenía dieciséis años. Se despertó y vio a su tío balanceándose por encima de ella; había aprendido a dormir en una cama. Le decía: «Aurélie, es importante: no bajes a la planta inferior», y en el lapso entre una palabra y otra, Mathilde oyó voces masculinas que gritaban, música. Su tío tenía la cara inexpresiva pero las mejillas de un color muy subido. Sin que nadie le dijera nada, había empezado a atisbar que su tío era una especie de jefe de alguna organización malvada. A menudo viajaba a Filadelfia. Susurraba órdenes a una versión temprana de un teléfono móvil, inmensa y ortopédica, se ausentaba sin motivo durante semanas, y cuando regresaba estaba moreno, o muy moreno. [Todavía se traslucía en él el niño pequeño, gimoteando de hambre y frío. La maldad que nace de la supervivencia es menos deliciosa.] Dicho esto, se marchó, y la chica se quedó petrificada un buen rato. Los gritos habían dejado de sonar tan jubilosos. Percibió enfado, miedo. Cuando por fin pudo moverse, apartó el sillón que estaba pegado a la pared, y colocó la colcha y el almohadón detrás de él, y justo en ese lugar, con la forma exacta de su cuerpo, se quedó dormida enseguida, como si algo la retuviera allí. Que ella supiera, nadie había entrado nunca de noche en su dormitorio. Todavía percibía el ambiente enrarecido, como si se hubiera librado de algo por los pelos.

Anduvo de puntillas como un ratón por sus años de adolescencia. La flauta, la natación y los libros, todas las artes sin palabras. Logró volverse tan pequeña que su tío casi se olvidó de ella.

Durante el último trimestre del bachillerato, abrió la carta en la que le informaban de que la habían aceptado en la única universidad en la que se había preinscrito, de las primeras, sin más motivos que el hecho de haberle encantado las estrambóticas preguntas fáciles de la solicitud. Es curioso cómo esos pequeños detalles pueden decidir el destino de alguien. Pero el silbante estallido de júbilo se había reducido a las brasas días después, cuando asimiló que no podría pagarse los estudios. Y si no podía pagarlos, no podría ir. Así de sencillo.

Fue en tren a la ciudad. Tiempo después comprendió que su vida quedaría surcada por los trenes como si fueran cicatrices.

Un rápido del sábado. El corazón le cantaba de desesperación en la caja torácica. Un periódico daba vueltas lentas en el andén, mecido por el viento.

Llevaba el vestido rojo que su tío le había regalado por su decimocuarto cumpleaños y los tacones altos que le aprisionaban los pies de un modo salvaje. Se había hecho una corona con las trenzas rubias. Al mirarse en el espejo, Mathilde no apreciaba belleza en sus formas angulosas ni en sus extrañas pestañas, en esos labios gruesos y brillantes, pero confiaba en que los demás sí la encontrasen guapa. Más tarde se agobiaría por todo lo que ni siquiera se le había pasado por la cabeza. Que tenía que haberse puesto sujetador, que debería haberse rasurado el vello púbico hasta parecer prepúber, haber llevado un *book* de fotografías. Que en el mundo existían cosas como las sesiones fotográficas de retrato.

Mientras subía al vagón, un hombre la había observado desde su asiento, en la parte posterior. Sonrió al ver cómo la chica movía el cuerpo, como si acabase de estrenarlo, contempló la peligrosa protuberancia de su barbilla. Al cabo de un rato, el hombre recorrió el pasillo y se sentó enfrente de Mathilde, aunque el vagón estaba prácticamente vacío. La chica notó que la miraba, pero fingió no darse cuenta durante tanto tiempo como le fue posible, y cuando por fin levantó la mirada, él seguía allí.

El hombre se rio. Tenía la cara fea, de mastín, en la que solo se veían unos ojos saltones y los carrillos caídos. Tenía cejas de payaso, altas y en pico, que le daban un aire travieso y pícaro, como si estuviera a punto de contarle un chiste al oído. Casi sin querer, Mathilde se inclinó hacia delante. Él provocó la reacción, un agradable juego especular, un acuerdo tácito firmado en un momento. Debía de ser el invitado simpático pero discreto de todas las fiestas; nunca decía ni una palabra, pero caía bien a todo el mundo.

La miró y Mathilde fingió que leía el libro, con la cabeza a punto de estallar en llamas. El hombre se inclinó hacia delante. Le puso las manos en las rodillas, con los pulgares delicados sobre la cara interna de los muslos. Olía de maravilla, a verbena y cuero.

Ella alzó la vista.

—Solo tengo dieciocho años —dijo.

—Mucho mejor —contestó él.

Mathilde se levantó y fue temblando al lavabo, donde se sentó mientras el tren iba dando sacudidas. Se quedó metida en el cubículo, abrazándose el cuerpo con los brazos, hasta que el revisor anunció Penn Station. Cuando bajó del tren se sintió liberada —¡estaba en la ciudad!—, le entraron ganas de correr y reír. Sin embargo, mientras caminaba a paso ligero hacia lo que sabía que sería su futuro, levantó la mirada ante un cristal de espejo que había junto a una tienda de dónuts y vio al hombre del tren cuatro pasos por detrás de ella. Parecía no tener prisa. Mathilde notó que el zapato le hacía una rozadura en el tobillo, que luego se convirtió en una ampolla, y poco después, mientras andaba por la calle, percibió la oleada cálida de alivio cuando la ampolla reventó; a continuación, el escozor. Era demasiado orgullosa para detenerse.

No paró de andar hasta que llegó al edificio donde estaba la agencia. Los vigilantes, acostumbrados a las chicas menores de edad guapas y temblorosas, se apartaron para dejarla entrar.

Se pasó horas allí metida. Y durante todas esas horas, él permaneció sentado en la cafetería que había enfrente, con un libro de tapa dura y una limonada, esperándola.

Cuando salió, se sentía igual que si la hubieran deshuesado, tenía la parte inferior del párpado enrojecida. Las trenzas se le habían encrespado por el calor exagerado que hacía en el local. El hombre la siguió calle abajo, con una bolsa de plástico y el libro en la mano, hasta que los pasos de Mathilde se convirtieron en una cojera. Entonces él la adelantó y le ofreció un café. No había comido nada desde la noche anterior. Mathilde puso los brazos en jarras, lo miró con fijeza, luego señaló con la cabeza una cafetería y pidió un *cappuccino* y *panini* de *mozzarella*.

—*Porca madonna* —dijo el hombre—. *Panino*. Es singular.

Mathilde se volvió hacia la dependienta del mostrador.

—Quiero dos. *Panini*. Y dos *cappuccini*.

El hombre chasqueó la lengua y pagó. Mathilde comió los bocadillos despacio, masticando treinta veces cada bocado. Miraba a todas partes menos a él. Nunca había tomado cafeína y le llenó los dedos con una suerte de euforia. Decidió poner a prueba al hombre con sus exigencias y pidió un pastel éclair y otro *cappuccino*; él pagó sin rechistar y la observó mientras comía.

—¿Usted no come? —le preguntó Mathilde.

—No mucho —contestó—. De niño era gordo.

Entonces Mathilde se imaginó al niño gordo y triste dentro de esos carrillos desproporcionados y esos hombros estrechos, y notó que algo pesado dentro de ella giraba hacia él.

—Me han dicho que debería perder diez libras de peso —comentó Mathilde.

—Estás perfecta. Que se tiren por un puente. ¿Te han rechazado?

—Me han dicho que tenía que perder diez libras y mandarles fotos, y que me pondrían a prueba con algún reportaje de catálogo. Para luego ir subiendo de categoría.

La miró con ojos calculadores y una pajita en la comisura de la boca.

—Pero no te ha parecido bien. Porque no eres una chica que quiera empezar desde abajo —dijo el hombre—. Eres una joven reina.

—No —contestó Mathilde.

Luchó contra la emoción que le subía por el rostro y supo dominarla. Había empezado a llover, unas gotas gordas y contundentes que salpicaban la acera caliente. Una miasma baja ascendía desde el suelo y el ambiente se fue refrescando.

Mathilde escuchó el repiqueteo de la lluvia mientras él se inclinaba hacia delante y le cogía el pie para quitarle el zapato. Contempló la ampolla reventada y en carne viva. La limpió con una servilleta de papel empapada de agua fría y sacó de la bolsa de plástico de la farmacia, a la que había ido mientras ella estaba en la agencia, una caja grande de vendas y un frasco de yodo. Cuando terminó de curarle los pies, sacó un par de sandalias de ducha de plástico con bolitas de masaje en las suelas.

—¿Lo ves? —comentó el hombre mientras bajaba los pies de Mathilde al suelo. Estuvo a punto de echarse a llorar del alivio—. Me preocupo de las cosas.

Se sacó una toallita húmeda del bolsillo y se limpió las manos de forma meticulosa.

—Ya lo veo —contestó Mathilde.

—Podemos ser amigos, tú y yo. No estoy casado —le dijo—. Soy amable con las chicas. No hago daño a nadie. Me aseguraré de que no te falta de nada. Y estoy limpio.

Desde luego que estaba limpio; tenía las uñas nacaradas, su piel poseía el brillo de una pompa de jabón. Tiempo después, Mathilde oiría hablar del sida y lo entendería.

Cerró los ojos y apretó a la Mathilde de antaño, a la que había conocido en el patio del colegio parisino, para estrecharla aún más contra su cuerpo. Abrió los ojos y se puso pintalabios sin mirar. Dejó la marca de los labios en una servilleta, cruzó las piernas.

—¿Y? —preguntó.

Él contestó en voz baja.

—Y eso. Ven a mi apartamento. Te daré de cenar. Podemos… —sus cejas se enarcaron hacia el cielo— hablar.

—No, no me apetece cenar —dijo Mathilde.

Él la miró, haciendo cálculos.

—Entonces podemos hacer un trato. Vamos a negociar. Quédate a pasar la noche. Si eres capaz de convencer a tus padres. Diles que te has encontrado a una amiga del colegio en la ciudad. Puedo imitar de manera convincente la voz del padre de una colegiala.

—Los padres no son un impedimento —dijo ella—. Solo tengo un tío. Le da igual.

—Entonces, ¿cuál es el impedimento? —preguntó él.

—No soy barata.

—De acuerdo.

El hombre se reclinó en el asiento. A Mathilde le entraron ganas de destruir el chiste latente que nunca llegaba a contar, aplastarlo bajo los nudillos.

—Dime, ¿qué es lo que más te gustaría tener en el mundo, joven reina?

Ella respiró hondo y juntó las rodillas para impedir que siguieran temblando.

—Financiación para mis estudios —contestó—. Los cuatro años de carrera.

El hombre colocó las dos manos extendidas encima de la mesa y soltó una carcajada seca.

—Yo pensaba en un bolso o algo así. Pero ¿tú te planteas una servidumbre a largo plazo?

Mathilde pensó: Vaya. [¡Tan joven! Tan fácil de sorprender.] Entonces pensó: Oh, no, se había reído de ella. Notó que tenía la cara encendida de rabia, a punto de estallar. El hombre se colocó detrás de ella al llegar a la puerta; le cubrió la cabeza con la chaqueta del traje e hizo un gesto a un taxi desde el toldo de la cafetería. A lo mejor ese hombre estaba hecho de algodón de azúcar y se derretía en contacto con el agua.

Mathilde se metió en el taxi y él permaneció agachado junto a la portezuela, pero la chica era incapaz de moverse para dejarlo entrar.

—Podemos hablarlo —le dijo el hombre—. Lo siento. Es que me has sorprendido. Nada más.

—Olvídelo.

—¿Cómo voy a olvidarlo?

Le hizo una caricia por debajo de la barbilla y Mathilde tuvo que resistir la tentación de cerrar los ojos y apoyar la cabeza en su palma.

—Llámame el miércoles —indicó el hombre, y le dejó una tarjeta en la mano.

Y aunque Mathilde quería volver a decirle que no, no lo hizo, y tampoco tiró la tarjeta.

El hombre le entregó un billete al taxista por encima del asiento y cerró la puerta con delicadeza detrás de Mathilde. Más tarde, en la ventanilla del tren, la chica tenía el rostro pálido y flotaba sobre un remolino verde de Pensilvania. Estaba tan concentrada en sus pensamientos que no se dio cuenta ni de su cara ni del paisaje.

Volvió a la ciudad el sábado siguiente. La había llamado por teléfono para proponerle amablemente que hiciera una prueba. El mismo vestido rojo, los tacones, el mismo peinado. ¿Una prueba? Pensó en su abuela de París, en su elegancia marchita, en el queso roído por los ratones en el alféizar, en el resplandor de la dignidad agrietada. Mathilde la había escuchado desde el armario y había pensado: Jamás. Jamás me veré así. Prefiero morir.

La palabra «jamás» es una mentirosa. No tenía nada mejor y se le acababa el tiempo. El hombre la esperaba en la puerta de la estación de ferrocarril, pero no la tocó cuando Mathilde se sentó en el asiento de cuero de la limusina. Él acababa de tomar un caramelo para la garganta y el aire olía a mentol. Aunque tenía los ojos secos, Mathilde sintió que el mundo se nublaba. Un nudo en la garganta tan grande que casi no le cabía dentro del cuello.

Se fijó en el portero peludo, cachas, mediterráneo, aunque no lo miró a la cara. Dentro del edificio todo era de fino mármol.

—¿Cómo te llamas? —preguntó el hombre de aura plateada en el ascensor.

—Mathilde —contestó—. ¿Y usted?

—Ariel.

Mathilde se contempló en el reflejo de las puertas de cobre, una mancha de color rojo, blanco y dorado.

—Soy virgen —dijo en voz baja.

El hombre sacó un pañuelo del bolsillo del pecho y se enjugó la frente.

—No esperaba menos de ti —respondió, e hizo una marcada reverencia como si se tratase de una broma.

Le sujetó la puerta mientras Mathilde entraba en el piso. Luego le ofreció un vaso de agua con gas muy fría. El apartamento era enorme, o por lo menos lo parecía, pues el comedor estaba forrado de espejos en dos de las paredes. Las otras dos eran blancas, con inmensos cuadros que emitían brillos de color. El hombre se quitó la americana del traje y la colgó antes de sentarse.

—Ponte cómoda.

Mathilde asintió y se acercó a la ventana para contemplar la ciudad.

Al cabo de un rato, él le dijo:

—Con lo de ponte cómoda me refería a que te desnudes, por favor.

Ella se dio la vuelta. Se quitó los zapatos y se bajó la cremallera del vestido. Dejó que le cayera hasta los pies formando un charco de tela. Llevaba ropa interior de algodón negro, de corte infantil, lo cual había provocado las risas de los de la agencia la semana anterior. Pero no usaba sujetador; no le hacía falta. Se dio la vuelta con los brazos por detrás del cuerpo y lo miró con cara seria.

—Todo —dijo el hombre.

Así que Mathilde se quitó la braguita poco a poco. El hombre le mandó que se quedara ahí mientras la evaluaba.

—Date la vuelta, por favor —le dijo.

Ella obedeció.

En el exterior, las casas estaban oscurecidos por la niebla y el crepúsculo, de modo que cuando se encendieron las luces de los edificios de enfrente, eran como cuadrados flotando en el espacio.

Mathilde se puso a temblar antes de que él se levantase y se dirigiese hacia ella. La tocó entre las piernas y sonrió ante la humedad que le mojó los dedos.

El hombre tenía un cuerpo demasiado huesudo para la cara tan rellena, y apenas tenía vello corporal, salvo por unas coronas marrones alrededor de los pezones y un arco más oscuro que le iba del ombligo a la entrepierna. Se recostó en un sillón blanco y la hizo agacharse sobre él y frotarse hasta que a Mathilde le ardieron los muslos y sintió un escalofrío. Entonces le levantó las caderas y la bajó de golpe, sonriendo al ver el dolor en su rostro.

—Es más fácil bucear que zambullirse, querida mía —le dijo—. Lección número uno.

Mathilde no sabía qué había impedido que se levantase, se vistiera y se marchase en ese mismo momento. El dolor era equiparable al odio. Aguantó la presión contando hasta diez y mirando fijamente al cuadrado dorado de una ventana en la oscuridad. Él le agarró la cara y la obligó a mirarlo.

—No —le dijo—. Por favor, mírame.

Mathilde lo miró. Había un centelleo tecnológico en un rincón de la habitación, una especie de reloj digital, que daba un tono verdoso al lateral de la cara del hombre con cada parpadeo. Parecía que esperase la mueca de dolor de la chica, pero ella no pensaba hacerla; convirtió sus facciones en piedra, y notó una presión que aumentó y explotó, luego el alivio, la retirada. Mathilde se levantó, sentía nudos entre las piernas y un ardor interno.

Ariel cortó un plátano en rebanadas y las colocó sobre el cuerpo de Mathilde. Las fue comiendo una por una; esa fue su cena.

—Si como más, me hincho.

Para ella, pidió un sándwich de queso a la plancha y unas patatas fritas del restaurante informal de enfrente y observó meticulosamente su boca mientras tomaba cada bocado.

—Más kétchup —le ordenó—. Chúpate el queso del dedo.

Por la mañana, la lavó con sumo cuidado y le enseñó a rasurarse. La contempló metido en un baño caliente mientras ella colocaba una pierna sobre una silla de teca y se depilaba.

Entonces le pidió que se tumbara boca arriba en la inmensa cama blanca y levantara las rodillas. En la televisión empotrada en la pared, puso una cinta con dos mujeres, una pelirroja y la otra morena, que se lamían la una a la otra.

—Al principio, a nadie le gusta lo que estoy a punto de hacerte —le dijo—. Tienes que fantasear un poco para que funcione. Persevera. Dentro de unas cuantas veces, lo entenderás.

Tener su cara desagradable allí en medio le resultó aterrador. El calor de su boca y el roce de la barba incipiente. Cómo la miraba en ese momento de vergüenza. Nunca nadie se había acercado tanto a ella. Nunca la habían besado en los labios. Se tapó la cara con una almohada y respiró y pensó en un joven sin rostro, solo un cuerpo musculoso y reluciente. Notó una ola lenta y larga que se formaba dentro de su ser, hasta que creció y se volvió más oscura y chocó contra su cuerpo; entonces gritó enterrada en la almohada.

El hombre se apartó, una repentina inundación de luz blanca.

—Eres una gatita sorprendente —le dijo entre risas.

Mathilde no sabía que aborrecía la comida china hasta que el hombre pidió varios platos y le mandó que se lo comiera todo sobre la alfombra, *moo shu tofu*, gambas al vapor y brócoli, y hasta el último grano de arroz. Él no comió nada; se limitaba a mirarla.

—Si tienes que marcharte a casa, te llevaré a la estación después de que te des otra ducha.

Desprendía cierta amabilidad a pesar de su cara de gárgola.

Mathilde asintió; ya se había bañado tres veces en esa ducha de mármol, siempre después de comer. Había empezado a comprender su lógica.

—Basta con que vuelva a tiempo de ir a clase mañana —contestó.

—¿Llevas uniforme? —le preguntó el hombre.

—Sí —respondió ella, aunque era mentira.

—Dios… —dijo con un gemido—. Póntelo el fin de semana que viene.

Mathilde bajó los palillos chinos.

—¿Ya se ha decidido?

—Depende de a qué universidad quieras ir.

Se lo dijo.

—Eres lista —le dijo entonces—. Me alegro de saberlo.

—Puede que no —contestó Mathilde, repasando con la mirada el apartamento, contemplando su propio cuerpo desnudo con un grano de arroz en el pecho.

Sonrió y le arrancó una sonrisa a él. No pareció darse cuenta de que la chica tenía sentido del humor.

Ariel se levantó y se dirigió a la puerta.

—Muy bien. Trato hecho —le dijo—. Ven conmigo de viernes por la tarde a domingo por la noche. Te llamaré ahijada para evitar preguntas innecesarias. Cuatro años. A partir de ahora mismo. Trabajarás de becaria conmigo en la galería durante los veranos. Me muero de ganas de ver hasta qué punto soy capaz de enseñarte lo que te hace falta saber. Haz de modelo de catálogo si crees que necesitas dar explicaciones sobre la procedencia del dinero. Empezarás a tomar pastillas anticonceptivas. Y mientras estemos juntos, para evitar enfermedades, entre otros horrores, por favor, no toques ni mires siquiera a ningún chico ni a ninguna chica. Si me entero de que has besado a alguien siquiera, se rompe el trato.

—Ni siquiera tendré pensamientos impuros —respondió Mathilde, y pensó deliberadamente: polla negra—. ¿Adónde va? —preguntó acto seguido.

—A comprarte bragas y un sujetador. Es una desgracia que vayas por ahí con esa ropa interior. Dúchate y duerme un poco, volveré dentro de unas horas.

El hombre se dirigió a la puerta, pero se detuvo a medio camino. Se dio la vuelta.

—Mathilde —le dijo con tono amable—. Pase lo que pase, debes entender que esto es solo un negocio. No puedo permitir que pienses que es más que eso.

La chica sonrió por primera vez de oreja a oreja.

—Un negocio —repitió ella—. Ni una sola emoción saldrá a flote. Seremos como robots.

—Excelente —dijo el hombre, y cerró la puerta.

Una vez sola se sintió mareada, con náuseas. Miró su reflejo en la ventana, la ciudad se desplazaba despacio a sus pies. Se tocó el estómago, el pecho, el cuello. Se miró las manos y vio que le temblaban. No era más despreciable que cuando estaba sola en el tren, pero aun así apartó la mirada de la Mathilde que vio en el cristal.

Dos meses. Terminó el instituto y se mudó al apartamento de Ariel. Tenía muy pocas pertenencias que llevarse de casa de su tío. Unos cuantos libros, el vestido rojo, unas gafas, una fotografía manoseada de sí misma —carrillos regordetes, guapa, francesa—, antes de volverse mala. Le cupo todo en la mochila del colegio. Dejó una nota debajo del asiento del chófer mientras él iba al cuarto de baño; no podía ver sus múltiples estómagos y papadas una última vez sin echarse a llorar. Llamó por primera vez a la puerta del despacho de su tío y, sin esperar a que respondiera, entró. Él alzó la mirada por encima de la montura de las gafas. Una porción de luz de la ventana iluminaba los papeles del escritorio.

—Gracias por haberme dado cobijo durante estos años —le dijo.

—¿Te vas? —preguntó su tío en francés. Se quitó las gafas y se reclinó en la silla. La miró—. ¿Adónde vas?

—A casa de una amiga —contestó Mathilde.

—Mentirosa.

—Correcto —respondió—. No tengo amigos. Llamémosle protector.

Su tío sonrió.

—Una solución eficaz a todos tus problemas —dijo el hombre—. Aunque, tengo que reconocer que es una vía más carnal que la que esperaba de ti. Pero no debería sorprenderme. Al fin y al cabo, te criaste con mi madre.

—Adiós —dijo Mathilde, y se dirigió a la puerta.

—Si te soy sincero —añadió entonces su tío, y Mathilde se detuvo, con la mano ya en el pomo de la puerta—. Esperaba algo más de ti, Aurélie. Creía que trabajarías durante unos cuantos años, irías a Oxford o algo similar. Creía que lucharías más por alcanzar tus deseos. Que te parecías más a mí. Debo admitir que estoy decepcionado.

Mathilde no contestó.

—Que sepas que, si no tienes nada más, siempre encontrarás comida y techo aquí. Y visítame de vez en cuando. Siento curiosidad por ver cómo cambias. Mis apuestas son que te convertirás en algo feroz o en algo absolutamente burgués. O te comerás el mundo o tendrás ocho hijos.

—No tendré ocho hijos —respondió.

Tampoco iría a visitarlo. Su tío no tenía nada que ella quisiera. Lo miró por última vez, aquellas encantadoras orejas de soplillo y las mejillas rellenas que le daban un aspecto engañoso, con una de las comisuras de la boca inclinada hacia arriba. Después se despidió en silencio de la casa mientras la recorría, la obra de arte secreta en el hueco de la escalera que ansiaba volver a ver, y los largos y oscuros pasillos con las puertas cerradas y la imponente puerta principal de roble. A continuación, salió al aire libre. Empezó a correr por el camino de tierra batida, que relucía con el sol blanco; sus piernas se balanceaban mientras decían adiós, adiós, a los rumiantes de los campos de Mennonite, a la brisa de junio, al azul polemonio silvestre de la orilla. Esta vez el sudor que empezó a sentir fue glorioso.

El largo verano de su decimonoveno año. Las cosas que pueden hacerse con la boca, con el aliento. El sabor del látex, el olor del cuero aceitoso. Asientos en un palco del auditorio de Tanglewood. La sangre que hervía de emoción. La voz de él cálida en su oído ante una salpicadura de Jackson Pollock y, de repente, vio la grandeza del cuadro. El calor bochornoso, pisco sours en la terraza, un cubito de hielo que se derritió muy despacio sobre su pezón, hasta causarle dolor, mientras él observaba desde la puerta. Ariel le daba lecciones. Así se corta la carne, así se pide el vino. Así le haces creer a la gente que estás de acuerdo con sus opiniones sin decir ni una sola palabra.

Algo se suavizó en los ojos del hombre, pero Mathilde fingió no darse cuenta. «Solo un negocio», se repetía, mientras las rodillas le abrasaban sobre las baldosas de la ducha. Él le acariciaba el pelo. Le hacía regalos: pulseras, vídeos que la ruborizaban, ropa interior que no era más que tres tiras y un retal de encaje.

Y después estaba la universidad. El tiempo transcurrió mucho más rápido de lo que ella creía. Las clases como centelleos de luz, fundidos en negro los fines de semana, luz otra vez. Se empapaba de las clases. No hizo amigos; Ariel le requería tanto tiempo, y el resto tenía que dedicarlo a los estudios. Además, sabía que, si conseguía tener un solo amigo, estaría tan hambrienta de tener más que no podría parar. En los cálidos días primaverales, con los estallidos de color de las campanas doradas con el rabillo del ojo, el corazón se le rebelaba; habría sido capaz de follarse al primer chico que se le hubiera cruzado por delante, pero tenía mucho más que perder de lo que podía ganar con la emoción de un revolcón. Observaba, anhelante, y se mordía las uñas hasta hacerse sangre, mientras los demás se abrazaban, se reían, hacían bromas privadas. Los viernes por la tarde, en los trenes que recorrían el Hudson a la luz del crepúsculo, Mathilde se vaciaba por dentro. Cuando hacía de modelo, fingía ser el tipo de chica a quien no le importaba mostrarse en biquini, que estaba encantada de lucir su nueva lencería de encaje ante el mundo anonadado. Sus mejores pases fotográficos eran los que le hacían mientras pensaba en atacar con violencia a los fotógrafos. En el apartamento de Ariel: rozaduras de la alfombra, labios mordidos. Le pasaba la mano por la espalda, le agarraba los glúteos: solo un negocio, pensaba Mathilde. El tren de vuelta a la facultad, cada milla una expansión. Un año, dos. Veranos en el apartamento y en la galería, como un pez en un acuario. Aprendió mucho. Tres años, cuatro.

La primavera de su último curso. Toda la vida por delante. Un brillo casi tan resplandeciente que hacía daño a la vista. Había algo dentro de Ariel que se había vuelto frenético. La invitaba a cenas que duraban cuatro horas, le decía que se encontrara con él en el lavabo del restaurante. Mathilde se despertaba los domingos por la mañana y se lo encontraba observándola.

—Ven a trabajar para mí —le dijo con la mente turbia una vez en la que, con el colocón de cocaína que él había comprado, Mathilde le dio toda una disertación improvisada acerca de la genialidad de Rothko—. Ven a trabajar a la galería de arte y te enseñaré. Seremos los amos de Nueva York.

—A lo mejor —dijo ella simpática, pero pensó: Jamás. Pensó: Solo un negocio.

Pronto, se prometía a sí misma. Pronto sería libre por fin.

11

Pasó una tarde sola. Bajó la escalera y se encontró con que Dios había mordido la alfombrilla de la cocina, había dejado un charco de orina en el suelo y la miraba con una luz belicosa en los ojos. Mathilde se duchó, se puso un vestido blanco sin secarse el pelo y no le importó que le empapase la tela. Metió a la perra en su transportín, guardó sus juguetes y comida dentro de una bolsa de plástico, y lo introdujo todo en el coche. La perra gritó en la parte trasera, pero al rato se calmó.

Mathilde se quedó plantada junto a las puertas de unos almacenes del pueblo hasta que vio a una familia que le sonaba de vista. El padre era el hombre que habían contratado para arreglar el camino de entrada en invierno, con cara de criador de novillos, tal vez un poco retrasado. La madre era recepcionista en la consulta del dentista, una mujer corpulenta con dientes pequeños con brillo de marfil. Los niños tenían unos fabulosos ojos de cervatillo. Mathilde se arrodilló para quedar a su altura.

—Quiero regalaros a mi perra —les dijo.

El niño se chupó tres dedos, miró a Dios, asintió.

—Se te ven las tetas —comentó la niña.

—¿Señora Satterwhite? —preguntó a su vez la madre.

Paseó la mirada por el cuerpo de Mathilde, que por ese gesto supo que no iba acorde para la ocasión. Un vestido de color marfil, de diseñador. No había prestado atención a su atuendo. Mathilde dejó la perra en los brazos del hombre.

—Se llama Dios —dijo.

La mujer suspiró.

—¡Señora Satterwhite! —exclamó al cabo de un instante. Pero Mathilde ya se dirigía al coche.

—Chist, Donna —oyó que decía el marido—. Deja en paz a la pobre señora.

Volvió a casa. El edificio hacía eco de tan vacío. Mathilde se había liberado. Ahora ya no tenía nada de que preocuparse.

Hacía tantísimo tiempo de aquello. Ese día, la luz había caído del cielo como si la vertieran por un cristal soplado de color verde.

Entonces llevaba el pelo largo, rubio y achicharrado por el sol. Con las piernas escuálidas cruzadas, empezó a leer *La piedra lunar* de Wilkie Collins. Se mordió la cutícula del dedo hasta hacerse sangre mientras pensaba en su novio, un amor tierno que había empezado apenas una semana antes, y el mundo se iluminaba con él. Lotto, decía el tren al acercarse: Lotto-Lotto-Lotto.

El chico bajo y grasiento que la observaba desde un banco de la estación era invisible para ella porque tenía el libro; tenía la alegría. Para ser sinceros, todavía no había conocido a Chollie. Desde que Mathilde y Lotto se habían conocido, Lotto había pasado todo el tiempo libre con ella; había cedido la habitación de la residencia a su amigo de la adolescencia, que asistía de forma ilegal a las clases, pues no estaba matriculado en la universidad. Lotto solo tenía tiempo para Mathilde, el remo y las clases.

Sin embargo, Chollie sí sabía quién era ella. Estaba en la fiesta en la que Lotto había alzado la mirada y había visto a Mathilde mirándolo; cuando Lotto arrolló a una muchedumbre para llegar hasta ella. De eso hacía solo una semana. Todavía no podía ser nada serio, se decía Chollie. La chica era guapa, si te gustaban los palillos, pero se imaginaba que Lotto no sería capaz de atarse jamás a una piba a los veintidós, con la vida entera de glorioso folleteo que tenía por delante. Chollie estaba seguro de que, si Lotto hubiera sido guapo de verdad, no habría tenido tanto éxito con las tías. Su piel marcada, la frente ancha, la nariz ligeramente bulbosa moderaban lo que era una cara tan guapa que casi parecía de niña y la convertían en algo atractivo.

Y entonces, justo el día anterior, había visto por casualidad a Lotto y Mathilde juntos bajo los confetis de un cerezo mecido por el viento y había notado que le faltaba aire en los pulmones. Míralos juntos. La altura de los dos, el brillo de los dos. La cara pálida y herida de ella, una cara que antes lo observaba todo y nunca sonreía ahora no paraba de sonreír. Era como si hubiese pasado toda su vida sumida en las frías sombras y de repente alguien la hubiera conducido hasta el sol. Y míralo a él. Toda esa energía desbordante centrada únicamente en esa chica. Ella enfocaba algo que amenazaba con difuminarse dentro de Lotto. Él la miraba a la boca sin despegar los ojos de Mathilde mientras hablaba, y le cogía la barbilla entre los dedos con cariño y la besaba con las largas pestañas cerradas, aunque aún no hubiese terminado de hablar, de modo que la boca de Mathilde se movía y se reía encerrada en su beso. Chollie supo al instante que hacían buena pareja y que iban en serio. Hubiera lo que hubiese entre ellos, era explosivo. Incluso los profesores se quedaban boquiabiertos al verlos pasar. La amenaza de Mathilde, comprendió Chollie entonces, era real. Él, un luchador, reconocía a otro luchador en cuanto lo veía. Él, que no había tenido hogar, había hallado su hogar en Lotto, y esa tía le había arrebatado incluso eso.

[El sábado siguiente a aquel día en la estación de ferrocarril, Chollie dormitaba en la cama de Lotto, escondido bajo una pila de ropa, y Lotto entró, sonriendo de oreja a oreja de un modo tan exagerado que Chollie permaneció en silencio cuando podría haber hablado y haberle hecho notar su presencia. Lotto, en éxtasis, cogió el teléfono y llamó a la cerda gorda de su madre en Florida, que había amenazado con castrar a Chollie unos años antes. Charlaron un rato. Qué relación tan rara tenían. Y entonces Lotto le contó a su madre que se habían casado. ¡Casado! Pero si eran unos críos. Chollie se quedó de piedra y se perdió la mayor parte de la conversación, hasta que su amigo se marchó otra vez. No podía ser cierto. Sabía que sí era cierto. Al cabo de un rato, había llorado con amargura, pobre Chollie, bajo el montón de ropa.]

Pero ese día, antes de que se hubieran casado, todavía tenía tiempo de salvar a Lotto de las garras de la chica. Así que ahí estaba. Subió al tren detrás de Mathilde, se sentó detrás de ella. Un rizo de su melena se coló por el hueco entre los asientos y Chollie lo olisqueó. Romero.

Mathilde se bajó en Penn Station y él la siguió. Pasaron del hedor del metro al calor y la luz. La chica se dirigió a una limusina negra y el chófer le abrió la puerta. El vehículo se la tragó. Mediodía en el ajetreado centro de la ciudad, Chollie los siguió en taxi, aunque no tardó en ponerse a sudar y se le hinchaba el pecho por el esfuerzo. Cuando el coche de detuvo delante de un edificio *art deco*, Mathilde se bajó y entró.

El portero era un gorila de espalda plateada en traje, con un deje de State Island en el acento; tendría que ser directo.

—¿Quién era esa rubia? —preguntó Chollie.

El portero se encogió de hombros. Chollie sacó un billete de diez dólares y se lo dio.

—La novia del tipo del cuarto B.

Chollie lo miró, pero el portero extendió la mano y Chollie le dio lo único que tenía, es decir, un porro. El hombre sonrió.

—Lleva viniendo demasiados años para ser una chica tan joven, ¿lo pillas? El tipo es una especie de marchante de arte. Se llama Ariel English. —Chollie aguardó, pero el hombre se limitó a añadir en voz baja—: Eso es todo lo que puedes sacar con esa birria, colega.

Después, Chollie se sentó a esperar junto a la ventana del restaurante informal que había enfrente. Vigiló el edificio. Se le secó la camisa sudada, y la camarera, cansada de preguntarle si quería pedir algo de comer, se limitó a rellenarle la taza de café y se largó.

Cuando las sombras engolfaron el edificio del otro lado de la calle, Chollie estuvo a punto de rendirse, de regresar a su habitación okupa en la residencia. Había opciones. Buscaría los números de teléfono de distintas galerías en el listín. Investigaría. Sin embargo, justo entonces el portero se irguió y abrió la puerta con un gesto seco. Y entonces salió una quimera, un hombre con mofletes caídos y un cuerpo como una voluta de humo metida en un traje. Su forma de moverse y su pulcritud denotaban opulencia. Detrás de él salió un maniquí animado. Chollie tardó un momento en reconocer a Mathilde. Llevaba tacones altos, una falda de colegiala que apenas le tapaba la entrepierna, el pelo cardado, un exceso de maquillaje. [Se había negado a ampliar el contrato más allá de los cuatro años pactados; como represalia, Ariel la había vestido así, porque la conocía y sabía cómo darle donde más dolía.] Su rostro estaba desprovisto de esa media sonrisita eterna que solía lucir, un escudo y un imán. Una cara ausente, vacía, casi como un edificio abandonado. Caminaba como si no fuese consciente del mundo que la rodeaba, ni de que se le notaban los pezones por debajo de la camisa de gasa.

Cruzaron la calle y Chollie se aterrorizó al ver que se dirigían al mismo restaurante en el que estaba él.

Se sentaron en un reservado de un rincón. El hombre pidió para los dos: una tortilla griega de clara de huevo para él, batido de chocolate para ella. Chollie vio sus cuerpos del revés en el dispensador de servilletas cromado. Mathilde no comió nada, miraba al vacío. Chollie vio que el hombre le susurraba algo al oído, vio su mano desaparecer en la oscuridad que había entre las piernas de ella. Mathilde se dejó, pasiva. [Por fuera; por dentro, la rabia controlada.]

Chollie estaba sobrecogido. Notó una espiral vertiginosa que se formaba en el interior de su cuerpo. Furia por Lotto; miedo de perder lo que él, Chollie, se había esforzado tanto por conseguir. Se levantó muy agitado y volvió a subir al tren, para dejarse arrastrar por el atardecer, y apretó la cara ardiendo contra el cristal; cuando llegó de nuevo a casa, a Vassar, se desplomó agotado en la cama de Lotto con intención de planear cómo contarle lo que había descubierto sobre su chica, quién era en realidad. Una puta. Pero se quedó dormido. Se despertó al oír risas en la sala común, el ruido de la televisión. Pasaba de medianoche en el reloj luminoso.

Salió y casi se cayó de espaldas del asombro. La única explicación: Mathilde debía de tener una hermana gemela. Había seguido a la chica equivocada a la ciudad. En ese momento había una chica sobre el regazo de Lotto, en pantalones de chándal y con una coleta desaliñada, que se reía de algo que él le susurraba al oído. Era tan diferente de lo que acababa de ver en la ciudad que supo que había hecho mal en verlo. ¿Un sueño? Encima de la mesa había un bollito con manteca de manzana a medio comer, y Chollie se sintió tentado de abalanzarse sobre él. Se moría de hambre.

—¡Eh! —exclamó Lotto—. ¡Chollie! No te he presentado a mi... —se echó a reír—, a mi Mathilde. La chica de la que estoy locamente enamorado. Mathilde, este es Chollie, mi amigo de toda la vida.

—¡Vaya! —dijo ella, y se incorporó de un salto para acercarse a Chollie. Se elevó como una torre ante él—. Me alegro mucho de conocerte. Me han contado un montón de cosas de ti.

Hizo una pausa y lo abrazó; olía a jabón de marfil sin aroma y, ajá, a champú de romero.

Muchos años después, cuando el jardinero intentó plantar arbustos de romero en la terraza del ático de Chollie, este tiró las plantas por la ventana desde el trigésimo piso, y observó cómo se estrellaban contra la acera creando nubes de polvo similares a setas.

—A ti... te he visto antes —dijo Chollie.

—Normal que te acuerdes. Seis pies de piernas perfectas rumbo a la luna —dijo Lotto.

—No —dijo Chollie—. Hoy. En un tren que iba a la ciudad.

Estoy seguro de que eras tú.

Una duda minúscula y luego la respuesta de Lotto.

—Habrá sido otro bellezón, colega. Ella se ha pasado todo el día metida en la sala de ordenadores terminando de preparar el trabajo final de francés, ¿verdad, M.?

Los ojos de Mathilde se convirtieron en una mera línea cuando se echó a reír. Chollie notó la frialdad de esos ojos sobre él.

—Toda la mañana, sí —contestó la chica—. Pero terminé rápido. Solo eran diez páginas. Mientras estabas en la comida con el equipo de remo, fui a Nueva York a ver el Metropolitan. Tenemos que hacer un poema ecfrástico para la asignatura de escritura creativa y no quería basarme en los típicos nenúfares de Monet que están en el museo de la universidad y que va a utilizar todo el mundo. De hecho, acabo de regresar. ¡Gracias por recordármelo! —añadió mirando a Chollie—. Le he comprado una cosa a Lotto en la tienda de regalos.

Cogió su bolso extremadamente grande y sacó un libro. Tenía un cuadro de Chagall en la cubierta, como comprobaría Chollie tiempo después, cuando se lo robara. Mathilde también había robado el libro, cuando salía del apartamento de Ariel por última vez. Había recibido el último cheque. Ahora ya tenía libertad para acostarse con Lotto.

—«Cupido alado pintado ciego» —leyó Lotto—. «Arte inspirado en Shakespeare». Uau —dijo, y la besó en la barbilla—. Es perfecto.

Mathilde miró a Chollie. Otro brillo en la oscuridad. Pero esa vez puede que no tan benigno.

Muy bien, pensó Chollie. Verás lo bien que se me da esperar. Cuando menos te lo esperes, haré añicos tu vida. [Era justo; ella había hecho añicos la de él.] Un plan empezó a fraguarse en el fondo de su mente. Sonrió a la chica y se vio reflejado en la ventana oscurecida. Le gustaba cómo el reflejo cambiaba su cuerpo: parecía mucho más delgado, más pálido, mucho más difuso de lo que era en la vida real.

12

Su marido no la había despertado con un café. Todos los días, desde que vivían bajo el mismo techo, la había despertado con una taza de café con leche en la mano. Algo iba mal. Abrió los ojos y vio que la mañana ya estaba avanzada. Dentro de su ser, un abismo. Era incapaz de ver toda la distancia que la separaba de su fondo negro.

Pereceó. Se lavó la cara. Habló con la perra, que corrió frenética desde Mathilde hasta la puerta. Abrió las cortinas para encontrar el mundo inmerso en la melancolía propia de mediados de invierno. Se quedó un buen rato contemplando la escalera.

El cañón de un arma, pensó.

Me ha abandonado, pensó. Lo supe desde el instante en que lo conocí: tarde o temprano llegaría este momento.

Bajó los peldaños sombríos y tampoco lo encontró en la cocina. Susurró para tranquilizarse mientras iba subiendo los distintos tramos de escaleras hasta el estudio, en la buhardilla. Sintió un alivio momentáneo al abrir la puerta y verlo sentado junto al escritorio. La cabeza agachada. Seguro que se había pasado la noche en vela trabajando y al final se había quedado dormido. Lo observó, el pelo leonino con las sienes canosas, la magnífica frente, los labios carnosos y suaves.

Pero cuando lo tocó, Lotto tenía la piel templada. Sus ojos estaban abiertos, vacíos como dos espejos. No estaba descansando, qué va, todo lo contrario.

Mathilde se deslizó detrás de él en la silla y apretó su cuerpo contra el de su marido, desde la rabadilla hasta el cogote. Le puso las manos sobre la camisa, palpó la goma blanda que formaba el michelín que le rodeaba la barriga. Introdujo el dedo en el ombligo y lo hundió hasta la segunda falange. Metió las manos por dentro del pantalón del pijama y de los calzoncillos bóxer, donde todavía estaba caliente. El ovillo de lana de su vello púbico. La cabeza de satén de su miembro, humilde sobre su palma.

Lo mantuvo abrazado durante mucho tiempo. Notó cómo se le iba desprendiendo el calor del cuerpo. Solo se levantó cuando ya no podía reconocer aquel cuerpo, igual que una palabra que pierde su significado después de repetirla muchas veces.

13

Chollie tendió una emboscada a Mathilde en la piscina. Hacía seis meses y una semana que faltaba su marido.

Chollie dejó el coche a una milla de distancia de la casa y recorrió ese trecho a pie para que ella no oyese el motor ni pudiese huir a esconderse en la pérgola de la piscina.

Había prescindido del biquini esa mañana para obtener un bronceado integral. ¿A quién iba a escandalizar, a los cuervos? Tenía el cuerpo marchito y falto de amor de una viuda. Pero ahí estaba Chollie, al borde de la piscina, gruñendo. Lo miró sin quitarse las gafas de sol y se frotó las mejillas con las palmas de las manos.

Era como un duende. Una vez había intentado meterla en un cuarto de baño en una fiesta y Mathilde había tenido que pegarle un rodillazo en la entrepierna para liberarse de él.

—Joder, Chollie —espetó. Nadó hasta el bordillo de la piscina y salió—. ¿Es que no puedo tener un poco de soledad? Pásame la toalla.

Chollie lo hizo, aunque con exagerada parsimonia.

—Está la soledad y está el suicidio —dijo él—. Pareces una paciente de quimio con ese pelo. O con la falta de pelo, mejor dicho.

—¿Por qué has venido? —le preguntó Mathilde.

—Todo el mundo está preocupado. Contando solo la última semana, me han llamado diez personas. Danica tiene miedo de que algún día te quites la vida...

—Bueno, pues ya puedes volver a casa y comunicarle que sigo viva.

—Eso parece —dijo Chollie con una sonrisa—. Vivita y coleando. En carne y hueso. Tengo tanta hambre que no puedo coger el coche ahora mismo. Dame de comer.

Mathilde suspiró.

—Lo único que tengo es helado. Y es de pistacho —le contestó.

Chollie la siguió hasta la cocina y, mientras ella le servía unas bolas de helado, él alargó la mano para coger la carta apoyada en el cuenco azul de tomates. Siempre tocaba las cosas, husmeaba en lo que no le concernía. Una vez se lo había encontrado en su despacho, leyendo los extraños y perspicaces textos de ficción que Mathilde escribía en cualquier papel.

—Quita las manos de ahí —le ordenó entonces—. No es para ti.

Salieron a sentarse en las piedras calientes del porche mientras Chollie comía.

—Parece que tengo un buen historial como espía de tus pasos —dijo Chollie.

Eructó y dejó la cucharilla en el suelo.

Mathilde pensó en las manos de Chollie sobre sus antebrazos en alguna fiesta lejana, el ansia en su cara. La lengua que le había metido en la oreja una vez.

—Sí. Todos sabemos que eres un pervertido —le dijo.

—No. Me refiero… Sí, pero no, estaba pensando en otra cosa. ¿Sabías que una vez te seguí? Cuando estábamos en Vassar. Todavía no te conocía en persona. Lotto y tú acababais de empezar y sabía que escondías algo turbio. Por eso te seguí a la ciudad.

Mathilde se quedó helada.

—Fue raro ver a la nueva novia de mi mejor amigo metiéndose en una limusina. No sé si te acordarás, pero en esa época estaba en forma, y te seguí. Bajaste del coche y te metiste en un piso. Así que me senté en un restaurante pequeño que había enfrente. Seguro que te acuerdas de ese restaurante.

—Imposible de olvidar —dijo Mathilde—. Y entonces ya estabas gordo. Nunca has estado en forma, Choll.

—Ja. Bueno, es igual. El caso es que saliste del edificio con una ropa horrorosa. Una camisa transparente, una minifalda que parecía un cinturón. Y estabas con ese hombre raro de cara fofa que te metió las manos por debajo de la falda. Y pensé: ajá. Mi colega Lotto es la mejor persona que existe en el planeta. Fiel hasta la muerte y superamable; me deja dormir en su habitación y es más mi familia que mi propia familia, una joya, un puto genio, joder, aunque dudo que alguien lo supiera en aquella época, pero tenía algo especial. Carisma. Ternura, una especie de aceptación de la gente tal como es. Y eso es poco común, ¿sabes? Alguien que nunca te juzga. Casi todas las personas tienen un asqueroso monólogo interior en marcha en todo momento, pero Lotto no. Prefería pensar bien de los demás. Así era más fácil. Y conmigo se portó genial. Mi familia era una panda de putos sádicos, colgué el instituto en mitad del último curso para poder escapar, y la única persona del planeta que me demostró un aprecio incondicional fue Lotto. Desde que tenía diecisiete años,

Lotto ha sido mi hogar. A lo que iba, el caso es que tenemos a esta persona magnífica, la mejor persona que he conocido nunca, ¿y resulta que su novia se escapa a Nueva York para tirarse a otro tío? Por supuesto, volví corriendo a casa, listo para contarle a mi mejor amigo que su novia le ponía los cuernos, porque ¿qué clase de persona le haría eso a Lotto? La misma clase de persona que ahorcaría a un cachorro por diversión. La clase de tía que se casaría con él por el dinero. Pero, no sé cómo, llegaste antes que yo a la residencia. O me quedé dormido. Ya no me acuerdo. El caso es que cuando salí de la habitación os vi juntos y supe que no podía contárselo. Todavía no. Porque me di cuenta de que estaba colado. Estaba tan pillado por ti que, si le hubiera dicho algo entonces, habría sido a mí a quien hubiera dado la patada, no a ti.

Mathilde miraba de reojo una tropa de hormigas que marchaban por la caliente piedra gris.

Chollie esperó, pero la mujer no soltó prenda, así que retomó la palabra.

—Entonces pensé: me sentaré a esperar el tiempo que haga falta y luego clavaré el puñal cuando nadie se lo espere.

—Veinticuatro años. Y murió antes de que pudieras contárselo —dijo Mathilde en voz baja—. Cuánto lo siento. Una tragedia.

—Te equivocas —respondió Chollie.

Mathilde lo miró, sudorosa, sonrosada. Le volvió a la mente el último mes antes de la muerte de Lotto. Su cara taciturna, sus monosílabos. El modo que tenía de mirar de soslayo hacia donde ella estuviera. Intentó recordar la última vez que habían visto a Chollie juntos antes de que Lotto falleciera. Y de repente visualizó la noche en la galería de arte de Ariel, adonde la había arrastrado para asistir a la inauguración póstuma de la exposición de Natalie, esas gigantescas esculturas metálicas con caras que gritaban, el lugar convertido en un bosque de cuento de hadas, lleno de sombras y oscuridad. Tal vez hubiera pasado tiempo suficiente para que Ariel ya no supusiera una amenaza. Pero un camarero jovencito y guapo le había derramado vino tinto por todo el vestido de seda y Mathilde se había apresurado a ir al lavabo para limpiarse, y cuando regresó, su marido ya no era él: lo había suplantado un robot que se le parecía, un hombre que no sonreía cuando Mathilde lo miraba, que le hablaba mirándola de reojo, que después se había puesto hecho una furia. Durante el lapso transcurrido entre el momento en el que él la había besado con ternura en la frente, antes de que la copa de vino resbalara de la bandeja del camarero y, con una terrible lentitud, le salpicara el vestido, y el momento en el que había regresado del baño, Chollie le había contado el pacto secreto que tenía con Ariel. El mundo empezó a titilar a su alrededor.

Chollie advirtió que ella había caído en la cuenta y se echó a reír.

—Ya he puesto la polla encima de la mesa, nena. Me gustan las partidas largas.

—¿Por qué? —preguntó Mathilde.

—Me lo quitaste —dijo Chollie, y el comentario le salió demasiado brusco, demasiado rápido. Se recolocó las gafas en la nariz, cruzó los brazos—. Era la única persona que yo tenía y me la quitaste. Y además, eras una mala persona y nunca te lo mereciste.

—Me refiero a ¿por qué ahora? ¿Por qué no hace diez años? ¿Por qué no hace veinte años?

—Los dos sabemos lo mucho que le gustaban las vaginas a nuestro viejo amigo. Todas, cualquiera. Y sinceramente, bonita, siempre supe que algún día la tuya se haría vieja. Quedaría fofa y llena de pellejo. La menopausia no tardará mucho en llegar. Y el pobre Lotto siempre quiso tener un hijo. Si te quitaba de en medio, mi amigo por fin podría tener el hijo que tanto deseaba. Y todos queríamos darle lo que él quería, ¿o no?

Mathilde no sabía si podría contener las ganas de asesinarlo con la cucharilla. Se levantó y entró en la casa. Luego cerró la puerta con llave.

Varias horas después de que hubiera visto a Chollie marcharse por el camino de grava, Mathilde seguía sentada en la cocina. Se hizo de noche, pero no encendió las luces. Para cenar, abrió una botella de vino de obsequio de algún productor de las obras de teatro de Lotto de hacía años, exageradamente cara, con olor ahumado y un sabor intenso que se pegaba a la lengua. Cuando terminó la botella, se levantó y anduvo hasta el estudio de su marido, en la buhardilla de la casa. Su planta de la suerte, después de tantos meses olvidada, se había ennegrecido. Sus libros estaban desperdigados, abiertos por toda la habitación, sus papeles continuaban repartidos por el escritorio.

Mathilde se sentó en el sillón de piel y se hundió en el agujero hecho tras años de soportar el peso de su marido. Apoyó la cabeza en la pared que tenía detrás, en un punto que relucía, pulido por la cabeza de él. Miró por la ventana desde la que Lotto había soñado tantas y tantas horas, perdido en sus elucubraciones, y la embargó una especie de oscuro estremecimiento. Se sintió gigantesca, del tamaño de la casa, coronada por la luna y con el viento metido en los oídos.

[El duelo es dolor internalizado, un absceso del alma. La rabia es dolor convertido en energía, explosión repentina.]

Lo haría por Lotto.

—Será divertido —dijo en voz alta dirigiéndose a la casa vacía.

14

El día de la graduación. Las colinas moradas, el sol astringente. La música inicial fue tan rápida que todos se quedaron sin resuello y riendo. Un fugaz atisbo de la cara gorda de Chollie apretujada entre los asistentes que estaban de pie, serio. Mathilde no se había molestado en contarle a su tío que iba a graduarse. Le habría gustado ver al chófer, pero no sabía cómo se llamaba. No había hablado con Ariel desde su última excursión a la ciudad, justo después de recibir su último cheque para pagar el alquiler, una vez cumplido el plazo del contrato entre los dos. Entre el público no había nadie para verla graduarse. Bueno, tampoco esperaba a nadie.

Pasaron al patio interior y aguantaron los discursos interminables y la actuación de un cómico que no fue capaz de escuchar, porque Lotto estaba sentado en la fila de delante y Mathilde se dedicó a contemplar la curva rosada de su oreja, deseosa de metérsela en la boca y lamerla. Cuando ella subió al estrado, recibió unos aplausos de cortesía. Cuando él subió al estrado, el público lo aclamó. «Qué horror ser tan popular, ¿no?», le comentó Mathilde más tarde, después de lanzar los birretes como si fueran confeti, cuando por fin se encontraron a solas y se besaron.

El polvo rápido en la habitación de Lotto antes de que recogiera sus cosas. La rabadilla de Mathilde apoyada en la dura mesa de roble, las risas sofocadas cuando oyeron que llamaban a la puerta.

—¡Iba a darme una ducha rápida! —contestó él—. *Me salgo* en un segundo.

—¿Qué?

Era su hermana pequeña, Rachel, cuya voz sonaba desde el pasillo al nivel del pomo de la puerta. No había pillado el lapsus.

—Ay, caray —susurró Lotto—. ¡Salgo en un segundo! —gritó, ruborizado, y Mathilde le mordió el hombro para contener la risa.

Cuando Rachel entró, Lotto estaba soltando alaridos por el agua fría de la ducha y Mathilde estaba de rodillas, metiendo los zapatos de su chico en una caja de cartón.

—¡Hola! —saludó a la niña, que, pobrecilla, no tenía ni por asomo la belleza arrebatadora de su hermano.

La nariz larga y delgada, la mandíbula diminuta, los ojos muy pegados, el pelo de color castaño sucio, tensa como una cuerda de guitarra. ¿Cuántos años tendría? Nueve o así. Estaba allí de pie, con su precioso vestido de volantes, con los ojos a punto de salirse de las órbitas.

—¡Uau! ¡Qué guapa eres! —exclamó al ver a Mathilde.

—Ya me caes bien —respondió esta.

Se incorporó y se acercó a la niña. Se agachó y le dio un beso en la mejilla. Entonces Rachel vio a su hermano, que salía del cuarto de baño, exhalando vapor por los hombros, cubierto por una toalla, y corrió a abrazarlo por la cintura, mientras él se reía a carcajadas.

—¡Rachel! ¡Rachey-ray!

Detrás de Rachel apareció la tía Sallie, con cara de hurón, de la misma piscina genética que la niña.

—¡Madre mía! —exclamó Sallie, y se paró en seco para contemplar a Mathilde. El rubor le subió por el cuello alto de encaje—. Debes de ser la chica de mi sobrino. Nos preguntábamos quién podría ser lo bastante especial para echarle el guante, ahora ya lo veo. Encantada de conocerte, puedes llamarme Sallie.

Lotto miraba en dirección a la puerta, con el rostro cada vez más sombrío.

—¿Mi vieja está en el lavabo? —preguntó—. ¿Todavía está subiendo la escalera?

Claro como el agua: si conseguía que su madre y su esposa estuvieran en la misma habitación, sin duda se enamorarían la una de la otra, pensaba Lotto. Ay, qué tierno y qué iluso.

Mathilde cuadró los hombros, subió la barbilla, esperando la entrada de Antoinette, la mirada que intercambiarían, la toma de posiciones. Había recibido una nota esa misma mañana; la habían dejado en su buzón del campus. «No pienses que no te veo», ponía. Iba sin firmar, pero olía a las rosas de Antoinette. Mathilde la había guardado en una caja de zapatos que, algún día, acabaría llena de notas similares.

—No —contestó Sallie—. Lo siento, bonito mío. Te manda recuerdos. Me ha pedido que te dé esto.

Y le entregó un sobre. El cheque que contenía se veía a través del sobre translúcido; tenía la letra de Sallie, no la de su madre.

—Ah —dijo Lotto.

—Te quiere mucho —dijo Sallie.

—Seguro —comentó Lotto, y se dio la vuelta.

Las pertenencias que Lotto no fue capaz de meter en su furgoneta, las sacó a la calle para que se las llevaran los carroñeros. Poseía muy pocas cosas; a Mathilde siempre le encantó su indiferencia ante los objetos materiales. Después de transportarlo todo al apartamento de Mathilde para guardarlo allí la última semana de alquiler que le quedaba, fueron a la temprana cena de celebración con Sallie y Rachel.

Mathilde fue dando sorbitos de vino para contener la emoción. Era incapaz de recordar la última vez que se había sentado en un entorno familiar, y mucho menos en un lugar tan pacífico y decoroso como esa sala tranquila cubierta de helechos, con manteles de tela blanca y candelabros de cobre, entre los felices graduados y sus ebrios padres. En su parte de la mesa, Lotto y Sallie se interrumpían continuamente el uno al otro para contar historias y se reían a mandíbula batiente.

—¿Creías que no me había enterado de lo que te traías entre manos con la cachorrita de aquella cuidadora en el viejo gallinero cuando eras pequeño? —dijo entonces Sallie, y la cara rosada de Lotto se iluminó de placer—. ¿Todos esos golpecitos y codazos y las cabezas huecas sudorosas y culpables cuando salíais del gallinero? Ay, bonito mío, te olvidas de que puedo ver a través de las paredes.

Entonces Sallie hizo una mueca, como si acabase de acordarse de Rachel, pero Rachel no le prestaba atención. Se dedicaba a contemplar a Mathilde; parpadeaba tan rápido que Mathilde temía por sus párpados.

—Me gusta tu collar —susurró la niña.

Mathilde se llevó la mano al cuello, lo tocó. Era de oro, con una enorme esmeralda. Ariel se lo había regalado las navidades anteriores. Se suponía que el verde combinaba bien con sus ojos;

pero sus ojos cambiaban mucho de tono. Se lo quitó del cuello y se lo puso a Rachel.

—Toma, para ti —le dijo.

Tiempo después, al pensar en ese regalo tan impulsivo, darle un collar de diez mil dólares a una niña, se sentía enternecida, incluso durante la década en el apartamento del semisótano de Greenwich Village, incluso cuando Mathilde no comía para que pudieran pagar el teléfono. Era barato comprar una amistad de por vida.

La niña abrió los ojos como platos, encerró la esmeralda en el puño y acurrucó la cabeza contra el cuerpo de Mathilde.

Cuando Mathilde levantó la mirada, se quedó de piedra. En la mesa contigua estaba sentado Ariel. La miraba por encima de la ensalada, que no había probado. Sus labios sonreían, pero los ojos estaban fríos como escamas.

Mathilde no podía despegar la vista de él. Dejó que su cara se distendiera y le sostuvo la mirada hasta que Ariel hizo un gesto al camarero. Murmuró algo y el camarero se alejó a toda prisa.

—Se te ha puesto la piel de gallina —le dijo Rachel mientras tocaba los brazos de Mathilde.

Y al instante, el camarero estaba pegado a Mathilde abriendo una botella de champán de excelente calidad.

—Yo no lo he pedido —dijo Sallie con sequedad al verlo.

—Ya lo sé, ya lo sé —contestó conciliador el camarero—. Es un regalo de un admirador. ¿Les sirvo?

—¡Qué amable! Sí, por favor. Lotto tiene millones de admiradores —comentó Mathilde—. Su papel de Hamlet lo ha hecho famoso por estos lares. Es un genio.

—Ay, sí, es verdad —dijo Sallie.

Y Lotto resplandeció de felicidad y ahuecó las alas paseando la mirada por la sala para ver qué alma detallista podría haberle mandado el champán; la fuerza de su alegría era tal que, mirara donde mirase, los receptores de esa mirada levantaban la vista del plato y dejaban la conversación, y una expresión asombrada se dibujaba en su rostro, un rubor, y casi todos le devolvían la sonrisa, de modo que en esa velada de lentejuelas, con los rayos dorados del sol que todavía se colaban por las ventanas y las copas de los árboles meciéndose al viento y las calles llenas de gente liberada que se iba congregando en ellas, Lotto encendió la chispa de un júbilo inexplicable y creciente en decenas de pechos, hasta elevar aún más el humor ya eufórico de la sala en una oleada fugaz de felicidad plena. El magnetismo animal es real; se extiende mediante la convección corporal. Incluso Ariel sonrió ante él. Las sonrisas deslumbradas en el rostro de algunas de las personas, la expresión de especulación que empezaba a fraguarse, la esperanza de que volviera a mirarlos o la duda de quién sería, porque ese día y en ese mundo, él era Alguien.

—Mientras bebemos champán —dijo Mathilde, contemplando las diminutas burbujas que saltaban como pulgas de la copa—, Lotto y yo tenemos algo que anunciaros.

Lotto miró a Mathilde, a quien tenía sentada enfrente, parpadeó, luego sonrió y se dirigió a su tía y a su hermana.

—Siento que mi vieja no esté aquí para compartirlo con nosotros. Pero supongo que ya no podemos ocultarlo más. Nos hemos casado —anunció.

Y le dio un beso en la mano a Mathilde, que lo miró. Una marea de calor nació dentro de ella, una ola tras otra. Haría cualquier cosa por ese hombre.

Entre las alabanzas y exclamaciones que siguieron, cuando las mesas más próximas estallaron en aplausos, porque todos estaban pendientes de lo que se cocía allí, mientras Rachel se echaba a llorar de la emoción y Sallie se abanicaba la cara de la sorpresa, aunque era evidente que ya lo sabía, Mathilde buscó durante unos segundos a Ariel con la mirada. Pero él se había levantado y había abandonado el comedor, su delgada espalda azul marino salía entonces por la puerta. Lo había perdido de vista. Para siempre, pensó Mathilde. Notó el alivio, como un viento frío que la atravesó. Se terminó la copa de un trago y estornudó.

Una semana después de la graduación, Mathilde miraba por la ventana batiente que daba al jardín del patio común, donde el arce japonés mecía sus hojas al viento igual que si fuesen manos en miniatura.

Ya lo sabía. Ese piso sería su primer puerto después de tantos años a la deriva. Tenía veintidós años. Estaba agotada. Allí, por fin, podría descansar.

Notó la presencia de Lotto a su derecha, detrás del hombro; emanaba esencia de Lotto. Al cabo de un momento, estaba segura, se daría la vuelta y soltaría un chiste y la de la inmobiliaria se reiría y, por primera vez, su voz denotaría calidez; a pesar de su instinto, a pesar de tener experiencia suficiente para saber que era mejor no invertir en una pareja tan joven y tan pelada, se fijaría en ellos. Les ofrecería una quiche el día que se mudasen; pasaría a saludar cuando estuviera por el barrio y les llevaría algún detallito. Ay, Lotto, pensó Mathilde con una desesperación teñida de amor. Como casi todas las personas arrebatadoramente atractivas, tenía un agujero en el centro de su ser. Lo que más apreciaban los demás de su marido era lo armoniosas que sonaban sus propias voces cuando hacían eco en ese agujero interior.

Mathilde olió la cera de abejas que impregnaba el suelo. Oyó el gato de la vecina que maullaba en el vestíbulo. El suave arañazo de los árboles contra el cielo. La amabilidad de ese lugar la conquistó.

Tuvo que acallar esa cosita dentro de ella que deseaba que dijese que no, que huyese. No se merecía nada de eso. Todavía podía mandarlo todo al garete negando afligida con la cabeza, diciendo que tenían que seguir buscando. Pero entonces el problema de Lotto seguiría ahí. Al fin y al cabo, él se había convertido en su hogar.

En el momento justo: el chiste, la risa. Mathilde se volvió. Su marido —por dios, su marido, suyo para siempre— sonreía. Lotto levantó las manos y le cogió la barbilla con cariño y resiguió las cejas de Mathilde con los pulgares.

—Creo que a ella le gusta —dijo, y Mathilde asintió con la cabeza, incapaz de hablar.

Podrían haber vivido solo a base de felicidad, en su glamurosa pobreza, en ese apartamento. Estaban tan escuálidos como faunos hambrientos; su piso estaba tan vacío que resultaba espacioso. El regalo de Rachel (la paga que la niña había ido ahorrando durante todo el año) se esfumó en tres fiestas y en otros tantos meses de alquiler y de comprar comida. La felicidad alimenta, pero no nutre. Mathilde intentó trabajar de camarera, salir a recaudar fondos para el Sierra Club, pero ninguna de las dos cosas funcionó. Les cortaron la luz; se iluminaban con velas que Mathilde había robado de las mesas exteriores de un restaurante y se iban a dormir a las ocho de la tarde. Organizaban cenas con sus amigos en las que cada uno llevaba algo, para poder comer tanto como quisieran, y a nadie le importaba que se quedasen ellos con las sobras. En octubre, tenían treinta y cuatro centavos en la cuenta corriente y Mathilde fue a la galería de arte de Ariel.

Lo encontró contemplando un grandioso cuadro de color verde en la pared del fondo de la sala de exposiciones. La miró cuando lo llamó, «Ariel», pero no se movió.

Tenía una recepcionista nueva, delgadísima, morena, aburrida. De Harvard, seguro. El resplandor de quien se siente superior, la melena larga y sedosa. Luego se enteró de que se llamaba Luanne.

—¿Tiene cita concertada? —le preguntó la recepcionista.

—No —contestó Mathilde.

Ariel cruzó los brazos, a la expectativa.

—Necesito trabajo —le dijo desde el otro lado de la inmensa sala.

—No hay ninguna inauguración —dijo la recepcionista—. ¡Lo siento!

Mathilde miró fijamente a Ariel durante varios minutos, hasta que la empleada dijo con brusquedad:

—Disculpe, esto es un negocio privado. Tiene que marcharse. Disculpe…

—Ya le he oído. La disculpo —contestó Mathilde.

—Luanne, por favor, ve a buscar tres *cappuccini* —dijo Ariel.

Mathilde suspiró: *cappuccini*. La chica cerró de un portazo al salir.

—Ven aquí —dijo Ariel. La lucha interna de Mathilde no se hizo visible mientras se acercaba a él—. Mathilde —añadió con aprecio—, ¿en qué mundo vives para creer que puedo deberte un empleo?

—No me debes nada —contestó—. Estoy de acuerdo.

—¿Cómo te atreves a pedirme algo después de tu comportamiento?

—¿Mi comportamiento? —repitió Mathilde.

—Pues llámalo ingratitud.

—Ariel, nunca fui ingrata. Cumplí el contrato. Como siempre decías, era solo un negocio.

—Un negocio. —Su cara había enrojecido. Tenía las cejas arqueadas y en punta—. Te casaste con ese tipo, Lancelot, dos semanas antes de graduarte. Doy por hecho que hubo relaciones conyugales. Eso no es cumplir el contrato.

—Te conocí en abril de mi último año de bachillerato —dijo Mathilde—. Si cuentas el tiempo, verás que me amplié el contrato en dos semanas.

Se sonrieron el uno al otro. Ariel cerró los ojos y suspiró. Cuando volvió a abrirlos estaban llorosos.

—Sé que era solo un negocio. Pero me hiciste mucho daño —dijo entonces—. Nunca te traté mal. Desaparecer así…, me sorprendió, Mathilde.

—Un negocio —repitió ella.

Ariel la miró de arriba abajo. Él le había comprado los bonitos zapatos que llevaba, desgastados por la punta. Le había comprado el traje negro. Mathilde no había ido a la peluquería desde el verano. Ariel entrecerró los ojos, ladeó la cabeza.

—Estás flaquísima. Te hace falta el dinero. Te comprendo. Lo único que tienes que hacer es suplicármelo —dijo con voz cariñosa.

—Yo no suplico —contestó Mathilde.

Ariel se echó a reír y la recepcionista con cara de malas pulgas entró de sopetón con una bandeja de *cappuccini* en la mano.

—Tienes suerte de que todavía sienta aprecio por ti, Mathilde —dijo el hombre en voz baja. Y añadió, más alto—: Luanne, te presento a Mathilde. Empezará a trabajar con nosotros mañana por la mañana.

—Ah. Estupendo… —dijo Luanne, y se dejó caer en su asiento.

Los observó con detenimiento, porque intuyó algo.

—Trabajaré para la galería de arte —dijo Mathilde mientras caminaban juntos lentamente hacia la puerta de entrada—. No para ti. Estoy fuera de tu alcance.

Ariel la miró y ella, que había estado tanto tiempo con él, supo lo que pensaba: Ya veremos.

—Si me tocas —le advirtió—, me largo. Te lo prometo.

Años después, cuando Mathilde tenía sesenta años y Ariel setenta y tres, se enteró de que estaba enfermo. No se acordaba de quién le había dado la noticia. Tal vez se lo susurrara al oído el cielo. O el propio viento. Lo único que supo era que tenía cáncer de páncreas. Rápido y agresivo. Se resistió durante dos semanas, pero al final fue a verlo.

Estaba en una cama de hospital en la terraza de su apartamento. Todo cobre, arbustos ornamentales y vistas. Mathilde abrió los ojos como platos y respiró. Era un pellejo con huesos dentro.

—Me gusta ver los pájaros —comentó Ariel con voz rasposa.

Mathilde alzó la vista. Ni un pájaro.

—Dame la mano.

Mathilde miró la mano, pero no se la dio. El anciano movió la cabeza hacia ella. La piel flácida resbaló por la mandíbula.

Esperó. Le sonrió. Con el rabillo del ojo veía los edificios abrasados por el sol.

—Ah —dijo Ariel. En su rostro se dibujó una expresión cálida. Regresó el gesto de estar siempre a punto de contar un chiste—. No se la puede forzar.

—Correcto —dijo Mathilde.

Pero pensó: Ay, hola, niña asesina, hola. Hacía mucho tiempo que no te veía.

—Por favor, Mathilde —insistió—. Toma la mano fría de un hombre moribundo.

Y entonces Mathilde le dio la mano y se la acercó al pecho, cobijada entre las dos suyas, y la mantuvo allí unos segundos. Lo que no era necesario decir quedó implícito. Ariel se quedó dormido y la enfermera salió caminando de puntillas pero enfadada. Mathilde entró en el piso, aséptico y de buen gusto, y no se entretuvo en mirar los cuadros que en otro tiempo había llegado a conocer tan bien a causa de la ferocidad con que los contemplaba, contando los minutos hasta que pudiera marcharse. Después caminó entre las sombras frías y el resplandor de la luz vespertina acumulada que se colaba entre los edificios, y no pudo parar. Le costaba respirar; le encantó sentir que ponía en marcha una vez más esas aterradas piernas de potrillo, ignorando, una vez más, adónde se dirigía.

15

La investigadora privada que había contratado su abogado no era lo que Mathilde esperaba. No era como esos tipos duros de barril de whisky. Ni como esa abuela inglesa de pelo fino. Las lecturas habían contaminado a Mathilde, pensó reflexionando sobre sí misma, divertida. Demasiados Miss Marple y Philip Marlowe. Esa chica era joven, con nariz de hacha, el pelo oxigenado y desaliñado. Una amplia exhibición de los pechos, con un delfín sobre la curva superior de uno de los senos, como si quisiera colarse en el escote. Pendientes enormes. Estaba en ebullición por fuera y totalmente alerta por dentro.

«Buf», dijo Mathilde en voz alta cuando se dieron la mano. No era su intención. Llevaba demasiado tiempo sola, había olvidado las normas de cordialidad. Hacía dos días de la emboscada de Chollie, cuando la había pillado desnuda en la piscina. Habían quedado en el patio de una cafetería-brasería de Brooklyn y el viento acariciaba los árboles que tenían encima.

Sin embargo, la chica no se había ofendido; se había reído. En ese momento, abrió la carpeta con fotografías de Chollie, su dirección y el número de móvil, todos los datos que a Mathilde se le había ocurrido darle por teléfono.

—No sé hasta dónde has llegado en la investigación —comentó Mathilde—. Fue uno de los que montó el Charles Watson Fund. Ya sabes, esa agencia de corredores de inversión. Puede que ya lo hayas averiguado. Hace unos veinte años, la montó cuando era un crío. Un montón de operaciones fraudulentas, estoy segura.

La chica levantó la cabeza, con una chispa de interés en la cara.

—¿Usted invierte? —preguntó—. ¿De eso se trata?

—No soy imbécil, joder —dijo Mathilde.

La chica parpadeó y se recostó en el asiento.

—Es igual. Lo de las operaciones fraudulentas es el hilo del que hay que tirar, y necesito pruebas, pero también necesito otras cosas. Líos personales. Lo peor que encuentres. Si hablas con ese tío tres segundos, sabrás que esconde un armario lleno de esqueletos. Puede que en sentido literal. Es un capullo gordo, malcarado y cocainómano, y quiero freírlo vivo.

Sonrió con alegría.

La chica miró a Mathilde con atención.

—Soy lo bastante buena para poder elegir qué casos llevo, ¿sabe?

—Me alegro de saberlo —dijo Mathilde—. No contrato a niñatas.

—Mi única duda en este caso es que parece una venganza personal —comentó la chica—. Y esas suelen acabar salpicando.

—Bah, asesinarlo sería demasiado fácil —dijo Mathilde.

La chica sonrió.

—Me gustan las damas con una parte cañera.

—Pero no soy una dama —dijo Mathilde, ya cansada de esa especie de flirteo.

Apuró el café para poder marcharse rápido. Se puso de pie.

—Espere —dijo entonces la chica.

Pasó los brazos por las mangas de la camisa y le dio la vuelta, de modo que el cuello escotado quedó en la espalda, y adoptó un aire más duro, profesional. Se quitó la peluca despeinada y dejó a la vista un pelo castaño, corto como un chico. Se quitó los pendientes. Las pestañas postizas. Era una persona diferente, seria y avispada. Parecía la única estudiante femenina del departamento de matemáticas puras.

—Ese disfraz estaba a la altura de James Bond —dijo Mathilde—. Muy gracioso. Supongo que normalmente sirve para convencer a tus clientes.

—Normalmente sí —dijo la investigadora privada. Parecía avergonzada.

—¿Y el delfín del pecho? —preguntó Mathilde.

—Hice muchas estupideces en la adolescencia —dijo la chica.

—Todos hacemos estupideces en la adolescencia —contestó Mathilde—. Me resultan tiernas. —Se sonrieron la una a la otra a través de la mesa moteada de polen—. Muy bien. Servirás —añadió.

—Querida, no solo «serviré». Verá lo mucho que valgo —dijo la chica.

Se inclinó hacia delante y tocó la mano de Mathilde durante el tiempo justo para dejar claras sus intenciones.

«La ira es mi alimento: cenaré de mí misma y así moriré de hambre a fuerza de alimentarme», dice Volumnia en el *Coriolano* de Shakespeare. Ella —dura como el acero, controladora— es muchísimo más interesante que Coriolano.

Pero, claro, nadie iría a ver una obra de teatro titulada *Volumnia*.

16

Las nubes habían descendido, aunque por la ventana el día resplandecía con los rayos del sol.

Acababa de entrar a trabajar en la empresa por internet. Era una página de contactos que tiempo después se vendería por mil millones. Llevaba tres años trabajando en la galería de arte; todas las mañanas respiraba hondo en la acera, cerraba los ojos y se envalentonaba para entrar. Durante todo el día notaba a Ariel mirándola. Hacía su trabajo. Se encargaba de los artistas, de tranquilizarlos, de mandarles regalos para su cumpleaños. «Mi prodigio —solía decir Ariel, cuando la presentaba—. Algún día, Mathilde llevará el negocio.» La cara de Luanne se contraía cada vez que decía eso. Y llegó el día en el que un artista nervioso voló desde Santa Fe, y Ariel se lo llevó a cenar, una velada larga, y cuando regresaron Mathilde continuaba en la oscuridad del despacho del fondo, preparando el catálogo para una exposición. Levantó la mirada, se quedó de piedra. Ariel estaba en el vano de la puerta, observándola. Se acercó, y se acercó aún más. Le puso las manos en los hombros y empezó a masajearla. Apretó su cuerpo contra la espalda de Mathilde. Después de tanto tiempo esperando el final, ella se sintió decepcionada en secreto ante la falta de gusto de Ariel: el gesto inesperadamente grosero, el frotamiento. Se levantó y dijo: «Se acabó». Y pasó por delante de Luanne, que lo había visto todo desde la parte delantera de la galería. Acumuló todos sus días de permiso y los tomó juntos, y tardó pocos días en encontrar otro trabajo, ni siquiera le comunicó a Ariel que iba a dejar la galería para siempre.

Sin embargo, esa mañana Mathilde era incapaz de concentrarse en el trabajo. Se refugió en el despacho cerrado y Ariel la observó ir y venir con los ojos entrecerrados detrás de las gafas, la boca torcida con acritud.

En el parque, las hojas de los arces presentaban un lustre especial, como si tuvieran las venas doradas. Mathilde caminó tan rápido y se sintió tan perdida que cuando llegó a casa tenía las rodillas como un flan. Notaba la amargura en el paladar. Sacó un palito del paquete de veinte que guardaba, aterrorizada, debajo de las toallas. Orinó encima. Esperó. Bebió un botellín de agua entero. Lo repitió una y otra vez, una y otra vez, y cada una de esas veces el paciente palito le decía «sí». Signo más. ¡Estás atrapada! Metió las pruebas de embarazo en una bolsa y luego hundió la bolsa hasta el fondo de la papelera del baño.

Oyó llegar a Lotto y se lavó los ojos con agua fría.

—Hola, cariño —lo saludó—. ¿Qué tal te ha ido el día?

Él empezó a cotorrear, le habló de una audición, de un papelillo de birria en un anuncio, ni siquiera lo quería, era humillante, pero vio a aquel chico del programa de televisión de finales de los setenta, el que tenía el tupé y las orejas raras, ¿te acuerdas? Mathilde se secó la cara, se peinó con los dedos, practicó su sonrisa hasta que dejó de parecer tan feroz. Salió del cuarto de baño, todavía con el abrigo puesto.

—Voy a ir a buscar una pizza —dijo.

—¿Mediterránea? —preguntó Lotto.

—Pues sí —contestó Mathilde.

—Te adoro con toda mi alma, hasta el tuétano.

—Yo también —dijo ella, de espaldas a su marido.

Cerró la puerta del piso y se dejó caer en los peldaños que daban al apartamento de la señora del primero, se apoyó en la pared, con los brazos cruzados sobre los ojos, porque ¿qué iba a hacer?, ¿qué iba a hacer?

Mathilde se percató de un fuerte olor a pies. Vio en un escalón, junto a su cara, unas desgastadas zapatillas bordadas atadas con una cuerda.

Bette, la vecina de arriba, miró con tristeza a Mathilde.

—Pasa —le dijo con su escueto estilo británico.

Muda, Mathilde siguió a la anciana escaleras arriba. Un gato saltó sobre ella como un payaso en miniatura. El apartamento estaba meticulosamente limpio, decorado al estilo de mediados del siglo xx, como Mathilde observó con sorpresa. Las paredes eran de un blanco brillante. Un ramo de hojas de magnolio encima de la mesa, un intenso brillo verde con un exquisito marrón por debajo. En la repisa de la chimenea, tres crisantemos de color granate en todo su esplendor. No esperaba encontrar nada de eso.

—Siéntate —le dijo Bette.

Mathilde se sentó. Bette se alejó arrastrando los pies.

Al cabo de un rato, la anciana regresó. Una taza de manzanilla recién hecha, unas galletas LU del Petit Écolier Chocolat Noir. Mathilde probó una y regresó a su infancia, la luz entre las hojas que iluminaba el polvo, el chasquido del cartucho nuevo de tinta al encajar en la pluma.

—No te culpo. Yo tampoco quería tener hijos —dijo la anciana mirando a Mathilde por debajo de su larga nariz.

Tenía migajas en los labios.

Mathilde parpadeó varias veces.

—En mis tiempos, no sabíamos nada. No viví en una época en la que se pudiera elegir. Me duchaba con desinfectante Lysol, ¿sabes? Menuda ignorancia. Cuando me llegó la hora, había una señora en la trastienda de la papelería con un cuchillo de hoja fina. Terrible. Quería morirme. Podría haberlo hecho, la verdad. En lugar de eso, obtuve el don de la esterilidad.

—Dios mío —dijo Mathilde—. ¿Acaso he hablado en voz alta?

—No —dijo Bette.

—Pero ¿cómo lo ha sabido? —preguntó—. Si apenas lo sé yo.

—Son mis poderes mágicos —dijo Bette—. Lo veo por la forma en la que se comporta una mujer. Muchas veces me he metido en apuros por mencionarlo cuando era una sorpresa desagradable. En tu caso, hace dos semanas que lo vi con nitidez.

Pasaron toda la tarde ahí sentadas. Mathilde contempló los crisantemos un buen rato y no se acordó de tomar la infusión hasta que ya estaba templada.

—Perdona que me entrometa —dijo Bette—. Pero debo decir que, desde mi punto de vista, por lo menos, un hijo no sería lo peor que podría pasarte. Tienes un marido que te adora, un trabajo, un sitio donde vivir. Debes de estar cerca de los treinta años, edad suficiente. Un niño en esta casa no sería lo peor que podría pasar. Me apetecería cuidar de un bebé de vez en cuando, enseñarle canciones infantiles de mi abuela escocesa. «Eenity feenity, fickety feg». O no, mejor «As eh gaed up a field o neeps», ¿eh?

«Cuando me desperté en un campo de nabos...». Lo malcriaría y le daría muchas galletas. Bueno, cuando pudiese comer galletas, claro. No es lo peor que podría pasar.

—Sí sería lo peor que podría pasar —dijo Mathilde—. No sería justo para el mundo. Ni para el niño. Además, solo tengo veintiséis años.

—¡Veintiséis! —exclamó Bette—. Tu vientre es prácticamente una antigualla. Tus óvulos empiezan a arrugarse ahí dentro. ¿Y qué crees? ¿Que darías a luz a un monstruo? ¿A un Hitler? Por favor, mírate. Has ganado la lotería genética.

—No se ría —dijo Mathilde—. Mis hijos nacerían con colmillos y garras.

Bette la miró con atención.

—Oculto bien los míos —dijo Mathilde.

—No soy quien para juzgarte —dijo Bette.

—Desde luego que no.

—Te ayudaré —añadió Bette—. No te pongas nerviosa. Te ayudaré. No estarás sola en esto.

—Ostras, has tardado un siglo —dijo Lotto cuando Mathilde volvió por fin con la pizza.

Tenía tanta hambre que no vio la cara de su esposa hasta que se hubo comido cuatro porciones. A esas alturas, ella ya había recuperado la compostura.

Por la noche, Mathilde soñó con cosas que vivían en la oscuridad. Gusanos ciegos que se retorcían con un brillo perlado, animales repulsivos con venas azules. Viscosos y goteantes.

Nunca había tragado a las mujeres embarazadas. Ellas sí que eran los auténticos caballos de Troya.

Era asqueroso pensar que dentro de un ser humano pudiera haber otro ser humano. Un cerebro separado pensando ideas separadas. Mucho tiempo después, en la tienda de comestibles, Mathilde observó a una dependienta tan hinchada que parecía a punto de estallar, que se estiraba para alcanzar los polos que había en el estante superior, y se imaginó cómo sería tener una persona dentro sin habérsela tragado entera. Una persona que no estuviera condenada desde el principio. La mujer miró con irritación hacia Mathilde, que era gigantesca, lo bastante alta para llegar al estante sin esfuerzo; entonces su expresión cambió y mostró lo que Mathilde aborrecía más de las mujeres embarazadas: su aire de reflexiva santidad. «¿En qué puedo ayudarla?», le preguntó, pura sensiblería. Mathilde se dio la vuelta con brusquedad y se marchó.

De vuelta al presente, se levantó de la cama en la que Lotto respiraba con dulzura en sueños y subió una botella de ron al piso de Bette. Se quedó plantada delante de la puerta, sin llamar, pero aun así Bette abrió con un camisón muy hortera y el pelo hecho una maraña canosa.

—Entra, entra —le dijo.

Acomodó a Mathilde en el sillón, la cubrió con una manta de lana, se plantó el gato en el regazo. Junto a la mano derecha de Mathilde, un chocolate caliente con un chorro de ron. En la televisión, Marilyn Monroe en blanco y negro. Bette se reclinó en la otomana y empezó a roncar. Mathilde se marchó a casa de puntillas antes de que Lotto se despertara, se vistió como si fuese a trabajar y luego llamó a la oficina para decir que estaba enferma. Bette, con la cara pegada al volante, sentada encima de varios cojines del sofá, la llevó a la clínica.

[La súplica de Mathilde: Déjame ser la ola. Y si no puedo ser la ola, déjame ser el agua que se quiebra en el fondo. Déjame ser esa terrible balsa que se aventura la primera en la oscuridad del mar.]

Durante muchas semanas después de la intervención, Mathilde se sintió fría y húmeda por dentro. Una pieza de cerámica gris que se resquebraja en la superficie. No era que se arrepintiese de nada; era que había percibido el peligro demasiado cerca. Notaba a Lotto distante, en la cumbre de una montaña que ella se sentía incapaz de escalar. Deambulaba por su vida, dejaba que los días la arrastraran.

Sin embargo, había pequeños milagros que le subían el ánimo. Un *macaroon* de agua de rosas en el buzón de cobre, en un sobre de papel encerado. Una hortensia azul del tamaño de un repollo en el vano de la puerta. Unas manos frías y arrugadas que le apretaban las mejillas al cruzarse con ella en la escalera. Los pequeños obsequios de Bette. Luces titilantes en la oscuridad.

—Es una decisión difícil —le había dicho Bette en la sala de espera—. Pero es la acertada. Lo que sientes ahora disminuirá poco a poco.

Así fue.

Cuando Mathilde tenía veintiocho años, su marido estuvo de viaje a Los Ángeles durante una semana porque interpretaba un pequeño papel en un drama de policías. Entonces aprovechó para concertar la esterilización.

—¿Está segura? —le preguntó el médico—. Es tan joven que puede cambiar de opinión en el futuro. Nunca se sabe cuándo empezará a sonar el reloj biológico.

—Mi reloj está roto —contestó ella.

El médico la miró de arriba abajo, desde las botas altas hasta la coronilla rubia, el lápiz de ojos que usaba en esa época curvado en la parte exterior para imitar unos ojos de gata. Él creyó leerle el pensamiento y opinó que era una superficial. Pero asintió y se marchó con un gesto brusco. Colocó las diminutas espirales en sus trompas de Falopio; Mathilde comió gelatina y se hartó de ver dibujos animados y dejó que las enfermeras le cambiaran el catéter. En realidad, pasó una tarde bastante agradable.

Volvería a hacerlo si fuera necesario. Para salvarse del horror. Para salvarse a sí misma. Lo haría una y otra vez, una y otra vez, una y otra vez, si fuese preciso.

17

Mathilde no reconoció a la investigadora privada en las escaleras del Metropolitan. Buscaba a la chica de la cafetería-brasería de Brooklyn a quien había visto dos semanas antes, en cualquiera de sus encarnaciones, chabacana y con el delfín o elegante y profesional. Había una familia de turistas fornidos, un joven con piel de cachemir a quien Mathilde miró con atención, y una colegiala rubia con el entrecejo fruncido, vestida con falda escocesa y un polo, que llevaba una mochila a punto de reventar. Decidió sentarse junto a la colegiala y la chica se volvió para guiñarle un ojo.

—Santo dios —dijo Mathilde—. El mismo lenguaje corporal y todo. Las piernas desgarbadas y la actitud de adolescente. Creía que estaba mirando a mi doble de hace treinta años.

—Antes he tenido que vigilar a alguien —dijo la investigadora—. Me encanta mi trabajo.

—Eras la típica niña del baúl de disfraces, ¿verdad? —dijo Mathilde.

La investigadora sonrió, pero había tristeza en su cara. Por un momento, pareció tener su verdadera edad.

—Bueno, fui actriz —contestó—. Una Meryl Streep más joven, eso era lo que quería ser.

Mathilde no dijo nada, así que la investigadora retomó la palabra.

—Ah, sí. Claro, conocía a su marido. Me refiero a que lo conocía en persona. Participé en una de sus obras de jovencita. El taller para *Grimorio* en el ACT de San Francisco. Todo el mundo estaba enamorado de él. Siempre me lo imaginaba como un pato, ¿sabe? Lancelot Satterwhite es a la adoración lo mismo que un pato es al agua. Solo quería nadar en medio de un lago de adoración, pero nunca calaba en él ni lo tocaba, la adoración resbalaba, nada más.

—Parece bastante acertado —dijo Mathilde—. Ya veo que sí lo conocías.

—Tal vez no debería decírselo —comentó la chica—. Pero creo que ahora que ya no está, no puede hacer daño a nadie. Usted, mejor que cualquier otra persona, sabe cómo era su marido. Pero los actores del reparto y el resto de personal teníamos una apuesta. Cada vez que alguien metía la pata durante los ensayos, tenía que poner un cuarto de dólar en el bote, y quien fuera capaz de seducir el primero a Lancelot, se llevaría la pasta. Tanto chicos como chicas. Los doce que participábamos en la obra.

—¿Quién ganó? —preguntó Mathilde.

Había torcido ligeramente la comisura del labio.

—No se agobie —dijo la chica—. Nadie. El día del estreno, le dimos el dinero al director de escena porque acababa de tener un hijo. —Sacó un informe de la mochila y se lo entregó a Mathilde—. Todavía estoy trabajando sobre la parte personal. Desde luego, ahí hay gato encerrado, pero todavía tengo que encontrarlo. Mientras tanto, he comprado a un soplón en Charles Watson para que nos informe. Un vicepresidente granado. Se considera un noble delator, pero solo después de haber amasado una fortuna, de haberse comprado una casa en los Hamptons y toda la pesca. Este informe es solo la espuma de la capa superficial. Pero, ostras, es una capa bien espesa.

Mathilde leyó el informe y, cuando levantó la mirada, la calle se había iluminado por el sol.

—Madre mía, madre mía... —dijo.

—Y hay más —añadió la investigadora—. Es un asunto serio. Habrá un montón de ricachones cabreados cuando esto se sepa. Sea cual sea su motivación, estamos haciendo una buena obra para el mundo.

—Bueno, bueno. Siempre he sospechado de la autocomplacencia —dijo Mathilde—. Ya lo celebraremos cuando me hayas entregado los secretos personales.

—¿Lo celebraremos? ¿Usted y yo, con champán, en una suite del Saint Regis? —preguntó la investigadora mientras se ponía de pie.

Mathilde miró sus fuertes piernas desnudas, las caderas estrechas, la cara atenta enterrada en toda esa melena rubia. Sonrió y notó que el mecanismo oxidado del flirteo se ponía en funcionamiento. Nunca había estado con una mujer. Probablemente fuese más tierno, menos muscular, como el yoga sexual. Por lo menos, sería una novedad.

—A lo mejor sí —dijo Mathilde—. Depende de lo que me consigas.

La investigadora silbó en voz baja.

—Pues me pongo manos a la obra.

Cuatro años después de la muerte de Lotto, cuando Mathilde tenía cincuenta años, se compró un billete de avión a París.

Todo brillaba tanto cuando bajó del avión que tuvo que ponerse las gafas de sol. Aun así, el resplandor se colaba, rebotaba en su cerebro como una pelota de goma. Además, no quería que nadie viera que el olor del lugar al que regresaba la devastaba, le humedecía los ojos.

Al pisar tierra, había vuelto a ser diminuta. En ese idioma, se sentía de nuevo frágil e invisible. Se recompuso en una cafetería que había junto a la puerta de llegadas. Cuando el camarero del aeropuerto le llevó el expreso y un *pain au chocolat* en una bolsita de plástico, le habló en un francés crispado, mientras que al instante se volvió y habló en un inglés pausado con los sofisticados clientes de la mesa contigua. Cuando llegó el momento de pagar, no entendía todo el lío de los euros. Buscaba francos en el monedero.

Ese día gris y granulado, París la sobrecogió con sus olores. A tubo de escape y meados y pan y excrementos de paloma y polvo y plátanos que mudaban las hojas y viento.

El taxista, con la nariz salpicada de poros, la miró un buen rato por el espejo retrovisor y le preguntó si se encontraba bien. Al ver que Mathilde no contestaba, añadió para consolarla:

—Puede llorar aquí, repollito. Llore todo lo que quiera. No pasa nada por ver llorar a una mujer guapa.

Se duchó y se cambió de ropa en el hotel, después alquiló un Mercedes blanco y salió de la ciudad. El rugido del río del tráfico apaciguó a la estadounidense que llevaba dentro.

Las rotondas empezaron a estrecharse. Las calles eran cada vez más pequeñas. Al final, se convirtieron en caminos de tierra. Había vacas, tractores, aldeas semiabandonadas de piedra gris ennegrecida.

Lo que en su mente había sido tan enorme era, de hecho, tremendamente pequeño. Habían remozado el estuco de la pared, se atisbaba la pintura blanca por debajo de la hiedra trepadora. Las piedras del camino de entrada eran nuevas, gravilla redondeada de un tono crema. Los tejos habían crecido mucho y los habían podado por la parte superior de la copa formando una línea casi recta, como niños el primer día de escuela. Las viñas de la parte posterior se entrelazaban con sus uvas verdes hasta donde se perdía la vista, y se adentraban en los antiguos prados de las vacas de su abuela.

Un hombre algo más joven que Mathilde estaba arreglando la rueda de una moto en el camino de entrada. Llevaba una cazadora de motero, y un flequillo engominado y puntiagudo le cubría la frente. Mathilde reconoció sus propios dedos en los de él. Su propio cuello esbelto. El mismo pliegue en la parte superior de la oreja.

—Papá —dijo en voz alta, pero no, ese hombre era demasiado joven.

Por la puerta acristalada apareció una mujer. Robusta, con ojos adormilados, anciana, aunque llevaba el pelo teñido de negro, igual que la tinta de calamar. Llevaba una gruesa raya de perfilador de ojos por debajo del párpado inferior. Observó a Mathilde, que seguía en el coche, y movió la boca arrugada, como si masticara algo. La mano que agarraba la cortina estaba enrojecida, agrietada, como si se hubiera pasado la vida entre entrañas frías de pescado.

Mathilde recordó la alacena llena de quesos en proceso de curación, el olor que lo impregnaba todo. Se alejó, cegada al principio por las lágrimas.

Al llegar a la aldea, la catedral le dio vergüenza. Un cúmulo de piedras de estilo semirrománico, cuando ella la recordaba imponente, apabullante, gótica. En el *tabac* vendían huevos que todavía llevaban excremento de gallina pegado. Apenas era mediodía y la *boulangerie* ya estaba a punto de cerrar. Entró en un salón que era a la vez un puesto de pizzas para llevar y la *mairie*.

Cuando la alcaldesa se sentó y Mathilde le dijo lo que deseaba, la mujer parpadeó con tanta furia que dejó restos de rímel negro en la cara interna de los cristales de las gafas.

—Pero ¿está segura de verdad? ¿Lo ha pensado bien? —le preguntó—. Esa casa, no sé. Ha pertenecido a esa familia desde hace cientos de años.

—Es la única casa en el mundo que desearía tener —dijo Mathilde.

El acento bretón regresó con facilidad a su lengua. Fuerte como una vaquilla, como las rocas de los campos.

—Le saldrá cara —dijo la alcaldesa—. Esa familia es bastante tacaña, agarrada con su dinero.

La alcaldesa frunció los labios y se frotó el pecho con las yemas de los dedos.

—Me imagino viviendo feliz allí —dijo Mathilde—. Y únicamente allí. Me encantaría venir a este pueblo en verano. Quizá incluso podría abrir una tiendecita de antigüedades con una tetería, atraer a turistas.

El rostro de la alcaldesa se relajó al oír eso. Mathilde sacó la tarjeta de color crema de su abogado y la deslizó por la mesa.

—Por favor, lleve a cabo todas las transacciones a través de este hombre. Por supuesto, se llevará usted el cinco por ciento de comisión.

—El seis —dijo la alcaldesa.

—El siete. Me da igual. Cueste lo que cueste —dijo Mathilde, y la alcaldesa asintió. Entonces Mathilde se levantó y, mientras se marchaba, añadió—: Utilice su magia.

Regresó a París con la sensación de que era otra persona quien conducía el coche. Habían pasado veinticuatro horas desde la última vez que había ingerido algo cuando Mathilde se sentó por fin a su mesa de siempre en La Closerie des Lilas. No era la mejor comida de París. Aunque era el restaurante más literario. Se había puesto un vestido ajustado de seda plateada, llevaba el pelo retirado de la cara, maquillada con un colorete que la favorecía.

Cuando se le acercó el camarero, Mathilde se limitó a decir:

—Hacía mucho tiempo que no estaba en Francia. Echo de menos la comida francesa igual que si fuera un miembro fantasma.

Los ojos marrones del camarero centellearon. Su bigotillo dio un salto propio de un ratón sobresaltado.

—Le serviré nuestros mejores platos —le prometió.

—Y un buen vino acorde con ellos —añadió Mathilde.

El camarero fingió exasperación.

—Pero por supuesto. ¿Acaso cree que soy un blasfemo?

Cuando dejó la botella de champán delante de Mathilde junto a un plato de langostinos en su salsa de mayonesa con hierbas, ella le dio las gracias. Comió con los ojos entrecerrados.

Durante toda la cena, se imaginó que Lotto la acompañaba al otro lado de la mesa, que disfrutaba de la comida con ella. Le habría encantado la velada, su vestido, la comida, el vino. El deseo se fue avivando en su interior hasta que le resultó casi insoportable. Si levantaba la vista, solo vería una silla vacía, y lo sabía. No levantaría la vista.

Después del queso de postre, el camarero le ofreció una bandejita con pastelillos de fruta confitada y mazapán, y Mathilde le sonrió.

—*À la victoire* —dijo la mujer.

—*À l'amour* —contestó él, y le guiñó un ojo.

Mathilde regresó paseando al hotel por las calles de adoquines que humeaban a causa de la rápida tormenta de verano que había cruzado a toda prisa la ciudad mientras ella cenaba. Su propia sombra caminaba junto a ella. Consiguió llegar al cuarto de baño, sentarse tranquilamente en la bañera de mármol travertino amarillo antes de inclinarse hacia delante y vomitar.

Voló de vuelta al hogar, a la casita blanca en medio del jardín de cerezos. La compra de la casa de Francia tardó meses. El día que se zanjó la venta (por una fracción de lo que habría estado dispuesta a pagar Mathilde, pero, al parecer, por mucho más de lo que valía), su abogado le envió una botella de Château d'Yquem.

Lo llamó por teléfono.

—Un trabajo excelente, Klaus —le dijo.

—Gracias, señora Satterwhite —contestó él—. Han sido… exigentes.

—Ya, es que son personas exigentes —dijo ella sin darle importancia—. Siento decírselo, pero todavía tengo otro encargo que hacerle.

—Por supuesto. Para eso estoy aquí.

—Ahora, si es tan amable, haga derribar la casa. Desde el tejado hasta los cimientos. Que arranquen de cuajo las viñas de la parte posterior. Todo. Sé que es antigua y que hacerlo incumple todo tipo de leyes, pero si lo hace rápido, nadie tendrá tiempo de saber qué se trae entre manos. Hágalo cuanto antes.

Solo notó una leve duda. Adoraba la discreción de ese hombre.

—Como usted desee —respondió.

En las fotografías que el abogado le mandó una semana más tarde se veía el cielo donde había estado la chimenea, una vista despejada del huerto de frutales donde antes se alzaban los muros de piedra de cuatrocientos años de antigüedad. El suelo tenía una gruesa capa de cascotes y polvo.

Más que como contemplar un cadáver era como contemplar el lugar en el que se había enterrado un cadáver.

El corazón de Mathilde se agrietó hasta abrirse y empezó a gotear. Esto lo había hecho por ella.

Le regaló a Klaus un coche mucho más elegante que el suyo. En esa ocasión, la voz del abogado sonó divertida cuando le llamó.

—Misión cumplida —le informó—. Pero no sin tener que aguantar muchos gritos y mucha, mucha rabia. Montones de lágrimas. Me temo que no podrá volver a asomar la nariz por ese pueblo en mucho tiempo.

—Ah, bah —dijo Mathilde—. ¿Qué otras novedades tenemos?

Lo dijo con tono despreocupado, sí. No obstante, notó que la vieja bestia se removía en su interior.

18

«Eres una sincera compulsiva», le había dicho una vez Lotto, y Mathilde se había echado a reír y había reconocido que tenía razón. En ese momento, no estaba segura de si lo había dicho porque era sincera o porque era una mentirosa.

Grandes franjas de la vida de Mathilde no eran más que espacios en blanco para su marido. Lo que no le contaba estaba en equilibrio perfecto con lo que sí le contaba. Aun así, hay falsedades hechas de palabras y falsedades hechas de silencios, y Mathilde solo había mentido a Lotto por omisión.

No le había contado nunca que no le había importado ser quien ganara el sustento para los dos durante los primeros años de su relación, ni siquiera le había importado la pobreza, ni las comidas que tenían que saltarse ni las cenas de arroz con judías, ni siquiera tener que transferir dinero de una cuenta ínfima para pagar las facturas más acuciantes, ni aceptar lo que le daba la hermana pequeña de Lotto, quien se lo ofrecía porque era una de las pocas personas en el mundo con un corazón bondadoso de verdad. La gratitud de Lotto hacia su esposa por lo que creía que era un sacrificio de Mathilde lo dejaba en deuda con ella.

Lo que sí le importaba era algo que nunca había pronunciado en voz alta: habría preferido que su marido hubiese tenido más cualidades para hacer realidad su vocación.

Todas esas colas de pie bajo la lluvia. Ir únicamente para representar un monólogo. Volver a casa y esperar junto al teléfono a que entrara una llamada en la que nunca le daban el papel. Despotricar, beber, dar fiestas. Engordar, quedarse calvo, perder el encanto. Año tras año tras año.

El último invierno que habían pasado en el apartamento del semisótano, Mathilde pintó el techo de color dorado para simular el sol, para alegrarse, para reunir el valor suficiente para pedirle a Lotto que se sentara un momento y contarle la verdad con mucho tacto: que aunque ella creía en su talento, a lo mejor le convenía encontrar una profesión en la que él también creyese. Su carrera como actor no iba a prosperar.

Antes de que pudiera armarse de valor, llegó la fiesta de Nochevieja. Lotto se emborrachó, como siempre, pero en lugar de quedarse dormido como un tronco, se pasó la noche en vela y en caliente escribió lo que llevaba décadas latente en su corazón. Al despertarse a la mañana siguiente, Mathilde vio el ordenador y en primer lugar pensó, en un ataque de celos (una sensación que tantas veces reprimía), que seguramente habría estado chateando con alguna recreación guapa y rubia de una triste marginada de dieciséis años. Agarró el portátil para leer qué había escrito Lotto. Y, para su sorpresa, vio que era una obra de teatro y que contenía el germen de una obra maestra.

Se llevó el ordenador al vestidor del dormitorio y trabajó con fruición. Corrigió, condensó, aligeró el diálogo, retocó la forma de las escenas. Cuando se despertó, Lotto no se acordaba de lo que había escrito. A Mathilde no le costó hacerle creer a su marido que todo había salido de sus propias manos.

Al cabo de unos meses, *Los manantiales* estaba terminado. Pulido. Mathilde lo leía una y otra vez por la noche, metida en el vestidor, mientras Lotto dormía, y no le cabía duda de que tenía calidad.

Sin embargo, aunque era una obra de teatro fabulosa, una obra que tiempo después cambiaría sus vidas, nadie quería leerla. Lotto se la presentó a productores, a directores de teatro. Aceptaban las copias encuadernadas que él les entregaba, pero nunca le devolvían la llamada. Y Mathilde advirtió que la chispa reavivada de su marido volvía a palidecer. Era como una muerte lenta por extirpación, un cúmulo de diminutas hemorragias constantes.

Entonces se le ocurrió una idea a partir de una de las notas que le enviaba Antoinette, un artículo breve que había recortado de una revista sobre Han van Meegeren, el falsificador de arte que había convencido al mundo de que sus cuadros falsos eran de Vermeer, aunque todos los Cristos que pintaba tenían la cara del propio falsificador. Antoinette había rodeado con un círculo una foto en la que aparecía un cuadro falso analizado con rayos X, en el que, a través de la fantasmal cara redonda de una niña, podía verse el poco inspirado cuadro del siglo XVII sobre el que Meegeren había pintado: una escena de una granja, patos, regaderas. «Capa falsa sobre una mala base. Me recuerda a alguien», escribió Antoinette.

Mathilde fue a la biblioteca un fin de semana en que Lotto estaba en un camping de las montañas Adirondacks con Samuel y Chollie, una escapada que había organizado la propia Mathilde para quitarlo de en medio unos días. Encontró la estampa que buscaba en un libro muy voluminoso. Un impresionante caballo blanco que llevaba a lomos a un hombre con ropajes azules en el primer plano, una confusión de cabezas sobre los demás caballos, un edificio imponente sobre una colina recortado contra el cielo. Jan van Eyck, había descubierto hacía muchos años, en la universidad. Cuando vio la diapositiva en clase, se le paró el corazón.

Y pensar que lo había sostenido entre las manos en esa diminuta habitación empotrada en el hueco de la escalera de casa de su tío. Lo había olido: madera vieja, aceite de linaza, tiempo.

«Robado en 1934 —les había contado el profesor—. Un panel de un retablo más grande. Se cree que fue destruido hace muchos años.» Pasó a la siguiente diapositiva de una obra de arte desaparecida, pero Mathilde ya no pudo ver más que un borrón brillante.

En la biblioteca, pagó para que le hicieran una fotocopia en color y luego escribió una carta. Sin saludo, «Mon oncle», empezaba.

Envió por correo la carta junto con la fotocopia.

Una semana más tarde, se puso a preparar unos espaguetis y a mezclar la salsa de pesto, mientras Lotto estaba en el sofá, contemplando un ejemplar de *Fragmentos de un discurso amoroso*, de Roland Barthes, sin leerlo, con los ojos desenfocados. Respiraba por la boca.

Fue él quien contestó cuando sonó el teléfono. Escuchó.

—Alabado sea… —dijo Lotto mientras se ponía de pie—. Sí, señor. Sí, señor. Sí, señor. Por supuesto. Me ha hecho usted muy feliz. Mañana a las nueve. Sí, gracias. Muchas gracias.

Mathilde se dio la vuelta, con una cuchara humeante en la mano.

—¿Quién era? —le preguntó.

Lotto estaba pálido, se frotaba la cabeza.

—Es que no me lo creo… —contestó.

Se dejó caer a plomo en el asiento.

Su esposa se le acercó y se colocó entre sus piernas. Le tocó el hombro.

—¿Cariño? —le preguntó—. ¿Va todo bien?

—Eran de Playwrights Horizons. Van a programar *Los manantiales*. Un particular se ha encaprichado de la obra y quiere financiarla. Cubrirá todos los gastos.

Apoyó la frente en el pecho de Mathilde y se echó a llorar. Ella lo besó en el mechón que le caía sobre la nuca para esconder su expresión, que sabía feroz, sombría.

Unos años después, un abogado se puso en contacto con ella por teléfono en el teatro en el que Lotto estaba ayudando a buscar el reparto para su nueva obra; Mathilde escuchó con atención. Según le dijo el abogado, su tío había muerto [un robo de coche con violencia; una palanca]. Había dejado todo su dinero a un hogar para madres indigentes. No obstante, había una colección de antiguos libros eróticos japoneses que le había legado a ella, Aurélie. Entonces contestó: «Pero no soy la persona que anda buscando. Me llamo Mathilde», y colgó. Cuando, de todos modos, le enviaron los libros a su casa, los llevó a la librería Strand, y con lo que ganó por venderlos de lance le compró a Lotto un reloj resistente al agua y sumergible hasta cuatrocientos pies.

La noche del estreno de *Los manantiales*, Mathilde permaneció de pie junto a Lotto en la oscuridad.

¡Broadway! ¡Entrar desde el principio por la puerta grande! Lotto se sentía abrumado por su buena suerte; Mathilde sonreía y no hablaba, porque sabía que esa suerte no era real.

Los talleres habían ido de maravilla; habían atraído a la ganadora de un Tony para el papel de Miriam: ondulante, perezosa, contenida pero furiosa por dentro, la madre. Los actores que interpretaban a Manfred y Hans, el padre y el hijo, apenas eran conocidos, pero una década más tarde serían nombres de referencia en largometrajes.

Habían confirmado asistencia unos cuantos desconocidos, algunos intrépidos vanguardistas. Pero la tarde anterior al estreno el director le había confesado a Mathilde en voz baja y con discreción lo mal que iba la venta de entradas de momento; Mathilde se había pasado toda la mañana y la tarde del mismo día del estreno pegada al teléfono y había llenado todos los asientos libres con amigos. El público era muy bullicioso, y en el teatro se notaba un ánimo eufórico y amistoso antes de que se apagaran las luces. Lotto era el único capaz de congregar a trescientos fieles en el último momento solo por un acto de buena voluntad. Era muy apreciado, querido con locura, hasta la médula.

En ese momento, en la oscuridad, Mathilde observó la sutil transformación de su marido cuando se perdió en sí mismo. La ansiedad de los tres meses anteriores había logrado que volviese a ser el chico delgado y excesivamente alto con el que se había casado. Se abrió el telón. Mathilde contempló primero con diversión y después con una ternura que rayaba en la admiración cómo él repetía con los labios todos los diálogos, cambiaba la expresión del semblante con cada personaje conforme los actores iban saliendo a escena. Era como una especie de obra con un solo actor entre bastidores.

En la escena en la que moría Manfred, el rostro de Lotto se humedeció, reluciente. Sudor, no lágrimas, quiso creer Mathilde. Costaba saberlo. [Lágrimas.]

El público se levantó para aplaudir e hizo volver a salir a los actores ocho veces, de modo que el reparto regresó al escenario una y otra vez, una y otra vez, y no fue solo por el inmenso amor que el público le profesaba a Lotto, sino también por el efecto de la obra, que, como por arte de magia, se había solidificado al contacto con el aire. Y cuando Lotto salió de las bambalinas, el rugido del público se oyó desde el modesto bar que había al final de la manzana, en el que los amigos a quienes Mathilde había suplicado que fuesen y que habían llegado para encontrarse las entradas agotadas, se habían refugiado para montar su propia fiesta improvisada.

El resplandor duró toda la noche, después de que el bar cerrase, cuando ya no quedaban taxis en la calle y Mathilde y Lotto decidieron volver andando a casa, con el brazo de ella apoyado en el de su marido, charlando de nada y de todo, mientras el desagradable aliento caliente del metro salía por las rejillas del suelo. «Ctónico», dijo Lotto, pues el alcohol había ampliado su petulancia hasta la máxima expresión, algo que Mathilde consideraba dulce, una concesión a la gloria. Era tan tarde que había pocas personas en la calle, y durante ese breve momento tuvieron la sensación de que la ciudad les pertenecía.

Mathilde pensó en toda la vida que se fraguaba por debajo de sus pies, el bullicioso pulular por encima del cual iban pasando, sin saberlo.

—¿Sabías que el peso total de todas las hormigas de la Tierra es equivalente al peso total de todos los seres humanos de la Tierra? —le preguntó ella.

En realidad, incluso Mathilde, que nunca bebía en exceso, estaba un poco achispada; aquella noche había sido un gran alivio. Al cerrarse el telón, una enorme losa que bloqueaba su futuro se apartó sola.

—Seguirán aquí cuando nosotros ya no estemos —contestó Lotto. Bebía de una petaca. Cuando llegaran a casa, estaría borrachísimo—. Las hormigas, las medusas y las cucarachas. Serán las reinas del planeta.

Le hacía gracia su mujer; a él, que tantas veces se emborrachaba. Su pobre hígado. Mathilde se imaginaba el órgano dentro de su cuerpo, una rata chamuscada, rosada y llena de cicatrices.

—Se merecen este lugar más que nosotros —apuntó ella—. No hemos sabido aprovechar nuestros dones.

Lotto sonrió y levantó la mirada. No había estrellas; el exceso de contaminación impedía que se vieran.

—¿Sabes que hace muy poco han descubierto la existencia de miles de millones de planetas que podrían albergar vida solo dentro de nuestra galaxia? —Imitó al astrónomo Carl Sagan lo mejor que pudo—: ¡Miles y miles de millones!

Mathilde notó una punzada por detrás de los ojos, pero no supo decir por qué ese pensamiento la había conmovido.

Él se percató y la entendió. [La conocía; las cosas que desconocía de ella habrían podido hundir un transatlántico; pero la conocía.]

—Nos sentimos solos aquí abajo —dijo Lotto—. Es cierto. Pero no estamos solos.

A la mañana siguiente, después de la gloriosa noche del estreno, cuando todo era bueno y la luz era dulce y estaba llena de posibilidades, Mathilde salió a buscar el periódico y una caja entera de repostería: *pains au chocolat* y *chaussons aux pommes* y cruasanes, y se zampó un reluciente *viennoiserie* de almendras en cuatro bocados mientras volvía andando a casa. Una vez en su acogedora madriguera de techo dorado, sirvió un vaso de agua mientras Lotto ojeaba el periódico con el pelo hecho una maraña, recién levantado, y cuando Mathilde se dio la vuelta para mirarlo, la encantadora cara apacible de su marido había cambiado. Hizo una mueca curiosa, bajando el labio inferior hasta tal punto que dejó a la vista los dientes de abajo, por una vez, quizá la primera de su vida, sin palabras.

—Oh, oh —dijo Mathilde a la vez que corría a su lado para leer por encima de su hombro—. Esa periodista puede meterse la crítica por el culo —dijo en cuanto terminó de leer.

—Esa lengua, cariño —dijo Lotto, pero le salió de manera automática.

—No, en serio —insistió Mathilde—. Esa Phoebe Delmar o como se llame. Le saca pegas a todo. Dejó por los suelos la última obra de Stoppard. Dijo que era autoindulgente. Es más, dijo que Suzan Lori-Parks no conseguía ser chejoviana, lo cual es una chorrada: por supuesto que Suzan Lori-Parks no intenta ser Chéjov, boba. Ya es bastante difícil ser Suzan Lori-Parks. El criterio básico para ser crítico es ese, ¿no? Evaluar cada obra en sus propios términos. Esa tía es como una poeta fracasada con cara de bruja que no sabe nada y que intenta hacerse un nombre dejando mal a la gente. Hace las reseñas como churros. No presta atención.

—Exacto —dijo Lotto, pero con poco convencimiento.

Se levantó y se dio la vuelta un momento, desdichado, como

un gigantesco perrazo a punto de zambullirse en la hierba para echar una siesta. Después fue al dormitorio, se tapó con la colcha y se quedó allí, sin responder, aunque Mathilde entró a hurtadillas desnuda en la habitación, a cuatro patas, y arrancó la sábana del colchón y reptó a lo largo de todo su cuerpo, empezando por la punta de los pies, y sacó la cabeza de debajo de la colcha a la altura de su cuello; pero Lotto tenía el cuerpo laxo y los ojos cerrados, y no respondió a su provocación, incluso cuando Mathilde colocó las dos manos de su marido sobre su propio trasero, él las dejó resbalar, inertes, presa de la aflicción.

Muy bien, entonces solo quedaba la opción nuclear. Mathilde se rio para sus adentros; ay, cuánto adoraba a ese desdichado. Fue al jardín comunitario, descuidado ahora que había muerto Bette, e hizo unas cuantas llamadas telefónicas, y a las cuatro de la tarde, Chollie llamó al timbre con Danica del brazo («Besos, besos», gritó Danica a los dos oídos de Mathilde, y luego: «Te odio, capulla. Estás guapísima»), y Rachel y Elizabeth llegaron después, cogidas de la mano, luciendo sendos tatuajes de nabos a juego en las muñecas, cuyo significado se negaron a divulgar entre risitas, y luego llegó Arnie y preparó cócteles espumosos de ginebra y pacharán, y apareció Samuel con su hijo en brazos. Cuando Mathilde consiguió que Lotto se pusiera una hermosa camisa abotonada y unos pantalones caquis, y lo arrastró hasta donde estaban sus amigos, notó que, con cada abrazo, con cada una de las personas que iban a decirle con mucha seriedad que la obra era fantástica, su columna vertebral iba por fin recuperando su extensión habitual, vio que el color regresaba a su rostro. El hombre tragaba los halagos igual que los corredores tragan electrolitos.

En el momento en que llegó la pizza, Mathilde abrió la puerta y, aunque lucía unos leggins y una camiseta semitransparente, los ojos del repartidor quedaron abducidos por Lotto, en el centro de la sala, que acababa de convertir sus brazos en los de un monstruo y había sacado los ojos de las órbitas para contar una historia de cuando lo atracaron en el metro, con una pistola empuñada contra el cogote. Emitía su luz habitual. Anduvo como si trastabillara y luego fingió caer de rodillas; el repartidor asomó la cabeza para mirarlo, haciendo caso omiso del dinero en efectivo que Mathilde intentaba darle.

Al cerrar la puerta, tenía a Chollie a su lado.

—De cerdo a hombre en una sola hora —le dijo—. Eres una Circe del revés.

Mathilde se rio en silencio; había pronunciado «Chirche», como si Circe hubiese sido una italiana contemporánea.

—Ay, eres un asqueroso autodidacta —le contestó—. Se pronuncia «Circe».

Chollie parecía herido. Sin embargo, se encogió de hombros antes de contestar.

—Nunca pensé que diría esto, pero eres buena para él. Bueno, ¡al cuerno! —exclamó, poniendo entonces un vicioso acento de Florida—. Una modelo rubia sin amigos, cabeza hueca y cazafortunas que al final resulta ser buena persona. Quién iba a decirlo, ¿eh? Al principio, estaba seguro de que ibas a pillar el dinero y salir huyendo. Pero no. Lotto tuvo suerte, el mamón. —Y ya con su voz normal, Chollie añadió—: Si resulta que hace algo grande con su vida, será gracias a ti.

A pesar de las pizzas calientes que tenía en las manos, Mathilde notó la habitación fría. Le sostuvo la mirada a Chollie.

—También habría sido un genio sin mí —respondió.

Los demás seguían en el sofá, riéndole las gracias a Lotto, aunque Rachel miraba a Mathilde desde la encimera de la cocina abrazándose los codos.

—Ni siquiera tú habrías podido conseguir que fuese así por arte de magia, hechicera —dijo Chollie.

Cogió una de las cajas de pizza, la abrió, dobló tres porciones juntas y devolvió la caja a la pila que sujetaba Mathilde, para comerse la masa de golpe con las manos, sonriendo con la boca llena de grasa.

Durante todos los años en los que Lotto creía que iba en camino de ser lo bastante bueno y tener la suficiente seguridad en sí mismo, incluso cuando trabajaba sin parar, cuando estrenaban todas sus obras, cuando las producciones por todo el país aumentaron progresivamente hasta el punto de que por sí mismas proporcionaban una fuente de ingresos considerable, incluso entonces, Phoebe Delmar seguía ninguneándolo.

Cuando se estrenó *Telegonía*, Lotto tenía cuarenta y cuatro años, y la obra fue aclamada de manera instantánea y casi universal. Mathilde había sembrado la idea en la mente de Lotto; quien la había sembrado en la propia mente de Mathilde había sido Chollie años antes, con su comentario sobre Circe. Era la historia de Circe y del hijo de Odiseo, Telégono, quien, después de que Odiseo los abandonase, fue criado por su madre en una mansión en los frondosos bosques de Aeaea, protegido por tigres y cerdos encantados. Cuando dejó el hogar, como deben hacer todos los héroes, la madre hechicera de Telégono le dio una lanza con una púa envenenada; el joven flotó hasta Ítaca en su modesta embarcación, empezó a robar el ganado de Odiseo y terminó enfrascado en una terrible batalla contra un hombre que no sabía que era su padre, hasta que al final lo mató.

[Telégono se casó con Penélope, la afligida esposa de Odiseo; el hijo que Penélope había tenido con Odiseo, Telémaco, acabó casándose con Circe; los hermanastros terminaron siendo padrastros. En la interpretación que extraía Mathilde, el mito era un grito en favor del atractivo de las mujeres maduras.]

La obra de Lotto también era un astuto giro a la idea del siglo XIX del término *telegonía*: que los descendientes podían heredar los rasgos genéticos de los amantes previos de su madre. Telégono, en la versión de Lotto, heredó un hocico de cerdo, orejas de lobo y las rayas de los tigres que habían sido amantes de Circe antes de que los convirtiera en animales. Ese personaje siempre lo interpretaban con una máscara terrorífica, cuya fijeza hacía que el carácter del personaje, de habla pausada, fuese mucho más poderoso. A modo de broma, Telémaco también era interpretado con máscara, un esperpento redondo con veinte ojos distintos y diez bocas y narices diferentes, para simbolizar a todos los pretendientes de Penélope cuando Odiseo deambulaba por el Mediterráneo.

La acción discurría en Telluride, una localidad de Colorado, en la actualidad. Era una crítica a la sociedad democrática que, sin saber cómo, era capaz de dejar lugar a los multimillonarios.

—Pero ¿Lancelot Satterwhite no venía de una familia con pasta? ¿No es un poco hipócrita por su parte? —oyeron que decía un hombre durante el descanso en el vestíbulo.

—No, no, lo desheredaron cuando se casó con su mujer. En realidad, es una historia trágica —contestó una mujer que pasaba por allí.

Su comentario pasó de boca en boca, se extendió como un virus. La historia de Mathilde y Lotto, el romance épico; él, sin familia, descastado, tenía prohibido regresar a Florida. Todo por Mathilde. Todo a causa de su amor por Mathilde.

Dios mío, pensó Mathilde. ¡Tanta devoción! Le entraban ganas de vomitar. Sin embargo, nunca desmentía la historia por él.

Y entonces, tal vez una semana después del estreno, cuando la gente empezó a reservar las entradas con dos meses de antelación y Lotto se ahogaba entre correos electrónicos y llamadas de felicitación, se acostó de madrugada y Mathilde se despertó al instante.

—¿Estás llorando? —le preguntó.

—¡Llorar! —respondió Lotto—. Jamás. Soy un macho. Me he echado bourbon en los ojos.

—Lotto…

—Bueno, vale, he estado cortando cebolla. ¿A quién no le gusta cortar cebollas dulces a oscuras?

Mathilde se incorporó.

—Cuéntame.

—Phoebe Delmar —dijo Lotto, y le enseñó el portátil.

A la tenue luz del ordenador, su rostro se veía aún más afligido.

Mathilde leyó la reseña y soltó un silbido.

—Será mejor que esa mujer se cubra las espaldas —dijo con voz seria.

—Tiene derecho a opinar lo que quiera.

—¿Ella? Lo dudo. Es la única mala crítica que te han hecho de *Telegonía*. Está loca.

—Tranquila —dijo Lotto, pero parecía consolarle la rabia de

Mathilde—. A lo mejor tiene algo de razón. A lo mejor me sobrestiman.

Pobre Lotto. Era incapaz de comprender a una voz disidente.

—Conozco todos tus recovecos —contestó Mathilde—. Conozco todos los puntos y elipsis de tu obra, y estaba presente cuando los escribiste. Puedo asegurarte mejor que cualquier otra persona en el mundo, mucho mejor que esta sanguijuela ampulosa y arribista con ambición de crítica, que no te sobrestiman. No te sobrestiman ni un pelo. Ella sí que está sobrestimada. Deberían cortarle los dedos para impedirle que siga escribiendo.

—Gracias por no soltar tacos —dijo Lotto.

—Y además… Por mí se puede meter por el culo un rastrillo al rojo vivo. Eso, que se lo meta por ese culo oscuro de estrella de mierda —añadió Mathilde.

—Ajá —dijo Lotto—. «Tu ingenio es agridulce para sazonar; una salsa muy picante.»

—Intenta dormir —le recomendó Mathilde. Le dio un beso—. Escribe otra obra y ya está. Escribe una mejor. Tu éxito es como la carcoma para ella. La irrita.

—Esa mujer es la única en el mundo que me odia —dijo Lotto con pena.

¿Qué manía tenía con la adoración universal? Mathilde sabía que ella no era merecedora siquiera del amor de una sola alma, y él quería el amor de todo el mundo. Reprimió un suspiro.

—Escribe otra obra de teatro y entrará en razón —le dijo, como hacía siempre.

Y él escribió otra obra, como hacía siempre.

19

Mathilde empezó a salir a correr cada vez más tiempo por las colinas. Dos horas, luego tres.

Algunas veces, cuando Lotto estaba vivo y en pleno rendimiento en su estudio de la buhardilla, e incluso desde el jardín Mathilde podía oír cómo se partía de risa al repetir las intervenciones de sus personajes con la voz de cada uno, tenía que ponerse las zapatillas de deporte y echarse a la carretera para evitar subir a la azotea y enternecerse con la felicidad de su marido; tenía que correr y correr para recordarse que contar con su cuerpo fuerte y atlético también era un privilegio.

Sin embargo, después de que Lotto se marchara, el duelo había empezado a irradiar hacia su cuerpo, y durante una de sus carreras, cuando ya llevaba varios meses de viudedad, Mathilde tuvo que pararse a unas doce millas de la casa y sentarse en la ladera durante un buen rato porque, al parecer, su cuerpo había dejado de funcionar en condiciones. Al incorporarse, solo fue capaz de andar encorvada como una anciana. Empezó a llover y se le empapó la ropa, el pelo se le pegó a la frente y las orejas. Regresó lentamente a casa.

Pero al llegar, la investigadora privada estaba en la cocina de

Mathilde, con la luz que había sobre el fregadero encendida. El tenue atardecer marrón de octubre languidecía.

—Me he tomado la libertad de entrar —dijo la investigadora—. Hace un momento.

Llevaba un vestido negro ajustado, maquillaje. Con ese atuendo, parecía alemana, elegante sin ser guapa. Lucía unos pendientes con forma de ocho, dos infinitos que se balanceaban cada vez que movía la cabeza.

—Ajá —dijo Mathilde.

Se quitó las zapatillas de correr, los calcetines, la camiseta mojada, y se secó el pelo con la toalla de Dios.

—No era consciente de que supieras dónde vivo —comentó Mathilde.

La investigadora hizo un gesto para restarle importancia.

—Se me da bien mi trabajo. Confío en que no le importe que haya servido una copa de vino para cada una. Le apetecerá tomarla cuando vea lo que he descubierto sobre su viejo amigo Chollie Watson.

Se rio de su propia ocurrencia.

Mathilde tomó el sobre de papel manila que le tendía la investigadora y salieron al porche de piedra, donde el sol acuoso descendía sobre las frías colinas azules. Se quedaron allí contemplándolo en silencio hasta que Mathilde se puso a temblar.

—Está disgustada conmigo —dijo la investigadora.

—Este es mi espacio —dijo Mathilde, con delicadeza—. Y no dejo entrar a nadie. Encontrarte aquí dentro ha sido como un asalto.

—Lo siento —contestó la investigadora privada—. No sé qué se me ha pasado por la cabeza. Creía que había química entre nosotras. Algunas veces entro demasiado fuerte.

—¿Tú? ¿De verdad? —preguntó Mathilde, cediendo, mientras tomaba un sorbo de vino.

La investigadora sonrió y le relucieron los dientes.

—Dentro de unos minutos se le pasará un poco el enfado. He encontrado cosas interesantes. Digamos que su colega tiene muchas amigas. Todas al mismo tiempo.

Señaló el sobre que le había dado a Mathilde y apartó la cara.

Mathilde sacó las fotografías que contenía. Qué extraño ver a alguien que conocía desde hacía tanto tiempo en un embrollo semejante. Después de ver cuatro fotos, sintió escalofríos, y no era por el frío. Las repasó todas con decisión.

—Un trabajo excelente —dijo—. Esto es repulsivo.

—Y caro también —dijo la investigadora—. Le tomé la palabra cuando me dijo que el dinero no era un problema.

—Y no lo es —corroboró Mathilde.

La investigadora se acercó y tocó a Mathilde.

—¿Sabe una cosa? Su casa me ha sorprendido. Es perfecta. Todos los detalles. Pero es enana para alguien con tanto dinero. Es todo luz, planos y paredes blancas. Casi tiene la austeridad de los adventistas.

—Vivo como una monja —dijo Mathilde, por supuesto, con doble intención.

Tenía los brazos cruzados, el vino en una mano, las fotografías en la otra, pero eso no detuvo a la investigadora, que se inclinó sobre el brazo de la silla para besar a Mathilde. Su boca era suave, curiosa, y cuando Mathilde sonrió pero no le devolvió el beso, la mujer se apartó, apoyándose en el asiento.

—Ay, vaya. Lo siento. Me merezco un azote.

—No tienes por qué sentirlo —dijo Mathilde, y le apretó el antebrazo—. Basta con que no seas tan avasalladora.

Podrían ensartarse como si fuesen cuentas de un collar las fiestas a las que Lotto y Mathilde habían ido juntos; así se obtendría su matrimonio en miniatura. Sonrió a su marido, que estaba en la playa junto con los demás hombres, haciendo carreras con coches teledirigidos. Lotto era como una secuoya entre los pinos, la luz en su pelo cada vez más escaso, su risa que atravesaba las olas, la música que emanaba misteriosamente desde el techo de la casa de la playa, las conversaciones de las mujeres en el porche donde daba la sombra, mientras bebían mojitos y miraban a los hombres. Era invierno, hacía un frío tremendo; todas llevaban forros polares. Fingían que no les importaba.

Esa fiesta sería una de las últimas, aunque ni Mathilde ni Lotto lo sabían.

No era más que una comida para celebrar que Chollie y Danica habían ascendido de estatus en los Hamptons. Una casa de diez mil pies cuadrados, ama de llaves fija, chef y jardinero. Qué bobos, pensó Mathilde, sus amigos eran idiotas. Ahora que Antoinette había muerto, Lotto y ella podían comprar una mansión cien veces más grande que esa. Lo que ocurría era que más tarde, en el coche, Lotto y ella se habían reído de sus amigos por ese absurdo desperdicio de dinero, la clase de opulencia en la que se había criado Lotto antes de que su padre la palmara, la clase de vida que ambos sabían que no significaba nada salvo ganas de alardear. Mathilde seguía encargándose de limpiar la casa del campo y el apartamento de la ciudad, sacaba la basura, limpiaba el retrete y las ventanas, pagaba las facturas. Todavía cocinaba y lavaba los platos después de cocinar y se comía las sobras al día siguiente.

Quien se desconecta de las humildes necesidades del cuerpo se convierte en poco más que un fantasma.

Esas mujeres que la rodeaban eran personas fantasmales. La piel tirante en la cara. Tomaban tres bocaditos de la comida exquisita que había preparado el chef y aseguraban que estaban llenas. Tintineaban con joyas de platino y diamantes. Forúnculos de ego.

No obstante, en la fiesta había una mujer a quien Mathilde no conocía, y esa mujer parecía normal, gracias a dios. Era morena y tenía pecas, pero no llevaba maquillaje. Lucía un vestido bonito, aunque no de diseño. Mostraba una expresión irónica. Mathilde se abrió paso para acercarse a ella.

—Si oigo una palabra más sobre el pilates, me pego un tiro —dijo Mathilde en voz baja.

La mujer se rio discretamente.

—Aquí estamos todas haciendo abdominales mientras el barco estadounidense se hunde —contestó la mujer.

Hablaron de libros, del manual de sadomaso disfrazado de novela para adolescentes, de la novela meticulosamente compuesta a partir de fotos de grafitis callejeros. La mujer coincidió con ella en que el nuevo restaurante vegetariano de Tribeca que estaba tan de moda era interesante, pero dijo que una comida entera articulada alrededor del tupinambo, plato tras plato, al final acababa sabiendo siempre a lo mismo.

—No sé, podrían plantearse usar otras verduras que den juego, por ejemplo, la alcachofa —dijo Mathilde.

—Sí, creo que le dan demasiada importancia al juego de hacerse los modernos —dijo la mujer.

Poco a poco, se fueron alejando del resto de las mujeres dando pasitos cortos, hasta que se quedaron solas junto a la escalera de entrada.

—Disculpe —dijo entonces Mathilde—. Creo que no nos han presentado.

La mujer tomó aire. Suspiró. Le dio la mano a Mathilde.

—Soy Phoebe Delmar.

—Phoebe Delmar —repitió Mathilde—. Ostras. La crítica.

—La misma —dijo la mujer.

—Yo soy Mathilde Satterwhite. Mi marido es Lancelot Satterwhite, el dramaturgo. Está ahí mismo. Ese mostrenco con la risa escandalosa cuyas obras de teatro ha destripado durante los últimos quince años.

—Ya lo sé. Es el riesgo de mi trabajo —dijo Phoebe Delmar—. Suelo ser la típica tía malcarada de las fiestas. Me ha traído mi novio. No sabía que estarían ustedes aquí. De haberlo sabido, nunca les habría aguado la fiesta con mi presencia.

Parecía triste.

—Siempre pensé que, si alguna vez la conocía, la mataría —dijo Mathilde.

—Le agradezco que no lo haga —dijo Phoebe.

—Bueno, todavía no lo tengo del todo decidido —contestó Mathilde.

Phoebe colocó la mano sobre el hombro de Mathilde.

—No era mi intención hacerle daño. Es mi trabajo. Me tomo en serio la labor de su marido. Quiero que se esfuerce y mejore.

Su voz sonó sincera, dulce.

—Vamos, por favor. Lo dice como si estuviera enfermo —dijo Mathilde.

—Y lo está. Tiene la «gran artistitis estadounidense» —dijo Phoebe Delmar—. Cada vez más ostentoso. Cada vez más alto. Pavonearse desde la cúspide de la hegemonía. ¿No cree que es una especie de enfermedad que ataca a los hombres cuando intentan hacer arte en este país? Dígame, ¿por qué escribió Lotto una obra bélica? Porque las obras bélicas siempre eclipsan las obras sobre las emociones, a pesar de que esas obras menores, más domésticas, estén mejor escritas, sean más inteligentes, más interesantes. Las historias bélicas son las que se llevan los premios. Pero la voz de su marido tiene más fuerza cuando habla en voz baja y sin tapujos. —Miró a Mathilde a la cara y retrocedió un paso—. Uf —añadió.

—¡La comida! —exclamó Danica, y tocó una enorme campana de cobre que había en el porche.

Los hombres recogieron los coches teledirigidos, apagaron los puros, regresaron con esfuerzo por las dunas, con los pantalones remangados hasta la rodilla y la piel rosada por el viento frío. Se sentaron a una mesa larga con los platos rebosantes de propuestas del bufet. Unas estufas camufladas como si fuesen arbustos exhalaban aire caliente. Mathilde se sentó entre Lotto y la esposa de Samuel, que estaba mostrando las fotos de su hijo pequeño (el quinto hijo de Samuel) en el móvil.

—Se rompió un diente en el parque, es como un mono —dijo—. Y solo tiene tres años.

En un extremo de la mesa, Phoebe Delmar escuchaba sin decir ni una palabra a un hombre con una voz tan fuerte que algunos retazos de la conversación llegaban hasta Mathilde.

—El problema de Broadway últimamente es que se ha vuelto un espectáculo para turistas… El único gran dramaturgo que ha dado Estados Unidos es August Wilson… Ya no voy al teatro. Es solo para esnobs o para gente de Boise, Idaho.

Phoebe miró a los ojos a Mathilde y esta soltó una risita dirigida al filete de salmón. Por dios, ojalá no le cayera bien esa mujer. Haría que las cosas fuesen mucho más fáciles.

—¿Quién era esa señora con la que estabas hablando? —le preguntó Lotto ya en el coche.

Mathilde le sonrió y le besó los nudillos.

—No me acuerdo de su nombre —contestó.

Cuando representaron *Escatología* por primera vez, a Phoebe Delmar le encantó.

Al cabo de seis semanas, Lotto ya estaba muerto.

«Solía decir que escribiría un libro titulado "Esposas de genios, a quienes he tratado". He tratado a muchas. He tratado a esposas que no eran esposas de genios que eran verdaderos genios. He tratado con verdaderas esposas de genios que no eran genios. [...] En resumen, he tratado con mucha frecuencia e intensidad, durante mucho tiempo, a muchas esposas y esposas de muchos genios.» Gertrude Stein escribió esto en la voz de su pareja, Alice B. Toklas. Al parecer, se suponía que Stein era el genio y Alice era la esposa.

«No soy más que un recuerdo de ella», dijo Alice tras la muerte de Gertrude.

Cuando Mathilde volcó el Mercedes, llegó un policía. Entonces abrió los labios y dejó que cayera la sangre, para dar dramatismo a la escena.

Las luces intermitentes rojas y azules hacían que el hombre pareciese enfermo, luego sano, luego enfermo otra vez. Mathilde se vio reflejada en él como si su cara fuese un espejo. Estaba pálida y parecía esquelética con aquel pelo tan corto, tenía la barbilla llena de sangre, sangre que le bajaba por el cuello, sangre en las manos y en los brazos.

Enseñó las palmas extendidas, que se había cortado con la verja de alambre de espino al saltarla para acceder a la carretera.

—Estigma —dijo Mathilde moviendo la lengua lo menos posible, y se echó a reír.

20

Casi había hecho lo correcto. Al principio, esa luminosa mañana de abril después de ver *Hamlet* en Vassar, después del vuelo de cabeza hacia Lotto, el amor corría por sus venas y ya vibraba como un enjambre de abejas.

Se había despertado con el paso de la oscuridad a la luz, cuando las farolas que se veían desde la ventana se habían apagado y empezaba a amanecer. Todavía iba vestida, no notaba ningún escozor en la parte inferior que la delatara. Así pues, había cumplido su promesa a Ariel: no había habido sexo con Lotto. No había roto ningún acuerdo. Solo había dormido al lado de ese chico tan encantador. Miró por debajo de la sábana. Él estaba desnudo. ¡Y menuda desnudez!

Lotto tenía los puños cerrados debajo de la barbilla, e incluso en sueños, desprovisto de ese ingenio que poseía despierto, era puro. La piel con cicatrices en las mejillas. El pelo todavía espeso y arremolinado alrededor de las orejas, las pestañas, la mandíbula curvada. Nunca en su vida había visto a alguien tan inocente. En casi todas las personas del mundo había por lo menos una pequeña astilla de maldad. En él no había ninguna: Mathilde lo supo en cuanto lo vio subido a la repisa de la ventana la noche anterior, el relámpago que estremecía al mundo tras él. Su entusiasmo, su profunda amabilidad, eran los beneficios de su privilegio. Ese sueño apacible de haber nacido hombre, rico, blanco y estadounidense, y en una época próspera, cuando las guerras ocurrían muy lejos de casa. Ese chico, a quien habían asegurado desde el mismo momento de nacer que podría hacer lo que quisiera. Lo único que le hacía falta era intentarlo. Podía equivocarse una y otra vez, y todos esperarían hasta que acertara.

Lo normal era que Mathilde estuviera resentida, pero no pudo encontrar resentimiento hacia él en ningún rincón de su ser. Quería estrechar su cuerpo contra el de Lotto hasta que esa bella inocencia quedase grabada sobre su piel.

La voz que Mathilde llevaba todos esos años intentando aplacar le decía al oído, muy seria, que tenía que marcharse. No imponerse ante él. Nunca había sabido ser obediente, pero pensó qué pasaría si él se despertaba y la encontraba allí, lo irreparable que sería el daño, y por una vez obedeció; se vistió y huyó.

Se subió las solapas de la chaqueta para taparse las mejillas y que nadie viera su disgusto, a pesar de que fuera la luz aún era tenue.

Había un restaurante sencillo en el pueblo, en el entramado de calles más grises y menos relucientes, un lugar al que la mayor parte de los estudiantes de Vassar no se acercarían siquiera. Por eso le encantaba. Además, estaba la grasa, el olor y el cocinero homicida que aplastaba las croquetas de patata como si les tuviera odio, y la camarera que parecía asimétrica y neurótica, con la coleta ladeada hacia una oreja sin querer y un ojo que flotaba hacia el techo mientras tomaba nota del pedido. En una mano llevaba las uñas largas; en la otra, cortas y pintadas de esmalte rojo.

Mathilde se sentó en su cubículo habitual y escondió la cara detrás de la carta del bar. Dejó que la sonrisa desapareciera de su rostro y la camarera no dijo ni una palabra; se limitó a colocar el café solo, la tostada de centeno y un pañuelito de lino con bordados azules delante de Mathilde, como si supiera que las lágrimas acabarían por llegar. Bueno. Tal vez sí aparecieran, aunque Mathilde no había llorado desde que había dejado de ser Aurélie. Un lateral de la cara de la camarera guiñó el ojo y la mujer volvió junto a la radio, en la que hablaba un locutor descarado que provocaba a la audiencia, todo azufre y perdición.

Mathilde sabía cómo sería su vida si permitía que ocurriera. Ya sabía que se casaría con Lotto si ella sembraba la semilla de este pensamiento en la mente de él. La cuestión era si podría soltarlo del anzuelo. Prácticamente cualquier otra chica sería más adecuada para Lotto que ella.

Observó a la camarera, que se había deslizado por detrás del cocinero homicida para agarrar una taza de la estantería que había tras el mostrador. Vio que le ponía las manos en las caderas y que él se inclinaba hacia atrás para rozarla con el trasero, una pequeña broma doméstica, un beso de caderas.

Mathilde permitió que se le enfriaran el café y la tostada. Pagó y dejó una propina exagerada. Entonces se levantó y se puso a pasear por el pueblo. Se detuvo en el café Aurora para comprar café y *cannoli*, y se plantó en la habitación de Lotto con dos aspirinas, un vaso de agua y el desayuno antes de que las pestañas de él aletearan ligeramente y alzara la vista del sueño en el que estaba inmerso (unicornios, duendes, alegres bacanales en el bosque) para verla sentada a su lado.

—Ay, temía que no fueras real —le dijo Lotto desde la cama—. Pensaba que eras el mejor sueño que he tenido en mi vida.

—No soy un sueño —contestó Mathilde—. Soy real. Estoy aquí.

Lotto apoyó la mano en la mejilla de Mathilde y se recostó contra ella.

—Creo que voy a morir —susurró.

—Tienes una resaca impresionante. Y desde que nacemos, empezamos a morir —dijo ella.

Lotto se echó a reír. Mathilde le cogió las mejillas cálidas y rugosas entre las manos: ya se había comprometido con él para toda la eternidad.

No debería haberlo hecho. Lo sabía. Pero su amor hacia él era nuevo, y su amor hacia sí misma era viejo. Y su propio ser era lo único que había tenido desde hacía muchísimo tiempo. Estaba cansada de tener que enfrentarse al mundo sola. Lotto se había presentado en el momento idóneo, era su cuerda salvavidas, aunque habría sido mejor para él si se hubiera casado con la clase de chica dulce y divina que Mathilde no había tardado en saber que su madre quería para él. Esa tal Bridget habría hecho felices a todos. Mathilde no era dulce ni divina. Sin embargo, se prometió que Lotto nunca llegaría a conocer la envergadura de su oscuridad, que nunca le mostraría la maldad que habitaba en ella, que lo único que conocería sería el gran amor y la luz. Y quería pensar que durante toda la vida que compartirían, sería así.

—A lo mejor, después de la graduación, podríamos ir de visita a Florida —dijo Lotto, enterrado en su nuca.

Era justo después de la boda. Unos días más tarde, tal vez. Mathilde pensó en la conversación telefónica con la madre de Lotto, en el chantaje de Antoinette. Un millón de dólares. Por favor. Por un momento, se planteó contarle a su pareja lo de la llamada, pero luego pensó en lo mucho que le dolería, y supo que no podía hacerlo. Tenía que protegerlo. Era preferible que creyese que su madre era una castigadora y no simplemente cruel. El apartamento de Mathilde, ubicado sobre la tienda de antigüedades de estilo bohemio, se alargaba de un modo muy extraño a causa de la luz de la calle que se filtraba hacia arriba.

—No he vuelto a casa desde que tenía quince años. Quiero alardear de ti y que todos te conozcan. Quiero enseñarte todos los sitios que asalté cuando era adolescente —dijo Lotto, con voz más profunda.

—Dudo que fuera así —murmuró Mathilde.

Y le dio un beso tan largo que hizo que se olvidase del tema. Más adelante:

—Cariño —le dijo Lotto mientras limpiaba con los pies descalzos y un papel de cocina un vaso de agua que se le había caído al suelo de roble de su nuevo apartamento del semisótano en Greenwich Village, que tanto relucía, aun sin mobiliario—. He pensado que quizá podríamos aprovechar un fin de semana para ir a ver a la tía Sallie y a mi madre a la playa. Me encantaría ver tu cuerpazo con las marcas del bronceado.

—Desde luego que sí —dijo Mathilde—. Pero esperemos a que te den tu primer papel importante. Querrás regresar como un héroe conquistador, ¿no? Además, gracias a tu madre, no tenemos dinero.

Cuando vio que él empezaba a dudar, se acercó a Lotto y deslizó la mano por debajo de la cintura del vaquero.

—Si regresas con un buen papel debajo del cinturón, podrás volver a ser el gallo del gallinero —le susurró.

Lotto bajó la mirada hacia ella. Cedió.

Más adelante:

—Creo que tengo un trastorno afectivo estacional —musitó Lotto, mientras contemplaba el aguanieve que convertía la calle en peltre y temblaba a causa de la corriente de aire que se colaba por las ventanas que daban a la acera—. Vayamos a casa en Navidad. Así, de paso, nos dará el sol.

—Vamos, Lotto —dijo Mathilde—. ¿Con qué? Acabo de hacer la compra de la semana con treinta y tres dólares y algunos centavos sueltos.

Se le humedecieron los ojos de frustración.

Lotto se encogió de hombros.

—Sallie nos pagará el viaje. Tres segundos al teléfono y asunto resuelto.

—Seguro que sí —contestó ella—. Pero somos demasiado orgullosos para aceptar las migajas de nadie, ¿de acuerdo?

Mathilde omitió decir que había llamado a Sallie la semana anterior y que esta había pagado el alquiler de dos meses, más la factura del teléfono.

Lotto tembló.

—De acuerdo —dijo con tristeza. Contempló su propio reflejo ensombrecido en la ventana—. Somos muy orgullosos, casi demasiado, ¿no?

Más adelante:

—No me lo puedo creer —dijo Lotto, mientras salía del dormitorio, todavía con el teléfono en la mano, mediante el cual mantenía su puesta al día semanal con su madre y Sallie—. Llevamos dos años casados y aún no conoces a mi madre. Es una locura.

—Tienes toda la razón —dijo Mathilde.

Todavía estaba dolida por culpa de una nota que Antoinette había enviado a la galería. Esta vez sin palabras. Solo un cuadro arrancado de una revista del corazón: *La reina Jezabel castigada por Jehú*, de Andrea Celesti, la reina defenestrada y luego devorada por los perros. Mathilde había abierto el sobre y se había echado a reír, sorprendida; Ariel miró por encima de su hombro y le dijo: «¿Eso? Eh, no. No es nuestro estilo».

En casa, Mathilde pensó en esa nota y se tocó el pañuelo que llevaba en la cabeza. Desde hacía poco, llevaba un corte de pelo en cuña, teñido de un extraño anaranjado brillante. Estaba recolocando un cuadro que había rescatado del contenedor de la galería de arte; un azul conmovedor al que se aferraría durante el resto de su vida, más allá de los amores, de las ansias corporales. Miró a Lotto.

—Pero no estoy muy segura de si ella quiere conocerme, amor mío. Sigue tan cabreada porque te casaste conmigo que no ha venido a visitarnos ni una sola vez.

Lotto la cogió en volandas y la apoyó contra la puerta. Mathilde le pasó las piernas por la cintura.

—Cederá. Dale tiempo.

Qué transparente era su marido, estaba tan convencido de que, si era capaz de demostrarle a su madre lo mucho que había acertado casándose con Mathilde, todo acabaría bien… Dios mío, cuánta falta les hacía el dinero.

—Yo nunca tuve madre —contestó Mathilde—. A mí también me rompe el corazón que no quiera conocerme, a pesar de que soy su nueva hija. ¿Cuándo fue la última vez que la viste? ¿En segundo de carrera? ¿Por qué no puede venir ella a verte? La xenofobia es una mierda.

—Agorafobia —corrigió Lotto—. Es una verdadera enfermedad, Mathilde.

—Eso quería decir —dijo Mathilde. [Ella, que siempre decía
lo que quería decir.]

Más adelante:

—Mi madre ha dicho que estaría encantada de mandarnos los
billetes para ir a Florida este año el Cuatro de Julio, si queremos
celebrarlo con ella.

—Ay, Lotto, ojalá pudiera —dijo Mathilde, y bajó la brocha,
frunciendo el entrecejo hacia la pared, que tenía un extraño tono
azul marino verdoso—. Pero ¿no te acuerdas? Estamos preparando un gran acontecimiento en la galería y tengo que quedarme.
Pero puedes ir tú solo. ¡Adelante! No te preocupes por mí.

—¿Sin ti? —preguntó—. Pero todo esto es para que te coja
cariño.

—La próxima vez —contestó ella.

Agarró la brocha y le manchó ligeramente la nariz de pintura
a Lotto, luego se rio cuando él frotó la cara contra su estómago
desnudo y dejó marcas cada vez más débiles sobre su piel blanca.

Y así pasaron los años. Nunca tenían dinero, y cuando por fin
tuvieron, Lotto tenía un estreno, y cuando no tenía un estreno,
Mathilde tenía que trabajar hasta las tantas para ese proyecto inmenso, y no, su hermana pasaría el fin de semana con ellos, y
luego tenían que dar la fiesta a la que ya se habían comprometido
y, bueno, ¿no sería más fácil si Antoinette fuese a verlos a ellos?
A ver, me refiero a que está forrada y no trabaja, y, si tantas ganas
tuviera de verlos, bien podría coger un avión y ya está, ¿o no? Ellos
están siempre atareadísimos, con cada minuto programado, y además los fines de semana son para disfrutarlos juntos, ¿no?, para

dedicarse tiempo, ¡ese escaso y preciado tiempo que les queda para recordar por qué se casaron! Y no es que la mujer haya hecho alguna vez el menor esfuerzo por Lotto, en serio, ni siquiera se molestó en ir a verlo para la graduación. No ha ido a ninguna de sus representaciones, a ninguno de los estrenos de sus propias obras. Las obras. Que. Escribía. Él. Joder, vaya tela. Por no mencionar que nunca llegó a ver su minúsculo apartamento del semisótano de Greenwich Village, que nunca ha ido a ver siquiera el otro piso en la primera planta, un poco mejor que el anterior, que nunca en su vida ha ido a conocer la casa entre los campos de cerezos, el orgullo de Mathilde, quien la construyó de la nada con sus propias manos. Sí, por supuesto, la agorafobia es algo terrible, pero Antoinette también es la mujer que ni una sola vez ha querido hablar con Mathilde por teléfono. La mujer cuyos regalos de Navidad prepara Sallie, salta a la vista. ¿Sabe Lotto lo mucho que eso duele? Mathilde, sin madre, sin familia, verse despreciada de semejante manera; qué doloroso le resulta saber que el amor de su vida tiene una madre que la rechaza.

Lotto podría haber ido solo a verla. Desde luego. Pero Mathilde era la que organizaba su vida; él no había comprado jamás un billete de avión por sí mismo, ni había alquilado un coche. Por supuesto, había una razón peor, una razón más turbia de la que Lotto huía cada vez que se veía confrontado con ella, una furia contenida que había pasado por alto durante tanto tiempo que, a esas alturas, se había vuelto demasiado enorme para poder contemplarla.

La ansiedad se redujo cuando le compraron un ordenador a Antoinette y las conversaciones telefónicas del domingo se convirtieron en vídeos. Así a Antoinette no le hacía falta salir de su casa para lograr que su cara blanca flotara como un globo por la habitación en penumbra. Durante una década entera, todos los domingos, la voz de Lotto se transformaba en la del niño inteligente y un poco histriónico que debía de haber sido. Mathilde tenía que salir de casa en cuanto oía la llamada.

Una vez, Lotto dejó el chat encendido en el ordenador y fue a buscar algo, una crítica, un artículo, algo que quería compartir con su madre, y Mathilde, que no lo sabía, entró en el dormitorio después de correr, reluciente de sudor, con un sujetador deportivo, apartándose el pelo mojado de las mejillas. Sacó el rodillo de espuma para hacer ejercicio y se tumbó de lado con la espalda hacia el ordenador. Luego empezó a deslizarse hacia delante y hacia atrás sobre el aparato deportivo hasta que se le desentumeció la rodilla. Entonces, cuando se dio la vuelta para aliviar el dolor de la otra pierna, vio a Antoinette observándola desde la pantalla, tan cerca de la cámara que se le veía una frente enorme, la barbilla convertida en una punta de lanza, una pincelada gruesa de pintalabios rojo, las manos en el pelo, escudriñándola con tanta intensidad que Mathilde se quedó paralizada. Un tractor entró en el camino de tierra de la casa y luego retrocedió, su ruido cada vez más lejano. Hasta que Mathilde oyó los pasos de Lotto subiendo la escalera no pudo levantarse y huir. Ya desde el vestíbulo, oyó que su marido exclamaba:

—¡Vieja! ¡Pintalabios! Te has puesto guapa para mí.

Y ella contestó con voz dulce y sedosa:

—Ay, ¿quieres decir que no siempre estoy guapa?

Lotto se echó a reír y Mathilde salió despavorida al jardín. Le temblaban las rodillas.

Más adelante: Vamos, cariño, no llores. Por supuesto que deberían ir a ver a Antoinette, con lo enferma que está últimamente, ahora que pesa por lo menos cuatrocientas libras, diabética, tan gorda que no puede hacer más que tambalearse de la cama al sofá. Debían ir. Sin más dilación. Sí, irían. [Esta vez, Mathilde hablaba en serio.]

Sin embargo, antes de que pudieran planificar el viaje, Antoinette, medio recuperada, llamó a Mathilde a casa en plena noche y le habló en voz tan baja que le costó entender lo que decía.

—Por favor, deja que vea a mi hijo. Deja que Lotto venga a verme.

Rendición. Mathilde esperó, saboreando la victoria. Antoinette suspiró y en ese suspiro había irritación, superioridad, así que Mathilde colgó sin decir ni una palabra. Lotto la llamó desde su estudio de la buhardilla, donde estaba trabajando.

—¿Quién era?

Y Mathilde contestó, asomándose al hueco de la escalera y mirando hacia arriba:

—Se habían equivocado.

—¿A estas horas? —preguntó—. La gente es lo peor.

Sí, se habían equivocado. Mathilde se sirvió un bourbon. Lo saboreó mientras se miraba en el espejo del cuarto de baño, comprobando que el sofoco desaparecía de su rostro, aún con los ojos centelleantes, las pupilas inmensas.

Sin embargo, una curiosa sensación se apoderó entonces de ella, como si una mano se hubiera metido dentro de su cuerpo y le agarrase los pulmones. Los apretase.

—Pero ¿qué hago? —dijo en voz alta.

Al día siguiente llamaría a Antoinette y le diría: Pues claro que Lotto puede ir a Florida. Al fin y al cabo, era el hijo de Antoinette. Ahora ya era muy tarde; en cuanto se levantase por la mañana, sería lo primero que hiciera. Lo primero, bueno, después de la excursión de ochenta millas en bicicleta. Lotto ni siquiera se habría despertado cuando ella regresara. Mathilde durmió a pierna suelta y salió de la casa cuando la noche empezaba a adoptar el tono azulado que precedía al amanecer. Niebla matutina, un chapuzón rápido en las gloriosas colinas, la llovizna fresca, el sol potente que le secó la humedad. Se había olvidado del agua, así que regresó después de recorrer solo veinte millas. Avanzó como si se deslizara por la pista que conducía a su casita blanca.

Cuando volvió a entrar en la casa, Lotto estaba en el vano de la puerta, con las manos en la cabeza. Alzó la mirada hacia ella, pálido y descompuesto.

—Mi madre ha muerto —dijo.

Todavía tardó por lo menos una hora en echarse a llorar.

—Oh, no —dijo Mathilde.

No se había planteado que la muerte fuese posible cuando se trataba de Antoinette. [Era tan inmenso lo que había entre ellas, inmortal…] Se dirigió a su marido y él apoyó la cara en el hombro sudoroso de Mathilde. Ella le sujetó la cabeza con las manos, acunándolo. Y entonces se despertó su propio duelo, un sorprendente latigazo en las sienes. ¿Contra quién iba a luchar ahora? Así no era como se suponía que tenían que ir las cosas.

En sus años de estudiante, Mathilde fue una vez con Ariel a Milwaukee.

Él tenía que ir por temas laborales y el fin de semana de Mathilde le pertenecía, podía hacer con él lo que quisiera. La chica se pasó la mayor parte del tiempo temblando junto a la ventana de la galería de su habitación del *bed and breakfast*. Abajo: bronce pulido, bandejas de bollitos caseros, paredes gruesas con óleos pintados por solteronas victorianas, una mujer cuyos orificios nasales abiertos le dejaban claro lo que opinaba de Mathilde.

Había nevado tanto por la noche que la nieve llegaba a la altura de la rodilla. Las máquinas quitanieves habían barrido las calles hasta formar montañas que flanqueaban las aceras. Había algo profundamente relajante en tanta blancura impoluta.

Mathilde miró a la calle y vio a una niña con un mono de nieve de rayas violetas, que se acercaba. Manoplas, un gorro demasiado grande para su cabeza. Desorientada, la niña daba vueltas y vueltas y más vueltas. Empezó a escalar la montaña de nieve que la separaba de la calle. Pero era demasiado débil. A medio ascenso, resbaló y cayó al suelo. Lo intentó de nuevo, hundiendo más los pies en el montículo. Mathilde contenía la respiración cada vez que la veía subir, la soltaba cuando la niña caía. Se imaginó una cucaracha en una copa de vino, intentando trepar por los resbaladizos laterales.

Al mirar la acera de enfrente, hacia un gran edificio de ladrillo que ocupaba toda la manzana, decorado con estilo de los años veinte, Mathilde vio, en ventanas salteadas de distintos pisos, a tres mujeres que observaban las cuitas de la niña.

Mathilde contempló a las mujeres mientras ellas contemplaban a la niña. Una se reía por encima del hombro desnudo dirigiéndose a alguien que también estaba en la habitación, sonrosada por el sexo. Otra era anciana y bebía té. La tercera, cetrina y enjuta, había cruzado los brazos esqueléticos y fruncía los labios.

Al final, la niña, exhausta, se deslizó por el montículo y se sentó en el suelo, con la cara contra la nieve. Mathilde estaba segura de que se había echado a llorar.

Cuando Mathilde volvió a levantar la mirada hacia el edificio, la mujer de los brazos cruzados miraba con cara enfadada a través del cristal, el frío y la nieve. Mathilde se sobresaltó, convencida de que era invisible. La mujer desapareció. Al poco, reapareció en la acera con ropa de casa, fina y de tweed. Expuso su cuerpo contra la montaña de nieve que había delante del edificio de pisos, cruzó la calle, agarró a la niña por las manoplas y le dio impulso para que sorteara la montaña. La cogió en brazos para cruzar la calle y repitió la operación. Cuando entraron en su casa, tanto la madre como la hija estaban empolvadas de blanco.

Mucho rato después de que hubieran desaparecido, Mathilde pensó en la mujer. Qué debía de imaginarse cuando veía a la niña caer y volver a caer. Se preguntó qué clase de enfado podía endurecer tanto el corazón de una madre para llevarla a ver a una hija esforzarse, fracasar y sollozar durante tanto rato sin decidirse a ayudarla. Las madres, Mathilde siempre lo había sabido, eran personas que te abandonaban a tu suerte para que te las apañaras sola.

Entonces se le ocurrió que la vida tenía una forma cónica, el pasado se ensanchaba más allá del punto conciso del momento vivido. Cuanta más vida acumulaba alguien, más se expandía la base, de modo que las heridas y las traiciones que eran casi imperceptibles cuando ocurrían se ampliaban luego como puntos diminutos de un globo que se va hinchando poco a poco. Una manchita en el niño delgado se convierte en una enorme deformidad en el adulto, exagerada, con los bordes irregulares.

En la ventana de la madre y la hija, se encendió una luz. La niña se sentó junto al foco con un cuaderno. La cabecita inclinada. Al cabo de un rato, la madre dejó al lado de la niña una taza humeante, y la niña la cogió y la acunó entre ambas manos. Mathilde notó en la boca el ya olvidado sabor dulce y salado de la leche caliente.

Tal vez, pensó Mathilde mientras observaba los copos de nieve que caían en la noche oscura y vacía, me haya equivocado. Tal vez la madre hubiera observado a su hija, que fracasaba una y otra vez, y no se hubiera decidido a ayudarla por algún motivo inimaginable, algo que Mathilde se esforzaba por comprender, algo que era como una especie de amor inmenso.

El mismo día en que Mathilde había apartado a la perra de su vida para ofrecerle otra vida nueva con la pequeña familia de conocidos, se despertó de madrugada y se encontró en el jardín en esa noche nublada, sin atisbo de luna, la piscina era un pozo de brea. Todavía con el vestido de tubo de color plateado que le llegaba hasta los pies, se puso a llamar a gritos a la perra sin darse cuenta.

—¡Dios! —gritó—. ¡Dios!

Pero la perra no se acercó corriendo a ella. No había ni un solo ruido, todo era quietud, negrura, alerta. El corazón empezó a latirle desbocado. Entró en la casa.

—¿Dios? ¿Dios? —volvió a llamarla.

Miró dentro de todos los armarios, debajo de todas las camas. Miró en la cocina, y hasta que vio que faltaba la cunita de la perra, no recordó lo que había hecho.

Entregar a la pobre criatura a unos desconocidos, como si la perra no fuese una parte de ella.

Le costó horrores aguantar hasta el amanecer. El día era un garabato anaranjado en contraste con la oscuridad cuando llamó a la puerta de aquella casa de dos plantas en el campo. Le abrió el marido, que se llevó un dedo a los labios. Salió a recibirla descalzo. Luego se inclinó hacia dentro, silbó una vez y Dios salió disparada hacia la puerta, con un lazo morado alrededor del cuello, gimiendo, chillando y arañándole los pies a Mathilde. Esta se puso de cuclillas para apretar a la perra contra su cara durante un buen rato. Luego alzó la vista hacia el hombre.

—Lo siento —dijo Mathilde—. Dígales a sus hijos que lo siento.

—No se disculpe —contestó él—. Está en período de duelo. Si mi mujer muriera, preciosa, quemaría la casa.

—Es lo siguiente de la lista —dijo Mathilde.

El hombre chasqueó la lengua una vez, sin sonreír.

Entró a recoger el transportín y los juguetes de la perra para meterlo todo en el coche de Mathilde. Cuando volvió a salir de la casa lo acompañaba su esposa, andando de puntillas por la hierba cubierta de escarcha, con algo humeante en las manos. Ni sonreía ni dejaba de sonreír; sencillamente parecía cansada, con el pelo revuelto. Le ofreció unas magdalenas de arándanos por la ventanilla del automóvil, se inclinó hacia delante.

—No sé si darle un bofetón o un beso —dijo.

—La historia de mi vida —respondió Mathilde.

La mujer se dio la vuelta y se alejó. Mathilde la observó mientras se quemaba las manos con la bandeja recién salida del horno.

Por el espejo retrovisor vio la cara de zorrillo de Dios en el asiento de atrás, los ojos almendrados.

—Todo el mundo me abandona. No te atrevas —le dijo.

La perra bostezó y le enseñó los dientes afilados, la lengua mojada.

Durante el último año que pasaron juntos, aunque Mathilde no dijera nada, Ariel debió de notar que ella se iba fortaleciendo. Su contrato estaba a punto de expirar. El mundo se abría ante ella, casi doloroso con tantas posibilidades. Todavía era muy joven.

Mathilde se había formado una idea sobre su vida después de la universidad, después de Ariel. Viviría en una habitación de techo alto pintada de un suave tono marfil, con los suelos desnudos, una superficie pálida. Vestiría toda de negro y trabajaría con gente y por fin tendría amigos. En realidad, nunca había hecho amistades. Le costaba imaginarse de qué podían hablar los amigos. Saldría a cenar fuera todas las noches. Pasaría todo el fin de semana sola, metida en la bañera, con un libro y una botella de vino. Sería feliz aunque envejeciera, mezclándose con la gente cuando quisiera, pero sola.

Por lo menos, tenía ganas de follarse a alguien de su edad. Alguien que la mirase a la cara.

En marzo, justo antes de conocer a Lotto y de que este pusiera color en su vida, entró en el apartamento de Ariel y se lo encontró ya esperándola. Dejó la mochila en el suelo con fatiga. Él estaba sentado en el sofá, inmóvil.

—¿Qué quieres comer? —le preguntó.

Mathilde no había comido desde la noche anterior. Tenía hambre.

—Sushi —dijo, insensata.

Nunca volvería a probar el sushi.

Cuando llegó el repartidor, Ariel la obligó a abrir la puerta desnuda para pagar. Al repartidor le costaba respirar y no podía despegar la mirada de ella.

Ariel cogió el envase de porexpán, lo abrió, vertió la salsa de soja y extendió el *wasabi*, y añadió un pedazo de *nigiri*, que embadurnó con la mezcla. Colocó la pieza solitaria en una baldosa de la cocina. El suelo estaba escrupulosamente limpio, como todo lo relacionado con él.

—Ponte a cuatro patas —dijo, y sonrió con todos los dientes—. Arrástrate. —Y luego—: No utilices las manos. Recógelo con la boca. Ahora lame el estropicio que has montado.

El parquet le hacía daño en las palmas y las rodillas. Mathilde odiaba esa parte de ella, pequeña y caliente, que se encendía al verse así, a cuatro patas. Guarra… Ardía por dentro. Hizo una promesa: no volvería a arrastrarse de rodillas por ningún hombre. [A los dioses les encanta jodernos, diría Mathilde más adelante; se convirtió en esposa.]

—¿Otro? —preguntó Ariel. Lo mojó y lo colocó al final del pasillo, a veinte pasos de allí—. Arrástrate.

Se echó a reír.

La palabra que se usa en inglés para «esposa», *wife*, proviene del proto indoeuropeo *weip*.

Weip significa «dar la vuelta, retorcer o envolver».

Hay otra etimología alternativa, según la cual *wife* proviene del proto etcétera *ghwibh*.

Ghwibh significa «pudenda». O «vergüenza, deshonra».

21

La investigadora se presentó en la verdulería. Mathilde metió la compra en el maletero y se deslizó en el asiento delantero. Allí estaba esperándola la chica, con una caja de documentos en las rodillas. Llevaba la cara maquillada: ojos en tono humo y labios encarnados, atractiva.

—¡Joder! —exclamó Mathilde, sobresaltada—. Te dije que no fueras avasalladora.

La chica se echó a reír.

—Supongo que es mi sello. —Hizo un gesto hacia la caja—. ¡Tachán! Lo tengo todo. Ese tío no volverá a salir de la cárcel federal. ¿Cuándo piensa reventar a ese cabrón? Quiero estar allí con palomitas cuando salga en todas las noticias por cable.

—La primera fase son las fotos personales. Empezaré dentro de unos días —dijo Mathilde—. Me han invitado a una fiesta y tengo que ir. Voy a hacerle sufrir un poco antes de la segunda fase.

Puso en marcha el coche y se llevó a casa a la investigadora privada.

Ni fue tan extraño como Mathilde había esperado, ni tan sexy. Se sintió triste mientras miraba la lámpara de araña y notaba ese calor tan familiar que se fraguaba dentro de ella; era de esperar que una lesbiana fuese una experta en esas cosas, pero, a decir verdad, Lotto era mejor. Por dios, era mejor que cualquiera en todo. Había arruinado su vida sexual para siempre. ¿Qué sentido tenía esa situación?, ¿eh? No podría haber segundo acto en aquel jueguecito amoroso suyo, solo una repetición del primer acto con un intercambio de papeles; no había una conclusión excitante y asquerosa al mismo tiempo, y no acababa de estar segura de cómo se sentiría al enterrar la cara en las partes de otra mujer. Dejó que el orgasmo resplandeciera en su frente y sonrió a la investigadora privada cuando esta emergió de entre las sábanas.

—Ha sido… —empezó a decir Mathilde. Pero la investigadora la interrumpió.

—No, ya lo he pillado. Claro y diáfano. No le van las tías.

—No es que no me vayan… —dijo Mathilde.

—Mentirosa —contestó la chica. Sacudió el pelo moreno, que cayó ahuecado como una seta—. Pero así es mejor. Ahora podemos ser amigas.

Mathilde se incorporó en la cama, miró a la chica, que estaba poniéndose el sujetador.

—Salvo mi cuñada, creo que nunca he tenido una verdadera amiga —dijo Mathilde.

—¿Todos sus amigos son tíos? —le preguntó la investigadora.

Transcurrió un buen rato antes de que Mathilde contestara.

—No.

La chica la miró durante unos segundos, se inclinó hacia delante y le dio un largo beso maternal en la frente.

La agente de Lotto llamó a Mathilde por teléfono. Había llegado el momento, le insinuó con voz temblorosa, de que empezase a encargarse de los aspectos empresariales de la carrera de su esposo. Ya había sido la receptora del suave veneno de esa mujer en varias ocasiones.

Mathilde permaneció callada tantos minutos que la otra voz preguntó: «¿Hola? ¿Hola?».

Había una parte de ella que deseaba dejar atrás las obras de teatro. Enfrentarse a lo desconocido.

No obstante, mantuvo el auricular pegado a la oreja. Miró alrededor. Lotto no estaba en esa casa, no estaba en su lado de la cama ni en su estudio de la buhardilla. Tampoco en la ropa de los armarios. No estaba en su primer apartamento diminuto del semisótano, donde, unas semanas atrás, Mathilde se había encontrado mirando por las ventanas batientes, para ver únicamente el sillón morado de un desconocido y un perrito faldero que brincaba junto al pomo de la puerta. Su marido no estaba a punto de aparecer por el camino de grava, a pesar de que Mathilde siempre estaba alerta, aguzando el oído. No tenían niños; su cara no resplandecería en ninguna otra cara más pequeña. No existía el cielo, ni el infierno; no lo encontraría en una nube ni en una caldera de fuego ni en un prado de asfódelo cuando su propio cuerpo la abandonara. El único lugar en el que Lotto podría seguir estando presente era en su obra. Un milagro, la capacidad de tomar un alma e implantarla, completa, en otra persona, aunque solo fuese durante unas cuantas horas. Todas esas obras de teatro eran fragmentos de Lotto que, juntas, formaban una especie de unidad.

Le dijo a la agente que le enviase lo que fuera preciso gestionar. Nadie olvidaría a Lancelot Satterwhite. Ni sus obras de teatro. Ni los minúsculos fragmentos de él plasmados en sus creaciones.

Ocho meses después de que se quedase viuda, casi exactos, Mathilde seguía notando sacudidas en el suelo que pisaba. Salió del taxi y se adentró en la oscura calle. Con el vestido plateado, con la delgadez cada vez más acusada, con el pelo que se había teñido de rubio oxigenado y cortado a lo chico, era una amazona. Llevaba campanillas en las muñecas. Quería que la oyeran al llegar.

—¡Vaya, vaya! —exclamó Danica cuando Mathilde abrió la puerta, entró en la casa y entregó el abrigo a una sirvienta—. Joder, desde luego, estar viuda te sienta bien. Pero mírate, por dios.

Danica nunca había sido guapa, pero ahora lo disimulaba con una piel anaranjada e hinchada por el botulismo, recubierta de unos fibrosos músculos de yoga. Tenía la piel tan fina que se le notaban las delicadas costillas donde confluían, en el centro del pecho. El collar que lucía costaba el sueldo anual de un cargo medio. Mathilde siempre había aborrecido los rubíes. Corpúsculos muertos pulidos para que brillaran, pensaba.

—Ay, gracias —contestó Mathilde.

Dejó que la otra mujer hiciera el gesto de darle dos besos sin rozarla.

—Madre mía —insistió Danica—. Si me garantizaran que voy a tener tu aspecto cuando sea viuda, dejaría que Chollie se atiborrara de beicon en todas las comidas.

—Qué comentario tan desagradable —dijo Mathilde.

A Danica se le humedecieron los ojos negros.

—Ay, lo siento mucho —dijo enseguida—. Intentaba hacer una broma. Desde luego, soy lo peor. Siempre meto la pata. He bebido demasiado martini, no he comido nada porque quería caber en este vestido. Mathilde, lo siento, de verdad. Soy una capulla. No llores.

—No estoy llorando —respondió Mathilde, y se desplazó para aceptar la copa que le tendía Chollie.

Se bebió la ginebra de un trago. Dejó el regalo para Danica encima del piano: el pañuelo de Hermès que Antoinette (bueno, en realidad había sido Sallie) le había mandado hacía unos cuantos cumpleaños, todavía guardado en su ostentosa caja de color naranja.

—¡Oh, qué generosa! —exclamó Danica, y le dio un beso en la mejilla a Mathilde.

Danica se dirigió a la puerta para saludar a otros amigos, un antiguo candidato a alcalde y su esposa de goma.

—Perdónala. Está borracha —dijo Chollie.

Se había acercado a Mathilde furtivamente. Como siempre.

—Sí, ya, ¿y cuándo no lo está? —preguntó ella.

—*Touché*. Se lo merece —dijo Chollie—. La vida es dura para ella. Se siente tan insignificante que siempre intenta estar a la altura de esos miembros de la alta sociedad de pura cepa. ¿Quieres ir un momento al cuarto de baño para recomponerte?

—Yo nunca estoy descompuesta —dijo Mathilde.

—Cierto —comentó Chollie—. Pero tu cara tiene un aspecto… No sé, extraño.

—Ah. Eso es porque he dejado de sonreír —respondió Mathilde—. Durante muchos años no he permitido que nadie me viera sin la sonrisa. No sé por qué no dejé de sonreír antes. Es increíble lo relajante que resulta.

Parecía compungido. Juntó las manos y se ruborizó. Luego la miró a los ojos.

—Me sorprendió cuando confirmaste tu asistencia, Mathilde. Demuestra mucha madurez después de nuestra charla. Después de todo lo que te revelé. Y capacidad de perdonar. Amabilidad. No sabía que tuvieras todo eso dentro.

—¿Sabes qué, Chollie? Me cabreé muchísimo —dijo Mathilde—. Te habría ahorcado con los cordones de los zapatos. Estuve a punto de asesinarte con la cucharilla del helado. Pero entonces me di cuenta de que estabas hasta arriba de mierda. Lotto nunca me habría abandonado. Lo tengo más claro que el agua. Da igual lo que hubieras hecho, nunca habrías podido herirnos. Lo que había entre nosotros estaba muy por encima de cualquier cosa que hubieras podido hacer para estropearlo. No eres más que un mosquito, Chollie. Picas mucho, pero sin veneno. No eres nada.

Chollie estaba a punto de decir algo, aunque se limitó a mirarla con fatiga y suspiró.

—Bueno, es igual. A pesar de todo, somos amigos —dijo Mathilde, apretujándole el antebrazo—. La vida no nos ofrece demasiados amigos que duren siempre. Os he echado de menos. A los dos. Incluso a Danica.

Chollie se quedó quieto durante un buen rato, mirándola.

—Qué amable eres siempre, Mathilde —dijo por fin—. Ninguno de nosotros te merece.

Estaba sudando. Se dio la vuelta, enojado o conmovido, no quedó claro. Mathilde dedicó unos minutos a hojear un libro magnífico que había sobre la mesita de centro. Se titulaba *Cupido alado pintado ciego* y le resultó curiosamente familiar, pero todas las estampas se le entremezclaron y no consiguió ver nada.

Más tarde, cuando todo el mundo se desplazó por la sala para sentarse a cenar, Mathilde se quedó rezagada unos segundos, mirando con ostentación un pequeño Rembrandt que Chollie acababa de comprar. En la medida en que algún Rembrandt puede ser aburrido, este lo era. Una composición clásica, tres cuerpos en una sala oscura, uno de ellos vertiendo un ungüento de una vasija, otro sentado, el tercero hablando. Bueno, nadie había enseñado a Chollie a tener buen gusto. Mathilde se dirigió al piano. Sacó el segundo regalo del bolso; este iba envuelto en un papel de color azul claro. Era un paquete delgado. Del tamaño de un sobre grande. No llevaba postal de felicitación, pero Mathilde estaba segura de que sería el mejor regalo de todos. Casi artístico, Chollie desnudo, iluminado por el estroboscopio, entre toda esa carne desconocida.

Al día siguiente de la fiesta de cumpleaños de Danica, al mediodía, Mathilde estaba expectante. Se sentó a leer el periódico en la sala del desayuno, deleitándose en el hecho de seguir en pijama. Cogió el auricular del teléfono en cuanto sonó el primer tono, ya con la sonrisa de oreja a oreja dibujada.

—Me ha dejado —soltó Chollie—. Eres una puta monstruosa con cara de perra infernal.

Mathilde se quitó las gafas de lectura y se las colocó encima de la cabeza. Le dio a Dios un pedazo del borde de la tortita que estaba comiendo.

—Vaya, ¿qué le parece al señor «Ya he puesto la polla encima de la mesa»? —preguntó—. Da la impresión de que mi partida es aún más larga que la tuya, Chollie. Y espera a ver lo siguiente que tengo para ti.

—Te mato —dijo Chollie.

—No puedes. Llevo ocho meses muerta —contestó Mathilde. Colgó con delicadeza.

Se sentó en la cocina, saboreando el momento. La perra en su cama, la luna en la ventana. En el hermoso cuenco azul, los tomates de su huerto de verano se habían arrugado y emitían un potente olor dulce y terroso, justo antes de estropearse. Había dejado la carta de Land allí durante dos meses, por lo que se imaginaba que contenía. ¿Qué sería? ¿Gratitud? ¿Palabras atrevidas? ¿Una invitación para que fuera a visitarlo a la ciudad? Le había gustado una barbaridad. El chico tenía algo que era como un bálsamo para Mathilde. Habría sido capaz de ir a pasar la noche en su *loft* de ladrillo de obra vista, sin duda hinchado de precio en una zona de moda en primera línea de mar, y habría vuelto a casa al amanecer sintiéndose ridícula. También se habría sentido suave y elegante, y habría ido cantando canciones pop de treinta años antes en el coche. Se habría sentido atractiva. Joven de nuevo.

Acababa de regresar de su penúltima reunión con el detective del FBI. El hombre había salivado ante lo que le había dicho que tenía. Las fotografías morbosas de Chollie habían sido mágicas. [Al cabo de tres meses, Danica sería una divorciada cuya riqueza costaba de imaginar.] La caja de informes que Mathilde entregaría al día siguiente al sudoroso agente de baja estatura con patillas le servía esa noche de reposapiés en la cocina. No podía dejar de mirar hacia abajo en la penumbra, donde la caja se veía de un pálido tono lunar parecido al de una seta venenosa.

Estaba viendo una película francesa en el ordenador. En la mano tenía una copa ancha de vino malbec. Había algo saciado en su interior; algo apaciguado. Se imaginaba la estrepitosa caída de Chollie. Se imaginaba su rostro gordo en la televisión mientras lo apretujaban en el coche patrulla; lo infantil que parecería, lo indefenso.

Llamaron al timbre. Abrió la puerta a Rachel y a Sallie. En el porche, duplicado, su marido destacó un instante..

Mathilde se dejó apuntalar durante unas cuantas inspiraciones en el contrafuerte de los brazos de las otras mujeres, notó el peso de su propio cuerpo aliviado por primera vez desde hacía mucho.

Abrió una botella de champán bien frío en su honor. [¿Por qué no, diablos?]

—¿Qué celebramos? —preguntó Rachel.

—Dímelo tú —respondió Mathilde.

Se percató de que el cuello de la camisa de Sallie estaba doblado, el anillo mal puesto en el dedo de Rachel. Nervios. Algo se cocía. Pero no se lo contaron, todavía no. Se sentaron a beber. Con su cara alargada y huesuda, a la luz del atardecer Rachel parecía moldeada con resina; Sallie iba estupenda con una americana de seda, un corte de pelo chic. Mathilde se imaginó a Sallie en su vuelta al mundo, se imaginó la exuberancia, frutas con forma de cisnes, amantes en sábanas empapadas. La palabra «solterona» planeaba detrás de esa flamante libertad; ¿cómo era posible que Mathilde no se hubiera dado cuenta antes? Rachel bajó la copa y se inclinó hacia delante. La esmeralda dio tres golpecitos cada vez más lentos en su clavícula y relució levemente cuando se detuvo suspendida en el aire.

Mathilde cerró los ojos.

—Contádmelo.

Sallie sacó un grueso archivador de fuelle de cartulina marrón y lo puso encima de las rodillas de Mathilde, que levantó una esquinita de la solapa con el dedo índice y lo abrió. Desde el más reciente hasta el más antiguo, toda una galería de vicios. La mayoría ni siquiera se correspondían con ella. Tanto las más nuevas como las antiguas, todas las fotos eran anteriores a la muerte de Lotto. Una fotografía granulada de Mathilde en biquini en una playa de Tailandia, la separación fallida. Mathilde besando a Arnie en la mejilla en la esquina de una calle. [Ridículo, aunque hubiera sido propensa a la infidelidad, no habría sido su tipo: demasiado baboso.] Mathilde, seria, un esqueleto, joven, saliendo de la clínica abortiva. Su tío, en unas extrañas páginas brillantes hurtadas de alguna especie de expediente secreto que enumeraba sus supuestos delitos anteriores a 1991 (Mathilde lo leería a modo de novela mucho tiempo después). Por fin, su abuela de París y su historial delictivo en francés, sonriendo con malicia a la cámara, con la palabra *prostituée* repetida como excrementos de mosca por toda la página.

Allí había grandes lagunas: era como un encaje confeccionado con el tejido de su vida. Gracias a dios que lo peor de su existencia permanecía en los agujeros de ese encaje. Ariel. La esterilización, la vana esperanza de tener hijos que había dejado que Lotto alimentase. Lo que Aurélie había hecho hacía tantos años. Todos los huecos ciegos que habían conformado la parte oscura de Mathilde.

Mathilde hizo un esfuerzo consciente por respirar, levantó la mirada.

—¿Me habéis espiado?

—No. Lo hizo Antoinette —dijo Sallie, y entrechocó los dientes contra la copa—. Desde el principio.

—¿Durante todos estos años? —preguntó Mathilde—. Eso es dedicación.

Una punzada. Durante todo ese tiempo, Mathilde había vibrado de vida en la mente de Antoinette.

—Mi vieja era una mujer paciente —dijo Rachel.

Mathilde cerró el archivador y devolvió los documentos a sus dueñas con unos delicados golpecitos con los dedos. Repartió el champán que quedaba de forma equitativa entre las tres copas. Cuando volvió a levantar la cabeza, vio que Sallie y Rachel hacían muecas grotescas, lo cual la desconcertó. Las dos se echaron a reír a la vez.

—Mathilde cree que estamos a punto de hacerle daño —dijo Sallie.

—Dulce M. —dijo Rachel—. Seríamos incapaces.

Sallie suspiró y se limpió la cara.

—No te asustes. Te hemos mantenido a salvo. Antoinette intentó mandarle paquetes a Lotto tres veces, una con datos de tu tío y otra cuando el aborto, y una última vez cuando lo abandonaste. Pero se le pasó por alto que era yo quien llevaba el correo al buzón que había al final del camino.

Rachel se echó a reír.

—El testamento que me envió para que lo sellara el notario se perdió. Quería donar la parte del fideicomiso de Lotto a una asociación en defensa de los chimpancés. Los pobres monitos necesitados se quedarán sin sus plátanos… —dijo. Se encogió de hombros—. Fue culpa de mi vieja. Nunca creyó que los dóciles y blandos pudiéramos ser capaces de la asquerosa perfidia.

Mathilde vio su propio rostro reflejado en la ventana, pero no, era una lechuza en una rama baja de un cerezo.

Le costó dominarse. Nunca se hubiera esperado algo así. Esas mujeres. Semejante bondad. Los ojos de ambas brillaban en la habitación en penumbra. La veían. Mathilde no sabía por qué, pero la veían tal como era y aun así la querían.

—Hay una cosa más —comentó Rachel. Lo dijo tan rápido que Mathilde tuvo que concentrarse para entenderlo—. Hay algo que no sabes. Nosotras no nos enteramos hasta que murió mi madre. Me refiero a que fue un shock total. Tuvimos que asimilarlo antes de poder hacer algo. Y luego pensábamos decírselo a Lotto una vez que hubiésemos puesto las cosas en orden. Pero él…

Dejó la frase a medias. Mathilde observó la cara de Rachel, que se desmoronó a cámara lenta. Esta le entregó un álbum de fotos de cuero barato. Mathilde lo abrió.

Dentro: un galimatías. Una cara sorprendentemente familiar. Guapo, de pelo moreno, sonriente. Con cada página sucesiva, la cara rejuvenecía hasta convertirse en un bebé rojo y arrugado envuelto en una manta de hospital.

Un certificado de adopción.

Un certificado de nacimiento. Satterwhite, Roland, nacido el 9 de julio de 1984. Madre: Watson, Gwendolyn, edad: 17 años. Padre: Satterwhite, Lancelot, edad: 15 años.

A Mathilde se le cayó el álbum de las manos.

22

En realidad, Mathilde siempre había sido un puño cerrado. Solo con Lotto había sido una mano abierta.

La misma noche; los tomates medio podridos. El perfume de Sallie aún impregnaba en el ambiente, aunque Rachel y ella dormían como troncos en las habitaciones de invitados de la planta superior. Por la ventana, un gajo de luna. Botella de vino, mesa de la cocina, la perra roncando. Ante Mathilde, una extensión de papel en blanco, liso como las mejillas de un niño. [Escríbelo, Mathilde. Compréndelo.]

Florida, escribió. Verano. Década de 1980. Fuera, el brillo del sol cegador sobre el océano. Dentro, alfombras de un tono beige. Techos de color palomitas. Maceteros en la cocina de tonos oliva con serigrafías que tenían la lujuriosa forma de Florida, sirenas a la izquierda, cohetes a la derecha. Sillones abatibles de piel sintética; un bestiario de la vida americana moderna centelleaba en la televisión. Solos, flotando en la cueva caliente que era la casa: un chico y una chica. Gemelos, de apenas quince años. Charles, a quien llamaban Chollie; Gwendolyn, a quien llamaban Gwennie.

[Qué extraño que todo resulte tan fácil de evocar. Como el dolor dentro de un sueño. Una vida que habías imaginado desde hacía tanto tiempo que casi se había convertido en un recuerdo; esa infancia estadounidense de la clase media en los años ochenta que tú nunca tuviste, Mathilde.]

En su habitación, la chica se ponía vaselina en los labios, exhalaba un aliento blanco en el espejo.

Aparecería con un pijama rosado cuando el padre volviera a casa, su rebelde pelo rizado recogido en dos trenzas, y calentaría la cena que había guardado para él, un poco de pollo y verdura hervida. Bostezaría y fingiría tener sueño. Mientras su hermano hacía compañía a su padre en la cocina, el chico imaginaría la metamorfosis dentro del dormitorio de su hermana: las piernas depiladas y pálidas, la minifalda, los ojos oscurecidos por el maquillaje. Una criatura extraña, tan diferente de la hermana que conocía, se colaría por la ventana en plena noche.

Sus transformaciones nocturnas no ocurrían a pesar del miedo, sino debido a él. Era pequeña incluso para sus quince años, podría haberla raptado cualquier chico que pasara por allí. Una refutación de la chica que ya había estudiado cálculo, que había ganado varios concursos de ciencia con la construcción de sus propios robots. Avanzó temblorosa por las calles oscuras hasta la tienda, notando con agudeza la zona intacta bajo la falda. Se paseó por los pasillos de artículos. Música de Burt Bacharach; el cajero la observaba con la boca abierta, la piel moteada por el vitíligo. Un hombre con un chándal blanco la miró desde la sección de los refrescos jugueteando con las monedas sueltas que llevaba en el bolsillo. «Ponme una de esas», murmuró el hombre, pero lo dijo mirando los grasientos perritos calientes que no paraban de girar. Bajo la luz exterior, cubierta de irritadas polillas, tres o cuatro chicos daban vueltas a sus patinetes. No los conocía. Eran mayores que ella, tenían edad de ir al instituto, aunque dudaba (pelo grasiento, sudaderas de loneta con capucha) que fueran al instituto. Se quedó plantada junto a la cabina telefónica y se dedicó a meter y sacar el dedo de la ranura para las monedas. Sin cambio, sin cambio, sin cambio. Poco a poco, uno de los chicos se acercó. Unos brillantes ojos azules debajo de una única ceja.

Costaría decir cuánto tiempo duró la seducción. Cuanto más lista es la chica, más rápidas van esas cosas. Ser lanzada físicamente era un acto de equilibrio intelectual en la cuerda floja: el placer no del placer sino de la actuación y la venganza contra el aparato en el paladar, la flauta que tocaba en la banda, el montón de expectativas. El sexo como rebeldía contra el modo en que deberían ser las cosas. [¿Suena familiar? Lo es. No hay ninguna historia en el mundo más repetida que esta.]

Durante casi un año, una lujuria de dedos y lenguas. Salía por la ventana de noche, una y otra vez. Y entonces empezó el curso y el grupo de debate y los ensayos con la banda de música. La lenta solidificación debajo de las costillas, como el cemento gomoso cuando se expone al aire. El cuerpo sabe lo que el cerebro se niega a saber. No era tonta. Ese año tuvo suerte con la moda: se ponía sudaderas enormes, hasta las rodillas. Su madre llegó tarde a casa en Nochebuena. La chica salió del dormitorio la mañana de Navidad con su camisón de franela y la madre se volvió, cantarina. Vio a su hija, el bulto en la barriga, y soltó el roscón que acababa de preparar.

Llevaron a la chica a un lugar pijo. Nadie fue antipático con ella. Le rasparon el interior. Susurros. Cuando salió de la clínica, no era la misma que cuando había entrado.

Los gemelos cumplieron dieciséis años en primavera. Sus padres pusieron cerrojos nuevos en la puerta de Gwennie, candados en las ventanas. De repente, su hermano era tres dedos más alto que ella. Empezó a seguirla de aquí para allá, una sombra con aspecto de bufón. «¿Jugamos al Monopoly?», le preguntaba Chollie cuando pasaba por delante de su puerta alguna tarde aburrida de sábado. «No te preocupes por mí», contestaba Gwennie. La castigaron, así que tenía que hablar en murmullos con los chicos del monopatín que merodeaban junto a las puertas del colegio, expectantes, con las chicas que conocía desde la guardería, que querían que fuera con ellas a casa de alguien a ver *El cristal encantado* mientras comían palomitas de microondas y se ondulaban el pelo. Siempre había sido más popular que su hermano, pero al cabo de poco tiempo, el olorcillo a sexo la mancilló. Ya solo tenía a su hermano. Y después a Michael.

Michael era un chico guapo, medio japonés, alto y soñador, con un flequillo liso y negro ladeado sobre un ojo, a la moda. En clase, Gwennie se había pasado semanas imaginándose a hurtadillas que lamía con la lengua la piel pálida de la cara interior de las muñecas del chico. Él soñaba con chicos; Gwennie soñaba con él. Chollie lo aceptó a regañadientes; su hermano exigía lo incondicional: fidelidad, generosidad, cosas que Michael no podía ofrecer. Pero la marihuana que compartía relajó lo bastante a Chollie para que empezase a soltar chistes, a sonreír. Y así siguieron las cosas hasta que terminó el curso. Su madre en San Diego, Milwaukee, Binghamton; era una enfermera itinerante que cuidaba de recién nacidos casi demasiado débiles para sobrevivir.

Conocieron a Lotto. Tan alto que hacía daño a la vista, con la cara picada de acné, un corazón dulce. El verano se desplegó ante ellos: distintas drogas, cerveza, esnifar pegamento, podían hacer de todo mientras los gemelos volviesen a casa antes de la hora de cenar. Gwennie era el centro de ese círculo; los chicos giraban a su alrededor como satélites.

[Qué poco duró este *ménage à quatre*. Solo un verano largo que se prolongó hasta octubre, pero lo cambió todo.]

En las almenas del viejo fuerte español, se colocaron con latas de pintura robadas. La ciudad de Saint Augustine, con sus hordas de turistas relucientes, a sus pies. Michael se puso a tomar el sol, siguiendo el ritmo de la música del radiocasete, la suavidad gloriosa de ese cuerpo. Lotto y Chollie estaban enfrascados en una conversación profunda, como siempre. El mar parpadeaba con guiños de luz. Gwennie necesitaba que la mirasen. Se puso a hacer el pino en el borde del fuerte, la caída de cuarenta pies habría sido mortal. Había hecho gimnasia hasta que su cuerpo la traicionó y le salieron las tetas; mantuvo la postura invertida. Vistas al revés, las caras de sus amigos contra el azul, su hermano de pie, asustado. Bajó y estuvo a punto de desmayarse porque se le había subido mucha sangre a la cabeza, pero se sentó. Notaba el pulso tan fuerte en los oídos que no oyó lo que le decía Chollie, se limitó a sacudir la mano.

—Joder, Chollie, tranqui. Sé lo que hago.

Lotto se echó a reír. Michael flexionó los abdominales para mirar a Lotto. Gwennie contempló esos abdominales.

A principios de octubre, pasaron un sábado todos juntos en la playa. Su padre había recuperado la confianza en Gwennie, o confiaba en que Chollie la mantuviera a raya, y había volado a Sacramento para acompañar a su madre el fin de semana. Dos días de libertad, como una boca abierta. Dedicaron la mañana del sábado a beber cerveza mientras tomaban el sol y se quedaron roques. Cuando Gwennie se despertó, se había quemado por todas partes y Lotto había empezado a construir algo enorme con arena, ya medía cuatro pies de alto y diez de largo, y apuntaba hacia el mar. Se mareó al levantarse, le preguntó qué era.

—Un muelle en espiral.

—¿De arena? —le preguntó Gwennie.

Lotto sonrió.

—Ahí está su belleza —contestó.

Un instante se abrió en su interior de repente, se expandió. Lo miró a la cara. Hasta entonces Gwennie no se había dado cuenta, pero ahí había algo especial. Quería perforar un túnel dentro de él para comprender qué era. Había una luz especial bajo la timidez y la juventud. Una dulzura. Un repentino arrebato del hambre de antaño se apoderó de Gwennie y sintió deseos de apoderarse de una parte del chico y hacerlo suyo durante un breve lapso.

En lugar de eso, se inclinó y lo ayudó con la construcción; todos participaron, y al final de la mañana, una vez terminado, se sentaron en silencio, acurrucados para protegerse del viento frío, y observaron cómo la marea se lo tragaba entero. En cierto modo, todo había cambiado. Volvieron a casa.

Al día siguiente era domingo. Bocadillos de huevo, pavo y tomate engullidos encima del fregadero, sangre de yema de huevo. Dormir hasta las tres de la tarde. Cuando Gwennie salió de la habitación para comer, Chollie tenía ampollas y quemaduras en la cara, pero sonreía.

—Me he agenciado un ácido —dijo.

La única forma de aguantar la fiesta en la casa abandonada junto al pantano esa noche. Gwennie sintió una punzada de miedo.

—Genial —dijo haciéndose la dura.

Volvieron a llevar unas hamburguesas a la playa. En el lugar donde habían enterrado la silla del socorrista al final de su muelle en espiral, alguien la había desenterrado y puesto de pie otra vez, como un dedo índice levantado. Gwennie se abstuvo de tomar el ácido, pero los otros tres lo compartieron. Esa cosa extraña que había entre Lotto y ella se agudizó. El chico se pegó a Gwennie. Chollie se subió a la silla de vigilancia y se incorporó, desafiando a las estrellas, gritando, mientras sostenía una botella de ron.

—¡Somos dioses! —gritó.

Esa noche, Gwennie lo creía de veras. Su futuro era como una de esas estrellas: frío, brillante y seguro. Haría algo que cambiaría el mundo. Lo sabía. Se rio de su hermano, que resplandecía a la luz de la hoguera y las estrellas, y entonces Chollie soltó un alarido y saltó, aleteando durante un buen rato como un pelícano, con el cuello fofo, las articulaciones raras, en mitad del aire. Aterrizó con un crujido. A continuación se oyeron los gritos de su hermano, Gwennie le sujetó la cabeza y Lotto salió disparado a buscar el coche de su tía, y cuando apareció de nuevo por la playa, Michael cogió a Chollie en brazos y lo arrojó en el asiento de atrás. Saltó al asiento del conductor y se largó dejando allí a Gwennie y a Lotto. Desolados, contemplaron los faros traseros que subían la rampa de arena y se incorporaban a la carretera. Ahora que habían desaparecido los gritos de Chollie, el viento se oía muchísimo.

Gwennie le pidió a Lotto que la acompañara a contárselo a su padre, y él accedió encantado. [Lotto, con ese corazón joven y dulce.]

Una vez en casa, se quitó el maquillaje, se sacó los piercings, se recogió el pelo en dos coletas, se puso una sudadera de color rosa. Lotto nunca la había visto tal como era, pero contuvo la risa con delicadeza. El vuelo de su padre llegaba a las siete, y a las siete y veinte, su coche atravesó la puerta del garaje. Entró en casa rezumando desconsuelo: el fin de semana con la madre de los gemelos debía de haber salido mal, su matrimonio pendía de un hilo. Lotto ya le sacaba un palmo al hombre, pero el padre de Gwennie conseguía llenar la estancia, así que Lotto retrocedió un paso.

La cara de su padre, furiosa.

—Gwennie, ya te lo he dicho: nada de chicos en casa. Sácalo de aquí.

—Papi, te presento a Lotto. Es un amigo de Chollie. Mi hermano ha saltado de un sitio y se ha roto la pierna. Está en el hospital, Lotto ha venido hace un momento para contártelo porque no podía ponerse en contacto contigo. Lo siento.

Su padre miró a Lotto.

—¿Charles se ha roto la pierna? —le preguntó.

—Sí, señor —respondió Lotto.

—¿Había alcohol de por medio? ¿Drogas? —preguntó el padre.

—No, señor —mintió Lotto.

—¿Estaba presente Gwennie? —insistió el padre.

La chica contuvo la respiración.

—No, señor —dijo Lotto en voz baja—. Solo la conozco del colegio. Se codea con los empollones.

El padre los miró. Asintió y el espacio que ocupaba en la habitación se redujo de pronto.

—Gwendolyn —dijo el padre—, llama a tu madre. Voy al hospital. Gracias por contármelo, chaval. Ahora, fuera.

La chica miró a Lotto al instante y el coche del padre salió disparado; cuando Gwennie salió por la puerta principal, se había puesto su minifalda más corta, se había anudado la camisa por debajo del pecho y se había dado unos brochazos de maquillaje. Lotto la esperaba entre las azaleas.

—Que se joda —dijo Gwennie—. Vamos a la fiesta.

—Te vas a meter en un lío —comentó Lotto con admiración.

—Ni te lo imaginas —dijo ella.

Fueron en la bici de Chollie. Gwennie se sentó en el manillar y Lotto pedaleó. Por el túnel de la carretera negra, las ranas entonaban cantos fúnebres, el hedor a podrido de la ciénaga empezaba a subir. Lotto paró la bici y tapó a Gwennie con su sudadera. Olía bien, a suavizante para la ropa. En su casa había alguien que lo amaba. Lotto se puso de pie sobre los pedales cuando llegaron a la zona costera y apoyó la cabeza en el hombro de Gwennie. Ella se inclinó hacia Lotto. Olía al astringente que se ponía en las mejillas maltratadas. La casa estaba iluminada con hogueras, faros de coches encendidos. Ya había cientos de personas, la música era ensordecedora. La gente estaba de pie, con la espalda apoyada en los maderos astillados de la casa, bebiendo cerveza que era sobre todo espuma. Notó que Lotto la miraba. Fingió no darse cuenta. Se acercó a su oído como si quisiera susurrarle algo, pero ¿qué hacía? ¿Lamerla? La recorrió un único escalofrío y Gwennie echó a andar hacia la hoguera.

—Pero qué coño… —dijo, y dio un buen puñetazo a alguien en el hombro.

La cabeza se levantó, la boca manchada, Michael. Acababa de apartar la cara de la cabeza rubia de una chica cualquiera.

—Eh, hola, Gwennie —dijo Michael—. Lotto, mi héroe.

—Pero ¿qué coño...? —repitió Gwennie—. Se suponía que estabas con mi hermano. Con Chollie.

—Ah, no —contestó Michael—. Me largué cuando llegó tu padre. Joder, tu viejo da cague. Esta tía me ha traído en coche —añadió.

—Soy Lizzie. Trabajo de voluntaria en un hospital los fines de semana —comentó la chica.

Enterró la cara en el pecho de Michael.

—Uau —susurró Lotto—. Pero si es una chica...

Gwennie agarró a Lotto de la mano y tiró de él hacia la casa. Había velas en las repisas de las ventanas y linternas que proyectaban luz sobre las paredes y cuerpos tirados en colchones que alguien había arrastrado hasta allí para ese fin, culos desnudos y espaldas y extremidades que resplandecían. Un galimatías de músicas mezcladas de las distintas habitaciones. Lo llevó a la escalera de la ventana por la que se accedía al tejado del porche. Se sentaron fuera, en la noche fresca, y escucharon el retumbar de la fiesta; solo eran capaces de ver el resplandor de las llamas. Compartieron un cigarrillo en silencio, y Gwennie se limpió la cara y le dio un beso. Sus dientes chocaron sin querer. Lotto le había hablado otras veces de las fiestas en las que se liaba con la primera que pasaba, fiestas locas en zonas apartadas, pero en realidad Gwennie no esperaba que Lotto supiera qué hacer con la boca y la lengua. Desde luego que lo sabía. Notó ese viejo cosquilleo por las articulaciones. Le cogió la mano y la apretó contra su cuerpo, dejó que le deslizara los dedos por debajo de la goma de la braga, para que viera lo húmeda que se había puesto. Lo empujó hasta tirarlo al suelo de espaldas. Se montó a horcajadas encima de las piernas del chico, sacó el pene para que le diera el aire, observó cómo crecía, lo calentó. Y Lotto jadeó alucinado cuando ella le agarró por las caderas y fue a por todas. Gwennie cerró los ojos. Lotto le subió la camisa y las copas del sujetador con las manos, de modo que sus tetas salieron como dos cohetes. Notaron algo nuevo, un calor terrorífico, un calor similar al centro del sol. Gwennie no recordaba haber sentido tanto calor las veces anteriores. Él se metió más y más en su cuerpo y luego Gwennie notó que se curvaba y, cuando abrió los ojos, vio que Lotto se echaba a rodar de repente, con la cara hecha una mueca de terror, por el lateral del porche y se tiraba al suelo. Miró alrededor y vio que la ventana era una cortina de fuego. La chica saltó, con la falda de vuelo ahuecada, y lo que él le había dejado dentro le resbaló por la pierna al caer al suelo.

En la cárcel, Gwennie se pasó la noche tiritando. Sus padres estaban taciturnos, serios, cuando volvió a casa.

Lotto desapareció una semana, luego dos, luego un mes, y Chollie encontró una carta en su mesita de noche en la que ponía que la madre de Lotto lo había enviado a un internado masculino, el pobre pringado. Se lo contó a Gwennie, pero su hermana ya había dejado de preocuparse por él. Los de la fiesta, los bomberos y el agente de policía, todos habían visto cómo se lo montaban Gwennie y Lotto. La escuela al completo sabía que era una zorra. Un callejón sin salida. Una paria. Michael no sabía qué decir; se apartó de ellos, buscó otros amigos. Gwennie dejó de hablar.

En primavera, cuando su estado volvió a ser imposible de disimular, los hermanos robaron el coche del vecino. Fue culpa suya por dejarse la llave puesta en el contacto. Llegaron al camino de entrada de su casa, evaluaron las palmeras de sagú y el césped, la diminuta caja rosada sobre pivotes. Chollie emitió un sonido decepcionado; confiaba en que la familia de Lotto fuera increíblemente rica, pero no lo parecía. [Nunca se sabe.] Las margaritas de botón grande se mofaban de ellos, igual que pezones en la hierba. Llamaron a la puerta. Una mujer menuda y con aspecto severo salió a abrir, con los labios fruncidos.

—Lancelot no está —les dijo—. Ya deberíais saberlo.

—Venimos a ver a Antoinette —dijo Chollie.

Notó la mano de su hermana en el brazo.

—Estaba a punto de irme a la verdulería. Bueno, si queréis, pasad —les dijo—. Soy Sallie. La tía de Lancelot.

Llevaban diez minutos sentados, bebiendo té con hielo y picando alguna galleta glaseada, cuando se abrió una puerta y apareció una mujer. Era alta, imponente, gruesa, con el pelo cardado y peinado hacia arriba con mucho artificio. Había algo en ella que recordaba una pluma, la gasa de su ropa, o cómo movía las manos, algo encantadoramente delicado.

—Qué sorpresa —murmuró—. No esperábamos visitas.

Chollie se removió en el asiento, le leyó la mente, aborreció lo que vio allí.

Gwennie notó los ojos de Antoinette fijos en ella e hizo un gesto rápido con las manos para mostrarle la barriga.

En el rostro de Antoinette, una expresión equiparable a un papel que prende fuego. Luego sonrió de oreja a oreja.

—Supongo que mi hijo tuvo algo que ver con eso. Hay que ver lo que le gustan las chicas. Es un caso.

Chollie se inclinó hacia delante para decir algo, pero entonces salió del dormitorio una niña en pañales que andaba como un pato. Llevaba el pelo recogido en dos moñitos gemelos. Cerró la boca. Antoinette se subió a la niña sobre las rodillas y canturreó:

—¡Di hola, Rachel!

Entonces sacudió la mano regordeta de la niña hacia los gemelos. Rachel se mordió el puño mientras observaba a los invitados con sus ansiosos ojos marrones.

—Bueno, ¿y qué queréis de mí? —dijo Antoinette—. Poner fin a un embarazo envía a una chica directa al infierno, ya lo sabéis. No pagaré algo así.

—Queremos justicia —dijo Chollie.

—¿Justicia? —preguntó Antoinette con cautela—. Todos queremos justicia. Y la paz mundial. Y unicornios retozando. ¿A qué te refieres exactamente, muchachito?

—Si vuelve a llamarme muchachito, cerda gorda, le doy un puñetazo en la puta boca —contestó Chollie.

—Cuando insultas no haces más que mostrar tu pobreza espiritual, muchachito —dijo Antoinette—. Mi hijo, Dios bendiga su corazón puro, nunca sería tan vulgar.

—Váyase a la mierda, foca con cara de zorra —insistió Chollie.

—Cariño —dijo Antoinette en voz muy baja mientras apoyaba la mano en la de Chollie, dejándolo patidifuso con el gesto—. Te honra querer defender a tu hermana. Pero a menos que quieras que ataque tu virilidad con un cuchillo de carnicero, te aconsejo que esperes en el coche. Tu hermana y yo llegaremos a un acuerdo sin ti.

Chollie palideció, abrió la boca, abrió las manos, las cerró, y luego salió por la puerta y se sentó en el coche con la ventanilla bajada. Se pasó una hora escuchando pop de los años sesenta en la radio.

Una vez a solas, Antoinette y Gwennie sonrieron con educación a Rachel hasta que la niña volvió a marcharse al dormitorio con sus andares de pato.

—Lo que vamos a hacer es lo siguiente —dijo Antoinette, y se inclinó hacia delante.

Gwennie le diría a su hermano y a sus padres que había abortado. Una semana más tarde, se escaparía de casa, aunque, en realidad, iría a un piso de Saint Augustine. Los abogados de Antoinette se encargarían de arreglarlo todo. La cuidarían todo el tiempo que pasase allí metida. También tramitarían la adopción. Después del parto, Gwennie dejaría al recién nacido en el hospital y volvería como si nada a su antigua vida. No le contaría ni una palabra a nadie jamás, o las pagas mensuales que pensaba ofrecerle Antoinette se cortarían en seco.

[Ecos por todas partes. Qué dolorosas son las manipulaciones entre bastidores, qué triste es ver que el dinero pisotea el corazón. Bueno. Mete el dedo en la llaga; aprieta y aguanta.]

La chica escuchó el rumor del océano, amortiguado por la ventana. Rachel volvió a entrar, pulsó el botón que encendía el televisor y se sentó en la alfombra chupándose el dedo. Gwennie la observó y sintió deseos de hacer daño a esa mujer que apestaba a rosas y a polvos de talco para bebé. Por fin, Gwennie miró a Antoinette sin sonreír.

—¿No piensa reconocer a su propio nieto? —preguntó.

—A Lancelot le aguarda un futuro brillante —respondió la mujer—. Será menos brillante si ocurre esto. La labor de una madre es abrir todas las puertas que pueda a sus hijos. Además, habrá otras candidatas mejores y más parecidas a él para engendrar a sus hijos. —Hizo una pausa, sonrió con dulzura—. Por lo tanto, habrá otros hijos que se parezcan más a él.

Dentro del estómago de Gwennie se retorcía una serpiente.

—Vale —aceptó.

[¿Qué parte de todo esto era elucubración, proyección? Todo. Nada. Mathilde, tú no estabas allí. Pero conocías a Antoinette, el modo en que su perezosa dulzura escondía la ferocidad. Repetiría ese mismo discurso, aunque el dardo no daría en el blanco la segunda vez. Ya lo creo. Conocías a Antoinette como si fuera la palma de tu mano.]

De nuevo en el coche. Mientras conducía, a Chollie le entraron náuseas al ver llorar a su hermana con la cara escondida en el codo.

—¿La has mandado a la mierda? —le preguntó.

Estaba dispuesto a denunciar a esa cerda y quitarle todo lo que tenía, pasarse por el forro el hecho de que fuera la madre de Lotto. La despojaría de todo lo que valiera la pena y se pondría a vivir en esa casa de la playa; allí pasaría el resto de su vida, exultante, rico.

Gwennie apartó el brazo.

—Dinero a cambio de silencio —contestó—. No te cabrees conmigo. He firmado el contrato.

Chollie intentó transmitir con su falta de palabras lo que no pensaba decir en voz alta, pero ella no quería entenderlo.

—Me ha caído bien —dijo Gwennie, aunque era una mentira impresionante.

Regresaron a casa de sus padres porque no había ningún otro sitio al que quisieran ir. Quimbombó, pollo y pan de maíz precocinado. A su madre se le cayó la espátula al suelo y salió corriendo hacia ellos con los brazos abiertos. Gwennie comunicó el embarazo y su interrupción mientras tomaban el dulce de azúcar y mantequilla. Lo hizo por Chollie, para que no se inmiscuyera. Su padre apoyó la frente en el borde de la mesa de la cocina y se echó a llorar. Su madre se levantó sin decir ni una palabra y voló a la mañana siguiente a El Paso por trabajo. A Gwennie no le costó mucho fingir que se había escapado de casa. Llenó una mochila pequeña de ropa y se montó en el coche que fue a buscarla cuando se suponía que tenía que estar en el instituto. Se instaló en un apartamento de dos habitaciones, forrado de moqueta de color avena y con tazas de plástico. Cada semana iba a verla una enfermera, y la compra aparecía por arte de magia junto a la puerta, y podía ver tanta televisión como fuese capaz de procesar, algo que le pareció fantástico, porque habría sido incapaz de ponerse a leer un libro, aunque hubiese habido alguno por allí, cosa que probablemente no había, ni allí ni en todo el triste complejo de edificios con sus fuentes de tono turquesa y el mantillo de madera de ciprés teñido de rojo.

El bebé absorbía. Absorbía sus huesos y absorbía su juventud día tras días. Gwennie comía poco, se pasaba el día viendo programas de debate. «Querido Lotto», escribió en una ocasión al chico que se había desvanecido en la fría tristeza del norte, pero la mitad de las palabras ya eran mentira, así que rompió la carta y la metió en la bolsa de la basura, debajo del filtro del café. Flotar en la bañera era lo único que le proporcionaba consuelo.

Su vida se había detenido; sin embargo, en un abrir y cerrar de ojos nació el bebé. Le pusieron la epidural; fue un sueño. Su enfermera personal fue al hospital y lo hizo todo. Colocó al recién nacido en brazos de Gwennie, pero cuando salió de la habitación Gwennie volvió a dejar al bebé en la cuna. Se lo llevaron a otra sala y siguieron llevándoselo los días siguientes, aunque ella les decía que no quería verlo. Su cuerpo se curó. Se le endurecieron los pechos. Dos días, tres días. Envases de gelatina verde y queso de lonchas con pan. Un día firmó un papel y el bebé desapareció. Había un sobre lleno de billetes metido en su mochila. Salió del hospital y la recibió el asfixiante calor de julio. Se sentía más que vacía.

Recorrió a pie todo el trecho de vuelta a casa, más de diez millas. Entró en la casa y se encontró a Chollie en la cocina, bebiendo un refresco en polvo. Se le cayó el vaso al suelo. Se puso rojo como un tomate y le chilló, le dijo que sus padres habían puesto una denuncia, que su padre se pasaba todas las noches peinando las calles, que Chollie tenía pesadillas en las que violaban a su hermana. Ella se encogió de hombros, dejó la mochila en el suelo y fue a la salita a encender la televisión. Al cabo de un rato, Chollie le llevó unos huevos revueltos con una tostada y se sentó a su lado a contemplar la luz que bailaba en su rostro. Pasaron las semanas. El cuerpo de Gwennie funcionaba de manera autónoma respecto de su mente, que estaba en otra parte, en otro hemisferio. Había algo que tiraba de ella, un ancla encajada en algo invisible, submarino. Le costaba mucho esfuerzo moverse.

Sus padres se portaron bien. Le dejaron que se saltara las clases, la llevaron al terapeuta. No sirvió de nada. Se quedaba metida en la cama. «Gwennie —le dijo su hermano—, tienes que buscar ayuda.» No tenía sentido. Su hermano, sin mirarla, le dio la mano. Con tanta ternura, con tanto cuidado, que Gwennie no sintió vergüenza. Transcurrieron varias semanas en las que no se duchó. Estaba demasiado cansada para comer. «Apestas», le recriminó su hermano. Tú siempre apestas, pensó Gwennie, pero no se lo dijo. Chollie estaba preocupado, empezó a ausentarse de casa únicamente para ir a clase. Su padre solo salía para ir a trabajar. El lapso en el que estaba sola era de tres horas, como mucho. Un día que tuvo más energía de la habitual, llamó al vecino de Michael que vendía droga. El chico fue, miró su pelo revuelto, el camisón de niña pequeña, y le dio reparo pasarle la bolsita de papel. Ella le plantó el dinero en las manos y le cerró la puerta en las narices. Escondió la bolsa entre el colchón y el somier. Día tras día, se repetía el mismo ciclo. Una capa de polvo pegajoso en el borde de las aspas de los ventiladores del techo. Basta.

Chollie le había enseñado el alijo de éxtasis.

—Así es como empieza mi gesta por el dominio del mundo —dijo con malicia.

Añadió que pasaría toda la noche fuera, vendiendo el ácido en una *rave*.

—Ve —contestó Gwennie—. Gánate la vida.

Fue. Su padre estaba en su habitación, durmiendo. Entonces la chica sacó el sobre con el dinero de Antoinette y lo metió debajo de la almohada de su hermano; se quedó pensativa. A continuación, cambió las sábanas malolientes de Chollie y volvió a colocar el dinero debajo de la almohada. Sacó la bolsa de droga de debajo de su propio colchón, se tomó una pastilla y esperó a que le hiciese efecto. Luego se metió todo el bote en la boca y se tragó las pastillas con leche directamente del envase. El dolor empezó en el estómago.

Ya se sentía mareada. El aire se volvió más denso. Se desmayó en la cama. Oyó vagamente a su padre, que se marchaba a trabajar. El sueño se apoderaba de ella en oleadas. En esas olas, una dulzura, una paz.

[Vamos, llora sobre la copa de vino, airada mujer, a media vida de distancia. ¿Qué esperas que te ayude a salir de la oscuridad? La mañana entró por la ventana como hace todos los días, la perra se despertó en la cama de Mathilde después de soñar con ardillas listadas; pero no existe nada parecido a la resurrección. Aun así, acabas de hacerlo, ¿verdad? Has devuelto a la vida a la pobre chica. Ahora ¿qué vas a hacer con ella? Aquí la tienes, ante ti, más viva de lo que estará en el futuro, y tus disculpas nunca le habrían servido de nada.]

Cuando Chollie entró en casa, lo recibió un silencio pesado y supo que algo iba mal. Su padre se había marchado a trabajar y él había tardado más de lo habitual en volver debido al concierto y la fiesta. Se quedó inmóvil en la puerta y, al no oír nada, echó a correr. Encontró lo que encontró. En su interior se removió todo. Esperó a la ambulancia y, mientras esperaba, emergió el plan, lo que haría, los años que tardaría en lograrlo. Apoyó la cabeza de su hermana en su regazo y la acunó allí. Durante una milla entera, ese ruido. Las sirenas.

Llegaba el amanecer, una pálida y tenue luz que se extendía a lo lejos. Mathilde temblaba, pero no de frío. Le daban lástima los cobardes. Porque ella también se sentía desesperada; ella también se veía cegada por la oscuridad, pero volver la espalda era demasiado fácil. Una trampa. El puñado de pastillas, el vaso frío, el trago. La silla echada hacia atrás por la convulsión, la quemazón en la piel de la garganta. Un minuto de dolor y después la quietud. Esa falta de orgullo era despreciable. Mejor sentirlo todo. Mejor sentir la quemazón larga y lenta.

El corazón de Mathilde era amargo, vengativo y rápido. [Cierto.]

El corazón de Mathilde era bondadoso. [Cierto.]

Mathilde pensó en la fabulosa espalda de Land, larga y musculosa, en la columna con sus delicadas separaciones y protuberancias en las vértebras. La espalda de Lotto también era así. Los labios, los pómulos, las pestañas, todo igual. El fantasma manifestado en carne viva. Podía darle al chico ese regalo. Aunque no fuera su madre ni su padre, era de su sangre, un tío. Al fin y al cabo, Chollie había sido la segunda persona que mejor había conocido a Lotto; podría hablarle de él a Land, evocar a una persona a partir de lo que, para Land, solo habían sido detalles, deducciones: entrevistas, obras de teatro, un breve encuentro con su viuda, pero Mathilde sabía lo cerrada que estaba ella; lo único que le había mostrado había sido su cuerpo, nada real. Chollie podría devolverle a Gwennie a Land, su madre. Mathilde podía dejarle a Land algo vivo. Podía ofrecer tiempo a Land y a su tío.

Se levantó. El elemento que le había dado ligereza esos meses había huido, y sentía los huesos fabricados de granito, la piel extendida sobre ellos como un toldo viejo. Levantó la caja de documentos, notando todo el peso de la maldad de Chollie en sus brazos, y la colocó en el fregadero.

Encendió una cerilla y observó el extremo azul que consumía el fósforo; durante un momento la ligereza regresó, el aliento con el que podía apagar la llama justo detrás de los labios —a la mierda, Chollie se merecía lo peor por lo que le había hecho a Lotto los últimos días de su vida, por la duda que había generado—, pero algo detuvo ese aliento. [Algo interno; no fuimos nosotras.] Justo antes de que la llama le quemara la piel, tiró la cerilla dentro de la caja. Contempló cómo se quemaban los documentos, desnudos, su maldición para Chollie se elevaba en una lengua de humo. Más tarde, enviaría una carta manuscrita a cada uno de los dos hombres. Land podría llamar por teléfono a su tío recién encontrado todos los días de su vida. Lo haría. Chollie ofrecería su palacio junto al mar para celebrar allí la boda de Land. Chollie asistiría a las graduaciones de los hijos de Land, cada vez llegaría conduciendo un Porsche distinto, que luego le regalaría a cada nieto. Land se sentiría amado.

—Eso no es poca cosa —dijo Mathilde en voz alta.

La perra se despertó y ladró al oler el humo. Cuando Mathilde levantó la mirada del galimatías achicharrado, la niña pequeña y lúgubre a la que había invocado se había ido.

23

Décadas más tarde, la cuidadora entró en la salita de estar de la casa de Mathilde. [El lienzo azul en la pared; una fresca sensación crepuscular de ser joven y tener mal de amores.] Le llevó una bandeja de pastelitos, que era lo único que Mathilde aceptaba comer ya. La mujer parloteó sin cesar, bla, bla, bla, porque vio una sonrisa en los labios de Mathilde. Pero cuando la tocó, la cuidadora descubrió que la anciana ya no estaba. Sin respiración. La piel cada vez más fría. La última chispa de vida en la mente de Mathilde la empujó hacia el mar, a la áspera playa, a un amor feroz como una antorcha en la noche, casi imperceptible desde la costa.

Chollie, que se enteró de la noticia una hora después, cogió un vuelo de inmediato. Al día siguiente a media mañana, logró abrir los cerrojos de la casa de Mathilde de Londres y entró con sus pasos jadeantes y pesados. Estaba tan gordo y era tan viejo que parecía una antigua estufa de leña de hierro forjado. A pesar de todas las adversidades, había sobrevivido, como harían las ratas, las medusas, las cucarachas. Cogió los tres libros breves que Mathilde había escrito sin mucho éxito de crítica y se los metió en la bolsa. [*Alazon, Eiron, Bomolochos*; era astuta, pero poco sutil en sus referencias. En una habitación de la casa de Chollie, este guardaba metidos en cajas el resto de los ejemplares, mordidos por las cucarachas.] Aunque era viejo, su mente era tan ágil como siempre. Se sirvió un bourbon, luego descartó la copa y se llevó la botella al desván. Se pasó la noche hojeando los valiosos borradores iniciales de las obras de Lancelot Satterwhite, archivados en sus cajas con meticulosidad. Buscaba el primer borrador impreso, exageradamente amarillento, de *Los manantiales*. Valdría más que toda esa casa junta. No lo encontró. Ya no hacía compañía a las demás obras, pues había abandonado a Mathilde décadas antes, un amanecer, hurtado por la mano de un joven que se había despertado, con vergüenza y furia, en una casa ajena, que había dejado salir a la perra en la oscuridad para que meara y se había preparado una macedonia y un café sin encender la luz. Se había escondido los folios debajo de la camisa, los había calentado con su piel mientras conducía de vuelta a la ciudad. En el fondo, daba igual. Land tenía una excusa tan buena como cualquiera, es cierto; un chico que había confesado el robo en una carta que había metido en un gran cuenco lleno de tomates a medio madurar, un chico que había notado en sus huesos lo que únicamente otra persona más había conocido de verdad.

Cuando llevaba dos años viuda, Mathilde fue a ver a Land a New Jersey. Una representación de *La tempestad*. Él hacía de Caliban. Se desenvolvía bien, pero, ay, no tenía chispa. Los hijos de los genios pocas veces son genios, etcétera. Su mayor talento era la fabulosa cara que escondía detrás del látex.

Después de que terminara la función, Mathilde salió del teatro y la recibió el anochecer. No se había disfrazado, pensaba que no haría falta; había engordado y se veía más lozana, le había crecido el pelo y lo llevaba de un castaño claro más natural. Pero ahí estaba él, en la puerta del teatro, fumando con el tosco maquillaje, la joroba en la espalda, los harapos.

—¿Qué pensabas, Mathilde? —le preguntó por encima de todas las personas que se marchaban a cenar, o a relevar a la niñera, o a tomar una copa.

Dios mío, menuda mirada de desprecio le dedicó… Era como si el joven pudiera ver lo que escondía su oscuro corazón y le diera un asco infinito lo que había descubierto.

Bueno, es cierto, Lotto tenía la misma rigidez moral. Si él hubiera sabido todo lo que había hecho Mathilde, todo lo que era, la ira que relucía como un relámpago bajo su piel, las veces que ella lo había oído alardear en alguna fiesta, borracho pero divertido, y había odiado las palabras que salían de su hermosa boca, las ganas que le entraban a Mathilde de incinerar los zapatos que él dejaba abandonados por cualquier parte, lo mucho que aborrecía ese gesto perezoso de Lotto ante los sentimientos rápidos y delicados de otras personas, el ego más pesado que la losa de granito sobre la que se erigía su casa, cómo algunas veces le asqueaba el cuerpo de Lotto, que en otro tiempo había sido de ella, el olor de ese cuerpo, el michelín en la barriga, los antiestéticos pelos de ese cuerpo que ahora era un saco de huesos… De haber sabido todo eso, ¿se lo habría perdonado? Vamos, por el amor de dios, claro que lo habría hecho.

Mathilde permaneció quieta. Mantén el tipo, se dijo. Le dedicó al pobre Land su sonrisa más ancha.

—¡No pierdas la ilusión! ¡Persevera! —le dijo.

Vio la cara de él una y otra vez mientras regresaba a casa en coche a toda velocidad en mitad de la noche con la intención de volver a su hogar, con su perra. Qué feo puede ser a veces un hombre guapo. A lo mejor Land era mucho mejor actor de lo que ella creía; desde luego, seguro que era mejor actor que Lotto. Bueno, ella sabía de sobra cómo iban esas cosas.

Los teatros vacíos son más silenciosos que cualquier otro lugar vacío. Cuando los teatros duermen, sueñan con ruido, luz y movimiento. Encontró una única puerta abierta que diera a la calle y se despidió del frío helador del exterior. A esas alturas, Danica, con sus huesos de pajarillo, y la hermosa Susannah estaban agotando los temas de conversación y habían llamado al camarero, a punto de empezar a criticar a Mathilde por dejarlas plantadas. Le daba igual. Durante toda la jornada laboral, había notado una carraca de ansiedad dentro, y al ver que Lancelot no contestaba a sus mensajes del móvil, al ver que no regresaba a casa, había salido a buscarlo. *Gacy* en la carpa. Una obra sobre la maldad que corroía su interior. Siguió por las bambalinas los leves retazos de la voz de Lotto; avanzaba con las manos extendidas, arrastrando los pies, para abrirse paso en la oscuridad; no quería encender ninguna luz para no advertirle de que estaba allí. Por fin llegó a las alas del escenario y allí lo encontró, por supuesto, iluminado por una luz tenue. Estaba recitando.

Pobre honesto señor, que por su corazón cayó en la ruina,
perdido por ser bueno, qué inusual sangre extraña,
cuando hacer mucho el bien es pecado que daña.
¿Quién va a osar, pues, de nuevo ser la mitad de amable?
Puesto que la bondad, que hace a los dioses, en el hombre es inviable.

Hasta el final de la escena no reconoció la obra: *Timón de Atenas*.

La obra de Shakespeare que menos le gustaba a Mathilde. Lotto acababa de empezar la siguiente escena. Vaya. Iba a representar toda la obra. Él solo. Y sin público.

Mathilde estaba a salvo en la oscuridad, así que se permitió dedicarle una sonrisa —ay, ese hombre dulce y ridículo—, y la sonrisa se expandió de un modo alarmante en su diafragma, de forma que tuvo que respirar hondo; respiró varias veces para contener la risa. Porque, míralo, tan alto, avasallando el escenario. Manteniendo moribundo el sueño de antaño con esas infusiones de actuación; el viejo ser que ella creía muerto seguía vivo en secreto. Pero era histriónico, gritaba demasiado. Lotto no era el actor que creía ser.

La mujer permaneció entre los pliegues del telón hasta que su marido terminó la obra y saludó varias veces con una reverencia; después recuperó el resuello y volvió a introducirse en su propio cuerpo. Lotto apagó las luces. En el móvil llevaba una linterna, y se iluminó con ella para salir del teatro. Mathilde tuvo la cautela de permanecer en todo momento fuera del tenue haz de luz. Lotto pasó cerca de ella y le llegó su olor; sudor y café y el olor corporal del propio Lotto, y quizá un poco de bourbon para animarse. Mathilde esperó hasta que oyó el eco de la puerta al cerrarse y después salió con más agilidad que antes, a oscuras, tanteando, y apareció en la calle gélida. Se metió a toda prisa en un taxi para llegar a casa antes que él. Cuando Lotto entró, fue apenas unos minutos después que Mathilde, pero aun así ella advirtió el olor a invierno en su pelo cuando su marido apoyó la cabeza en su cuello. Le acarició la cabeza con cariño y notó la felicidad secreta que se agitaba dentro de él.

Tiempo después, firmada con seudónimo, Mathilde escribió una obra de teatro titulada *Volumnia*. La representaron en un teatro con capacidad para cincuenta personas. Lo dio todo en esa obra.

[No debería haberle sorprendido que no fuese nadie a verla.]

24

Hacía tanto tiempo, era tan pequeña entonces. Había una inmensa oscuridad entre lo que recordaba y las consecuencias de lo ocurrido. Había algo difuso. Una niña de cuatro años todavía es muy pequeña. Le parecía demasiado cruel odiar a una niña por actuar de un modo infantil, por cometer un error infantil.

A lo mejor el germen siempre estuvo allí; a lo mejor surgió más adelante a modo de explicación, pero durante todo ese tiempo ella había atesorado dentro una segunda versión por debajo de la primera, que la hacía librar una batalla terrible y silenciosa contra su certidumbre. Por su propio bien, tenía que convencerse de que la mejor historia era la auténtica, aunque la peor fuese más insistente.

Tenía cuatro años y oyó a su hermano jugando en la planta de arriba de la casa de su abuela, mientras el resto de la familia comía en el jardín los faisanes que su padre había cazado esa misma mañana. Por la ventana vio a la familia reunida bajo un árbol, barras de pan y la cazuela con el guiso encima de la mesa, vino. La cara sonrosada de su madre estaba inclinada hacia atrás, el sol le doraba la piel. Su padre le daba un bocado de comida a Bibiche. La boca de su abuela se parecía más a un guion que a una «n», señal de que estaba contenta. Se había levantado un suave viento que hacía susurrar las hojas. El ambiente olía a buen estiércol, y en la encimera de la cocina aguardaba un delicioso *far breton*, húmedo y pegajoso, hasta la hora del postre. La niña estaba en el orinal, pero su hermano era mucho más interesante, con sus cancioncillas y sus pulgares hacia arriba. Se suponía que tenía que estar durmiendo. Niño malo, no quería.

La niña subió la escalera y fue recogiendo el polvo de la barandilla con los dedos.

Abrió la puerta de la habitación. Su hermanito la vio y se alborotó de felicidad. «Vamos», le dijo ella. El niño se bajó de la cama a trompicones. Lo siguió hasta la escalera, las láminas antiguas y doradas de roble relucían por las zapatillas que las recorrían arriba y abajo, día tras día.

Su hermano se quedó junto al primer escalón, inseguro, y alargó las manos hacia ella, convencido de que lo ayudaría. Se apretujó contra ella. Pero en lugar de darle la mano, la niña apartó la pierna por donde él la había cogido. No lo hizo queriendo, en realidad no, bueno, a lo mejor una parte de ella sí lo hizo a propósito, quizá sí. El niño se tambaleó. Y entonces vio que su hermano caía rodando lentamente por la escalera, con la cabeza como un coco, tocotoc, tocotoc, tocotoc, hasta el último escalón. No podía dejar de mirarlo.

El hatillo inmóvil de su cuerpo al pie de la escalera. Como la colada tirada en un cubo.

Cuando la niña levantó la vista, vio a su prima, que entonces tenía diez años, donde antes no la había visto, de pie en la puerta del cuarto de baño de arriba, boquiabierta.

Esa era la versión mala. Esa versión era la que los acontecimientos posteriores le dijeron que había ocurrido. Era tan real como la otra. Se repetían simultáneamente como en un bucle.

Sin embargo, Mathilde nunca llegó a creérsela. Seguro que esa sacudida de la pierna había sido un añadido posterior. No podía creérselo, y al mismo tiempo, algo dentro de ella la llevaba a creerlo, y esa contradicción con la que convivía fue el origen de todo lo demás.

Lo único que permanecía invariable eran los hechos. Antes de que ocurriera todo, la querían muchísimo. Después, le retiraron su amor. Y daba igual si había empujado a su hermano o no; el resultado había sido el mismo. No le habían ofrecido perdón. Pero era tan pequeña… ¿Y cómo era posible?, ¿cómo eran capaces unos padres de hacer algo así?, ¿cómo era posible que no la hubiesen perdonado?

25

El matrimonio era matemático. No era sumativo, como podría esperarse. Era exponencial.

Ese joven nervioso, metido en un traje que resultaba demasiado pequeño para su cuerpo alto y esbelto. Esa mujer con un vestido de encaje verde que apenas le cubría los muslos y con una rosa blanca detrás de la oreja. Por dios, eran tan jóvenes.

La mujer que tenían delante era pastora de la iglesia unitaria, y en su cabeza rapada relucían algunas canas incipientes iluminadas por el rayo de sol que se colaba por la celosía de la ventana. Fuera, Poughkeepsie empezaba a despertar. Detrás de la pareja, un hombre con uniforme de guardián lloraba en silencio junto a otro hombre en pijama con un perro salchicha: sus testigos de boda. Todos tenían un brillo en los ojos. Se percibía el amor en el ambiente. O a lo mejor era el sexo. O a lo mejor en ese momento era todo lo mismo.

—Sí, quiero —dijo ella.

—Sí, quiero —dijo él.

Lo hacían; lo harían.

Ostras, nuestros hijos serán guapísimos, pensó él al mirarla.

Un hogar, pensó ella al mirarlo.

—Pueden besarse —dijo la pastora.

Lo hicieron; lo harían.

Luego dieron las gracias a todos y se echaron a reír. Firmaron los documentos, recibieron felicitaciones, y todos permanecieron allí unos instantes más, porque no querían abandonar esa acogedora salita en la que se respiraba tanta dulzura. La pareja de recién casados dio las gracias al resto con timidez una vez más y salió por la puerta para recibir la mañana fresca. Se echaron a reír, ruborizados. Cuando entraron, eran un número entero; al salir, eran un número al cuadrado.

Su vida. En la ventana, el periquito. Un retazo de mediodía azul en el atardecer londinense. A siglos de distancia de lo que había vivido con más intensidad. El día en la playa rocosa, las criaturas en el charco creado por la marea. Todas aquellas tardes cotidianas, escuchando los pasos en los tablones de la casa y reconociendo el sentimiento que se escondía tras ellos.

Porque era cierto: más que las partes memorables, los acontecimientos especiales, era en las cosas cotidianas y pequeñas en las que Mathilde había encontrado la vida. Los cientos de veces que había picado la tierra del jardín, cada vez que notaba el satisfactorio mordisco de la pala en la tierra, tan repetida que esa acción, la presión y la liberación y el intenso olor a barro, delineaba la calidez que había encontrado en aquella casa del huerto de los cerezos. O esto otro: cada vez que se despertaban en la misma cama, cuando su marido le daba los buenos días con una taza de café, con la leche blanca todavía dando vueltas en la negrura. Un gesto amable que casi pasaba inadvertido. Le daba un beso en la coronilla antes de marcharse y Mathilde notaba que algo en ella se elevaba a través de su cuerpo para encontrarse con él. Esos silenciosos momentos de intimidad componían su matrimonio, no las ceremonias ni las fiestas ni las inauguraciones ni las grandes ocasiones ni los polvos espectaculares.

De todos modos, esa parte había terminado. Qué pena. Sus manos, que se iban calentando con el té, parecían bolas de lana que un niño hubiese cosido sobre unas palmas arrugadas. Si se le dan décadas suficientes, el cuerpo se retuerce poco a poco en un gran calambre. Sin embargo, había habido otra época en la que había sido atractiva, y si no atractiva, por lo menos lo bastante diferente del resto para llamar la atención. Por esa ventana limpia podía ver lo bueno que había sido todo. No tenía remordimientos.

[Eso no es cierto, Mathilde; el susurro al oído.]

Oh, cielos. Sí, tenía uno. Solitario, reluciente. Un remordimiento.

Era que, durante toda su vida, siempre había dicho «no». Desde el principio, había permitido que muy pocas personas entrasen en ella. Esa primera noche, con la cara joven de él resplandeciendo en la de ella contra la luz negra, con los cuerpos que golpeaban el aire que los rodeaba, en el interior de Mathilde estaba el inesperado y nítido reconocimiento: ah, «esto», una repentina paz que la embargó, a ella, que no se había sentido en paz desde que era tan pequeña. Surgida de la nada. De esa noche sorprendente con los estallidos de los relámpagos en el tormentoso campus negro del exterior; con el calor, la canción, el sexo y el miedo animal del interior. Él la había visto y había saltado para nadar entre la multitud y la había cogido de la mano, el chico luminoso que le ofrecía un lugar en el que descansar. No solo le ofrecía todo su risueño ser, el pasado que lo había hecho quien era y el cálido cuerpo que latía entonces, que la conmovía con su belleza, así como el futuro que ella notaba comprimido, expectante, sino también la antorcha que llevaba ante él en la oscuridad: Lotto se había dado cuenta al instante, en un fogonazo, de que había bondad en el corazón de Mathilde. Con el regalo llegó también la amarga semilla del remordimiento, la distancia insalvable entre la Mathilde que era en realidad y la Mathilde que él había visto. En el fondo, una cuestión de enfoque.

Ojalá hubiese sido la Mathilde amable, la buena. La idea que Lotto tenía de ella. Entonces habría bajado la mirada hacia él con una sonrisa; habría sabido oír más allá del «¡Cásate conmigo!» todo el mundo que giraba detrás de sus palabras. No habría habido pausa alguna, ni duda alguna. Mathilde se habría reído, le habría acariciado la cara por primera vez. Habría notado el calor en la palma de la mano. «Sí —habría dicho—. Claro.»

Agradecimientos

Mi gratitud empieza con Clay, a quien vi por primera vez en 1997, cuando salió del salón de actos del Amherst College con su coleta larga y morena, y entonces me volví, admirada, hacia mi amiga y le dije: «Me casaré con él», aunque no creía en el matrimonio. El libro empezó a plasmarse en el papel en la Colonia MacDowell, con la ayuda de las obras de Anne Carson, Evan S. Connell, Jane Gardam, Thomas Mann, William Shakespeare, y tantos otros escritores que es imposible enumerarlos a todos; mejoró inmensamente conforme pasó por las manos de mi agente, Bill Clegg, y de amigos estupendos como Hami Attenberg, Kevin A. González, Elliott Holt, Dana Spiotta, Laura van den Berg y Ashley Warlick. La editorial Riverhead nos proporcionó tanto al libro como a mí un cálido nuevo hogar, y por eso estoy agradecida a todos los que trabajan allí, en especial a Jynne Martin y Sarah McGrath, que me maravilla con su tranquilidad a prueba de bombas y sus correcciones asombrosamente puntillosas. Benditos sean los revisores de documentación y los correctores de pruebas de todo el mundo, todos ellos. Benditos sean también los lectores de este libro. Y ya que nos ponemos, benditos sean los lectores de todos los libros. Beckett y Heath son mi fuente de alegría más pura, mi aliento contra la desesperación, pero también son imprescindibles todas las personas que cuidan de ellos para que pueda trabajar. Y si este libro empieza con Clay, también termina con él: se ha cortado la coleta y ahora somos más viejos y más lentos, pero, aunque todavía tengo sentimientos ambivalentes hacia el matrimonio, me parece increíble la suerte que hemos tenido con el nuestro.

En la traducción de las citas se han utilizado las versiones que se detallan a continuación:

P. 41: «¡Aullad! ¡Aullad! Vosotros que sois hombres de piedra. / Si tuviera vuestras lenguas y ojos los usaría de forma / que haría estallar la bóveda del cielo. Se ha ido para siempre. / Sé cuándo alguien ha muerto y cuándo vive; / está ya muerta como la misma tierra. ¡Dadme un espejo! / Si el aliento empaña o mancha su cristal, / ¡entonces, es que vive!», William Shakespeare, *El rey Lear*, trad. Manuel Ángel Conejero, J. Vicente Martínez Luciano, Vicente Forés y Jenaro Talens, Barcelona, Orbis y Origen, 1983, acto V, escena III, p. 339.

P. 47 y 56: «¿Quién va?» «No, contesta tú. Detente y descúbrete», William Shakespeare, *Hamlet*, trad. Tomás Segovia, Barcelona, Penguin Clásicos, acto I, escena I, p. 5.

P. 67: «Cien mil bienvenidas: estoy a punto de llorar y de reír; estoy ligero y pesado. ¡Bienvenidos!», William Shakespeare, *Coriolano*, en: *Tito y Andrónico. Antonio y Cleopatra. Coriolano. Cimbelino*, trad. José María Valverde, Barcelona, Planeta, 1983, acto II, escena I, p. 220.

P. 92: «El amor es un azar para quien ama: a unos mata con flechas; a otros, con trampas», William Shakespeare, *Mucho ruido para nada*, trad. Ángel-Luis Pujante, en: *Teatro completo II. Comedias y tragico-*

medias, ed. Ángel-Luis Pujante, Barcelona, Espasa Clásicos, 2012, acto III, escena I, p. 547.

P. 190: «Y es cierto que yo, con mis propios ojos, vi en Cumas una Sibila que colgaba en una jaula y cuando los niños le decían: "Sibila, ¿qué quieres?", ella contestaba: "Quiero morir"», Petronio, *Satiricón*, trad. y ed. Carmen Codoñer Merino, Madrid, Akal, 1996, cap. XLVIII, p. 124.

P. 271: «Es feo, deforme, brutal, rancio y viejo; por doquier horrible, de cara y de cuerpo; es cruel y vicioso, tonto, brusco, impío; torvo de aspecto, de espíritu maligno», William Shakespeare, *La comedia de los enredos*, trad. Alfredo Michel Mondenessi, en: *Teatro completo II. Comedias y tragicomedias*, ed. Ángel-Luis Pujante, Barcelona, Espasa Clásicos, 2012, acto IV, escena II, p. 197.

P. 271: «Carlos, te agradezco tu estima, a la que corresponderé como es debido», William Shakespeare, *Como gustéis*, trad. Ángel-Luis Pujante, en: *Teatro completo II. Comedias y tragicomedias*, ed. Ángel-Luis Pujante, Barcelona, Espasa Clásicos, 2012, acto I, escena I, p. 591.

P. 297: «Poco a poco, asumimos que ya nunca más volveremos a oír aquella risa, que, para siempre, tenemos prohibida la entrada en aquel jardín, y entonces empieza nuestro verdadero duelo», Antoine de Saint-Exupéry, *Tierra de hombres*, trad. Gabriel M.ª Jordà Lliteras, Barcelona, Emecé, 2000, pp. 41-42.

P. 297: «¿Dónde están los hombres?» «Se está un poco solo en el desierto», Antoine de Saint-Exupéry, *El Principito*, trad. Bonifacio del Carril, Barcelona, Salamandra, 2004 (1998), p. 60.

P. 307: «Me dejas viuda en el palacio.» «¡Oh, Héctor! … A mí me aguardan las penas más graves. Ni siquiera pudiste, antes de morir, tenderme los brazos desde el lecho, ni hacerme saludables advertencias que hubiera recordado siempre, de noche y de día, con lágrimas en los ojos», Homero, *Ilíada*, trad. Luis Segalá y Estalella, Barcelona, Espasa, Austral, 2012, canto XXIV, versos 726, 738-745, pp. 461-461.

P. 312: «Ven, consumación, yo te deseo. Morir, dormir, dormir…», William Shakespeare, *Hamlet*, trad. Manuel Ángel Conejero y Jenaro Talens, Madrid, Cátedra, 2012 (1992), 17.ª reimpr., acto III, escena I, p. 347.

P. 380: «Hazme feliz y volveré a ser virtuoso», Mary W. Shelley, *Frankenstein o el nuevo Prometeo*, trad. Alejandro Pareja, Madrid, Edaf, 2003, p. 110.

P. 431: «La ira es mi alimento: cenaré de mí misma y así moriré de hambre a fuerza de alimentarme», William Shakespeare, *Coriolano*, en: *Tito y Andrónico. Antonio y Cleopatra. Coriolano. Cimbelino*, trad. José María Valverde, Barcelona, Planeta, 1983, acto IV, escena II, p. 259.

P. 463: «Tu ingenio es agridulce para sazonar; una salsa muy picante», William Shakespeare, *Romeo y Julieta*, trad. José María Valverde, Barcelona, Planeta, 1997, acto II, escena IV, p. 40.

P. 471: «Solía decir que escribiría un libro titulado "Esposas de genios, a quienes he tratado". He tratado a muchas. He tratado a esposas que no eran esposas de genios que eran verdaderos genios. He tratado con verdaderas esposas de genios que no eran genios. […] En resumen, he tratado con mucha frecuencia e intensidad, durante mucho tiempo, a muchas esposas y esposas de muchos genios», Gertrude Stein, *Autobiografía de Alice B. Toklas*, trad. Carlos Ribalta, Barcelona, Lumen, 1967, p. 24.

P. 527: «Pobre honesto señor, que por su corazón cayó en la ruina, / perdido por ser bueno, qué inusual sangre extraña, / cuando hacer mucho el bien es pecado que daña. / ¿Quién va a osar, pues, de nuevo ser la mitad de amable? / Puesto que la bondad, que hace a los dioses, en el hombre es inviable», William Shakespeare, *Timón de Atenas*, trad. Pablo Ingber, Barcelona, Vitae, 2006, acto IV, escena II, p. 170.

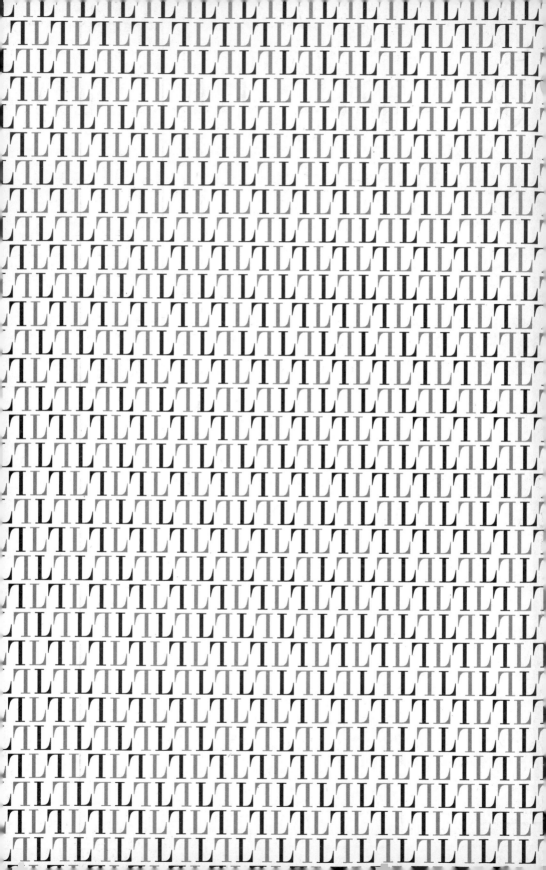